Mala supruga

Mala supruga

Milica Jakovljević Mir-Jam

Globland Books

PRVI DEO

1.

Žena je sedela na divanu, podlakćena na tri svilena jastučeta, s maramicom na očima, i plakala. Lice joj se nije videlo, ali njen stas, povijen, vitak, odavao je mladu ženu. Kestenjasta kosa u mekim talasima uokviravala joj je glavu. Ona je plakala, dok je mladić, crnomanjast i ozbiljan, stajao više nje, milovao je blago po kosi i govorio utešno, kao rasplakanom detetu:

— Zašto toliko plačeš? Ti znaš da ja samo tebe volim. Moja osećanja se neće ni najmanje izmeniti prema tebi iako se ženim.

Reč „ženim" pogodi je još jače, kao oštrica, ona diže glavu, ispravi se, pogleda ga krupnim, lepim očima i nasmeja se ironično:

— Ti misliš da se žena koja voli iskreno kao ja tebe, može pomiriti s tim da muškarac deli svoja osećanja između supruge i prijateljice. Jedna će uvek pretegnuti. U ovom slučaju tvoja žena.

— Ja ne znam kako da te ubedim da ne osećam ništa prema toj devojčici. Ti znaš da sam bio primoran da se ženim.

— Znam, ali ne mogu da te razumem. Kako ti možeš, školovan mladić, lekar, da dopustiš da budeš žrtva svoga brata? I kako on može da zahteva od tebe da se oženiš zbog miraza da bi njemu pomogao?

— Ne pomogao, nego spasao od propasti! Pao je pod stečaj, šestoro je dece u kući, jedan sin mu je na univerzitetu, četvoro dece u školi. Ja ne smem da zaboravim da me je taj brat izdržavao na medicini, lišavao svoju decu mnogo čega da bi meni slao izdržavanje.

Ti znaš da medicinske studije nisu isto što i prava. Ja sam morao sedeti u Beogradu i on me je, kao retko koji brat, do kraja studija pomagao. Da li bi ti mogla, da imaš takvog brata, biti ravnodušna na njegove nedaće i mirno dočekati propast njegove dece? Propadne li on, ostaće njih osmoro bez hleba. A ja ga mogu spasti mirazom koji dobijem.

— Govoriš tako ubedljivo i humano da treba da te razumem. Ali ne mogu da shvatim da možeš da žrtvuješ mene i našu ljubav. Ko je mogao ovo očekivati još pre dva meseca? Sećaš li se kako smo se dogovorili da ćemo se za dve-tri godine uzeti, da ću tad moći i da žrtvujem svoju penziju, jer ćeš ti imati više pacijenata. Ah, bože! Ja sam najnesrećnija žena na svetu! — zajecala je opet i zagnjurila glavu u svileno jastuče.

On sede kraj nje, obgrli joj ramena želeći da je privuče sebi, ali ona mu se izvi iz naručja, ustade, obrisa oči, pođe po sobi, zastade pred ogledalom, zagladi kosu, pogleda u prozor na kome se nahvatao mraz i napravio divne šare kao arabeske, uzdahnu i prošaputa:

— Nikad više neću verovati u ljubav! Laž je kad neko kaže da postoji ljubav. Za novac čovek žrtvuje sva svoja osećanja.

— Ti ne vidiš nikakve lepše pobude u meni. Odobrila bi mi da dopustim da jedna cela porodica ostane na ulici.

— Ja se trudim da te razumem, ali ne mogu.

— A ja sam se nadao da ćeš me ti shvatiti.

— Kad žena voli, ne može da razume ništa, ako je u pitanju druga žena, koja joj uništava sreću. Nemoj da me ubeđuješ da nećeš voleti svoju suprugu. To je laž.

— Kunem ti se, nikakvih osećanja nemam prema njoj.

— Onda je nečasno od tebe: oženiti se zbog miraza, iskoristiti novac, a ženu smatrati kao stvar ili pseto. To je za osudu. Zar se s time miriš, ti koji si bio uvek iskren, pun duše, častan, vredan, ti, koji nisi znao za avanture studentskog života. Bio si srećan sa mnom, razumeli smo se, bili više nego ljubavnici, dva druga, jedna duša.

— Zašto me, Nado, mučiš? Došao sam ti nadajući se da ćeš shvatiti, da ćemo ostati isto što smo i bili. Ja ću ti stalno dolaziti, ti ćeš biti moj mali drug, kao i dosad, jedina žena koju sam voleo, i uvek ću te voleti i ceniti. Najlepši časovi koje sam u životu proveo bili su s tobom. Tvoja kućica, sobica, sve ove stvari, čitava atmosfera koju si umela da stvoriš, ostaće i dalje najlepše i najprijatnije u mom životu.

— A šta bi kazala tvoja mala supruga da ti nastaviš vezu sa mnom?

— Ona o tome neće ništa znati: ja sam u selu, ti u varoši. Zar je meni kao lekaru teško da objasnim svojoj ženi da sam bio kod pacijenata, imao teškog bolesnika i morao da ostanem cele noći? Ti si mi potrebnija više nego ikad, jer ću biti tako usamljen u svom braku i domu. Šta me može spajati s mojom ženom? Ni inteligencija, ni društveni položaj. Ona je jedna mala banatska seljančica.

— Seljančica koja ima mnogo zemlje i novaca. Veruješ li ti da ona u zamenu za svoj novac neće tražiti tvoju ljubav? Ona će biti gospođa doktorka, a ja doktorova prijateljica, ismejana od svih, a mogu se još i ponadati da me ta mala seljanka napadne i da mi saspe sodu u oči. Ti mi, Branko, pripremaš divnu perspektivu.

On ustade, priđe joj, obgrli je nežno i privuče njenu glavu na svoje grudi.

— Razumem te, ali osećam da ćeš i ti mene shvatiti. Bićemo mi opet srećni. Zar je malo brakova gde je žena samo zvanično supruga, a prijateljica je sve muškarcu? Možda je u današnjem vremenu prijateljica jača od supruge i potrebna je muškarcu da bi mu ublažila prozaičnost i sve sitničavosti bračnog života?!

— A deca? Jesu li ona prozaičnost? Zar nisi uvek pričao kako bi voleo da imaš decu? Jednoga dana, kada ti žena rodi lepog sina ili ćerkicu, da li će prijateljica biti jača od žene?

— Ako je muškarac dobar otac, ne mora biti dobar muž. Biću zahvalan svojoj ženi ako mi rodi zdravu decu. Ali je pitanje hoću li imati dece.

— Ti si zdrav, lep čovek i moraš imati decu. A uzimaš zdravu seljanku koja je stvorena da rađa. O, imaćeš ih pola tuceta s tom seljankom. Ja nisam te sreće da ti budeš moj muž i da imam tvoje dete. Ali sam pogrešila što nisam rodila. Da nisam imala penziju, rodila bih. Šta me se tiče svet? Volim te i hoću da imam tvoje dete, nešto od tebe, nešto što bi te spajalo sa mnom. A šta imam sada? Tri godine uspomena i ko zna koliko godina pred sobom suza i očajanja?! Ljubavnica je bedni stvor. Ona je zrela voćka koja se jedva drži na peteljci i svaki čas može da padne i zgnječi se. Da, dragi Branko, moja su osećanja sva zgnječena. Ove tri godine naše ljubavi, to mi je sva sreća u životu. Šta sam imala u braku? Starog muža, reumatičnog, astmatičnog. Kašljao je, pljuvao, kuvala sam mu čajeve i podnosila sve njegove staračke milošte, jer sam bila sirota, a on je bio na položaju, spasao me bede. Priznajem ti, računala sam: neće dugo živeti i nasledicu njegovu veliku penziju. Tako je i bilo, ali ta mi se penzija sada sveti, vezala me je kao lanac. Miraza nemam, ako se udam izgubiću penziju. I tada sam srela tebe. Bila sam najsrećnija, pomirila sam se s tim da budem tvoja prijateljica i čekam dan kad ćemo se venčati. A dogodilo se drukčije. Pa koliki će ti miraz doneti? Kako si pregovarao o tome?

— Nisam ja ništa pregovarao, nisam ni sanjao da je prosim.

— Morao si je videti i upoznati.

— Video sam je. Pozvali su me jednom na njihov salaš. Mati joj je bila bolesna, poslali su mi kola, otišao sam. Morao sam ostati dva dana na salašu. Video sam tada jedno devojče, predstavila mi se kao kći, nisam ni obratio pažnju na nju.

— A ona se zaljubila u tebe?

— Došla mi je provodadžika baš onoga dana kad me je brat izvestio o svojoj propasti. Provodadžika me je pitala da li bih se oženio tom devojkom. Jedinica je, ima veliko imanje, daće mi i u gotovu. Lomio sam se nekoliko dana, a brat mi je pisao očajnička pisma. Otputovao sam bratu, znaš onda kada sam ti kazao da idem, da bih se uverio da li je njegov položaj odista bezizlazan. Svi u kući bili su u očajnom stanju i gledali su u meni svoje spasenje. Šta sam mogao, rešio sam da primim devojčinu ponudu. Nisam krio ništa od tebe. Prvi put to nisi primila tako tragično kao danas.

— Mislila sam da sve to nije ozbiljno. Ti doktor, a ona seljanka! Zar to da bude harmonična bračna zajednica?

— Znam da neće biti, ali tu si ti da me utešiš, da mi pružiš ono što neću imati u braku. Ja tražim tvoju pomoć. Verujem da sam je zaslužio.

— Ali zaboravljaš da će i supruga verovati da je zaslužila tvoju pažnju, pa i malo ljubavi. Strašno je to kad je mlada žena zaljubljena, a muž je vara. Još strašnije je kad to nije obrazovana žena, koja bi umela da ceni i svoju i muževu vrednost. Te neškolovane supruge još su gore. Traže svoja prava ne birajući sredstva. Sposobne su na svakakve scene. Vidiš, ja patim, strašno patim, ali ti ne bih mogla učiniti nikakvo zlo. Pomiriću se s tim da preuzmem svoju patnju, a ti budi srećan.

— Nado, ja osećam da će mi veći jad doći s tvoje strane, nego sa ženine. Ta mala guščica me se ne tiče. Ne tiče me se hoće li joj biti pravo ili krivo. Ali ne mogu dopustiti da ti patiš, ne mogu ovako svirepo da ti se odužim za sve one dane sreće koje smo imali. Ti si mi pružila sve što jedna pametna i osećajna žena može da pruži čoveku. Proklinjem sebe što sam bio siromašan. Ja grcam u dugu. Morao sam da se zadužim za ordinaciju. Koliko to samo staje! Sve što zaradim dajem na otplatu duga. Brat me je pomogao s dve-tri hiljade, ali nije bio više u stanju ni on da me pomogne. Deca su mu odrasla, treba ih školovati, oblačiti, hraniti. Nisam im nikad pričao o svojim dugovima, bio sam gord. Lekar, lep položaj, praksa, veliki prihodi! Tako se misli. A mi, mladi lekari, siromašni smo kao i svi činovnici. Treba da ostariš pa da nešto stekneš. A dok dođeš do doktorske titule, ima da skapaš od učenja. Imao sam drugova koji nisu znali ni za kakav provod i mladićke radosti. Crkava se nad knjigama, leševima, vežbama. Osede studirajući medicinu. I zato lekar mora da traži miraz. Ja se ne bih još ženio, jer sam imao tebe, strahovao sam da te ne izgubim, mučio se i radio da bih dočekao dane kada ćemo biti srećni. A dogodilo se sve ovo i sada ima da biram: ženidbu ili propast svoga brata, pa, možda, i njegovu smrt.

Zagnjurio je glavu u ruke i utonuo u teška razmišljanja. Nada ga je posmatrala nežno i bolećivo. Prišla mu je, podigla mu glavu, pritisnula je na svoje grudi. Jedna suza kanu iz njenih lepih očiju na njegovu tamnu kosu.

— Jadni moj, mali druže! Ti me podsećaš na moj život i one dane očajanja kad sam se udavala. Kako je bilo strašno iščekivanje udaje, prve bračne noći. Bilo mi je devetnaest godina, a njemu preko pedeset. Iskvareni zubi, odvratan zadah iz usta, ćelava glava, bore na licu, suzne oči, noću hrkanje, kašljanje. A ja, prva mladost! Dolazilo mi je da skočim s prozora, da se obesim, popijem sodu da bih prekratila svoje patnje. Strašno je to kad se mladost daje starcu. I kad je on umro, priznajem ti, činilo mi se kao da sam puštena s robije, oslobodila se, ugledala ponovo sunce, cveće, prirodu. Tada sam srela tebe, mladog, lepog, s blistavim zubima, lepim toplim usnama. Ludo sam te zavolela, kao da sam bila mučena glađu. Sećaš li se, Branko, kad si došao da me pregledaš. Bila sam bolesna, došla u tvoje mesto kod jedne prijateljice i razbolela se. Prvi dodir tvoje ruke, slušalice koje si mi spustio na grudi, blizina tvoje lepe glave kad si mi osluškivao šum u plućima, sjaj tvojih očiju — sve me je to bacilo u zanos. I tako su došli dani naše sreće. O, kako sam te volela i kako te i sada volim! Posle je došlo duboko i iskreno duševno osećanje koje nas je sve više spajalo iz dana u dan. Sagledala sam tvoje istinsko biće i zavolela te ljubavlju koja se nikada ne raskida. A sad se pitam: da li sam te dobro upoznala? Da li si zaista takav kakvog sam te zamišljala? Da nisi običan čovek, mladić današnjice kome sam bila potrebna kao ljubavnica koju je lako žrtvovati. O, reci mi jesam li se prevarila? Uteši me, ne ostavljaj me ovakvu očajnu! Bože, daj da umrem, da me nestane da ne doživljavam sve ovo strašno što me očekuje!

On je privuče sebi i ona spazi njegove uplakane oči, spazi suze u očima čoveka kome se davala, koji je bio sva njena radost. Suze njegove bile su kao kristalni refleks njegove duše. Sažali se i privuče ga sebi kao dete. Bila je u tom trenutku više nego ljubavnica, bila je mati njegova, osetila je žrtvu koju čini. Suze su ih smirile; postala je pribrana, razumna žena. Zaklela mu se tada da će trpeti i verovati mu. Obećao je i on njoj da se ništa neće izmeniti u njihovim odnosima.

Ženska radoznalost je kopkala, morala mu je postavljati razna pitanja. Praveći se ravnodušna, malo ironična, nasmejana, dirala ga je:

— Kako ti se zove verenica? Nisi mi kazao.

— Đurđica.

— Gle! Lepo ime. Je li lepa?

— Pravo da ti kažem, nisam je ni zagledao.

— Morao si videti: je li plava ili crnomanjasta?

— Mislim da je plava. Jest, ima plave oči. Banatski tip.

— Jesi li imao prilike da razgovaraš s njom?

— Samo toliko koliko mi je ispričala kako se razvijala bolest njene majke.

— Prenoćio si kod njih?

— Morao sam, jer je te noći bila kriza kod njene majke.

— Majka joj je ozdravila?

— Jeste... Sećam se da sam tu malu video uveče kako muze krave.

— Ona je muzla krave? Pa dabome, seoske devojke u Bačkoj i Banatu su i seljanke i gospođice. Seljanke, ali umeju da upecaju doktora! Koliko joj je godina?

— Mislim, devetnaest.

— Mlada je. A kako im je u kući?

— Zašto me sve to pitaš? Pređimo preko toga. Dopusti mi da budem srećan pored tebe.

— Da, imaš pravo. Jer nam ostaje još malo dana sreće.

— Zašto? Zar ti nećeš biti uvek moja?

— To je pitanje. Imam i ja dostojanstva. Ne želim da budem izložena podsmehu i gnevu jedne seljanke. Oprosti mi, možda te vređam nazivajući tvoju buduću ženu seljankom, ali treba da me prođe ova kriza i da se prilagodim novom položaju. Ali, nećemo više o tome razgovarati, kao da ona i ne postoji. To je najpametnije. Hoćeš li da večeraš kod mene?

— Ako hoćeš da mi daš večeru, prilično sam gladan.

— Zar bih mogla da ti nešto uskratim?

— I primaćeš me uvek?

— Nemoj me o tome pitati.

— Dolaziću. Moraćeš da mi otvaraš vrata. Je li da hoćeš? — pitao je spuštajući glavu na njeno rame. — Ja sam tvoje dete, tako si me uvek mazila. Zar da ne budem više?

Bila je gotova da brizne u plač, ali se savladala. Bila je žena jake volje, inteligentna, psiholog. *Ne treba stalno plakati*, mislila je u sebi. *Pobediću sebe ali ću pobediti i njegovu malu suprugu. Zar su brakovi večni? Mogu se lako rastaviti, pa će on opet biti moj.*

Ostao je dugo kod nje i otišao saonicama kroz snežnu noć, u svoje selo. A kad se on izgubio, ona je gorko zaplakala, bacila se na postelju i jecajući neprekidno ponavljala: *On se ženi... ženi se iz računa... prodaje se za novac! Kako je to strašno!*

2.

„Đurđica se udaje za doktora!" Ta novost je prohujala kroz selo kao vihor, ustalasala sva devojačka srca u banatskim seoskim kućama; neke ožalostila, druge razveselila što se Banaćanka „seljanka" — kako su ih nazivale varoške devojke — udaje za lekara. „Gospođa doktorka!" Kako je to divno i tužno. Dojurile su k njoj da je pitaju je li to istina? Da nije samo nagađanje i provodadžisanje, kao što se događa, i zabruji celo selo — a ništa se ne svrši. Ali, Đurđičino veselo lice, njene svetle plave oči, blistava čistoća kuće koja se spremala za veliki dan, najsrećniji u životu devojaka, kad ih izvodi iz kuće onaj s kojim imaju da provedu ceo život, očito su dokazivali da se Đurđica udaje.

„Pa kako je to došlo? Gde si ga videla? Je li ti on izjavio ljubav? Piše li ti? Jeste li se poljubili?", pljuštala su pitanja iz uzburkanih srca. A Đurđica je po stoti put pričala kako su se sreli na salašu, gde se mama razbolela i lekar došao.

— Bila sam u kuhinji, taman izvadila hleb iz peći, sva mi je kuhinja mirisala na vrući hleb. Bilo me je malo stid što me je zatekao s keceljom, u kućnoj haljini, a on zastao na pragu, pogledao me, pa onda hlebove, nasmešio se i zapitao me: „Ko je to mesio? Vi, gospođice?" Kad je to govorio i gledao me, bio je divan, sav rumen, napolju je duvao vetar, pa ga išibao, a mora da je bio i gladan. A ja sam se nasmejala, i odgovorila mu: „Mi, devojke u selu, moramo i hleb da mesimo." A on će na to reći: „Korisno je sve znati. Kako smo mi kao studenti voleli da vidimo u pekarnici lepe, pečene hlebove. Zastanemo i udišemo miris hleba, jer nikad nismo bili dovoljno siti."

— Tako je razgovarao s tobom? — ushićivale su se devojke.

— Baš tako, sasvim prirodno. Posle je pregledao mamu, sedeo kraj njene postelje, kazao mi kako obloge da joj stavljam i dao recept za lek. Morao je da prenoći.

— Pa šta je onda bilo? — radoznalo su pitale drugarice. — O čemu ste razgovarali?

— Nismo mnogo pričali. Pitao me je o selu: koliko ima stanovnika, ima li kakvih ustanova, šta kod nas najbolje rodi, da li u našem selu ima trahoma.

— A je li ti napravio kakav kompliment?

— Nije, bogami.

— A posle?

— A posle me je zaprosio — odgovorila je Đurđica, ne želeći da priča kako mu je išla provodadžika, kako se ona zaljubila u njega, kako je htela da okuša sreću i poslala ženu da ga pita hoće li da se ženi, da mu kaže koliko ima jutara zemlje i sve ostalo. Ni sama nije mogla verovati kad je provodadžika došla i saopštila joj da on pristaje na brak, samo traži u gotovu jednu sumu, jer mu je potrebna.

— A je li tražio miraz?

— Pa... nije. On zna da ja imam zemlju. I to je novac, a u današnje vreme i najsigurniji. — Nije pričala kako se mama nećkala da dâ u gotovu i rešila najzad da mu da dvadeset hiljada, ali on na to nije pristajao već je tražio više. Đurđicu je to malo zabolelo, ali kao pametna devojka, kao devojka poljoprivrednika, razumela je da i lekarski poziv mnogo staje, i da nije pravo da dobije muža doktora badava.

Drugarice su otišle da prepričavaju o toj udaji, a mati Đurđičina, snaša Mara, otresita i pametna žena, udovica i davno bez muža, upoznata sa svim poslovima i prava gazdarica na svom imanju, govorila je kćeri:

— Danas kad ti dođe verenik pitaću ga šta će on da radi s tim novcem. Ja bih najviše volela da to stavim na knjižicu, na tvoje ime, ili da izabere neku kućicu pa da mu je kupim. Ovako mi se čini kao da bacam pare.

— Mama, ako ti počneš s njim da se cenjkaš, pogađaš i cepidlačiš, pokvarićeš mi veridbu. To je, mama, gospodin čovek, lekar, on se mučio, studirao, možda i zadužio. Nije pravo da mu budem na teretu.

— Kako da mu budeš na teretu kad imaš ovoliko jutara zemlje?

— Jest, to su pare, znam, ali jedne godine rodi, druge ne rodi, potuče grȁd, oprlji suša i šta će on imati od te zemlje? Svaki mladić traži gotovinu.

— Ama, ne bi on od mene dobio toliki novac da ti nisi navalila da se udaš za njega. Mogla si ti poći i za onog trgovca, i to je gazda-čovek. A nisam nalazila mane ni Milanu Đuričinom. Nego ti hoćeš da budeš gospođa doktorka. E, dobro, ćerko, daću mu sve što traži, ali ako se ne budeš slagala s njim, a on ti potroši miraz, nemoj da dolaziš da mi se žališ. Za sve što te snađe, imaš sama da lupaš glavu.

Đurđica zagrli mamu i priljubi svoj obraz uz njen.

— Mamice, ja osećam da ću biti najsrećnija. On je dobar čovek, neće me vređati, a ja ću umeti svaku želju da mu ispunim. Zar ja nisam savršena domaćica? Nema posla koji ne znam. Nisam ni glupa. Svršila sam osnovnu školu, bila sam sokolica, lepo pevam, znam i da šijem. Ako ja ne umem s njim da razgovaram o medicini, mi ćemo razgovarati o kući, imanju, obrađivanju zemlje. Znaš kako se on zadivio kad je video moje pečene hlebove, narasle kao krofne.

— Pa možda je bio gladan. Ta gospoda koja mnogo uče, ne drže mnogo do žena domaćica.

— Jest, ne drže! Svaki muž voli da ima lepu i urednu kuću. On je video kako je ovde kod nas lepo. Nismo mi obični seljaci, mi živimo varoškim životom. Baš bi devojka varošanka izradila ovakav čipkani čaršav, ovakvu haljinu! Danas ću da obučem ovu moju haljinu od plave vunice. Vidi što je divna! Kao čipka.

— Nemoj samo da nazebeš. Ne volim te šupljikave rukave.

— Što da se bojim nazeba kad imam verenika lekara. Znaš, mama, sve mi drugarice zavide. Nisu verovale da me je isprosio doktor.

Danica mi iskreno priznaje: „Blago tebi, udaješ se za doktora, a ja ne mogu da dobijem ni svog učitelja."

— Što se na igrankama drži samo njega? Momcima iziđu iz volje devojke koje idu s tim varošanima. Ne slušate vi nas starije. U koliko sati će doći tvoj verenik?

— Pisao je da će doći u pola dvanaest. Neka bude trpezarija dobro naložena. Stavila sam nove ćilime, da vidi kako ti lepo tkaš.

— Ti postavi sto i razastri onaj novi čaršav i salvete. Idem da vidim da li je sve gotovo u kuhinji. Maca mi pomaže.

Mati izađe, a Đurđica se zagleda u dvorište. Sve je blistalo pod snežnom belinom. Drveće je bilo kao male bele kupole. Rumen joj je udarila u lice, obrazi se razbuktali, a u grudima joj je nešto toplo, razigrano. Pogledala je na sat. Tek je pola jedanaest. Još sat pa će doći. Razgledala je sve po kući da vidi da li je sve u redu. Zovnula je momka da rasprti stazu do kapije, jer je napadao sneg. Pogledala je po trpezariji. Bila je to prava varoška trpezarija. Ogroman orahov sto, starinske stolice s visokim naslonom, starinski orman i veliki divan, koji je prekrila banatskim ćilimom, istim kao što je i na podu. Bilo je toplo od peći i cvetnih šara na ćilimima, a tople su bile i njene plave oči. Postavila je sto. Sve je bilo u redu, kao u gospodskoj kući. Imali su oni mnogo tanjira, viljušaka, noževa, činija. Najlepše je iznela na sto, i najlepšim jelima će ga ugostiti.

A šta će s njim da priča? Htela bi da razgovara pametno, da ne izgovori nikakvu glupost, da on oseti da će ona umeti biti gospođa doktorka. Pitaće ga: „Je li vam bilo hladno? Da niste nazebli?" A posle? Posle će kazati: „Kako su vaši pacijenti? Imate li ih mnogo?" Šta posle: „Volite li što ste u selu lekar?" Ali ništa ne zna da razgovara o bolestima. On leči unutrašnje bolesti. Sigurno i tuberkulozu. A, to ću da ga pitam: „Da li može tuberkuloza da se izleči?" On će videti da se ona zanima i za njegov poziv. Setila se kako je pitao: „Šta čitate, gospođice?" Ima nekoliko knjiga iz Književne zadruge i dva-tri romana, pa će ih staviti na policu. Otrčala je i donela ih. „Tako, sve je u redu. Branko će biti zadovoljan kad dođe. Branko!", šaputala je njegovo ime pred ogledalom i osećala kako se to ime rastapa u njenim ustima. „Branko Božić! Đurđica Momirova postaće gospođa Đurđica Božić." Obukla je plavu haljinu od vunene čipke koju je sama izradila i nije mogla da se odvoji od ogledala.

Mati uđe i dirnu je:

— Dokle ćeš ti da se ogledaš? Eh, niko srećniji od tebe! Sama si napravila ovaj izbor, pa kako ti bog da.

— Ja verujem da ću biti srećna, samo sam tužna što ti, mama, ostaješ sama.

— Šta ću, to je sudbina svih majki! Mi majke smo kao kvočke. Odgajimo vas, male, kao piliće, pa svi prnete kud koji i zaboravite majku.

— Neću ja tebe nikad ostaviti, ti ćeš dolaziti k meni, pa ćemo izlaziti u šetnju, u kafanu. Brankovo selo je kao varošica, ima i bioskop.

— Videćemo, ćerko. Daj bože da sve bude kako ti želiš.

Začuše se praporci na saonicama koje se ubrzo zaustaviše pred kućom. Momak pritrča da otvori kapiju. Mačka prelete preko snega, uspuza uz direk na ogradi i čučnu kao statueta. Đurđici zalupa srce. Videla je doktora kroz prozor kako izlazi iz saonica. Čitav sloj snežnih pahuljica slegao mu se po ramenima, na šeširu, rukavima. Bio je rumen, a oči su mu postale još crnje. Požurio je u kuću. Đurđičina mati otvori vrata.

— O, jeste li, zete, nazebli?

— Nisam. Ovo je najlepši dan za putovanje. Vazduh je hladan, ali prijatan, samo sam sav snežan.

— Maco, daj metlicu!

Đurđica se pojavi na sobnim vratima, sva plava i rumena.

— Dobar dan! — pozdravi je lekar. — Čekajte da skinem kaljače.

Maca dotrča s metlicom, očisti mu sneg i prihvati kaput. On se pozdravi s majkom i verenicom i uđe u trpezariju.

— Kako je ovde toplo i prijatno! — iznenadi ga cvetna banatska soba, beli čaršav na stolu, lepo posuđe i verenica u plavoj haljini.

— Crvene su vam uši, vidi se da ste prozebli — govorila je mati. Đurđici se steglo grlo. On izvadi češljić i zagladi svoju lepu kosu. Miris kolonjske vode i miris bolnice, koji svaki lekar nosi na svom odelu, ispuni sobu.

— Pa kako ste, Đurđice? — pitao je sedajući na divan.

— Zahvaljujem, vrlo dobro. Brinula sam se da ne nazebete. Dosta je hladno. Sad je malo popustilo, ali noćas je bio jak mraz.

— Ja sam navikao da idem po mrazu.

— Volite li zimske sportove? — pređe ona na drugu temu zaboravljajući šta je maločas smišljala da govori.

— Voleo bih kad bih imao vremena, ali mi lekari uvek smo mnogo zauzeti. A sad vlada epidemija gripa i imamo dosta bolesnika.

— Je li opasan grip?

— Nije opasan kad se predupredi. Treba se čuvati komplikacija. Vi ste, kako vidim, potpuno zdravi.

— Hvala bogu, zdrava je — odgovori mati. — Kao dete nije nikad bolovala od dečjih bolesti, sem od boginja. Ali moram da je tužim: voli lako da se oblači. Pogledajte, zar je ova haljina za zimske dane? Gole ruke. Ona je sama to radila, pa hoće da vam pokaže i pohvali se.

— Ti ne moraš, mama, da me hvališ. Šta bih drugo radila za zimskih dana u selu nego plela i vezla?

— Bome, naše devojke u Banatu su vrlo vredne i prave domaćice. Moja Đurđica bi umela upravljati imanjem kao muškarac.

— Na imanju živim od detinjstva i razumem sve radove.

— Pohvali se Branku kako nam je krava otelila žensko tele.

— Eh, pa to Branka ne zanima — zastide se Đurđica, koja je shvatila da njemu, lekaru, ne treba pričati o kravama, pilićima i svinjama.

A mati bubnu s drugim pitanjem:

— A razumete li se vi u lečenje stoke?

— To je posao veterinara.

— Mama, Branko je doktor medicine. Vi ste specijalizirali unutrašnje bolesti? Da li se tuberkuloza može izlečiti?

— Ju, dete, nemoj da pričaš o tuberkulozi! Ovde do nas jedna jadnica, tuberkulozna, pa niti živi, niti mre.

— Tuberkuloza može da se spreči.

— Ali rak ne možete da izlečite.

— To je još veliki problem medicine.

— Mi smo se zapričale, a vi biste, možda, nešto popili? Hoćete li jednu rakiju?

— Hvala, neću.

— Imamo i vermut. To je bolje — ponudi Đurđica.

— To bih mogao.

Đurđica istrča, ali sa strepnjom da mama ne počne razgovor o mirazu. Pozva je brzo iz sobe, tobož nije znala gde je boca s vermutom, i šapnu joj:

— Slatka mamice, ljubim te, ako želiš da živim i budem srećna, nemoj da se cenjkaš za miraz, nego kaži odmah da daješ onoliko koliko je tražio. Mamice, on je divan! Ja ću umreti ako se on naljuti i pokvari veridbu.

— Dobro, neću ništa reći, neka bude kako ti želiš! Daću, ali žao mi je da nepoznatom čoveku dam sav novac u ruke ne pitajući ga šta će s njim da radi. Mučno se danas stiču pare, ćerko!

— Što mučno? On je mlad, spreman lekar, zaradiće. Lekari nisu siromašni.

Posle ručka mati povede razgovor o prihodima lekara.

— Kako vi, zete, stojite s prihodima?

— Naše lekarske plate nisu velike. Mi smo kao činovnici. Nešto više zaradim od privatne prakse. Ali u selu ima siromaha koji ne mogu da plate lekara. Đurđica se mora pomiriti s tim da joj ne mogu pružiti život kakav je imala kod vas.

— Oh, ja se za to ne brinem. Imaćemo mi sve s našeg imanja.

— Ja ću joj slati sve što se tiče namirnica. Imaćete i njen miraz, pa odatle dodajte kad vam zatreba.

— Povodom miraza hteo bih vam nešto reći. Ne želim da to od vas sakrijem. Ja imam dugova, jer sam se morao zadužiti za svoju ordinaciju, koja dosta košta. Dužan sam svome bratu koji me je školovao a sad je u teškim materijalnim prilikama. Moram ga pomoći. Zato sam i tražio miraz. Hoću da vas upoznam sa svojim materijalnim stanjem.

Mati je ćutala, a Đurđica uplašena da ona nešto ne progovori, požuri da odobri.

— Razume se, lekaru je potreban miraz. Koliko samo traje vaše školovanje! Nije to, mama, kao kad učiš poljoprivrednu ili učiteljsku školu. Teško je dok se ne dođe do lekara.

— Tako je, gospođice... Pardon, zaboravih se, Đurđice! Ja sam silom okolnosti prinuđen da tražim miraz.

— Pa... daćemo vam — tiho izgovori mati žaleći što se mučila i štedela, a što će sve otići za dugove i bratu njegovom.

— Moja mama je i inače spremila miraz za mene — progovori veselo Đurđica.

— Jesam, ćerko. Spremila sam, a teško se danas štedi, kao što zet kaže da se teško postaje doktor. Da si muško i ti bi tražila miraz, a ženska deca dosta koštaju. Ne žalim, neka ste samo srećni! Ja ti, zete, dajem sada polovinu, a polovinu uoči venčanja. Ne znam šta sve može da se desi.

— Bože, mama, šta može da se desi? — pitala je začuđeno Đurđica.

— Eno ti tvoje Jovanke! Ostavio je verenik na dva dana pred venčanje.

— Imate pravo što se bojite. Svašta se događa — odgovorio je lekar, a u sebi je mislio: *Kako je ovo bedna ženidba! Cenjkam se s ovim seljankama. Verenica je velikodušnija, a mati se teško rastaje s novcem.* Upalio je cigaretu da bi rasterao mučno osećanje i gađenje. *Nada plače ovog časa.* Uzdahnuo je kroz dim cigarete. *Ovo će biti moja žena, a ovo tašta.* Pogledao ih je obe i bile su mu tuđe, daleke, i sva ona atmosfera drukčija. *Zašto se ja ovako ženim? Brata da spasem!*

Mati donese i izbroja mu novac. Same hiljadarke. Dade ih s uzdahom, kao da joj se nešto otkida od srca. Gomila hiljadarki! Uzimajući ih on je osećao stid kao da pljačka ove dve žene. Devojčica je očekivala od njega ljubav, a on se već istrošio u jednoj velikoj strasnoj ljubavi, dao je sve od sebe jednoj ženi i šta bi moglo posle te velike ljubavi da mu pruži ovo plavo devojče, ova mala seljančica?

Zahvalio je tašti, poljubio joj ruku, reda radi, a sve mu je bilo teško. Mati izađe iz sobe, a njih dvoje ostadoše sami. Ustao je, stao kraj prozora da posmatra dvorište i ravni banatski pejzaž. Đurđica stade kraj njega ustreptala i zaljubljena. Sve joj je bilo lepo u ovom času. I sve prirodno. I ovo što je mati izbrojala hiljadarke i on ih ravnodušno spustio u svoju lisnicu.

Da li će me poljubiti?, mislila je stojeći kraj njega i bludeći pogledom. Oči su joj bile sanjalački raznežene, usnice su gorele za njegovim poljupcem, a telo je obamrlo, čedno očekujući prvi poljubac.

On je pogleda crnim očima, osmehnu se i zapita:

— Jeste li uvek lako obučeni kao danas? Treba da se čuvate.

— O, nisam, umem ja da se utoplim... Ali meni nije nikad hladno.

— Ipak, nemojte toliko da se junačite.

Zar me neće poljubiti?, pomisli tužno Đurđica. A posle ga upita:

— Odakle ste vi rodom?

— Iz Fruške gore.

— Mi smo u blizini. Ipak je lepše u Sremu. Kod nas je sama ravnica. Ima nekih sa strane pa im se ne sviđa naša banatska ravnica. A ja je volim... Kako je divno kad se leti žito njiše... Čini mi se kao da sam na moru.

— Ja sam se već privikao na ravnicu. Imate li vi još koga od rodbine?

— Bliže rodbine nemam. Ja sam jedinica. Imam daljih rođaka i jednog brata od tetke. On je narednik u mornarici.

— Zar odavde idu u mornaricu?

— Ima ih nekoliko. Moj teča nije voleo da on ide u mornaricu, ali njemu je to bio ideal. Stalno mi piše kad putuje morima. Kako je interesantan život mornara!

— Jeste li vi kuda putovali?

— Bila sam do Dubrovnika i Crikvenice.

— Jeste li videli Beograd?

— Jesam, bila sam nekoliko puta u Beogradu. Imam jednu rođaku kojoj odlazim... A imate li vi rodbine? — pitala ga je tek da govori, a tuga je sve više obuzimala. *Zašto me ne poljubi?*

— Imam toga brata. *Da li da kažem i za Nadu? Ona je svuda pričala da sam joj rođak.* Poćuta malo pa progovori:

— Imam jednu rođaku u obližnjoj varoši... Bila je udata, pa joj je muž umro.

— Zbilja? Pa dovedite je da se upoznamo!

On se zastide svojih reči i ovih bezazlenih plavih očiju, koje su ga gledale tako poverljivo. *Baš smo mi muškarci nitkovi*, osudi sebe i ućuta. Zagledao se u baštu po kojoj se slagalo pramenje snega i pahuljice bivale sve krupnije, kao krilca leptirića, kitile prag, kestenove, voćke. Kalemljene ruže uvijene u sargiju, ličile su na ogromne, bele šubare.

— Koliko imate godina? — zapita je on iznenada.

— U oktobru sam napunila osamnaest i uzela devetnaestu.

A Nadi je dvadeset sedam godina... Ovo je pravo dete. Kakvu sam to glupost uradio? Da li je trebalo da brat ovakvu žrtvu traži od mene? Osećao je hiljadarke u džepu i one su ga tištale, kao da ih je ukrao, dobio na kocki, ili došao do njih nekom prevarom. On je danas prevario i ovu devojčicu i njenu majku. Dale su mu novac da bi je usrećio i ona čeka sve radosti i milošte od njega, a on, evo, stoji kraj nje, gleda je, ne može da se dotakne ni njenih usnica, ni obraza, ni kose. Tuđa mu je... drugi svet, mala seljančica.

— Vaša mama reče da treba da učinimo neke posete? — upita je ne bi li izašli, jer nije znao šta s njom da razgovara i mučio se sa svakim pitanjem.

— Ako vi ne volite, ne moramo ići.

— Zašto da ne volim?

— Nećemo svuda ići. Mogli bismo samo do učitelja. On je dugo godina u ovom selu, pa me i on i njegova žena mnogo vole. Imaju i oni sina koji je učio medicinu, sad je na stažu u Beogradu. Želeli su da vas vide. Gospodin Anta nam je pričao da je čuo kako ste vi vrlo spreman lekar.

— Dobro, idemo do učitelja.

— Izvinite me jedan čas da obučem kaput i cipele za sneg.

Istrčala je u drugu sobu i zastala pritiskujući rukom srce.

Bože, da li me voli? A kako je simpatičan! Oh, kako ga volim... Zašto je ovako ozbiljan? A ona je vesela, razgovorna, voli da peva i priča, a pred njim ćuti i čeka da je on pita, misli šta da kaže. Baš voli da odu do gospodina Ante. Neka on čuje pohvale o njoj.

Ušla je u sobu u lepom crnom mantilu s velikom kragnom od sivog krzna i malom šubaricom na glavi.

On je pogleda i pohvali.

— Sad ste se dobro utoplili.

— Ne bojte se, umem ja da se čuvam. Ne volim da bolujem.

Mati ih isprati do kapije.

Učitelj Anta i učiteljica Zlata dočekali su ih vrlo srdačno. Učiteljica je hvalila Đurđicu:

— Verujte mi, da je vi niste uzeli, ja bih je uzela za snahu. Ona nam je bila najbolji đak. Želela je da nastavi školu, a ja sam je odvraćala: „Dete, šta će ti škola kod onolikog imanja? Neka idu da uče škole devojke koje nisu ništa od oca nasledile, a ti gledaj svoje imanje." A, bogami, baš ga je čuvala i podizala. Šta je ona poljoprivrednih knjiga pročitala. Ovako malo devojče, a vrlo energično. Mi je još smatramo detetom, a ona već udavača.

Branko je slušao sve te pohvale, a ono teško ga je još mučilo, pritiskalo mu pleća i grudi, a ove priče i pohvale o devojci padale su mu još teže, jer je počinjao da saznaje da je ona energična devojčica. Hoće li ta devojčica tražiti sva svoja prava? A i Nada je bila tu, on ju je voleo, vezivale su ga za nju hiljade uspomena, njena inteligencija, nežnost i drugarstvo. Najslađe časove proveo je kraj nje, a sad je napušta, ostavlja ono što je unosilo viši smisao u njegov život. Da nije bilo ove propasti bratove, on bi uzeo Nadu. Ne bi žurio sa ženidbom, stekao bi više pacijenata, imao bi veći prihod, razdužio bi se i ona bi mogla žrtvovati svoju penziju. A on je raskinuo sve to zbog propasti bratove, da spase njega i njegovu porodicu, a sebe da upropasti. Da, on nije bio srećan. Sve te pohvale o devojčici tupo su odjekivale u njegovoj duši. Nije to žena o kakvoj je on maštao. Učitelj i učiteljica su je hvalili, on je slušao, a Đurđica je bila sva rumena, srećna i zaljubljena. Kako se lako oduševljava malo devojačko srce, a kako je teško ustalasati osećanja muškarca kad jedna druga žena vlada svim njegovim čulima!

Vraćajući se kući on je upita:

— Imamo li još kakvu posetu? — Prijatnije mu je bilo da je u poseti nego da se njih dvoje nađu nasamo. Ovako u društvu zaboravljao je Nadu. A kad su sami osećao je da ta devojčica već polaže pravo na njega: „Kupila sam te novcem i ti si moj.” A on je osećao svim svojim bićem da nije njen, da to ne može biti nikad, i obuzimalo ga je očajanje i strah: šta će biti u braku?

— Ako vam nije neprijatno možemo ići do našeg kuma.

I tu je slušao hvale o Đurđici. Kao da su se svi udružili da je hvale, a isto tako biće složni i njega da osude ako ne usreći njihovu Đurđicu. Jedna krupna Banaćanka, njena kuma, zapita veselo:

— Pa kad će biti svadba? Moramo da se proveselimo, ali po našem običaju. Nemojte vi kao neki: venčaju se na jutrenju. Naši običaji su lepi. Nema ništa lepše od svadbe. Da vidite, kume — obrati se lekaru — kakav je svadbeni ručak kod nas! Nema te časti i gozbe u celoj Jugoslaviji. Što će biti lepa mlada naša Đurđica!

On je izašao s njom iz kuće, zbunjen, potišten, kao da je bio u nekoj tuđini. Sve mu je to bilo tuđe. Da li je vlast Nadina bila tako strašna da on ne može ni sa čim da se saživi, da li je ona postavila pregradu između njega i ove male, plave verenice, rumene, ushićene, koja ga je gledala i očekivala svu sreću i sva blaženstva od njega?

Vraćali su se kući, i on je morao već da ide. Dočekala ih je njena mati.

Saonice su bile na ulici i praporci zazvečaše.

— Zete, da ti metnem dve vruće cigle da ti noge ne zebu?

— Nije potrebno, imam kaljače — odbio je njenu ljubaznu ponudu.

— Ovo u korpi spremila sam za tebe — govorila mu je tašta čas „vi”, čas „ti”. — Imaš tu svega: i pečenja i kolača i kobasica, jabuka. Ti si momak, hraniš se u kafani, pa možeš uveče malo da prezalogajiš... Đurđice, daj i to naše ćebe! Neka ostane kod tebe pa se uvek uvij u njega kad dolaziš, a večeras je hladno.

On poljubi tašti ruku, poljubi i Đurđici. Ona je bila tužna, a oči su joj bile zamagljene i u srcu je bio bol: *Nije me poljubio. Zašto me nije poljubio?*, pitala se neprestano, ulazeći u kuću. Pitala se i dok se spremala da legne u svoj devojački krevet i mama je i pored njene ljutnje pokrivala ogromnom dunjom od perja.

Pokrivajući je mama je iznosila svoje utiske o zetu.

— Ozbiljan mlad čovek... Svi kažu za njega da je dobar i pošten. Ja mu dadoh novac, ti si to želela, pa kako ti bog da.

— Ako si mu dala! On nije rasipnik, umeće pametno da ga upotrebi. I pravo je da mu otplatim dugove.

— Ne znam da li je pravo. Ja sam mislila da vi udvoje trošite tvoj miraz, a ti dade sve njemu.

— Nemoj, mama, da me stalno prekorevaš zbog toga — govorila je Đurđica plačnim glasom. — Kao da novac nešto znači! Potrošili ga zajedno ili on sam, svejedno mi je.

Mati ne odgovori ništa, ali joj je bilo malo hladno oko srca. Osećala je ona da on nije njihov čovek, već nekako drukčiji. Nije kao Nikola Lepšin. S njim se ona šalila i on je zvao tetka Marija. Htela je da se Đurđica uda za njega. Nije dozvolila da se uda za nekog Luja, Dalmatinca, pomorca, koji se u nju zaljubio kad je dolazio u goste njenom sinovcu.

Taj joj je vazdan pisao, ali ona nije dala Đurđicu za njega. Putuje celog života, a ona da sedi sama kod kuće. Laskalo je pomalo i njoj što joj je zet lekar.

Mati je razmišljala, a i Đurđica nije spavala.

Setila se da je Branko kazao kako ne bi voleo velike parade i ceremonije pri venčanju, i sve one banatske običaje. Ona to mora reći mami.

— Mama, spavaš li?

— Ne spavam.

— Htela sam da ti kažem da ja neću da se venčavam sa svim onim banatskim izmotavanjima.

— Kakva izmotavanja? To su naši običaji i svet ih ovde voli.

— Ja se ne udajem za Banaćanina, nego za jednog finog čoveka. I Olga Popova se venčala na jutrenju i odmah su otputovali.

— Zar i ti hoćeš tako?

— Ja sam osetila da bi Branko voleo da se skromno venčamo.

— Neka bude kako ti hoćeš. Ali, zašto da se venčavaš kao udovica?

— Nije to kao udovica, nego je to moderno.

— Današnja mladež napušta sve naše starinsko.

— Ja ti ovo kažem da ne bi navaljivala na Branka. Treba i mi da budemo fini.

— Dobro, ćerko, biću fina. Ali, da li će me i tvoj muž smatrati finom? Možda smo mi za njega samo seljaci?!

— E, jest, seljaci! A zašto me je zaprosio? — bunila se ćerka, a u sebi je osećala da mama možda ima pravo. *Zašto me nije poljubio danas?*, bunilo se njeno malo devojačko srce, i čas joj je bilo vrućina, čas zima. Perjana dunja joj je bila teška, pa je spusti na pod kad je čula da mati pućka u snu.

Kroz prozor je u sobu ulazila beličasta zimska noć, tako čista i bela kao banatska polja i kao duša male Đurđice.

3.

Odmah sutradan Branko je otputovao svom bratu i dao mu novac. Otišao je u Beograd i kupio jednu zlatnu narukvicu Đurđici. Kupio joj je i fini parfem i divan plavi cvet za haljinu. Kupio je i Nadi parfem i dva para čarapa. Kad se vratio kući čekalo ga je njeno pismo u kome je bila samo jedna rečenica.

Dođi, bolesna sam.

Poznavao je osećajnost svoje prijateljice i verovao je da će njegova ženidba uticati na njene živce. Nije bila od onih priroda koje plaču, priređuju scene, prete, već je trpela, podnoseći sve u sebi, a prema njemu je uvek bila mila, kao da se ništa ne događa u njegovom životu i kao da se ne bliži čas kad će on postati muž druge. Skrivena duševna patnja koju je opažao u njenim velikim lepim očima i tamnim kolutovima na bledom licu, još više je delovala na njega jer je osećao šta gubi s tom ženom. Najboljeg druga i najprivlačniju ljubavnicu.

Otišao je sutradan Nadi. Zatekao je na sofi, obučenu, ali iscrpljenu od duševnih patnji. Puls joj je bio pravilan, temperaturu nije imala, samo su bledilo lica i malaksalost odavali šta se u njoj događa. Želeći da se opravda, da on ne pomisli da je lagala, pričala je:

— Juče mi je bilo vrlo rđavo, imala sam temperaturu, ali sinoć sam uzela aspirin, preznojila sam se i sada se bolje osećam. Čak me je i probadalo u plućima, bojala sam se da nije zapaljenje. Nazebla sam... A kako si ti? — upita ga ljubazno. — Kako su tvoji? Jesu li sada srećni? Da li si uspeo da svog brata spaseš od propasti?

— Jesam. Brat je plakao od uzbuđenja kad sam mu odneo novac. Puna mu je kuća dece. Nije mu lako. A svi su dobri, lepo uče, sin mu je vredan student.

— To je dobro. Zna li tvoja verenica da ćeš pomoći brata?

— Kazao sam im. Nisam hteo da krijem. Njenoj majci kao da nije bilo pravo, a devojka me je razumela.

— Pa... razumećete se vi i u braku. Mlada je, možeš od nje da stvoriš šta hoćeš. Seljanka, a dobila doktora! Treba da te gleda kao boga.

— Ja sam joj kazao za tebe.

— Šta si joj kazao? — zaprepasti se ona i pogleda ga u neverici.

— Da imam rođaku u gradu. Ti si me svuda predstavljala kao rođaka.

— Ah! Da. A šta je ona na to kazala?

— Da bi volela da se upozna s tobom.

— Da li ću moći da izigravam laž? Ne, ne, ne treba se viđati.

— Zar i ja da te ne viđam više?

— Ti, kako hoćeš. — Poćutala je, a on joj priđe, sede na sofu pokraj nje i privuče je sebi.

— Kako smo mi mogli biti srećan par! — uzdahnu on.

— I ja sam to mislila. Znaš da se kajem? Što nisam žrtvovala penziju?! Uz otkaz dobila bih trogodišnju, to je već lepa suma i mogao si to dati svome bratu.

— Zašto ranije nisi o tome govorila?

— Došlo je sve to tako neočekivano, kao grom iz vedra neba.

Seti se tada poklona u svojoj tašni.

— Doneo sam ti nešto — i izvadi čarape i parfem.

— O, hvala ti! — *Ovo mi je kupio od miraza.* Zastidela se tih poklona kao da je ona ukrala novac toj seljanki, ali mu zahvali srdačno. Htede da ga upita šta je njoj kupio, ali oćuta i pređe preko svega; osetila je da nema smisla da ga muči, jer tako razoružava sebe, gubi ga, a sa svojim osmehom, mirnoćom i nežnošću bila je mnogo jača, vladala je njime, opijala ga i on je odlazio raspoložen. Ona je želela da sačuva njegovo raspoloženje prema sebi, da oseća kako mu je ona stalno potrebna. Odbacila je svaku pomisao na njegovu verenicu i nastavili su razgovor o svemu, o njegovim pacijentima, o jednom teško bolesnom detetu od zapaljenja mozga, kako ga je izlečio, o radosti roditelja, koji su povodom toga priredili čitavu gozbu.

Otišao je kasno od nje. Umiren, kao da se ništa nije dogodilo u njegovom životu i da nikakve promene neće biti. On će dolaziti svojoj prijateljici i kad bude oženjen, ali pri toj pomisli nešto ga obuze, neka duševna borba, kajanje i poniženje: da li da bude tako nečastan?

Osetio je jezu kad je ušao u svoju sobu. Vatra se ugasila, a momak koji ga je služio već je bio legao. Ostavio mu je sitne cepčice na peći da zapali vatru. Pogledao je peć i obradovao se videći da svetluca jedan grumičak žara. Prodžarao je mašicama i bacio cepčice na žar. Vatra buknu. U sobi se osećao miris jodoforma, karbola, onaj specijalni miris doktora koji nose u odelu. Otvorio je vrata na ordinaciji. Hladnoća jurnu kao šiba i on brzo zatvori vrata.

Neko je snažno lupao na prozor.

— Ko je?

— Gospodine doktore, molim vas kao boga, hajdete brzo mojoj kući. Otac mi dobio srčani napad. Kumim vas bogom, hajdete.

On dočepa svoju torbu i pogleda unutra da li je u njoj špric. Otvorio je orman i uzeo jednu flašicu. Za lekara nema odmora! Najteže su noćne posete i izvlačenje iz postelje. Sreća što još nije bio legao.

Otišao je, dao injekciju, posedeo i vratio se. Bilo je tri sata kad je legao...

4.

Nada se rešila, ne govoreći ništa Branku, da ode u selo i poseti njegovu verenicu. Htela je da je vidi, jer joj ženska radoznalost nije dala mira. Mislila je da će se utešiti ako oceni da ona nije za Branka. Htela je da se poredi s njom, da odmeri svoju moć, da vidi da li će Branko još dugo biti njen. Predstaviće se kao Brankova rođaka.

Sneg je ponovo napadao i mogla je ići saonicama. Volela je te vožnje po belim drumovima banatskim, ali ovoga puta nije bila srećna dok je prolazila pokraj salaša, crkvica, visokih vetrenjača i slušala praporce na konjima.

Groznica ju je žmarila od duševnih potresa, a hladnoća joj je šibala lice, dah iz nosa i usta vio se oko nje kao magla, a u maglovitu budućnost utapala se i ona, ne videći ništa pred sobom, ali znajući da će patiti, strahovito patiti.

— Znate li gde je kuća gospođe Mare što udaje ćerku Đurđicu za doktora Branka? To je moj rođak, idem da mu vidim verenicu — upita kočijaša.

— Kako ne bih znao! Ima ona lepo imanje. Udovica, ali bolje čuva imanje nego neki muškarac. Evo, ovo je njihova kuća! — Kočijaš zaustavi saonice, a ona se diže lagano, kolebljivo sa strahom, pitajući se: *Šta ja tražim ovde? Zašto se ponižavam?*

— Ja ću, gospođo, otići do kafane, nije daleko odavde, i čekaću vas — objašnjavao joj je kočijaš.

— Neću se ja dugo zadržati.

Kućna vrata se otvoriše i pojavi se jedna mlada žena povezana šarenom maramom.

— Da li je kod kuće gospođica Đurđica?

— Jeste, izvolite gospođo, a ko ste vi?

— Ja sam rođaka njenog verenika.

Žena utrča u kuću, a ona je zastala kraj vrata, okretala se i posmatrala dvorište. Sve je bilo uređeno kao u gazdinskim kućama. Učini joj se da se pokrenu jedna zavesa, a onda se naglo otvoriše vrata i istrča jedna devojčica u teget haljini, s belom kragnicom od čipke, sva plava i bela kao neka gimnazijalka. Nada je pogleda, i sve joj se zamagli pred očima, samo su se plavile oči devojčice, velike, detinjaste, belasalo se njeno lice, fina prozračna koža, rumenele se usnice i čuo radostan uzvik:

— Vi ste rođaka Brankova? Pričao mi je o vama. Kako se radujem što ste došli! Izvolite! Jeste li nazebli? Kako je to lepo što ste došli da se upoznamo! Trebalo je ja prva k vama da dođem. Uđite, molim vas!

Nada je mucala one uobičajene rečenice:

— Milo mi je što vas vidim...

A ono čega se bojala, zbog čega je došla da je vidi, podiže se u njoj kao orkan ljubomore, patnje, očaja, i izli se u jednu misao od koje sva zadrhta: *Ona je lepa, on će je voleti.* A nju je lagao da je to brak iz računa.

Osetila je kako je devojčica hvata za ruku, i kao da je htela da se poljubi s njom, ali se ona rukova sva ukočena, a preko lica joj se razvuče osmejak i preko usana pređoše nesvesne reči:

— Kako je lepo kod vas!

Jest, to je bila varoška, a ne seljačka kuća. Uđoše u sobu. Veliki sto, trpezarijske starinske, visoke stolice, čipkane store, čipkani stolnjak... Ogromna peć je buktala i soba je bila puna toplote, da joj je udarala krv u lice i bilo u slepoočnicama. Devojčica joj je skinula bundu, uzela muf, zamolila je da sedne, trčkarala oko nje, užurbana, srećna, nasmejana, da bi joj se umilila, dopala, a ona to kazala Branku, njenoj ljubavi, njenom lepom doktoru.

— Vi, dakle, znate mene? — pitala je Nada.

— Znam, Branko mi je pričao. Ja sam mislila da vas posetim. Kako sam srećna što ste došli!

— A vi volite Branka?

— Oh, on je tako divan, tako simpatičan i dobar. — Pričala je sva crvena, ne smejući da joj poveri svoju veliku ljubav i svoju strepnju, jer je i ona strepila i pitala se svakog dana: da li je voli, ili ju je uzeo zbog novca i njenog imanja?

— Da, Branko je vrlo dobar i ozbiljan mladić.

— Svi to kažu. I vrlo je dobar lekar. Lečio je moju mamu. Bili smo tada na salašu. Znate, imamo i salaš, leti je tamo divno, pa se mama razbolela, a mi pozvali Branka... I tada smo se upoznali.

Drhtavica prođe telom udovice, gledajući blistavobeli i nežni vrat mlade devojke, bolje reći, devojčice, i njenu bistu, i male nožice, svu lepu, u svežini prve mladosti, i bol, kao sečenica noža, zabode joj se u srce.

On će je voleti... Htela je da vidi nešto na njoj što nije lepo, da oseti da je glupa, nedorasla Branku i poče da je ispituje, a devojče je odgovaralo vedro, pametno.

— Jeste li bili u pozorištu? — upita je da bi upoznala duševni svet ovog devojčeta.

— Kad sam bila u Beogradu, išla sam. Slušala sam *Karmen* i *Tosku*. Volim operu, ali zadovoljavam se i radiom. Imamo radio i to mi je velika razonoda.

Ovo nije seljanka, ovo je varošanka. U Nadi su pištale bolne misli i sva duša joj je stenjala pod teretom ljubomore... Tek sada joj je sinulo pred očima da je ona bila samo ljubavnica, potrebna fizička veza, a ne duhovna. Nije ona ništa značila za njega, kad je mogao da je žrtvuje i proda se za novac. Ali ta reč „prodati" postala joj je deplasirana kad je ugledala ovo lepo, mlado devojče, belo i plavo, koje je trčkaralo, donosilo posluženje.

Silom je trpala zalogaje, jer je Đurđica nudila, uživala gledajući je i laskala joj:

— Kako ste vi lepi!

Ona je, zaista, bila lepa, otmena, elegantna i fina žena ali ovo je mladost, prva mladost. Ona nema ovu blistavu belu kožu, nema ove fine grudi, koje se naziru ispod bluze. A on je muškarac, voleće on sve to. Laže on da je nesrećan, imaće on lepu ženku i biće srećan, a ona će biti ostavljena ljubavnica.

I najednom u očaju ljubomore dođe joj da joj baci u lice svirepo: *Ne, drago dete, nisam ja njegova rođaka, ja sam njegova ljubavnica. On mene voli, vas uzima zbog novca, i nesrećan je jer ste vi mala seljanka.* Reći će joj, zašto da joj ne kaže, mora joj reći. Taman htede to da kaže, nesvesna već od ljubomore i jada, a devojčica je pogleda nežno svojim detinjastim plavim očima, spusti svoju ruku na njenu i umiljato progovori:

— Vi ćete mi reći kakva je Brankova narav. Volela bih sve da mu ugađam, da bude srećan sa mnom. Ja sam još mlada, ne poznajem život, ni muškarce, nikada nisam volela, Branko je, takoreći, moja prva ljubav i volela bih da budemo srećni.

Žena zaneme pred ovom naivnom ispovešću, ruke joj klonuše, i sva se opusti na stolici, ali se osmehnu, osećajući kako je nežno gledaju te plave naivne oči i odgovori joj:

— Da... kazaću vam. Branko je vrlo dobar... Sumnjam da ima ikakvu manu. Znam da može da plane, ali se brzo povrati. I biće dobar domaćin. Opazila sam da voli kuću. Kad god bi došao k meni divio bi se mojoj kući. Voli slike na zidu.

— Jelte? A mi nemamo slika, sem porodičnih fotografija. Ali ja ću kupiti. Gde mogu slike da se kupe?

— Ima u Beogradu. Nemojte sami. Ostavite, pa kupite s Brankom.

— Jeste. Pravo kažete. Možda se njemu ne bi dopalo kad bih ja sama kupila, jer pravo da vam kažem, ja se ne razumem u slikarstvo. A voli li ručne radove? Ja imam divnih radova.

— Voleće, kako da ne! To sve čini lepotu i ugodnost kuće — odgovorila joj je, ali kao da to nije bio njen glas već neki drugi, jer ona je bila sva utrnula, ustuknula duboko u sebe, prekorevala sebe svojom čestitom prirodom: *Smeš li ti da srušiš život ovom detetu? Šta ti tražiš više? Bila si ljubavnica, niko te nije naterao, htela si i žena njegova da budeš, zato mrziš ovo dete.*

— Pričaću Branku da ste dolazili, pa ću i ja vas posetiti u gradu.

— Dolazi li vam on često?

— Tako... Nedeljom. Zauzet je u zdravstvenoj zadruzi i oko svojih bolesnika.

— Voli li vas on? — upita i oseti kako joj celo biće zadrhta i kao da joj je trnje bockalo kožu, a Đurđica odgovori naivno:

— Ne znam. On ne izliva svoja osećanja. Uzdržljiv je i vrlo ozbiljan. Izgleda mi da mu je vrlo prijatno kad dođe kod nas. Mi se dobro i ne poznajemo. Šta smo se videli? Nekoliko puta. Šta vam je pričao o meni?

— Da ste... vrlo mila devojčica... i lepa. — Ustala je, jer nije mogla više da izdrži, nije mogla da je laže, da joj uliva samopouzdanje kako je on voli. A možda je i voli?! Ko zna da li on iskreno govori? Da nije ona ta koju on laže da ne voli ovo devojče. To joj tek sada sinu u duši i rasu se po celom telu kao plamen koji sagoreva, prlji kao opekotina... *Ja sam ostavljena, bedno ostavljena, kao najobičnija žena kojoj se divio, voleo je, obožavao, nalazio radosti u razgovorima sa mnom, u mojoj nežnosti, milošti, maženju.*

— Zašto ne ostanete još? Mama samo što nije došla.

— Hvala, dosta sam sedela. Vi ste bili tako ljubazni, i radujem se što je Branko našao tako dobro devojče. Da li bi neko mogao da zovne moga kočijaša?

— Može, naša Maca. Reći ću joj odmah. — Istrčala je iz sobe, a ona odgleda za njom, njenim lepim bedrima, nožicama, mekom svilenom kosom, koja se spuštala niz beli vrat, i opet zadrhta od bola i ljubomore.

Praporci zazvečaše pred kućom, ona pođe na ulicu, Đurđica ju je pratila onako golovrata i zagrejana. Ona htede da kaže: *Što se ne ogrnete, nazepšćete.* Ali ućuta. Zlokobna, zlurada misao je prožme: *Kad bi nazebla, umrla... Da li bi njena mati tražila natrag miraz? Ah, taj prokleti miraz!*

Poljubiše se, devojčica je blistala od radosti i one divne unutrašnje sreće kad se prvi put voli, očekuju prve nežnosti, zagrljaji i poljupci. Mahala je rukom, dok god saonice nisu zavile u drugu ulicu i ušla u kuću da sneva o Branku.

A Nada je sedela ukočena na sedištu. Noge su joj bile pokrivene ćebetom, bila je sva ututkana, ali je osećala groznicu, zubi su joj cvokotali, vrelina joj je obuzimala obraze, oči su joj gorele, usta se sušila i grcala je od bola. Dosad njen bol nije bio tako izrazit. Patila je, ali se nadala. Predviđala je svašta: i hladnoću njegovu prema maloj supruzi, brzo razočaranje, možda i razvod. Danas nije više verovala u sve to. Ovo će biti brak sa zdravim zaljubljenim devojčetom, koje će tražiti svoja prava, braniti ih, neće ga dati nikome, i dozna li za nju — ona će se strašno provesti. To je primitivno devojče koje neće ništa razumeti i kao mala tigrica čuvaće svog muža. Suze joj kliznuše niz obraz.

Smrklo se kada je stigla kući. Sve je bilo hladno, nigde vatre i ona poče da cvokoće od zime. Lagano skide bundu, baci muf, obuče drugu haljinu. Drhtavica je tresla kao u groznici ili velikom duševnom bolu, kad je sve neuravnoteženo i besvesno. Pođe po kući, ne znajući šta hoće. *Ah, vatru da naložim.* Kresala je šibice, a one su se lomile, i ruke su joj se tresle. Plamičak blesnu u peći, pojača se, dohvati druge cepčice i buknu. I kao taj plamen, što dohvati jedno po jedno drvce, učini joj se i njen bol. U prvo vreme nije ga mnogo osećala. Tištalo je, ali nije peklo. Sad je sve u njoj buktalo, kao ovaj plamen, sagorevalo je, ništilo. Ni volje ni želje nije imala da se pokrene, već samo da se sruši, da plače, jauče, jeca...

Pala je na postelju i zajecala. Plakala je strahovito i dugo, isplakala je ceo svoj život, i siromaštvo devojke, i bednu udaju za starca, i svoju prvu ljubav prema Branku, ljubav veliku, strasnu, lepšu ljubav nego u bilo kom braku. I to sada treba uništiti! Može li ona to da izdrži? Ustala je, razbarušene kose, crvenih očiju od suza, pošla po sobi, nesvesno, gotovo izbezumljeno, izašla u kuhinju i ugledala tanki oštri nož na stolu.

Raseći ću sebi vene, muklo je prošaputala i ščepala nož.

5.

Branko je pošao da poseti verenicu. Nije joj javio, hteo je da dođe iznenada, da bi video kako izgleda kod kuće kad je nenameštena. Nije voleo neuredne devojke, koje se samo za svet ulepšavaju, a navikao na Nadinu eleganciju, on se bojao da ga njegova mala supruga ne razočara. Poneo joj je i poklone, zlatnu narukvicu, cvet za haljinu i parfem. Setio se da je mogao da joj kupi i pribor za manikiranje, možda ga nema, jer je voleo lepe i negovane ruke. Takve su bile Nadine, vrlo fine, tanke, kao ruke pijanistkinje. Osećao je kako je Nada neprestano u njemu, i svakog trenutka, svaki detalj verenice poredio je sa svojom prijateljicom. To je zlo za brak.

Ušao je u dvorište i zakucao na vrata. Čuo je sitne korake, vrata se naglo otvoriše, pojavi se Đurđica i ciknu radosno:

— Branko! Vi! Nisam se nadala da ćete doći. — Očekivala je da će je zagrliti, pritisnuti na grudi, poljubiti je, a on se osmehnu, uze joj ruku i poljubi:

— Hteo sam da vas iznenadim. — Pogledao je i bio zadovoljan. Bila je u štofanoj, zagasitoplavoj haljini, u tankim čarapama i malim kućnim cipelicama. Čista i uredna, i još vitkija, i belja uz zagasitu haljinu.

Ušli su u sobu, a on zasta kraj stola, gde je stajalo ogromno jastuče i plava svila, plavi konci, makazice.

— Šta vi to radite?

— Jedno jastuče. Pogledajte! Jesam li lepo izabrala boje?

— Plavo i ružičasto... To se slaže s vama. I vi ste plavi i ružičasti.

Ona se zarumeni još jače, kao njene ruže na goblenu, i zaplaviše joj se oči, kao plava svila kojom je radila jastuče. Brzo pokupi svoj rad i odnese ga u drugu sobu da ne bi bio vašar na stolu. On pogleda unaokolo. Bilo je sve uredno, čisto kao kad je dolazio prvi put i u sobi se osećao miris venje, kao miris borovine, čija su zrnca sagorevala na peći i širila prijatan miris. Đurđica se vrati i veselo mu saopšti:

— Znate ko me je juče posetio?

— Ko?

— Vaša rođaka, gospođa Nada.

On je sedeo na divanu, taman je izvadio tabakeru da uzme cigaretu, i ruka mu zastade na tabakeri, ne otvarajući je, i kao da ga neki udar potrese, ali se savlada, trudeći se da ne oda svoje ogromno uzbuđenje u kome je bilo zaprepašćenosti, bojazni i nelagodnosti. Zatim upita mirno:

— Kako vam se dopala moja rođaka?

— Oh, ona je divna i mila žena. Bila sam tako prijatno iznenađena kad je došla. Mama nije bila kod kuće, već na salašu, i bilo joj je žao što se nije upoznala s njom, ali prvom prilikom, kad budemo išle u grad, posetićemo je.

— Šta ste razgovarali s Nadom?

— Oh, pričali smo mnogo, i o vama — progovorila je tiše, kao da se zbunila i da nešto krije. On je tako protumačio, a ona je bila sva uzbuđena od njegove tople ruke koja je držala njenu, treperila je sva, očekivala je da je privuče sebi, htela je da mu klone na grudi, da se šćućuri kraj njega, a on je ćutao, gledao je samo, držao njenu ruku i to je rastuži do suza, sneveseli se, te klonu, stiša se i ućuta.

On joj pusti ruku, pomišljajući da je Nada kazala nešto što nije trebalo i Đurđica zato ćuti, pa se uznemiri, uze cigaretu i zapali je. Plave oči ga tužno pogledaše a prekor se čitao u njenim očima: *Više voliš cigaretu nego mene.* Ona se povuče u ugao divana da bi bila dalje od njega, a on je pogleda, osmehnu joj se i ponovi, mučen sumnjama, ali uvek priseban:

— Ne kažete mi šta ste razgovarale...

Devojčica se prenu i poče življe:

— Pričala mi je da vi volite slike i volite kuću i da ćete biti dobar domaćin. Kad volite slike, ići ćemo zajedno u Beograd da ih kupimo, ali vi da izaberete. Ja volim da nam kuća bude lepa.

— Da, da, volim slike — zamišljeno reče pitajući se: *Zašto je Nada dolazila? Zar da ga hvali i priča o njegovom ukusu? Je li to bilo njeno lukavstvo ili ženska radoznalost?* — A jeste li se vi dopali Nadi?

— Mislim da jesam. — I posle, da bi se umilila vereniku, ispričala mu je sve Nadine pohvale o njemu, razdragana što je to čula, ne sluteći kako te reči padaju njemu teško, jer ih nije shvatila dovoljno.

Mati se pojavi zarumenjena, sva je mirisala na sarmu, poljubi ga u obraz, iskreno i materinski, i obradova se što je došao:

— Imamo lepu večeru. Vidiš, Đurđice, ja sam predosećala da će zet doći. Kažem ja tebi jutros: saviću sarmu, onu našu, banatsku, može zet doći, i eto, došao si da probaš... A ona je mesila neke kolače. E, što mi je žao što nisam bila juče kod kuće da vidim tvoju rođaku. Dovedi je drugi put, pa neka ostane kod nas dva-tri dana.

On se opet zbuni, bi mu nelagodno, ali se smešio i gledao svoju verenicu, koja se zagledala u narukvicu, a čudio se što se ne hvali mami. Izgledala mu je malo čudna danas, nevesela, a mati spazi narukvicu i cvet:

— Šta je to, Đurđice?

— Ovo mi je Branko doneo. Vidi, kako je divna narukvica!

— Lepa je. E, pa Branko je fini mladić, pa je umeo da ti izabere poklon. I ja ću njoj dati jedan moj starinski broš, što sam dobila od moje pokojne svekrve. Jeste da nije moderan nakit, ali je od čistog zlata. Spremila sam, zete, i za tebe jedan prsten s dijamantom. To je nosio moj pokojni muž, pa sam ga narekla zetu.

Đurđica je otišla u sobu da ostavi narukvicu i sela na krevet, zagnjurila glavu u šake i osetila da je gotova da brizne u plač.

Branku se učini vrlo dug njen izostanak, ustade, priđe vratima, pogleda u sobu i spazi je zagnjurena lica u šake. Prišao joj je brzo, seo pokraj nje, obgrlio joj ramena, podigao glavu, spazio njene suzne oči i upitao je uplašeno:

— Đurđice, zašto plačeš? Ko te je rastužio? — Strah koji je maločas osetio izbi još jače: *Nada je nešto morala reći. Ona naslućuje istinu.*

Ona podiže glavicu, osmehnu se, htede da sakrije svoju tugu, ali jedna suza joj skliznu niz obraz.

— Šta? Ti ozbiljno plačeš? — iznenadi se verenik i da bi je utešio obavi joj rukama ramena, privuče je nežno sebi na grudi, a njoj dođe da zajeca od ljubavi i tuge, jer se sve topilo u njoj, a ona misao koja ju je mučila skliznu preko njenih rumenih usnica: — Vi me ne volite!

— Ko to kaže, Đurđice? Kako možeš da sumnjaš? Mi smo se tek upoznali, ja nisam govorljiv i laskavac. Jel' ti to voliš: da ti pričam o ljubavi? To će doći.

— Ah, ne!... Ne!... — zbuni se ona. — Ja to ne tražim, ali mi se čini... ne znam ni šta govorim... nemojte da se ljutite... Ali ja zamišljam da vereništvo mora biti drukčije... nežnije.

— Zar ja nisam nežan? Ja osećam, ali ne iskazujem. Malo više sam ozbiljan. Takvim me je napravio moj poziv. Ali ja osećam da si ti dobra devojčica. Je li to istina? — pitao je, hvatajući joj bradu rukom i podižući joj lice.

Zagledao joj je oči, i ona oseti kako joj njegove tople usne pokriše oko... Nešto joj se zamuti u mozgu, uzdrhta u grudima, potrese je, i njena glavica mu klonu na grudi, a drugi poljubac dodirnu joj obraz, gladak, mirišljav, kadifast. Vrelina osećanja potrese je svu, dođe joj da mu obavije ruke oko vrata, da mu podnese svoje usne, ali je nešto taknu, kao struja hladne vode, koja bi se provukla kroz vrelinu, i rastuži se: *Ovo nije prava ljubav.* I tada se izvi iz njegovih ruku da bi videla da li će je dograbiti, pritisnuti na grudi, ali on ju je pustio i ustao. Usiljeno mu se osmehnula, a ono hladno steže joj se oko srca, u grudima. Progovorila je detinje da bi ga raspoložila:

— Imam i ja za vas jedan poklon. Ne znam da li će vam se dopasti.

— Da vidim.

Ona otvori fioku jednog starinskog ormana i izvadi šalče, meko, široko, u dve boje, sivo i plavo, divan ručni rad.

— Izradila sam vam šalče. Videla sam da nosite svileno, a ovo od vunice je toplije. Vi idete kao lekar, dolazite i k nama, pa treba da utoplite vrat — milo mu je govorila očekujući njegovu pohvalu.

— Kako ste vi pažljivi! Zar ste ovo vi radili? Ja bih pomislio da ste kupili — govorio joj je „vi", kao i ona njemu, i poljubio joj ruku, samo ruku, što je potrese do suza i htede da ga zapita: *Jeste li kadgod voleli?*, ali ućuta, pa prekori sebe glasno: — Baš sam smešna što plačem! — jer oseti da joj suza opet skliznu niz obraz.

— Vi ste dete! — osmehnu se verenik, ali mu te čudne suze uzburkaše sve u njemu i kao vihor podiže se prekor protiv samog sebe: *Ja sam smešan... ja sam bedan... ženim se zbog miraza, neprestano sam u vlasti svoje ljubavnice, ona me je opčinila, vezala, a ovo devojče čeka milošte i nežnosti od mene...*

Mati požuri Đurđicu da postavi sto za večeru, jer je počelo da se smračuje, a zet mora da ide kolima do sela. Đurđica pođe da donese posuđe, a vrata se otvoriše i upadoše njene drugarice Kaja, Anđa i Jelena. Došle su da vide verenika, da ga ocene, da mu se dive, a malo i da zavide. Nije to šala: dobiti za muža doktora.

— Ovo su moje drugarice — zbuni se Đurđica i uplaši se da joj ne spaze suzne oči.

One su se predstavile i sele, a ona istrča da donese kolače i posluženje, ne bi li što pre otišle. Njima se nije išlo, htele su da pričaju, osobito Kaja, najlepša među njima, jedinica, maza, koja nije gledala seoske momke, već je volela jednog poručnika, ali se to nešto odugovlačilo. Đurđica je osluškivala iz druge sobe šta su govorile.

— Kako vam se dopada naše selo? — upita Jelena.

— Vrlo lepo selo. Ovo je, zapravo, varošica...

— Nama je žao što nam odlazi Đurđica — primeti tužno Jelena, njena najbolja drugarica. — Mi smo se slagale kao sestre. Ona je zlatna. Istina, smatrali su nas za malo uobražene devojke, jer se nismo zabavljale kao druge.

Baš je zlatna, pomisli Đurđica u drugoj sobi. *Ona mi je najiskrenija. Druge nisu. Krivo im je što se udajem za doktora.*

Ušla je u sobu noseći posluženje, i pošto ih posluži upita verenika:

— Hoćete li i vi? Ali bolje da ne kvarite večeru.

— Nemojte jesti kolače, imamo lepu večeru — govorila je mati a time je i devojkama htela da napomene da idu.

— Hajdemo, devojke! — pozva ih Jelena i ustade, a za njom i druge dve, oprostiše se i odoše.

— Kaja će se udati za jednog oficira — pričala je Đurđica. — Ona je htela da uči školu, ali otac joj nije dao. Naši roditelji smatraju da nam je dovoljno šest godina školovanja. A šta vi, Branko, o tome mislite?

— To je dovoljno da se postavi osnov obrazovanju jedne devojke, a ako je ona inteligentna po prirodi, može i sama da se obrazuje ako čita.

— I ja sam joj uvek govorila: ako budeš pametna bićeš i bez škole srećna. A što se ona, zete, načitala knjiga, to nije nijedna devojka!

— U selu devojke čitaju više nego u varoši. Mi nemamo nikakve druge razonode sem knjiga, ručnog rada i radija.

— Dobro, dobro, sve ćeš mu ti to ispričati, a sad donesi i postavi sto. Treba, zete, da se dogovorimo kad će venčanje. Ako ti želiš da izabereš nameštaj ići ćemo zajedno.

— Ja to vama ostavljam. Kupite šta hoćete.

— Bojim se da mu kasnije ne nađeš mane.

— Nisam ja takav. Biću zadovoljan onim što vi izaberete.

— Ja ću, mama, da biram — govorila je Đurđica noseći tanjire. — Ja sam već zamislila našu kuću. Biće sve lepo i elegantno — smešila se i pričala, a još je osećala njegov poljubac na oku i pitala se: *Zašto me je prvi put poljubio u oko? Da li mu se dopadaju moje plave oči?* Setila se jednog pisma koje je dobila od Luja u kome je njene oči poredio s plavetnilom neba na pučini. *Zašto mi Branko ne napiše takvo pismo?*

Pisaću mu da bi mi odgovorio. Ali možda bi se nasmejao, on je ozbiljan. I ja moram biti ozbiljna. Uzdahnula je što mora takva da bude, a ona bi se smejala, mazila i umiljavala. Ume ona da bude ozbiljna kad radnici rade u polju, kad pregleda imanje, kad se sabira letina, prodaje žito, svinje, guske, ali to je poljoprivredni posao koji zahteva ozbiljnost, a ovo je ljubav koju oseća prvi put i htela bi da je srećna, presrećna, nasmejana, da svi vide koliko ona voli i koliko je voljena.

A on to još ne oseća...

Mesec je izgrejao kad su ga ispratili i Đurđica ga je zamolila da stavi njeno šalče i da se dobro uvije u ćebad, jer će noćas biti mraza.

Vrativši se u kuću neprestano se pitala: *Da li me on voli?*

6.

Rešio je da odmah sutradan ode do grada i poseti Nadu. Interesovalo ga je da čuje njeno mišljenje o Đurđici i prouči njeno duševno stanje. Da li se pomirila s njegovom ženidbom, ili je ženskim lukavstvom prikrivala šta oseća? Možda je nešto smišljala da se osveti kad je išla da vidi njegovu verenicu? Ne, ona nije sposobna za osvetu. To je karakterna žena. Nije imala u sebi ono svojstveno većini žena: kapric, ogovaranje, zavist. Kritičkim duhom ona je posmatrala sve, umejući pritom da logično misli.

Smrklo se kad je došao u grad. Dolazio je uvek u sumrak jer nije želeo da bude izložen pogledima radoznalaca. *Palanka je ovo*, govorila je ona. *Svako na svoj način komentariše i voli da se pravi suviše moralan. Niko neće shvatiti da ja kao mlada žena imam prava da živim.* Dala mu je ključ od kapije i kuće da ne bi morao da zvoni. Kapija je bila više otvorena nego zaključana, ali ovog puta je bila zaključana, a kuća u mraku.

Kucnuo je, ali niko se nije odazvao. Ona je poznavala njegovo kucanje: četiri puta kratko, i uvek bi žurila svojim sitnim koracima.

Sećao se kako mu je kazala: „Tvoje kucanje me podseća na kljucanje golubova o moj prozor." Postajao je još nekoliko trenutaka i ponovo kucnuo. U kući je vladala tišina. *Možda je zaspala na divanu... to joj se jednom dogodilo.* On izvadi ključ, stavi ga u ključaonicu i otvori vrata.

Ošinu ga oštra, ledena hladnoća, kao u kućama gde se ne loži. Oseti miris njene kuće, tako prijatan, ženski miris, mešani miris sapuna i parfema. Osetio je i miris jabuka koje je držala na ormanu u predsoblju, jer je znala da ih on voli i uvek ih kupovala za njega.

— Nado! — zovnuo je, ali se niko nije odazvao. On upali svetlo u predsoblju, uđe u trpezariju, upali i tu svetlo, ali nikog nije bilo. *Kao da nije loženo,* iznenadi se, jer je svuda bilo hladno, peć ledena i osećao je kako mu nos steže hladan vazduh. *Čudnovato, gde li je ona?* Setio se da je jednom nije bilo. Bila je otišla do prijateljice, i ostala duže. Možda je i sada tamo. Pričekaće je. Seo je na divan, ali je osećao hladnoću na rukama i nogama. Kad je ušao skinuo je kaput u predsoblju, pa se digao da ga obuče, i obavi pritom šalče oko vrata. Pogleda šalče, Đurđičin rad, potpuno ravnodušno ne osećajući s kakvom je ljubavlju jadno malo devojče plelo ovaj šal zamišljajući kako će se obavijati oko njegovog vrata. Kaput ga nije ugrejao i on se priseti: *Zašto ne bih naložio peć?* Kao momak često je sâm ložio peć i taj posao mu je bio poznat. Znao je gde joj stoji svaka stvarčica, otišao je u kuhinju da uzme iz sandučeta cepčica, doneo nekoliko parčadi drva, našao novine i upaljačem ih zapalio i ćušnuo u peć. Hartija planu, poduhvati cepčice i one počeše da pucketaju. On baci krupnija drva i sede. Kaput nije skidao. Osetio je odjednom neku duševnu iznemoglost i samoću.

Šta ovo znači? Gde li je ona?, pitao se s čuđenjem i ljubomorom. Kuda ona ide? Ima li nekoga? Da nije rešila da mu se sveti? Pa... imala bi prava. Ali on joj ne daje to pravo. Osećao je da je ona još njegova, da je među njima duboka psihička veza koju ne može da raskine brak. Osećao je kako između njegovog duševnog sveta i sveta njegove male verenice postoji velika razlika. On će imati uvek svoj život, intelektualni i naučnički, njoj nepristupačan. Biće i on od onih muževa kojima je dosadno da sve poveravaju ženama, osećajući da njih to ne interesuje, niti razumeju. Nada je razumela sve. Nove pronalaske u medicini i lečenje bolesnika, razne medicinske probleme. Razumela je politiku, spoljnu i unutrašnju, književnost, slikarstvo. Uzdahnuo je: *Zašto sam ožalostio tu ženu i zadao joj bol? Gde je ona? Da nije nešto učinila od sebe?* Skočio je s divana kao da ga je neko ubo iglom, zabolela ga je i prestrašila i sama takva pomisao i zastao je nepomično nasred sobe. Pretraživao je sve po kući kao kakav policajac da nađe makar šta što bi mu objasnilo ovaj njen izostanak, hladnoću i tugu kuće. Ušao je u spavaću sobu. Sve je bilo u redu. Pogledao je kuhinju, otvorio je i ostavu, zavirivao svuda... Nije našao ništa sumnjivo. U njenoj kući vladao je svuda red, kao i uvek. Najednom je spazio čašu na ormanu u kuhinji u kojoj je voda bila zaleđena. *Kako da se voda zaledi? Znači nije loženo... Ona nije u gradu... Otišla je... Kuda? Da nije štogod uradila sa sobom?*, hladan znoj mu orosi čelo i sav se strese. *Ako je štogod učinila, ja sam je ubio. Ne, nije ona sposobna to da uradi. Ona me voli, neće me tako ožalostiti. A kako sam ja nju ožalostio?*

Seo je na divan utučen.

Prolazili su minuti u ćutanju. Ceo život mu je izlazio pred oči. Teške godine medicinskih studija, menze, gladovanja, naporan rad. Lišen je bio i žena, jer nije mogao da sebi dopusti to zadovoljstvo. Žene ometaju studije, a on je žurio da završi. Nada je bila prva prava žena u njegovom životu, žena o kojoj je snevao. Danas ju je izgubio. Eto, nema je. Otišla je, ostavila ga, možda prezrela. Nije htela da ga sačeka i baci mu u lice: „Zar se takvom devojkom ženiš?” Da li je na nju Đurđica ostavila rđav utisak? Prisetio se male Đurđice. Ona je učtivo, vaspitano i ljubazno devojče. Kako je samo hvalila Nadu! Ona na nju nije mogla ostaviti rđav utisak.

Idem!, skočio je ponovo s divana, osećajući da mu je sve teže u ovoj gluvoj kući. *Ali treba da joj napišem da sam dolazio...* Njen mali pisaći sto bio je u uglu. U fioci su bili kovertići i hartija. Otvorio je fioku. Ugledao je jedan veliki omot s hartijom za pisma. Izvadio je jedan tabak i zastao iznenađen pročitavši redove: *Život... to je glupost... Zašto čovek živi, bori se, nada i voli?...* I ništa više. Je li to bio početak pisma ili kakve priče, dnevnika?

Gluva tišina sobe još više ga ispuni tugom. *Ona nije ovde... Idem!*, prošaputao je, izašao u predsoblje, i pošao kao da se zauvek rastaje s tom kućom, i kao da je tu ostalo nešto od njegovog života, nešto divno, nepovratno što nigde više neće naći. Sad je shvatio šta mu je bila ta žena. *Moram je pronaći!*, zaricao se, zaključavajući kuću i kapiju.

7.

Dok je Đurđica završavala navlake, jorganske čaršave i prišivala dugmad na jorgane, dovršavala svoju spremu, i snevala o bračnoj sreći, njenog verenika je neprestano mučila misao: gde li je Nada? I jednog dana se iznenada reši da ode u Zagreb. Dugo se lomio. Ima li smisla? On je veren. Ranije ili kasnije mora prekinuti s Nadom. Možda je ovo bolje. Otišla je da sebe umiri i njega ohladi. Ali on je osećao da se nije ohladio. Ona je ispunjavala radošću njegov život. Bilo je u njihovoj vezi nešto lepše nego u bračnoj. To su one moći ljubavnice s kojima se ne kida lako. Provlače se dugi niz godina kroz život muškaraca. Ostavljaju ih zbog ženidbe i opet im se vraćaju. Stalno su u njihovoj vlasti. I on je bio u njenoj vlasti. Znao je to po duševnoj praznini koju je osećao, po usamljenosti, nervnom nemiru, bojazni za njom. *Idem da vidim šta je s njom,* umirivao je sebe. *To treba da učinim. Da je uspokojim. To su moji poslednji momački dani. Oni još meni pripadaju i ja samom sebi pripadam i ženi koju sam voleo.*

Otputovao je. Prolećni dan ga je pozdravio u lepom Zagrebu. Sveže i nasmejane ulice. Zvonila su zvona, tramvaji tutnjali, šetači i ulični svet žurili su nekuda ili lagano klizili pločnicima. Pošao je u ulicu gde je stanovala njena tetka. Zastao je pred jednom višespratnicom. Nije znao na kom spratu stanuje. Nezgodno je da ide od vrata do vrata i da se raspituje. Jedan dečak išao je ulicom.

— Dečko — pozva ga — hoćeš li nešto da me poslušaš?

— Hoću.

— Da uđeš u ovu kuću i odneseš ovu posetnicu.

— Dobro. Na koji sprat?

— Ne znam, raspitaj se... Čekaj da nešto napišem. — Napisao joj je da će je večeras čekati u kafani *Korzo*. Stavio je posetnicu u koverat i dao dečaku. Čekao je na pločniku s druge strane ulice. Dečak se brzo vratio i saopštio mu da je predao pismo. On mu dade napojnicu. Stajao je na pločniku i gledao u prozore. Najednom, na drugom spratu, otvori se jedan prozor i pomoli se Nada. Spazi ga, klimnu mu glavom i osmehnu mu se. On je nepomično stajao i gledao je. Osetio je u tom trenutku neku beskrajnu radost. *Živa je i zdrava. To je najvažnije.* A posle ga preli tuga. Može li on živeti bez ove žene? Ona se odmače od prozora, a on pođe i zasta opet na drugom uglu. Okrenuo se i ponovo je spazio na prozoru. *Zašto nisam mangup kao drugi muškarci koji lako raskinu s prijateljicom? A ovako se oko mene splelo toliko patnje: patim sâm, patim što će Nada patiti, patim što ću vezati brakom jedno naivno devojče, koje nije zaslužilo da strada, i očekuje mnogo od mene. Da li bi Nada umela da mi pruži utehu, da stiša ovo zbrkano osećanje u meni? Ona je žena, psiholog, možda bolje vlada sobom.* Osećao je da on ne vlada sobom, da je želi, voli nekom bolnom, izbezumljenom ljubavlju. Voli je više nego ikad, jer se oseća kao krivac, a sve je bilo protiv njegove volje. Krivac je bio zbog brata, zbog svoje žrtve i svoga studentskog siromaštva, kad su mu drugi pozajmljivali, a sad on treba da vraća dug, i to onaj najteži, da se odrekne žene koju voli.

Lutao je ulicama Zagreba i osetio da je gladan, ali čekao je nju da zajedno odu na večeru. Trebalo je da ode u *Korzo*. Našao je jedan prazan stolić i seo. Čekao ju je grozničavo. Da li će doći? Da se ne predomisli? Možda je uvređena?

Gledao je nervozno na sat. Nema je. Neće doći. Bio je uznemiren i tužan.

Ubrzani koraci, uzbuđeno lice, tamni koluti ispod očiju, njen parfem, njene oči, usne — i ona je stajala pred njim, njegova Nada! Ustade uzbuđeno, poljubi joj ruku i skide joj mantil. Video je muškarce unaokolo kako je gledaju s ljubopitstvom i divljenjem, i nešto bolno, da li je ljubomora, steže mu srce, jer je osećao da će je drugi ugrabiti i on je izgubiti zauvek.

— Hvala ti što si došla. Zakasnila si malo i mislio sam da nećeš doći.

— Priznajem... dvoumila sam se da li da dođem... Znajući da si doputovao i da me čekaš, nisam htela dopustiti da uzalud čekaš. Otkuda ti u Zagrebu?

— Došao sam samo zbog tebe.

— Kakvog još interesa imaš za mene?

— Mislim da me dovoljno poznaješ i uverila si se da nisam površan i nestalan čovek. Moja veridba nije bila iz računa, već jedna žrtva koju sam prineo porodici. Moja verenica, niti kasnije moja supruga, ne može nikad biti za mene ono što si ti bila. To se često događa u životu: mladići se žene devojkama koje ne vole, jer bivaju prisiljeni. Zato ćeš me uvek interesovati.

— Htela bih da stavim jednu primedbu. Ti si me razočarao svojom neiskrenošću. Trebalo je da mi predstaviš svoju verenicu onakvom kakva je ona u suštini.

— Ja sam ti sve iskreno kazao!

— Nisi, ono najvažnije nisi kazao. Rekao si da je seljanka! Međutim, ona nije seljanka. Ona je lepa devojčica, mila i ljubazna, da sam ja bila iznenađena kad sam je videla i shvatila sam da to nije brak iz računa, već iz simpatije, koja možda još nije ljubav, ali ima sve uslove da to postane.

— Kad ti gledaš svojim ženskim očima možda je tako, ali ja imam svoj ukus, tražim nešto lepše u ženi i ne tako jednostavno.

— To su samo priče. Mladost ima najprimamljiviju moć. A ona je mladost. Umeće ona da te osvoji i zaludi, da ćeš se samom sebi smejati kako si mogao mene da voliš.

— Nisam se nadao da ćeš me tako prekorevati i rđavo shvatiti. Ti ostaješ za mene ono što si bila. Bićeš uvek moj drug i moja prijateljica.

— Ne, među nama je sve svršeno. Neću da se izložim podsmehu društva. Ne želim da mi pružaš milostinju, da se izlažem poruzi, da kažu kako imaš lepu i mladu ženu, a da te ja lovim. Nisam ja sposobna za takvu ulogu u životu. Čim sam videla tvoju verenicu kazala sam sebi da treba da bežim, da te ostavim i da se ne ponižavam.

— Vidim, mogla si mirno da odeš i da mi se ne javiš. Nisi pomislila kako si mi uvek potrebna i da se nikada ne možemo rastati.

— Ti misliš da stvoriš bračni trougao u kome bih ja bila onaj treći ugao na koji se svi bacaju blatom.

— Ti bi bila onaj ugao koji je potreban svakom muškarcu da bi se odmorio, našao duševni mir i razumevanje.

— Misliš li ti da bi mene to oduševljavalo? Muškarac je uvek sebičan i svoje kombinacije zasniva na svom sebičluku. Prijateljice oženjenih ljudi nisu nikad srećne žene. Jer one vode borbu sa sobom i suprugom. Mene bi slomila ta borba i mogla bih u jednom očajničkom momentu podići ruku na sebe, kao što sam to i htela da učinim.

— Kad?

— Po povratku od tvoje verenice. Ali zašto o tome da pričamo? Pričajmo nešto veselije. Kako si ti? Čini mi se da si malo oslabio.

— I ja imam svoje patnje. Ti si me nemilosrdno ostavila. Nado, veruješ li ti u moć ljubavi?

— Ne verujem. Verujem samo u moć novca. To je podloga ljubavi. Može se ljubav izgrađivati koliko god hoćeš, ali novac sve ruši. Ali, sad ću biti pametnija. Šta bi rekao da se ja udam? Mislim da je to bolje nego da izvršim samoubistvo. Ti da se oženiš, a ja udam, to bi bilo najbolje rešenje.

On ju je gledao mračno, kao da ispituje da li je sve to istina, ili se pretvara, i opazio kako joj usnice zadrhtaše, a suze preliše njene tamne dužice...

Prekrila je rukom čelo da joj ne bi video suze, a on je upita jedva čujnim glasom:

— Za koga misliš da se udaš?

— Naći će se čovek i za mene. Moja tetka je htela da me uda za jednog advokata. Nije mlad čovek, ima blizu pedeset godina, ali je držeći i inteligentan. Moja je sudbina, valjda, takva da uvek imam starije muževe. Bar će mi biti veran!

— I ti ćeš se udati? — pitao je muklo. — Sigurno je bogat, imaćeš ugodan život, možda ti to voliš? Novac je jači od ljubavi.

— A zar ti ne bi poželeo da se ja smirim, da ne patimo ni ja, ni tvoja supruga? Ja sam izlišna u tvom životu... Hoćeš li da malo prošetamo. Dosadno mi je ovde. Napolju je prijatnije.

— Hteo sam da te pozovem da večeraš sa mnom.

— A gde si odseo?

— U hotelu. Sutra se vraćam. A kad ćeš ti doći kući?

— Ne znam...

Izašli su na ulicu. Smračilo se, a svet se tiskao i bleštali su izlozi. Pošli su mirnim ulicama da bi bili sami, i on je uhvati ispod ruke, uplete svoje prste u njene i prošaputa:

— Nado, vrati se kući!

Osećao je kako mu se oslanja na mišicu, koraci su joj bivali sve tromiji, kao da je sputava bol.

— Nado, ja ne mogu bez tebe. Moj život će biti prazan. Dođi! Ko zna šta će sve biti?! Da imam novaca vratio bih sve što sam dobio i raskinuo veridbu.

— To ne smeš učiniti! Ti si uvek bio karakteran, ostani i sada. Da, vratiću se, ali imam i ja jednu želju: nemoj me više tražiti. Zaboravi me. Bolje je... Zašto si došao? Tek sam se primirila, htela sam da te zaboravim, a ti se pojavljuješ da mi raskrvariš rane. Oh, tako mi je strašno! Ne mogu, Branko, ne mogu više ovako. — Briznula je u plač, a on joj obavi rukom stas, privuče je sebi, poče da je teši. Ona se istrže iz njegovog zagrljaja i nasmeja se. Njena gorda priroda sruši se za tren, ona klonu, proli suze, pa se opet uspravi, nasmeši se, uhvati ga ispod ruke i milo progovori:

— Hajdemo da večeramo. Hoćeš li ja da te vodim? Znam jedan lep i usamljen restoran.

— Otkud znaš? Da nisi išla s tim advokatom?

— Oh, nisam. Bilo je jedno tetkino društvo, sve stare dame, pa smo zajedno išle. Dakle, sutra se vraćaš?

— A kad ti dolaziš?

— Sačekaću dok se ti ne venčaš. Kad će biti venčanje?

— Kako me spokojno i veselo pitaš! „Moje venčanje!" Znaš li kako je to za mene strašan čin? Žalim svoju verenicu. Eto, to je jedino osećanje koje imam prema njoj: sažaljenje.

— Imaćeš ti i drugih osećanja, ja te uveravam. Blizina žene ima čudno dejstvo. Nema muškarca koji može biti ravnodušan prema mladom i svežem devojčetu. Pronaći ćeš ti mnogo vrlina kod nje. Te obične i naizgled jednostavne devojke mogu biti vrlo umešne, a u braku je potrebna umešnost. Ne osvaja žena ni znanjem ni savršenom lepotom, već umešnošću i ulagivanjem.

— To si ti imala. Đurđica toga nema. I sad ne mogu da te razumem: čas si tužna, utučena, plačeš, a čas me savetuješ kao da se to tebe ništa ne tiče. Šta je istina u tebi? Bol ili ravnodušnost? Zar bi ti mogla da budeš ravnodušna prema meni? — pitao je naivnošću i sebičnošću muškarca ne znajući koliko je finesa u ženskoj duši i kako ponos jake žene sve savlađuje ne želeći da bude smešna u svojoj patnji.

— Ja sam ponosita žena i trudiću se da pobedim sebe i sva svoja osećanja — govorila je tiho i naslanjala mu se na grudi. Suton je bio oko njih, jedna velika kuća bacala je senku i on je pritisnu na grudi, poljubi joj usne, dugo, zaneseno, kao prvi put, kao čovek koji ne da ženu, bori se za nju, jer ona je sve najlepše u njegovom životu. Išli su ćuteći, zaljubljeni, osećajući da to nije ljubav koja se kida, da ona mora živeti i dalje, da je potrebna i njemu i njoj.

Oboje su u tom trenutku zaboravili malu Đurđicu, jedno nežno zaljubljeno devojče koje je očekivalo mnogo od braka i za koje je Branko bio sve najlepše u životu. Otišli su u restoran, večerali, raspoložili se, bar tako je izgledalo, a u suštini to je bila jedna injekcija, koja samrtniku vraća život. Obećala mu je pri rastanku da će ubrzo doći kući. Oboje su živnuli, bili su bolno razdragani, grčevito tražeći jedno drugo i verujući da ih mala supruga ne može rastaviti.

8.

Jednoga dana dođe mu pisamce od Nade s nekoliko reči: *Došla sam. Čekam te sutra. Dođi!* Osetio je radost i čežnju da ožive nekadašnje časove u njenoj kućici. Spremao se sutradan užurbano, kao zaljubljeni gimnazijalac, kad neko zakuca na vrata i upade usplahireni Đurđičin kočijaš.

— Gospodine doktore, zvali su vas. Đurđici je jako rđavo. Dobila je temperaturu. Imala je skoro četrdeset stepeni. Njena majka se jako uplašila. Kazala je i lekove da ponesete. Čekam vas da odmah pođete.

On klonu. Kuda da ide? Nadi ili bolesnoj verenici? Lekar je nadjačao ljubavnika.

— Dobro. Spremiću se odmah. Gde su kola?

— Pred kafanom.

Zašto ova bolest? I to sad, kad ga Nada čeka. Šta će pomisliti o njemu? Nije mogao da je obavesti, a nije smeo da je ostavi da čeka. Ipak, treba da joj napiše. Brzo je napisao da ima jednog bolesnika, da ne sme da ga ostavi, da će doći sutra ili prekosutra. Bolje je ovako, jer se može zadržati u selu. Verenik je, ona ima pravo na njega, mora da joj ode. *Ne, to nije obaveza prema verenici, već obaveza prema bolesniku.* On je pre svega bio lekar.

Kola stadoše pred Đurđičinom kućom. Dočeka ga njena mati, brižna i ljuta na Đurđicu.

— Sama je kriva, stalno se razgolićuje i ide bez mantila. Ne vredi ništa što ja grdim, nego ti, zete, da joj pripretiš. Skoro četrdeset stepeni je imala vatre. „Nemoj da zoveš Branka", molila me je, a ja sam te ipak pozvala.

Ušli su u sobu. Mala bolesnica je ležala na visokim perjanim jastucima, sva u vezu, rumena od temperature i ružičastog svilenog jorgana. Ruke su joj izvirivale iz rukava pidžame i bile joj sićušne i bele na rumenom pokrivaču. Plave oči divno su sijale i blesak sreće zatitra u njima kad ugleda verenika.

— Sad ćemo da vidimo šta je, Đurđice. Nadam se da neće biti opasno.

— Ne znam zašto te je mama zvala. Ljutila sam se. Kao da je to nešto strašno imati vatru.

— Može da bude posledica i bolje je preduprediti.

— Mučio si se da dođeš zbog mene — govorila je ljubopitljivo i nepoverljivo, kao da je predosećala da on ne mari toliko za nju, koliko ona za njega. U njenoj bolesti više je bilo bola zbog neizvesnosti, negoli od temperature i malih probadanja.

— Zar sam ja za tebe samo lekar, a ne i verenik? Čak da si samo bolesnica, osećao bih dužnost da dođem. A kad si moja verenica, požurio sam još radije, jer neću da dopustim da moja verenica bude bolesna. Daj da te pregledam.

— Zašto da me pregledate? — zbuni se ona, i opet mu reče „vi".

— Deca nemaju ništa da pričaju, nego da se pokoravaju naredbi lekara. — Podvukao je ruku ispod njene glave i pridigao je sa uzglavlja. Njoj strahovito zalupa srce i sve joj se zanjiha u glavi i pred očima, kao da je pijana.

— Skini pidžamu!

— Zar se to mora?... Ne može preko pidžame? — mucala je i osećala kako će ponovo pasti na uzglavlje, sva obamrla od silnog uzbuđenja. On se nasmeši, povuče joj s ramena pidžamu, ona izvuče ruke, s njenih pleća pade pidžama, a verenik zasta jedan trenutak kao opčinjen njenom mladošću, svežinom i lepotom. Ipak, lekar pobedi u njemu, on joj stavi slušalicu na pleća, naredi da diše duboko, stavi je posle na grudi, i oseti kako joj strašno lupa srce. Jedva je sedela u postelji i najednom savladana uzbuđenjem klonu na uzglavlje, zatvori oči, pogleda ga nežno, brzo obuče pidžamu i klonu ponovo na jastuk. Ruka joj je bila na pokrivaču, a on uze njenu ručicu, steže je, naže se iznad nemog lica i osta tako gledajući je. Spusti svoju ruku na njenu kosu, dizao joj je pramenje i gledao joj belo čelo. Njoj dođe da zaplače od uzbuđenja, ali se savlada, uguši u sebi bolnu misao, koja se uvek javljala: *Zašto me ne poljubi?*, jer je čitavo njeno biće drhtalo za njegovim usnama i zagrljajima.

Mati uđe i zapita brižno.

—Jesi li je pregledao, je li opasno?

— Nije, ne bojte se. Mali bronhitis.

— A šta joj je to trebalo? Uplašila sam se da ne bude zapaljenje pluća. Ah, današnja mladež! Ne misli na svoje zdravlje.

— Nije ništa opasno, ne bojte se! Daću joj jedan lek. Ona će vas odsada slušati.

— Mama, donesi da Branko proba liker koji sam napravila. Dva sam likera napravila, od pomorandže i od kafe.

— Zar ti to umeš da praviš?

— O, još kako fine!

— Sve ona sprema za tebe kad budete u svojoj kući. Te ovo ću za Branka... te ono ću za Branka. Ceo dan mi priča o tebi.

— Nemoj ti sve da ispričaš Branku šta ja govorim.

— Zašto da ne kažem? Hoćeš i one pletene rukavice da mu daš?

— Hoću, donesi ih.

Mati izađe.

— Kakve su to rukavice?

— Radila sam ti ih od vune. Ti ideš po selu pa je nekad hladno, mogu ti nazepsti ruke, a toplije su vunene, i džemper ti radim da ne nazebeš.

— Ti na sve misliš — hvalio ju je nežno se naginjući nad njeno lice. Oseti potajno kajanje i stid pred ovom nežnom, dobrom devojčicom, koja je brinula o njemu kao sestra ili mati. Setio se onih svojih reči: *Osećam sažaljenje prema Đurđici.* U ovom trenutku nije bilo sažaljenja, već prijatnost, iznenađenje, što je stvarala njena dobrota, a još više lepota njenih grudi, njena fina blistavobela koža, male ruke, rumeno lice, detinjasta mladost devojke s dušom, brižne i nežne majke.

Utonula u jastuk, okružena tananim vezom, pitala ga je sa strepnjom:

— Hoćeš li odmah da se vratiš, ili ćeš ostati da prenoćiš kod nas?

Ako bih se odmah vratio, mogao bih još stići do Nade?, pomislio je verenik i rešavao se šta da odgovori.

Dva plava oka gledala su ga ispitivački i nežno, on se sažali i odgovori, trudeći se da mu glas bude ubedljiv:

— Da, ostaću...

— Možeš da spavaš u mojoj sobici — dodade tiho, srećna što će on spavati u njenom krevetu, a posle će ona leći u isti taj krevet da oseti miris njegove kose, usana, lica.

Izvuče ruku ispod pokrivača i spusti je na atlasni jorgan, želeći da je on uzme i podrži u svojoj. On je pomilova po ruci kao dete, a nju i to ražalosti! Sve je uzdržljivo u njemu, nikakvog strasnog, iznenadnog izliva. *Možda je on takve prirode*, opravdavala ga je i dođe joj da mu se baci oko vrata, da ga miluje, ali se uzdrža i prošaputa isto pitanje, ali slatko, koje bi svaki čas ponavljala:

— Voliš li me?

On se nasmeši, naže se njenom licu i zapita je:

— Jel' moram svaki put da ti to ponovim?

— Ne moraš — odgovori ona tužno i povuče se u ugao, zaćuta i zaklopi oči. Osetila je kako je njegova ruka miluje po obrazu, pa pokri svojom rukom njegovu, da bi je zadržala na svojim obrazima, očima, a on oseti vlagu njenih očiju i jedan meki, topli detinjski i nežan poljubac na svome dlanu.

Sve ga to potrese i obuze ga kajanje. Dođe mu da prigrli ova nežna bela ramena, da je stisne na grudi i prošapuće: „Volim te! Mi ćemo biti srećni. Ti ćeš biti moja dobra, mala supruga...” Ali nešto ga zadrža, savlada ga sećanje na onu drugu, na njenu sobu, njene ruke, usne, njeno telo, i on se zavali na stolici, nemoćan da se pretvara, tužan i ravnodušan. Tek da bi nešto govorio pričao joj je:

— Kuća će biti uskoro gotova. Moleraj je kao što si ti želela. Šteta što ne možeš da dođeš da vidiš.

— Jesu li vrata kao slonova kost?

— Kazao sam majstorima da ih tako oboje.

— Nemoj samo sivo, ne valja. Je li spavaća soba ružičasta? Znaš, sve će biti ružičasto, i jorgani i prekrivači. Divna će nam biti kućica. Trpezariju sam poručila. Biće lepa. Imaćemo jednu vitrinu i jedan veliki niski orman. A znaš šta sam poručila za tvoju sobu? Htela sam da ti ne kažem ali moram: jedan orman za knjige. Jel' voliš?

— Kako da ne volim?! To mi je baš potrebno. Razbacujem knjige po stolu i polici.

— Sve će biti u redu. Tvoj krevet neka ostane u tvojoj sobi. Namestiću ga kao minderluk s banatskim jastucima. A možda ću doneti onaj naš divan, videću. Znam da ćeš biti zadovoljan. Mama će ti pokazati kakve sam lepe vaze od keramike kupila. Nešto fino, boje slonove kosti, pa s cvećem. To ću staviti na orman u trpezariji. I pepeljaru sam ti kupila, isto takvu. Mama je obećala da će nam dati jedan veliki poslužavnik. Znaš kako je težak, čisto srebro, i šest srebrnih kašičica. A daće mi noževe i viljuške. A, da ne zaboravim, nek nam kuhinjicu i onu sobu do kuhinje lepo izmalaju. Što ću to lepo da namestim! Možemo da ručavamo u onoj sobici. Izradila sam celu garnituru za kuhinju. Sva će mi kuhinjica biti u vezu! A umem ja i da kuvam. Znam i hleb da umesim...

— Ja neću dati da ti mnogo radiš, da se mučiš.

— Bože, zar je muka raditi u kući? Meni to ide lako. Nego, možda ti voliš da ja budem samo dama?

— Ne, to ne želim. Svaka žena može biti dama, ali je potrebno da je i domaćica.

— Je li tvoja majka bila dama ili domaćica?

— Kakva dama, moji roditelji nisu bili bogati. Ona je bila patrijarhalna žena, i kao i tvoja mama podizala decu i radila sve sama.

— Ja volim što si ti iz takve porodice. Da si neki monden možda se ne bismo razumeli. Da ti pravo kažem, ponekad sam mislila da nisam ja možda za tebe seljanka? Ličim li ja na seljanku?

On se nasmeja, pomilova je po obrazu slušajući što mu sve priča i sećajući se Nadinih reči: *Te male jednostavne supruge imaju mnogo umešnosti oko muža.* Veselo joj je odgovarao:

— Ti si seljančica samo po tvojim rumenim obrazima, jer živiš u prirodi. Ovo nisu sela, već varošice. Ti imaš potpuno varošku kuću i takav je red u njoj. Ja se ne osećam u tvojoj kući kao u seljačkoj.

Mati uđe u sobu. — Zete, hajde da večeramo.

— Mama, Branko će prenoćiti kod nas. Ti mu namesti postelju u mojoj sobi.

— To ti je pametno. Što da ideš po mraku! Prenoći, pa sutra idi. Ona je najsrećnija kad si ti tu. No, jesi li ozdravila kad je Branko ovde? Čujem, zete, za tebe da si odličan lekar i da nisi neki derikoža kao neki.

— Koliko svet ima, toliko i plaća.

— Meni je ranije svaki čas nešto falilo, a sad, kad imam zeta lekara, zdrava sam kao kurjak. Nego, hajde, zete, ja sam postavila sto za večeru. Šta ćemo njoj dati da jede?

— Ja ću vam reći.

— Ja bih popila limunadu. Može Branko da mi je dâ. Napravi mi prvo limunadu pa onda večerajte. Jesi li gladan?

— Pa... prilično.

— Sedi još ovde.

Pružila mu je nežno ruku. On se naže k njoj gledajući je svojim tamnim očima.

— Ja volim crne oči. A voliš li ti više plave ili crne? — pitala je kao dete.

— Sigurno da volim plave.

Dođe joj opet da ga zagrli, ali pomisli da je ona bolesnik i da može od nje primiti bolest, pa sakri ruke ispod pokrivača. Bila je sva raznežena, ali i jedna nit tuge se provlačila kroz njeno devojačko srce. Što ne sme da mu kaže koliko ga voli, što joj on ne priča o ljubavi?!

Neobični su bili njihovi verenički dani, uzdržljivi, bez izliva ljubavi kao da su poznanici, kao da su dva različita sveta. Da li je to bolje, ili on ne oseća mnogo prema njoj, pa hoće da se privikne? A zašto da ne oseća? Možda voli drugu? Oči joj se uozbiljiše i htede da ga zapita: „Voliš li ti neku ženu?"

A mati uđe, noseći veliku čašu limunade, dade joj da pije i pozva zeta da večeraju. Đurđica je pijuckala limunadu i razmišljala.

Koga je on voleo? Ona ništa nije znala o njegovom životu. Da li ima kakve tajne? Verovatno. Život mladića ne može se zamisliti bez tajni. Sumnje joj je rasterivala potajna sreća što će on noćas biti u njihovoj kući, spavati kod njih i ona misliti na njega.

— Presvuci čistu navlaku i čaršave u postelji. Pitaj ga spava li nisko ili visoko. Neka jedna vatra izgori u peći da se smlači soba. Stavi na sto bokal s vodom i čašu.

— Bože, na sve misliš — nasmeja se mati.

— A na šta misli? — upita verenik.

— Naređuje mi kako da ti namestim postelju, ne zna spavaš li nisko ili visoko, voliš li toplu sobu. Ako!... Neka ti ugađa. I ja sam njenom ocu ugađala. Žena je za to stvorena da ugađa mužu, pa će posle i on njoj ugađati. Nije ona naučila da se izležava, nego da radi. Voli ona svaki posao — hvalila je mati. — I volim je što nije jogunica. Mogu da je izgrdim koliko god hoću, ona se opet umiljava i priča. Ako i ti budeš naravi kao ona, lepo ćete se slagati.

Polegali su svi. Ugasila se svetlost u kući, nastala je tišina. Branko je odmah zaspao, a Đurđica je dugo bila budna.

9.

Preostale su još dve nedelje do venčanja. Kuća je bila kao nova i nameštaj se već donosio. Đurđica s dvema drugaricama i njegovim momkom nameštala je kuću. On je dolazio da vidi kako to obavljaju.

Morao je da prizna da je sve bilo divno nameešteno. Lepi tepisi, ćilimi raznih oblika, vitrina već napunjena sitnicama, kristalnim čašama, starinskom staklarijom i starim srebrom.

— Pogledaj svoju sobu! — pokazivala mu je nežno, sva srećna što je sve tako lepo udesila. Vesela soba bila je puna boja, nimalo sumorna za čoveka koji treba u njoj da radi. — Jel' ti se dopada?

— Kako da mi se ne dopada? Sjajno!

— A jedna gospođa mi je kazala da radna soba muškarca treba da bude u zagasitijem tonu, ozbiljnija i da je ova soba više za devojku nego za muškarca. A ja se nisam bojala da ti se neće dopadati.

— Ko kaže da soba mora da bude ozbiljna i sumorna? Naprotiv, ovo će me razveseljavati, sve ove šare, cveće, jastuci. Orman je divan!

Trčkarala je od jedne stvari do druge, nameštala, izmicala se, njene nožice su bile lake, ruke umešne, sve je moralo biti harmonično, u redu, čisto, od kuhinje pa do onog sopčeta pokraj kuhinje, spavaće sobe, trpezarije, njegove sobe.

A bašta je sva ozelenela. Voćke su procvetale i već se zametao rod marela, kajsija, a zeleni listići okitili su grane mladalačkom lepotom. Razlistale se ruže, rascvao narcis, perunike porasle, a šimšir već dobio mlado lišće na vrhovima i osvežio svoje grane. Trava je bila kao tepih i sve je mirisalo na mladost i proleće.

Kuća je sva uređena i miriše na novo, blista, samo da se oni venčaju i usele. Rešili su da idu na svadbeni put u Dubrovnik.

Ali na pet dana pred venčanje Đurđica dobi strašnu kijavicu. Zacrveneše joj se oči, zarumeni joj se nosić, nije mogla da gleda od kijavice. Kako je to neprijatno: kijavičava mlada! Da li da odlože venčanje? Ne. Nikako. Sve je gotovo i venčanica sašivena. Plakala je što joj se to desilo.

— Radila si, trčala, nameštala kuću, nikad se ne utopljavaš i morala si da nazebeš — grdila je mati. — Ja bih vam savetovala da se venčate, ali da ne idete na svadbeni put. Možeš još gore nazepsti.

I verenik se s tim složio. Venčaće se, ručati kod njene kuće i predveče otići u svoje selo, svojoj kući. Đurđica je bila tužna što joj se uskraćuje najveće zadovoljstvo svih nevesta, svadbeno putovanje. Branku je bilo prijatnije što ostaju kod kuće. Đurđica je imala i malu temperaturu, dva dana je morala da leži u postelji. Kijavica se spustila u grlo. Počela je da kašlje. Nije mogla ni da poljubi Branka. Mogao bi i on dobiti kijavicu. Ovo je ispalo tragikomično. Hrabrila se, pila čajeve i ležala ne bi li se oporavila do venčanja.

Ustala je to jutro s teškom glavoboljom, a tresla je i groznica. Nikom to nije rekla. Molila je majku da venčanje bude sa što manje ceremonija. Njen verenik je lekar, a ne seljak, njena svadba treba da bude gospodska. Nadala se da će doći i Brankova rođaka Nada, ali nje nije bilo. Objasnio joj je da se ni ona ne oseća dobro.

Drugarice su je obukle, a frizer joj je namestio veo i venac. Divile su joj se drugarice kako je lepa. Sva je bila bela i ružičasta. Duga venčanica je pravila još tanjom i višom.

— Baš ste lep par — šaputala joj je drugarica. — Ti plava, on crnomanjast!

Svadbeni običaji su otpočeli. Moralo se, takav je red. Tako je htela njena majka. Žao joj je bilo što niko od njegove familije nije bio na venčanju. On nije mislio da će to biti velika svadba. A ono se sleglo celo selo.

Đurđica se udala za lekara, finog i lepog čoveka. Snaša Mara je htela da to vidi celo selo. Udovica, pa to čekala! Htela je da pokaže svoju gazdinsku kuću. Mesilo se i spremalo za svadbu čitavih nedelju dana. Sva je kuća mirisala na testo i pečenje. Služiće se najstarije vino. I snaša Mara se obukla gospodski. Na njoj je bila haljina od teške svile, i zlatan lanac oko vrata. Pokloniće posle taj lanac Đurđici. Molila je Đurđica da skine maramu sa glave, ali ona to nije htela. Da joj se posle ne smeje selo. Ljubila je ćerku i plakala: „Kako ću, sine, bez tebe?" Plakala je i Đurđica, kidalo joj se nešto od srca. Ali tu je bio Branko, sva je treperila od ljubavi, grlila je mamu i mazno joj tepala:

— Doći ćeš ti, mamice, kasnije, da budeš kod mene. Ne dam ja da ti budeš sama.

Seli su u kočije i krenuli u crkvu. Iz crkve su se vratili kući. Celo selo je došlo da vidi gospodsku svadbu: „Đurđica Momirova se udala za doktora!"

Ručak je bio gazdinski, obilan, pravi banatski... Jelo se, pilo i nazdravljalo.

Đurđica se nije osećala dobro. Grlo je sve više greblo, a groznica žmarila. Ali se kočoperila i smešila, htela je da svi vide kako je ona srećna i vesela mlada... Jedva je čekala da pođu kući. Tek u četiri sata digli su se od stola. Ona se presvukla i obukla štofanu haljinu. Mati joj je prebacila preko ramena jedan lep pleteni šal.

— Kako se osećaš? — upita je kroz suze mati.

— Odlično — pohvali se Đurđica. A glava ju je bolela, oči suzile, a telo obuzimala vatra. *Bože, ja ću se razboleti!*

Branko ju je gledao znajući po njenim očima da joj nije dobro. Seli su u kola. Ispratili su ih kumovi, svirači, svatovi, rodbina... Konji pojuriše i začu se majčin plač. „Ode moja Đurđica!", jauknu srce materino. „Ode moje zlato."

— Tebi nije dobro... poznajem ja — govorio je Branko u kolima.

— O, dobro mi je — šaputala je malaksalo, slaba ali srećna i glava joj klonu na njegovo rame kao oprljeni cvetić. Htela je da mu prošapuće: „Voliš li me?", večno pitanje zaljubljenih, ali se uzdrža, privi se uz njega i strese kao u groznici.

— Tebi je hladno? — pitao je naginjući joj se i dotičući usnama njene plave vlasi.

— Nije. Malo mi je jeza.

— Da podignemo krov fijakera — zovnu on kočijaša. Kočijaš se smeškao i mislio: *Vole mladenci da su sami.* Ustreptala je i Đurđica, htela je da mu obavije ruke oko vrata, ali znala je da ima kijavicu; ne bi bilo lepo da on kao lekar od nje primi bolest. Šćućurena u uglu kola nije se pripijala uz njega, a on zamišljen trže se iz svojih misli i upita je:

— Je li ovako bolje? Večeras je sveže.

— Vrlo mi je prijatno — šaputale su njene usne i bi joj opet tužno što je samo pita, što je ne stegne u zagrljaj. Mladenci jedva čekaju da ostanu nasamo, a on sedi mirno kao da je s drugaricom. Pogleda ga, a on je bio rasejan, ali osetivši njen pogled na sebi pruži ruku, uhvati njenu, zadrža je u svojoj i upita je:

— Jesi li umorna?

— Nisam. Od čega bih se umorila?

— Imala si posla ovih dana.

— Nije to za mene veliki posao. — Dođe joj smešno njegovo pitanje i začuđeno ga pogleda, kao da je htela da prodre u njegove misli kroz njegove oči, a one su bile tamne, nepronicljive. Osmeli se tada i zapita ga:

— Jesi li srećan što si se oženio sa mnom?

— Kako ne bih bio srećan?! — Govorio je bez uzbuđenja, a glas mu je bio taman i njoj se učini da to iz njega govori neki drugi čovek, njoj nepoznat. Rastuži se opet i povuče se u ugao, izvlačeći svoju ruku. On se okrete kao da je hteo da vidi šta joj je, zašto izvlači ruku, a ona prikupi šal oko sebe i zavuče ruke pod šal.

— Večeras ću ti dati jedan aspirin, pa da se lepo odmoriš! — govorio joj je kao lekar.

— Šta će mi aspirin? — bunila se ona, jer su se u njoj budila osećanja, budilo se njeno malo zaljubljeno srce, koje je očekivalo mnogo od njega, a on je gledao kao da ona nije njegova žena, i kao da nije došao trenutak kad će se naći sami, onaj najslađi trenutak koji očekuje svaka nevesta.

Stigli su u selo, pred svoju kuću. Momak je osvetlio kuću i čekao svoga gospodina i mladu gospođu. Lakim koracima Đurđica je ušla u kuću. Zastavši na pragu zapahnuo je miris novih stvari. Pri večernjoj svetlosti kuća joj se učini još lepša, elegantnija. Zar je to njena kuća? Njena i njegova? S nekom pobožnošću stupila je u svoj bračni dom.

— Dobro došli, gospođo! — pozdravi je momak.

— Hvala! — odgovori ona veselo.

— Idite donesite stvari iz kola — naredi Đurđica. — Ima tamo pečenja i kolača. Odnesite u kuhinju i ostavite u orman, a uzmite i vi da večerate.

— Ja sam, gospodine, spremio večeru i postavio dole u sobici.

— Gle, setio si se.

— Mislio sam da ćete biti gladni kad dođete, pa sam ispekao pile i kupio vina.

— Hvala, Miloje! Videćeš, Đurđice, da će ti Miloje biti desna ruka. Zna sve poslove kao žensko.

— I mi imamo dobrog momka kod kuće koji zna svaki posao.

— Bio sam ja, gospođo, i kuvar nekada, videćete kako kuvam. Predlagao sam ja gospodinu doktoru da kuvam, ali on nije hteo da kupi sudove. Vi ćete mi, gospođo, dopustiti da pokažem svoju kuvarsku veštinu. Ako mi dopustite, ja ću spavati u onoj sobici. Uneo sam gospodinov krevet, pa će mi biti lepo.

— Možete, Miloje. Hvalio vas je Branko da ste vrlo dobri i čestiti.

— Ja bih život svoj dao za gospodina — iskreno je govorio Miloje i povuče se da bi ostavio mladence same.

Đurđica ostavi šal. Zastala je u trpezariji očekujući da joj on priđe, da je zagrli i poljubi. Smešila mu se svojim lepim plavim očima, a on skide šešir, uđe u svoju sobu, ostavi ga pa se vrati, priđe joj i spusti ruke na njena ramena. Ona privi svoju glavicu uz njegove grudi i oseti kako je on miluje po obrazu.

— Voliš li me? — šaputale su njene usnice.

— Dabome... — odgovorio je onim istim glasom, koji je čula u kolima, pa se uplašila, kao da čuje biće koje ne poznaje.

— Dabome... i ja tebe volim — nasmeja se ona, otrže se od njega, pa pošto nije dobila poljubac ne oseti buru osećanja i htede da se savlada i da prkosi samoj sebi. Uzbudi se nešto u njoj. Smejala se i govorila:

— Baš je glupo imati kijavicu.

— To će proći. Čuvaćeš se dva-tri dana. Noćas ćeš se lepo ispavati, pa će ti biti dobro... Jesi li gladna?

— Nisam, ali ako si ti gladan, praviću ti društvo.

— I ja ne mogu ništa.

— Da vidimo šta ima na radiju.

Prišla je aparatu i uključila ga. Začu se muzika, tužna i lagana. Ona sede na divan, očekujući da i on sedne kraj nje. A on je stajao kraj aparata, slušao i vihor uspomena probudi se u njemu. S Nadom je isto tako slušao radio sedeći na divanu. Šta li ona radi u ovom trenutku? Kazala mu je: „Ja ne znam da li ću moći preživeti tvoje venčanje.” To mu je kazala onomad kad je otišao k njoj, molio je i preklinjao da bude jaka, zaklinjao se da samo nju voli, da će dolaziti k njoj kad god bude imao vremena. Ona mu je i danas bila stalno u svesti. Kad god bi uhvatio Đurđicu za ruku, mislio je da je to Nadina ruka. Osvestio bi se i vratio u stvarnost kad bi ugledao dva plava oka male Đurđice, koja ga je gledala molećivo i zaljubljeno. Osećao je šta ovo dete očekuje od njega, ali nije mogao, bila mu je još tuđa, daleka, nepoznata. Činilo mu se da bi to bilo neko oskrnavljenje, nepoštovanje, laž s njegove strane, prevara... Dođe mu najednom da sedne pored nje, da joj se ispovedi i zamoli je: „Đurđice, mi se još ne poznajemo... Ja se nadam da ćemo se sprijateljiti, zavoleti i biti dobri jedno drugome.” A zar bi ona to razumela? Možda bi pomislila da nije muškarac. Pogledao je... Sedela je snuždena s tugom u očima, kao da naslućuje da nije sve onako kako bi trebalo da bude.

Prišao joj je, obuhvatio joj lice rukama i zapitao:

— Što si tužna?

— Tako... žao mi je mame... ostala je sama... — i najednom puče nešto u njoj, linuše suze, odjeknu jecaj, dugo uzdržavani, sva sumnja izli se u suzama...

On je privuče sebi kao dete, sažali se, poče da je miluje i teši:

— Mama će doći, videćeš je. Nismo mi daleko. Tvoje selo je blizu. Odlazićeš ti često mami, a i ona će nama dolaziti.

Miloje pokuca, ali ne otvori vrata, nego ih upita iza vrata:

— Hoćete li da večerate?

— Hvala, Miloje! Siti smo. Ti večeraj, a što ostane ostavi za sutra — reče mu lekar.

— Laku noć! — progovori Miloje i udalji se, smešeći se i misleći: *Zaljubljeni su, pa nisu gladni.*

Đurđica uđe u trpezariju i sede na stolicu, a on je sedeo na divanu. *Baš neću do njega da sednem. Može dobiti kijavicu od mene.* Pogledala ga je i upitala:

— Kako ti se sviđa trpezarija?

— Sjajna je. Nisam verovao da će naša kuća biti ovako lepa.

— Ja sam se trudila. — Ušla je u njegovu sobu gde blesnuše banatski ćilimi. U veselu sobu unosio je ozbiljnost orman s debelim naučnim knjigama u tvrdom povezu... Na zidu je bila jedna lepa slika, kopija Rembranta *Na času anatomije.*

— Otkud ti ova slika? — začudi se Đurđica.

— Kupio sam je kad sam bio u Zagrebu. — Nije smeo reći da mu je to donela Nada na poklon. Bila je na pisaćem stolu i jedna figura od bronze, devojka u ležećem stavu, koju je takođe dobio od Nade.

— Ovo je lepo. Kad si to kupio?

— Kad sam se vraćao od brata.

— Ja se nisam setila da ti kupim nešto za sto.

— Ti si morala na tolike stvari da misliš.

— Pa opet ima još mnogo stvari koje treba kupiti.

— Da pogledamo ordinaciju.

— Lepo je i ovde. Gle, kupio si linoleum.

— U ordinaciji treba da bude linoleum.

— Ovde miriše na lekove. Imaš mnogo lekova. A kakva je čekaonica?

— Vrlo zgodna.

U čekaonici su bile stolice od trske, jedan četvrtasti mali sto i časopisi na stolu.

— Baš kao čekaonica lekara u gradu... Lepa nam je kućica — govorila je prolazeći ponovo kroz sva odeljenja i vraćajući se u trpezariju.

Šta će sada biti?, pitala se i očekivala uzbuđena srca... On je uhvati za ruku i opipa joj puls.

— Ti imaš temperaturu.

— Ne znam...

— Pojačan ti je puls... Sada ćeš lepo leći i ispavati se. Ja ću spavati u svojoj sobi. Treba lepo da se odmoriš.

Ona ga je pogledala kao da ne shvata šta govori, ali čula je jasno te reči: „Ja ću spavati u svojoj sobi.” Mladoženja, pa prve noći beži od nje! On je ne voli, on je nije uzeo iz ljubavi kad može tako mirno da ode, a nju da ostavi samu. Nešto je sledi i kao da se sva ukoči, ona pođe ne govoreći ništa. Došlo joj je da krikne: „Zašto si se oženio sa mnom?”, ali oseti stid, možda tako mora biti, jeste, ona je bolesna, on je lekar, on zna da nema smisla da je ljubi ovako kijavičavu, možda je baš to dokaz da je voli, on nije grubijan, već fin, nežan...

— Jeste, imam vatru, nije mi dobro, treba da se odmorim — govorila je ubedljivo, da bi mu dokazala kako ona nije od onih supruga, koje bi se odmah bacile u naručje, a krivo joj je bilo što on neće biti pored nje. Setila se kako joj je pričala jedna udata drugarica, kako je njen muž bio strašno grub prve noći, i kako je uvek životinja prema njoj, i koliko ona pati zbog toga, nikad je ne ostavlja na miru, ne pita je je li zdrava i je li raspoložena, već samo hoće da zadovolji svoju pohotu. *A Branko je fin, dobar, on hoće da ona bude zdrava ženica,* pravdalo ga je njeno zaljubljeno srce, jer ga je volela i videla samo lepo u njemu. Nadala se da će i on nju voleti.

— Čekaj, ja ću ti namestiti krevet — htede da pođe u njegovu sobu.

— Neka, sâm ću. Zar sam malo puta sâm namestio postelju?!

Privuče je sebi, poljubi nežno u čelo, pogladi joj kosu i reče:

— Hoću da budeš zdrava i vesela ženica. Slušaćeš šta ti ja budem naređivao. Ti si moje poslušno dete!

— Jesam — šaputala je, a oči su joj se mutile suzama, ali nije htela da on to vidi, sakrila je glavu na njegove grudi, jer ju je bio stid da on oseti da ona plače što ga mnogo voli, i da je boli što on ne pokazuje strasnu ljubav koju je očekivala, što je ne poljubi, što mora i ona da krije svoja osećanja da ne bi bila nametljiva.

— Treba da ti dam tvoju pidžamu. Da vidiš što sam ti lepu kupila.

Ode do ormana i donese mu lepu pidžamu od plave svile s tamnim prugama, a on joj poljubi ruku i zahvali se.

— Doneću ti jedan aspirin, ispij ga, lezi, pokrij se dobro i biće ti bolje.

Doneo joj je aspirin, poželeo laku noć, oprostio se i otišao u svoju sobu. A ona je stajala nasred sobe, nepomična, vrelih ruku i obraza, spustila se zatim na stolicu i ostala dugo sedeći i pitajući sebe neprestano: *Zar je ovo moja prva bračna noć o kojoj sam toliko snevala? Zar on može ovako mirno da ode u svoju sobu, a ja ovde drhtim od ljubavi za njim?* Spustila je glavu na stolić i zaplakala. Dugo je lila suze, posle je ustala, umila se, namazala lice kremom, prekorela sebe što plače i što je tako luda. On je lekar, možda će je više voleti nego oni koji prve noći izigravaju vatrene ljubavnike. *On je zlatan i sladak*, šaputala je i maštala. Zamišljala je njegovu glavu na jastuku kraj sebe, videla je njegove lepe oči i tamnu kosu, milovala ga po obrazu, ljubila... Vlažne oči od suza zatvarale su se i san je hvatao, sladak, detinji san.

Probudilo je tandrkanje kola, trgla se i još poluzatvorenih očiju pomislila bunovno: *Idu na salaš.* A posle je otvorila oči, iznenadila se, pogledala je tavanicu, prozor je bio desno a kod kuće joj je bio više glave, i sve je to opet zbuni, širom otvori oči, sede u postelji i seti se: *Ja sam udata...*

Zatreperila je u njoj radost, ali odmah se rastužila, pogledala praznu postelju do sebe i začudila se: *Kako je mogao da se osami u svojoj sobi?* Setila se svoje kijavice, crvenog nosića, osetila kako joj je jedna nozdrva još zapušena, naslonila se ponovo na jastuk da pribere misli i opet je obuze radost što je udata, što je on tu blizu nje, videće ga čim ustane.

Moj muž, šaputala je srećna što se njen san ostvario, što je dobila muža, što ga voli, a moraće i on nju da voli. *Ah, treba pre njega da ustanem, da spremim doručak, da vidi da nisam više bolesna.*

Gospođa doktorka!, prošaputala je u sebi, skočila iz postelje i prvi pogled bacila na ogledalo. Bila je zadovoljna sobom što nije ličila na bolesnicu. Rumena od sna, bila je tako lepa kao da se našminkala. Koža joj se belasala i prelivala, mišice su joj bile oble i bele, vrat nežan. Umila se do pojasa, oprala lice sapunom, obrisala se, očešljala kosu.

Obukla se, vezala tanku plavu pantljiku oko kose, nazula izrezane crne cipelice i izašla u trpezariju. Bila je tišina u celoj kući, pa je pomislila da on još spava. Prišla je na prstima njegovoj sobi i oslušnula, ali ništa nije čula. Tek posle učinilo joj se da pljuska voda u umivaoniku u njegovoj ordinaciji. Da, to se on umivao. Htela je da odškrine vrata, da ga zovne, ali se zastidela da ga vidi neobučena. Povukla se i sela na divan u trpezariji. Posedela je nekoliko trenutaka, pa otvorila vrata na ostavi. S radošću je pogledala policu gde je bilo dosta flaša i tegli od pekmeza, kompota, paradajza, što joj je mama dala.

U sobi desno začuše se koraci. Ona se osmeli i zovnu:

— Branko, jesi li ustao?

— Zar si već ustala? A ja sam mislio da spavaš! Kako kijavica? — pitao je nežno.

— Još malo me drži. Dobro mi je učinilo što sam popila aspirin. Zaspala sam odmah i tek jutros sam se probudila.

— Mogla si još da spavaš.

Zašto me ne poljubi?, uzbudi se malo srce. Htede da mu obavije ruke oko vrata, da mu pruži usne, da ga stegne u zagrljaj, da uzvikne ushićeno: „Kako te volim! Ti si moj slatki mužić", ali se uzdrža, a on joj pritisnu glavu na svoje grudi, pomilova je po kosi i licu i ona oseti njegov poljubac na obrazu. Poljubio je kao brat sestru, a ne kao muž ženu. Očekivala je dugi zanosni poljubac, kakav daje zaljubljeni muž, ali oseti da on još nije zaljubljen u nju. To je ponovo zapljusnu tugom i nešto joj se steže ispod grudi. *Možda je tako i u drugim brakovima, ide se lagano, postepeno, pa bukne u veliku ljubav.* Izvi mu se iz naručja, ali ga i ona pogladi po obrazu svojim ručicama i zapita:

— Hoćeš li da doručkujemo?

— Ja bih najradije popio crnu kafu. Zna Miloje, on je sigurno skuvao. A ti treba da doručkuješ. Čekaj, zvaću Miloja.

Miloje dotrča iz kuhinjice radostan što može da posluži svoju mladu gospođu.

— Ne mogu ja rano da doručkujem, Miloje: tek oko osam sati.

— Kad vi naredite, gospođo. Ručak imamo.

— Nemojte ništa da spremate. Doći ću da vidim kako je dole.

— Trudio sam se koliko sam god mogao da sve bude u redu.

— A hoćemo li, Miloje, tebe da oženimo?

— Sačuvaj me bože, gospodine doktore! Dosta sam belaja video sa ženama. Dva puta sam se ženio. Jedna me ostavila a druga je, jadnica, umrla. Nisam ni mlad. Četrdeseta mi je. Zadovoljan sam ja kad je meni ovako lepo kod vas. Nadam se da me gospođa neće otpustiti.

— O, ne bojte se, Miloje. Imamo i mi momka u našoj kući, pa znam kako je lepo čuvao kuću i znao sve poslove.

— Fala vam, gospođo. Ja razumem i sve poslove u ordinaciji. Još malo pa bih mogao biti asistent gospodinu doktoru. Sve vam lekove znam.

Miloje ode u kuhinju, a doktor ustade.

— Ti ćeš me izviniti, Đurđice, što moram da idem. Moram otići i do zdravstvene zadruge. Ti se pričuvaj. Je li topla ta haljina?

— Nije meni hladno.

— Šta ćeš danas da radiš?

— Namestiću postelje, videti kako je Miloje uredio trpezariju i kuhinju. Imam ručni rad pa ću raditi. A napisaću i mami pismo i poslati ga poštom, da bi ga ona dobila sutra.

On pođe bez šešira, uze joj ruku i poljubi je, privuče je opet na grudi, pogladi je po kosi, i najednom se seti i poljubi joj usnice. Ona zatvori oči, čisto se obeznani od dodira njegovih toplih usana, a i on zasta, zagleda joj se u očice, zamagljene i lepe, htede nešto da kaže, ali oćuta i pođe vratima. Ona ga uhvati ispod ruke, da bi mu se naslonila na mišicu, jer je osećala kako joj noge klecaju i kako sva malaksava...

Lekar je otišao bolesnom detetu, posle u zdravstvenu zadrugu i tu je zatekao Nadino pismo. Otvorio ga je, preleteo brzo očima i čisto se prestravio: napisala mu je dva-tri reda „da dođe odmah do nje, jer će izludeti i da ne može ovo da preživi". *Otkuda ovo ima smisla?*, progunđao je u sebi. Kako da ide k njoj prvog dana po venčanju? I da ga ko vidi! Šta da kaže Đurđici? Ne, to se ona pretvara, nije baš tako strašno. *Bila se sasvim pomirila s mojom ženidbom. Ne može da bude baš sve po starom*, objašnjavao je sebi, želeći da uveri samog sebe kako ona nema više prava nad njim, pa ga je malo i naljutila njena netaktičnost. Ali posle je došlo sažaljenje koje ga je raznežilo, setio se svih lepih časova, egoizam muški iščeznu, osetio je da je njoj zaista teško, možda bi trebalo da ode, ona mu je još bila bliska, mila, a supruga nepoznata i tuđa. *Reći ću da su me zvali jednom bolesniku na salaš. Đurđica će to razumeti i neće posumnjati...*

Ona je vrlo mlada i naivna, mislio je o njoj, a grizlo ga je što će je danas slagati. A mora otići. Pribojavao se da Nada ne učini nešto sa sobom. Ženama se nikad ne može verovati u datu reč. One je odmah zaborave ili izokrenu čim naleti drugo osećanje ili padnu u afekat. Takav jedan afekat može dovesti Nadu do toga da učini nešto od sebe, kao što mu je priznala da je jednom htela da raseče vene na rukama, pa se u poslednjem momentu predomislila i otišla u Zagreb. Ali šta bi bilo da to danas učini? Pretresalo bi se o njenoj smrti, možda bi bacila krivicu na njega i pozvali bi ga na saslušanje. A možda bi i izbio javni skandal i Đurđica bi sve to saznala. Zašto to dete da pati? Ipak je bolje da on ode, to je manji greh nego da dopusti da se ubije.

Celo je jutro bio rasejan i lomio se da li da ode ili ne. I rešio se da ode. Reći će kako je smislio: zovu ga na salaš. Pogledao je na sat. Dvanaest i četvrt. Imao je da pregleda još dva bolesnika. Bio je savestan lekar.

Vratio se kući oko jedan sat. Đurđica je sedela u trpezariji i nešto plela. Ustala je kad ga je videla, sva rumena od uzbuđenja, i ne mogavši više da se savlađuje, zagrlila ga, obavila mu ruke oko vrata i prošaputala:

— Kako te volim! A ti mene? — pitala ga je kao i uvek i gledala ga pravo u oči, da bi opazila šta je u njima, a on se u tom času razneži, steže je na grudi i prošaputa:

— Volim i ja tebe. Zar bih se oženio tobom da te nisam voleo?!

Ona oseti razliku između svojih i njegovi reči, ali, srećna što je on tu, što su u svojoj kući, što im je sve lepo, čisto, ukusno, zaboravi da to nije ona prava izjava ljubavi koju bi volela da čuje. Povela ga je od jedne stvari do druge i pitala:

— Je li ovako dobro? Ja sam sve ovo preinačila. Pogledaj, u tvojoj sobi sam premestila pisaći sto na ovo mesto. Bliže je prozoru, ima više svetlosti.

— Vrlo lepo. Dabome, više je svetlosti.

— Pogledaj, stavila sam ti na prozor ove male zavesice. Je li da su lepe? Sama sam ih izradila.

— Vrlo su lepe — šaputao je rasejano, a kajanje ga opet obuze: *Kako da je slažem?*

— A nisi video ovo jastuče! Promenila sam ono belo s vezom. Više volim ovo na čoji. I njega sam uradila...

— Kako si ti bila vredna! Sve je to tvoj ručni rad?!

— Ja nisam bila kao druge devojke koje se zabavljaju. Nikoga nisam volela.

— Zar baš nikoga? — smešio se i hvatao je za bradu. — Morala si i ti nekog voleti. Nema nijedne devojke koja nije imala neku ljubav.

— O, pa ja ne kažem da mene nisu voleli. Ali ja sam se prvi put iskreno zaljubila u tebe. A sve dotle sam mislila: kakav li će biti moj muž? Htela sam da bude crnomanjast.

— Jesi li htela da bude doktor?

— To nikad nisam pomislila.

— A vidiš šta su lekari. Prvo jutro pa moram da idem bolesnicima.

— Ja to razumem. Tako mora da bude. Kad si tačan, oni te više vole i zato te ne hvale uzalud!

On je pogleda svu i primeti da je u kućnoj haljini plavoj, mekoj, s ružičastim vezom, što se slivalo s njenim očima i rumenilom obraza i zapita je:

— A šta je ovo? Druga haljina.

— Kako ti se dopada?

— Tebi sve lepo stoji! Osobito plava boja.

— Razumeš li se ti u ženske toalete?

— Primetim kad je žena lepo obučena, ali ne razumem se u sve detalje. Vidim da se ti lepo oblačiš. Nema na tvojim haljinama ništa što bi jako upadalo u oči. Ne volim crvenu boju.

— I ja je ne volim. Vidiš kako se slažemo. Nemam ništa crveno. Jesi li umoran?

— Nisam.

— A jesi li gladan?

— Prilično.

— Postavila sam u trpezariji. Miloje je savršen momak.

— Milo mi je što si to opazila. On se, jadnik, bojao da ga ti ne otpustiš. Jednog dana mi je kazao: „Vaša gospođa će možda tražiti neku devojku.”

— Neću ja njega otpustiti. Kad si ti zadovoljan, biću i ja. Vidim da je čist i vrlo uredan, a to je najvažnije.

Odmakla se od njega, govoreći veselo:

— Neću da te ljubim da ne dobiješ kijavicu.

— Ne plašim se ja kijavice — odgovori on veselo, obavi joj rukama bedra i privuče je sebi. Ona mu se nasloni u naručje, a on spazi njen beli vrat i finu liniju grudi. Nešto ga toplo zapljusnu, saže se, poljubi joj vrat, a ona sva zadrhta, zaklopi oči i opusti mu se u naručje.

Neću da idem Nadi, naljuti se lekar u sebi. *To je netaktično što me je zvala.*

On obgrli svoju ženicu još jače, osećajući prijatnost od njenog toplog, vitkog tela, belog vrata i rumenih obraza. Nešto ga zanese i on spusti svoje usne na njene, poljubi je strasno, da se ona sva izgubi, samo joj se s usana otrže meki šapat:

— Kako te volim!

Ušli su u malu trpezariju, gde ih je čekao lepo postavljeni sto. On zastade jedan trenutak kraj stola, gledajući tanjire od finog porculana, beli stolnjak, jedan milje s ružičastim cvetićima, blistave čaše, srebrne noževe i viljuške.

— O, kako je lepo postavljen sto!

— Dopada ti se? — pitala ga je mala supruga, sva ushićena, uživajući što mu se sve sviđalo.

Đurđica ga je nudila jelom i stavljala mu u tanjir najlepšu parčad pečenja i pite. Sipala mu je vino, dodavala sode u čašu, srknula i ona malo, obrazi su joj buknuli još više, ali ne od vina, već od sreće što je dočekala dan u svojoj kući, pored muža koga voli. Sve joj je bilo lepo, ugodno, a on, njen slatki mužić — najlepši...

Neću da idem kod Nade, čvrsto je govorio sebi. *Neće se ona ubiti. To je kapric kod nje... bez smisla.*

Pošao je s malom suprugom po bašti, ona ga je držala ispod ruke, došli su do višnje, pokazivala mu je mladi plod, bile su se odlično zametnule voćke. Gledali su i male kajsije.

Kapija škripnu. Ušao je jedan čovek i vodio dete.

— Idite u čekaonicu — reče mu lekar.

— Ti ordiniraš od tri do pet. Imaš li uvek bolesnika? — pitala ga je malo rastužena, jer je mislila da uđe u njegovu sobicu da pričaju, da se maze, a on je morao bolesnicima.

— Imam gotovo svakog dana. Dolaze i iz drugih sela.

Uđoše u kuću i lekar ode bolesnicima. Ona je uzela novine i čitala sedeći na divanu u trpezariji. Osetila je malu jezu, pa je uzela veliki šal, ogrnula ga, legla na divan, nastavila čitanje, pa zaspala.

A lekar je pregledao bolesnike. I danas ih je došlo mnogo. Đurđicu je trgla iza sna vriska. Plakalo je dete.

Šta li mu je?, uplašila se, ušla lagano u muževljevu sobu koja je bila do ordinacije.

— Uvo ga boli da presvisne, gospodine doktore — govorila je mati.

— Ispraću mu uvo. Nemoj, bato, da plačeš.

Dete vrisnu, a Đurđica zadrhta. Čula je kako mu on govori blago, roditeljski, i bilo joj je prijatno. Da, lekar mora biti blag prema deci, jer se deca plaše lekara.

— Neće, sine, tebi ništa gospodin. On je dobar, voli decu. Jelte da ih volite?

— Kako da ne! Ja znam da je on dobro dete. Sutra će on da bude veseo i ništa ga neće boleti.

Đurđica se smešila i izađe iz sobe.

On je divan. On će i mene mnogo voleti.

Uvila se opet u šal i prisećala se muža za ručkom. Misleći na njega uhvatio je opet san i ona ponovo zaspa.

A Branko je pregledao bolesnike. Jedni su odlazili, drugi dolazili. Dok ih je pregledao, neprestano mu se nametala misao: da li da ode do Nade? Ako ne ode danas, moraće sutra. A šta može učiniti? Možda je bolje da ode. I kazaće joj da neće moći svaki čas da dolazi. Jest, danas će otići. Ne treba ona da oseti da ju je odmah zaboravio. On je nije zaboravio, niti će je zaboraviti, ali upleće se u njegov život ovo skromno, nevino dete, koje ne sme da izigra, jer to ono ne zaslužuje.

Ići ću... Za sat ću biti tamo i sat mi treba za natrag. Do sedam mogu da budem kod kuće. Uzeću Iliju kočijaša. On ima konje kao vile. Moram kupiti auto. Da imam auto, za sat bih bio tamo i natrag. Trebalo je da joj kažem da nedelju dana neću moći da dolazim. A ja sam kriv. Kazao sam: „Videćeš ti da ću ti ja doći prve nedelje po venčanju." I, eto, ona hoće da se uveri, pa požurila, hoće prvog dana da joj dođem. Dobro, otići ću. Biću korektan, ali posle neću ići čim me pozove.

Bolesnici su otišli. On je oprao ruke, skinuo mantil, obukao kaput i ušao u sobu. Đurđica je spavala. Prišao je lagano i pogledao je. Spavala je kao dete, poluotvorenih usnica. Nije joj se čuo dah. Gledao ju je uspavanu, lepu i detinjastu. Seo je na stolicu kraj divana i opet se predomislio: *Neću da idem*. Smešio se i gledao je: *Moja mala supruga*. Videći njeno zdravlje i lepo telo pomislio je da će im i deca biti zdrava i lepa. Nešto ga je privlačilo njoj, ta njena bezazlenost i nežnost, rumeni obraščići i nagnuo je svoje lice njenom...

Ona se trže, ugleda ga, nešto joj zadrhta u grudima, pruži mu ruke, on je dočepa u naručje i strasno je steže, usne im se stopiše. *Neću da idem Nadi*, kliknu u njemu... ali posle opet nastade borba. *Možda će sutra biti kasno. Pa skandal koji bi izbio! Bolje da idem.* Milujući Đurđicu po licu, govorio je nežno:

— Ožalostiću te... Moram da idem do jednog bolesnika daleko, na salaš. Možda ću se kasnije vratiti. Nije ti krivo?

— Kako bi smelo da mi bude krivo? Moraš ići kad si lekar.

On se pokaja, uze joj ručicu i ljubeći je, mislio je u sebi: *Nadi ću reći da ne mogu često da dolazim. Rđavo je to što radim, ali moram. Možda Nada ima malo prava nada mnom.*

— Ti si dobro dete, umećeš da se pomiriš s mojim pozivom — tešio je, a stid ga je bilo da je laže, ali tešio se da ona neće nikad doznati za ovu laž.

Naredio je Miloju da ode po kočijaša i posle pola časa kola odjuriše. Mala supruga je ostala tužna, ali i srećna, jer joj je današnji dan doneo mnogo sreće, njegove nežnosti i jedan strasni topli poljubac, koji ju je opio i već je počela verovati da i on nju voli kao ona njega.

Na ulici se začuše praporci i kola se zaustaviše pred njenom kućom.

Da nije neki bolesnik?, pomisli Đurđica, a u tom času se začu uzvik:

— Đurđice, Đurđice!

To su bile njene tri drugarice iz sela. Ona požuri da im otvori vrata, zastade na pragu, pa siđe u dvorište, one je zagrliše i izljubiše, govoreći brzo:

— Išle smo u grad, kupovale pamuk i konac za rad, pa rešismo da svratimo i do tebe. A tvog muža smo videle u kolima. Taman smo mi izlazile iz grada, a on je ulazio.

Đurđicu nešto prostreli: *Otkuda on u gradu, kad je kazao da ide na salaš, na sasvim drugu stranu*, ali sakri svoje iznenađenje, jer je videla tri para radoznalih očica, koje su je posmatrale i ispitivale, želeći da pročitaju na njenom licu sve doživljaje i uzbuđenja jedne neveste, pa im odgovori mirno:

— Da, otišao je u grad kod jednog teškog bolesnika, gde su i njega pozvali u konzilijum.

Začudi se samoj sebi kako se dosetila da slaže, i nasmeši se, a najednom kao da joj pripade muka, jer je od njih saznala da nije kazao istinu, dakle, sakrio je nešto od nje, a morao je u grad. Zašto? Zbog koga? Nije znala, nije to u ovom trenutku umela da objasni, nije ni mogla, jer su je one saletale pitanjima, hvalama:

— Kako si? Vidimo, lepo izgledaš! Ju, kako se mlada udesila! Jaoj, što ti je divna kućica! Ala si se divno namestila! Sve ti je moderno. Gde si kupila ovaj nameštaj? Skup je, je li? A ovo je njegova soba? Šta je kazao kad je video kuću? E, baš volimo što si otišla iz sela. Momci da pocrkaju od muke. Ismejavaju te kako si htela samo doktora... A koja to devojka ne bi želela doktora? Baš si se dobro udala! Je li on dobar prema tebi?

— Divan je — šaputala je rasejano Đurđica, a krv joj je udarala u obraze, u ušima joj je nešto bubnjalo, bilo joj je muka što je čula da joj nije kazao istinu, ali se savladala, utešila i uživala što joj hvale kuću, htela je sve da im pokaže, da sve vide, da pričaju posle po selu i onim drugaricama koje su bile pakosne na nju, koje su joj zavidele i ismejavale je.

— Donele smo ti poklone. Nismo htele prvi put da uđemo u kuću praznih ruku.

— Niste morale. Dođite vi meni uvek i bez poklona. A za ove poklone da vas izljubim. Pokazaću ih Branku.

— A kad će on da se vrati?

— Pa, za sat... dva...

— Jadna ti sama... je li ti teško?

— Što da joj je teško? Misliš da će ti muž uvek sedeti kraj tebe kad se udaš! Mora čovek da ide na dužnost. Kad hoćemo za činovnike i lekare, moramo se navići na njihove dužnosti.

Pričale su još čitav sat, vesele, raspoložene, malo i radoznale da im ispriča nešto više o svojoj ljubavi, o mužu, ali su se stidele da je pitaju, a činilo im se da je malo ubledela, kao i svaka mlada žena koja se troši u ljubavi.

Oprostiše se s njom, sedoše u kola, ona ih otprati do kapije, praporci zazvečaše i kočije se izgubiše.

A Đurđicu obuze tuga i sumnja:

Zašto je Branko otišao u grad?

Htela je da se raspita kod Miloja, pa ga je izdaleka kušala:

— Je li Branko išao kadgod u grad da pregleda bolesnike?

— Nije. U gradu ima nekoliko lekara. Ali katkad ode u grad. U bioskop, do poznanika. Jednom je išao i na bal.

Doznavši da je išao na bal, ona oseti neko gušenje i poče da razmišlja: išao je na bal, ima poznanstva s bala, možda neku lepu devojku, možda je voleo ili je flertovao s njom. A zašto je onda uzeo nju? Zbog novca i imanja. Bio mu je potreban njen novac, a voleće onu drugu.

Stresla se sva kao u groznici, otišla u sobu, a došlo joj je teško, obuzeo je strah, pritisnula samoća. Nikad nije bila sama u kući, a sad se našla sama u novoj kući, još tuđoj, među novim stvarima s kojima se još nije srodila. A muža još nikako nije bilo. Sumrak se spuštao, bilo je već osam sati, sumnje su je mučile. Ona ih je otklanjala, htela je da bude jaka, jer je ona bila devojka sa sela, radila je, borila se s nepogodama, razumela težački život, umela sve teškoće da savlada ali osećala je da je u ljubavi neumešna, da još nema iskustva i takta, bojala se da će je poneti bujica osećanja, rasplakaće se, a ona to nije htela, nije želela da ga prekoreva, htela je da ćuti, da mu ne kaže da je čula da je otišao u grad, nego da čuje šta će on reći.

Sati su lagano odmicali, bilo je već blizu devet. Miloje je došao i upitao je hoće li da čeka gospodina?

— Da, čekaću ga. Vi lezite, Miloje. Donesite večeru gore, u trpezariju, ja ću ga sačekati i ovde ćemo večerati.

Miloje ode, a ona postavi sto u trpezariji, stavi pečenje, kolače i sir. Uze knjigu da čita, ali joj se nije čitalo. Dohvatila je novine i rasejano ih gledala. Osluškivala je svaka kola. Deset, pola jedanaest, njega nikako nije bilo.

Da li ću ga uvek iščekivati kao večeras? Dođe joj da zaplače, ali se uzdrža. San je hvatao, spustila se na divan, zadremala. Možda je i zaspala. Čula je kucanje na vratima, skočila je i uplašeno uzviknula:

— Ko je to?

— Ja sam, Đurđice.

Časovnik u tom trenutku iskuca ponoć.

— Izvini, Đurđice, dugo sam se zadržao. Težak je bolesnik. Nisam mogao da ga ostavim. A ti si zaspala? Zašto nisi legla kad si videla da me nema? Šta, nisi ni večerala? O, baš mi je krivo. Ja sam tamo jeo — govorio je brzo, uhvatio je oko ramena, pomilovao je po obrazu kao dete, a ona je stajala nepomično, ukočeno, bunovna, očekujući da će joj reći da je bio u gradu. Htela je da se uveri koliko je govorio istinu:

— Jesi li bio na salašu?

— Da, na salašu. To ti je lekarski poziv! — govorio je, a njoj se učini da je nekako zbunjen, rasejan, usiljen, i nešto se uzburka u njoj, ponos joj dade snage, zadrža suze, savlada se.

— Zar nećeš da večeraš?

— Sit sam. Hvala, ne mogu.

— I ja nisam gladna. Onda ću ostaviti sve ovo u orman. Mora da si umoran.

— Prilično.

— Idem da namestim divan u tvojoj sobi — govorila je ravnodušno, želeći da mu stavi do znanja da može spavati u svojoj sobi, da je njoj to svejedno. — Još imam kijavicu. Nije mi prestala. Uzeću i večeras jedan aspirin.

— Treba da uzmeš. Utopli se dobro. Šta si celo poslepodne radila?

— Dolazile su mi drugarice iz sela. Dobila sam i poklone od njih: onu vazu, pepeljaru i mašinu za sečenje krompira. Bile su u gradu, pa mi kupile.

— Vrlo lepo. — Pogledao je kao da je ispituje, bojao se da nije naslutila nešto, osećao se kao krivac. Njena hladnoća mu je pala u oči, njeno malo zategnuto lice, hladne oči, usne bez osmeha. *Danas je bila drukčija, neljubaznija... Ljuta je što sam se zadržao.*

Posle svega što se odigralo kod Nade, on je opet bio u njenoj vlasti, ravnodušnost ga je ponovo obuzela prema supruzi, nekako mu je bila tuđa, a Nada bliža, čak se ljutio na svoju suprugu što je ovako hladna, činilo mu se da već polaže svoja prava na njega i uplaši se da ga ona ne pozove u sobu k sebi, i bi mu lakše kad ona reče da ide da namesti njegov divan.

Da, trebalo je da se odmori sâm, jer je bio umoran od puta, ljubavnih izliva, od duševne borbe u sebi. Poljubio je u obraz pri rastanku i setio se da treba da joj poljubi usne. Osetio je njene vlažne i hladne usnice koje mu ne uzvratiše poljubac.

Uvukao se u svoju sobu kao krivac, a ona pokupi tanjire i ostavi ih u orman, ode u svoju sobu, i tu popusti njena hrabrost i uzdržljivost. Klonula je na krevet, pala na uzglavlje i zaplakala. *Zašto me je slagao? Kuda je išao?* Onda je nešto podiže, da li gordost žene, ili njena sujeta pođe vratima, htede da poleti u njegovu sobu i da mu dobaci: *Slagao si me! Išao si u grad. Zašto to kriješ?*, ali se savlada, obuze je strah da će to biti kraj svemu, da će ga izgubiti, a još ga nije ni osvojila, ostaviće je, svi će je ismejati i reši se da radi toga ćuti, trpi i pati.

10.

Đurđica je provela nemirnu noć. Budila se, pa ponovo uspavljivala. Razmišljala je, htela je da ga opravda, jer zaljubljeno se srce teši time i stvara samoobmane o voljenom čoveku. Mislila je: „On je lekar, možda je morao u grad i nije hteo da mi kaže, da mi ne bude krivo što se odvaja od mene prvog dana.” Hvalila je sebe: „Dobro je što nisam ništa kazala, a njemu bi to bilo neprijatno, naljutio bi se i na moje drugarice, one bi izgledale kao neke spletkašice koje su došle prvog dana da nam prave razdor u kući.” Posle je bacila svu krivicu na drugarice: „Koješta! Možda nisu ni videle njega, nego nekog drugog. Otkuda ga one toliko poznaju? Ima sličnih ljudi. Zašto bi krio da će u grad?” To ju je malo umirilo i san je ponovo uhvatio. Kad se ponovo probudila i videla sebe samu u sobi i praznu postelju do svoje, upitala se: „Da li je tako u svakom braku? Kako on može mirno da spava, a ona, mlada žena, još devojka, u drugoj sobi?” Ona je žensko, pa je bila uznemirena, budila se svaki čas, iščekivala je nešto, osluškivala je da li će joj doći, ali nije čula ništa, sem laganog iskucavanja sata u trpezariji. To ju je uvredilo pa se okrenula na drugu stranu da zaspi da bi odagnala sumnju koja joj se stalno nametala: „On me ne voli... Uzeo me je samo zbog mog imanja.”

Tako joj je prošla noć i uveliko je granulo sunce kad je otvorila oči.

Brzo se umila, očešljala, obukla, sišla u kućicu u dvorištu. Videla je muža, pio je kafu. Sedeo je sâm, a Miloje je čistio baštu.

— Zašto me nisi probudio?

— Ulazio sam u sobu, pobojao sam se da nisi bolesna, ali ti si tako mirno spavala da nisam hteo da te budim.

— Zbilja? — razveseli se ona. — A ja te nisam čula kad si ušao.

— Lagano sam ušao. Bolje što si se ispavala.

— Veruj mi, nikad ne spavam ovako dugo. Sedam, to je najkasniji čas kad ja ustajem.

— Zašto da raniš? Nemaš veliki posao, a Miloje je sve spremio, skuvao mi kafu, on zna šta ja volim... Sad si dobro? — pitao je nežno i uzeo joj ručicu, prineo je usnama i poljubio je.

— Je li ti bilo juče dosadno bez mene? — pitao je želeći da prodre u njena osećanja, a ona porumene, uzbudiše je njegove reči, htede da mu uzvrati za laž: „Nije mi bilo dosadno", ali malo srce nije bilo spremno da laže i ona odgovori iskreno:

— Malo mi je bilo tužno u samoći, jer je kuća još nova, nisam se saživela s njom, pa kad si ti u kući meni je ona puna, veselija, poznatija.

— Ja bih bio više pored tebe da nisam lekar. Dogodi se ponekad pa me i noću pozovu.

— Jesi li se juče umorio? — upita ga potom i zagleda mu se pravo u oči.

— Pa... nisam — odgovorio je rasejano izbegavajući njen pogled.

„Ti si bio u gradu", umalo što joj ne slete preko usnica, ali ih ugrize, oćuta i sakri od njega da zna da je bio u gradu, pravdajući ga u sebi opet: *Lažu one, nisu ga videle.* I to je zapljusnu veselošću, razdraga je, buknuše osećanja u njoj, obavi mu ruke oko vrata, pritisnu svoj meki rumeni obraz uz njegov, poljubi ga šapćući:

— Kako te volim!

Njena se osećanja preneše na njega, on zaboravi prijateljicu i stište je u naručje, pritisnu svoje usne na njene, slatki poljubac ih potrese oboje i ona zaklopi oči kao u zanosu...

Ispratila ga je do kapije, držeći ga ispod ruke, a ulicom su prolazile snaše i devojke, okretale se i gledale ih.

Đurđica se vratila u kuću, spremala sobe, brisala prašinu, pevušila kao srećna mlada, jer je osećala da se priprema veliki događaj u njenom bračnom životu. To su joj govorile njegove oči, njegove usne, ruke koje su je stezale u zagrljaj, govorilo je celo njeno biće koje je treperilo od ljubavi.

Došao je kasno na ručak. Morala je da ga čeka, a čim su ručali dođoše bolesnici. Opet je ostala sama. Malo se ljutila: kako taj svet ne zna da su oni tek venčani i da ona treba da ostane malo nasamo sa svojim mužem!? Otkuda sad toliki bolesnici, kao da su se u inat razboleli da joj ne daju da s mužem porazgovara. *Ti nisi žena za jednog lekara*, grdila je sebe. *Ne smeš tako da govoriš. Moraš da se pomiriš da on u svako doba pripada isto toliko svojim bolesnicima, kao i kući i ženi.*

Odoše bolesnici i taman je pomislila da će on izaći iz ordinacije, kad se pojavi jedna mlada, lepa devojka, velikih crnih očiju, lepo obučena, sa šeširom.

Ko je ovo? Da nije i ovo bolesnica? Miloje je bio u bašti i ona ču kako ga pita:

— Je li tu gospodin doktor?

— Jeste, u ordinaciji je.

— Vrlo dobro — reče devojka i uputi se čekaonici. Đurđica oseti kako joj lupa srce i obuzima je čudno uzbuđenje: *On će je pregledati... Ona će se svući pred njim. Ona je vrlo lepa.* Potajna ljubomora je opali kao plamen i ona ispusti ručni rad iz ruku, ustade i osta nasred sobe, neodlučna, trudeći se da savlada sebe i odagna jednu misao koja joj je šaputala: „Idi, prislušni uz vrata, pogledaj kroz ključaonicu, vidi zašto je ona došla, je li zaista bolesna ili mu je došla kao njegova poznanica.“ Htela je da prekori sebe, ali prekori su bili slabi, gubili su se, savladala ih je ljubomora i ona najednom skide cipele s nogu, uđe lagano u njegovu sobu, priđe vratima i sva se pretvori u uvo. Čula je ženski glas:

— Iznenadila sam se kad sam čula da ste se zaručili. Vi ste govorili da se nećete ženiti.

— Svaki mladić se zariče, jer svi mi volimo momačku slobodu, pa ipak jednog dana promenimo svoju odluku.

— Sigurno ste se zaljubili? Nisam videla vašu gospođu, ali kažu da je simpatična. Čudo, vi intelektualac, lekar, da se oženite devojkom sa sela, takoreći seljankom?

— Zar se devojke u Banatu mogu nazvati seljankama?

— To je istina. Evo, u našem selu, devojke su prave varošanke. Ali ja sam čula nešto drugo o vama: vele da ste imali jednu veliku ljubav.

Đurđica zamalo da se uhvati za kvaku, toliko je te reči potresoše, noge joj poklecnuše i kao da je neka ledena oštrica udari u stomak, prinese ruku očima teško dišući, otvorenih usana, kao da joj je nestalo vazduha. Pritisnu rukom grudi i oslušnu bleda, iznemogla, a sva pretvorena u uvo, da čuje šta će reći muž i začu njegove reči, tiše nego maločas:

— To su samo priče i izmišljotine... Nego, šta vas boli? Ne izgledate bolesni — pitao je prelazeći na njenu bolest, jer se uplaši da ona ne razveze razgovor o njegovoj ljubavi, a znao je da je brbljivica, a sem toga i pogledala ga je vrlo rado, osećao je da bi flertovala s njim, samo da je on hteo, a prepričavalo se u selu o njoj štošta jer je bila došljakinja, činovnica u opštini.

— Probada me u plućima, gospodine doktore. Evo, ovde me boli, tako me ponekad bocka, zimus sam preležala grip, znate, vi ste me pregledali, pa da mi nije nešto ostalo od gripa.

— Skinite se da vas pregledam — naredi joj lekar, a Đurđicu obuze vatra. Uši su joj zapištale, u slepoočnicama joj je kucalo, ljubomora joj je stvarala sliku: ona se svukla naga do pojasa, on gleda njene grudi, pritiskuje slušalicu... Ah, to je grozno! Zar će ona moći da izdrži ovo? Može li on biti ravnodušan prema ženama koje se svlače pred njim, a ona, njegova žena, sve će to morati da podnosi, ona, supruga lekara, koju je jedva poljubio... Suze joj navukoše koprenu na oči, a ruke su joj bile hladne i vlažne, stezala ih je, osluškujući, kao da se u sobi događa nešto strašno, nedozvoljeno.

— Dišite duboko — čula je muževljev glas. I ona, Đurđica, disala je duboko, jer ju je nešto davilo, igralo joj pred očima i činilo joj se da će pasti na vrata, otvoriti ih, upasti u njegovu ordinaciju, da vidi tu što stoji naga pred njenim mužem.

Da, juče je išao toj svojoj velikoj ljubavi, a slagao je da ide na salaš. Zašto mu to ne kaže, zašto ga štedi? Ali neka, čuće ona sve, naći će ko će joj sve reći. U podsvesti je želela da ne čuje ništa, da on ostane njen mili, slatki, voljeni. Zašto je prisluškivala kraj vrata? Da nije slušala ne bi ovo doznala. Je li bolje da ne zna ništa o muževljevoj prošlosti i da ga zamišlja onakvim kako to njeno srce želi? *On je dobar, svi ga hvale, nije on bio mangup,* opravdavala ga je opet, raznežavala se, kajala se što je prisluškivala. A ono je ipak bolesnica. Nije valjda toliko pokvarena da dolazi samo zato da se pred njim svlači?... Zažele da je još jednom vidi. Videće je iz spavaće sobe kad izađe u dvorište. Čekala je sva utrnula. Nje još nije bilo, možda to i nije bilo dugo, ali maloj zaljubljenoj i ljubomornoj supruzi činilo se da se ona zadržala u ordinaciji više nego što treba. Da li se svaka žena zadržava tako dugo kod njega? Ah, žene! One vole mlade lekare, idu na pregled i kad nisu bolesne. I ova je došla sama. Kako je nije sramota? Što nije povela neku drugaricu?

Evo je! Ona je izašla i gledala po bašti, klimnula glavom Miloju i uputila se kapiji. *Ima lep stas i lepe noge,* ocenjivala je Đurđica i osetila se nekako ponižena, kao da ona nije bila lepa, zato je muž tako ravnodušan prema njoj, izmišlja kao razlog njenu kijavicu, ostavlja je samu da spava dve noći, ne pomišlja šta je u njenoj duši, kakva se sumnja u nju uvlači, ne zna da ga je uhvatila u laži, a ova je došla da objasni tu laž.

Sela je na divan, podlaktila se i trgla kad su se otvorila vrata i on ušao u sobu.

— Šta si se zamislila? — govorio je prilazeći joj i sedajući pokraj nje. —Tebi je dosadno? Imao sam danas dosta pacijenata. Više neće niko doći. Pogledaj me. Šta je to? Suze. Ko je moju malu rastužio? — pitao je nežno, privukao je na grudi, milovao po obrazu, a ona se raznežila, rastopila, zaboravila sve, bacila mu se na grudi, sakrila lice, a on je hteo da vidi njene oči, rumene obraze, milovao ih svojim usnama, i čuo njen tihi, zaljubljeni šapat:

— Kako te volim!

Opet je bila srećna, zaboravljeno je bilo sve. On je zatražio crnu kafu, ona je otrčala u kuhinju, skuvala mu i donela.

— Lepo je veče, da prošetamo. Hoćeš li? — upita je. Bila je srećna. Obukla je drugu haljinu i izašla s njim. On ju je uhvatio ispod ruke, išli su jedno kraj drugoga kao zaljubljeni. Seljaci su ih pozdravljali, a snaše zastajkivale da upoznaju ženu svoga lekara.

Vratili su se veseli kući, ušli u trpezariju, večerali. Đurđica pođe u njegovu sobu da mu namesti postelju. On je zadrža rukom:

— Kuda ćeš?

— U tvoju sobu da ti namestim za spavanje.

On je obgrli oko ramena, privuče sebi i prošaputa:

— Večeras neću tamo spavati.

Osetila je kako joj srce snažno zakuca i zatvori oči u nekoj slatkoj obamrlosti, iščekujući ono tajanstveno o kome sneva svaka devojka.

11.

Nadu je obuzimalo ludilo od očajanja. Ta taktična prijateljica, koja je umela s puno umešnosti da vlada sobom, da osvaja delić po delić srca svog prijatelja, da mu nametne svoju volju i koja je verovala da on ne može bez nje, sad je bila potpuno razočarana i patnje su je dovodile do ludila. Najteže joj je bilo što se razočarala u čoveka u koga je verovala. Njena primirenost bila je samo prividna.

U svojoj prevelikoj ljubavi ona je sve to otklanjala jer ga je volela, burno, vatreno, kao šiparica, ili mati, srećna kad je mogla da mu ugađa i mazi ga, a nadala se da će jednog dana biti zajedno. A on je iščezao, jer mu je bio potreban novac, našao je mladu ženu, svežu, lepu, i njeno imanje na selu, odakle je dobijala sve. Nije više bio samac kome je bila potrebna ona i njena kuća, već domaćin, gazda-čovek, koji ima bogatu ženu, svejedno što je ona seljanka, glavno da je kuća puna; imao je sve ugodnosti, i šta će mu sad ona, prijateljica.

U svom očajanju osetila je, kao svaka žena koja pati, da je ona bila samo žrtva. Žena koja je ostavljena uvek misli da je iskorišćena, a da je čovek nezahvalan. Njena ljubav se pretvorila u patnju, a u patnji je smišljala da se osveti i njemu i njoj.

Strašna duševna borba lomila ju je videći ga u naručju druge, mlade, sveže žene koja ga je opila i osvojila. Pisala mu je prekorna pisma, zvala ga plačući, pisma su bila umrljana njenim suzama. Očekivala ga je, ali on nije dolazio.

Došla joj je luda misao da ode njihovoj kući, kao onda, kad je išla u selo kao rođaka, da ih vidi u njihovoj bračnoj zajednici, da vidi prvo nju i ispita je: voli li je, je li srećna s njim, kako žive?

A kad joj se stišalo očajanje, umirivala je sebe, opijala se potajnom nadom da su brakovi kratkog veka, da je svaki brak trougao, i da će se jednog dana srušiti, a pobediće ona strana koja je jača. Dosad je ona uvek bila jaka, htela je da bude i sada, i umesto da ide kao osvetnica i stradalnica, pošla je kao rođaka, kako se predstavila i prvi put, ponela je poklon, jednu lepu kristalnu vazu iz svoje kuće, obukla se lepo, našla fijaker, i posle ručka krenula im u posetu. Nameravala je da stigne dok on bude u ordinaciji i da prvo ispita njegovu malu suprugu kakav je on kao muž.

Sišla je s kola kod kafane da bi ušla u dvorište neopaženo, ali ne znajući tačno gde im je stan, upitala je jednog dečaka:

— Gde stanuje doktor Branko Božić?

— Odvešću vas do njegove kuće — ponudi se dečko. — Znam ja doktora. On je lečio moju seju. Bila je mnogo bolesna. Ono je doktorova kuća. Zbogom! — reče dečko i otrča.

Nada je bila sva malaksala ali prikupi hrabrost, prkosno podiže glavu i priđe kapiji. Spazi lepu baštu punu hlada i voćaka, čitav mali park, s puzavicama oko vrata, bokorima ruža, jasmina.

Pravo ljubavničko gnezdo, uzdahnu i dođe joj ponovo da se vrati, ali neka neodoljiva sila podiže joj ruku, spusti je na kvaku, ona otvori vrata i uđe u dvorište. Staza od betona vodila je lepoj kućici, sveže obojenoj, sa zelenim prozorima, lepim zavesama, sve je bilo čisto, novo, kao i njihova ljubav.

Da li on nju voli?, jauknu nešto u njoj i dođe joj da zaplače, a opet pođe lagano vratima...

Miloje je spazi iz letnje kuhinje i iziđe u dvorište.

— Hoćete li vi kod gospodina doktora? Ulaz je na drugoj strani.

— Ne, ja tražim gospođu.

— Gospođa je gore, u kući. Izvolite!

Đurđica, koja je bila u trpezariji i nešto radila, začu razgovor, otvori vrata i uzviknu prijatno iznenađena:

— O, to ste vi! Kako ste me iznenadili!

Strčala je niz stepenice, pružila joj ruku, zagrlila i poljubila je kao rođaku Brankovu. Bila je srećna da joj ukaže pažnju, jer je volela svog muža, osetila je njegovu ljubav, njegovu mušku strast, bila je opijena, doživljavala je one prve najslađe časove u bračnom životu, časove maženja, nežnosti, ekstaze.

— Trebalo je da ja i Branko dođemo k vama, da vas posetimo, jer vi ste bili ljubazni i prvi došli k nama. Ali, nigde nismo išli, a treba i ovde da obavimo posete. Branko je zauzet, ima dosta pacijenata, pa kad svrši posao izađemo malo u šetnju. Izvolite da nam vidite kuću... Miloje, skuvajte kafu — okrete se ona momku, puštajući Nadu ispred sebe, koja se pela teškim koracima, troma, utučena.

Zapahnu je miris nove kuće i novih stvari.

— O, kako ste se lepo namestili! Gospodska kuća.

— Zbilja? Dopada vam se? Znam da vi imate mnogo ukusa, i milo mi je što vam se sviđa. Ovo je trpezarija. A ovde je spavaća soba.

— Sve je lepo — govorila je Nada tiho. — Ko je radio ovaj lepi čaršav na krevetu?

— Moja mama.

— Divan je, kao pena. Znam da u Banatu rade lepe čipke i stolnjake. A ovi jastučići? Jeste li ih vi uradili?

—Jeste, ja.

— Imate i lepih slika. Volim i ja ove stvarčice po stolovima. Donela sam vam nešto: jednu vazu od kristala.

Pružila joj je, a Đurđica je raspakova i uzviknu ushićeno:

— Jaoj, što je divna! Ovo je vaza za ruže. Ja obožavam cveće. Da vas poljubim.

Nada izdrža drugi poljubac, a on je opeče kao žar, jer to su bile usne žene koju Branko ljubi, lepe, fine, tople usne, koje on sigurno voli.

— U vašu vazu preneću ove ruže. Vidite kako su divne. Cveće je najlepši ukras u kući. Sedite, molim vas. Baš volim što ste nas posetili. Nadam se da se ne vraćate odmah, nego da ćete prenoćiti kod nas. Znam da će i Branku biti milo. Hoćete li da mu javim da ste došli?

— Ne, ne, ostavite ga neka radi s pacijentima.

— Jeste, i ja mu ne ulazim dok god ne svrši s poslednjim pacijentom. Posle on opere ruke, dođe u trpezariju, ja skuvam kafu i pijemo je zajedno.

— Pa, jeste li srećni s Brankom?

— O, još kako! On je zlatan.

— Ume li da bude nežan? — pitala je stegnuta srca, a osećala je kako joj zubi cvokoću kao u groznici.

— Jako je nežan. I voli kuću. Njega svaka stvar oduševljava. Bojala sam se da li ću ugoditi njegovom ukusu, pa sam ga zvala kad smo kupovali nameštaj da zajedno biramo, a on je sve prepustio mom ukusu, ali dopada mu se svaka stvar.

Razgledale su kuću i ona je zastala kad je čula njegov glas:

— Ovaj ćete lek uzimati svaka dva sata po jednu kašiku.

— Ima nekog pacijenta — prošaputa i povuče se, a Đurđica zatvori tiho vrata. Duševna obamrlost ovlada Nadom. U njoj je sve jaukalo, bilo iskidano, očajno, ali umela je da se savlada i smešeći se zapita Đurđicu:

— Kako vam se dopada u selu?

— Divno je ovde. Pravo da vam kažem, meni je sasvim svejedno živeli u selu ili varoši kad imam lepu kućicu. Ja sam navikla na život u selu, a tu je i Branko sa mnom, pa smo oboje zadovoljni.

— A šta radite uveče? — kušala ju je, navaljujući se na naslon divana i meko jastuče, jer je osećala sve veću malaksalost, a Đurđica je naivno pričala, kao srećna žena u čijem životu nema nijednog oblačka:

— Prošetamo, večeramo, posle slušamo radio ili nešto čitamo.

Nada zadrhta od ljubomore i zavisti, gledajući njeno blistavo belo lice na kome se prelivalo prirodno rumenilo, i pri svakoj reči o Branku rumen se pojačavala, videla je zaljubljenost i sreću male supruge, i osetila sav jad i poniženje svoga života. Ućutala je, pustila je Đurđicu da priča, slušala je, dok joj se gorčina pela u grlo.

Zamišljeno je gledala, uviđajući da je sve izgubila i da je najgluplje učinila što je došla.

Spolja se začu ženski glas:

— Miloje, je li tu gospođa?

— Gore je — odgovori Miloje. — Ima jednu gošću.

Đurđica izađe u susret i uzviknu:

— O, gospođo popadijo!

— Tako je to kad se mladi ne sete da posete starije, pa se onda sama reših da dođem i vidim ženicu našeg doktora. Moj popa me grdi: „Što ideš? Oni su mladenci, tek su se uzeli, njima nije do društva. Vole oni da su sami." A ja velim: „Hoću da idem da ih prekorim."

— Jeste, imate pravo. Trebalo je prvo mi vas da posetimo i dogovorili smo se da u nedelju napravimo dve-tri posete.

— Šalim se, dušo. Ne gledam ja na to. Da te poljubim. Srce moje, kako je ona lepa i dobra! A ko je gospođa? — okrete se Nadi.

— Brankova rođaka. Gospođa živi u gradu.

— Milo mi je — govorila je popadija, starija, dobroćudna žena, s blagim i lepim crtama lica. — Pošla sam i nisam htela praznih ruku. Do Mladenaca je daleko, a znam da u kući treba mnogo čega, pa sam bila onomad u gradu i kupila vam dve šerpe i dva lonca. To je najpotrebnije u kući. Kaže meni moj popa: „Što nisi, ženo, nešto finije kupila?" A ja mu kažem: „Za Mladence ću bolje i lepše, a ovo im je odmah potrebno. Ko zna da Mladence ne dočekaju utroje", smešila se popadija, a Nada oseti grč u stomaku od one reči „utroje" i ovih popadijinih izliva nežnosti. Supruga svi cene, a ljubavnicu preziru. Šta bi kazala ova starinska žena da zna da mu je ona bila ljubavnica, i uvukla se u kuću da im špijunira brak. A popadija je govorila sve ono što je nju pogađalo posred srca:

— Mnogo cenimo doktora i ja i moj popa. On je spreman lekar. Nikad mu nećemo zaboraviti kako nam je izlečio unuka od difterije. Otada smo se sprijateljili s našim gospodinom Brankom i pozivali ga često na ručak. Terali smo ga uvek da se ženi. Znate, imala sam ja slučaj moga starijeg sina, sudije, pa sam se bojala da se tako ne desi i gospodinu Branku. Uhvatila ga jedna raspuštenica, pa ga držala kao kandžama. Nije bila njegova prilika, bila je starija od njega, gospod je ubio! Ali ga je opčinila, i kao da mu je dala neke mađije i čini, nije mogao od nje da se otkači nekih pet godina. Prosto smo bili digli ruke od njega. Ja sam tolike suze prolila! Žao mi je bilo što se ne ženi. Mlad, lep, na položaju, trebalo je da se oženi, da uzme dobru ženicu, da ima svoju decu!

— On se oženio, čini mi se da mi je Branko pričao.

— Jeste, dušo moja. Oženio se, ima zlatnu ženicu i dvoje dece. Dosadila je i njemu njegova ljubavnica. Pretila mu je da će da se ubije, nije mu dala da stane s mladom devojkom, a on joj jednom podvikne: „Možeš da se ubiješ i ubijaj se, ali me više nećeš videti."

— A šta je ona na to uradila? — pitala je Nada muklo.

— Nije se ubila, htela je u stvari kao bajagi da se ubije. Kažu, našla je drugog. Eto, tako propadaju mladići kad se ne žene na vreme. A naš gospodin Branko bio je pametan i poslušao nas. Nije njega mogla nijedna da uhvati, nego je našao lepo, zdravo devojče. U nedelju imate da nam dođete na ručak. To vam poručuje i popa.

— Hvala, gospođo. A posle ćete vi kod nas.

— Ima vremena, doći ćemo. Kako vam je lepa kuća! Nije nam badava pričao gospodin Branko: „Videćete kakvu ću ja imati kućicu!"

Nada oseti kako joj se penje neka muka iz stomaka pa je raspinje po grudima, steže je pa ne može da diše i zamoli Đurđicu:

— Molim vas, hoćete li mi dati čašu vode?!

— O, odmah.

Ona ispi dva-tri gutljaja i muka joj odminu, odahnu, prisloni se na jastuče, očekujući šta će dalje pričati popadija, hoće li i dalje o ljubavnicama, njima bednicama, na koje matere bacaju drvlje i kamenje, a ćute o tome da su potrebne njihovim sinovima, jer je bolje da imaju zdrave ljubavnice, nego bolesne uličarke.

Pričljiva popadija je i dalje vodila razgovor:

— Ja sam šestoro rodila. Dvoje mi je umrlo. Sve sam sama podizala, kupala, dojila. Ćerke mi imaju po jedno dete, a stariji sin ima sinčića, a ova mlađa snaha nešto je bolešljiva, nema dece, a moj sin bi voleo da imaju bar jedno. Nego, ona baš i ne mari za decom, voli da ima liniju. E, ako hoćeš da budeš majka, ne smeš da misliš na svoju liniju. Drugo doba je nastalo: boje se žene da rađaju. Jedno ili dvoje rodi, pa malakše i deca joj izađu na vrh glave. Grdim nekad moju ćerku kad počne da se nervira: „Kako bi ti rodila šestoro, kao ja!" E, ali danas neće ni seljanke da rađaju, da im se ne umnožava čeljad. Hoće da žive bezbrižno s muževima, da se provode. Čim zatrudne, odmah pobacuju, pa se upropaste i nisu posle ni za kuću, ni za poljske radove.

Đurđica je razneženo slušala pričanje srećne staramajke, a ona je hvalila unučiće, pričala razne anegdote o njima, njihovoj umiljatosti, bistrini, nestašluku, kao svaka bakica koja je već podetinjila i bliža je detinjoj duši nego mati. Nada je slušala, gledajući je ukočenim pogledom, a ruke su joj bile hladne. Groznica je žmarila i neprestano se pitala: *Zašto sam došla?* Činilo joj se kao da ovo nije java, nego neki teški san. Ali gledajući Đurđicu, uviđala je da je to stvarnost, neumoljiva i strašna, a ova mlada žena, šaputalo joj je srce, otela je onog koga je ona smatrala večno svojim, ona mu je žena, biće i mati njegove dece, deca će ih još više zbližiti, a ona će biti odbačena kao nepotrebna i izlišna stvar.

Najednom se soba zamrači kao da oblak prevuče sunce i fijuknu vetar, zanjiha zavesu, zacvrkutaše vrapci, zakreštaše svrake.

— Gle, kako se naoblači! — uzviknu popadija. — E, ja moram da idem da me ne uhvati kiša. Ala je crn oblak!

— Zašto ne sedite još malo? Niste daleko. Možda će preći ovaj oblak.

— Neće, bogami. Poznajem ja. Otuda uvek dolazi kiša; biće i još kakva kiša! Dakle, da dođete u nedelju!

— Hvala lepo!

— Zbogom, dušo moja. Pa kad ti dođe mama, poseti me s njom. Nemoj da čekaš da ja tebi dolazim. Svrati s Brankom do nas. Mi volimo društvo.

— Hvala, gospođo popadijo! Doći ću.

— Zbogom, gospođo — okrete se Nadi. — Milo mi je što sam vas upoznala. Bome da požurim, kiša samo što nije pljusnula. Zbogom, Miloje — pozdravi se i s momkom. — Jesi li vredan? Slušaj tvoju gospođu! Miloje para vredi, hvalio je tebe doktor. — Imala je popadija za svakog lepu reč. Udaljila se brzo, klateći kukovima i poglédajući u nebo kojim su se kovitlali teški crni oblaci. U daljini se čula grmljavina koja se približavala sve više, a ptice su se razletele predosećajući olujinu.

— Treba i ja da pođem u grad — izjavi Nada.

— Kuda ćete? Ne puštam vas. Sada će doći i Branko. Čekajte da oslušnem kroz vrata.

Otvorila je vrata njegove sobe, pomolila glavu i vratila se.

— Čujem ga kako pere ruke. Nema više pacijenata. Izvinite me jedan časak, idem do kuhinje da donesem i za njega kafu. Hoćete li vi još jednu šoljicu?

— Hvala, ne pijem mnogo kafe.

— Gle! Kiša je počela! Ala su krupne kapi! Brzo ću se vratiti.

Istrčala je laka, vesela, kao zaljubljena ženica, koja je srećna kad može da ugađa svom mužu, da mu bude sve lepo u kući, i da drugi vide kako se oni vole, kako je srećan njihov život.

Kiša pljusnu, udariše krupne kapi i osu se bujica. Đurđica osta u kuhinji, ne mogavši da pretrči dvorište od provale oblaka. Zamrači se soba i ovlada polutama. Potamne i divan na kome je sedela Nada i njena silueta se smrači, ona se sva zgrči od jeze, grmljavine, gromova...

Vrata se naglo otvoriše i pojavi se Branko s uzvikom:

— Đurđice! Mala moja! Plašiš li se grmljavine?

Niko ne odgovori, on kroči dva-tri koraka pa zastade, priđe bliže divanu, zastade ponovo, i kao da ga nešto ščepa za grlo, ne verujući svojim očima, nije mogao ni reč da progovori. Munja blesnu, obasja sobu, a on spazi Nadu, njene velike, crne, ukočene oči, koje su ga netremice gledale očekujući šta će reći. Ćutala je, a i on je ćutao ne smejući ništa da progovori, da se ne oda, jer nije znao gde je Đurđica. A trebalo je nešto reći, prirodno, neusiljeno, bez bojazni, nešto što ne bi izazvalo sumnju, ako Đurđica osluškuje.

— Otkuda ti, Nado? — progovori mirnim glasom kao da ga ona nije toliko zaprepastila.

— Pa... eto... došla sam da vidim Đurđicu i da uživam u vašoj sreći i ljubavi...

— A gde je Đurđica? — upita malo usplahireno.

— U kuhinji. Otišla je da ti skuva kafu. Nemoj da se plašiš, došla sam miroljubivo. Želela sam da te vidim i doznam koliko je istine u tvojim rečima, i sad sam se uverila. Zašto me gledaš kao da sam mrtvac? Ja sam živa, prisebna i normalna. Zar ne smem da uđem u tvoju kuću? Pa ja sam jednom već dolazila i upoznala se s tvojom verenicom, hoću da je vidim i kao tvoju ženicu. Ona je zlatna, ja ti čestitam na izboru. Imao si ukusa.

— Ne znam šta misliš, u stvari, kad to govoriš i s kakvim si namerama došla, ali poznavajući tvoj karakter, mislim da nisi sposobna da Đurđicu dovedeš do razočaranja. Molim te, Nado, budi pametna i obazriva — govorio je molećivo, hvatajući je za ruku da bi je poljubio. Ona trže ruku, uvređena do srca, jer je osetila koliko mu je stalo da sačuva svoj brak, ali se povrati, osmehnu se i progovori tiše:

— Ne boj se! Nikoga neću razočarati. Videla sam te i to mi je dovoljno. Možda je meni i bilo potrebno da sve ovo vidim, da jednom učinim kraj svemu.

— Šta misliš kad to govoriš? Kakav kraj da učiniš? Nisam ja, Nado, sve to zaslužio. Opet pretiš!

— Bože sačuvaj! Nemoj rđavo da tumačiš moje reči. Ne mislim na samoubistvo. Zar se vredi ubiti zbog egoizma jednog muškarca? Svakoj ženi treba da je jasno da muškarac voli samo sebe. I ti si sebe voleo više nego mene...

— To nije istina. Ti znaš razloge koji su me naveli da se oženim.

— Možda sam onda mogla primiti te razloge, ali sada vidim i druge. Da, kuća ti je vrlo lepa. Tvoja ženica ima ukusa. Stani kraj prozora da vidiš kad ona naiđe iz kuhinje, a ja ću govoriti. Jest, lepa ti je kuća. Mislila sam da ću naići na nešto seljačko, ali vidim da ti je ženica umela da svije gnezdo. Vređalo bi me da sam drugo našla, jer ti si, takoreći, moj vaspitanik, što si često i sâm govorio, i ja sam ti stvarala ukus. Šta ćeš? To je sudbina nas ljubavnica: mi vaspitavamo muškarce, ugađamo im, stvaramo im navike, strepimo uvek da ih ne izgubimo, pa im činimo mnogo više nego zakonite žene, a oni nam jednog dana pobegnu kao ptići i odu drugim ženama da bi svili bračno gnezdo. Ali neću da te prekorevam. Slušaj, dovešćeš mi jednom Đurđicu.

— Da, doći ćemo. Mislio sam i sâm o tome, ali nisam znao kako ćeš to primiti — govorio je još sa sumnjom u glasu, jer nije znao da li iz nje govori očajanje, i šta smišlja, da ne misli da mu se osveti?! Ženska duša je čudnovata.

Napolju se začuše koraci i Đurđica otvori vrata noseći poslužavnik sa šoljicama kafe.

— Branko, drži poslužavnik da zatvorim kišobran.

— Vredna ženica! Nosi mužu kafu po kiši — pohvali je Nada kad ona uđe, rumena, svetlih plavih očiju, i zavidljivo pogleda njen beli obli vrat i devojačke grudi.

— On voli da popije kafu kad svrši s bolesnicima. Kaže da mu je i Miloje kuvao kafu. Sad mu ja kuvam i pohvalio me je da mu niko nije umeo da skuva takvu kafu — pričala je srećna ženica, a Nada pogleda prekorno Branka kao da ga je opominjala: *I meni si govorio da niko ne ume da ti skuva kafu kao ja. Da, ljudi imaju isti rečnik za sve žene, a svaka misli da je jedna jedina u životu i da su jedinstvena njegova osećanja prema njoj.*

Nada je bila razočarana što ova mala sve zna, što nije glupa, neumešna, želela je da se on razočara u nju i da oseti njenu nadmoćnost. Ali ovo je seljače sve umelo, a uz to je bilo mlado, sveže, zdravo i veselo.

— Molim te jednu cigaretu — zamoli ga Nada. — Propušila sam i čini mi se da ću postati strastan pušač. To me umiruje i volim da uživam u dimu.

— Ti nisi mnogo pušila.

— Nisam, ali sada osećam potrebu — govorila je, a on je znao šta se u njoj zbiva, i plašio se da Đurđica ne pokaže još neki izliv svoje ljubavi i ne baci time Nadu u očajanje. Potajni gnev tinjao je u njemu na ovu ženu, koja je sedela u njegovoj kući, gde joj nije bilo mesto, došla je kao s pravom i htela da mu zatruje život.

Ustao je, šetao po sobi, prišao prozoru, gledao hoće li se razvedriti da ona ode, jer mu je bila mučna situacija, teško se pretvarao, bockale su ga sve Nadine aluzije kojima je znao pravo značenje, kao: „Hvali se Đurđica kako si nežan i umiljat.” I bunilo se u njemu što ova žena pokušava da se uvuče u njegov intimni život.

— Da li će kiša skoro stati? Treba da odem.

— Vi ćete ostati kod nas da prenoćite — uzviknu Đurđica. — Kuda ćete po toj kiši? I da stane, raskaljaće se put. Možete jednom prenoćiti kod nas. Vidi, Branko, što nam je Nada donela finu vazu od kristala. Baš je stvorena za ruže. I Branko voli cveće.

— Vrlo je lepa — mucao je muž.

— I gospođa popadija nam je dolazila.

— Kazala mi je Nada.

— Donela nam je ona dva lonca i dve šerpe — radovala se Đurđica kao svaka mlada kad dobije poklon. — U nedelju su nas pozvali na ručak. Hoćemo li ići?

— Dobro, ići ćemo...

— Dakle, vi ćete ostati da noćite kod nas — navaljivala je Đurđica, a Nada se smešila:

— Nema smisla noćivati u kući mladenaca.

— Imamo mi Brankovu sobu! — uzviknu Đurđica. — U njoj je lep divan, biće vam vrlo dobro.

A njih dvoje u spavaćoj sobi, udari je u mozak i zavali se na naslon divana.

— Ne, ja ću, Đurđice, leći u malu sobu, a ti i Nada u spavaću... bolja je postelja.

— Može i tako — prošaputa mlada žena, ne sluteći ništa.

— Najbolje je da ja idem. Nije mene strah po noći.

— Koješta, zašto da ideš, kad kiša nije stala. Hajde, lepo ćemo večerati, posle ćemo slušati radio...

— Pa ćemo i mi k vama doći — dodade Đurđica.

— Razume se. Neću vam više doći ako i vi ne posetite mene.

— Prvom prilikom, eto nas! — radovala se Đurđica. — Ja volim da pravim izlete. Izvolite dole u našu trpezariju. Da vidite što imamo lepu kuhinjicu i sobu... Kiša staje. Vidite kako se opustilo lišće! Jaoj, moje ruže! Pogledaj, Branko, kako su opale latice sa ruža. Trebalo je da ih uzberem. Branko voli ruže i najviše voli kad ja obučem plavu haljinu.

A meni se divio kad sam u crvenom, uzdahnu Nada.

— O, kako vam je lepa sobica i kuhinja — pohvali Nada i njeno iskusno oko osmotri sto, tanjire, noževe i viljuške, vide sve lepo, čisto, elegantno i opet uzdahnu.

Ova mala umeće da mu ugodi. Seljanka, ali ume oko njega! Nisu muškarcima potrebne ni dame, ni intelektualke, nego ovakve, male supruge, naivne, umiljate, potčinjene njima, koje će da im se dive, da oni budu duhovno jači od njih, a one da im to dokazuju, a ne žene duhovno jake, koje im konkurišu i takmiče se s njima. Eto, i Branko nije hteo da uzme nju, intelektualku, duhovitu, ženu punu ukusa, niti pak neku doktorku, s kojom bi se razumeo kao kolega, već je došao u banatsko selo da se oženi malom seljankom.

Miris ruža je ulazio u sobu, mirisala je sveža trava posle kiše, lišće na drveću, mirisala je sva priroda, a to ju je ubijalo, izazivalo sećanja, lomilo je, uništavalo. Osećala je groznicu i govorila malaksalo:

— Da li ja, Branko, imam malariju? Često me žmari groznica. Nisam to ranije nikad osećala.

— Treba da ti ispitam krv — govorio je kao lekar. — A možda je to i nazeb.

— Možda...

— Uzmi kinin ako osećaš jaču groznicu.

— Šta će mi... Najbolje bi bilo da umrem — prošaputala je tiho, dok je Đurđica bila u muževljevoj sobi i nameštala mu postelju.

— Stari treba da umru, a mladi da žive — nasmeši se lekar.

— Kad imaju smisla za život — prošaputa ona. — A kad se izgubi svaki smisao ne vredi živeti.

On ne odgovori ništa, ali ga obuze strepnja da nije došla nešto da učini sa sobom u njegovoj kući, da mu se osveti, uništi mu život, karijeru. Da li je sposobna na sve to, ili samo govori, kao što pričaju žene, koje misle na smrt u momentu očajanja, ali se ne ubijaju.

— Branko, da ti stavim ovo malo jastuče? On voli da mu je uzglavlje više.

— Stavi.

Đurđica je trčkarala iz spavaće sobe u muževljevu, nosila njegovu pidžamu, a Nada je sve gledala, osećala svim bićem svojim da je ova mala supruga srećna, da ga voli zato što i on njoj uzvraća ljubav, što je probudio u njoj ženu, naučio je da voli...

On joj je bio prvi muškarac i ona je bila nevina, a ja sam već imala muža, bila sam žena i to je na njega uticalo, zato ju je i zavoleo, iz muške taštine što joj je bio prvi, što je pre njega nije niko dotakao. Možda me zbog toga ne bi nikad ni uzeo, zaključila je u sebi i tek tada došla do svirepog saznanja kako su ljubavničke veze krhke.

— E, ja sam gotova. Jeste li umorni, Nado? Hoćete li da legnete?

— Ja ne ležem rano. Volim uveče nešto da pročitam. Čitate li vi nešto?

— Čitam... Ja volim romane.

— Kao i sve mlade žene.

— A vi ne čitate romane?

— Čitam i ja kad je roman lep. Žene vole romane, jer su i one po prirodi romantične. Uostalom, svaki život je roman.

— Pravo kažete — uzviknu Đurđica. — Eto, ja sam imala drugaricu u selu. Njen život je pravi roman. Udala se, a muž joj je ranije imao prijateljicu. Ona je verovala da ju je on uzeo iz ljubavi, kad se kasnije pojavi prijateljica. Šta mislite, ona joj je preotela muža i on joj je priznao da je ne voli, da je uvek onu prvu voleo, da ne može više s njom da živi i molio je da se razvedu.

Nada poblede, a Branko začuđeno pogleda Đurđicu, sumnjajući da ne pravi aluziju na njih dvoje, pa brzo zapita:

— A šta je radila tvoja drugarica? Je li mu dala razvod braka?

— Šta je mogla drugo da radi? Plakala je, jer ga je ludo volela, a mi, drugarice smo je tešile. „Što da se kidaš zbog njega kad je takav i kad te je lagao?!" Eno je sad u selu, raspuštenica je, živi kod oca i majke, ali se teško razočarala i nikog ne gleda. A kako je to bila dobra devojka! Mladići greše što se žene kad znaju da su drugu voleli. Ja mislim da je i ta njegova prijateljica morala patiti. Nije ni njoj bilo lako, ali na njenom mestu ja bih ga prezrela, kad je on mogao da se oženi i da je ostavi.

Priča o drugarici je možda izmišljotina. Da joj nije Branko sve ispričao? Ali ne bi mogla reći da bi prezrela svoga muža, jer se vidi da ga voli.

Đurđica je grlila muža oko vrata, milovala ga po kosi, uživala u njemu, uživala u svojoj sreći i ne sluteći kako se kida srce ostavljene prijateljice.

— Laku noć! — oprostio se Branko i otišao u svoju sobu.

— U čemu ću ja da spavam! Nisam ponela pidžamu, niti spavaćicu — upita Nada.

— Ja sam vam spremila svoju spavaćicu.

Ona spazi na ružičastom svilenom pokrivaču čistu košulju od plavog žerseja sa širokim čipkama, vrlo koketnu i dugu.

Zaklonila se iza vrata ormana i presvukla se, brzo legla u postelju, zadrhtala sva kao u groznici, i kroz poluotvorene trepavice posmatrala malu suprugu kako se svlači. Videla je njena fina bela leđa, divne mlade grudi, lepa bedra, svu svežinu i mladost, i zaklopila oči da je ne gleda više, jer je shvatila da ju je ova mlada pobedila, i svojim imanjem, i umešnošću oko muža i svojim lepim belim telom.

Legle su, a nju je počelo nešto da guši. Đurđica se nije čula, kao da je zaspala, sva je bila nečujna kao uspavano dete. U kući je bila tišina, iako Branko još nije bio legao. Koračao je po sobi, mučen sumnjama i bojazni. *Šta će ona pričati Đurđici? Da joj ne ispriča za njihovu vezu?* Bio je gnevan na nju i nije je žalio. Ovaj njen dolazak je uništio u njemu lepo mišljenje koje je imao o njoj.

Seo je za pisaći sto i uzeo knjigu da čita, ali bio je rasejan, nije mogao da shvati šta čita, sve je bio na nekom oprezu. Najednom začu kako se otvoriše vrata, zatim orman u trpezariji, posle žurne korake u njihovoj sobi i Đurđica upade. On skoči sav usplahiren.

— Šta? Zar još nisi legao? — pitala ga je s osmehom, a njega osmeh razgali jer oseti da se ništa nije dogodilo, dočepa je u naručje i pritisnu na grudi šapućući joj:

— Nisam legao. Čitam nešto.

— Mili moj, kako te volim! — šaputale su njene rumene usne i pripijalo se vitko telo uz njega. Njemu je bilo prijatno, jer se nije dogodilo ono čega se bojao, nije ništa kazala, neće, valjda, ni reći.

— Zlato moje — šaputao je, kao da je hteo da je ubedi koliko je voli i da je pripremi da samo njemu veruje. — A što si ti ustala?

— Nadi je nešto muka, tražila je čašu vode. Videla sam svetlost kroz ključaonicu pa sam došla da te vidim i da te poljubim. Srce moje! Slatki moj mali! — šaputala mu je i izašla žurno, noseći Nadi čašu s vodom.

— Je li vam sada bolje?

— Bolje mi je.

— Branko nije još legao. Ako vam bude teško, mogu ga pozvati da vam pogleda puls.

— Ne!... Ne!... Nije potrebno. Ja mislim da mi ovo dolazi od žuči... Ne patim od žuči, ali dođe mi muka kad jedem više, a vi ste me neprestano nudili.

— A meni se čini da vi malo jedete. Evo, čaša je na stočiću. Donela sam i bokal. Ako vam bude teško, zovnite me.

— Neće mi biti teško. Spavajte mirno.

Đurđica je zaspala, ali Nada je bila budna, a i Branko je bio budan.

Ustao je rano, neispavan i nervozan. Jutro je bilo sveže posle kiše, a lišće je treperilo od nesasušenih kišnih kapi, koje su blistale kao rosa. Pokraj ograde jedan mali zasad jagoda već je imao zrele plodove koji su se crveneli ispod lišća. Izašao je u baštu, prišao jagodama i otkinuo jednu. Pogledao je u prozor spavaće sobe. Zavesa je bila spuštena.

Spavaju... pomislio je i uputio se u sobu do kuhinje.

— Ala ste vi, gospodine, poranili — začudi se Miloje. — Tek je pet i četvrt.

— Imam posla u zdravstvenoj zadruzi pa sam ustao ranije. Jesi li skuvao kafu?

— Odmah ću... Nisam mislio da ćete ustati prvi. Obično ustane gospođa. Što gospođa kuva dobru kafu! Prevazilazi me — brbljao je Miloje, dok je lekar ćutao i premišljao: da li je Nada nešto otkrila Đurđici? Sinu mu najednom strahovita misao: da se nije u sobi što dogodilo, da nije ubila sebe i nju? *Ala sam budala, kakve mi lude misli dolaze! Nije ona zločinac da bi mogla tako što da učini.* Srkutao je nesvesno kafu i neprestano poglédao u prozor koji se video iz donje kućice, ali zavesa se nikako nije dizala. Bilo je već skoro šest, a Đurđice nema.

Što li se ona uspavala?, uznemirio se, šetajući baštom. *Mora biti da su dugo pričale. A šta je mogla da joj priča? Ako se usudila da joj kaže, priznaću sve Đurđici i ona me više neće videti, pa može ako hoće i da se ubije. Nije joj bilo potrebno da mi ulazi u kuću i noćiva u njoj. Kako je nije stid?*, grdio je iz straha, kao svaki muž, koji ne želi da mladoj ženi stvara razočaranje.

— Branko, zar si već ustao? — začu Đurđičin glas s prozora, spazi je već obučenu i nasmejanu i laknu mu, ozari ga kao zrak sunca, pa joj se nasmeši:

— Hteo sam da te preduhitrim, da se vidi da i ja mogu da ranim. Moram ranije da odem u zadrugu.

Ona istrča u baštu vesela, rumena, a on joj uhvati ruku, ali krišom pogleda prozor da to Nada ne vidi. — Je li ustala Nada?

— Spava još. Sinoć joj nije bilo dobro, dugo nije zaspala, pa nek spava sada. Ja ću je zadržati i danas. Ona je zlatna. Pričala mi je kako si ti dobar, kako si spreman i savestan lekar, kako si na vreme završio studije i kaže kako treba da te volim i da ti u svemu ugađam.

— To ti je kazala? — pitao je iznenađen i polaskan, i najednom se u njemu pojavi sažaljenje prema njoj, i dođe mu žao što ju je nepravilno sumnjičio i ružio njen karakter.

— Pa hoćeš li je poslušati? — veselo je pitao svoju malu ženicu, uvodeći je u sobu, da ih ne bi Nada gledala s prozora i videla kako ga Đurđica zaljubljeno posmatra. *Ko će znati zašto je to kazala? Žene su lukave,* sumnjao je opet, ali strah je iščezao pred raspoloženjem Đurđičinim, slušajući je kako mu priča, čas ovo, čas ono, detinje i umiljato.

— Pogledaj, otkinuo sam jednu zrelu jagodu i ostavio je za tebe. Hoću da je ti prvo probaš.

— Kako si zlatan! Ne, podelićemo je. Zagrizi prvo ti, pa ću ja.

— Ja idem, srce moje.

— Nećeš da pričekaš Nadu da ustane?

— Ne mogu. Ti joj s moje strane poželi srećan put.

— Nadam se da će ona ostati da ruča, a posle podne neka ide.

— Kako ona hoće — odgovori on ravnodušno, a voleo je da ona što pre ode iz kuće, a on će joj već jednog dana reći da je ovo nerazumno, može neko znati šta su oni bili jedno drugom, pa da on ispadne pokvarenjak, jer već u prvim danima braka stvara bračni trougao.

Oprostio se s Đurđicom, a ona je ostala u kuhinji, pevušila, trčkarala, iščekujući da Nada ustane. Ona je ustala malo bleda, ispod očiju su joj bili tamni kolutovi, pa su joj oči bile još veće i malo tužne.

— Vama, Nadice, nije dobro? — brižno je pitala Đurđica.

— Sasvim mi je dobro.

— Bledi ste malo.

— To je moja boja. Nisam ja nikad rumena kao vi. Vi ste prava breskvica, sva blistate — divila joj se, ali bilo je i bola u tom divljenju, jer je uviđala stvarnost: njena mladost pobedila je Branka. Posmatrala ju je u njenoj lakoj jutarnjoj haljini, koja joj je ocrtavala svaku liniju, gledala je njene listove nogu, mala stopala, bedra, grudi.

Sve je na njoj harmonično, pomislila je tužno i upitala je: — Branko još nije ustao?

— O, ustao je on još pre mene i otišao u zadrugu. Molio je da ga izvinite, ima posla, pa je morao ranije da ode. Pelcovaće školsku decu protiv boginja, pa mora da spremi serum.

— Oni imaju u zadruzi i apoteku?

— Imaju, ali Branko mora da odlazi i u Beograd da nabavlja lekove za zadrugu. On je pedantan lekar, voleo bi sve da ima, ali ne može se sve naći. Ima u selu i jedan astmatičar, pa zbog njega ide da nabavi adrenalin; daje mu ponekad injekcije.

— I vi se pomalo razumete u bolesti?

— Tako... Čujem od Branka. On mi sve priča. Ja se trudim da razumem njegovu profesiju, bar koliko-toliko. Vi ste obrazovana žena, možete da vodite razgovore o svemu. Ja bih volela da sam obrazovana kao vi.

— Nije to potrebno, sámo obrazovanje ne donosi ženi sreću. Dosta je da ste umešni oko muža i prirodno bistri.

Šta je meni vredelo obrazovanje?, mislila je s gorčinom. *Ostavio me je, a jutros je pobegao da se i ne vidi sa mnom. Dosadna sam mu... i bedna...* Potmuli revolt podiže se u njoj, i to saznanje je ubedi da treba da bude pažljiva prema Đurđici, da je ona zavoli, da dokaže Branku da nije rđava i da nije došla s rđavim namerama.

— Pričala sam jutros Branku kako ste vi zlatni. O, ja bih imala čitavu školu pored vas. Ne dam vam da idete pre podne.

Ali Nada je bila uporna, nije htela da ostane i našla je izgovor:

— Očekujem jednu rođaku iz Beograda... Obećala je da će me posetiti, pa može da dođe, a kuća je zatvorena. A ona nikog u gradu ne poznaje. Bolje je da odem. Nisam mislila ni da prenoćim, ali kiša me je zadržala. Vi ste mila ženica i radujem se što se Branko tako lepo oženio.

— Ja ću vas ispratiti do kola — ponudila joj se Đurđica, uhvatila je ispod ruke i uzela u drugu paket. Prolazile su pored opštine. Spazila ih je ona činovnica što je dolazila na pregled lekaru. Ona trže za rukav drugu činovnicu i pokaza joj Nadu.

— Ja nju poznajem. Otkuda ona kod njih? Meni se čini da je ona bila njegova prijateljica. Pričala mi je jedna drugarica iz grada da je on često išao k njoj i ostajao kod nje do kasno u noć. Ona je pričala da je on njen rođak, ali ova je sumnjala. Otkuda ona sada s njegovom ženom?

— Možda je ona s njim rod. Kako bi inače smela da im dolazi?

— Šta mi znamo? Svašta se događa. Ova je seljanka glupača, pa i ne sluti ništa.

— Nije ona seljanka. Pogledaj je, baš je slatka!

— Ćuti, molim te! Oženio se zbog njenog imanja. Što mrzim te muškarce koji traže samo miraždžike, pa makar bile i seljanke. Razočarala sam se u doktora. Nije ni on bolji od drugih. Eto, oženio se seljankom, miraždžikom, a živeće s drugom. Ako, tako joj i treba kad hoće doktora — govorila je činovnica, kivna na nju zbog predsednikova sina, koji ju je varao. Ona se upustila s njim, a i on će se oženiti miraždžikom.

12.

Đurđica je uređivala muževljev orman s odelima. Interesovala ju je svaka njegova stvarčica, jer po muževljevim momačkim stvarima žene upoznaju i njegov život neženje: da li je bio uredan, je li polagao na sebe, kakve je čarape nosio, kakve kravate i tako dalje. Iznela je njegov zimski kaput da se sunča, jer je znala da treba čuvati zimske vunene stvari pa ih je posipala naftalinom. Uzela je nekoliko kuglica naftalina i stavila u svaki džep zimskog kaputa po jednu.

Sećala se da je baš u tom zimskom kaputu došao i njima prvi put, s uživanjem ga je čistila i najednom je osetila nešto tvrdo pri dnu kaputa, između štofa i postave. Opipala je rukom i osetila da je neka hartija. Tražila je gde bi mogla da se provuče ta hartija i našla da je iscepana postava desnog džepa. Zavukla je ruku, pronašla hartiju i izvukla je. To je bilo pismo njemu adresovano. Radoznala kao i sve žene izvukla je hartiju iz omota i prvo pročitala potpis: ... *Tvoj brat koji te voli, Milan!* Znala je da ima brata Milana, on joj je mnogo pričao o njemu, jer mu to nije bio samo brat već i otac, koji ga je izdržavao na studijama, a priznao joj je da ga je morao pomoći, jer je bio pred stečajem.

Počela je da čita pismo u kome mu brat zahvaljuje za novac, za koji je ona znala da mu ga je dao, samo nije napominjao sumu, ali što je dalje čitala sve se više hladila, prsti su joj drhtali, lice joj je pobledelo. Čitala je:

Oprosti, dragi Branko, što sam ja morao biti uzrok tvoje ženidbe kakvu nisi mogao nikad ni zamisliti. Znam da za tebe nije seljanka, i plačem, veruj mi, kad pomislim da se ženiš devojkom koju uzimaš preko volje, a nemaš nikakvih osećanja prema njoj. Teško je pretvarati se u braku, ali pomisli da si sve te žrtve podneo ne za mene, nego za moju decu, koja bi ostala na ulici da sam ja propao. Patim zajedno s tobom i žalim te, tim više, što znam koliko si voleo jednu finu ženu, koja ti je odgovarala i s kojom bi bio srećan. Sva moja deca zahvalna su ti za dobro koje si nam učinio i žele da budeš srećan u braku i da te tvoja žena makar malo razume, ako bude mogla da razume tvoju dušu i da bude dostojna tebe.

Đurđica se sruši na stolicu, poražena i sleđena, kao da je sve umrlo u njoj: radost, oduševljenje prema mužu, njena ljubav... *On me ne voli... on se pretvara... voleo je drugu... ja sam za njega seljanka i on glumi sve ovo...* jaukala joj je duša a iz njenog srca podiže se neki potmuli krik, htela je da vrisne, da zajeca naglas, da plače bez prestanka, da ga dočeka sa suzama i baci mu pismo u lice s rečima: *Kako si bedan! Zar si mogao da izigraš moju ljubav? Ja sam bila nevina devojka, verovala sam ti, iskreno te volela, a ti si podlo uzeo moj novac, i oženio se sa mnom zbog novca, a voleo si drugu, voliš je i sada. Ko li je to?*, kriknu u njoj. *Njegov brat zna.* To isto pitala ga je i ona opštinska činovnica, svi znaju, samo ona ne zna. Bol je bio vreo kao žeravica i potres velik, kao da se sve najednom izmenilo u njenom životu, kuća je postala tuđa, a tuđin muž koga je obožavala i poklanjala mu svaku misao.

Uzela je pismo i ostavila ga u jednu fioku, sakrila ga je da ga on ne nađe, jer će joj možda jednog dana zatrebati. Okačila je kaput u orman, išla je besvesno po kući, uzimala čas ovo, čas ono, ne znajući šta da radi, sva slomljena, bez volje za bilo kakvim poslom, strašno potištena i ponižena.

Zar je sve ono što joj je govorio u časovima nežnosti laž. Zar je lagao kad joj je tepao, mazio je, ljubio njen beli vrat, njene mišice, govorio joj kako je lepa, sveža, slatka, dobra? Prisećala se svih njegovih reči i njeno malo srce nije moglo da zna šta je laž, a šta istina u njegovim rečima.

Ko je ta žena koju je voleo?, postavljala je sebi pitanje, i to joj je bilo najstrašnije, kao da ju je ošinuo bič, jer ta je žena bila živa, on nju nije zaboravio, ona misli na njega, možda će joj se jednog dana i vratiti. Ah, kad bi samo znala ko je ta žena! Da ne zna Nada? *A da ta žena nije Nada?*, prestravi se i poče da se priseća svih njenih reči, ali joj se učini da je to glupo, jer na Nadi nije opazila ništa što bi odavalo da ona voli Branka drukčije nego rođaka. I kako bi se ljubavnica usudila da dođe u kuću, i da noći, kad ju je ljubavnik napustio?! Ne, to nije istina. Ali, jednog dana, kad se s Nadom više sprijatelji, pitaće je da li ona poznaje tu ženu koju je Branko voleo?

Reakcija svih duševnih potresa su suze: one su klizile niz obraz, plakala je kao ucveljeno dete, kao majka koja je izgubila sina, kao žena koja je prvi put razočarana u onoga koga voli i kome veruje.

Pitala se šta da radi? Da li da ćuti ili da govori? Ćutaće. Ništa mu neće reći, ali prvo što će učiniti jeste to da mu predloži da zovnu u goste brata. Njemu će pokazati da nije seljanka i da nije nedostojna njegovog brata. Ponos izbi u njoj svom silinom, ponos častoljubive žene, koja je volela muža i bračni dom, koja je shvatila svoje bračne dužnosti, znala da će biti verna žena i da je za nju smisao života muž i kuća. Ponos joj dade hrabrosti da savlada ovo prvo razočaranje, jer, najzad, u njenoj je moći bilo da pokaže da nije seljanka. *Zašto sam seljanka?*, pitala je sebe. *Da li zato što poznajem seoski život i sve poljoprivredne radove? Da li sam seljanka zato što ne znam medicinu, što nisam učila filozofiju, nisam se dalje školovala, ne vodim političke razgovore u društvu?*

Glava je silno zaboli od tih raznovrsnih uzbuđenja. Zamolila je Miloja da postavi sto i začini čorbu, a ona leže na divan. Doživela je prvo razočaranje u braku i to je bilo jače od svih objašnjenja kojima je htela sebe da umiri.

Branko ju je zatekao na divanu i prišao joj brzo pitajući šta joj je; opipao joj je puls, čelo, privukao je sebi, milovao po licu, ljubio je, a njoj je bilo još više žao, rasplakala se i pala mu na grudi. Htede da zajeca: „Zašto me lažeš?", ali njegove su usne bile tople, ruke nežne, njegove oči su je gledale tako iskreno, pošteno, da ona zaboravi sve, obavi mu svoje ruke oko vrata i upita ga kroz suze:

— Voliš li me iskreno? Je li, da li sam ja za tebe samo seljanka?

Njega začudi drugo pitanje, a posle se osmehnu, pogleda joj u oči i reče iskreno:

— Ti si rodom sa sela, ali si prava građanka i znaš dobro građanski red. Ja sam zadovoljan i srećan s tobom. Budi uvek ovakva, pa ćemo biti srećni.

— Je li to istina? — pitala ga je sa osmehom, dok su joj suze blistale u očima. Htela je da mu kaže zašto ga pita, ali se uzdrža.

— Zašto si danas rasplakana i postavljaš mi ovakva pitanja? — čudio se on.

— Ne znam ni sama zašto te to pitam. Tako... zabolela me mnogo glava... pa ne znam šta govorim. Ti si moje zlato, je li?

— Dabome! — mazio se on. — Ali ne volim da me ženica dočekuje sa suzama. Posle ću ti dati jedan aspirin. Moraš malo da jedeš, pa će te proći glavobolja. — On ustade, uhvati je za ruku, naglo je podiže s divana, ona mu pade na grudi i oseti kako je lepo na njegovim grudima i kako ga silno voli da bi i umrla za njega.

Nije mu odala da je čitala pismo njegovog brata, ali posle ručka, dok su sedeli u trpezariji, ona mu napomenu:

— Ja ne poznajem tvoju porodicu, a volela bih da je upoznam. Zašto ne pozoveš svoga brata k nama u goste? Pričao si mi da ti je brat vrlo dobar i ja bih volela da nam dođe.

— Nisam ga još zvao, jer tek smo se venčali i ne znam kako bi ti primila da odmah zovem svoju rodbinu u goste.

— Oh, ja bih se radovala da oni dođu. Hoćeš li da ja napišem pismo i pozovem tvoga brata?

— To bi bilo lepo i moj brat bi se obradovao. Ja bih voleo da te on upozna i da vidi kako imam milu ženicu.

— Jesi li ti njemu pisao štogod o meni?

— Pisao sam mu pre venčanja, ali nisam otkako smo se uzeli.

— A jesi li ti srećan sa mnom?

— Kako da nisam srećan?

— Misliš li ti na mene kad si u zadruzi?

On se nasmeja na to detinje pitanje, ali, znajući da su žene ujedno i deca, odgovori joj umiljato:

— Svako jutro mislim samo na tebe. A da li si ti danas mislila na mene? — nastavljao je on detinji bračni razgovor, a ona se raspričala:

— Uređivala sam tvoja odela, četkala zimski kaput, stavila naftalin u kaput i odela. Imaš lepa odela, sve ti je fino, vidi se da si se lepo nosio.

— Meni se čini da sam malo aljkav. Ranije mi je sve to Miloje četkao, ali sad tebi sve predajem.

— O, ja hoću da ti budeš uredan i lep. Ja cenim čoveka kad je čist.

— Da, čist moram biti, ali ne i kicoš.

— Ne volim ni ja nalickane fićfiriće, a sem toga tvoj poziv je veoma ozbiljan. Hoćeš li da čitaš novine?

— Hoću. — Uzeo je novine i udubio se u čitanje.

— Daj mi onu drugu polovinu novina — zamoli ga ona i zagleda se u razne sitnice, događaje u svetu, feljton i završi s romanom. Čitala je, a sve vreme je kopkala jedna misao: *Ja sam seljanka*. Ali jedan interesantan događaj u svetu odstrani tu misao, htede to i Branku da pročita, pa uzviknu:

— Jaoj! Da ti ovo pročitam — ali on je ućutka:

— Neka, posle, čitam sada nešto važno.

Učini joj se hladan i ozbiljan njegov glas, i njeno oduševljenje odjednom splasnu, osećajući da su mu novine i ono što čita važnije nego ovo što bi mu ona kazala.

Ostavila je novine, uzela ručni rad, radila i ćutala, ne prekidajući ga, a on je kao da je zaboravio da je ona u sobi, čitao, spustio se na divan i utonuo u laki san.

On je umoran, mislila je nežno i ćutala, čuvajući se da ne učini nikakav pokret, kojim bi ga probudila. Pogledala je u sat, jer su već stizali pacijenti, čula je kola pred kućom, sigurno su bili iz drugog sela, ali joj je bilo žao da ga budi. Tek posle je prišla, pomilovala ga po obrazu i zovnula tiho:

— Branko, došli su ti bolesnici.

— A! — trgnuo se on, otvorio oči i pogledao na sat. — Ja sam zaspao. Bio sam umoran, tako sam slatko odspavao! Nikad čovek ne može da se odmori — govorio je, ali se digao, začešljao i otišao u svoju sobu, a mala supruga ostade sama sa svojim tužnim mislima i sumnjama.

Da li me on voli? Mislila je kako bi bilo da ga napravi malo ljubomornim. Ali s kim? Možda bi napravila glupost i on bi se naljutio. Ne, to ne sme da radi. A volela bi da ga vidi ljubomornog, jer bi tada znala da ona žena koju je voleo ne postoji više u njegovom životu.

Zašto uvek mora da bude poneka žena u životu muškarca, koja se posle kao fantom šunja oko braka? Ona opštinska činovnica je možda poznaje. Ako se s njom upozna, doznaće nešto, kopkalo je neprestano, kao svaku mladu ženu, jer je izgubila samopouzdanje pročitavši pismo njegovog brata.

Da, pozvaću ga u goste da vidi jesam li seljanka. Sela je i sastavila pismo, posle ga je prepisala lepim rukopisom, bila je vrlo zadovoljna, čekala je da Branko izađe da mu ga pročita. Pohvalio ju je za pismo i rukopis:

— Nisam znao da ovako lepo pišeš. I kako ti je lep stil! Baš mi je milo što si napisala mom bratu. On je vrlo dobar čovek, znam da ćeš mu se dopasti.

Đurđica se smirila, otišli su u šetnju, i dan se lepo svršio. Bio je to doduše dan prvog bračnog razočaranja, ali ona je počela da prikuplja svu svoju hrabrost i ponos da pokaže svima ko je ona. Setila se i Nadinih reči: *U braku treba izbegavati čarke.* Danas je ona izbegla jednu čarku s mužem, a ta čarka je mogla preći u ozbiljan sukob, jer je trebalo raspravljati o tome da li on nju, seljanku, voli, ili ju je uzeo zbog novca, a voli drugu. Ali, iako je prešla preko pisma njegovog brata, u njoj je nešto kljucalo kao gnoj koji se sakuplja.

S takvim osećanjima otišla je s mužem u nedelju popadiji i popi na ručak. Kod pope je bio u gostima jedan vojni medicinar, sestrić popadijin, a na ručku je bio još i mladi učitelj, momak, koji je vrlo lepo pevao u crkvi, i opštinska činovnica. Popa, razgovoran i društven čovek, predstavljao ih je i za svakog imao lepu reč.

Jedna devojčica donese poslužavnik s rakijom i višnjevačom. Đurđica odbi: — Ja ne pijem rakiju. — Opštinska činovnica srknu višnjevaču: — Ja pijem višnjevaču i slatke likere — govorila je opravdavajući se. Medicinar je posmatrao Đurđicu, a Branko spazi kako je i učitelj gleda. Bila je slatka u plavoj lakoj haljini, svetle kose kao zrela kajsija, s plavim očima u kojima se prelivao odblesak plave haljine, pa je sva blistala u plavilu i ružičastoj boji svojih obraza.

— Sve je gotovo. Izvolite! — pozva ih popadija. — Nisam htela da postavljam napolju. Šta znam, može pljusnuti kiša, nego u sobi. Izvolite, sedite!

— Gospođu Đurđicu ćemo u začelje.

— Nikako, vi ćete, gospodine popo, u začelje. Vama se mora dati glavno mesto — branila se Đurđica.

Popa se nećkao, ali pristade, a Đurđica mu sede desno, opštinska činovnica levo, do nje Branko, do Đurđice medicinar, a preko puta njega učitelj.

— Ja ću u dnu stola — branila se popadija. — Moram i da pogledam u kuhinju. Dobro mi je ovo devojče, ali moram ipak da nadgledam. Služite se, molim vas! Supa je od kokoške. Zbog pope više koljem živinu, jer ne sme da jede govedinu. Ali nema ništa lepše od goveđe supe — otpoče popadija o svojoj kuvarskoj veštini, o čemu je Đurđica mogla mnogo da priča, ali ona je htela ovoga puta da bude gospođa doktorka i da pokaže mužu da nije seljanka i zato oćuta.

Usred ručka, opštinska činovnica će reći:

— Videla sam vas pre neki dan s jednom gospođom iz grada. Poznajem je iz viđenja, stanuje preko puta moje prijateljice. Je li vam ona rod? — pitala je Đurđicu i pogledala Branka, ali on izdrža njen pogled i odgovori ozbiljno:

— Da, to je moja rođaka.

— Vrlo lepa i otmena žena! — pohvali je činovnica.

— Jelte, kolega — obrati se lekar medicinaru, želeći da prekine razgovor o Nadi — da li je završio medicinu onaj Stanojević? To je, kako mi se čini, večiti student.

— Ja mislim da je napustio medicinu.

Zašto je prekida, izgleda da je htela još nešto da kaže?, pomisli Đurđica i posumnja u muža.

Popadija, koja je čula činovničine reči, umeša se:

— I ja sam se upoznala s tom gospođom. Lepa žena. Ode li ona po onoj kiši? — pitala je Đurđicu.

— Nismo joj dali da ide. Ostala je i prenoćila kod nas.

— Ja sam se brinula za nju — dobrodušno je govorila popadija, a opštinska činovnica razvuče usne, pogleda zatim Đurđicu, želeći da vidi kakvo li je to stvorenje koje ne sluti ništa i bezazleno priča o ženi za koju je ona bila uverena da je doktorova prijateljica. *Baš su muškarci pokvareni*, donese ona u sebi sud o svim muškarcima, ali načulji uši kad ču kako medicinar pita Đurđicu:

— Jeste li vi, gospođo, dolazili u Beograd?

— Dolazila sam, imamo tamo jednu rođaku. Poslednji put bila sam prošle godine u maju.

— Čini mi se da sam vas video.

— Možda. Ja vas se ne sećam — odgovori ona ravnodušno.

— A ja se sad sve više sećam vas. Bili ste na Kalemegdanu s jednom gospođom, a ja i jedan moj kolega sedeli smo na klupi do vaše.

— Ne sećam se... — prošaputa Đurđica, ali krv joj udari u obraze, jer se i ona priseti dvojice medicinara, koji su je pogledali. Sad joj bi jasan njegov lik, i to kako su pošli za njima i pratili ih sve do tramvaja, pa kao bajagi čekali tramvaj, a neprestano je posmatrali. To je bila epizoda, koju je zaboravila, ali joj je sada laskalo, što su nju, devojku sa sela, gledali varošani i to medicinari.

Muž je pogleda, vide kako je porumenela, obori glavu, kao da ga zanima parče pite od sira, a sumnja se uvuče u srce kao crv. *Da nije među njima bio neki flert? Otkuda ovaj medicinar da dođe sada?* Nije se sećao da ga je ikad video kod pope. Devojkama se ne može verovati. Svaka je imala po neku avanturu koju krije od muža, ali u časovima srdžbe baci mu u lice da je nju taj i taj voleo. Možda je i ovaj voleo Đurđicu. Pogledao ga je pažljivije. Bio je to lep mladić, veseo i razgovoran, i svaki čas se naginjao Đurđici te ga je to već počelo i nervirati, ali je želeo da proučava svoju ženu kako se ophodi u društvu mladih ljudi.

— Je li vam ovo prvo mesto? — okrete se brzo učitelju i uhvati ga kako i on posmatra njegovu ženu.

— Ne, ovo mi je treće. Bio sam prvi put u južnoj Srbiji, i još u jednom selu blizu Vlasotinca, a ovo mi je treće mesto.

— Morali ste imati jaku protekciju kad ste dobili ovo selo — reče mu popa.

— Nisam, verujte mi. Doduše, zauzeo se za mene školski nadzornik i kazao da će pisati u ministarstvo da me postave u Banatu.

— Nego, da vas nešto drugo pitam — nastavljao je popa — razumete li se vi u pčelarstvo?

— Čitao sam o tome, ali nisam imao prilike da gajim pčele.

— Posle ću vam pokazati moj pčelinjak.

— Služite se pitom! — nudila ih je popadija. — Ne znam da li vam se dopada. Nešto mi je bio slan sir. Da nije preslana?

— Izvanredna je — pohvali je Đurđica.

Devojčica unese išaranu tortu.

— Gle, torta! Kako ste je divno iskitili! — uzviknu Đurđica.

— E, pa neću ja da se zastidim pred mladim svetom. Tako, kad mi dođu moje snahe, a ja nakitim tortu, a ona što je iz Beograda, začudi se: „Bože, mama, kako vi u selu sve znate!" Misli ona da smo mi glupi ako smo u selu. A ja joj kažem: „E, dete moje, u selu ima svega i svačega, pa imaš od čega da praviš. A uzalud ti život u Beogradu, kad ti sve na gram kupuješ." Je li dobra torta?

— Osobita — uzviknuše svi.

— A što ova mladica ne pije vino?

— Ne mogu. Hvala. Popila sam pola čaše.

— De, još jednu čašicu! — nudio je popa.

— Ne, hvala. Sva sam se zajapurila od vina. Odmah mi udari u glavu.

— Zato ste tako i lepi — polaska joj popadija. — Rumena kao ruža! Vidi se zdravlje na vama.

Činovnica je setno pogleda i pozavide njenom zdravlju, a mladi medicinar je ushićeno pogleda: *I onda u Beogradu bila je ovako rumena i bela. Ala muž uživa s njom*, hvatao je medicinar zazubice, ne gledajući činovnicu, koja mu je dobacivala tople poglede. Branko je opazio kako Đurđicu svi gledaju, pa mu se činilo da i ona poklanja suviše pažnje medicinaru, okreće mu se svaki čas i nešto ga zapitkuje. Smatrao je da to nije korektno i da on može ispasti smešan, pa se rešio da joj prebaci kad dođu kući.

A mala supruga bila je srećna što joj se poklanja pažnja, što je svi hvale, što je medicinar gleda; srećna, ne što bi to njoj godilo, već što će to videti njen muž, koji je smatrao seljankom, o čemu je morao pisati i svome bratu, a sad je video koliko ta mala seljanka vredi u društvu. Sve joj je to dalo hrabrosti pa se raspričala i ona.

Samo je muž ćutao, iznenadilo ga je pričanje njegove žene, a posle ju je i on slušao. Ne shvatajući njenu priču, mislio je: *Da li se ona s kim zabavljala i ljubila?* Njena živahnost i razgovornost otkrivali su mu novo biće, mladu ženu nimalo tunjavu u društvu, već ženu koja ume da se snađe među muškarcima.

Posle ručka sedeli su u bašti pod velikim orahom, a devojčica donese crnu kafu. Muškarci su počeli pričati o politici u svetu, što je Đurđica pažljivo slušala. Ona nije imala muškaraca u kući, bila je sama s majkom, nije ih politika zanimala, ali znala je da su to svakidašnji razgovori među muškarcima, pa će i ona mnogo toga naučiti od muža. Pričalo se da se sprema rat u Evropi, da je situacija vrlo zaoštrena i da se nagađa hoće li Rusija prići Engleskoj i Francuskoj. Medicinar je tvrdio da će Nemačka napasti Poljsku.

— Jeste li bili u Čehoslovačkoj? — pitala je medicinara, a mužu bi krivo što mu se stalno obraća.

— Nisam.

— Ja sam bio, na sokolskom sletu — odgovori učitelj.

— I ja sam bila tada, išla sam kao sokolica. Divna je to zemlja. Imala sam utisak kao da sam na jednom lepo uređenom poljskom dobru. Sva je kao bašta.

— Nisi mi pričala da si bila u Čehoslovačkoj — okrete joj se muž.

— Kako da nisam. Zaboravio si — osmehnu mu se, uhvati ga ispod ruke, jer su sedeli na klupi, pripi se uz njega, a medicinar uzdahnu pritajeno, misleći kako je divno imati ovako milu i slatku ženicu.

Iz poštovanja prema popi otišli su u crkvu i odstojali večernju, zadržali se malo u porti i pođoše kući. Činovnica se oprosti:

— Ja ću ovamo. Zbogom...

— I ja ću s vama, gospođice — ponudi joj se učitelj, a medicinar se uputi sa svojim kolegom i njegovom ženom. Pratio ih je sve do njihove kuće gde zastadoše pred kapijom.

— Lepa vam je kućica — reče mladić iz učtivosti. — Je li skoro zidana?

— Nije, samo nam je gazdarica popravila.

— Imate li tu i sobu za ordinaciju?

— Imam. Ulaz za čekaonicu i ordinaciju je zaseban. Hoćete li da svratite?

— Pa... mogao bih. Interesuje me kako ste se namestili.

Ona mu se dopada. Dala mu je povod. Sve vreme ručka gledala je u njega.

— O, kod vas je vrlo lepo. Kad li ću ja imati svoju ordinaciju? Dosta staje dok se lekar ne instalira...

— Prilično.

— A imamo i lep stan. Hoćete li da vidite? — pozva ga Đurđica, želeći da se pohvali pred jednim obrazovanim mladićem, kako je ona, seoska devojka, umela da udesi stan svome mužu lekaru.

Njen poziv razgnevi muža, ali se ljubazno osmehnu i otvori vrata svoje sobe da propusti medicinara, a mlada se žena, ne sluteći šta se zbiva u mužu, hvalila:

— Ovo je Brankova soba za rad. Namestila sam mu je s našim banatskim ćilimima. Nisam htela da mu soba bude sumorna.

— Ovde je pravo uživanje raditi. Studentima uvek nedostaju prijatne sobe za rad.

— Zar ih vi nemate u internatu?

— To su internatske sobe, obične, kao sobe u kasarnama. Najbolje sobe imaju studenti u studentskom domu. Inače, većina ih stanuje po straćarama. Ovakvu sobu treba imati: orman s knjigama, vaza s cvećem, divan...

— Kad se oženite i vi ćete imati ovakvu sobu — tešila ga je Đurđica.

— To je meni moja žena udesila — pohvali lekar svoju ženicu.

— Da vidite dalje šta imamo — hvalila se Đurđica i povede gosta, srećna, kao svaka mlada, koja voli da pokazuje svoju kuću, jer je sve bilo novo, čisto, ukusno.

— Pa vi ste se gospodski namestili, kolega! — uzviknu student i pogleda čežnjivo u pravcu spavaće sobe, gde se sve rumenelo od svile na jorganima koji su se videli ispod prekrivača od tankih čipki. — Ovakav stan vredi imati. Selo, a čovek udesio život bolje nego u gradu! Sad sam sve video i idem.

— Ostanite da popijete kafu — pozva ga lekar.

— Hvala, doći ću drugi put — ispriča se medicinar i ode, malo rastužen što se rastaje s ovim simpatičnim parom i lepom ženicom, koja se divno smešila a očice su joj blistale plavetnilom jutarnjeg neba.

Mlada žena priđe mužu, srećna što je ovaj dan bio ovako lep i ona, kako joj se činilo, ostavila dobar utisak u društvu. Mislila je da će i on biti zadovoljan i pohvaliti je kako je ona dostojna njega, lekara, pa uzviknu:

— Slatki moj mili! Danas je baš bilo lepo, a ti si moj najmiliji muž!

On joj uze ruke, odvi ih sa svoga vrata i odgovori jetko:

— Ne bih rekao da sam ja tvoj najmiliji mužić!

— Šta to govoriš? — uzviknu veselo mlada ženica i polete da mu ponovo obavije ruke oko vrata. — Ti si moje zlato!

On joj ponovo odvoji ruke, odmače se i pogleda je oštro:

— Znaš da si kriva, pa hoćeš ulagivanjem da me odobrovoljiš, ali time nećeš uspeti kod mene.

Ona zastade, pogleda ga unezvereno i promuca:

— Šta sam kriva? Zar sam te nešto ožalostila ili uvredila?

— Možda i jedno i drugo. Ti ne vodiš dovoljno računa o svom ponašanju u društvu.

— Zašto? Kako sam se ponašala?

— Onako kako ne dolikuje jednoj udatoj ženi.

On je ljubomoran, kliknu u njoj radost i polete opet k njemu umiljavajući se:

— Šta je? Kaži mi? Ti si bio ljubomoran. Milo moje, je li to istina?

Njega uvediše njen ton, ova veselost, razdraganost, bio je ubeđen da on ne može biti ljubomoran i da joj neće dati razloga da ga muči i kinji, odbi je hladno od sebe i strogim joj glasom očita:

— Nisam ljubomoran, ali ne dopuštam da moja žena ne zna granice pristojnosti u društvu. Sve vreme gledala si samo medicinara i samo njemu poklanjala pažnju.

Ona se, i dalje vesela što je bio ljubomoran a nije hteo da prizna iz muške sujete, iščuđavala, ali je u njoj nešto poigravalo od sreće, a ozbiljno se opravdavala.

— Ja sam mislila da će ti pričiniti zadovoljstvo ako razgovaram s tvojim kolegom i učestvujem u celom razgovoru. Mislim da nisam ništa neumesno kazala da bi me prekorevao. Nego, ti si malo ljubomoran — priznaj!

— Nemoj da uobražavaš i da mi glumiš. Mislio sam da si naivnija, ali vidim da imaš iskustva i da umeš da koketuješ, a smatraš sve to bezazlenim. Ali, znaj, niko te neće ceniti zbog takvog ponašanja i ja ne dopuštam da ispadam smešan u društvu. Moja žena mora znati kako treba da se ophodi s muškarcima kad je sa mnom... Ti si, možda, mogla da se ponašaš tako u selu, u svom društvu, ali sa mnom ne možeš.

— Ja znam da ćeš u meni uvek gledati prostu seljanku, i ma šta govorila ti ćeš naći razloga da mi prebacuješ. To je razumljivo. Nisi me voleo kad si se oženio sa mnom, uzeo si me da popraviš materijalno stanje svoga brata, i možda si nesrećan i sada što sam ja tvoja žena. Ja mislim da ti glumiš, a ne ja. Ako me nisi voleo, nije trebalo sa mnom ni da se ženiš i da patiš sada. Da, ti patiš, ti me ne voliš, nisi me nikad ni voleo, znam ja sve, ali ćutim i trpim.

— Šta ti znaš i šta sad pričaš? — stiša se on, priđe joj da je uteši i obuhvati joj ramena: — Ako si seljanka, možeš biti fina žena. Ako sam se oženio zbog novca, ti si mi se dopala. Da si bila drukčija, ne bih te uzeo ni da si imala milione. Ded, nemoj da budeš dete i plačeš.

Gle, ona izistinski plače! E, ja to ne volim. Ako te nešto i prekorim, moraš me razumeti i poslušati.

— Nisi imao razloga da me danas prekoriš, nego ti u meni uvek vidiš seljanku. Ti tuguješ za drugom ženom koju si voleo i kojom si mislio da se oženiš. Znam ja to.

On se osmehnu da bi otklonio njene sumnje, ali ga nešto štrecnu: *Da nije Nada štogod pričala? Žene su lukave.* Htede da se uveri, podiže joj ruke s očiju i vide kako joj se suze krune.

— Je li, ko ti je kazao da sam ja neku voleo? Dakle, ti slušaš svet! Ako budeš slušala svakog, mi ćemo imati svakodnevne scene u kući.

— Nije meni niko pričao, pronašla sam jedno pismo i iz njega saznala sve.

— Kakvo pismo? I gde si ga našla? Preturala si po mojoj sobi i tražila pisma?...

— Nisam preturala, nego sam čistila tvoj zimski kaput i našla u postavi pismo tvoga brata.

On se namrgodi.

— Pa šta piše moj brat? Gde je to pismo? Što mi ga nisi odmah pokazala?

— Nisam htela! Prešla sam preko svega. Htela sam da ti pokažem da nisam prosta. Ne bi ni znao za to pismo da me nisi pitao.

— Daj mi to pismo!

— Evo ti ga!

Otrčala je i donela mu ga, vratila se u spavaću sobu, zagnjurila glavu u ruke i jecala.

Čula ga je kako ulazi u spavaću sobu, seda na postelju, privlači je sebi i pravda se:

— Budi pametna, Đurđice! Dobro, ako se nisam oženio s tobom iz velike ljubavi, ja te sada već volim. Mi se još ne poznajemo dobro i moramo se prilagođavati jedno drugom, pa ako te ja i prekorim, nemoj to tako tragično da primaš.

— A kad bih ja tebe prekorela? Kako bi ti to primio?

— Ja bih razmislio jesam li kriv.

— A hoćeš li priznati da si kriv za ovo pismo?

— Kriv sam što sam ga pisao, a nisam te poznavao. Trebalo je ćutati i čekati da stupim u brak s tobom.

— Ali ti si pisao u očajanju, jer si morao da ostaviš ženu koju voliš.

— Otkuda ti znaš da sam pisao u očajanju?

— To se vidi iz pisma tvoga brata. On te žali i očajan je zajedno s tobom. Budi iskren, priznaj mi, ko je ta žena koju si voleo.

— Zašto čeprkaš po onom što je prošlo. Ta žena ne postoji više za mene.

— A ko je ona? Što mi to ne kažeš? Je li lepa? Ona je otmena?

— Neću ti ništa reći.

— Vidiš, ti imaš jednu veliku tajnu i kriješ od mene. A to mnogi znaju. Ja ću je doznati. Znam koga ću da pitam.

— A šta ti to treba? — naljuti se on i ustade s postelje. — Koga imaš da pitaš? To bi bilo vrlo lepo: raspituješ strane ljude kakav ti je bio muž kao mladić i koga je sve voleo.

— O toj istoj ženi govorila ti je opštinska činovnica. Čula sam je.

— Kad mi je pričala o njoj?

— Kad je dolazila da je pregledaš — pade u drugu pogrešku Đurđica, priznavši da je prisluškivala na vratima.

— A, ti si prisluškivala! — priseti se muž. — Lepo, bogami. Hoćeš li uvek da prisluškuješ? Nisam to znao. Pa šta mi je kazala činovnica?

— Znaš ti dobro. Neću više da ti govorim. Glavno je da znam da me i ti i svi tvoji smatrate seljankom.

— Ako se ti tako budeš ponašala i jesi seljanka.

— Hvala što si iskren! Onda ću biti i ja iskrena prema tebi i reći ću ti da se i ja nisam udala iz ljubavi, već radi tvog položaja —

ljubomorno je govorila i tako zaoštravala sukob jer je htela i ona njemu da učini nažao. — Htela sam da budem gospođa doktorka.

— Ali kao gospođa doktorka moraš umeti da se ponašaš.

— Niko mi dosad nije rekao da sam glupa. Voleli su i mene, i to fini mladići... Jedan pomorac me je voleo. Bio je vrlo fin mladić.

— Pa što se nisi udala za njega?

— Nisam htela.

— Dobro, ko te je još voleo?

— Ne moram da ti kažem. Bilo ih je dosta. Za njih nisam bila seljanka.

— I ne moraš mi reći — odgovori on ljutito, još bešnji od ljubomore — ali sad uviđam da nisi onakva kao što sam mislio o tebi. Dobro je da te upoznam.

Izašao je gnevan iz sobe, ušao u svoju i zaključao vrata.

Razmišljao je o Đurđici i poredio nju i Nadu. S njom nikada nije imao ovakvu scenu. Nikada mu nije kazala: ovaj ili onaj me je voleo. Bila je to fina i blaga žena, koja je izbegavala svaku razmiricu. A ova mala seljančica ume da ga prekoreva, da mu još dobaci kako ju je voleo jedan mornar. A on je bio ljubomoran, žestoko ljubomoran, i sve je ovo došlo zbog toga što je ona danas bila tako slatka u društvu, rumena, bela, vesela; što su je svi gledali, medicinar se njome ushićavao, bio je razdragan i popa, a u njemu se nešto probudilo, što dotle nije osetio: ljubomora i bojazan da ne bude smešan. A ona još priznaje da se udala da bi bila gospođa doktorka. To ga razgnevi, skoči s divana, uđe u sobu, htede da vikne: „Ti, što si pošla iz računa za mene, ti, mala seljanko, hoćeš da me ismeješ, hvališ se kako si imala mornara, pa nisi htela za njega, nego za mene, doktora.” Ali videći je skrušenu na divanu, oćuta, pogleda je hladno, otvori vrata na trpezariji i izađe u baštu.

Šetao je po bašti, zastajkivao kraj voćaka, zagledao ruže, kad se začu lupa kapije i ulete jedan usplahireni dečko:

— Gospodine doktore, mom dedi je pozlilo. Dobio je opet napad astme, samo što ne izdahne. Molim vas kao boga, pođite da mu pomognete.

— Dobro, doći ću odmah.

Lekar se zadržao kod bolesnika skoro sat i po i kad je izašao već se smračilo. Ulice su bile pune sveta, devojke su šetale s momcima, ili dve po dve drugarice držeći se ispod ruke. Negde je brujala harmonika i igralo kolo. Mališani su trčali između šetača, a putem su se vraćale guske s poljane.

U mislima mu je neprestano bila Đurđica i njene reči: *I ja sam se udala za tvoj položaj.* I ono drugo: *Mene je voleo jedan pomorac.*

U inat ne idem odmah kući. Neka je, neka bude malo sama i nek misli na svog pomorca.

Njegovo ranije društvo sedelo je pred kafanom uz pivo i zakusku. Spazivši ga, beležnik mu doviknu:

— Doktore, svrati malo da posediš s nama. Gde to tumaraš u ovo doba?

— Ne tumaram, nego sam bio kod jednog bolesnika.

— Pa, ded, sedi malo s nama. Otkako si se oženio, napustio si naše društvo.

— On je nov mladoženja. Ostavi čoveka na miru, žena ga čeka kod kuće. Te mlade ženice ne daju muževima ni da kroče bez njih.

— Ama nije, nego sam stalno zauzet — branio se lekar, a dođe mu prijatno da posedi malo, u inat Đurđici, da je ostavi da ga čeka, da joj pokaže kako je on gospodar i da njemu žena ne može da sudi, a uvredi li ga, on će umeti da joj uzvrati.

Pričali su o svemu, šalili se, kao i uvek u muškom društvu, ali on je neprestano bio gnevan i društvo nije moglo da ga raspoloži. Pored kafane prolazili su momci i devojke, seoski fićfirići u modernom građanskom odelu s malim šeširićima na glavi, i njemu pade na pamet kako je Đurđica šetala s ovakvim momcima i s njima radila u polju, a on, lekar, došao da je zaprosi zbog njenih para i zemlje. *Kako sam se bedno prodao! Zato ću od nje svašta doživeti. Danas je bila ushićena što joj jedan medicinar poklanja pažnju.*

Kad je došao kući zatekao je Đurđicu s novinama u ruci i kao da je plakala, ali on se napravi kao da nije video njene uplakane oči. Reče joj kratko:

— Dobro veče! — i uđe u svoju sobu. Ostavi tašnu, skide kaput, navuče pidžamu i uze knjigu. Seo je na divan i čitao ne misleći da izađe u trpezariju.

Ona ga je čekala i videći da ga nema, priđe vratima, otvori ih, priđe mu lagano, zastade i upita ga:

— Branko, hoćeš li da večeramo?

— Nisam gladan, ne mogu ništa da jedem.

— Ne mogu ni ja. Onda da kažem Miloju da skine večeru sa štednjaka.

— Kako hoćeš — odgovori on ne gledajući je i nastavi da čita.

Ona nije izlazila iz sobe, već mu priđe, obuhvati mu glavu i pritisnu je na svoje grudi.

— Milo moje, ti si ljut na mene! Nemoj da se ljutiš. Ja sam ono u ljutini kazala. Ti znaš koliko ja tebe volim! Bilo mi je žao kad sam ono pismo pročitala. Zamisli da si pročitao takvo pismo koje bi se ticalo tebe. Kako bi se ti osećao?

— Nećemo više o tome da razgovaramo. Ostavi me sada.

— Nećeš da razgovaraš, ali si ljut, a ja ne mogu da dopustim da se ti ljutiš. Hajde, pogledaj me! Hoćeš li da me poljubiš? Voliš li me mnogo?

— Ja ne volim ta prenemaganja, bolje da me ostaviš na miru. Ali da te pitam: zašto si zvala moga brata da nam dođe u goste?

— Zato da bi video da nisam ono što on misli o meni. Htela sam da mu pokažem kako smo srećni, jer ja sam do večeras mislila da si i ti srećan sa mnom. Ali sad vidim da ćeš ti naći i najmanji povod da se naljutiš na mene, odeš od kuće i ostaviš me samu.

— Ja sam bio kod bolesnika.

— Nisi mogao biti kod bolesnika tri sata.

— Ti bi htela da ti ja sve potanko ispričam gde sam bio. Ako hoćeš da znaš, sedeo sam pred kafanom sa svojim prijateljima. Ostavio sam te da sanjariš o svom mornaru...

— Zlato moje — kliknu ona i baci mu se oko vrata — ja mislim samo na tebe. Ti si ceo moj život. Bogami, čini mi se, više te volim nego svoju mamu... Nemoj da se ljutiš, nasmeši mi se, poljubi me!

Tražila mu je usne, on je izvijao glavu, otimao se, ali moć žene je velika, njene usne, njeno telo, grudi, opiše ga, on je dohvati u naručje, prilepi svoje usne na njene, a ona mu osta obamrla na rukama, srećna što ga je pobedila i osvojila.

Prva svađa prođe kao letnji pljusak.

— Hoćeš li da odemo sutra ili prekosutra do moje mame u naše selo? Ona bi se mnogo obradovala. Uzmi odavde kočijaša, a možemo se vratiti našim kolima. Možemo i prenoćiti kod mame.

— Videću, ako ne budem zauzet.

Pogledao je i kao da je tek sada uvideo da je ona prava žena, lepa žena, i da postaje sve lepša, i da će se dopadati muškarcima.

A što to mene jedi, čudio se sebi, *kad ja nisam bio ljubomoran na Nadu? Da li zbog toga što je Nada bila samo ljubavnica i što sam znao da se nećemo uzeti, a ovo je supruga, mlada, neiskusna i svako je može zavesti? Da li bi nju mogao neko da zaludi?*, mučio je sebe i rešio se da motri na svaki njen korak i da je jednom iznenadi i dođe kući kad se ona ne nada.

— Dobro, možemo sutra da odemo do mame — odobrovoljio se, osetivši njene ruke oko svoga vrata. Nije ni slutio kakvo će razočaranje doživeti sutradan u selu.

Mati ih dočeka raširenih ruku, sa suzama:

— E, ne vara mene nikad moje levo oko. Celo jutro mi igra, a ja kažem: nešto ću se obradovati. Pa gde ste vas dvoje? Čekam vas svaki dan. Ode moja Đurđica, pa zaboravi svoju mamu!

— A mi smo tebe, mama, očekivali. Zašto nam nisi došla?

— Nisam htela. Kao velim: hoću da vas ostavim same, da se ti navikneš na svog muža. Pa je li, zete, pravo da mi kažeš, ali ništa da ne kriješ, jesi li zadovoljan s mojom Đurđicom?

— Jesam, mama. Mogu samo da je pohvalim.

— Vidiš, mama! Ded hvali me, Branko! Je li da sam dobra domaćica?

— O tome nema spora. Prevazišla si samu sebe.

— Eh, ti se sad šališ — mazila se žena i prislonila svoje lice uz njegovu kosu. — I on je, mamice, dobar. Nikad se ne ljuti. Još se nismo zavadili.

— Kuku, ćerko, kako da se svađate! Još ste vi mladi za svađu. Ono, ima ih koji oči vade jedno drugom čim se uzmu.

— Je li, pa kako si bez mene živela? Je li ti bilo neobično? — pitala je Đurđica majku.

— Neobično mi je, ali mora se. Zamajem se poslom, pa zaboravim da si otišla. Da je Branko u našem selu lekar, onda bi stanovali kod mene. Zašto naše selo ne traži lekara? Mnogo njih pita za tebe. Slala sam ti neke da ih pregledaš. Seljak čeka, čeka dok bolest ne uzme maha, pa onda trk po lekara! Nego, hoćete li vi da prenoćite kod mene?

— Ne možemo, mama, vratićemo se predveče. A kako bi bilo, Branko, da prenoćimo pa ujutru rano da se vratimo?

— Kako ti hoćeš.

— Pa... da ostanemo. Spavaćemo u mojoj sobici. Da vidim, mama, je li čisto kao što je bilo.

— Bome, ćerko, nije baš kao kad si ti bila. Stara sam ja, a mnogo je poslova i u kući i na imanju. A Maca ne može sve da stigne sama. A ti si povazdan trčkarala, brisala, a ja sam već posustala.

— A gde je Maca?

— Otišla je nešto do kuma Mice. Doći će sad. Pozvala sam kuma Micu da mi navije platno.

— Zar opet tkaš? A za koga ćeš to, mamice?

— Pa zna se za koga.

— Što si ti zlatna, mamice! Sve za mene spremaš. A ja sam se nešto setila. Imaš ti jedan divan vezeni stolnjak za sto. Hoćeš li da mi ga daš?

— Šta ja tebi ne bih dala?!

— Ima još nekih stvarčica koje su mi potrebne — požuri Đurđica i ustumara se po kući. Uzimala je jednu po jednu stvarčicu, kao sve kćeri, koje vole da pune svoju kuću, i svaki čas govorila mami:

— Šta će tebi ovo? Daj to meni! Ti imaš dva sita. Daj meni jedno! Onomad nisam imala da prosejem brašno. Pa nemam ni đevđir. Daj mi, mama, ovaj tvoj! I ovu veliku šerpu za pekmez.

Mati je sve davala, a kći pronalazila razne stvari i stvarčice, smešila se, pokazivala ih mužu i bila srećna da on vidi kako je dobra njena mama, koja joj sve daje i puni im kuću, i kako je ta njihova seljačka kuća punija negoli bilo koja varoška. Vodila je muža i u ostavu da vidi čega sve tu ima, odvajala za sebe, ali više zbog Branka, da se on uveri šta vredi jedna seljačka kuća.

— Znaš kako sam srećna, mama! Branko me voli i dobar je.

— Slušaj i ti njega kad je dobar. Ugađaj mu. Ako se naljuti, pretrpi. Nemaš svekra, svekrvu, zaove, niko ti ne dosađuje od njegove rodbine. A ja sam ušla u punu kuću, morala sam da dvorim i svekra i svekrvu. Još mi je svekar bio prek čovek, on je bio gospodar u kući...

— To su bila druga vremena. Danas je lepše: imaš samo svog muža i svoju kućicu, pa uživaš! Mamice, želela bih da mi dođeš bar na nedelju dana.

— Kako da ostavim kuću i imanje? E, da si se udala za onog Radoja, on bi bio u našoj kući i vodio brigu nad celim imanjem. Svršio je poljoprivrednu školu i vratio se kući. Žali njegova majka za tobom. „Što, Maro", kaže, „udade Đurđicu za doktora? Zar nije bilo bolje za mog sina, pa da ti on čuva i uređuje imanje?"

Da promeni razgovor, Đurđica prekide majku:

— Mama, mi ćemo letos na more. Branko kaže: kad nismo išli na svadbeni put, mi ćemo na leto u Budvu i proći ćemo celu Dalmaciju da je svu vidim.

— Idi, dete, kad si mlada. A ima li nešto novo kod tebe? — našali se mati.

Kći pocrvene.

— Nema još ništa. Ali ja volim, mama, decu. Volela bih da imam četvoro.

— Na jednom se i ne treba zadržati. E, da meni ne umreše ono dvoje, imala bih sada i kćer i sina i ne bih bila sama.

— Eto, ti patiš što si sama. Znaš šta treba da radiš: da prodaš imanje i da pređeš k nama.

— To neću da uradim dokle god sam živa. Zar ja da prodam sve ovo što je stekao i moj muž, i njegov otac, i deda, i pradeda. Bila bih nesrećnica da raskućim kuću i prodam sve. Nisam ja, dete, za varoš. Naučila sam da živim na selu. Ti si već nešto drugo.

— O, ja bih mogla živeti i u Beogradu. Još kako!

— Vi ste, mladež, drukčiji. Sve se danas izmenilo i kod nas u Banatu. Drugi običaji, druga nošnja, drukčije se govori.

Kapija škripnu i u dvorište uđe jedna sredovečna žena. Pope se uz stepenice i zastade videći Branka.

— Ovo je tvoj zet? — pitala je majku.

— Jeste. Vidiš, kako imam dobrog zeta.

— Čim je svršio tolike škole mora biti dobar. Imam i ja sina koji je učio školu, samo poljoprivrednu i sad je na imanju. — To je bila mati Radojeva.

— Vi nas, gospodine, preduhitriste, pa nam odvedoste Đurđicu, a ja sam uvek mislila da će mi ona biti snajka. A ti, obešenjakinjo, ostavi naše selo!

— Ja sam vrlo srećna, tetka Lenka.

— Ti si dobra, pa usrećiš svakoga, pa moraš i sama biti srećna. Znam je, gospodine, još kad se rodila. Bila je bucmasta, zdrava, nestašna. I sad je lepa, a kad je bila mala, bila je slatko dete. Ali, valjda joj je sudbina da se uda za doktora! A moj Radoje, kad je došao, upita me: „Mama, zar se Đurđica udala?" Bilo mu je žao.

Branko se uozbilji čuvši ove žalopojke za Đurđicom, a ona poznade na njegovom licu da mu nije prijatno što tetka Lenka ovo priča, ali ipak se radovala što je on čuo kako su je voleli i prosili, pa je sva zračila veselošću, ipak ga je izvela iz sobe da mu pokaže baštu i voće. A on, malo ljubomoran, jer još nije bio zaboravio medicinara, pecnu je:

— Ti si svuda imala obožavaoca. Gde ti je taj Radoje?

— Nisam ja njega ni gledala, mame mi! To je mislila njegova majka, a ja ne znam šta je on mislio, ali što se mene tiče nikakve mu nade nisam davala. Pogledaj kako je rodio orah! Mama će mi dati pun džak! Ti si kazao da voliš kolače s orasima. Je li da je lepo kod nas? — pitala je videći da je tmuran i htela je da ga razveseli.

— Đurđice! Đurđice! — vikali su ženski glasići.

Ona spazi tri drugarice te se vratiše da ih dočekaju. Došle su da vide nju i njenog muža.

— Je li, a ti nas zaboravi? Nikako te nema. Pogordila si se.

— Nismo imali vremena. Branko je zauzet, a ja nisam htela bez njega.

— Čule smo kako si se lepo namestila.

— Pa što ne dođete?

— Doći ćemo jednog dana. Spremamo ti poklon. — Pogledale su doktora i našle da je vrlo simpatičan.

Ispitivale su očima Đurđicu da vide ima li kakvih promena na njoj, i činilo im se da je još lepša, lice joj je bilo svežije, sva je blistala od neke radosti i zadovoljstva. Raspričaše se o svemu i svačemu, a jedna se izreče:

— Došao je i Radoje. Završio je poljoprivrednu školu. Pitao je odmah za tebe.

— Šta ima da pita za mene, ja ga nisam gledala.

— A on se uveliko nadao da će biti naslednik tvoga imanja. Veliki je materijalista. On otvoreno kaže da će se oženiti samo devojkom koja ima imanje, pa da ga on obrađuje.

— Pa neka je traži. Ja sam srećna s mojim Brankom. „On te je uzeo zbog miraza”, mislile su drugarice, „ne bi inače uzeo tebe sa sela.”

— Evo Mace — reče mati. — Ala se zajapurila! Što si takva, Maco?

— Čula sam da je naša Đurđica došla, pa sam trčala. Zlato moje! Kako nam je tužno bez tebe! Plačem i ja i snaša Mara.

— E, pa ne plačemo. Nemoj da pričaš. Što da plačem kad je ona srećna i moj zet dobar?

— Kriješ ti, mama, a ja znam da tuguješ.

— Pa tugujem, ali sam srećna: udala si se, lepo živiš, slažeš se s mužem. Svaka majka odtuguje za svojim detetom, pa se posle navikne. Hajde, Maco, da spremamo ručak.

— Maco, ti ćeš da nateraš mamu da dođe k nama i da ostane nedelju dana.

— Hoću, lepa moja Đurđice. Terala sam je, a ona neće. Kaže: „Neka ih, neka se oni prvo sviknu jedno na drugo.”

Dolazile su komšije i prijatelji. Čulo se da je tu Đurđica s mužem. Branko je razgovarao sa svima lepo, a majka je bila ponosita što on lepo razgovara sa seljacima, a oni ga uvažavaju, došli su zbog njega, jer se znalo u selu i nadaleko u okolini da je Mara udala kćer za doktora.

Bilo je predveče, Maca je postavila sto za večeru ispod oraha, taman su seli da večeraju, kad se na kapiji pojavi jedan lep, crnomanjasti mladić.

Đurđica ga pogleda, zalogaj joj zasta u grlu, uplaši se i pomisli: *Šta će ovaj sada?* Pogleda muža, a on je, ne znajući još ništa, mirno nastavio da jede, samo je spustio viljušku i nož kad se mladić približio.

— Ja sam mislio da ste sami, tetka Maro, nisam znao da je i Đurđica ovde — poče da se izvinjava mladić, a Đurđica mu pruži ruku i predstavi Branka:

— Ovo je moj muž.

— Radoje Lazin — odgovori crnomanjasti mladić, a muža štrecnu: *To je Radoje, došao je da je vidi.* Najednom ga prođe sve raspoloženje, lice mu se zateže i sav se pretvori u uvo da čuje šta će oni da razgovaraju. Đurđica je ćutala, a mati preuzme razgovor:

— Dolazila mi je danas i tvoja majka.

— Jest, reče mi mama. Pričala mi je da je Đurđica došla, ali mislio sam da je već otišla. Ja sam još u školi čuo da si se udala.

— A šta vi učite? — zapita ga doktor da bi se uverio da li je to njen obožavalac Radoje.

— Svršio sam poljoprivrednu školu u Bukovu.

— S kakvim si uspehom završio? — usudi se da pita Đurđica.

— S vrlo dobrim. Nisam bio odličan, a nisam se toliko ni otimao za petice.

— Vrlo dobri đaci su najsolidniji — dodade doktor. *Dakle, došao je da je vidi. Ova mala je lukavija nego što sam mogao i da mislim, a ima tako bezazlene očice.*

— Sedi i ti s nama da večeraš — ponudi ga snaša Mara.

— Hvala, večerajte vi samo. Ja sam došao malo do vas.

— Hvala ti, sine! On me često posećuje otkako je ovde.

— Znam da ste sami. A i mama me uvek šalje.

— Nemoj da mi stojiš. Sedi, pa večeraj s nama. Maco, daj još jedan tanjir, nož i viljušku.

Uh, što ga mama zadržava!, ljutila se Đurđica. *I one danas zlonamerno su ga pominjale pred Brankom. Ljut je, poznajem, a tek se odljutio zbog medicinara. A šta sam ja kriva? Baš ništa. Lep je Radoje. Jadnik, on pati zbog mene, zato je i došao. A što je morao da dođe?* Opet se zbuni i pogleda ispitivački muža. Ali on kao da se odobrovolji, raspričao se s mladićem, pitao ga za školu u Bukovu, šta su sve učili, kakvo zaposlenje mogu da dobiju.

— Možda ću tražiti mesto ekonoma u nekom rasadniku.

— Kakav ekonom! Ostani ti ovde, pa da te oženimo dobrom devojkom. Eno, ona Danica Markova, baš je dobra devojka i ima lepo imanje! — govorila je mati.

— Neće Danica da ostane u selu. Ona voli varoš. Više je u Beogradu nego u selu. Naše devojke su se sve pogospodile — napravi Radoje aluziju na Đurđicu, misleći pritom: *Kakav može imati bračni život s jednim lekarom i šta je pobudilo ovog čoveka da dođe u selo i nju zaprosi. Njeno imanje.* Mladić uzdahnu, jer i on je voleo imanje, a voleo je i nju, ona mu je odgovarala, bili su zemljaci, drugovi, odrasli su zajedno, snevao je o njoj sve vreme u školi i, eto, doživeo razočaranje. Đurđica je bila, po njegovom mišljenju, malo uobražena seoska devojka, digla je nosić, gledala činovnike, ali se nadao da će i on svršiti školu, postati gospodin, neće ostati seljak da bi zadovoljio njenu sujetu. Ali kao grom iz vedra neba došla mu je vest da se Đurđica udala za doktora. Ispitivao je lekara, video je po spoljašnosti da je gospodin i ozbiljan; uozbiljila se i Đurđica, nije to više bilo ono isto devojče, već nekako drukčija, povučenija, uzdržljiva u razgovoru, izgleda da je zaljubljena u muža, i pokajao se što je seo za njihov sto. Gutao je zalogaje kao tvrde grudvice, i jedva je čekao da ustane od stola, da ode, luta i pati.

Mati je bila dobrodušna i ne sluteći šta se u zetu događa, nudila ih je sve redom tapšala po ramenu i Radoja, jer je on bio dete iz njihovog sela, htela je da on bude njen zet, bliži joj je bio, ali bila je i ona pomalo sujetna na svog zeta lekara, pa se hvalila:

— Vidiš, Radoje, kako imam dobrog zeta. Lepo živi moja Đurđica. Sudbina, valjda! — ponavljala je opet. — Da Branko dođe i da se ona uda za njega.

— A kako ste se upoznali? — zapita mladić Đurđicu, a to naljuti lekara: šta on to ispituje njegovu ženu i govori joj „ti", smeši se na nju, gleda je crnim vatrenim očima?! Činilo mu se da je voli, da je došao zbog nje, možda je i ona njega volela, volela je i mornara i ko zna koliko njih!

Đurđici je bilo nelagodno sve da priča, ali je to učinila s oduševljenjem, misleći da će to goditi mužu, jer je pričala o njemu.

Doktoru je bila neprijatna ova večera, ućutao je, zapalio cigaretu, a mladić je shvatio da je ovde nezvani gost, pa ustade, oprosti se i ode.

Mati progovori za njim:

— Dobar i pošten mladić. Kad god je dolazio leti, radio je sa seljacima: i kosio, i žnjeo, zna sve poslove.

— To je učio, mama, i mora da zna sve poslove — odgovori Đurđica, želeći da umanji njegovu vrednost, jer nije bilo pristojno da se hvali pred mužem mladić za koga su se maločas izbrbljale njene drugarice da je želeo njome da se oženi, a to je rekla i njegova rođena mati.

— A on žali što si se ti udala — pecnu je Branko.

— Što da žali? Ima u našem selu mnogo dobrih devojaka — branila ga je mati.

— Nisam mu nikad davala nade. To njegova mama nešto uobražava — pravdala se Đurđica. — Branko, hoćeš li da prošetamo malo po selu? Lepa je mesečina. Da vidiš kako je lepo u našem selu.

— Možemo — odgovori ravnodušno muž.

— Hoćeš li i ti, mamice, s nama?

— Neću. Idite vi sami. Maco, hodi, pokupi ove sudove!

Njih dvoje iziđoše na ulicu i Đurđica uhvati muža ispod ruke. Htela je da ih svi vide, da vide njenog muža, da vide koliko su srećni. Išli su putem kraj kestenova, a put se otegao daleko, prav kao strela.

— Je li da je lepo kod nas?

— Lepo je. I svi su vam momci lepi. Čini mi se da si večeras naročito raspoložena. Da li si me zato pozvala da dođemo u tvoje selo da bi videla svog obožavaoca?

— Jaoj, Branko, kako možeš tako da govoriš?! Nije mi ni na pamet palo da je on u selu. Bogami, kažem ti! Ti me opet sumnjičiš! Zašto si takav? Hoću da mi veruješ da sam iskrena. Nikad te ne bih lagala.

— Ne bi me lagala, a, evo, za ovog mi nikad nisi kazala.

— Nisam imala šta da ti kažem, jer nisam ni mislila na njega.

— Svakog dana ponešto saznajem o tebi. U tvom životu je bilo mornara, pa ekonoma, a još ću čuti koga je sve bilo.

— Neću da se prepirem s tobom, jer sam tako srećna što smo došli kod mame i što si ti moj slatki mužić!

Pripila se uz njega, izdigla se na vrhove prstiju, poljubila ga u obraz, ali njega to nije odobrovoljilo, već ga je naljutilo. On izvuče njenu ruku i pođe pored nje. Ona je išla nekoliko koraka kraj njega, pa ga opet uhvati ispod ruke, srećna što je on ljubomoran, ne znajući još koliko je ljubomora zlo, jer baš u tom času on je mislio: *Nada me nikad nije pravila ljubomornim.* Nije hteo da objasni sebi da je Đurđica njegova svojina i on se sebično bojao za tu svojinu.

Išao je ozbiljan i ćuteći pored nje, a Đurđica je sa čežnjom očekivala noć, jer je znala da noć izgladi nesporazume, sve se zaboravi i nastaje topli bezbrižni život. Ali Branko nije zaboravio na Luja, na Radoja i zarekao se da neće biti pod ženinom papučom, već će zadržati malo i svoje slobode. Rešio je da prvom prilikom kad ode u grad poseti Nadu.

13.

Instinktom žene Đurđica je osetila da muž više nije onako zaljubljen kao što je bio u početku. Nije se više nestašno šalio s njom, niti je zadirkivao, voleo je mnogo da čita, novine su mu bile preče nego razgovor s njom, počeo je uveče da se zadržava u kafani s prijateljima, a ona je sve više ostajala sama kod kuće. Ranije je iz zadruge dolazio pravo kući, a posle pregleda bolesnika, predveče, odmah je zvao da prošetaju, ali malo-pomalo odvikavao je od toga i govorio: „Šta ćemo u šetnji, umoran sam." Bilo je prijatno kad je on kod kuće, nije tražila uvek da izlaze, ali žao joj je bilo kad je odlazio u kafanu. Po ceo dan je bivao zauzet i sve je bilo preče od nje: zdravstvena zadruga, bolesnici, lekarski obilasci.

Uzdisala je i tugovala Đurđica, dolazeći do gorkog saznanja da brak nije onakav kako ga zamišlja mlada devojka. Ona je zamišljala da će muž mnogo više pripadati njoj i kući, a on je više pripadao svima drugima nego njoj. Bolelo je što iščezavaju sitne nežnosti i maženja, kao da to nije važno u braku, već samo doživljaji u postelji. A njoj se činilo da to nije prava ljubav, već ono što je poetično, nežno, što uverava ženu da je muž voli, da misli na nju.

Stalno je ponavljala pitanje: „Voliš li me?" Ali je opazila kako je njemu to dosadilo, i kako joj na njene nežnosti katkad odgovara: „Pravo si dete." Iz toga je izvodila zaključak da se muškarci nažive pre braka, pa im je žena u braku obična, svakidašnja, istroše se i nemaju nežnosti za žene kao što one imaju za njih. Ožene se stariji, uzmu devojčice i mlade devojke, koje još ne poznaju ljubav i pune su čežnje, pa im brzo dosadi da zadovoljavaju sve prohteve mladih supruga. Zapovedala je sebi da bude uzdržljiva, da mu ne izliva mnogo svoja osećanja, i proučavala da li on to opaža, ali on to nije opažao, već je odlazio u svoju ordinaciju, a ona ostajala tužna i utučena. I kad bi tada došla koja mlada i lepa bolesnica, vihor ljubomore podigao bi se u njoj i drhtala bi pri pomisli da se ona svlači pred njim, i te slike koje su joj bile neprestano pred očima, mučile su je i dovodile do zaključka da su lekari siti žena.

Napravila je jednu rupicu na vratima da bi mogla da gleda u ordinaciju, i jednom ju je muž u tome uhvatio, iznenada je otvorio vrata, odgurnuo je, zastao iznenađen, pogledao je strogo, ništa nije kazao, uzeo je nešto iz svoje sobe i vratio se u ordinaciju. A posle joj je strogo očitao:

— Misliš li ti da stalno zviriš kroz ključaonicu? Šta ima da gledaš? Neću da dopustim da me špijuniraš na poslu!

Čudilo je što je on ljubomoran na nju, i to je umirivalo, jer je mislila da je to zbog ljubavi, da on nju voli, ali da je zauzet i da nema mnogo vremena da joj posveti. I tada bi se bacila na posao u kući, udešavala je, spremala lepe ručkove za njega, nameštala cveće po vazama, mislila da će on to sve opaziti, pohvaliti je. On bi je nekad pohvalio, nekad ne bi video ništa, i ona bi ga prekorela, dolazilo joj je žao, jer je sve radila misleći na njega, a za njega je sve to bilo beznačajno. Ona ga je pak uvek pitala: „Jesi li umoran? Šta si radio? Jesi li imao mnogo bolesnika?" On joj je odgovarao kratko, katkad rasejano, a to je nju bolelo, jer joj se činilo da je ona za njega dete, možda i mala seljanka, koja ne razume sve to i nema smisla pričati joj.

Obradovala bi se kad bi joj popadija ili popa kazali kako je muž hvalio da je dobra, vredna, umiljata, i s novim poletom nastavila bi rad u kući. Osetila je da se mora prilagoditi mužu, ali nije mogla, bunila se, pokatkad bi ga prekorila:

— Zašto si se toliko zadržao? Samo ćutiš kad dođeš. Što ne pričaš nešto?

On bi se naljutio i prasnuo:

— Pa šta da pričam? Hajde, razgovarajmo! O čemu hoćeš da ti pričam?

Posle bi se pokajao, uhvatio je za glavu, poljubio, misleći da je taj poljubac dovoljan, a nju bi to skoro rasplakalo i razmišljala je o tome kako se njih dvoje ne razumeju. To isto je pomišljao i lekar i sve se više sećao Nade, razgovora s njom, onog duhovnog uživanja koje je imao kod nje.

Tako se to nastavljalo i žena je postajala obična, a Nada je bila nešto drugo. Uzdržavao se da joj ode, ali jednog dana, kad je bio u gradu, pade u iskušenje: *Da li da je posetim?* Dvoumio se: *Nema smisla... oženjen sam... Možda neko zna za našu raniju vezu, pa će izvestiti Đurđicu... Neću da idem. Bolje da se to prekine.* A posle je, ljubomoran na Đurđicu zbog Radoja i medicinara, malo i egoista, pravdao sebe: *Zašto da ne odem? Ona se predstavila kao rođaka. Kad Đurđici dolaze njeni obožavaoci i prave joj posete, zašto da ne odem i ja do nje? Ja sam muškarac, meni se neće zameriti, mi smo sada samo prijatelji, nema u tome ničega ružnog. Zar zbog žene da ne smem da porazgovaram ni s jednom svojom poznanicom i prijateljicom?* Dokazivao je sebi da je to sasvim prirodno i ako je poseti, a nije hteo da prizna da ga ona još interesuje, da se stare navike bude u njemu, da bi mu prijatno bilo da s njom porazgovara, da oživi one ranije časove, atmosferu njene kuće, jer ona ga je vezivala duhovno, ženina fizička blizina je to potisla u prvo vreme, a sada je osetio potrebu za bićem koje mu je bilo bliže po kulturi.

Odlučno je pošao njenoj kući, bilo je oko dva časa popodne, nadao se da će je zateći i zakucao je na njenim vratima.

Ona je otvorila i zastala iznenađena:

— Otkuda ti, Branko?

— Zar ne smem više da dođem k tebi? Ti si sama kazala da ćemo uvek biti dobri drugovi.

— Jesam, ali sam se uverila da to ne može biti... Zbilja si me iznenadio, jer sam mislila da si me omrznuo od moje poslednje posete tvojoj kući. To je ispalo glupo s moje strane, osuđujem sebe zbog toga. Šta sam tražila u tvojoj kući kad si ti oženjen čovek? A došlo mi je tako, najednom, da dođem, da vidim tvoj kućni život. Strašno sam osuđivala sebe, veruj mi, bila sam tako ponižena, jer sam osetila da ti je bilo vrlo neprijatno, razumela sam to po tvojim rečima i držanju i videla koliko si zaljubljen u svoju ženu.

— Ti si to sve drukčije protumačila, a ja nisam sve to tako mislio, niti sam toliko zaljubljen da ne bih smeo da ti dođem. Možda je moje držanje bilo malo čudnovato, pobojao sam se da Đurđica nešto ne posumnja, jer sam znao kako bi to delovalo na tebe. Nisu ni tebi potrebne takve neprilike i uzbuđenja. Najbolje bi bilo da se nikad nisi predstavljala kao moja rođaka. Otkuda žena može znati kuda ja idem?

— I ja sam uvidela da sam pogrešila, ali u prvi mah sam mislila: neću preživeti ako te nikada više ne budem mogla videti. Žene su lude. Sad uviđam da mogu da živim i kad te ne vidim.

— Zaboravila si me sasvim. To sam i očekivao.

— A šta si drugo mogao očekivati kad si se oženio?

— Verovao sam da me nećeš zaboraviti tako brzo, kao što i ja tebe ne zaboravljam.

— Gle, zar si došao da mi izjavljuješ ljubav?

— Ima nešto jače od ljubavi: navika i prijateljstvo. Navikao sam da ti dolazim. I danas me je nešto privuklo tebi, ali ti me dočekuješ hladno.

— I uvek ću te tako dočekivati. Šta možeš više da tražiš od mene? Toliko sam čestita da neću sebe da kompromitujem, niti da tvojoj ženi zadajem bol. Slušaj, ona je simpatična ženica. Ja mislim da nemaš razloga da je varaš. Naivna je i iskrena i možeš od nje stvoriti suprugu kakvu hoćeš.

— Kako si se ti izmenila za ovo vreme! Kao da druga žena govori iz tebe. Je li to istina ili se pretvaraš?

— U nama ženama ima i iskrenosti i pritvorstva i to nam je jedina odbrana.

— Istina nije odbrana, niti kakvo oružje.

— To je, zbilja, slabost, koju vi iskorišćavate.

— Onda se pretvarate da vas ne bismo više iskorišćavali.

— Ne, nego da ne bismo patile.

— Dakle, ti patiš, odala si se.

— Ni najmanje. Vidi li se na meni patnja?

— Zaista, ne vidi. Čini mi se da si lepša nego što si bila. Kakva je to haljina na tebi? Nisam je ranije viđao.

— E, pa udešavam se i ja.

— A za koga se udešavaš? Imaš li koga?

Ona ga pogleda ozbiljno i prekorno.

— Ti misliš da ću ja ići iz ruke u ruku? Žena ne preboleva lako svoje poraze. Vi se brzo utešite, a nama su potrebne godine.

— Možda... tebi, ali većina žena brzo se snalazi u životu.

— Snalazi se da ne bi patila, ili se sveti.

— Pa kako si se ti snašla? Hajde, pričaj mi — zapita on živo i primaknu joj se bliže. Ona mu se nasmeši, ali se malo odmače na divanu i odgovori veselo:

— Izlazim, šetam, idem u bioskop, radim u kući, primam posete.

On ju je gledao zamišljeno, približi joj se još više, i najednom spusti glavu na njeno rame šapućući:

— A ja sam stalno mislio na tebe.

Ustala je naglo s divana, sela na stolicu, nije htela da ga vređa, već se nasmešila da ne bi osetio koliko je uzbuđena, i prekori ga:

— Nisi dobar muž, a imaš dobru malu suprugu.

On kao da se osvesti, uozbilji se, izvadi tabakeru, zapali cigaretu i osta zamišljen.

— Da... nisam dobar muž, jer ti još postojiš.

A nju uzbudiše te reči, ali sakri to, malo je bila i sujetna što je osetila da se njen uticaj nije još izgubio, da je ona jača od njegove male supruge. Jer, Đurđica je bila samo ženka, mlada, sveža, ali to nije bilo dovoljno, nije imala njenu finoću i kulturu, njeno duboko razumevanje za svaku njegovu misao, za njegov rad i umor. *Možda on nije srećan, jer je morao da se oženi da bi brata pomogao*, sažali se njeno žensko srce i sažaljenje je odobrovolji, dođe joj da ga zagrli, pritisne na grudi, zaboravi sve, oprosti mu, ali se opet savlada: *Ne, ne, ja bih patila.* Osmehnu mu se nežno, materinski, i zapita:

— Hoćeš li kafu? Imam i kolača. Napravila sam i liker.

Sve po starom! Njega to razneži, oživeše sve uspomene, mala supruga iščeze, otuđi se, kao da i ne postoji u njegovom životu. A Nada se raspričala, razveselila se kao da nije veliki jaz između njih, već da još živi ono negdašnje, lepo, iskreno prijateljsko, njihovo međusobno osećanje.

Kad je pokušao da je zagrli i poljubi, ona se izvi, nežno ga odgurnu, dođe joj da zaplače što on nije njen, da vrisne od bola, ali osta jaka i gospodar svojih osećanja. Ali on nije mogao da se savlada, poljubi je najzad, vatreno, kao nekad i htede da nastavi sve kao ranije, ali ga ona odgurnu jeknuvši:

— Idi! Idi! Nemoj više da mi dolaziš! Ne mogu! Ubiću se...

— Ne, nećeš se ubiti, bićemo mi opet srećni... Ti si samo moja. Je li da si moja? Nisi me zaboravila...

Žena kao da poče da gubi svest, kao da je nestaje, da umire od bola i ljubavi. Da li je prošlost tako snažna da oživljava sve, ona se pomiri sa strašnom činjenicom: *Pa i da budem samo njegova prijateljica, biću srećnija nego ovako, uvek sama, bez cilja i nade.*

On je otišao opijen, zadovoljan, a nju obuze očajanje, pojaviše se suze, ali i misao da je jača od male supruge. Obuze je i radost: može se on i razvesti sa suprugom i nju uzeti.

Lutala je izbezumljena po svojim sobama, drhtala sva, nadala se, sve će opet biti radosno kao što je bilo nekad. To je trajalo jedan sat, a posle ju je opet razdiralo očajanje: *On se vratio svojoj ženi... on je njen muž i nju će grliti i ljubiti.* Kajala se, kidala bi sve sa sebe, prezirala je sebe, plakala, i poželela da se sveti i sebi i njemu i njoj.

Doktor se vratio u selo u šest sati, sišao je s kola kod zdravstvene zadruge, zadržao se malo nameravajući da se pešice vrati kući.

A Đurđica je celo popodne bila sama. Tek oko šest sati začula je korake. Mislila je da su to neki bolesnici, ali čula je muški glas koji je pitao Miloja:

— Je li tu gospođa Đurđica?

To je Radoje, iznenadila se i uplašila. *Šta će on sada? Ali dobro što je došao, bar će mu reći da više ne dolazi. Nisu mi potrebne ove neprijatnosti. Može još Branko banuti, pa šta bi pomislio.*

— Gospođa Đurđica je u sobi — čula je Miloja, a malo posle Radoje pokuca na vrata.

Mladić uđe zbunjen, priđe joj, steže joj ruku i zasta nasred sobe.

— Otkuda ti? — upita ga ona ozbiljno.

— Išao sam u grad pa me je tetka Mara zamolila da svratim do tebe i da ti donesem ovaj paket. Ne znam šta je, mislim, kolači. Išao sam s njima čak u grad, a sad se vraćam.

— Hvala što si mi doneo. Sedi. Kako si ti?

— Pa... dobro... nisam baš dobro... Niti mogu biti.

— Zašto? Vidim da si zdrav.

Mladić se podlakti, pokri rukom čelo i oči i ne progovori ništa. Ćutao je nekoliko trenutaka i potom progovori:

— Nikad nisam mogao verovati, Đurđice, da ćeš ovo učiniti!

U tom trenutku Branko je dolazio kući. Ušao je na drugi ulaz, za ordinaciju, i taman htede da uđe u svoju sobu, kad začu muški glas. Nije mogao da raspozna ko govori, ali ga silno zainteresova i ljubomora planu u njemu: *Medicinar!* Lagano otvori vrata, kroči nečujno i zasta nasred sobe odakle se lepo čula svaka reč. Đurđica je govorila:

— A šta to nisi mogao verovati da ću da učinim?

— Nisam nikada verovao, niti sam mogao i pomisliti, da ćeš se udati za jednog doktora. Gde ti je muž?

— Zašto pitaš?

— Tako... da bih mogao slobodno sve da ti kažem. Da nije ovde?

— Nije, otišao je u grad. Šta imaš da mi kažeš?

— Da sam se strašno razočarao u tebe. Ti da se udaš za doktora! Veruješ li da te taj doktor voli?

— Zašto da me ne voli? On me ne bi ni uzeo da mu se nisam dopala.

— Kako si naivna! On je svršio škole u Beogradu, lekar je, tolike su ga devojke gledale, pa došao u selo tebe da zaprosi! Ja u tome vidim samo materijalizam i ništa više.

— U tom slučaju trebalo bi da vidim materijalizam kod svakog mladića, pa i kod tebe. Zašto je tebi krivo što sam se ja udala? Bila sam slobodna i birala sam koga sam htela.

— Krivo mi je što sam te voleo i što sam verovao da i ti gajiš izvesna osećanja prema meni.

— Ja sam te simpatisala kao druga.

— Mislim da ne govoriš istinu. Simpatisala si ti mene malo više. Sećaš li se kad smo prošle godine razgovarali, one večeri, i ja ti priznao svoju ljubav, kazala si mi: „Kad svršiš školu razgovaraćemo o tome.” A ja sam budala mislio, da ti osećaš isto što i ja. S koliko sam ljubavi učio da što pre završim, da se vratim u selo i da te zaprosim. Bio sam u stanju da se ubijem onog dana kad sam čuo da si se udala i učinio bih to da me drugovi nisu odvratili. Ti to ne možeš da shvatiš, jer ste vi žene sve lažljive. Sve sam mogao da pomislim, ali da te vidim udatu za lekara, nikad!

— Zar smo mi, banaćanske devojke, tako glupe, da nijedna nije dostojna da se uda za jednog lekara ili intelektualca?

— Vi ste glupe što verujete da vas oni uzimaju iz ljubavi, a oni se svi lakome na vaša imanja.

Branko steže zube u drugoj sobi, dođe mu da izleti, dočepa ovog balavca za gušu i izbaci ga napolje, ali se uzdrža da čuje šta će joj reći, i obuze ga bojazan: da nije slučajno došao da se obračuna s Đurđicom. Ti balavci su na sve spremni. Uzdrža se da ne iziđe i osluškivao je dalje.

— Moj muž se nije polakomio na moje imanje. On nije materijalista ni kao lekar. Koliko samo bolesnika besplatno leči!

— Što da ne leči bolesnike kad mu ti sve donosiš.

— Slušaj, Radoje, ja sam te cenila kao druga, ali ne mogu ti dopustiti da tako govoriš o mome mužu. On je vrlo dobar čovek i ja sam srećna u braku. Nemoj se ti sekirati za moje imanje. Ima u selu još dobrih devojaka koje će poći za tebe.

— Nije meni stalo do tvog imanja, već sam ja tebe voleo. Ja osuđujem svaku devojku koja beži iz sela.

— A što vi muškarci bežite iz sela? Ti ćeš prvi otići negde za ekonoma i napustićeš selo. Koliko je vas na studijama koji potpuno zaborave selo.

— Ako ja odem iz sela, otići ću zato što ti nisi u tom selu. Zar ti nije žao tvoje majke? Ostavila si je samu. Jadna ona, toliko tuguje za tobom. Šta je tebi potreban intelektualac? Napustila si imanje i svoje selo da bi se nazvala „gospođa doktorka”. A da li će ti se to jednog dana osvetiti?

— Ako budem pametna žena, niko mi se neće svetiti. Ja mislim da je moj muž zadovoljan sa mnom.

— To je uvek na početku. Ali, doći će dan kad ćeš se ti setiti mojih reči. Ja se neću ni ženiti nikad, iako ti misliš da sam materijalista i da mi je stalo samo do imanja. Imam ja dosta i svoga imanja. Ja volim imanje kao dobro na kome bih primenjivao svoje znanje, i verovao sam da i ti voliš zemlju, naša polja, njive, vinograde, a ti si sve to prezrela da bi se mogla udati za lekara. Žalosno je odvojiti se od zemlje. Razumeo bih te da imaš braću i sestre, ali ti si sama i trebalo je da čuvaš svoju zemlju. Ja više cenim jedan hektar zemlje nego sve titule i diplome.

— Kad ceniš, ti ostani u selu. Zar si zato došao da mi držiš pridike za koga je trebalo da se udam?

— Nisam zato došao, već da ti kažem kako mi je teško bez tebe. Ali sam se prevario u tebi. Ti se raduješ što ja patim. Toliko si postala gorda da ne možeš ni da shvatiš kako neko pati zbog tebe. Možda ćeš me jednog dana razumeti. Znam, tebe je voleo i onaj Lujo, pomorac, ali ti si me uveravala da ga ne voliš. Volela si ti da koketuješ i s Lujom i sa mnom, ali Lujo je bio daleko, a ja, glupak, uobražavao sam da sam jači od njega. A dovoljno je bilo da dođe jedan s doktorskom titulom, pa da nas sve zbriše.

Branku prekipe i ponovo htede da izleti, ali se opet uzdrža, bojeći se skandala. Đurđica nastavi:

— Dobro, sve si mi kazao. Hajde sada da vidiš kako mi je lepa kuća.

— Nemam šta da gledam. Ne bih ni došao da me nije tvoja majka zamolila, a kad sam već ovde hoću sve da ti kažem.

Đurđica poče sažaljivo:

— Meni je žao što ti patiš. Bogami, ja sam tebe volela kao druga.

— Lažeš! — viknu mladić.

— Bože, šta ti je? Što vičeš?

— Izvini! — stiša se mladić. — Nervira me tvoje pritvorstvo.

Branko se seti Nadinih reči: *U nama ima i istine i pritvorstva.* Da, sve su žene slične. I ova mala se pretvara kao da je nevinašce. *Da čujem šta će dalje reći.*

— Ja nisam pritvorna.

— Jesi. Trebalo je da mi kažeš još prošlog leta: „Radoje, nemoj da misliš na mene, ja snevam o doktorima, a ne o seljacima. Ja hoću da budem gospođa doktorka, hoću da izigravam damu."

— Nisam ja o tome snevala. Moja udaja bila je kao neki srećni slučaj... Mama se razbolela. Branko je došao, dopao se i on meni i ja njemu.

— A nije mu išla provodadžika, kazala mu koliko imaš imanja i šta nosiš u gotovu? A on pristao, jer je trebalo brata da spase bankrotstva, a ti uobrazila da je zaljubljen u tebe!

Branko preblede, htede da izleti, da ga smoždi, ali začu škripu na kapiji i popadiju kako viče:

— Đurđice! Đurđice!

— Zbogom, Đurđice! — oprosti se Radoje. — Idem. Šta da kažem tvojoj majci?

— Pozdravi je mnogo i reci joj neka dođe k nama na nekoliko dana. Kaži da je i Branko zove.

Lekar izbrisa graške znoja koje mu orosiše čelo. Stezao je pesnice i zube i bi mu žao što se nije naplatio ovom bezobrazniku. Stajao je razjaren: *Šta sve doživljava jedan muž! Nema svetice devojke. Volela ga je i koketovala s njim, a i ona se udala iz računa. A izigrava zaljubljenu ženu. Nada je mene volela, ona me i danas voli. To je žena-drug u pravom smislu. To je ljubav.*

Čuo je kako je popadija ušla u trpezariju. Slušao je šta njih dve razgovaraju. Bio je to običan ženski razgovor:

— Pa šta mi, dušo, radiš? Nema te k meni, a ja se zamajem poslom pa ne mogu da dođem. Mirko je još kod nas, dopada mu se mnogo naše selo. Što mu se dopada vaša kuća! Kaže mi: „Tetka, što im je divno u kući. I ja bih se oženio da nađem devojku kao što je gospođa Đurđica. Tako je zlatna, lepa i pametna."

Nove graške znoja izbiše Branku po čelu. *Da li je ona, zaista, toliko mila da svi to vide?* Malo zanesen Nadom, i vraćajući se starim momačkim navikama, počeo je kao svaki muž da biva malo staloženiji prema ženi, da gubi onaj prvi zanos, postajao je samo muž, koji radi, jede, spava, a zaboravlja svoju ženicu: a evo, sad joj prave komplimente, i taj iz sela tuguje za njom i kao da je hteo da je uveri da je njen brak iz računa, da će se ona razočarati. A što bi morala da se razočara? Možda kad bi doznala za Nadu? To ona neće saznati. On mora biti oprezniji. Sme li i dalje ići Nadi? Prvi taj Radoje da ga spazi, jedva će dočekati da joj saopšti. Takvi ruše brakove. Voleo je pa mu krivo, ljubomoran je i bio bi srećan da se ona razvede. Mislio je šta da joj kaže, da li da joj uopšte prizna da je bio prisutan kad su oni razgovarali ili da se pravi kao da ništa nije čuo. Bolje je da joj kaže, jer se može dogoditi da ona nešto dočuje za Nadu, pa će imati i on njoj da prebaci za onoga Luja i ovog Radoja. Kako se samo taj balavac drznuo da dođe u kuću?

Branko prileže na divan, zaklopi oči nameravajući da se odmori, dremucne, ali bio je iznerviran, kao da su mu milili mravi po telu i lakše bi mu bilo da je mogao da praska, da je izgrdi...

Da li je ona kriva?, pitao se. *Ti si joj danas bio neveran, posetio si svoju prijateljicu, ljubio se s njom...* Hteo je da dokaže sebi da sve to priliči muškarcu, da je to neizbežno u njihovom bračnom životu, pa, iako je išao prijateljici, ipak se vratio kući. Bilo mu je čak i krivo, i bio je besan, a mogao je i premlatiti tog balavca što je bio ovako drzak. Obuze ga jarost: kako je ona smela da primi tog mladića u kuću, a on da joj priča o svojoj ljubavi i patnji. I što joj se svi dive, laskaju joj? Znaju da je bogata i ona je svesna toga. To ga je neprestano kidalo i bio je ljubomoran. Da, on je bio ljubomoran i sebično nije dopuštao sva prava svojoj supruzi. Popadija je polazila, pričala, zagledala cveće u vazi, pitala za neke ruže i ljubila Đurđicu. Čuo je kako se interesuje:

— Ima li šta novo?

A ona je odgovorila stidljivo:

— Nema još ništa.

Muža to štrecnu: *Zašto nema ništa novo? Da nije nerotkinja? Da li bi bilo bolje da imaju dete? Jeste, njoj je potrebno dete. Mlada žena ne sme da bude bez dece. Ostajaće ovako sama, udešavaće se, mladići će joj se diviti.* Dete je potrebno u njihovom braku, s malim ručicama i nožicama, da se praćaka, smeši, da ga grli, ljubi vlažnim usnicama.

Nešto ga je raznežilo, zatvorio je oči, osetio malaksalost od svih doživljaja i čuo kao kroza san kako je kapija cijuknula i popadija otišla, pa sitne korake Đurđičine po stepenicama i u trpezariji. Zaspao je i nije čuo ništa više, sem kad su se otvorila vrata i Đurđica uzviknula:

— Branko! Zar si ti tu? Kad si došao? Šta ti je? Da nisi bolestan?

— Nisam bolestan, ne boj se. Malo sam umoran... Bila je tu popadija, pa nisam hteo da ulazim.

— A ti si došao još dok je popadija bila ovde? — pitala je i gledala ga bojažljivo, sumnjajući da nije došao možda i ranije, još dok je razgovarala s Radojem.

— Ona je bila tu. Nisam hteo da vam smetam u razgovoru. Je li još ko dolazio?

— Nije niko. A zašto, srce, da ne uđeš? Popadija te mnogo voli. Trebalo bi da ih pozovemo na ručak.

To ona hoće zbog Mirka, jer mu se dopada, mislio je ljubomorno, i htede da je odgurne, odbaci, krikne: „Lažljivice! Što ne pričaš za Radoja i ne kažeš da je dolazio?", ali htede da je proučava, da upozna njenu laž, jer mu nešto laknu, kao da je njena laž opravdavala njegove postupke, današnje neverstvo i Nada mu se učini iskrenija, prijateljica, a ova mala supruga lažljivica, koja će se uvek truditi da nešto sakrije. *U braku je mnogo laži*, mislio je uvređeno, dok ga je ona gladila po kosi, obrazima i krivo mu je bilo što je osećao njene ruke, usne; sve mu se činilo lažno, a voleo je što je i ona slagala, što mu je uštedela kajanje, ohrabrila ga da i drugi put ode Nadi. Iako je priznao sebi da ona ničim nije oskrnavila njihov brak, ipak ga je i to vređalo što se taj seljak usudio da se ušunja u kuću, ona ga je volela, takvi mladići su joj prilazili, a udala se za njega, lekara, napravio je gospođom, i ona ga, ipak, laže, krije onog seljaka, možda joj sve to laska. A možda joj još više laskaju simpatije medicinara, pa zato hoće da ih pozove na ručak. I to ga razbesni, htede opet da krikne, ali oćuta, jer pomisli: verovaće da sam ljubomoran. Odgovori joj mrzovoljno:

— Pa, pozovimo ih.

A maloj supruzi je bilo čudno što joj tako odgovara, prisećala se šta joj je popadija pričala i setila se onoga o Mirku, pa zagrli muža, poljubi ga, želeći da ga uveri kako ga voli i da je on za nju sve na svetu.

— Milo moje, bilo mi je neobično bez tebe.

— Zašto neobično? Svaki dan odlazim od kuće. Danas sam se zadržao jedan ili dva sata duže. Šta si sve radila danas? — upita je očekujući da će se izreći za Radoja, ali ona je vešto krila, pričala o svom poslovanju, i naposletku reče:

— Mama nam je poslala kolača, baš onih što ti voliš.

— Po kome je poslala?

— Dolazio je jedan seljak... Ne znaš ga ti...

On ju je gledao pravo u oči, u te plave, bistre detinjaste oči, koje su mu se sviđale i osetio je laž u njima. A ona, znajući da je krivac, zagnjuri glavu u njegovu kosu, poljubi je šapućući mu, kao da samo on postoji na svetu...

— Ja mislim da zovnem popu i popadiju u nedelju — nastavljala je ona, a on se izbrecnu:

— Pa zovi ih! Što to meni pričaš, to je tvoja stvar!

— Mislila sam da treba da se dogovorimo...

— Ako si rešila za nedelju, ti ih zovi.

— Ne, ja neću da ih zovem, ako tebi nije pravo.

— Šta ima meni da bude pravo ili krivo. Red je da ih pozovemo i zovi ih.

— Neću ja da ih zovem, to im reci ti.

— Dobro, pozvaću ih sve. I gospodina medicinara. Tebi je, naravno, stalo da i on dođe.

— Bože, Branko, šta ti govoriš? Kakav medicinar! Zar pored takvog muža kao što si ti da gledam drugog?! Zlato moje, ti si moj najmiliji mužić — uzviknu i poljubi ga — samo si došao neraspoložen. Jesi li umoran? Da znaš što sam spremila jedno iznenađenje za večeru, što nisi nikad jeo. Eto, vidiš kako ja mislim na tebe. Bože moj, po ceo dan sam s tobom u mislima. Sve mislim šta da ti skuvam, šta da umesim, kako da udesim kuću. Vidiš li nešto u tvojoj sobi?

— Video sam, premestila si pisaći sto. Lepo je bilo i onako.

— Zar ti se ne sviđa?

— Lepo je, ali što si se mučila?

— Nije to za mene nikakva muka. Ja volim da premeštam stvari, pa mi se onda učini kao da je nova kuća.

— Kad te ne mrzi!

— To je moj posao. I još sam nešto uradila. Da vidiš samo. Prevrnula sam ti ovu kravatu. Vidi, sada je kao nova.

— Lepo si uradila.

— Ih, kako hladno govoriš! Što si tako ravnodušan? Nisi me ni poljubio. Dobro, neću ni ja tebe.

— Ti bi htela samo da se ljubakaš.

— Ja mislim, kad se dvoje iskreno vole, oni moraju i da se ljube. Poljubac je izraz ljubavi.

— Sve u svoje vreme... A ti bi htela po ceo dan da se ljubiš.

— Nismo ceo dan ni bili zajedno. Tek si sada došao i red je da me poljubiš.

— Ako je red, poljubiću te.

— Ne moraš... Umem i ja da budem uzdržljiva i gorda.

Ušla je u trpezariju, očekujući da će on utrčati za njom, zagrliti je, maziti, a on iziđe lagano, s cigaretom, zasta kraj vrata, pogleda u baštu, spazi Miloja, a ovaj požuri:

— Vi stigoste, gospodine doktore, a ja vas nisam ni spazio.

— Ušao sam na ona druga vrata.

Da nije on došao kad je ovde bio Radoje?, pomisli mala supruga. *Možda je trebalo da mu sve ispričam. Zašto sam slagala? Moram mu reći. Neću da krijem ništa od njega. Ali ne, bolje je da ćutim. Takav je on. Sve manje je nežan. Da li su svi muškarci takvi? Da li svima dosade poljupci supruga? A ne bi im bili dosadni poljupci drugih žena. Da nema on neko poznanstvo u gradu? Zašto je došao ovakav?*

— Je li, jesi li bio kod Nade? — zapita ga najednom.

— Nisam, a što pitaš?

— Tako... pitam. Treba jednom da je posetimo. Ona je dvaput dolazila k nama i ja je mnogo volim.

— Možemo, kad odemo u grad. Gde su novine da nešto vidim. Nisam ih danas čitao.

Eto, opet novine, naroguši se ona u sebi. *Novine su mu uvek preče od mene.* Donese mu ih, a ona uze ručni rad, sede kraj prozora i nastade tajac. Samo su pucketale njene igle za pletenje i šuštale novine. Uzjogunila se i ona, pa ni reč da rekne, čekala je da vidi koliko će trajati ovo njegovo čitanje novina. A on je prevrtao stranu po stranu, udubio se u čitanje, kao da ona nije ni bila u sobi.

— Hajde da vidim to tvoje iznenađenje što si spremila za večeru — pozva je i pođe u baštu, ali je ne obgrli oko stasa, kako je pre radio, ne nagnu se da joj poljubi vrat i usne, nego iziđe sâm u baštu, a ona osta pogružena, osećajući da se nešto gubi u njihovom braku, da kod njega nije kao prvih dana, a kod nje je bilo uvek sve isto, ista nežnost, strasna ljubav, isto oduševljenje.

Možda me Radoje više voli, pomisli, ali joj nije bilo žao Radoja, već što joj je muž ovako uzdržljiv.

14.

Jedno popodne zastade fijaker pred kućom. Ona je bila u bašti i spazi jednog sredovečnog čoveka kako izađe iz kola.

— Je li ovo kuća doktora Branka Božića?

— Jeste — odgovori Đurđica.

— Jeste li vi Đurđica? — pitao je čovek. — Ja sam Brankov brat Milan.

— O, to ste vi! — uzviknu ona sva srećna. — Kako se radujem što ste nas iznenadili!

— Pa da se poljubimo, snajka — obradova se brat videći mladu i lepu ženicu svog brata i srdačno je poljubi.

— Dobijem ti ja tvoje pismo, snajka, oprosti, ja odmah prelazim na „ti”.

— Dabome! Meni je milo da mi govorite „ti”.

— Dobijem ja tvoje pismo, pročitaše ga svi u kući, i svi srećni uzviknuše: „Odmah da ideš, tata, čika Branku i strini i da vidiš kakva nam je strina.” E, kad se vratim, imam šta da im pričam.

— Pa još me ne poznajete dobro.

— To se vidi na prvi pogled. I što je moju ženu i decu najviše obradovalo, to su one tvoje reči u pismu: „Ja nemam ni braće ni sestara, pa bih htela da prisvojim rodbinu moga muža, i da u njima gledam rođenu braću i sestre.” Moja žena je na to zaplakala: „To je u pravom smislu žena koja voli svoga muža.” Znaš kako je u mnogim porodicama: jedno drugom vade oči, ne slažu se snaha, svekrva, zaova. A ti nećeš imati, snajka, nikoga da ti dosađuje, niti da sedi kod tebe, nego ćemo ovako da dolazimo ovamo u goste, a vas dvoje ćete da dolazite k nama da se porazgovaramo i počastimo.

— To sam i ja mislila i žalila sam uvek što nemam braće i sestara.

— Sad ih imaš mnogo. Moja je Desa htela da pođe sa mnom. Kaže: „Hoću da vidim strinu.” Kad strina, njena vršnjakinja, pravo devojče!

— Pa što nije došla? Desa je svršila osmi razred gimnazije. Hoće li da studira?

— Bogami, snajka, ne mogu da je školujem. Ona je blizanka s Dušanom, pa kako ću njih dvoje da šaljem na studije? On hoće prava, htela bi i ona, a naše se materijalno stanje pogoršalo, ne mogu da ih školujem oboje. Imam i starijeg sina Voju, on je na tehnici, pa gde ću ja toliku decu da izdržavam na univerzitetu!

— A što ih sve šaljete na univerzitet? Što niste dali koga u poljoprivrednu školu?

— Hteo sam ja, snajka, ali ne možeš današnjoj deci da dokažeš. Neće oni poljoprivrednu školu. A svi su dobri đaci, ne mogu na to da se požalim, škola im je lako išla, pa se prelazilo iz razreda u razred, i sad oboje završiše maturu. Rekao sam Desi: „Ti, sine, moraš da se uposliš”, i ona je pristala. Dobiće mesto u poreskoj upravi. Neka zaradi bar štogod za one druge.

— Vi imate šestoro dece?

— Šestoro, neka su živa i zdrava!

— Kako je Daca? Ona je najstarija?

— Hvala bogu, dobro je. Ona mi je desna ruka u trgovini. Zna sve trgovačke poslove. Kad ja nisam u radnji mogu potpuno da se oslonim na nju.

— A ono dvoje mlađih, Dragiša i Dragica, kako su oni?

— Dragiša je svršio treći razred gimnazije, a Dragica četvrti razred osnovne škole. Dragišu neću da školujem. Neka svrši malu maturu, pa neka ostane kod mene u trgovini. On pokazuje dosta smisla za trgovinu. Voli da dođe subotom u radnju, kad je puno seljanki, i ume s njima i još kako!

— A vi ste manufakturista?

— Bio sam nekad, snajka, i to najbolji manufakturista, ali sam uvideo da od skupe robe nema vajde. Traži svet sve jeftino. Hoće ženske ciceve po deset i osam dinara. A ja ti preokrenem, pa donesem sve jeftino, da može da kupi i siromašni svet. Od siromaha se bolje živi nego od bogataša. Bio sam već pred stečajem. Tebi, snajka, ima da zahvalim što smo se spasli. Pisao mi je Branko da ti znaš da me je on pomogao od tvog miraza. To ti nikad nećemo zaboraviti, snajka, ni ja, ni moja deca. Neću ja tvoje da uzmem džabe, gledaću da ti to vratim. I vas ste dvoje mladi, trebaće i vama.

— Ne, ja to ne tražim, i srećna sam, verujte mi, što sam mogla da vam pomognem. Ja volim Branka, pa volim i sve vas.

— Hvala ti, snajka — zaplaka brat i izbrisa suzu. — Vidiš, nismo te ni znali, ni videli, pa se našla dobra duša koja nas je spasla. Neka ti bog plati za sve. Koliko sam srećan što sam te video i upoznao, i što vidim da si lepa i dobra. A pomišljao sam, pravo da ti kažem, šta li je to uzeo moj Branko? Ja sam njega voleo, ne kao brata, već kao sina. Bio sam mu, takoreći, otac, stariji brat, hranilac.

— Pričao mi je on sve to. I on vas mnogo voli.

— Mnogo je on dobar i zaslužio je da ima ženu kao što si ti. Pisao je on meni jedno pismo, posle venčanja, i bogzna kako se hvalio tobom: da se nije nadao da si tako vredna, mila, dobre naravi, dobra domaćica. To je ono najvažnije što čovek traži u braku. I ja govorim mojim kćerima: nisu vama potrebne velike škole, bićete vi srećne ako umete da budete pametne u braku. Eh, kad im budem kazao kakvu strinu imaju, mnogo će se obradovati.

Đurđica je blistala od radosti što je ostavila takav utisak na devera i obasu ga pažnjom:

— Braca Milane, hoćete li da pređemo u kuću? Izvolite gore da vidite kakva nam je kuća. Miloje, ponesi kofer. To je naš momak, ili bolje reći, Brankov asistent.

— Nemojte da me predstavljate kao asistenta, bolje kao kuvara. To je moja specijalnost.

— Bravo, to je najbolji zanat. Hajde da vam vidim kuću. Bašta je divna. I mi imamo baštu i u njoj provodimo celo leto. Ao! Kako je kod vas gospodski! Bogami se moj Branko okućio!

— To nam je trpezarija, ovo spavaća soba — pokazivala je Đurđica. — Izvolite da vidite Brankovu sobu za rad.

— Divota! Pazi kako si mu udesila sobu! Kako su lepi ovi ćilimi!

— To su naši banatski.

— A šta je tamo?

— To je njegova ordinacija.

— Gledaj, molim te, kako se on instalirao. Moj Branko je sila-lekar.

— O, još kakav lekar! U celoj okolini ga znaju i pozivaju.

— Vredan je on bio još kao medicinar.

— Ovo je čekaonica.

— Nisam se nadao da imate ovakav stan i nameštaj. Što bi to oduševilo moju Dacu.

— Morate nam poslati Dacu u goste.

— Bogami, hoću.

— Mogu svi da dođu.

— Oni mlađi ne mogu. Ali mogu da dođu Daca i Voja. Ee! Ovo je lepota. Tako se vredi oženiti.

— A da nam vidite ostavu — požuri Đurđica, jer tu su bile sve lepote što gode stomaku, i otvori pobedonosno vrata.

Dever uzviknu ushićeno:

— E, ovo mi se najviše dopada! Pa vi ste gazde u pravom smislu!

Na policama su stajale tegle s pekmezom, činije sa sirom, suve kobasice, jedna velika šunka, korpa jabuka i krušaka.

— Zato ti tako lepo izgledaš! Rumena kao jabuka. I ja volim domaćinski život! Volim da mi je kuća puna. Zašto čovek radi i muči se, nego da ima lepu kuću, da se u njoj odmori i lepo pojede i popije.

— Braca Milane, da li biste hteli da se umijete?

— Bome, snajka, to bi bilo dobro. Ali, ako me voliš kao brata, onda ti meni govori „ti”.

— Hoću, samo dok se priviknem — veselo je govorila mlada žena, koju je osvojila prostosrdačnost njenog devera i njegovo oduševljenje njihovom kućom i domaćinstvom.

— Izvolite u spavaću sobu, tamo je umivaonik. Čekajte da donesem hladne vode. — Istrčala je, laka, okretna, a on je gledao za njom, zahvaljivao bogu što se njegov Branko tako lepo oženio, i, čudio se kako mu je mogao napisati da je ona seljanka. A šta će mu mondenka? Ovo je valjana žena, zdrava, mila, kakva je i potrebna muškarcu. *Da ga nije neka uhvatila i htela da se uda za njega?*, mislio je brat, jer je znao za Brankovu ljubav, ali tu ženu nije poznavao, a ova njegova ženica ga je oduševila. Pa, još kad ona poče oko devera:

— Šta sad da vam ponudim? Hoćete li da nešto prezalogajite? Malo sira, kobasice i šunke? Možda biste hteli jednu višnjevaču ili kafu?

— E, to si pogodila, snajka! Mogu jednu višnjevaču i crnu kafu. Ja sam uvek gotov za crnu kafu. Neću da prezalogajim, pričekaćemo Branka za večeru.

— Sedite ovde u trpezariji.

— Hoću, snajka, da se divim vašoj kućici. Kuća je i lepa i lepo je zidana. Nije ovo seljačka kuća. Gledam ovo vaše selo, kakvo selo, to je varoš! Sretoh devojke, nisu to seljanke, to su gospođice.

— I ja sam braca Milane, seljanka, recite zar ne ličim na seljanku?

— Kakva seljanka! Da sam te, snajka, sreo u Beogradu, mislio bih da si Beograđanka. Samo si lepša nego one u Beogradu. Ono se tamo sve narumenilo i nabelilo. To mi se dopada kod tebe, što vidim da je na tebi sve prirodno.

— Branko ne voli da se šminkam.

— I ja to ne dam svojim kćerima, ali me ne slušaju. Vidim kako se krišom mažu, pa se napravim da ne vidim da ne bih grdio.

Kapija škripnu i začuše se koraci.

— Ovo je Branko. Ala će se iznenaditi kad vas vidi.

Branko se pojavi na pragu. Kad ugleda brata, uzviknu radosno:

— O, Milane! Kakvo prijatno iznenađenje!

Zagrliše se i izljubiše, a doktor nastavi:

— Pa, kad si došao?

— Predveče. Kad me snajka onako ljubazno pozvala, morao sam doći. Sve nas je oduševila svojim pismom. Da sam hteo da ih povedem, moji bi svi došli.

— To ste pogrešili što ih niste poveli.

— Gde ću toliki voz da plaćam? Neka, kažem, ostanite vi kod kuće, pa ćete drugi put. Nego, Branko, ja ne mogu da se nadivim tvojoj kući, a, bome, i snajki. Dočekala me je kao da se poznajemo odavno. Divna vam je kuća, bogami. Nisam se nadao da ću sve ovo naći.

— E, to je moja Đurđica udesila. Vidiš koliko ima ukusa. I da znaš što je domaćica! Sve ona kuva, mesi, svaki dan ponešto izmišlja.

Đurđica, sva ozarena zbog tih pohvala, obgrli muža oko vrata.

— Jelte, Milane, kako vam izgleda Branko?

— Kao srećan mladoženja! Popravio si se. Kako da se i ne popraviš kraj ovakve ostave.

— Zar si sve video?

— Celu mi je kuću snajka pokazala.

— Nisam još dole kuhinju i sobu gde ručavamo i večeravamo. Hoćemo li, Branko, ovde da večeramo?

— Zašto? Može i dole. Lepo je i tamo.

— Zbog mene nemojte ništa naročito. Kod vas je svaki kutak lep. Pričekajte, doneo sam poklone, samo da otvorim kofer. Prvo da dam snajki jedan skupoceniji poklon. Ovo je prsten, pravi brilijant. To su bili brilijanti na grani naše pokojne majke koju je nosila na fesu, pa smo je demontirali i dao sam da se naprave tri prstena i rekoh: kad se Branko oženi, jedan prsten ću dati njegovoj ženi. I, evo, dočekao sam taj dan.

— Jaoj, kako je lep prsten! Ala blista!

— Da li ti je potaman za ruku?

— Sasvim je dobar za srednji prst. Velika vam hvala! Ovo je vrlo skupocen poklon.

— E, ovako dobra snajka je to zaslužila. Imaš i od Dace jedan poklon. Poslala vam je ovu sliku. Goblen za zid.

— Vanredno! Pogledaj, Branko! Kao da je naslikano. Kako je Daca pogodila šta ja volim! — radovala se Đurđica.

— A od mene, snajka, evo ti ovaj plavi štof za haljinu. Nismo znali da li si plava ili crnomanjasta, a moja Daca kaže da plavo lepo stoji svakome.

— Pogodili ste boju koju najviše volim.

— Baš mi je milo.

— I ja volim kad ona obuče plavo — primeti Branko.

— Snajka je lepa ženica, pa joj sve lepo stoji. Branko, umeo si da izabereš vrednu i lepu ženu.

— Pa i Branko je lep.

— Njemu neću da laskam, da se ne uobrazi. Moja deca ga obožavaju i tvrde da je njihov čika najlepši. Nema dana da te ne spominjemo. Nego, nisam ni tebe zaboravio. Doneo sam ti materijal za pidžamu, pa daj da ti se sašije.

— Lepo će ti stajati. Daću odmah da se sašije. Slušaj, Branko, ja sam predložila Milanu da odemo u moje selo. Možemo li u nedelju?

— A ja sam pozvao za nedelju popu i popadiju na ručak ne znajući da je tu Milan. Nego, možemo u ponedeljak.

— Pa zar ću ja toliko da ostanem kod vas?

— Ne damo mi vama odmah da idete. Šta je danas? Četvrtak. Možete ostati nedelju dana. Neće vam biti dosadno u selu; a Daca vas zamenjuje u trgovini.

— Zar Daca da radi u trgovini?

— Ne samo Daca, nego dođu i Duško i Dragiša. Moraju da rade. Nisam ja naučio decu da lenstvuju.

— Izvinite me za trenutak da otrčim do kuhinje.

— Idi i požuri s večerom, možda je Milan gladan.

— Pa i jesam.

— Brzo će biti sve gotovo.

Đurđica otrča, a brat nastavi sa svojim oduševljenjem:

— Čestitam ti što si ovakvu ženicu našao. Na prvi pogled, koliko sam mogao da ocenim, izgleda divna i dobra.

— To je istina. Nisam se ni ja nadao da je ovakva. Ugađa mi da ne možeš zamisliti!

— E, ne znaš kako sam srećan što vidim da si se lepo oženio. Pozvao sam snajku da nam dođete u goste.

— Možemo kad se vratimo s mora.

— A kad idete na more?

— Negde... oko desetog jula.

— A k nama dođite u avgustu.

— Je li, Milane, a kako je sad tvoja trgovina?

— Dobro, hvala bogu. Nagodio sam se s poveriocima, otplatio dug i dobavio jeftinu robu. Bolje se prodaje. Desa će dobiti mesto u poreskoj upravi. Voja će da radi na terenu, gradiće se drum, pa će i on da zaradi nešto. Moraju i oni da pomažu, puna nas je kuća. Šta nam samo cipela treba! Pa čarapa, odela, a koliko se dnevno pojede hleba, a da i ne govorim šta sve treba uz hleb! Ali, hvala bogu, sada će nam biti lakše. Voja svršava tehniku. Duško će da se upiše na prava. On je već našao neke đake da ih sprema. Zaradiće po trista dinara da može da kupi bar jedan par cipela. Da mi je da udam Dacu, pa bi se još lakše živelo. Neka su samo živi i zdravi, ali teško je šestoro dece izvesti na put.

— A ja sam ti bio sedmo dete. Zar nisi i mene školovao?

— Jesam, ali ti si mi se odužio i ne žalim što sam ti davao.

— I ja sam srećan što sam mogao da ti pomognem, i baš zahvaljujući tebi, možda sam se lepo oženio.

Đurđica ustrča uz stepenice i pozva ih:

— Izvolite, večera je gotova. Milane, je li me Branko hvalio ili ogovarao?

— Zar se takva ženica kao što si ti može da ogovara? Trebalo je da čuješ kako te je hvalio. A tek šta ću ja reći mojima!

Večerali su u najlepšem raspoloženju i brat je morao da proba sve banatske specijalitete, čime se on, pomalo gurman, sladio s najvećim apetitom, uz belo vino. Zarumeneo se, raspričao, o kući, deci, njihovim navikama.

— Gle, a ja zaboravio još jedan poklon da dam. Dragica, ona najmlađa, spremila strini jedan ručni rad. Izvezla ti kuvaricu. Kaže: „Kad strina kuva, uvek će misliti na mene.”

— Srce moje, kako je ona zlatna! Je li lepa?

— O, da je samo vidiš, Đurđice! Ona je najlepša — hvalio je čika Branko.

— Ona kaže da najviše liči na svoga čiku.

— Onda ću i ja nju najviše da volim i moram svima nešto da pošaljem.

— Dosta si ti nama dala. Bože zdravlja, ja ću to vama sve vratiti.

— Pa zar si ti meni malo slao dok sam studirao? Da nije bilo tebe, nikad ne bih mogao da postanem lekar.

— Čujem da si dobar lekar.

— Trudim se.

— Ako, ako, samo radi. Lekari su nam uvek potrebni.

— Kupićemo auto — pohvali se Đurđica.

— Moram da kupim, jer odlazim i u druga sela. Plaćam kola, a to dosta staje. Naučiću da šofiram, pa mi neće biti potreban šofer. Lekaru je auto potreba, a ne luksuz.

— Ih, kad to kažem Desi! Kad kupite auto poslaću je k vama. I ona fantazira o tome da šofira. A majka joj se smeje: „Hajde, pomozi ti meni da properemo. Bolje to nego da misliš na volan." Inače, Desa bi htela da studira agronomiju, jer voli prirodu i rad u polju.

— Šteta što ne može da studira — žalila je Đurđica.

— Nije šteta, snajka. Biće ona dobra činovnica, pa neka se uda.

— Još ovu čašicu vina.

— E, ovu čašu i dosta. Ne pijem ja mnogo. Može me još uhvatiti vino, pa da se zastidim pred snajkom.

Kad su ušli u sobu Đurđica zasta kraj stočića, pogleda Branka i progovori:

— Divan je tvoj brat.

Očekivala je da će ga raznežiti njene reči, da će uvideti koliko je ona dobra, da će joj prići, zagrliti je i reći: „Baš si ti moja zlatna ženica", ali on ne reče ništa, kao da je ne opaža, priđe prozoru, razmače zavese i zapali cigaretu.

— Mnogo je oronuo Milan — reče zamišljeno, s nekom setom na licu, i privuče stolicu, sede kraj prozora, kao da se priseća svoga brata kad je bio snažan i lep čovek.

— On meni ne izgleda rđavo. Doduše, ne znam kakav je ranije bio, ali mi izgleda da je držeći čovek.

— Ne znaš ti kakav je on bio. Vidi se da su ga brige iznurile, mnogo dece i njihovo školovanje.

— Po njegovom pričanju vidi se da su svi zlatni — nastavi ona lepo da bi ga odobrovoljila, raznežila, ne bi li joj priznao kako je ona sve ovo učinila za njegovu porodicu. Ali on je nastavljao samo o bratu:

— Dobar je on čovek... Ja sam u njemu gledao oca. Bio sam mali kad nam je umrla majka. A otac više nije hteo da se ženi. Imali smo jednu tetku, očevu sestru, koja nam je vodila kuću, ona me je othranila. Milana je otac uveo u trgovinu, ali nije dugo živeo ni on. Bio sam u četvrtom razredu osnovne škole kad je otac umro. Posle se Milan oženio i ja sam bio kod njih sve do mature.

— A je li bila dobra prema tebi njegova žena?

— Ne mogu da kažem da je bila rđava, ali je bila malo nervozna. Milan je imao jaku volju, nije dao da žena vodi glavnu reč, moralo je da bude onako kako on naredi. Znam da se ona malo protivila da ja studiram medicinu, jer je to bilo skupo, i predlagala je Milanu da svršim maturu pa da se uposlim negde kao činovnik. Ali Milan nije hteo ni da čuje. Voleo je da budem doktor.

— I, eto, ti si mu se lepo odužio — govorila je ženica, očekujući da će on reći: *Nisam ja nego ti, tvoja je zasluga što sam ga spasao propasti.* Ali on se nije ni setio da to kaže, već je i dalje pričao o bratu, njegovoj porodici, o svome životu deteta bez majke i o tetki Leni, koja ga je čuvala; a njeno nežno srce se raskravilo, prišla mu je, zagrlila ga, pritisnula njegovu ruku na svoje grudi.

— Ti si mi bio siroče bez majke. Zato ću ja tebi biti i ženica i majka i sestra.

Njega tronuše te reči, prigrli je, posadi na kolena, i osta ćuteći, prislonjene glave uz njenu kosicu. Gladio ju je po glavi, osećajući kako je sada lepo i toplo u njegovom životu. On nije umeo da to hvali, da joj laska, iako je sve to osećao u duši, a nju je malo naljutilo što o tome ne govori, što uvek mora da ga pita da bi o tome pričali.

— Jesam li lepo dočekala Milana?

— Kako da nisi?! Vidim po njemu koliko je zadovoljan. Znam da ga svi nestrpljivo očekuju kod kuće da im priča o tebi. Dobra su mu sva deca. Mene su mnogo voleli, osobito Desa i Duško.

— Nisu te voleli više od mene! Ne dam ja da te iko voli više nego ja! Da li ti se spava? — upita ga Đurđica.

— Pa ne spava mi se. Nešto sam se rasanio. Gde su novine? Čitaću malo.

— Uvek šuškaš s tim novinama pa ne mogu da zaspim.

— Pa šta ću? Ne mogu odmah da zaspim čim legnem. Naučio sam da malo čitam.

— To nije zdravo.

— Znam, ali čovek ne može da se odvikne nekih navika. Paziću da ne šuškam.

U postelji ona zatvori oči kao da spava, ali nije spavala, već je razmišljala kako se muževi u braku drže svojih navika i preče su im novine nego one, ženice, koje leže budne i sanjaju o onim zagrljajima i poljupcima iz prvih dana koji se polako gube u nepovrat. A ona bi volela da joj priča, da je mazi, šapuće kako je lepa, dobra, umiljata, pa bi ona bila još bolja, još nežnija. Ali, evo, on neprestano šušti s novinama, pa će ih ispustiti i zaspati, a ona će ostati budna. Ili će se prisetiti da je ona pored njega, njegova supruga na koju ima prava, i bez ikakvog uvoda osvojiće je, pa ostaviti i zaspati. Bunilo se nešto u njenom srcu i pitala se: da li je tako u svakom braku? Rešila se da bude najljubaznija prema njegovom bratu, makar joj on i ne odavao priznanje za to, jer je htela da dever uvidi kako je ona dobra ženica.

15.

U subotu se sva ustumarala zbog nedeljnog ručka. Spremala je tortu, kolače, jer je htela da pokaže šta sve zna. Dever je bio kod Branka, pa se vratio, sedeo s njom u kuhinji, a ona ga služila kafom.

— Izvinite što ste u kuhinji!

— Što se izvinjavaš, snajka, volim ja kuhinju. Mi, bogami, u kuhinji i ručavamo i večeravamo kad je zima ili kiša, a leti u bašti. Kuhinja je srce domaćinstva. Mogu li ja nešto da ti pomognem?

— Ništa. Samo vi pijte kafu i gledajte.

— Gledam ja, pa ti se divim. Vidi samo kako ona kiti tortu, kao da je poslastičar! Iskreno ti, snajka, kažem, tako mi moje dece, znaš kako sam srećan što sam te upoznao i video kako si dobra. Jutros sam bio kod Branka u zadruzi, pa sam i njemu rekao da ima savršenu ženicu.

Đurđica je bila srećna zbog pohvala, trčkarala je gore-dole, pripremala za sutra, ali svaki čas je ponešto donosila deveru: ili kafu, ili čašicu rakije, ili neku zakusku uz rakiju, što je njega raznežavalo i bio joj je zahvalan. I pred Brankom, za večerom, hvalio je, i Đurđica je likovala.

Sutradan sto je bio postavljen u trpezariji, Đurđica je udešavala da sve bude lepo, otmeno kao u gospodskoj kući, a dever je obilazio oko stola, gledao, divio se i govorio bratu:

— Sa ovakvom ženicom svuda smeš da se pokažeš, svakoga da zovneš u kuću, ni od koga da se ne zastidiš.

Dođoše gosti: popa, popadija, njen sestrić, student medicine. Đurđica je bila sva rumena, a izgledala je još rumenija uz ružičastu haljinu i student ju je krišom gledao i uzdisao. A kad poče ručak sa svim kuvarskim lepotama, svi počeše da hvale mladu ženu kako je izvrsna domaćica. Ona je bila presrećna, ali samo zato što je to muž čuo, što je sad mogao da oseti šta ona predstavlja, da vidi šta zna devojka sa sela i uveri se koliko ona vredi.

Popa je nazdravio i mladoj domaćici i doktoru i blagoslovio im dom, svi su se zarumenili od jela i pića, a medicinarove lepe i sjajne oči smelije su poglédale mladu ženu. Ona je to osećala i krila svoj pogled, gledala je muža i videla da je raspoložen, ali se bojala da ne bude ljubomoran, a bilo joj je pomalo milo što je gleda medicinar, jer je to moglo da uveri muža koliko ona vredi, a kad vredi, zaslužila je i njegovu ljubav, jer ona ga je volela svim srcem, svom mladošću, volela ga je kao prvog muškarca, muža svog.

Ali on nije mogao da je ne pecne kad odoše gosti i kad se nađoše sami u sobi:

— Učinio sam ti po volji i pozvao medicinara da vidiš da nisam ljubomoran.

— A što meni da činiš po volji? To je tvoj budući kolega i ako si ga pozvao, to je bio tvoj red, radi tebe, a ne radi mene.

— Pa... poglédala si ga više puta, a i on tebe.

— Gledala sam ga, kao što sam gledala sve goste, jer kad nekog nudiš, moraš da ga i gledaš.

— Ti si vrlo rečita — smešio se i bio ljubomoran, jer je danas bila vrlo lepa, svi su joj laskali, a to mu je pojačalo cirkulaciju krvi, prišao joj je, stegao je u naručje, ljubio strasno, divljački, ljubio je kao mužjak koji ne da svoju ženku, ali i kao mužjak koji je gotov i da je prevari.

U ponedeljak su sve troje otišli u selo Đurđičinoj mami. Ona je poručila po jednom seljaku da dolaze na ručak i zamolila je da lepo spremi jer će doći i Brankov brat, a snaša Mara nije žalila truda da što lepše dočeka zeta i njegovog brata. Obišli su celo imanje, išli su na salaš, dever se svemu divio, blagosiljao u sebi brata što se tako pametno oženio. Kad su se vratili sa salaša kući večerali su i taman hteli da pođu, kad naiđe Radoje. Đurđica se zbuni, sva pocrvene, zbuni se i mladić, jer nije očekivao da će ih zateći. Promuca kao da se izvinjava:

— Nisam znao da ste vi ovde. Došao sam nešto poslom do tetka Mare... Poslala me mama.

Đurđica ne reče ništa, pruži mu samo ruku, požuri kolima koja su čekala pred kapijom, a njen muž steže usne, hladno pogleda mladića, klimnu mu glavom i ne rukova se s njim. Mati ih isprati i oni sedoše u kočije. Ćuškala je u kola korpu i paketiće, kao i uvek i obećavala da će doći u goste iduće nedelje i posedeti nedelju dana. S bratom Brankovim srdačno se poljubi, kao s prijateljem, a on joj pohvali kćer:

— Vaspitali ste, prijo, dete i spremili je za dobru domaćicu. Mnogo ću je hvaliti mojima kad se vratim.

Kočijaš ošinu konje i oni poleteše.

Brankov brat se u kolima raspričao i raspoložio. Zadovoljan je bio što je sve ovo video i poverovao je da Branko neće primiti od njega dug, niti će ga tražiti, kad mu žena ima ovoliko imanje, ali bio je red da kaže da će ga vratiti. Đurđica je slušala šta dever priča, ali je bila malo neraspoložena, jer se Branko ućutao, stisnuo usne, a ona je već upoznala njegovu narav, znala je kad je ljut i verovala je da je bio neraspoložen zbog Radoja. *I otkud taj da natrapa? Mora da nas je video, pa je hteo u inat da dođe. Ali što se Branko ljuti? Zar može da bude ljubomoran na njega? Branko je doktor, a on je svršio samo poljoprivrednu školu. Šta može da postane? Ekonom. To nije bogzna šta!*

— Šta si se ti ućutao? — upita ona muža i pruži ruku da uhvati njegovu.

— Slušam šta Milan priča — odgovori on ne gledajući je, ali se spremao da joj dobro očita kad se vrate i da joj kaže da on zna zašto je onaj dolazio, nije hteo da pravi skandal, ali kad se taj usuđuje da se svuda pojavljuje, on to neće da dopusti, jer ne želi da jedan seljak kompromituje njegovu ženu. Brat nije imao pojma šta se događa između njih dvoje, nego videći da se gledaju, mislio je da su zaljubljeni, a bome, kako da čovek i ne bude zaljubljen u ovakvu lepu, zdravu, jedru ženicu!

Branko se savladao da brat ne bi primetio njegovo neraspoloženje, ali kad se nađoše sami u sobi, on se okrete Đurđici i zapita je nabusitim glasom:

— Jesi li ti obavestila onoga da mi dolazimo u selo, pa je došao da te vidi? Da li si toliko lukava da izigravaš preda mnom naivku?

Ona preblede, jer je uvrediše njegove reči i poče ubedljivo, sa zaklinjanjem:

— Dabogda nikad moju mamu ne videla živu ako sam i pomislila na njega, a kamoli da mu javim! Bože, Branko, zar ti smatraš da sam ja sposobna da tako nešto uradim? Da zakazujem sastanak mladiću, a imam tebe, koga obožavam i volim? Pa ja i kad ne bih volela svog muža, ne bih tako nešto mogla da učinim. A ja sam sva srećna, mislim samo na tebe i bila sam presrećna da Milan vidi naše selo i našu kuću. Zlato, nemoj da se ljutiš — govorila je molećivo. — Ti znaš koliko te ja volim.

— To ti ne verujem.

— Zašto si takav? Zar sam ti dala kakav povod da mi ne veruješ?

— Dala si mi. Primaš posete kad ja nisam kod kuće, a kriješ od mene. A kad muž ženu jednom uhvati u laži, ne veruje joj više ništa.

— Kakvu posetu sam primila? — upita malo uznemirena, jer je naslućivala da je on bio u sobi kad je Radoje dolazio, i pokaja se što mu to tada nije priznala, i reši najednom da mu sada prizna: — On je samo jednom dolazio. Jeste, sakrila sam to od tebe, mislila sam, kad ništa nisam kriva, neću da ti kazujem da ne stvaram razdor, jer ja te volim, želim da budemo srećni. Jeste, došao je jednom Radoje, ti si to znao, priznaj da si bio u sobi? Pa zašto mi nisi odmah rekao? Ti si čuo šta smo razgovarali, je li da sam mu lepo očitala, nisam ja njega volela i zaprepastila sam se kad sam ga videla u kući. Srce moje, je li da je tako bilo?

— Nije bilo baš tako. Nadao se on, davala si mu ti nade, šetali ste vi noću i ljubakali se, koketovala si ti s njim, radila sve ono što rade i druge devojke, pa on sad s pravom dolazi, prkosi čak i meni, a ti mi se praviš svetica. Odlazi od mene, nemoj da mi glumiš — viknu jače, a ona sva zadrhta, uplaši se da dever ne čuje, polete i stavi mu ruku na usta.

— Nemoj tako glasno, preklinjem te, čuće Milan i šta će misliti o nama, da se svađamo, da se ne volimo.

— Neka misli što god hoće — viknu on još jače, a ona se zatetura i pade na jastuk, zajeca, što je vređa, što će je poniziti pred svojim bratom. A on kao da se osvesti, ućuta, otvori vrata od trpezarije, oslušnu, ali iz druge sobe ništa se nije čulo sem bratovog hrkanja. To ga umiri, jer bi i njemu bilo neprijatno da brat čuje njihovu svađu. Ušao je u sobu i video je kako leži zagnjurene glave u jastuče. Nije je zvao niti je reč progovorio, svukao se, legao u postelju i napravio se da spava. Čuo je zatim kako se i ona svlači, prilazi mu, naginje se, ljubi ga u kosu i leže kraj njega.

16.

Mati joj dođe iduće nedelje i Đurđica je odmah prekore:

— Što ti, mama, zoveš u kuću onog Radoja? Znaš li da je Branko ljubomoran na njega? Naljutio se prošli put, čak je bio ljut i na tebe.

— Pa kako, dete, da ga oteram i kažem mu: „Ne smeš više da mi dolaziš u kuću”, kad sam oduvek u prijateljstvu s njegovom majkom? Zar Branko da bude ljubomoran na njega? Ne može ni da se poredi s njim. Balavac je on.

— Jeste, balavac, a umeo je da mi dođe čak u kuću i da me prekoreva što sam se udala za doktora. Nije nego, trebalo je za njega da se udam!

— Šta govoriš? — snebivala se mati.

— Dolazio je i Branko je sve čuo šta je pričao. Ušao na ulaz ordinacije, a ja nisam znala. Srećom, ništa nije mogao da čuje s moje strane šta bi ga uvredilo, a što je Radoje mene voleo, to se mene baš ništa ne tiče.

— Gledaj ti bezobraznika jednog! Kazaću ja to njegovoj majci. Ne znam samo od koga je mogao čuti da je Branko od tvog miraza dao bratu. Sigurno se Maca izlanula njegovoj majci, a ona voli da brblja, zato sam je i izgrdila: „Šta ima selo da zna moje stvari?"

— To je i krivo Radoju. Ne puca njemu srce za mnom, nego za mojim imanjem.

— To je krivo svim momcima u selu. Svi su bacili oko na naše imanje.

— Ti treba da prodaš imanje, pa da se preseliš k nama.

— Ne mogu, dete. Prodajte ga vi kad ja umrem. Neću ja još dugo živeti.

— Eh, nećeš živeti! Šta govoriš, mama?! Ti treba još dugo da živiš.

— Volela bih da živim još toliko da dočekam jedno unuče. Ima li šta novo kod tebe?

— Nema ništa — odgovorila je stidljivo Đurđica. — Šta će mi odmah? Treba malo da proživim i bez dece.

— Jest... tako je. Ali, lepo je imati decu.

— Volela bih i ja, mama, da imam jednu devojčicu.

— Šta će ti devojčica? Bolje sin.

— A zar ti nisi volela što sam ja žensko? Istina, da sam ti bila sin, ne bih napustila selo i imanje.

— Šta ćeš, to je moja sudbina — odgovori mati s tugom u glasu, jer je, zaista, više puta žalila što Đurđica nije sin, i često je o tome razgovarala s majkom Radojevom, pa su se one sprijateljile, misleći da će im se deca uzeti.

Zet je lepo dočekao taštu, ukazivao joj je svu pažnju i poštovanje i snaša Mara je tek sada dobro upoznala svoga zeta, sprijateljila se s njim, postao joj je bliži, rođeniji. Đurđica je vodila majku u dve-tri posete. Bili su opet kod pope na ručku, bio je tu i medicinar, ali ona je bila uzdržljiva i izbegavala razgovor s njim. Jednog dana krenula je s majkom u grad. Mati je htela da kupuje neke stvari, a Đurđica je nameravala da kupi jedan goblen za rad i konca. Uz put, dok su se vozile, mati je nabrajala šta sve treba da kupi.

— Zapamti i ti, Đurđice, jer ja uvek zaboravim ponešto. Osećam da gubim pamćenje. A kako sam nekad bila bistra. Ti si na mene. — Mati je pričala, a Đurđica je slušala i mislila da ode do Nade. Zaboravila je da upita Branka njenu adresu, ali naći će je već, nije to veliko mesto, znaće neko da je uputi.

Uz put ih pristiže jedan fijaker. U njemu su bili popadija i medicinar.

— Zar i vi idete u varoš? Mogli smo zajedno — ljubazno je govorila popadija.

— Mogli smo, ali se nismo našli da se dogovorimo — odgovori mati, a Đurđica ne reče ništa. Spazila je kako je medicinar gleda dok su kola prolazila, okrenuo se još jednom i pogledao je, a ona se naljuti što je posmatra i čisto se uplašila kao da Branko gleda odnekud. *Možda je Branko video bolje od mene kako me on posmatra.* Ona je volela Branka, i htela je da dâ oduška svome srcu i upita mamu:

— Je li, mama, da je zlatan i dobar Branko? Reci mi iskreno, šta ti misliš o njemu?

— Ne može biti bolji. Svaka majka je srećna kad joj je ćerka srećna s mužem. Ja vidim da si ti srećna, pa šta mogu više da želim? Slažite se uvek kao sada, pa će vam svako zavideti. On je ozbiljan čovek, nije neki vetropir, a ti mu ugađaj i slušaj ga.

Kad su sve pokupovale otišle su gospa Ljubici. Ona izljubi Đurđicu, a ova upita da li zna gde stanuje Nada. Gospa Ljubica reče da je zna iz viđenja, ali ne zna tačno gde stanuje. Ima jednu prijateljicu koja stanuje preko puta nje. Đurđica je požurila Nadi, uz put je videla sebe u jednom ogledalu i bila zadovoljna što će ostaviti lep utisak na Nadu. Skinula je mantil i ostavila ga kod gospođe Ljubice, a ostala je u haljini od prizrenske svile koja joj je vrlo lepo stajala.

Ušla je u bašticu koja je bila puna ruža i krinova, i zapahnu je miris krina. Bela betonska stazica vodila je do vrata. Ona kucnu, pričeka, opet kucnu i začu korake. Nada otvori vrata i uzviknu:

— O, to ste vi, Đurđice! — Više je bilo iznenađenja u njenom glasu nego radosti, jer joj trenutno prođe kroz svest: *Što je ona sama? Da nije doznala nešto?* Ali Đurđica, umiljata i naivna baci joj se oko vrata, srdačno je poljubi, zbuni je i ožalosti, jer Nada oseti, ženskim instinktom, koliko je ova mala supruga srećna, i da prosto blista od bračne sreće. A ona je još bila nesrećna, ostavljena, u iščekivanju da joj se prikrade kao lopov muž ove mlade žene, i još nešto gore: očekivala je da se on ohladi, razočara i vrati se njoj. Ako je sebe uljuljkivala tim nadama, mala supruga joj svirepo razbi sve nade, i ona oseti jezu slušajući njeno pričanje; oseti mržnju prema toj mladoj ženi, seljanki, koja je uništila njenu sreću. Slušala ju je sa izveštačenim osmehom. Đurđica to nije opažala, jer je njeno srce bilo preplavljeno mladalačkom ljubavlju, pa je mislila da su svi dobri, da je svi vole i raduju se njenoj sreći. Zato je pričala i o Branku, njegovoj dobroti, o njihovoj kućici, ali se divila i Nadinoj kući, zagledala svaku stvarčicu, osećala je da u toj kući živi jedna fina žena, laskalo joj je što je to Brankova rođaka, kojoj je ona verovala i smela da joj poveri jednu malu tajnu: da je Branko ljubomoran... Pričala joj je sva srećna, jer je divno kad je muž malo ljubomoran, to je dokaz da je voli, da drhće za njom i strepi od svakog muškarca.

— Zlatan je Branko. Nikad se ne svađamo. Samo je dosta ljubomoran.

Jeza koju je Nada stalno osećala i napregnutost živaca s kojom je slušala, pojačavali su se u njoj, ali je s taktom pitala:

— Zar je Branko ljubomoran? Na koga je ljubomoran?

— Jedan medicinar je došao kod pope i popadije, sestrić popadijin. Ja, verujte, nisam obraćala pažnju na njega, zar bih ja ikog mogla pogledati kad imam Branka? Bili smo kod njih na ručku, a Branko je posle bio ljubomoran i prebacio mi da ga nisam gledala.

Bednik jedan!, mislila je Nada o Branku. *Meni je došao i pričao mi kako možemo ostati u istim odnosima, a svoju ženu čuva, ne da joj ni s kim da razgovara, voli je, a ja sam mu samo razonoda.* Đurđica, ne sluteći šta se zbiva u Nadinoj duši, ispriča joj i za Radoja, jer to je bila hvala o njenoj sreći, hvala o mužu, za koga samo i postoji.

Oblaci zamračiše sobu, Đurđica se trže i pogleda u nebo:

— Jaoj, ovo će kiša!

— Ako padne kiša, ostanite i prenoćite kod mene.

— Ne bih mogla. I mama je ovde. Svratila je do jedne učiteljice koja je ranije bila u našem selu. Nego, što ne ponesoh mantil!

Taman to izgovori, kad neko zakuca. To je bila njena majka, donela joj je mantil kad je videla da će kiša i požurivala je da se što pre vrate.

Oprostiše se s Nadom i odoše u kafanu. Tu je bio i fijaker kojim je došla popadija. Naiđe i ona s medicinarom.

Kiša pljusnu kao iz kabla, prava provala oblaka, a posle nastavi da sipi, dunu hladan vetar i naglo zahladi.

— Negde je pao grȁd — uzdahnu mati. — Hvala bogu kad nije na naše selo, oblaci su došli s druge strane. Nego, da mi krenemo. Moj kišobran je velik. Obadve ćemo se skloniti. Neće dugo padati.

— Hajdete i vi s nama fijakerom. Dići ćemo koš pa nećemo pokisnuti — pozva ih popadija.

— Nemojte da vas stešnjavamo — odbi Đurđica, setivši se ljubomore svoga muža: *Šta bi kazao da me vidi s medicinarom u fijakeru!*

Ali njena mati odmah prihvati:

— Bolje, Đurđice, da sednemo u fijaker. Vidiš da si lako obučena, nećemo se stešnjavati, široka su kola.

— Dabome, sedajte samo.

— Ali... mama... naljutiće se naš kočijaš.

— Što da se ljuti? Platićemo mu. Lazo! Hodi ovamo! — zovnu ga mati i objasni mu da će one fijakerom.

— Dobro, imam i ja da vratim u selo neke seljake.

— Eto, vidiš, zaradiće i na njima. Hajde, Đurđice, penji se, kiša će još jače.

Medicinar je slušao njihova nagovaranja i s divljenjem gledao lepu ženicu. Njih tri sedoše straga, a on njima nasuprot.

— Pomakni se, Mirko, na sredinu, da te kiša ne bije sa strane — pozva popadija sestrića.

Đurđica se sva skupi da im se ne bi dodirnula kolena, ali joj je lice bilo blizu njegovog i on je veselo i užagreno posmatrao njene sveže i rumene obraze, a ona je neprekidno mislila: šta li će reći Branko kad je vidi s njim u kolima? Kiša je opet lila, videlo se da je bio veliki pljusak, prskala bi bara kad bi na nju naišao točak, trava na livadama je bila polegla, povili su se vrhovi kukuruza, lišće se na drveću opustilo. Ali, u kolima je bilo prijatno, a najprijatnije je bilo medicinaru.

— Šta ćete vi specijalizirati? — zapita ga Đurđica, jer trebalo je da i ona govori.

— Mislim, hirurgiju.

— A zašto ne uzmeš unutrašnje bolesti? — savetovala ga je popadija. — Zar da sečeš noge i ruke?

— Ja to volim. Hteo bih hirurgiju, i to estetsku hirurgiju.

— A šta je to estetska hirurgija? — pitala je popadija.

— To je ulepšavanje i korigovanje lica putem operacije. Posle svetskog rata, kad je bilo mnogo unakaženih, estetska hirurgija je čitava čuda stvarala. Vrše se operacije i da bi se otklonile bore.

— Budi bog s nama! — iščuđavala se snaša Mara. — Kako mogu da se zaglade bore kad je čovek star?

— Ja sam čitala o tome. U drugim zemljama postoje hirurški estetski saloni — govorila je Đurđica, želeći da pokaže svoje znanje. — Videla sam na slici ženska lica pre i posle operacije.

— Ti bi da ulepšaš starce i babe — nasmeja se popadija. — Bolje da ih lečiš od reumatizma i žuči.

Kola su se približavala selu.

Medicinar uzdahnu prijatno i zagleda se u plave oči male supruge. Zažali što ulaze u selo, jer mu je bilo prijatno što ovako, izbliza, gleda mladu ženu.

— Mi ćemo vas odvesti do same kuće — reče popadija.

— Nemojte, nije daleko naša kuća — reče Đurđica želeći da izbegne da je Branko vidi s medicinarom.

— Gde ćete da vučete pakete?! Idemo do vas!

Ah, ako je Branko kod kuće, teško meni!, pomisli Đurđica sa strepnjom.

A on je, zaista, bio kod kuće. Čuo je praporce na konjima, prišao prozoru, spazio kako se zaustaviše kola i iz njih prvo iskoči medicinar, pa pruži ruku i uhvati za mišicu Đurđicu pomažući joj da siđe s kola.

Mužu kao da zaigraše svetlaci pred očima.

Đurđica pretrča preko popločane staze vlažne od kiše, noseći pakete, zasta na pragu i viknu Miloja:

— Uzmite, Miloje, od mame one pakete! — pa utrča u kuću i pogleda desno i levo. Branko nije bio u trpezariji. Ona otvori vrata na njegovoj sobi i spazi ga na divanu s knjigom u ruci.

Nije me video, obradova se Đurđica.

— Srce, šta ti radiš? Čitaš? Jaoj, mi bismo pokisli kao miševi da se nismo dovezli fijakerom.

— Otkuda vam fijaker? — pitao je hladno, a nju nešto štrecnu, naslutila je da ih je video, i ono kako ju je medicinar prihvatio za mišicu, pa se reši da kaže istinu:

— Popadija je bila u gradu sa svojim sestrićem i taman kad smo htele da pođemo pljusnu kiša, a ona nas pozva u fijaker, jer bi nas sve vreme bȉla kiša, a ovako smo bile pod košem, ja između mame i popadije, pa mi je bilo tako toplo.

— Verujem da ti je bilo toplo kad je tu bio i medicinar. Kako to da su oni pogodili da idu kad i vi. Da nisi ti o tome obavestila medicinara?

Ona zastade skidajući mantil, jedna ruka joj osta u rukavu i pogleda ga prekorno.

— Kako ti nije žao da me tako vređaš? A ja, kuda god idem, samo mislim na tebe, i ma šta pričala, pričam samo o tebi... Eto, i danas sam bila kod Nade i stalno smo razgovarale o tebi.

On naglo diže glavu s knjige, ustade, ostavi knjigu na policu, da ne bi videla kako mu je to njeno saopštenje neprijatno, a prividno mirnim glasom, zaboravljajući na ljubomoru, zapita je:

— Kako si našla njenu kuću?

— Jedna učiteljica kod koje smo svratili ima prijateljicu koja stanuje u blizini Nadine kuće, pa me je uputila.

To mu bi još neprijatnije, jer ta ga je žena mogla videti kad je išao Nadi, pa će to po ženskoj navici i zluradosti ispričati, Đurđica će doznati pravu istinu i ko zna šta može biti, a on će ispasti nepoštenjak koji je lažno predstavljao svoju bivšu ljubavnicu. Pritisnu ga nešto u slepoočnicama, ali, želeći da dozna šta su one razgovarale i da se Nada nije nešto odala, ublaži ton, zaboravi na medicinara, i, kao šaleći se, dirnu je:

— Jesi li me ogovarala kod Nade?

Ona se ozari, videći da je popustio, zbaci mantil sa sebe, zagrli ga i pritisnu svoj vlažni obraz uz njegove obraze.

— Naprotiv, hvalila sam te, pričala sam joj kako si dobar, kako se lepo slažemo, da se nikad nismo zavadili...

On se odobrovolji, priđe joj nežno, pogladi je po vlažnoj kosi, poljubi je i reče zabrinuto:

— Da nisi nazebla? Zašto si išla tako lako obučena? Vidi, kakvu je tanku haljinu obukla! Zašto nisi obukla džemper? Eto, tako se najlakše nazebe.

Mati otvori vrata: — Ako, grdi je, zete! Grdila sam je i ja. Sva se razgolitila, pa umesto štofanu haljinu, ona je obukla svilenu s kratkim rukavčićima. Morala sam da joj odnesem mantil do one tvoje rođake.

— Baš mi nije bilo hladno — junačila se ženica sva vesela što se ovo lepo svršilo, muž joj nije mnogo prebacivao, i da bi ga još više odobrovoljila poče da hvali Nadu, misleći da će mu laskati što ona voli njegovu rođaku.

— Što joj je divno u kući! Svaki kutić joj je lep. I ona je lepa žena. Imala je jedan divan, dugi penjoar. I ja ću sebi da sašijem dugu kućnu haljinu. Voliš li to, Branko?

— Meni je svejedno — odgovori muž rasejano, i opet osu sebe prekorima što je dopustio da dođe do toga poznanstva.

Pošli su da večeraju i Đurđica zasta u trpezariji, obisnu se mužu oko vrata, i ponovi mu po ko zna koji put:

— Voliš li me mnogo?

On se osmehnu, pomilova je po obrazu i odgovori rasejano:

— Dabome da te volim.

To nije zadovoljilo malu suprugu, htela je da je stegne na grudi, da joj prigušeno šapuće: „Volim te, beskrajno te volim”, ali je znala da to neće čuti od njega, on ne daje takve izjave, sve je nekako uzdržljiv, umoran, i uzdahnu misleći: *Brak nije nikad topao kao u početku. Svakim danom sve se više hladi, i to dolazi s muževe strane. Muževi su nežni samo u postelji.* Zatim se priseti kako ju je medicinar gledao, to su bili drukčiji pogledi, razneženi, zadivljeni, čežnjivi, pa joj dođe žao što je muž tako ne gleda. On je nije nikad gledao tako, možda ju je uzeo zbog novca, pa se posle sažalio na nju, zavoleo je kao i svaki mužjak, ali je nije gledao kao medicinar, niti bi ikada patio zbog nje kao što pati Radoje. *A zašto je ljubomoran?*, pomisli, i to je obradova, činilo joj se da je ljubomora dokaz njegove ljubavi, i mala ženica htede da lukavo podstakne njegovu ljubomoru, pa otpoče o medicinaru:

— Gospodin Mirko kaže da će se specijalizirati u estetskoj hirurgiji. Odobravaš li ti to?

— Zašto da ne odobrim?

— Ostavi, zete, boga ti, šta će mu to da ulepšava žene?!

— Nije cilj estetske hirurgije da ulepšava samo žene već ona ima svoju veliku primenu posle rata, da koriguje ono što unakazi rat, a rat je neizbežan. Kad vam je to Mirko pričao?

— U kolima, dok smo se vozili.

On ne reče ništa više i Đurđica ne opazi ljubomoru na njemu, i to je malo razočara, jer ne oseti da li je voli i njeno mlado zaljubljeno srce se snuždi, kao opaljeni cvet, obori glavicu i ućuta.

— Šta si se ućutala? — upita je muž pomislivši da nije uzrok Nada, a ona se osmehnu:

— Nisam, slušam tebe i mamu šta pričate.

I najednom, zapita ga spontano:

— Kakav ste rod ti i Nada?

— Pravo da ti kažem, ne znam ni ja... U tim rodbinskim vezama se ne razumem. Da li po strini, ili tetki... — odgovarao je i gledao je u oči, pa je pogladi po kosi, strepeći da nije nešto načula pa krije, a ona se razneži, uhvati ga za ruku, steže je i ozari se radošću: *On me voli.*

— Je li, kad ćemo na more? — upita ga veselo. — Znaš, mama je kazala da će nam i ona dati novaca kad proda pšenicu. Hrani mama i svinje i jedna je za nas.

— Pa za koga ću nego za vas?

— Ne moraš ti, mama, da nam daješ. Dosta si ti nama dala. Ići ćemo na more u julu... tako... u drugoj polovini jula...

— Što se radujem! Je li, a u koje mesto? Ja bih volela da vidim Dubrovnik!

— Rešićemo... Kad voliš, možemo i tamo.

— Evo ti, sad imaš muža, pa putuj s njim. O tome je stalno maštala i govorila: kad se udam ja ću putovati. Možeš, ćerko, da putuješ dok si slobodna, ali kad dođu deca žena je vezana za kuću i decu.

— Dok smo mladi mi ćemo se provoditi — ushićivala se ženica i uhvati muža ispod ruke.

Izađoše iz male trpezarije i odoše gore, u kuću. Mati leže odmah, a oni su slušali radio, muž je pušio, a ženica mu je pričala o gradu i Nadi.

Otići ću do nje, opet se zareče muž i kao da popusti kajanje u njemu, bi mu sasvim prirodno da ode i poseti je. Ženica mu klonu na grudi, očekujući njegove nežnosti, ali on je bio rastrojen, odsutan, daleko od nje, ponesen vihorom uspomena iz života s Nadom.

17.

Čim je stigla u selo, snaša Mara je pozvala Radoja da ga prekori i izgrdi.

— Ti hoćeš da rasturiš brak moje Đurđice! To nije lepo od tebe. Ona je srećna sa svojim mužem i on nju voli. Treba da ti je milo što se naša seljanka udala za doktora.

— O, milostiva gospođo, ja se time ponosim, i zato sam joj i otišao da uživam u njenoj sreći — drsko odgovori mladić, što još više rasrdi snaša Maru i podviknu mu:

— Jesi li čuo, bezobrazniče jedan, ti moje dete da ostaviš na miru! Eto ti devojaka pa se zabavljaj s njima. Šta si se navrzao oko udate žene? Udala se i tačka! Ona je žena svoga muža i samo njega voli.

— Neka ga voli, nemam ja ništa protiv toga, samo ćemo videti hoće li biti srećna s njim kao što vi uobražavate.

— Ama, tužiću ja tebe tvojoj majci za taj tvoj jezik. Gledaj ti njega kako on meni odgovara! Jesu li te to učili u školi? A kako mene moj zet poštuje, kao da sam gospođa!

— Vi ste velika gospođa čim ste udali ćerku za doktora. Jednoga dana još ću vas videti sa šeširom na glavi — bezobrazno uzvrati mladić, ogorčen i ljut, pa se stušti i izlete iz kuće.

Lutao je po selu, razočaran u život, u devojke, verujući da kod njih nikad nema iskrene ljubavi, da su sve pohlepne na položaj, i poći će za najgoreg mladića samo ako je bogat ili ima kakvu titulu. Nije mu išlo u glavu da ona, seoska devojka, napusti selo, prezre svoje njive i livade, i uda se za doktora. Mati ga je dočekala nabusito, jer je dolazila snaša Mara i tužila ga, ali on lako umiri majku, jer je i ona bila jetka što snaša Mara potcenjuje njenog sina, a uzdiže svoju ćerku.

— A šta imaš da patiš zbog Đurđice kad su se obe napravile važne, i majka i ćerka! Ona ništa drugo i ne priča, samo o svojoj Đurđici i zetu doktoru. Neka ih, videćemo dokle će tako pričati.

Ljutit i nesrećan, Radoje se uputi u grad. Uzjahao je konja, a voleo je da jaše, i otišao do jednog svog druga u gradu, koji je s njim učio poljoprivrednu školu i javio mu da su mu se roditelji preselili u drugi stan, i da dođe k njemu na nekoliko dana, a posle će on njega posetiti u selu.

Imam lepa poznanstva, pisao mu je drug. *Dođi, lepo ćemo se provesti, a videćeš i jednu divnu udovicu preko puta moje kuće...* Prihvatio je poziv svoga druga i odmah pošao. Rešio je da se zabavlja. Da vara devojke, ni u jednu da se ne zaljubi, a svima da izjavljuje ljubav i da ih laže. Takvi mladići najbolje prolaze u životu. Onaj koji je iskren, koji voli i pati, najgore prođe, bio je uveren Radoje, i kako je došao drugu, odmah poče da se raspituje za devojčice.

— More, lepi su devojčići, ali što ima jedna udovica preko puta!

— Pa jesi li imao kakvih uspeha kod nje?

— Nisam se još upoznao s njom, samo je poglédam, ali ona se pravi važna.

— Možda ima nekog pa se pravi ozbiljna.

— Nisam video da je ijedan muškarac došao u njenu kuću, ali sam čuo da joj je ranije stalno dolazio jedan lekar, mlad i lep čovek. Izgleda da je to bio njen prijatelj, ali se oženio.

— Kako se zvao taj lekar?

— To ne znam da ti kažem. Znam samo toliko da se oženio devojkom iz jednog banatskog sela.

Radoje uzdrhta od radosti, ali je mirno pričao:

— U mom selu se jedna devojka udala za lekara. On se zove Branko... Da nije to taj?

— Ne znam... Ima ovde jedna devojka koja mi je o tome pričala. Pitaćemo je. Žene vole da prepričavaju takve stvari, a lepu udovicu ne trpe, jer je, kako one kažu, gorda i uobražena.

Da je ma šta drugo čuo, Radoje se ne bi obradovao kao ovome. To je „sreća" Đurđičina. Eto, živeo je, provodio se, imao ljubavnice, možda i sad održava vezu, pa došao u selo i uzeo seosku miraždžiku, ne što je voli, nego što mu je bio potreban njen miraz. Rešio se da ovu stvar ispita i zamoli druga da ga upozna s tom devojkom.

— Znaš, želeo bih da doznam je li to taj lekar što se oženio devojkom iz mog sela. Ona je vrlo dobra devojka, pa bi mi bilo žao da bude nesrećna.

I devojka mu je, zaista, sve ispričala.

— Jeste, zove se Branko. Ne znam mu prezime. On je često dolazio k njoj. Ostajao je po cele noći. Ona je pričala mojoj majci da je to njen rođak, ali ja u to ne verujem. Dve godine je dolazio k njoj; posle je prestao da dolazi, čuli smo da se oženio, a ona se tako bila promenila i oslabila, bila je duže u Zagrebu. A što vas to interesuje?

— Interesuje me što je njegova žena devojka iz mog sela, ja je vrlo dobro poznajem.

— Nećete joj, valjda, to reći?

— O, bože sačuvaj!

— A zašto se udala za lekara? Zar ne bi bilo bolje da se udala za seljaka?

— Ona je lepa i bogata devojka, ima imanje, a dopao joj se lekar.

— Jeste, svi se oni tako žene, zbog miraza — uzdahnu mlada devojka. — Prvo ih uhvate udovice ili raspuštenice, održavaju s njima veze po dve-tri godine, a posle traže miraždžike. A nas niko ne gleda — žalosno je govorila mlada devojka, i tužnim očima pogleda Radoja, jer joj se na prvi pogled dopao.

Radoje je s drugom sedeo u bašti i čekao da se udovica pojavi na prozoru. Ali ona kao da nije opažala dva mladića koji su nestrpljivo zurili u njen prozor. To su bili za nju balavci, a ona se dosada nije zabavljala s balavcima. Jer šta bi mogla da očekuje od tih mladića? Samo da je kompromituju. Poslednjih dana bila je jako utučena. Dolazila je žena Brankova da joj raskrvari rane. Njene hvale o Branku, o njihovom bračnom životu, o njegovoj ljubomori, zadale su joj najveći bol. Kako muškarac ume da se pretvara! On je pravi poligam. Branko vara i nju i svoju ženu. Zašto su muškarci takvi? Je li to u njihovoj prirodi? Nezasiti su, ili se suviše brzo zasite jedne žene, pa im je potrebna promena. I Branko nju voli zbog promene. Ali ona se neće kompromitovati. Ako još jednom dođe, biće mu to poslednji put. Raščistiće s njim i više neće hteti ni da čuje za njega. Zašto da bude luda? Treba i ona da se zabavlja. To bi je razonodilo i smirilo.

Bacila je slučajno pogled preko puta i videla dva para mladih muških očiju koje su užagreno gledale u njen prozor. Osmehnula se i povukla u sobu. I taman je zatvorila prozor, kad neko zakuca na vrata. *Ko li je to? Da nisu oni mladići?*, pomisli Nada i pođe da otvori vrata.

Osmehnula se misleći da bi bilo zanimljivo zabaviti se malo s tim balavcima, koji tako smelo gledaju svojim mladim očima, ali kad otvori vrata, osmeh joj iščeze sa usana, pred njom je stajao Branko.

— Dobar dan, Nado, ti kao da si se iznenadila što me vidiš? Da ti nije neprijatno što sam došao?

— Zaista, iznenadila sam se. Nisam te više očekivala i nalazim da nema smisla što dolaziš.

Ona pođe u sobu, on ostavi šešir u predsoblju, uđe u sobu i zastade pred njom.

— Dakle, ne voliš da ti dolazim više?

— Ne volim — odgovori hladno uvređena žena. — Ti si oženjen, tvoja žena te voli, voliš i ti nju, pričala mi je kako si strašno ljubomoran, a to je dokaz da je voliš, pa pomisli i sâm: da li bi ona bila ljubomorna da zna da ti dolaziš k meni i da dozna šta smo bili jedno drugome?

— Šta? Zar ti je ona pričala da sam ljubomoran? — zapita je i uozbilji se. — To su gluposti! Zašto da budem ljubomoran i na koga?

— Na jednog medicinara.

— To sam se ja našalio, a ona uzela za ozbiljno. Ti znaš da ja nisam ljubomoran.

— Prema meni nisi bio, ali verujem da sada jesi, jer imaš mladu ženu, voliš je, pa ti je krivo da je ma ko drugi pogleda ili ona njega.

— Ostavi, molim te, taj razgovor. Ja sam došao k tebi da prijatno porazgovaramo, jer ti si uvek bila moj dobar drug, a mislim da kao inteligentna žena nećeš biti sitničava i smatrati da bračna veza može da uništi naše prijateljstvo.

— Videla sam ti ženicu, šetala je ovde s jednim mladićem. — *Da vidim da li je ljubomoran.*

On diže glavu, pogleda je, očekivala je da će žustro upitati: s kim je šetala, ali on odgovori mirno:

— Možda je to bio neki njen rođak.

— Nije ti ništa krivo?

— Ti baš veruješ da sam ja ljubomoran — pretvarao se i dalje, a u njemu nešto uskipe. *Je li ta mala lažljivka ili pritvorna?* I dođe mu tada da joj se osveti, da i on nju laže. Dohvati Nadu u naručje, poljubi na silu, poljubi je muški, kao prošli put, ona zadrhta, htede da popusti, ali se odbrani, ustade, sede na stolicu.

— Nisi više dobar kao što si bio, i ne volim te takvog.

— I neću biti dobar, kad si se i ti promenila i dočekuješ me cinično, iako ja dođem da se osvežim kod tebe.

— Zar ti ženica ne pruža osveženja? Ona je sama mladost i svežina. Ja mislim da je ti obožavaš.

— Obožavanje je suviše velik pojam, i ja nisam nikad i nikoga obožavao. Žene obožavaju, jer traže idealnost u ljudima, a mi muškarci volimo, jer osećamo ženu kao telesno i duhovno biće.

— Ne kao duhovno, već samo kao telesno biće. I dok vam je to telesno biće potrebno, vi volite, a kad se ukaže mlađe i svežije, vi napuštate ženu koja vas je obožavala. Da, i ja sam tebe obožavala.

— Pa je li ostala u tebi koja trunčica toga obožavanja? — nasmeja se lekar, ustade s divana i priđe joj.

— I da je ostala ja sam se potrudila da nestane. Rešila sam da budem što i druge žene.

— To nije u tvojoj prirodi. Ti možeš samo da voliš, jer ti si stvorena za ljubav.

— Sve su žene stvorene za ljubav. Zavisi od toga umeju li muškarci da ih vole. Kad se jednim grubim postupkom zada bol ženi, to zadugo stvara duševni poremećaj u njoj, jer srce je regulator celokupnog ženinog života.

On je stajao više nje, gladio joj kosu i obraze, i to ju je umirivalo kao morfijum, ali joj se kupila tuga u duši, a suze u očima. On oseti njene vlažne oči, saže se, poljubi ih, a ona se opet otrže ne želeći da on vidi njen bol.

— Baš sam glupa — nasmeja se. — Nemoj da uobražavaš da još mislim na tebe. Ne mislim, bogami. Možda su to odjeci uspomena koje se gube... Nego, reci, čime da te poslužim? Hoćeš li kafu? Imam i likera, onog koga ti voliš — pitala je sve po starom, jer se budila navika, osećanja, on je još bio u njenom srcu, njenoj krvi, trenutno je zaboravila šta je preživljavala, zaboravila je njegovu ženicu, činilo joj se da mu ta žena nije donela pravu sreću, bila je samo sveže i mlado devojče, sveže meso bez duha. A on nije hteo da prizna da joj dolazi da bi se utešio, podsetio svih lepih časova. I rasplinu se žalost u njoj, kao i prošlog puta, užurba se po kući da donese posluženje, potraži po ormanu sve što je bilo najlepše, jer je on pripadao i njoj, više je bio njen nego svoje male supruge, ona je bila jača od nje, pa će, možda, na kraju ona i pobediti. Ali volela bi da ga najedi, da i ona njemu zada bol, da vidi da li je ljubomoran, pa stade kraj prozora, pogleda preko puta, vide ona dva mladića kako sede na klupi pred kapijom i nasmeši se:

— Moji posmatrači su još pred kapijom.

— A ko te to posmatra? — pitao je on i prišao prozoru. Zagleda se bolje, poznade Radoja, Đurđičinog nesuđenog, onog drskog mladića, što je upao u kuću da joj izlije svoju ljubav i prekore, uzdrhta od gneva, ali ne zbog Nade, nego pomisli: *Da nije Đurđica s njim šetala? Dakle, ona se s njim sastaje u gradu.*

— I ti s njima očijukaš? To su balavci, nije to tvoje društvo. Onoga crnomanjastog znam, on je iz sela moje žene, svršio je poljoprivrednu školu. Zar su to mladići za tebe?! — govorio je uvređeno, ljubomoran na onog malog bezobraznika zbog Đurđice, a Nada pomisli da je zbog nje, pa se nasmeja:

— Zašto da nisu moje društvo? Kazala sam ti da sam se promenila. Zabavljaću se sa svakim. Mislim da nisam poružnela i da se mogu dopasti.

— Žena ne mora biti lepa pa da se dopadne. Samo ako je lakomislena, svi će trčati za njom, ali to će se njoj osvetiti.

— Varaš se. Lakomislene žene sve površno shvataju i one ne znaju za patnje. Žene kao što sam ja, koje sve uzimaju ozbiljno, paze na svaki svoj korak, boje se da svet ne rekne ružno o njima, najviše stradaju u životu.

— Kad si takve zaključke donela, onda se baci i ti u avanturu. Ali, tada ti više neću kročiti u kuću. Ne želim da zateknem u kući jednog ovakvog balavca i da doživim skandal.

Seo je ponovo na divan, ljut što je onaj balavac preko puta, što će ga videti kad izađe i to zlurado reći Đurđici. A Nada je mislila da mu je krivo zbog nje, pa se čudila sebi kako nije umela ranije da ga pravi ljubomornim, i kako su glupe žene koje unose u ljubav sve obzire i paze da ne ožaloste muškarca. Zato mu se sada naže, pogladi ga po licu, srećna što je ljubomoran, a on joj uzvrati poljubac, ljutit na Đurđicu, nalazeći da je zaslužila da je vara i odluči da je vara. Zaboravi ženu i kuću, prijateljica ovlada njime, a časovi su, jedan, dva, tri, prolazili, prijatni kao i ranije, i on postade neveran muž.

Smračilo se kad je izašao, mislio je da onog bezobraznog Radoja neće videti, ali ga srete. Šetao je s jednom devojčicom, pozdravi ga i zastade kao da želi da porazgovaraju:

— Dobro veče, gospodine doktore. Otkuda vi ovde?

— Bio sam u poseti kod moje rođake — odgovori Branko kratko i nastavi put. A devojčica, što je šetala s Radojem, bila je baš ona ista, ljubomorna na udovicu, što je pričala da on nije njen rođak, već prijatelj, i čim se on udalji, progovori zlurado:

— Eto, oženio se, a opet joj dolazi. Videla sam ga još jednom otkako se oženio. Oženio se zbog miraza pa sad vara ženu. Je li to pošteno?

Radoje je likovao. Ovo mu je bila najveća satisfakcija. Umeće on da se osveti oholoj Đurđici, toj seljančici koja je napustila njega i selo da bi bila gospođa. Eto, šta joj je donelo njeno gospodstvo.

Branku je bio vrlo neprijatan ovaj susret. Sigurno ga je video kad je otišao Nadi, a komšiluk sve zna, doznaće da nisu rođaci, i ovaj će mali bezobraznik sve to iskoristiti. Mučila ga je i druga pomisao: *Da li je Đurđica šetala s njim? To nije moguće. Ona je čestita žena. Grubo je odgovarala Radoju kad je upao u kuću. Ali, ko zna šta je u ženskoj duši?*

Rešio se da joj ispriča da je bio u poseti kod Nade. Istina, nije joj kazao da će ići u grad, nego je opet slagao da ide jednom bolesniku na salaš. Izmisliće da je morao da ode da kupi lekove u apoteci, pa navratio i do Nade. *Kako zaplićem sebe u laži*, ljutio se.

— Znaš da sam bio u gradu!

— Zbilja? Nisi mi kazao da ćeš u grad. A mogla sam i ja s tobom.

— Nisam ni ja mislio da idem. Bio sam do onog bolesnika na salašu, pa se setim da nemam neke lekove i odem da ih potražim u apoteci. Pa kad sam već bio tamo, svratim i do Nade. Pozdravila te je mnogo.

— Hvala. A kako je ona? Baš sam mogla i ja otići do nje.

— Kažem ti, nisam mislio da ću u grad. I meni je bilo žao što te nisam poveo.

— Šta radi Nada?

— Dobro je. Gostoljubiva je kao i uvek. A znaš koga sam još video u gradu? I to preko puta Nadine kuće?

— Koga?

— Tvog Radoja.

— Zašto mog Radoja? Nije on meni ništa.

— Možda ti njega još voliš. Da se nisi ti prošlog puta našla s njim u gradu?

— Bože, šta ti to pada na pamet? Nisam ga ni videla svojim očima. Ja s njim da šetam?! Onda me ti ne poznaješ.

— Šalim se — govorio je ublaženo. *I Nada se šalila da bi videla jesam li ljubomoran.*

— Hajde da večeramo. Imam divnu večeru, baš ono što ti voliš — zovnu ga, ali on je bio rasejan, daleko od nje, tamo u Nadinoj kućici.

Laknulo mu je što joj je sve kazao, jer ako onaj mali pokuša nešto da intrigira, neće mu uspeti.

Mladu ženu je ipak nešto kopkalo: zašto je išao u grad kad joj je rekao da će na salaš? Tako je bilo i prošlog puta, kad su ga videle njene drugarice u varoši, pa ona to prećutala, pravila se da ne zna, ali to je bila njena tajna, koja ju je mučila, a žensko srce ništa ne može da skriva. Sad je došao zgodan trenutak da mu kaže i za ono prošlo. Nije htela da mu kaže pred Milojem, već je slušala njihov razgovor, lekar je zadirkivao Miloja da će da ga ženi, na šta se ovaj bunio, a Đurđica iznenada zapita Miloja:

— A na kojoj je strani Jovanov salaš na koji je išao Branko?

— Tamo — pokaza Miloje rukom u suprotnom pravcu druma za varoš.

Mladoj ženi je bilo jasno da mu to nije bilo usputno, osim ako možda nije postojao i neki zaobilazni put. A možda je salaš bio samo izgovor da bi išao sâm, možda ima nekog u gradu, ko zna da nije prijateljica? *Zašto po drugi put da se izvuče i ode, a njoj da ne kaže?*, bunila se neprestano; i što je više mislila o tome, bivala je sve neraspoloženija i seta joj se prevlačila preko lica...

Kad su ušli u sobu i on po običaju uzeo novine, ona se naljuti:

— Bila sam ceo dan sama, ni s kim nisam reč progovorila, pa sad, kad treba da porazgovaramo, ti odmah novine u ruke. Izgleda mi kao da sam neka tvoja stvar.

On se ne naljuti kao prošli put, valjda zato što se danas ogrešio o svoju bračnu dužnost, ostavi novine, zapali cigaretu i progovori blago:

— Imaš pravo. Ja se zaboravim pa uzmem novine, prešlo mi je to već u naviku. Kad sam bio momak po ceo dan sam bio zauzet, pa mi je najprijatnije bilo da čitam uveče.

— Znaš kako se radujem odlasku na more! Samo treba da pripremim garderobu i za tebe i za mene. Moraćemo otići do grada da kupimo što nam nedostaje. Nisam ti rekla: što mi je danas zalupalo srce! Ne znam šta je to bilo. Lupalo mi, lupalo, pa mi se učinilo kao da u jednom času stade.

— Daj da ti pipnem srce — nasmeja se muž, i spusti joj ruku na grudi, ona mu se spusti na kolena, zavali glavu na njegovo rame i prošaputa:

— Što te volim... A ti mene više ne voliš kao što si me ranije voleo.

— Otkuda ti to sada?

— Uverila sam se.

— Ti nešto izmišljaš u toj svojoj glavici.

— Ne izmišljam ja ništa, nego pouzdano znam — poče da je kopka njena tajna.

— Ded, reci mi, šta sam to uradio što te je razočaralo?

— Ideš u grad bez mene.

— Zar ne smem ni poslom da se maknem od tebe?

— Smeš, ja ti to ne branim, ali ti imaš običaj da odeš i sakriješ od mene da si bio u gradu.

— Nisam to činio nikad.

— A ja znam da jesi. Priznaj da si išao jednom, a nisi mi kazao.

— Ne sećam se. Ko ti je to kazao? *Da me nije video onaj bezobraznik?*, pomisli odmah.

— Kazale su mi moje drugarice, one što su pre dolazile i donele mi poklone. To je bilo odmah po našem venčanju. One su te videle u varoši, a ti mi nikad nisi hteo da priznaš da si tada tamo išao. Znaš kako me je zabolelo, ali sam ćutala, nisam htela da se svađamo odmah, prve nedelje. Ne bih ti ovo ni kazala, da nisi i danas otišao bez mene, a opet si se izgovorio da ćeš na salaš. Salaš je čak onamo, a put za varoš je na drugoj strani.

— Kako ti sve ispituješ kao neki detektiv i skupljaš optužbe protiv mene.

— Ne optužujem te, ali uviđam da ima nešto što voliš da sakriješ od mene. A zašto kriješ, ti to najbolje znaš. Možda imaš neko staro poznanstvo u gradu?

— Jeste, imam poznanstvo — ljutnu se muž, a ona mu se diže s kolena, uvređena njegovim tonom, ali ne popusti, već nastavi:

— Ti si bio mlad i lep lekar, morao si imati neku ljubav; nije moguće da si živeo kao svetac. Kažeš da se u selu nisi ni s kim zabavljao, a ja sam uverena da si se zabavljao s onom opštinskom činovnicom. I išao si često u grad. Čula sam ja; išao si svake subote uveče, pa si ostajao i nedeljom. Zašto si se zadržavao po dva dana?

— E, ti bi sad htela da ti podnosim izveštaj o svom momačkom životu. Išao sam da se nađem s prijateljima, da porazgovaramo, da odem malo do bioskopa. Trebalo je, valjda, da se zakopam u selu, i da se ne maknem nikuda da bi bila zadovoljna moja buduća žena, koja istražuje kuda sam ja išao i s kim sam se zabavljao kao momak! Na prvom mestu, nisam se zabavljao s opštinskom činovnicom. Ko te je to slagao?

— Čula sam, ne moram da ti kažem ko mi je rekao.

— Ako ti budeš slušala svakog, oni će ti svašta reći i mi ćemo se stalno prepirati.

— Ne boj se, neću ti dosađivati. Uzmi novine pa čitaj. Ti si srećniji kad čitaš novine.

— Ti ćeš mene i naterati da uvek čitam novine, jer kad razgovaramo, ti uvek nalaziš neke začkoljice.

— Ne nalazim začkoljice, nego si ti uvek sumoran kad dođeš iz grada, pa mi sve preko volje odgovaraš.

— Šta je tebi večeras? Prekinimo, molim te, ovaj razgovor. Umeš li ti nešto pametnije da mi pričaš? Uvek si nervozna. Šta ti je? Možda se ne osećaš dobro.

— Dobro mi je, nisam ni nervozna, ali ti se menjaš svakim danom, osećam ja to, a to me muči i boli; nije u našem braku kako sam zamišljala.

— Ti si brak zamišljala glavom sentimentalne devojke — nasmeja se on, ne srdeći se, i popuštajući, jer nije želeo scenu. Priđe joj, privuče je sebi, a ona se najednom rasplaka, izvi se iz zagrljaja i sede na divan.

Očekivala je da i on sedne pokraj nje, ali on zapali cigaretu, a njoj bi krivo, pa spazi kako ne gleda gde mu pepeo pada, nego ga prosipa po tepihu, a ona ga je jutros istresala s Milojem, i još pomalo kivna, prekori ga:

— Što ne bacaš pepeo u pepeljaru? Pada ti po podu, a jutros sam sve istresla.

— Uh, ta tvoja čistoća i pedanterija! — podsmehnu se muž. *Kako je ona sitničava, pazi na svaku malenkost. A Nada me nikad nije prekorevala za pepeo.* Priđe stolu, istrese pepeo i poče da šeta po sobi, a nju su nervirali njegovi koraci i ta šetnja po sobi.

— Ti si nešto rasejan? — upita ga proučavajući ga neprestano.

— Iz čega izvodiš taj zaključak?

— Što ćutiš i nešto razmišljaš.

— Čovek mora da misli.

— Ja mislim kad sam sama, a kad sam s tobom volim da razgovaram.

— Pa, eto, mi i razgovaramo. Samo si ti nešto zlovoljna, pa ti sve smeta što ja radim i govorim. I onda bolje da ćutim.

— Naprotiv, ja volim kad ti govoriš, ali ti nalaziš da nemaš sa mnom šta da pričaš. Nisam ti interesantna. Ti si u društvu uvek razgovoran, videla sam, a sa mnom ćutiš. I s tvojim pacijentkinjama pričaš, čak se i šališ, a sa mnom si ozbiljan.

— Zar ćemo se u braku večito šaliti i igrati kao deca?

— Ne tražim to, ali volim da razgovaramo prijatno kao muž i žena.

— Svi tvoji razgovori se završavaju prekorima.

— Ne prekorevam te uvek, samo danas. Da, žao mi je što ti...

— Dobro, dobro, kazala si mi već jednom, nećeš valjda opet da mi ponavljaš. Žao ti je što sam išao sâm i drugi put neću ići. Ubuduće ću te uvek obaveštavati.

— Ja znam da me nećeš obaveštavati. Imaš ti izgovor, svoje pacijente. A šta ja znam kuda ti posle pregleda ideš!

On prasnu:

— Treba li od tebe da tražim dozvolu i za pacijente? E, onda nije trebalo da se udaješ za lekara, već da tražiš nekog ko će da sedi po ceo dan pored tebe.

— Ti si mene našao, nisam ja tebe.

— Ako sam te našao, treba da budeš pametna i da shvatiš moj poziv — popuštao je opet, jer je osećao da je krivac, a pribojavao se šta će biti ako onaj Radoje kaže štogod za njega i Nadu. *Neću više ove komplikacije. Ovo je poslednji put što sam Nadu posetio.* — Hajde, lezi, tebe boli glava, peglala si mnogo, daću ti aspirin, ispavaj se, pa ćeš sutra biti spokojna.

— Daj mi aspirin — zatraži ona blago. — Idem da legnem. Hoćeš li i ti?

— Čitaću malo, pa ću leći i ja.

Ona ode u spavaću sobu, a on u svoju radnu sobu. Uzeo je knjigu, ali mu se nije čitalo. Neprestano mu se nametala Nada i ceo život s njom, svi oni lepi i blaženi časovi. Poredio ju je sa svojom malom suprugom i osećao da je velika razlika između njih, da su to dva sasvim različita bića; ali ova mala je imala neku privlačnu moć, i kad bi mogla da se prilagodi njegovim navikama, možda bi sasvim zaboravio Nadu. Ona je bila mila, naivna, pravo dete, ali ga je katkad nervirala svojom detinjatošću, beznačajnim razgovorima, mnogobrojnim pitanjima, postajala mu je dosadna, kao dete odraslome. Ona treba da bude ne samo ljubavnica nego i žena-drug.

Nije mu se čitalo, ostavio je knjigu i otišao u spavaću sobu. Lagano se svukao, legao, iz postelje se nije čuo nikakav šum. Đurđica je zaspala mirno kao dete. I njega je lagano hvatao san, ali ipak dugo nije mogao da zaspi mučen nečistom savešću zbog neverstva.

18.

Đurđica je žurila da sve spremi za more. Kupila je mužu i sebi kostime za kupanje i ostale nužne delove garderobe. Išla je sama u grad, ali ovom prilikom nije svraćala kod Nade. Rešila je da ode do mame u selo, da zatraži malo novaca. Prvi put je išla sama u selo i htela je da obiđe svoje drugarice, da je vide, da im se pohvali da će na more, jer je bilo među njima i zavidljivih, čula je kako su je ogovarale da neće biti srećna u braku, pa će im pokazati da je srećna, mnogo srećnija nego sve one, koje su se udale za seljake.

Mati je dočekala raširenih ruku. Prvo su se napričale o svemu i svačemu, imanju, živini, stoci, svinjama, posle joj je mati pričala o selu, njenim drugaricama, udajama i ženidbama, i prešla na Radoja i njegovu majku:

— Naljutila se na mene Radojeva majka što sam joj izgrdila sina, i što ga ne uvažavam, jer on je, kaže, učio škole i doktor nije ništa bolji od njega; ima, kaže, on svoje imanje, pa može da živi na imanju i da ne radi ništa, a, kaže, tvoj zet, doktor, mora da gaca po blatu i trči bolesnicima i od njih da čeka da udele koju paru.

— Što je drska — naljuti se Đurđica — ona zna šta je lekar! Jeste, gaca po blatu, ali da znaš, mama, kako seljaci poštuju lekara! Pa kad dođu, kume ga i preklinju da ode i pregleda bolesnika. Gledaju doktora kao boga! A šta mi je njen Radoje? Seljak. Opet će zemlju da radi. Hvali se kako će u činovnike. Kakav činovnik da bude? Neki ekonom — omalovažavala ga je Đurđica, jer se i ona malo pogordila, zanela je i nju doktorska titula i ono što je zovu „gospođa doktorka".
— Je li, mama, a šta kažu moje drugarice?

— One te preda mnom hvale. Znaš, kad su dolazile one tri, nisu mogle da se napričaju o tebi. Ali, ima ih i koje ti se podsmehnu, kao da si kupila muža.

— Ako sam ga i kupila, ja sam srećna. On me, mama, voli. A znaš, što sam došla, mama? Nećeš da se ljutiš... Ti si moja slatka mamica, najmilija...

— Je li, pare su ti potrebne? — nasmeja se mati.

— Nisu mi toliko potrebne, ima Branko, možemo mi na more i bez tvog novca, ali hoću da imam svoj džeparac. Slatka mama, znaš, nikad nisam išla na more, ovo je za mene događaj, pa hoću lepo da se provedem, da pravimo izlete, i neću da sve Branko plaća, nego ću i ja dati od mog novca. Je li da ćeš mi dati? Mamice, obećala si mi...

— Kad me tako moliš i umiljavaš se, daću ti. Ali, štedite i vi. Znaš kako sam ja štedela pa i sada to radim.

— I ja sam, mama, kao ti. Imam ja svoju malu ušteđevinu, Branko i ne zna, pa ću i to poneti.

— Ponesi, ali nemoj sve da potrošiš.

— Neću mama, ali bolje je na putu kad se ima više novaca. Je li, mamice, da ćeš mi dati malo para?

— Daću ti koliko budem imala.

Kći je zvonko poljubi u obraz, pa se onda pogleda u ogledalo.

— Je li, mama, da nisam oslabila?

— Kako oslabila! Popravila si se i prolepšala. I treba da budeš malo punačka.

— Neću više da se gojim. Treba da imam liniju. Ali, oslabiću ja malo na moru. Ala ću da plivam!

— Čuvaj se mora. Mene je strah kad ti plivaš.

— U moru nije opasno plivati ako je mirno. Opasnije su reke s njihovim brzacima i virovima. Mama, idem ja sada malo do mojih drugarica da vidim kako su.

Đurđica je obišla nekoliko drugarica i vraćala se kući. Najednom ispade pred nju Radoje.

— O, dobar dan, Đurđice!

Ona ga pogleda prezrivo, htede da mu ne otpozdravi, ali se predomisli:

— Dobar dan!

On priđe i pruži joj ruku.

— Kad si došla?

— Jutros.

— Jesi li s mužem?

— Nisam. Sama sam došla.

— Lepo izgledaš. Vidi se da si srećna.

— Zašto ne bih bila srećna? Imam dobrog muža.

— Lepo je kad imaš iluzija o svom mužu.

— Zašto iluzija? On je stvarno dobar čovek.

— Ko zna da li je baš takav kako ga ti zamišljaš!

— To iz tebe govori pakost. Nisam znala da si takav.

— Zašto bih bio pakostan prema tebi? Ja mogu samo da ti želim sreću i bilo bi mi žao da se razočaraš. Ako ti se kadgod desi da doživiš razočaranje, znaj da imaš u meni iskrenog druga kome se možeš izjadati.

— Ja se neću nikad razočarati — prkosno odgovori Đurđica.

— Nemoj imati toliko poverenja u svog muža, nego pripazi malo na njega.

Đurđica oseti kako joj prođe jeza kroz telo i zapita ga:

— Zašto mi to govoriš? Jesi li štogod zapazio?

— Možda sam i zapazio i čuo. Bilo bi dobro da ga ne puštaš samog u grad.

— Ja ću svuda puštati svog muža. On je lekar i mora da ide svojim pacijentima.

— Znam da mora da posećuje svoje pacijente, ali ne mora mlade i lepe udovice.

Ona se nasmeja.

— Dabome, posećuje, ali to je njegova rođaka. Vidi se da si rđavo obavešten. Znaš, pričao mi je muž da te je video u gradu kad je izašao iz kuće svoje rođake. Jeste, to je njegova rođaka, jedna vrlo simpatična gospođa, i ja je poznajem, bila sam i ja kod nje. A ti si gadan, hoćeš da opanjkaš moga muža, ali ti to ništa ne vredi. Krivo ti je što se nisam udala za tebe pa izmišljaš gadosti.

Mladić preblede, priđe joj bliže, unese joj se svojim crnim očima u lice i progovori hladno:

— Supruga je poslednja koja doznaje istinu. Ali ja ću biti taj koji će ti reći koliko si srećna i kako se varaš u svom mužu; ta udovica mu nije rod, ona je njegova davnašnja ljubavnica, koju ni sada nije zaboravio, ali ti si bila miraždžika, tvoj novac mu je bio potreban, a udovica je ostala i dalje njegova ljubav. Eto, kako ste se vi, gospođo, udali. Tražili ste titulu i zadovoljite se njome. Vama nije ni bila potrebna ljubav.

Pogledao je prezrivo i požurio, a ona je stajala na istom mestu, sva utrnula od bola, gotova da se onesvesti.

Vreme, prostor, sve se izgubilo oko nje; pošla je i ne znajući kuda ide, toliko joj je bio silan bol, koji joj je trenutno paralizovao volju i misli. Ona se nasloni na stablo kestena da se pribere, povrati, oseti stvarnost oko sebe. *On me vara*, bubnjalo joj je u ušima, *nije me ni voleo, on voli drugu... To je ta njegova velika ljubav za koju ga je pitala opštinska činovnica kad je dolazila k njemu da je pregleda... Svi to znaju, samo ja nisam znala, ja, naivna i glupa.* Stajala je nepomično uz stablo kestena, a vetrić pirnu, zašumoriše grane, i taj šumor i vetrić donesoše joj miris prirode, pokošene trave, rastužiše je i podsetiše na sve godine njenog srećnog detinjstva, devojačkih snova, podsetiše je kako je bio lep njen devojački život, a kako joj je brak doneo svirepo razočaranje. Tutnjala su iz daljine kola, čula je praporce, kovitlala se prašina, i to je osvesti te pođe, teških nogu, kao da su od olova, išla je, vukla se rasejana i raskidana srca.

Pošla je jednom ulicom sasvim nesvesno, i spazivši da se udaljila od mamine kuće, vraćala se i razmišljala. Prikupila je sva sećanja od onda kad se upoznala s Nadom i tek sada joj je sve postalo jasno. Ono, kad je Nada došla u selo, dok su još bili vereni, da se upozna s njom i predstavila se kao Brankova rođaka, bio je samo izgovor da dođe, da je vidi i oceni kakva je; pa ono, kad je došla njihovoj kući i pripala joj muka, a ona, Đurđica, bezazlena, trčala i zvala muža, misleći da joj je zlo od srca, a njoj je bilo zlo od ljubavi. Bestidnica jedna! Kako se samo mogla uvući u bračni dom i u postelju njenog muža! Uh, da može da je vidi, najpogrdnije bi joj reči bacila u lice. Setila se i onoga kako je on ujutru otišao i nije se ni pozdravio s njom, možda mu je bilo krivo što je došla. A one večeri, kad je ušla k njemu a on nije bio još legao, dočepao je u naručje i strasno je ljubio. Zašto ju je tako ljubio? Da li se jedio što je Nada došla i pobojao se da joj nešto ne kaže, pa je hteo da je zavara poljupcima? *Kako sam ja još glupa i naivna i ne umem sve ovo da razmrsim! Ah, zašto sam danas došla u selo? Da nisam došla, ne bih srela Radoja i ne bih ovo čula. A možda sve ovo nije istina? Da mogu još jednom da sretnem Radoja, dobro bih mu očitala. Nije moj Branko takav, nije, on je dobar, on me voli.*

Opet ga je branilo njeno zaljubljeno srce: *Možda je on nju ostavio, kao što rade mnogi muškarci, pa joj je bilo krivo i zato je dolazila... Ali zašto je on dva puta išao k njoj, sada i ono pre, kad je kazao da će na salaš bolesniku?* Suze su joj navirale na oči, ona ih je brisala dlanom kao dete, bojeći se da će je ko videti i začuditi se što plače, kad svi znaju kako se lepo udala. *Ne. Neću da plačem*, grdila je sebe i žurila, htela je da svi vide kako je srećna, jer morala je ostati srećna i za svoju mamu, i svoje drugarice, i za Radoja i celo selo...

Spazi Radoja, htede da mu pritrči i da ga izgrdi, on ju je sigurno vrebao, pratio kuda ide, i hteo da je presretne, ali, ona ga ne pogleda.

Radoje je gledao za njom, bled i zamišljen, a ona požuri da se ne bi rasplakala, ali se savlada, i dođe joj u jednom trenutku da se vrati i da mu kaže: „Ako ma kome budeš pričao o onome, imaćeš posla s mojim mužem", ali se predomisli, pođe brzo kući, jer ko zna da li bi njen muž pravio pitanje oko toga i možda bi se napravila veća bruka i veće poniženje za nju. A njenu častoljubivu dušu najviše je tištalo što će selo o tome da sazna i svi će joj se zlurado podsmehivati i radovati. To ju je bolelo, volela bi da njeno razočaranje ostane njena tajna, a ona će umeti da trpi, trpeće dokle god bude mogla, a ako ne bude dalje mogla, šta onda? Da li bi ga ostavila? *Ne, ne! Ja ga volim, ne mogu bez njega... Ubila bih se, jest, bolje bi bilo da se ubijem. To ću i uraditi. A mama, moja jadna mama? Da li ona to zaslužuje? Šta bi ona radila bez mene?*

Oči su joj se ovlažile, a srce joj je cvilelo kao da oplakuje samu sebe, svoju mamu, svoj mladi život, svoje izgubljene, divne, devojačke snove... *Mami neću ništa reći. Ona ne sme ništa da sazna, ali ako joj Radoje kaže? Da li bi bilo bolje da joj ja ispričam, da uzmem u zaštitu muža i zamolim je da izgrdi Radoja? Jest, to je najbolje. Mama će više verovati meni, pa posle neće vredeti Radoju ako bi pričao po selu, jer bi mama branila svoga zeta.*

Ušla je u kuću i osetila miris jela, kolača. Čula je pevušenje majčino, pritrčala joj je i poljubila je.

— Srećo moja, jesi li videla svoje drugarice?

— Jesam, mamice. Ali imam nešto da ti kažem za Radoja. Zamisli šta taj bezobraznik izmišlja iz pakosti što se nisam udala za njega! — I ispriča sve mami, a ona pljesnu rukama:

— Gospod ga ubio, da ga ubio! Da on moga zeta ogovara, i to za Nadu?!

— Za Nadu, koja je Brankova sestra od tetke. Nego, ti, mama, da mu zapušiš usta.

— Ne brini ti, zlato moje. Čim ti odeš, idem ja kod njih da mu dobro očitam.

— On je, mama, u stanju po celom selu da trubi, pa ako to čuje Branko, biće skandala.

— Neće on smeti reč da zucne, samo dok ja odem k njima. Nemoj ti da se brineš za to.

— Ne brinem se ja, mama. Ja dobro poznajem Branka. On je divan u svakom pogledu — uveravala je mamu, nasmejana, vesela, iako joj je srce bilo raskrvavljeno, i prvo razočaranje u braku svom silinom pritislo njen mladi život, kao teška stena.

19.

Vratila se u svoje selo uveče. Branko je bio kod kuće. Došao mu je bio beležnik i sedeli su u bašti i razgovarali.

— Miloje, jesi li poslužio nečim gospodina Antu?

— Ne bojte se, gospođo, dobio sam čitavu večeru. Ovo je gostoljubiva kuća. Moram ja vama počešće da svratim na ove suve kobasice.

— To moja mama sprema. I sad mi je napunila korpu.

Beležnik se diže i oprosti se, Đurđica uđe u kuću, a muž za njom. Nije htela po običaju da mu se obisne o vrat, da ga poljubi, gladi po obrazu, već se pravila ravnodušna, ali raspoložena i htela je da vidi da li će on to osetiti. Pričala mu je o selu, mami, kući. Pohvalila se za novac, ali nikako nije htela da ga poljubi, što on oseti, bi mu čudno, posumnja na Radoja i pecnu je:

— A jesi li videla u selu svoju staru ljubav?

— Koju staru ljubav? Nisam ja imala nikakve ljubavi u selu.

— A šta ti je bio Radoje?

— On je bio moj beznadežni obožavalac; nisam bila ružna da me niko ne bi pogledao, ali nije me se ticalo šta je on osećao za mene. Zašto me to pitaš?

— Pa, tako... nešto si čudno raspoložena i hladna prema meni.

— Po čemu zaključuješ da sam hladna?

— Nisi me poljubila otkako si došla.

— Zar ti je toliko stalo do mojih poljubaca? A ja sam mislila da si ih već sit!

— Dakle, tako. Sit sam tvojih poljubaca? Drugim rečima: meni se više ne ljubi, jer si mi dosadna. Kako si to najedared uvidela?

— Uvidela sam ja to odavno. Eto, kad si ti mene zapitao: ženice, voliš li me?

— Zašto da te pitam, kad znam da me voliš? Pita se devojka, kad se ne znaju njena osećanja; mi smo muž i žena i ja uobražavam da me voliš.

— A ja ne mogu da uobrazim da me ti voliš. Uvek pomalo sumnjam. Zato ti i postavljam to pitanje, ali mi izgleda da sam već smešna s tim pa neću više da ti dosađujem.

— Nastavi ti samo tako pa ću i ja posumnjati u tebe. Večeras si, zbilja, čudnovata!

— Leći ću ranije. Putovala sam, a rekoh ti i da me malo boli glava. Laku noć! — pruži mu ruku i htede da je izvuče iz njegove, ali on je zadrža, naglo je povuče sebi, posadi je na svoja kolena i zagleda joj se u oči:

— Šta je tebi večeras?

— Ništa mi nije, spava mi se i hoću da legnem ranije.

— Ne volim te kad si neiskrena. Jesi li nešto ljuta na mene?

— Zašto bih bila ljuta? Ti si lekar i treba da shvatiš da je ženi potreban san. Idem da legnem. Pusti me, molim te.

On je stezao oko ramena i nije je puštao.

— Pogledaj me pravo u oči i reci istinu: zašto si neraspoložena?

— Što si ti smešan! Ništa mi nije — branila se, oklevajući da li da ga poljubi, ali nije imala moći, njeno srce se gnušalo njegovog postupka: dozvolio je da se njegova ljubavnica uvuče u njihov dom i da spava u istoj sobi s njom, da je ona dvori, gosti, ukazuje joj pažnju. Ah, to je gadost, koju ona nije mogla da zaboravi. Izvila mu se iz naručja, ne poljubivši ga, gotova da brizne u plač i da mu kroz suze sve očita; reši se da oćuti. — Laku noć! Ti ćeš čitati? Gde su ti novine? Ja ih danas nisam čitala. Šta je sad tebi? Što ti možeš za sitnicu da se naljutiš!

On planu: — Nisu ovo sitnice. Hoću da mi kažeš zašto si večeras ovako pritvorna! Osećam na tebi naglu promenu, koju dosad nisam video. Bila si uvek umiljata, nežna i to sam voleo u tebi. Nemoj misliti da mi je dosadno tvoje pitanje: voliš li me? Voleo sam da to slušam, ali ako je tebi teško da mi ga ponavljaš, ne moraš. Možemo mi biti i moderan brak: svako misli i oseća odvojeno.

Ona se kolebala, bio joj je u tom času iskren, tako lep, njeno malo uvređeno srce popusti, priđe mu, pogladi ga po obrazu i prošaputa:

— Eto, poljubiću te, ako želiš...

— Nije potrebno — izbrecnu se on, odgurnu je i ode u svoju sobu.

Ona je htela da poleti za njim, da mu se sva preda, ali nije mogla, bol ju je ponovo ukočio i ona osta stojeći nasred sobe. Prišla je vazi s cvećem, nesvesno raširila grančice, omirisala vodu, i osetivši ustajali zapah, izvadila cveće, prosula vodu i nalila svežu. Istresla je kroz prozor pepeo iz pepeljare, namestila jastuče na divanu, popravila stolnjak na stolu. Radila je mehanički da bi pokrenula svoje živce, koji su bili jako zategnuti. Bojala se patnji koje će tek doći, htela je da ih otkloni i bilo bi, možda, bolje da mu je sve kazala, ali malo srce se uzjogunilo i nateralo je da ode u svoju sobu.

Muž ju je očekivao u sobi, držao je novine, ali ih nije čitao, očekivao ju je, jer mu je ona, ipak, bila draga, voleo je njenu svežinu, njeno mlado telo, i večeras je poželeo, ali ona ga nije htela. To ga je vređalo. Zašto ga nije htela? Jesu li joj dosadila njegova milovanja? Dosad nije to osetio, a večeras se ona prvi put povukla i pobegla od njega, odbila ga.

Ušao je u sobu, ona je zatvorila oči, napravila se kao da spava, a on se nagnuo nad njom, pogledao je, pomilovao i zovnuo:

— Đurđice!

Nije odgovorila, kao da je bio uhvatio dubok san, a on se udalji ljut i uvređen.

Ujutru, kad je otvorio oči, pogledao je gde je ona, hteo je da pruži ruku i da je privuče sebi, ali vide da je postelja prazna i začu u bašti njen razgovor s Milojem.

Pobegla je od mene, uzruja se mužjak u njemu i posumnja da joj je Radoje morao nešto reći. Rešio je da je pita, ali se odluči da ćuti, da je pusti neka joj prođu ženske ćudi, pa će se ona opet umiljavati.

Ustao je i obrijao se; rešio je da ne pravi nikakvo pitanje. Otišao je da doručkuje i kad je pogleda, spazi da su joj kapci malo crveni i podbuli, kao da je plakala, pa je zapita kad Miloje ode:

— Ti si plakala? Zašto su ti kapci tako crveni?

— Nisam plakala. Možda je to od sna, dobro sam spavala.

On ućuta, diže obrvu, što je kod njega bio znak nezadovoljstva, i dodade tiho, ne primajući njen izgovor:

— Ne znam zašto si plakala.

— Dabome, ja sam srećna žena i nemam zašto da plačem.

On ode, ona ga isprati, ali se ne poljubiše. A posle podne, kad on ode do zadruge, ona požuri popadiji i obavesti Miloja:

— Ako gospodin dođe pre mene, recite mu da sam otišla do popadije i neka i on dođe tamo.

Prolazili su sati, a on nije dolazio. Nije bilo ni medicinara. U razgovoru s popadijom, bol kao da joj je popustio i ona se čisto pokaja: *Zašto sam došla? Dajem mu oružje protiv same sebe i on će mi se svetiti. Žene nisu sposobne da se na diskretan način svete.* Ustade najednom, kao da je osetila da će ona biti veći krivac od muža.

— Moram da idem, gospođo...

— Što ne pričekaš dok ne dođe Mirko, pa te može otpratiti.

— Možda je došao Branko, a on uvek voli da me zatekne kod kuće.

— Vidi kako ti paziš na sve! Ako, čuvaj muža. Dok je žena iskrena i pažljiva, muž ne može da vrda — tvrdila je popadija. Đurđica je drukčije mislila. Ona je bila iz mlade generacije, kojoj je bilo usađeno nepoverenje prema muškarcima. Prvih meseci verovala je mužu, a ovo razočaranje joj je pokolebalo veru. Nije znala kako da postupi: da li da mu očita, da li da mu se sveti, ili da ćuti, plače i trpi? Ovo poslednje nije mogla da izdrži. Činilo joj se, prepući će joj srce.

Dok je išla kući, začu korake iza sebe i pomisli da je Branko, pa nije htela da se okrene. Koraci se sasvim približiše i poznati muški glas je pozdravi:

— Dobro veče, gospođo! Odakle vi?

— A, to ste vi, gospodine Mirko?! Dobro veče. Bila sam u poseti kod vaše tetke.

— O, baš mi je žao što i ja nisam bio tamo — otrže se mladiću nesvesno, jer mu je mlada ženica neprestano lebdela pred očima, osobito od onog dana kad je sedela nasuprot njega u fijakeru, osećao je njen parfem, gledao joj belinu vrata, svežinu usnica, glatke obraze.

— Bilo mi je vrlo prijatno u razgovoru s gospođom popadijom — veselo je govorila mlada žena osetivši po mladićevom tonu da mu je prijatno njeno društvo, pa joj to polaska, ne zato što bi volela njegova udvaranja, nego da dobije satisfakciju zbog neverstva muža.

— Tetka je vrlo pametna žena. Malo je starinska i strogih moralnih pojmova.

— Prema vama nije stroga, čak mi je pričala kako se zabavljate s devojčicama.

— Nisu to nikakva zabavljanja, obični razgovori, da bih prekratio vreme.

— Je li vam dosadno u selu?

— Nije. Naprotiv, ovde mi je vrlo prijatno. Tišina je, mogu da se koncentrišem na rad. Učim za ispit. Baš sam pošao vašoj kući da nešto upitam gospodina Branka.

Ona se obradova. Došao je kao poručen. Neka je vidi s njim. Neka i on pati. Možda će da praska, da viče, da je tuče, sve je to ipak ništavno prema njenom bolu.

— A šta vi radite, gospođo? Ne viđam vas često.

— Poslujem po kući. Branko i ja šetamo svako veče. A sad se spremamo na more.

— Zar idete na more?

— Da, za desetak dana.

Mladić ućuta i seta mu se prevuče preko lica. Progovori tiho.

— Žao će mi biti što idete, jer mi je bilo vrlo prijatno društvo gospodina Branka. Išao sam često k njemu u zdravstvenu zadrugu.

A on mi to nikad nije kazao, niti ga je zvao našoj kući.

— Išao sam i danas posle podne, ali nije bio tamo.

Nju kao da preli hladan tuš. *Gde li je to bio? Da nije umakao u varoš? On je vrlo tajanstven.*

Ćutala je ona, a ćutao je i medicinar, svako sa svojim mislima.

— Da li je Branko došao kući? Ne vidim svetlost u ordinaciji — reče Đurđica kao za sebe.

— Eno ga u bašti.

Lekar ih spazi i osta sedeći. Zaprepasti se kad vide ženu s medicinarom, a ona požuri da mu objasni:

— Bila sam kod gospođe popadije, pa me na ulici stiže gospodin Mirko. Pošao je k tebi.

Lekar se diže i rukova se s medicinarom.

— Tražio sam vas u zadruzi, ali niste bili tamo.

— Otišao sam do jedne bolesnice. Dobila je izliv krvi u mozak.

— Jeste li joj puštali krv?

— Jesam. Pustili su je da leži onesvešćena i zamalo da umre. Nije stara žena, u klimakterijumu je, ali ima jak pritisak.

Razvezaše njih dvojica medicinski razgovor, a Đurđica ih je ćutke slušala. Poslužila ih je pivom, i začudila se kad Branko pozva medicinara:

— Ostanite kod nas na večeri.

— Hvala, idem kući. Teča i tetka neće nikad da večeraju bez mene, pa bi me čekali.

On me ne voli, uopšte nije ljubomoran, razočara se Đurđica. *Njemu je svejedno što me je Mirko dopratio.*

Medicinar ode i oni večeraše. Branko ništa nije govorio, tek kad uđoše u kuću on joj se okrete:

— Treba da izbegavaš da te mladi ljudi prate noću.

— On je pošao našoj kući i sustigao me.

— A ti si išla kod popadije da bi se videla s njim.

— On nije bio kod kuće, a ja sam išla što me popadija često zove i ljuti se što joj ne dođem.

— O ručku mi nisi kazala da ćeš ići.

— Sedela sam posle podne, pa pomislih: hajde, da odem do nje. Da znaš kako te popadija hvali.

— To mi stavljaš hladne obloge.

— Nisi ti toliko u vatri za mnom da bi ti bili potrebni oblozi.

— Nisam, je li? Pa ideš da tražiš mladića. Mirko ti se dopada.

— Niko se meni ne dopada. Ja sam čestita žena, samo sam razočarana žena.

— U mene si razočarana?

— Možda.

On podiže glas:

— Hoću da mi kažeš zašto si razočarana?

— O tome neću da govorim.

— Ali ja hoću da govoriš. Opažam ja da si se ti promenila. Ko te je natutkao protiv mene? To moraš da mi kažeš.

— Nemoj da vičeš toliko, jer se čuje na ulici.

— Ne tiče me se. Vikaću još više, dok mi sve ne ispričaš.

Ona pobeže u spavaću sobu, a on za njom.

— Je li, šta to znaš što govori protiv mene?

— Sve ono što i ti sâm znaš.

— Ne znam ja ništa.

— Ne znaš zato što si neiskren i što misliš: ovu glupu seljanku mogu da varam koliko god hoću. Ali ja nisam glupa i neću da ti to dozvolim — puče u njoj. Došao je trenutak da mu baci sve u lice: — Ti mene varaš, podlo me varaš, izlažeš me podsmehu celog sveta, a ja sam te volela kao boga, ja, naivno devojče, koje nije moglo ni da sanja kako ljudi mogu biti gnusni.

Stajao je bled, a ona se srušila na postelju i zajecala. On se naže, dočepa je za ramena, izdiže je i progovori muklo:

— Kakve si to laži čula?

— Nisu to laži! To je istina. Hoćeš li da znaš? Evo, šta je: Nada nije tvoja rođaka, ona je bila tvoja ljubavnica. A ti je dovodiš u kuću, predstavljaš mi je kao rođaku, ona noćiva sa mnom u sobi; pričaš da ideš na salaš, a odlaziš k njoj, jer nisi mogao da je zaboraviš, a ja sam poverovala da me voliš. To je gadno od tebe, to ti nikad neću oprostiti.

Pala je na postelju i jecala, a on je stajao nepomično nad njom, rešavajući se da li da joj sve prizna, da jednom skine i taj teret sa sebe, da prečisti s tom Nadom; ali videći njene grčevite trzaje, osetio je da će to biti još gore, ona će mu celog života ponavljati za Nadu, to će biti stalni uzrok njihovih trzavica i svađa, stalno će sumnjati na njega, nikuda neće smeti da se makne, a on je lekar, on mora da bude slobodan. Dakle, bolje da joj ne prizna, ne mora ona da zna šta je bilo u njegovom momačkom životu. Progovori sasvim mirno:

— To si čula? Dobro. Onda sutra idemo Nadi, pa ćemo joj sve ispričati i pitati je da li je to istina. Znam ko ti je to kazao. Onaj tvoj nevaljalac. A sad bih ja tebe mogao da pitam: s kim se ti to sastaješ u selu? Ali ja neću da pravim skandal, nego sutra idemo da pitamo Nadu. Trebalo bi ja sada da se ljutim i da praskam, ali biću pametniji, ostaviću te da se isplačeš, pa ćeš sutra drukčije misliti.

Ona je slušala otvorenih očiju, malo se stišala, iznenadio je njegov mirni i ubedljivi glas, zaigra nešto radosno u njoj: *Lagao je Radoje*, ali ne reče ništa, osluškivala je šta će on reći, a on je izišao, ušao u svoju sobu i ostavio je samu.

Pola sata vladala je potpuna tišina u kući. Kroz prozor je dopirao šapat lišća, miris pokošene trave i čulo se mjaukanje mačaka. Muž oslušnu. Začu korake svoje žene. Tražila je nešto po ormanu. On izađe iz sobe.

— Šta tražiš?

— Hoću da uzmem parče šećera i vode, tako mi je gorko u grlu.

— Mora da ti bude gorko kad se bezrazložno sekiraš — govorio je blago i obgrli joj ramena. — Hodi na divan, do mene. Ne voliš me ova dva dana — prekori je i privuče sebi. *Umirila se. Moje pravdanje je dejstvovalo... Da li će sutra biti odlučna da ide do Nade?* — Je li, ne voliš me više? — Zagledao joj se u oči, uplakane, s crvenim kapcima, a ona mu se osmehnu i nasloni se na njegovo rame.

— Ja te jako volim, zato i patim.

— Naravno, patićeš još i više ako budeš slušala svet, jer dokoličari nemaju druga posla, nego da izmišljaju laži. Trebalo je sve odmah da mi kažeš, a ne da ćutiš i mučiš mene i sebe.

— Šta sam te mučila?

— Pa... mučila si me, jer sam se pitao šta ti je? Baš danas, dok sam bio kod one bolesnice, neprestano sam mislio na tebe, a ti otišla do popadije da se zabavljaš. Pazi da to drugi put ne uradiš, jer ja umem da budem i ljubomoran.

— Večeras nisi bio nimalo ljubomoran.

— A ti si želela da napravim scenu! I to pred onim mladićem. Nisam toliko nevaspitan. Uostalom, ako mi budemo nepoverljivi jedno prema drugom, nalazićemo uvek razloga za razmirice. Ja to ne volim. Treba da shvatiš da sam nekad umoran i volim kad me dočekaš vesela, a ne nadurena kao juče i danas... Hajde, nasmeši mi se! Tvoje su očice lepe kad se smeju. Gle, ne umeš više ni da se smeješ.

On spusti glavu i pomilova joj vrat usnama. Ona oseti slast poljupca, zadrhta sva i opusti mu se u naručje.

— Ja bih se ubila kad bi me ti izneverio — šaputala je, predajući se njegovim poljupcima.

— Ali, ja te neću nikad izneveriti, dok god si ti dobra žena.

Ona se izdiže i prekori ga:

— Ti možeš pronaći da sam ja rđava čak i onda kad sam najbolja: zasitiš me se i onda ti više ne valjam.

— Jesam li ja toliko zasićen da te ne želim više? Da li te i večeras boli glava kao sinoć? Napravila si se da spavaš, a ujutro pobegla da te ne bih video.

— Ti treba da me razumeš: kad žena pati, ona ne trpi nikakvo laskanje, jer mi žene volimo srcem, i naše srce treba da bude zadovoljno, a kod vas muškaraca srce ne igra ulogu, već nagon.

— Gle, gde si to pročitala? Drugim rečima: ja mogu i da mrzim jednu ženu, a da je uzimam i uživam u njoj. Da ti meni nisi mila, ne bih ja voleo ni tvoje usnice, ni vrat, niti ove oble mišice.

— To je sve fizička ljubav.

— To je prava ljubav. Sve drugo je teorija vaših ženskih glavica. Ti voliš da ti tepam.

— Jeste, volim. Ali ti za to nemaš smisla. Suviše si ozbiljan. Ja bih ceo dan mogla da ti tepam, da te mazim, grlim, ljubim, a ti čekaš trenutak, i to, obično, uveče. To me ljuti.

— Ti treba da razumeš da ja imam i drugih briga. Mislim na svoje bolesnike, brinem se o toku njihove bolesti, dolaze mi svakojaki na pregled: jednog bole pluća, drugog žuč, bubrezi, reumatizam. Nisam ja bezbrižan kao ti. A ja te nisam nikad odgurnuo, meni je prijatno kad me ti maziš, i čim ti prestaneš, kao ova dva dana, ja to osetim i muči me šta ti je. I ako ti budeš češće takva, ohladneću i ja. Jesi li ti moja mala dobra ženica?

— Jesam. Ali ne znam da li ti to osećaš...

On je steže na grudi, pokri joj usne svojima i prekide joj rečenicu. Srce male supruge se raskrvarilo. Muževljeve milošte su umele da ublaže bol. A on je strepio: *Da li će ona sutra hteti da idemo do Nade?* Nije smeo više da spomene Nadu, niti ju je spominjala Đurđica. Tek kasnije on se reši i poče:

— I taj me je bezobraznik video kad sam išao Nadi. Ona nema nikog, sama je, pa sam je posetio. Pričala mi je još ranije šta je komšiluk sve izmišljao o meni i njoj. Nisu verovali da sam joj rođak. Ona je prešla preko toga s dostojanstvom, jer ona je žena koja ne voli spletke i rekla-kazala. — *Dobro je što sam joj ovo poslednje kazao, možda će odustati da ide. Šta će biti ako se reši? Da imam po kome da pošaljem pismo Nadi da ne bude kod kuće.*

Čekao je jutro da vidi kakvu će odluku doneti Đurđica. Kad je pošao u zadrugu, zapita je:

— Hoćeš li da poručim kola da odemo do Nade posle podne? — *Nada je fina žena, umeće da shvati zašto sam ovo učinio. A ako me ova mala prisili na ovo suočenje, izgubiće sve u mojim očima.* Pitao je, ali je predosećao da će dobiti negativan odgovor, jer je bila veselija, umirena, svršila se svađa u bračnoj postelji, kao što se događa u svim brakovima. Bojao se samo ženske ćudi, koja je kao umiljato mačence, ne znaš kad će te pomilovati, a kad ogrepsti.

— Je li, šta si rešila? — zapita je ponovo.

Ona ga pogleda ispod oka, kao da mu ne veruje:

— I ti smeš da ideš?

— Zar opet počinješ ono sinoćno? Bogami, ne mogu da te shvatim — naljuti se sada izistinski, ne što ona sumnja, već što će se to ponavljati, dosađivati mu svakog dana. Trebalo je tome učiniti kraj. A i on treba da prečisti s Nadom, jer mu nisu potrebne ove petljancije.

— A što se ti ljutiš? Da si ti na mome mestu, i tebi bi bilo krivo. Ja bih htela da ti verujem, ali hoću da mi se zakuneš: dabogda da ti umrem, ako je ono istina.

— Zakleću ti se odmah: dabogda da umrem, ako je to istina.

— Ne u sebe da se zakuneš, nego u mene: ja da umrem.

— Što si detinjasta! Ostavi se tih gluposti! Čoveku treba verovati na reč, a ako ti meni ne veruješ, onda me i ne ceniš i ne voliš.

— Šta ti sad izvodiš da te ne volim? E, pa dobro, nećemo ići.

Njemu laknu, ali se još pravio uvređen i, znajući šta njoj najviše godi, prekori je:

— Verovao sam da me mnogo više voliš, ali iz svega ovoga zaključujem da je tebi dovoljno da ti neko kaže nešto protiv mene da me zaspeš prekorima i uzjoguniš se po dva-tri dana.

— Nije istina da sam se jogunila tri dana, nego samo jedan dan.

— Sada jedan, a posle će biti tri, pa nedelju dana.

— Ne, više se neću ljutiti. Voliš li me?

— Da razmislim da li te volim. Uvredila si me.

— A ti si mene ožalostio. Ti treba da znaš: dokle god je meni krivo kad tako nešto čujem, znači da te volim. Ali to tebi ne laska mnogo.

— Opet sumnje! Zar mi ne možemo biti srećni bez sumnjičenja? Vi ste žene sumnjala i svaka sitnica vas uzruja i napravite od toga čitav događaj.

— Nećemo se više prepirati. Primam na sebe da sam i sitničava, i rđava i zla... Je li ti dosta?

— Ali ja znam da ti umeš da budeš i dobra i nežna i umiljata — privukao je sebi i poljubio. — Ti si veliko dete.

— Postaću vrlo ozbiljna žena.

— Ja to ne tražim. Budi samo razložna i veruj više meni nego drugima.

Ona mu spusti ruke na ramena.

— Nećemo ići u grad, ali da znaš šta sam htela da ti predložim: da odemo u susedno selo do jedne moje tetke. Zvala me da je posetim s tobom. Imaju lepu kuću i dosta su imućni. Dočekaće nas vrlo lepo. I da se malo provozamo fijakerom.

— Dobro. Onda posle ručka.

Obradovao se i on što će je malo provozati i razveselio se, jer je opazio da je ova mala ženica dosta uporna i nije verovao da je kod nje sve iščezlo i da je uspeo da je ubedi, već da će ona i dalje čeprkati po njegovoj momačkoj prošlosti.

Nije se u tome varao. Đurđica se pravila vesela. Muževljevo maženje bilo joj je prolazna injekcija, ali kad je ostala sama u kući, izbilo je ono što i sinoć: sumnja, najveći neprijatelj braka. Sumnjala je i sada u njega zbog prošlosti, jer se malo digla zavesa s njegovog momačkog života i ona doznala jednu tajnu. Tajna je bivala sve veća, i od jedne žene postajalo je mnoštvo, jer kad je jednu voleo, voleo je i mnoge druge.

To popodne napravili su izlet. On je bio nežan prema njoj, držao je obgrljenu oko stasa, bio je pravi muž-pokajnik. Nastali su lepi dani i radost oko skorašnjeg odlaska na more.

Đurđica je bila sva razdragana, zaboravila je sve sumnje i s radošću se pakovala za put, jer je to u stvari bilo njihovo svadbeno putovanje.

20.

Ali i tu je malu suprugu očekivalo razočaranje.

Oh, te žene, svuda ih je sretala, sve gledaju tuđe muževe, sve se nameću. A kako su samo drske devojčice. Utegnute u kostime koji im ističu svaki mišić, više nage nego obučene, opaljene suncem, vatrenih očiju, one kao da su mamile sve muškarce. Bilo je divnih devojaka izvajanih kao skulpture, a ona, Đurđica, iako je bila bela, sveža, lepo razvijena, osećala je da nema takvu liniju i da ne zasenjuje muški svet. Nije joj bilo stalo ni do koga, ali se bojala da njenog muža neka ne zaseni, jer je bilo dosta lepih devojaka, a on je bio lepo razvijen muškarac, pa su ga rado gledale. Ili se to njoj činilo, jer je u sebi nosila pomalo straha, nikad nije bila sigurna da je muž samo njen i da ne oseća zadovoljstvo gledajući druge žene.

I opet je došla na misao: treba da se upozna s tom grupom devojčica. One su obedovale za stolom do njihovog, viđali su se svakog dana, i na plaži ona se prvo upoznala s njima, pa posle upoznala i muža. Htela je da proučava kako se on ponaša u ženskom društvu i videla je da je ozbiljan, uzdržljiv, mada su ga one saletale pitanjima sa svih strana. Ipak je bila srećna, dublje je osećala lepotu mora, volela je jednu čempresovu aleju, šetala njom svakog dana, uživala u dugim senkama, ćutljivom i visokom drveću i nestašluku mora, koje se titralo i plavilo kroz stabla čempresa.

Svake večeri vozili su se jednom malom jedrilicom, i dok se jedro klobučalo, vetrić joj je mrsio kosu, a ona je ležala na grudima svoga muža. Ti časovi u barci bili su joj najslađi. Talasi su se preganjali bacajući penušave iskre i slan miris. More, ta velika tajna, sa svojim podmorskim svetom, tako glatko, plavo, naivno i ćutljivo, očaravalo je mladu ženu s banatskih polja, zelenih i zlatnih polja, koja su za nju bila isto što i more. Volela je ravnice kao svaka Banaćanka. Planine su je gušile, okivale, osećala se među njima kao zatočenik... Ali na moru, na pučini, ona je osećala prostranstvo i ceo svet.

U šetnji pored mora gledali su kako ribari izvlače mreže iz svojih barki. Jedan dečak je prodavao sveže smokve, a drugi dalmatinsko grožđe, sitno ali preslatko. Suton se spuštao. Muzika je svirala na terasi gde su se hranili. Otišla je u sobu i presvukla haljinu. Pogledala se u ogledalo. Bila je zadovoljna. Opaljeno lice joj je divno pristajalo uz njene plave oči. A Branko je bio mrk kao kafa. Ona je volela crne muškarce. Ali njih su volele i druge žene.

Ušli su u trpezariju i seli za svoj sto. Jedna mlada devojka uđe. Konobar joj priđe i obrati joj se. Okretao se po sali da bi video gde da je smesti. Svi stolovi su bili zauzeti.

— Ah, eno moga poznanika! — pokaza ona na lekara. — Čekajte, prići ću njima.

Prilazila je s osmehom. Smešio joj se i Branko, a Đurđica je pogleda iznenađeno: *Ko li je ova?* Lekar se diže iza stola:

— O, Ana, otkuda ti ovde?

— I ja nisam očekivala da ću tebe ovde sresti.

Pogledala je mladu ženu za stolom, a lekar je predstavi:

— Ovo je moja supruga.

— Milo mi je... Ana Petrović.

— Moja koleginica s medicine.

— I vi ste lekar?

— Jesam. Čula sam da si se oženio.

— Jesi li se ti udala?

— Nisam još.

— Vi ste koleginica Brankova? A izgledate mnogo mlađi od njega — polaska Đurđica doktorki.

— Kad je neko mršav, ne mogu da mu se odrede godine. Vidim da imaš lepu ženicu — polaska i ona Đurđici. — Odakle ste, gospođo?

— Iz Banata.

Uze miraždžiku. — A ti si još u selu?

— To se zove selo, u stvari je varošica. A ti si u varoši? Ginekolog?

— U opštini sam lekar, a imam i svoju privatnu praksu.

— Vi, ginekolozi, dobro zarađujete.

— Zahvaljujući savremenosti žena — osmehnu se doktorka. — Ali, imamo i neprijatnosti. Što sam se nedavno najedila! Izvršila sam abortus jednoj ženi, udata je, a ona je to radila bez muževljevog znanja. Otkuda sam ja to mogla znati? A on me napade, kako će da me tuži, jer voli decu i nije hteo da imaju samo jedno dete. Trebalo je da se žena s njim dogovori, a ne da ja ispadam kriva.

Pričala je brzo, blistali su joj beli zubi, a Đurđica je mislila: *On je imao lepe koleginice. Da li je voleo koju od njih? Nikad mi o tome nije pričao.* Htela je i ona da bude vesela, da učestvuje u razgovoru, ali doktorka je pričala samo o njihovom studentskom životu, kolegama, i medicini, pa se osetila usamljena kraj njih, čak i ljubomorna, jer je zapazila kako je Branko živahan i veseo kad s njom priča, a oni su više ćutali za stolom i s njom nikad nije bio razgovoran kao s ovom doktorkom.

— Ovde je lepo i nema mondenske izveštačenosti, što ja ne volim — primeti doktorka.

— Zato smo i mi došli ovamo.

— Biće mi prijatno što ste i vi tu. Vi stanujete u ovom hotelu? I ja sam tu dobila sobu. Ima lep izgled. *Ova mala izgleda neka ćurkica, samo ćuti,* mislila je o Đurđici. *Uhvatila ga. A on je kao i uvek simpatičan,* uzdahnu ona, jer ga je simpatisala kao studenta, ali mu nikad nije priznala. Volela je drugog, pa su se rastali, čula je da se taj oženio nekom bogatom devojkom. Svi oni prave karijeru ženidbom, a doktorke, svoje koleginice, i ne gledaju.

— Ovde je lepa plaža.

— Šljunkovita je, a to je bolje. Peskovite plaže su vlažne.

— Jedva čekam da se okupam u moru. Idem odmah posle ručka. A vi se odmarate?

— Jedan sat.

Oni su mladenci, vole da se odmaraju jedno kraj drugog, uzdahnu doktorka. Ali, vesela po prirodi, ona rastera tugu, oprosti se s njima i ode da uživa na plaži.

Đurđica je otprati pogledom. Bila je srednjeg rasta, vrlo lepog tela, malih nogu i lepe crne kose, koju je moderno ondulirala. *Sad će ona stalno biti s nama u društvu i pokvariti nam sva naša uživanja udvoje,* ljubomorno je pomislila, uviđajući da će njen muž s ovom koleginicom voditi prijatnije razgovore nego s njom.

Seta joj pređe preko lica kao oblak, a muž, naslućujući šta se zbiva u njoj, zagrli je, privuče sebi i prošaputa joj na uvo:

— Jesi li ti moja mala ženica? Što si se snuždila? Ja volim kad si ti vesela. Hajde, pričaj mi nešto...

— Boli me pomalo glava, zato sam se snuždila. Bila sam jutros dosta na suncu...

— Vidim da si nešto ljuta. Hoćemo li sutra na izlet?

— Kako ti hoćeš.

— Nije kako ja hoću, nego treba i ti da izraziš svoju želju. Ti si se više radovala moru nego ja.

— Pa, ići ćemo.

— Do sutra će ti proći glavobolja. To je kod tebe trenutno.

Obgrli joj ramena i privuče je sebi, ne obazirući se što su nailazile dve mlade devojke, baš one od susednog stola, što su pogledale doktora, a ona mu se još više osloni na grudi, u inat njima, da one vide kako nju muž voli i da im ništa ne vredi što ga gledaju.

One prođoše, osmehnuše im se i javiše, pa nastaviše šetnju i razgovor o njima:

— On je lepši od nje. Čula sam da je ona iz sela, a vidi kako se pravi važna! Ljubomorna je na njega, a ja ga u inat uvek gledam... Što su ove udate žene odvratne! Niko ne sme da im pogleda muža! A oni se prave ozbiljni pred njima, kao i ovaj doktor, a opazila sam kako me je nekoliko puta duže pogledao. Tako i treba ženama! Što drže muža kao kučence na lancu?! Jest, muža ćeš da vežeš uza se!...

— A meni se čini da je on ozbiljan čovek. A ko je ona što je danas sela za njihov sto? Ja sam čula kako joj je doktor rekao: „koleginice". Mora biti da je i ona doktorka. Lepa žena. Nije mlada, ali dobro se drži.

Đurđicu, zaista, zabole jako glava i kad je muž pozva da idu na plažu, izvini se:

— Ne mogu, veruj mi. Pipni mi čelo. Je li da mi gori? Htela bih da popijem aspirin.

— Ti uzimaš mnogo aspirina. Bolje bi bilo da se odmoriš, ispavaš, pa će te proći glavobolja.

— Ti idi na plažu, a ja ću posle doći.

On je poljubi, izađe iz sobe, ona se ražalosti. Da li se u njoj probudila ljubomora, ili sumnja na njega, a ona je neprestano tinjala od onog dana kad joj je Radoje rekao ono za njega i Nadu. Strepela je od ovih devojčica, ne što će ga one oteti, nego što mogu da pomisle kako muž nju malo voli, ako su spazile da ih on gleda.

Skočila je najednom s postelje, pogledala kroz prozor i videla ga kako ide sâm. One dve mlade devojke stigoše ga, zapitaše nešto i pođoše s njim, a on im je pričao, okretao im se i smejao se.

Grčeviti bol je svu potrese, a slepoočnice su udarale kao da ih bocka vrela igla. Srušila se na postelju. Stezala je rukama pokrivač, zbacila ga sa sebe i ostala nepomična, vrelih očiju, mučena ljubomorom. *Idem zanjima, da ih stignem...*

Skočila je iz postelje pa se vratila i zaplakala. Suze joj ublažiše vrelinu ljubomore koja joj je mučila srce, stišala se, smirila i počela da dokazuje samoj sebi: *Ne smem takva da budem. One su njemu prišle, nije on njima. A zašto nisu prišle kad smo nas dvoje sedeli na plaži, nego kad je on išao sâm? Bezobraznice! Trče za oženjenima. On im se dopao. Gledaju ga i za stolom, naročito ona crnka.*

Rešavala se opet da li da ide za njim, ali se dvoumila, legla je, glava ju je još više bolela, ali zaspala je, spavala dugo, snevala čudnovate snove, i najednom začu glas nad sobom:

— Đurđice! Đurđice! Zar ti još spavaš? Znaš li koliko je sati? Šest... Da li te još boli glava?

Ona otvori sanjive oči, pipnu čelo, naže se i on, opipa joj glavu, obraze, diže je naglo s jastuka, zagrli i poljubi joj topli obraz... To je razneži, zaboravi na ono što ju je mučilo popodne, obavi mu nage ruke oko vrata, a on je oseti toplu, oblu, belu, vrelina mu udari u glavu, snažno je steže i šapućući, spusti svoju glavu na njen jastuk...

Izašli su iz sobe nasmejani. Obukla je lepu svilenu haljinu koja joj je najlepše stajala, stavila je i mali plavi cvetić u kosu, a on je obukao belo letnje odelo, koje je isticalo opaljenost njegovog lica. Šetali su, a ona ga lukavo upita:

— Kako si se proveo na plaži bez mene? *Da vidim da li će da kaže za one dve.*

— Plivao sam i sunčao se. Danas je bio jako topao dan.

Vidiš, neće da kaže za one dve! — A je li bila na plaži tvoja koleginica?

— Jeste. Već je našla poznanstvo, jednog mladog advokata iz Beograda. Znam ga i ja. To je jedan monden.

— Da nije onaj plavi?

— Jeste. Vidim da trče devojke za njim. Došao je automobilom pa se producira i ovde, i s autom je više zavrteo glavu devojkama, nego sa svojom kulturom.

One dve male išle su im u susret, a crnka je gledala pravo u lekara.

— Ova te crnomanjasta mnogo gleda.

— Ti sve vidiš.

— A ti ne opažaš ništa.

— Ja sam došao da se kupam i odmaram, imam svoju mladu ženicu i nije mi potrebno drugo društvo.

— Kad si sa mnom nije ti potrebno drugo društvo, ali kad ja nisam pored tebe primaš ti rado i druge u društvo — peckala ga je, ali veselo, da ne bi osetio njenu ljubomoru, pa ga u šali zapita: — Smeš li da porekneš da danas nisi bio u društvu mladih devojaka?

— Ko su te mlade devojke? Ah... da... posle podne, kad sam pošao na plažu, prišle su mi ove dve male i pitale: „Gde vam je gospođa? Zašto idete sami?" A ti si me videla s prozora. To je tako beznačajno da nisam nalazio za potrebu da ti pričam. Lekar u svom pozivu ima toliko susreta sa ženama da su mu one sasvim obične.

— A jesam li ti i ja obična?

— Ti si moja ženica i od tebe zavisi da ne budeš kao ostale.

— Eno tvoje koleginice. Vidi kako je feš!

Ona im priđe nasmejana.

— O, gde ste vi danas, lepa ženice? Uviđam sve više da si imao ukusa kad si se ženio, Branko!

— Bolela me je glava — reče Đurđica.

— I mene danas boli glava. A ja ludo volim more pa se bojim da nisam prvi dan oprljila kožu na leđima. Sutra ću biti obazrivija. Baš mi se sviđa ovde. Vidite onu sliku. Ono što priroda stvara, ne može naslikati nijedan slikar. Pogledajte one boje. U gimnaziji sam dobro crtala i jedno vreme zanosila sam se da stupim u slikarsku školu, a posle mi se svidela medicina.

— A volite li što ste lekar?

— Kako kad. Biti ginekolog, to vam je biti babica. Desna me ruka boli, sve od porođaja, jer njome moram da obuhvatim dete, a materica mi stegne ruku... Sunčaću je malo.

— A volite li kuću? — pitala je dalje Đurđica.

— Volim, ali nemam dosta vremena da se bavim domaćinstvom. Mama je sa mnom, pa ona vodi brigu o kući, ja sam više gost.

— Vidim da si našla kavaljera — pecnu je kolega.

— To je Joca, poznajemo se još sa univerziteta. On je tada studirao prava. Udvarao mi se još tada. Odmah me je pozvao na izlet.

— Sutra i mi idemo na izlet lađom.

— Mogla bih i ja. Ali, neću. Ima vremena. Ići ću drugi put. Da se prvo osvežim u moru...

U susret im je išao advokat Joca.

— Ja vas tražim, gospođice, a vi našli drugo društvo.

— Poznajete li Branka?

— Kako da ga ne poznajem?!

Branko predstavi ženu.

Sočna ženica, pomisli advokat, ali užagri očima na lekarku. *Sama je došla, a dosta je zgodna... S familijarnim devojkama teško se hvata veza, a doktorka je sama.*

Oni se udaljiše. Đurđici laknu i nastavi šetnju s mužem. On je pozva da sednu u barku, a to je volela; izabraše jednu lepu, plavu, i barka je dugo klizila niz talase.

Za njihovom barkom plovila je druga u kojoj je bila grupa mladića Dalmatinaca, mrkih i stasitih s gitarom u ruci. Smejali su se i pevali i čula je kako jednog zovu Šime. Okrenula se i spazila kako je on uporno posmatra svojim velikim crnim očima i osetila da upravo njoj peva serenadu.

Vraćajući se u hotel u ušima su joj odzvanjale slatke melodije koje je pevao Šime, a pred očima je i nesvesno gledala njegova dva crna i topla oka.

Večerali su u bašti, a more je lako šumilo, u ritmu, svetlucalo se i upijalo mesečevu traku, koja se lomila na talasićima. Kiparisi su stajali kao crni fantomi, a palme su širile svoje lepeze. Džez zasvira za igru, parovi se digoše i otpoče sladostrasno klizanje preko asfaltiranog kvadrata. Mešali su se razni parfemi i blistale oči, a nage ruke žena, opaljene suncem, naslanjale su se nežno na ramena muškaraca.

Advokat zamoli lekarku za igru i Đurđica se iznenadi kad vide kako ona lepo igra.

— Igraš li ti? — zapita muža.

— Vrlo retko. Mislim da sam zaboravio da igram.

Ona se snuždi, jer je volela da igra, a naročito to zažele u ovoj lepoj jadranskoj noći, kad se sve stapalo u harmoniju: šum mora, muzika, mirisi. Sanjalački je gledala kako igraju parovi, a odoše i one dve devojke do njihovog stola.

Advokat dovede lekarku pa priđe Đurđici. Ona pogleda muža kao da traži dozvolu od njega, a on joj reče:

— Igraj ti, kad voliš.

Đurđica se smešila i igrala, ne zato što joj je zanimljivo pričao advokat, već što je sve bilo tako lepo oko nje, i što se ona umešala u ovo raznovrsno društvo iz raznih krajeva.

Taman htede da sedne, a pojavi se pred njom visoki i mrki Šime, pogleda je toplo, a ona, uvređena na muža, ljuta i ljubomorna, smelo primi njegov poziv na igru, ne osvrćući se na muža, zadovoljna što će mu zadati bol.

Šime ju je gledao i njegove su oči mnogo pričale, njegovo mrko lice bilo je kao bronza, godila mu je svežina i belina mlade žene.

Predstavio joj se, a ona ga upita:

— Šta ste vi po zanimanju?

— Studiram agronomiju. A odakle ste vi? Jeste li gospođa ili gospođica?

— Gospođa. Ono mi je muž.

— Gospodin je lekar?

— Otkuda znate?

— Raspitao sam se. Gledao sam vas otkako ste došli. Odakle ste rodom?

— Iz Banata. A ja sam vas videla prvi put danas, u čamcu. Vi lepo pevate.

— Nisam bogzna kakav pevač.

— A ja mislim da ste danas vrlo lepo pevali.

— Koliko ostajete ovde?

— Još jedno petnaest dana.

— To je tužno.

— Da, tužno je ostaviti more.

— Ne mislim na more. Tužno je ne videti vas više.

Ona ućuta, ali se priseti da on može protumačiti njeno ćutanje kao ohrabrenje, pa se osmehnu i zablistaše joj beli zubići:

— Ne može biti tužno kad je ovde svaka Dalmatinka prava lepotica.

— Ali nijedna nije lepa kao vi. Vi ste lepi kao zora

On je dosta drzak, pomisli mala supruga, ali izrazi drugim rečima svoje mišljenje: — Vi ste, sigurno, Dalmatinac, a Dalmatinci vole da laskaju. Navikli ste na to.

— Ja nisam laskavac, već samo konstatujem jednu istinu.

Muzika prestade i ona se odvoji od njega, priđe muževljevom stolu, a on je i ne pogleda, već nastavi razgovor s doktorkom.

— Hoćete li da se malo prošetamo? — predloži muž, a hteo je da šeta, jer je video onog mrkog Dalmatinca kako posmatra njegovu ženu, pa mu je udarila krv u glavu, a znajući drskost dalmatinskih mladića, hteo je da sakrije pred koleginicom svoje nezadovoljstvo i da je spreči da ona ne vidi kako mladić gleda njegovu ženu i kako se ona baca u naručje svakom nepoznatom. Gnevan je bio, jer je video i on u čamcu ovog mladića, spazio je i kako ga je ona gledala, osetio je da je on njoj pevao onu serenadu i da je prišao večeras da se upozna s njom, a za to je bila divna zgoda, tango! Kako su glupe te igre, čak su i nevaspitne: svako smatra da ima slobodu da obgrli tuđu ženu...

Đurđica je bila srećna, jer je videla njegovu ljubomoru, osvetila se i ona njemu za crnku, ali osećala je i da joj laskaju Šimine reči: „Vi ste lepi kao zora.” Zašto joj nije to kazao Branko? Zašto da čuje od drugog da je lepa kao zora? Koliko joj je važnosti dao taj kompliment, smatrala je da mora biti lepa i za muža, samo što su muževi pakosni, ili, bolje reći, tvrdice, i kad su u pitanju komplimenti suprugama, njihov rečnik je siromašan. A kao mladići svi laskaju. Možda i Šime neće biti izdašan u komplimentima svojoj ženi. A njih je tako slatko čuti. Ne mari što će se muž ljutiti. Neka se ljuti, to nju veseli, jer ona ga voli, voli ga i dušom i telom, ali sada zna da je lepa kao zora, da je on voli i da se bori za nju.

Bilo je već pola dvanaest kad su pošli u svoju sobu. Ona je slutila neku scenu, ali je bila hrabra, razdragana, sve je volela oko sebe, more, noć, cveće, i njega, svog mužića; ali iz ove polusvetle noći kao da su je gledala i ona dva tamna oka, a sladostrasne usne, kao da sasvim blizu njenog lica šapuću: „Lepi ste kao zora."

Uđoše u sobu, muž skide kaput, razveza mašnu, baci je na stolicu, stade ispred nje, pogleda je oštro i progovori ironično:

— A kako ti dođe do poznanstva s onim mladićem? Vidim, lepo te je zabavljao i vazdan ti pričao.

— Šta sam se zabavljala? I otkud poznajem tog mladića? Večeras sam se upoznala s njim.

— A nisi ga nigde više videla niti se gledala s njim?

— Ne sećam se... A, jest, danas na moru... Čini mi se da je on pevao.

— Čini ti se... a nisi se okretala za njim i gledala ga. Vidi se da nisi uzalud želela da budeš glumica, jer dobro umeš da glumiš naivku.

— Ja sam naivka i u životu, a ti si sebičan. Čekaj, imam i ja tebi da kažem: misliš da nisam videla kako se gledaš s onom crnkom?! To je jedno bezobrazno devojče, ali tebi se dopada, ti ugrabiš da očijukaš s njom, a preda mnom se praviš svetac. Ako je iko pritvoran, to si ti. Nisam ja zaboravila ni Nadu, ali ćutim. Ali neću da dopustim da mi podmećeš koješta. Ako mi je prišao mladić, nisam mogla da ga odbijem kad sam s jednim već igrala, jer to nije red. Eto, zato sam igrala, a meni nije baš toliko stalo do igre. Ti si me naterao.

— Nisam konzervativan da ti zabranjujem igru, ali nisam ni budala, a što ti je onaj prišao večeras, dala si mu povoda još u čamcu. Sve ja vidim, samo se pravim da ne vidim.

— A i ja sve vidim, kao i ti, pa ćutim. I ne samo da vidim, nego i čujem, a ti nisi ništa čuo za mene.

— Ja te ne bih ni uzeo da sam išta čuo.

— Znam, mi žene moramo biti besprekorne, a vi možete održavati veze s prijateljicama i kad se oženite.

— Gle, kako ti umeš da govoriš! Razljutila mi se žena, uvredio sam je što sam joj primetio za onog mangupa!

— Otkuda ti znaš da je on mangup?

— Mangup je, čim naleće na udatu ženu.

— On nije znao da sam ja udata.

— Tim gore za tebe. Mislio je da si s ljubavnikom, pa požurio da ti se i on ponudi. Dabome, kad ti sediš s jednim, a gledaš drugog, svako mora da pomisli da nisi žena na svom mestu.

— Neću više s tobom da se objašnjavam. Ti više ceniš druge žene. Sigurno je i doktorka besprekorna. Ona se večeras smeje s onim advokatom, šali se, on pravi kojekakve viceve na njen račun, što bi mene uvredilo, ali to je intelektualka, njoj je sve dozvoljeno i ti je više ceniš nego mene.

— Da sam je cenio, ja bih je uzeo.

— A mene si uzeo zato što me ceniš? Ja sam uverena da me ti ne voliš. Svakog dana sve više dolazim do uverenja da ja ne predstavljam za tebe ništa naročito. Ti si prema meni ravnodušan. Ako misliš da treba da budeš samo mužjak, a kad se zadovoljiš da mi više nijednu nežnu reč ne kažeš, varaš se da ću s tim biti srećna. Ti nisi nežan, ne zato što nisi takve prirode, već zato što ne osećaš ništa dublje prema meni i zato se zagledaš u svako devojče.

— Dobro što si mi sve ovo kazala. Zato si se i obradovala kad te je onaj obgrlio. Osetila si nežnost kod njega. To tebi treba: da izigravam majmuna i da te neprestano mazim kao kakvu bebu.

— Ti si lekar, poznaješ bolje ženu nego ja samu sebe, jednom si kazao da žena ostaje uvek dete, pa zašto ne bi bio nežan prema meni kao prema detetu?

— Ja prosto ne razumem kakvu ti to nežnost tražiš? Nisam ja trubadur da ti pevam i da klečim pred tobom. Glupost! Žena je u stanju da načini dete od čoveka.

Izašao je na balkon da ne bi morao nastaviti ovaj razgovor i pušio, a ona se svukla, obukla spavaćicu, umila se, začešljala kosu, uzela malo kolonjske vode i protrljala ruke, ozbiljna i ogorčena, shvatajući da u njihovom braku neće biti one nežnosti koju je ona zamišljala, a uviđala je sve više da muž hladni prema njoj, da postaje samo muž-jak; to ju je vređalo i bolelo, jer su se u nepovrat gubili njeni snovi koji su bili tako slatki, puni poezije, a sve više se osećala stvarnost, ravnodušna i hladna.

Vratio se, legao i odmah zaspao. Slušala ga je kako hrče i bilo joj je krivo što spava, kad je ona budna i muče je razne misli.

Ali san uhvati i nju.

21.

U pet časova ujutro probudi ih kucanje na vratima. Kucala je i sobarica da ih probudi za izlet.

— Đurđice, ustaj, da idemo na izlet.

— Budna sam.

On pogleda kroz prozor.

— Imaćemo lep dan. Da ne bude samo bure? More je malo ustalasano.

Ona se izdiže na jastuku, zabaci ruke više glave, ukaza se rumenilo njenog vrata i udolina grudi kroz razrez spavaćice. Videla je sebe u ogledalu na ormanu i bila zadovoljna. Ujutro se pokazuje prava ženska lepota, a ona je bila uvek rumena i sveža. Pogledala je muža. Izgledao je i on raspoložen.

— Ti si se popravio ovde — primeti ona.

— Lepo sam se odmorio, pa sam morao da se popravim. A jako mi je bio potreban odmor.

Ona ustade iz postelje, proteže se, priđe balkonu i zastade gledajući more zarumenjeno suncem. Njeno mlado telo naziralo se kroz svilenu košulju, a nožice su joj bile male, punačke, sa sitnim noktićima. Sva je bila oličenje mladosti.

Muž je pogleda, uze kolonjsku vodu, protrlja lice, i svež i mirisan, stade joj iza leđa, uhvati je za ramena, privuče je sebi i zagleda joj se u oči:

— Jesi li jutros dobre volje?

— Ja sam uvek dobre volje. Zar bi neko mogao biti zlovoljan kad vidi ovako lepo more?

— Zaista, jutro je vanredno lepo — govorio je i on blago, jer se ispavao, zaboravio prepirku, znao je da ona nije ništa kriva, ali trebalo je opomenuti, ona je mlada, a današnji mladići su mangupi, vole da obleću oko udatih žena, pa ju je trebalo upozoriti, a dobro je i da ona zna da on sve vidi... Poljubio joj je vrat, ali joj ne reče ništa, a njoj dođe krivo: *Zašto su muževi nemi? Zar nemaju reči da pohvale lepotu svojih žena?*

Istrže mu se iz ruku i ne htede da ga poljubi, on to oseti, ne reče ništa, već izađe na balkon, ostavljajući je da se oblači, a njoj opet dođe krivo: *Zašto me ne pogleda kad se svlačim i oblačim?* Spazila je svoju nagu sliku u ogledalu, on joj je bio okrenut leđima, i nije ju video, htede da ga zovne, nešto zapita da ga uzbudi, lukavo pomalo, kao i svaka žena, ali oseti ponos u sebi: *Neću da mu se namećem.*

Obuče brzo kombinezon, prebaci preko glave haljinu, pa obučena priđe balkonu, baš u trenutku kad je mala crnka prolazila obalom, pogledala njihov prozor, spazila lekara i osmehnula mu se... Lekar joj klimnu glavom i okrete se da uđe u sobu, sukobi se s Đurđicom, vide njene setne očice, i raspoložen, ne želeći da je rastuži, zagrli je, privuče sebi i prošaputa:

— Kako si jutros lepa u toj haljini!...

Zato mi je polaskao što je spazio da sam videla kako se crnka smeši na njega, a ne što sam mu ja lepa. Uvredi je njegov kompliment, ali nije htela prepirku, već ga upita mirno:

— Zar nećeš obući belo odelo?

— Neću. Bolje da idem u ovom sivom. Može pasti gar s lađe. Hoćeš li ti poneti mantil? Na moru uvek ima povetarca.

— Nije mi hladno.

— Ne, ne, moraš poneti. Daj ga meni, ja ću ti ga nositi preko ruke. Hajde da požurimo da doručkujemo. Jesi li gladna?

— Jesam. Ovde imam strašan apetit. Valjda zbog kupanja. Ali, neću se ugojiti, jer dosta plivam.

— Ne mari i da se ugojiš. Nisi ti debela pa da strepiš za liniju. Ja ne volim mršavu ženu.

— Nego kakvu voliš?

— Takvu, kao ti.

Neću da ga poljubim, zaricala se, iako je njegov obraz bio glatko obrijan i namirisan, lice preplanulo, a usne tople. *Nije njemu mnogo stalo do mojih poljubaca,* pogrešno je zaključivala mlada ženica, jer nije znala da je inat rđava stvar u braku. Muž je to osetio, znao je da je ona njegova žena, on nije bio balavac, nego ozbiljan čovek, i nije bio navikao da je pita da li ga ona voli. Ali jutros mu dođe na pamet da je to zapita, jer se setio onog Šime, vraški lepog, crnog, visokog, krupnih očiju, a ona je bila neiskusno dete, pa joj obuhvati obraze rukom, zagleda joj se u lice i prošaputa:

— Voliš li me?

Ona blesnu od radosti, ali se uzjoguni setivši se crnke:

— Neću da ti kažem.

— Zašto?

— Zato što i ti meni samo uveče govoriš nežnosti, a preko dana si ozbiljan.

— Ali danas nisam ozbiljan. Je li, voliš li me? — pitao je uporno.

— Kazala sam da neću da ti kažem — izvijala mu se iz ruku, ali on ju je držao oko pojasa, pogleda joj vrat, bele grudi, i zadrhta, naže se, poljubi je strasno, da joj se zamaglilo u očima, ona oseti zanos, pade mu na grudi i usne im se stopiše... Bio je to zanosan, strasan poljubac, kao uvek posle trzavica i malih scena. Izašli su ispod ruke, nasmejani, gladni oboje, tražeći brzo doručak, pa da odu na lađu koja je već čekala izletnike.

S divnim raspoloženjem popela se na lađu, seli su, zauzeli lepo mesto, i najednom crnka ulete i sede preko puta njih. Malu suprugu kao da nešto lupi posred grudi, iščeze njeno raspoloženje, učini joj se sve laž i pritvorstvo u životu, a lažljiv je bio i ovaj muž, koji je sedeo pokraj nje. On je pogleda, spazi njeno ukočeno lice, vide ono drsko devojče o kome nije imao lepo mišljenje, i ne želeći da pomuti radost ovog izleta, okrete se levo-desno i ugleda dva prazna mesta.

— Đurđice, hajde da pređemo tamo da gledamo obalu. Tamo je lepši pogled. Imam da ti pokažem na onoj strani neke interesantnosti — govorio je glasno ne bi li ga čulo i devojče, da ne pomisli kako se boji žene. Mala supruga mu se osmehnu zahvalno, a osmehnu se i crnki, prkosno, kao da joj govori: *Ovo ti je šamar. Trčiš svuda za mojim mužem, a on te ne gleda, jer voli mene.*

Mala supruga je bila srećna, prislonila se uz rame svoga muža, on ju je obgrlio oko ramena, nju je to razveselilo više nego sva lepota prirode, odobrovoljila se i pokajala za sinoćne prekore. Satisfakcija koju joj je dao muž, rasterala je sve sumnje i priroda joj blesnu u svoj svojoj lepoti.

Brod se propinjao i spuštao niz talase, jer je more bilo malo uzburkano, zapenušeno i nemirno. Nije bila prava bura, ipak je more bilo dovoljno nemirno da nekima pripadne muka. Pobledele žene pritiskivale su maramice na usta, neke su se nagnule preko ograde, a Đurđica se osećala sasvim dobro, i čudila se kako joj nije muka. Okrenula se da vidi crnku, i ugleda je kako se presamitila preko ograde i povraća.

— Gle, onoj maloj je muka — reče mužu, a on se okrete i vide je kako povraća. Maloj supruzi bilo je milo da vidi njeno zacrvenjeno i nabreklo lice, iskolačene oči, ono teško naprezanje pri povraćanju, kad žena, ma kako bila lepa, izgubi svu privlačnost.

Tako joj i treba, svetila se mala supruga, *kad hoće da trči za oženjenima.*

A ona je bila rumena, vesela, i šalila se s mužem:

— Znaš kako mi se ovo čini? Kao da sam na ljuljašci.

Muž je bio raspoložen što je ona vesela, pokazivao joj je sva mesta, jer on je tuda već prolazio, a za nju je sve bilo novo, veličanstveno, a najlepše što je to bio njen svadbeni put, što je kraj nje sedeo muž koga ona obožava i u koga, u ovom času, nije bila razočarana.

— Ja bih svake godine mogla da dolazim na more.

— Pa dolazićemo. I ja volim more.

Ako budemo imali dete, nećemo moći, pomišljala je mala supruga, jer se stalno nadala da će i ona imati dece. Videla je dve majke, koje su vodile sinčiće i ćerkice, a ćerkice su bile tako slatke, kovrdžavih kosica, malih nosića, u slatkim haljinicama do kolena, a pri saginjanju videle su im se lepe gaćice i butinice, i sve je bilo slatko na njima da bi ih svuda mogla da izljubi.

I ja bih volela da imam ćerkicu, maštala je Đurđica, *pa da ima Brankove crne oči, njegove obrve, a moju boju kože i moja usta.*

Pogledala ga je, kao da će u njegovom liku opaziti to sanjano slatko lice, i učini joj se u tom času tako lep, svež, mio, da bi ga rado poljubila, ali svet je bio oko njih i zadovolji se da provuče ruku ispod njegove mišice, da uplete svoje prste u njegove, a on joj steže prstiće i bi joj toplo od njegove ruke, njegove mišice, njegovih očiju.

Bila je srećna, beskrajno srećna, i zaboravila je sve sumnje.

Sišli su s lađe i požurili obalom. Divno mesto, raskošne vile, lepi hoteli. Ali najlepši je bio park, ona je zastala očarana, kao u nekoj čarobnoj bašti, gde joj je sve bilo novo: cveće, drveće, fontane. To dosad nije videla i okretala se na sve strane, zanemela od divljenja, gotova da se rasplače, a muž je uživao što je ona tako uzbuđena, držao je ispod ruke i pitao je:

— Dopada li ti se?

— Ah, ovde je božanstveno!

Kad su se vraćali spazila je na lađi onu malu crnku, bila je nešto bleda i neraspoložena. Okrete leđa, uvređena zbog jutrošnjeg lekarevog ponašanja jer je bila sigurna da ju je rado gledao, ali danas nije smeo od žene. Rešila se, njoj u inat, da okuša opet s njim kada bude sâm, jer joj se činilo da on samo pred svetom izigrava zaljubljenog muža.

Doktor je uvek bio sa ženom i nije mogla da okuša svoju koketeriju. Jedno jutro išao je sâm. Videla ga je izdaleka, gledala ga je dok se kupao i plivao i čekala da legne na pesak. Tada je i ona ušla u more, plivala malo, a bila je dobra plivačica, izašla iz vode i uputila se mestu gde je on ležao. Pravila se kao da ga ne vidi, opružila se na pesku, zabacila ruke više glave, i izložila suncu svoje vitko telo. Ne gledajući ga, osećala je iskosa da je potpuno miran, kao da spava. Čekala je momenat kad će se promeškoljiti, pa da ga slučajno pogleda i započne razgovor... Vesela larma u vodi trže i nju i doktora, ispraviše se, pogledaše jedno drugo i javiše se.

To su larmali mladići i devojke jureći loptu i deca koja su hvatala krokodila od gume.

— Gde je vaša gospođa? — zapita ga ona prva.

— Ostala je u hotelu. Ne oseća se danas dobro.

— Zar žena jednog lekara sme da bude bolesna?

— To je ženska bolest gde nije potrebna lekarska intervencija.

— A jeste li vi kadgod bolesni?

— Dabome. Nije ni moj organizam imun.

— Izgledate sasvim zdravi.

— Ja isto mislim i trudim se da ostanem zdrav.

— Šta je vaša specijalnost?

— Unutrašnje bolesti.

— Hvala bogu, meni nije nikad potreban lekar. Kraj mene lekari ne bi ništa zaradili. Ja nisam bila nikad bolesna. Ne znam ni šta je kijavica.

— Koliko vam je godina?

— Šta mislite?

— Imate sedamnaest.

— Starija sam... stupila sam u devetnaestu.

— Izgledate kao devojčica. Jeste li učili štogod?

— Samo pet razreda gimnazije, pa mi više nisu dali. Je li vaša gospođa učila štogod?

— Toliko koliko i vi.

— Ja mislim da ženama i nisu potrebne velike škole. Ja volim mnogo da čitam.

— I bez većih škola žena može da bude kulturna.

— A simpatična je i ona gospođica doktorka. Čudo da se ona nije udala?

— Školovane žene probiraju zato što imaju osiguranu egzistenciju i što vole samostalnost.

— I ja sam osigurana, ali ne bih čekala tridesetu godinu kao devojka.

— Kad ste zdravi, treba ranije da se udate.

— Ah, udala bih se ja kad bih našla svoj tip! Velika sam probiračica.

— A kakav je vaš tip?

— To ne mogu da vam kažem — pogledala ga je poluzatvorenih očiju, kao da mu je htela reći: „Zar ne pogađate? Vi biste bili moj tip." A posle izgovori: — Ja volim ozbiljne muškarce, ne trpim balavce. Ovi mladići ovde svi su neozbiljni.

— Vi ih suviše strogo ocenjujete, ja sam video i ozbiljnih mladića. Kako vam se dopada onaj plavi advokat što je sedeo za našim stolom? On nije balavac.

— Plave ne volim. Crnomanjasti mi se više dopadaju.

— Ne može se uvek naći i boja i karakter.

— Ja mislim da ću naći... Ako ne nađem, neću se ni udavati.

— Šteta... — nasmeja se lekar, koga je zanimao ovaj razgovor, a osetio je i njene poglede, pa je, zagrejan suncem, dopustio sebi malo slobode da razgovara s njom, jer mu žena nije bila prisutna. Izgledala je detinjasta i koketna, poredio ju je s Đurđicom, u korist svoje žene, i pomislio: *Ovakve uvek varaju svoje muževe. Treba da nađe jaku mušku ruku koja bi je dobro pritegla.*

Sunce je pripeklo, ali je vetrić s mora pirkao, a njih dvoje su razgovarali. Lekar se poboja, kao i svaki muž, da ne naiđe žena, jer nije voleo bračne scene, pa ustade, skoči u more, ali smelo devojče pojuri za njim govoreći:

— Da vidimo ko brže pliva.

— Mimi! — neko ju je pozvao s obale, ali ona nije čula, pojurila je za lekarom, jer joj se učinilo da mu je prijatno njeno društvo kad žena nije s njim. Raščestila se u vodi, zaplivala, ali on je bio brži, nije mogla da ga stigne, plivali su ka obali i tek kod obale ona ga stiže, zajedno izađoše iz vode i ona, nasmejana reče mu veselo:

— Vidite, ipak sam vas stigla.

Đurđica je sedela u hotelskoj sobi. Njena mesečna nelagodnost nije joj dopuštala da se kupa, pa je rešila da okrpi svoje i muževljeve čarape i da ispegla neke haljine i jedne muževljeve pantalone. Bila je vesela. Nedelju dana je prošlo bez ijednog oblačka. Branko nije ni pogledao onu crnku, niti ona njega otkako joj je okrenuo leđa na brodu. Uzeo je i drugo mesto za stolom ustupajući svoje doktorki da bi crnki bio okrenut leđima, što je posebno obradovalo Đurđicu. Pevušila je, krpila čarape, ispeglala sve, pa se obukla da ide na plažu i sačeka muža. Na doktorku više nije bila ljubomorna otkako je ova našla advokata, šetala s njim, vozila se u barci, a verovatno — mislila je Đurđica — da se i ljubakala s njim.

Spokojstvo joj je davalo mio izraz očima, koje su se plavile kao more u podne. Napuderisala se, vezala koketno pantljiku oko kose, zatim je skinula, našla jedan venčić od raznobojnih kožnih cvetića, stavila ga na kosu i ustanovila da joj ovo lepše stoji. Ogledalo na odmorištu stepeništa uverilo je da je lepa i da ima divnu boju lica. *Vi ste lepi kao zora*, polaskala je sebi, a bilo joj je milo zbog tog komplimenta, jer joj je to davalo dokaza da je, možda, lepša od crnke i od drugih žena. *A možda on tako govori svim ženama*, ožalosti je. Ugledavši pak svoje lice u ogledalu u holu, nasmeši se, svesna da je lepa i da je to izdvaja od drugih žena.

Uz put je kupila grožđa i smokava. Stavila je to u svoju veliku tašnu, ali se vratila i ostavila je kod portira, pa pošla veselo da nađe muža.

Stigla je na obalu i zastala kao gromom ošinuta: spazila je svoga muža na pesku, a kraj njega je ležala crnka.

Videla ih je kako razgovaraju, kako je on ustao i ušao u vodu, a ona je potrčala za njim. Izgubili su se u talasima, ali ih je ona videla, plivali su zajedno, ona za njim, čas bliže, čas dalje, uvek zajedno... Jedna crnkina drugarica spazila je malu suprugu, zato je i viknula: „Mimi!" — da bi je upozorila, ali ona nije čula, a Đurđica se odmače, skloni se u hlad iza jedne kabine, gledala ih je kao u bunilu, stisnutih vilica, stegnutih pesnica, gotova da vrisne od bola i razočaranja... Zar ovako da je muž razočara? Ovako da se pretvara kad je ona bila sva obuzeta srećom? *Jaoj, zar je ovo moguće?* Iskoristio je prvu priliku kad je bio bez žene da s njom razgovara, da pliva. On voli crnku. On je ženskaroš, još gore, on je mangup, pokvarenjak.

Spazila ih je kako su izašli zajedno iz vode i odjurila, došla do mola, pa zavila u jednu uličicu, tesnu, hladnu, senovitu, s kaldrmom, uzanim stepenicama. Dućani su bili načičkani jedan do drugog, sa svakojakom robom, a gore su bili stanovi i preko ulice vezano uže na kome se sušilo rublje.

Ulica se pela stepenicama. Đurđica je išla sve više i više, i došla je do jedne gostionice. Ulica je tu bila šira, bila je tu i lepa bašta s raznobojnim suncobranima ispod kojih su bili stolovi i videla je konobara kako postavlja. Spazila je najednom jednog mladića u bašti za stolom, čitao je nešto, mladić podiže glavu, pogleda je, javi joj se i osmehnu.

Šime!

Ona ga poznade i javi mu se, pa nastavi put, skoro u besvesti, teških nogu, s grozničavom jezom, ne znajući kuda ide, kuda vodi ova ulica, dah joj je nestajao, umorila se, naslonila se na zid jedne kuće, pa pošla dalje. Suze su joj se kotrljale niz obraze, grudi su joj se nadimale od jecaja. Osećala je da bi joj bilo lakše da se isplače.

Požurila je dalje, ulica je izlazila na jedan široki put i videla je čemprese, učini joj se da je to park, pa požuri, ali to je bilo groblje, divno uređeno groblje, s belim spomenicima, s visokim i tužnim čempresima. Tišina je vladala na groblju, samo je kraj jednog svežeg groba klečala jedna žena i jecala. Sela je na klupu, jer su joj noge klecale, opustila se kao da i ona nekog žali i oplakuje, a oplakivala je svoju ljubav. Tu, pokraj tih grobova, briznu u plač, pokri oči maramicom, jecala je tiho, kao da žali pokojnika. Nije čula korake, neko se zaustavi pored klupe i ona oseti da se zaustavio, podiže glavu i spazi Šimu.

On ju je gledao začuđeno, ne znajući zašto ova lepa žena plače, i zapita je tiho:

— Šta vam je, gospođo? Vi plačete...

— Jeste, plakala sam — zbuni se mlada žena. — Nisam znala da je ovde groblje, ušla sam i setila sam se svoga oca — lagala je, jer joj je otac davno umro, ali se zastidela što ju je video uplakanu i brisala je oči, sjajne od suza.

— Otkud vi u ovom kraju? — pitao je mladić, sumnjajući u istinitost njenih reči, pomislio je da se nije raspitivala gde on stanuje, i sav srećan pošao za njom, kao mladić kome laska kad ga gledaju udate žene.

— Pošla sam... nasumice... danas me je bolela glava, nisam se kupala, moj muž je otišao na plažu, a ja pođem ovom ulicom, nismo tuda nikada šetali. Kako su interesantne ove uzane, stepeničaste ulice! A gde vi stanujete?

— U onom hotelu pokraj koga ste prošli. To je hotel moga oca.

— Ima li gostiju?

— Sve je puno.

Stajao je kraj klupe pa se spusti ne pitajući je za dozvolu da sedne, a njoj bi vrlo neugodno. Šta bi joj rekao muž da je vidi na groblju s jednim mladićem? Htede da ustane, ali se seti kako je njen muž sedeo sa crnkom i kako su se igrali u moru, pa zadrhta od bola i izgrdi sebe: „Budalo! Ti na sve paziš, iako ovde nema nikoga, a svi su danas videli kako je tvoj muž razgovarao i koketovao s onom... Baš volim što je došao ovaj mladić!"

On je držao knjigu u ruci.

— Šta to čitate?

— O stočarstvu.

— O stočarstvu? Vi ste agronom? O tome učite?

— Razume se.

— Mene bi to zanimalo da pročitam.

— Ja mislim da bi vam to bilo dosadno. Žene vole romane i sentimentalnu lektiru.

— O, ja sam čitala dosta poljoprivrednih knjiga.

— A što vas je interesovalo?

— Imam svoje imanje u Banatu, na selu. Ja se razumem u sve poljoprivredne poslove. Nisam imala oca pa smo mama i ja vodile nadzor nad celim imanjem.

— A nemate ni braće?

— Nikog, sem mame. Morala sam sve da upoznam: i živinarstvo, i stočarstvo, i vinogradarstvo.

— Gle! To je interesantno — oduševi se mladić i povi svoj visoki stas, da bi joj izbliza pogledao plave, detinjaste i uplakane očice. — A ko vam sada vodi brigu o imanju?

— Mama... A imamo i jednog momka... Divno je živeti na imanju — progovorila je zamišljeno. — Znate, kad gledam more, čini mi se kao da gledam moja banatska polja. U svako doba ona su lepa: i zimi, i s proleća, i leti... Koliko je zanimljivosti u seoskom životu i koliko poslova!

— I vi ste učestvovali u svim tim poslovima?

— Još kako! Nasađivala sam kvočke, muzla krave, sirila mleko, mesila hlebove. Možda nije otmeno o tome govoriti, ali mene je oduševljavao svaki taj posao.

Pričala mu je s oduševljenjem, a on ju je pažljivo slušao, ozbiljan, sjajnih očiju kao dalmatinsko sunce, mrk, tamnorumenih usana. Slušao je i uživao u svakoj njenoj reči, a ona je pričala, prvi put je otvorila dušu seoske devojke, pričala je s ponosom i znalački o svakom poslu i kao da je davala sebi oduška, sećala se svog lepog života na selu o kome nije mnogo pričala pred mužem, jer je osećala da njega to ne zanima. A pred ovim studentom agronomije trudila se da pokaže sve što zna, ne da bi mu se dopala, već da se podseti života koji je bio tako lep, kad je bila srećna devojčica i devojka, kad je volela svoje selo, a ta ljubav je uvek tinjala u njoj, ljubav prema voćnjacima, vinogradima, talasastim njivama, stoci. Pričala je veselo, zaboravljajući da je udata, da nije nimalo pristojno sedeti na groblju i razgovarati s nepoznatim mladićem. Ali ima momenata kada duša traži da izlije sve što je prigušeno i potisnuto u njoj i kada to izbija svom jačinom... Zastala je najednom:

— Koliko je sati, molim vas?

— Četvrt do dvanaest.

— Ah, treba da idem.

— Nemojte još... Ja bih vas tako rado slušao! Održali ste mi čitavo predavanje, šteta što ste napustili selo! Žao mi je što ne mogu ovako češće s vama da porazgovaram. Vi niste obična žena.

— A ja sam mislila o sebi uvek da sam seljanka.

— Ne, vi ste žena-poljoprivrednik, kao što su druge žene učiteljice, geometri, tehničari. Živite na selu, ali imate mnogo više znanja nego mnoge u varoši.

Mlada žena postade iskrenija:

— A ja sam, vidite, uvek verovala da mi, seljanke, ne vredimo i da nas ne cene mnogo.

— I zato ste se, sigurno, udali za doktora, da biste pogospodili svoje seljačko poreklo, a vi baš vredite kao pametna seljanka i neobična žena. Ja ne cenim mlade devojke koje očekuju od muškarca samo komplimente i laskanja; i kad mi, muškarci, to znamo, nije ni čudo što smo neiskreni. Meni je ovo prvi put da sam ovde na moru među posetiocima našao jednu ženu s kojom sam mogao razgovarati o onome što me interesuje. Možda neću imati prilike da razgovaram više s vama, ali, znajte, ovaj kratki razgovor će mi ostati u sećanju.

Mlada žena je bila uzbuđena i nije znala šta da odgovori, pruži mu ruku, a on je zamoli:

— Mogu li s vama do moje kuće?

— Ne, hvala... Bolje je da pođem sama.

On se naže, poljubi joj ruku, pogleda je rastuženo, a ona požuri, jer je već bilo dvanaest. Bila je laka, kao da joj je pao neki teret s duše, iščeze joj glavobolja koja ju je mučila i more joj se učini lepše, plavo, mirno, s dugim talasima, kao da to nije bila voda, nego svila koja se protezala pučinom i lako se klobučala i nabirala. Požurila je, pa usporila korak, zagledala trgovine, išla je nekako ponosito što je ovaj mladić osetio da ona vredi; a dosad je uvek nipodaštavala sebe, kao da sve žene i devojke više vrede od nje. Laknulo joj je što se malo osvetila mužu, što je i ona razgovarala s muškarcem, i to pametnim, koji joj je odao priznanje kao pametnoj ženi. Sad joj nije bilo krivo što je razgovarao s crnkom, neka ga, neka razgovara, a i ona će naći sebi malo zadovoljstva i smiriće se.

Bilo je već pola jedan kad je stigla u hotel. Svi su sedeli za stolovima, spazila je muža i doktorku i videla kako on baca nestr- pljive poglede prema ulazu.

Seo je na moje mesto da bi onu gledao, štrecnu je u srce. *Ah, videće on kakva mogu i ja biti prema njemu*, mislila je prkosno, ali na licu joj je bio osmejak. Prošla je između stolova, zagledaše je neki, spazi je i crnka i lukavo se osmehnu u sebi: *Oni se prave da su srećan par, a ko zna kako žive!*

Lekar se diže da joj ustupi mesto, a ona ga zadrža rukom da ostane gde je, jer je osetila zadovoljstvo da sebe muči, i htela je da gleda da li on posmatra onu malu bezobraznicu.

— A gde si se toliko zadržala? Već je četvrt do jedan.

— Šetala sam...

— Da niste došli još četvrt sata, vaš bi muž već alarmirao policiju, tako se uplašio da se niste izgubili — šalila se doktorka, na šta se ona samo smeškala očima, a u srcu ju je stalno nešto bockalo: *Možda pomišlja da sam ga videla, zna da je krivac, pa se uplašio...*

Glasno je izgovorila:

— Išla sam jednom stepeničastom ulicom, tako je interesantna, izašla sam na jedan put i došla čak do groblja. Tu je pravi park! Sami čempresi. Što su lepa njihova groblja!

— I ti si šetala bez mene? — pitao je sumnjičavo, a činilo mu se da je plakala i zato nije smeo da pogleda u pravcu onog devojčeta, a ono je, zaista, bilo drsko, gledalo ga, izazivalo, trebalo je samo da se Đurđica okrene pa da to vidi. — A s kim si šetala? Da nisi imala kakvo društvo?

— Možda i jesam. Šta znaš!

— Dobro, dobro, prošpijuniraću ja — nasmeja se on i pogladi joj meku ručicu. *Kako inteligentan čovek može da se zaludi neškolovanom ženom*, pomisli tužno doktorka. *On je zaljubljen u nju, a ona je guščica.* Pređoše na medicinske teme, kao i uvek, a Đurđica je ćutala.

Doktorka se okrenula i spazila kako crnomanjasto devojče iza susednog stola posmatra doktora, pogledala je malu suprugu i učini joj se nešto tužna, a jutros je sama videla kako je to devojče razgovaralo s Brankom, pa joj se učinilo da je, možda, zbog toga nevesela ova ženica. *Ne razume ona njega, niti njegov poziv*, zaključi ona. Zapita potom Branka: — Je li, ti ostaješ u selu? Zašto ne tražiš premeštaj?

— Možda ću tražiti ove godine.

— A volite li vi, gospođo, da on dobije varoš?

— Razume se. Već mi je dosadilo selo.

Platiše ručak i digoše se od stola. Đurđica i muž odoše u svoju sobu. On je opazio da je neraspoložena, jer je već proučio lice svoje žene i znao kakve su joj oči kad je tužna ili je nešto muči. Detinjasta i bezazlena, ona nije umela da skriva ono što je muči i on je verovao da ga je jutros morala videti kad je razgovarao s onom malom, pa, kako nije bio kriv, jer nije tražio njeno društvo, nije hteo da mu ženica uzaludno pati, zagrli je, privuče je na grudi, htede da joj poljubi usne, ali ona okrete glavu i njegove usne dodirnuše njen glatki i topli obraz. Bila je rešila da ga ništa ne prekoreva i odmah izjavi:

— Umorna sam... legla bih... još me boli glava...

— Dobro, onda spavaj.

Odmakao se i uzeo novine. Ona ga pogleda i opazi da je ljut. To je uvredi: *On se ljuti umesto da se ja ljutim.* Htela je da pređe preko toga, ali žensko srce ne može da otrpi da makar malo ne pecne onoga ko joj zadaje bol. Lakše joj je tada pa makar se izrodila svađa. Tako i nastaju svađe u braku: od trunčice digne se čitav vihor.

— Zar se ljutiš što se meni spava?

— Ne ljutim se zbog toga, nego vidim da si sve vreme za stolom nešto neraspoložena.

— Ako si video, onda moraš znati i razlog.

— Ne vidim ja nikakav razlog, sem ako ti nije krivo što mi je jutros na plaži prišla ona mala Mimi. Nisam je ni video, sama je došla.

— Dao si joj povoda, zato ti je i prišla.

— Ti ćeš na kraju izmisliti da svakoj ženi dajem povoda. Ovo je plaža, svi smo skupa i ne mogu se ja praviti i glupak i čudak i bežati čim se neka žena nađe u mojoj blizini. Nisam ja balavac da me oduševljava svaka šiparica. Opasniji su mladići za tebe.

— Ne boj se, umem ja da vodim računa o svom ponašanju. Neću se pogledati ni sa kim, kao ti danas s njom za stolom, zato sam te i ostavila da sediš na mome mestu da uživaš u njoj.

— Bože, šta sve tebi ne pada na pamet! Da li ti to ozbiljno govoriš?

— Činjenice govore, a ne ja.

— Dobro, onda kad je tako, ispavaj se lepo, pa ćeš biti dobre volje. Razumem, dođe to tebi po koji put!

— Kad bi razumeo, ti ne bi dopustio da ja sve vreme sedim za stolom i ćutim, a ti razgovaraš s tvojom koleginicom. Izgleda da si jedva dočekao neko društvo, jer ti je dosadno sa mnom.

On tresnu novinama.

— Dobro, hoćeš li da joj kažem da se udalji od našeg stola?

— Hteo bi da me napraviš još i glupom! Meni ona nije nesimpatična, ali valjda i ja znam nešto da pričam. Ne morate pričati samo o medicini. Zašto se onda nisi oženio nekom lekarkom?

— Mislio sam da ću naći sreću baš s devojkom koja nije lekar.

— A sada si video da je nisi našao. Ali, odsad ću i ja biti pametnija, neću više nizašta da se jedim. Možeš da gledaš koju god hoćeš!

On napravi grimasu: — Molim te, prestani s tim prebacivanjem. Bolje da ja odem na plažu, pa ću se tamo lepo sunčati i biti spokojan.

Ona planu, a suze joj zablistaše u očima.

— Idi, i Mimi je sigurno tamo. Ali pogledaću i ja nekog.

— Možeš, ali videćeš kako ću ja na to da reagujem.

Pošao je vratima, pa se vratio i seo na ivicu njene postelje. Nagnuo joj se i progovorio nežno:

— Ti plačeš? Baš si dete... To je tako bezrazložno... Kako si bila dobra ovih dana i verovala si da te ja zaista volim.

Milovao je po kosi i pipao rukom čelo. Ona zaklopi oči i oseti njegove usne na svojim očima. To je razneži i obavi mu ruke oko vrata...

— Hoćeš li da ideš na plažu?

— Ako me više ne budeš grdila, neću ići. Prospavaću malo i ja.

— Idi ti, nemoj da se obaziraš na mene — prošaputala je ona.

Izašao je, a nju pritisnu tuga. Više je voleo plažu nego nju i njenu ljubav.

22.

Jedno jutro ona se zadržala u hotelskoj sobi, a muž otišao na plažu.

Kad je došla oko deset sati, ugledala je ovu sliku na pesku: muž i doktorka leže, a između njih Šime, veselo razgovaraju, muž nasmejan, doktorka posmatra Šimu poluzatvorenim očima, a on se nešto raspričao. *Otkuda ovo prijateljstvo između njih dvojice?*, začudi se mala supruga i priđe im neodlučno, ne znajući kako da se ponaša. Student se pridiže i pokloni se Đurđici, a muž sede na pesak, nasmeši joj se i zapita:

— Gde si se to dosad zadržala?

— Peglala sam ti sivo odelo.

— Kako vi udešavate svoga muža! Baš si ti srećan, Branko! Lišava se kupanja da bi mužu ispeglala odelo.

— To je za pohvalu — polaska joj student. — Svaki bi mladić želeo da nađe takvu ženu. Ali današnje devojke više vole provod nego kuću i muža.

— Nemojte biti takav skeptik i zamišljati da su sve devojke rđave. Svaka devojka ulazi s najlepšim željama u brak, a u suštini, treba upoznati svu njenu fizičku i psihičku konstrukciju, pa tek onda donositi zaključke o njoj. A vi, muškarci, površno ocenjujete žene — govorila je lekarka.

— I ja se slažem s vama, gospođice — umeša se Đurđica. — Znam, kod nas je u selu bilo toliko dobrih devojaka, a kad su se udale bile su nesrećne u braku, a poznajući ih, ne mogu na njih da bacim krivicu.

— Nego na njihove muževe, je li? — dirnu je muž.

— Razume se. Muškarci pre braka više prožive od devojaka, pa im posle nisu dobre žene! — reče doktorka.

— A vi, gospođo, mislite da devojke ne žive? Njihove avanture su gore nego nas muškaraca, jer nama se može sve oprostiti.

— Varate se. Ima stvari koje vam se ne mogu oprostiti, na primer, razne bolesti koje unosite u brak. Ja to smatram kao zločin.

— Takvu nesavesnost osuđujem i ja, ali mislim na život muškaraca koji ne bi imao posledica.

— Svaka avantura mora imati posledica — dodade Đurđica, setivši se Nade.

— Dobro, dobro, vidim da se nećemo složiti, jer žena ne da za pravo muškarcu, osobito kad je intelektualka.

— To misliš na mene. Ja ne govorim kao intelektualka, već kao lekar, a to i ti moraš priznati.

— Priznajem ti, ali bih i ja mogao da osudim žene.

— A što da ih osuđuješ? — pobuni se mala supruga. — Zar ti nisi srećan sa mnom?

— Ne mislim na tebe, nego na žene koje viđam oko sebe, i koje sam imao prilike da susrećem.

— E, pa to je ono što ne valja kod vas muškaraca. Susrećete mnogo žena i zabavljate se s njima, a mi, devojke, čekamo samo jednog muškarca.

— To ste vi, gospođo, sačekali gospodina Branka, ali ih ima koje sačekuju mnoge — dodade Šime.

— S muškarcima ne volim da diskutujem o polu, jer su oni zadrti u tom pogledu — opet će doktorka. — Nego, nastavite, gospodine, ono što ste počeli: šta je na kraju bilo u fabrici šećera?

— E, pa, bili smo malo bezobrazni. Oni su nam dopustili da uzmemo po jednu šaku šećera, mi natrpasmo pune džepove, a Ika je napunio i svoju tašnu, ali pretresoše nas na kapiji, i Ika, sav nesrećan, morade da isprazni tašnu i sav žalostan vrati šećer.

— A on je dobar mladić — pohvali ga doktor.

— Ko je taj Ika? — zapita Đurđica.

— To je moj kum — odgovori Branko.

— A on je moj najbolji drug. Imamo već tri godine zajedničku sobu.

— A kako si ti, Branko, doznao da je Ika gospodinov drug?

— Rekao sam mu da imam kuma na agronomiji.

Đurđici tada bi jasno otkuda ova ljubaznost kod njenog muža prema Šimi.

— Mi smo često razgovarali o vama. Hvalio mi se kad ste mu poslali trista dinara.

— Setio sam se svog studentskog života, a znam da on nije bogzna kako imućan, pa sam pomislio da će mu dobro doći.

— On se toliko obradovao. Častio me. Platio mi večeru i vodio me na kolače u poslastičarnicu.

Đurđica se diže.

— Branko, idem ja da malo plivam.

— Idi, i nemoj drugi put da gubiš po sat-dva. Treba iskoristiti svaki sat na moru.

— Ali ja sam htela da ti budeš elegantan — osmehnu mu se ženica i pogladi ga po kosi, vesela što nije ljubomoran, a pomalo srećna u ženskoj sujeti, što je ovaj lepi Šime našao načina da se približi njenom mužu, jer joj se činilo da je to zbog nje.

Uputila se moru, a Šime je krišom pogledao za njom i pomislio: *Sva je ženstvena*, ali mu nije promaklo da i ova doktorka ima lepo telo, i opazio je da ga ona milo posmatra, pa je pomislio u sebi: da li je žena ili devojka? Verovao je urođenim skepticizmom muškarca da nije nevina, jer kako bi bila nevina devojka kojoj mora da je više od trideset godina, kad je imao prilike da doživljava avanture sa šiparicama koje nisu bile nevine. Video je da ima lepe oči, pa ju je gledao, a ona se malo uznemiri, diže se i ode u more. Kao iskusna devojka ona se pitala: što li ovaj obilazi oko doktora? Da mu se ne sviđa njegova žena? Videla je da je ona zaljubljena u svoga muža i da je poštena žena, pa joj bi prijatno društvo ovog mrkog i visokog Dalmatinca, i kao zrelija devojka osetila je uzbuđenje od njegovih lepih očiju i sočnih usana, ali zapliva, razmahnu rukama i prekori sebe: *Baš sam glupa! On je balavac!* Znala je da je balavac, ali je osećala da bi umeo strasno da zagrli i bio joj je simpatičniji od advokata. Advokat je bio monden, malo blaziran, a ovo je bio svež i vatren mladić s mora.

Jednog dana Đurđica i Branko su sedeli za stolom i čekali doktorku da dođe na večeru. Kad se ona pojavi i približi stolu, Đurđica uzviknu:

— Ala ste lepi večeras, gospođice! Kakva vam je to nova frizura? Divno vam stoji! I što vam kosa ima lep sjaj!

— Ti gledaš frizuru, a ja haljinu. Kakva ti je to elegancija? — primeti lekar.

— Htela sam i ja to da kažem. Što vam je lepa ta haljina od čipke! Vi kažete da niste poneli večernju haljinu, a to je prava večernja toaleta. Zašto je niste oblačili? Zbilja, večeras ste lepi! — dodade Đurđica.

— Nemojte, molim vas, da se uobrazim. Malo sam se i ja doterala. Vidim, uveče se ceo svet udešava, a ja sve u sportskom, pa napišem mami pismo i zamolim je da mi odmah pošalje ovu haljinu da i ja budem malo uz svet. A posle podne sam išla frizeru pa mi je malo prelio kosu kanom, to vam kažem u poverenju.

— Lepo ti stoji — polaska joj kolega.

— I ja bih, Branko, volela da oksidišem kosu, pa da budem sasvim plava.

— Nemojte. Vaša kosa je prirodno plava, a to je lepše nego ono veštačko žuto, pa još kad se kod nekih ukruti kao slama! — odvraćala je doktorka.

— Čim žena padne u neko društvo hoće da podražava druge. Ti sada pričaš o oksidisanju zato što si videla na plaži te obojene, a kod kuće o tome nisi govorila. Ti si meni lepa i s tvojom kosom.

— Kad se pređe trideset godina može i da se farba. Pomoli se i neka seda, pa kad je na glavi devojke, svet je odmah nazove usedelicom.

— Ti si žena-lekar i ne možeš biti usedelica. Usedelice su one koje misle samo na udaju, kojima je brak jedina egzistencija.

— A kod nas u selu kad devojka pređe dvadeset petu već je matora.

— Zato si ti i požurila da se udaš.

— Ona je pravo dete — oceni je doktorka.

— Nisam dete. Imala sam i ja dosta briga na imanju. Jednom da dođete k nama, gospođice, pa da vas povedem u moje selo i na naš salaš.

— Hvala! To bih volela da vidim. Gledaću da dođem. A, da ne zaboravim. Videla sam danas onog studenta Šimu, zvao nas je sve na rakove, a ja sam mu kazala da ćemo sutra doći. Imate li nešto protiv?

— Pristajemo i mi. Je li na ručak ili na večeru?

— Ja sam kazala na večeru. Ali da znaš, Branko, tu večeru plaćam ja.

— Kako bih ja dopustio da žena plaća za mene?!

— Gledaj ti njega! Da mu žena ne plati večeru! A zar nismo kolege? Ne brini, imam ja dosta novaca.

— Znam, ginekolozi dosta zarađuju, osobito žene, jer devojke najradije ispovedaju svoje tajne ženama lekarima.

Zato se ona ovako udesila i obojila kosu, što će se sutra videti sa Ši-mom, priseti se Đurđica i nešto se ožalosti. I opet joj pade na pamet: ona je seljanka, a ovo je intelektualka. Iako je Šime hvalio da zna sve kao student agronomije, ipak se udvara njoj i zove je na večeru. Nije shvatila, kao neiskusna mlada žena, da je Šime imao druge pobude i da je ocenio da je doktorka slobodna i prilično zgodna, a on nije voleo avanture s familijarnim devojkama, koje posle prete samoubistvom, nego sa slobodnim damama, i što su zrelije, to bolje, jer one snose svu odgovornost za sebe. Mala Banaćanka mu se više sviđala, ali video je da doktor nije šonja, niti je voleo kakve komplikacije, ali u duši je pomišljao: najviše bi voleo da se oženi takvom devojkom. Đurđica je bila jedna od onih ženica koje kod muškaraca stvaraju volju za brakom, jer je sva odisala nežnošću, čistotom, pažnjom i ljubavlju prema mužu.

Posle večere doktorka se izgubi nekud, a Đurđica se okretala desno i levo na molu, zavirivala u aleje, ali je nigde ne vide. *Možda se našla sa Šimom*, posumnja, ali nije mogla da veruje da jedna ozbiljna devojka može da se upušta s balavcima.

Noć je bila meka, puna zvezda, lakog šuma talasa, pesme i zvuka gitara... Svetlucali su fenjeri na ribarskim barkama kao zvezde pale u more, a barke sa zaljubljenim parovima klizile su nečujno, kao utvare.

Sutradan su otišli na zakazanu večeru.

Šime ih je dočekao, seo i on s njima da večera, i naredio da se donesu rakovi. Upoznao ih je sa svojim ocem. Objasnio je ocu da je gospodin doktor kum Ikin, koga je otac poznavao. Hotel je bio na bregu, stepenicama se iz njega spuštalo do mora, i čitava panorama videla se u noći: jedno malo ostrvce s osvetljenim kućama i zidine starog zamka, koje su bile fantastične u noći, kao da ih je noć restaurirala dajući im nove konture i lepotu. Đurđica se okretala na sve strane da se nagleda lepote i uzdahnu:

— Ovde je tako divno.

— Zaista. Lepše nego dole. Da smo znali pa da smo ovde uzeli sobe. Imate li praznih soba?

— Ne, prepuno je. Čak sam morao da ustupim i svoju sobu i da pređem u jedan sobičak na tavanu.

Doktorka je imala na sebi ružičastu haljinu, što joj je isticalo kosu boje tamnog kestena, i bila je vrlo lepa sa opaljenim licem i malo jače narumenjenim usnama. Đurđica nije opažala da Šime ima neke naklonosti prema njoj, jer ih je obe podjednako nudio, veselo razgovarao s doktorom, pričao o Dalmatincima, podražavao njihov dijalekt, upotrebljavajući italijanske reči, što je njih veselilo, jer je i noć bila svetla, mirisna, a u podnožju brega more se pružalo kao daleki tamni prostor, koji nema kraja, već se gubi u večnosti.

— Da platim — pozva doktor konobara, našta njegova koleginica uzviknu:

— Ja plaćam večeras.

— Vi ste moji gosti i ništa nećete platiti — izjavi Šime i oni moraše da pristanu na to.

— Kad ćemo vam se mi odužiti? — zapita Đurđica.

— Jednom će gospodin Šime doći k nama u selo s Ikom, pa ćemo ih počastiti banatskim specijalitetima.

— E, to možemo. Kad izgladnimo u Beogradu, doći ćemo vam.

— I vi treba da se oženite Banaćankom — predlagala je Đurđica.

— Nemam ništa protiv.

— Imam ja jednu kumicu, jedinica je u oca i majke, a imaju lepo imanje, pa bi to bila divna prilika za vas — iskreno je govorila Đurđica, i tim je htela da dokaže mužu kako ona ne misli na ovog studenta, iako joj je ovo veče bilo jedno od najlepših na moru, tu, na bregu pod zvezdanim nebom, i u društvu ovog lepog Dalmatinca s mrkim očima i tamnom kožom opaljenom dalmatinskim suncem.

Bilo je prijatno i doktorki, i kad su se rastali i silazili niz stepenice, ona pritisnu usne na ruku na onom mestu gde ju je poljubio Šime, kao da je htela da oseti dodir njegovih usana. *Sladak je*, mislila je s nekom posebnom toplinom i dugo je bila budna u postelji. Bila je budna i Đurđica, srećna što joj je muž večeras bio ovako dobar, ali oči mladog Dalmatinca lebdele su pred njom kao tamni kolutovi i nisu joj dale mira. To je bilo naivno, cerebralno neverstvo male supruge, neminovno u svakom braku.

Idućih dana doktorka joj je bila sve sumnjivija, jer se stalno gubila uveče.

Jedno jutro, dok je Đurđica išla na trg da kupi voće, stigoše je Mimi i Lila.

— Dobar dan, gospođo! Hoćete li i vi na pijacu? Kažu da ima lepih bresaka, pa smo pošle i nas dve — govorila je Lila.

— Jeste... idem po voće. Moj Branko mnogo voli voće, a isto tako i ja, jer sam kod kuće imala veliki voćnjak i vinograd.

— Vi ugađate mnogo vašem mužu — primeti Mimi.

— Kad žena ne bi ugađala mužu, ne bi bilo srećnog braka.

— A vi mislite da ima srećnih brakova?

— Ja verujem da ima, jer cenim po našem braku. Vi ste još devojka, kako možete tako da govorite?

— Zato što vidim rđave primere.

— Ti vidiš rđave brakove, a ja vidim rđave devojke — nabusito će Lila. — Šta biste vi, gospođo, kazali kad bi se jedna starija devojka zabavljala s nekim balavcem koji joj ne odgovara ni po godinama ni po položaju?

Na koga li ona ovo cilja?, pomisli Đurđica. — To bi bilo smešno, gospođice Lila.

— Smešno i ružno. A to radi gospođica lekarka. Znate li s kim se zabavlja?

— Ne znam.

— Sa Šimom. Zamislite, voze se čamcem, šetaju mračnim alejama, kao da je šiparica, a ne matora devojka.

— Ne mogu to da verujem — iščuđavala se Đurđica.

— Mimi i ja smo ih videle rođenim očima. Zar to nije odvratno? Mnogo joj liči jedan balavac! Doktorka! Zašto se ne zabavlja sa onim advokatom, nego otima mladića od nas, mladih devojaka. Kažite joj da je svi ismejavaju zbog Šime.

— Izvinite, ne mogu da joj kažem, jer mislim da je sve to naivno, doktorka je ozbiljna devojka, ona se preko nas upoznala sa Šimom, i on nas je zvao na rakove u hotel njegovog oca, pa smo svi išli i vrlo prijatno se proveli. To je samo prijateljstvo, jer gospođica se ni s kim ne zabavlja — branila je Đurđica koleginicu svoga muža, ali ljubomornu Lilu nije mogla da umiri, već joj je zadala još jedan bol rekavši: ... *Zvao nas je na rakove u hotel...* — Njih je zvao, a nju i Mimi nikad nije pozvao.

— A kad ste to išli?

— Pre pet dana.

— Jest, to je bilo onda kad niste bili na večeri.

— Eno bresaka! — spazi ih Đurđica. — Do viđenja! Nemojte da se jedite, vi ste lepa devojčica — tešila je Lilu na rastanku.

Kupivši voće, žurno se vraćala u hotel, iznenađena, čak i rastužena, jer se lik lepog Šime rasprsnu pred njom kao balon od gume. Dođe joj krivo na samu sebe što je mislila na njega i pridavala neki značaj njegovim komplimentima, čak se ogrešila i o svoga muža, poredeći ga sa Šimom, a sad je videla da je Branko bolji, ozbiljniji, i umeo je bolje da oceni mladog Dalmatinca.

Ne poznajem ja muškarce, ne treba im verovati... Ali ne poznajem ni žene. Šta će ovoj doktorki Šime? Lep je, pa joj se dopao. Sve su žene iste. Vole lepe muškarce. Ali nije trebalo da dopusti da je ismejavaju. A možda ove dve male lažu? Krivo im je što ih Šime ne gleda.

Za ručkom je posmatrala doktorku, kao da je htela da oseti šta se događa u njenom srcu, ali ona je bila kao i uvek prirodna, ljubazna, razgovorna. Đurđici se učini da je nekako lepša. Da li je to neko unutrašnje osećanje koje ulepšava ženu? Oči su joj blistale, bila je opaljena suncem, kosa lepo ondulirana, nokti manikirani. Imala je lepe zube i lepa usta, što je morao da zapazi svaki muškarac.

Zašto se nije udala?, pitala se Đurđica i najednom postavi i glasno to pitanje:

— Gospođice, vi ste lepa devojka, zašto se niste udali?

— Eh, dušo moja, imala sam na vratu porodicu: brata sam izdržavala, sestru udala, i nisam mogla da mislim na svoj život. Koga sam ja htela, taj mene nije hteo; kome sam se ja dopadala, taj se meni nije sviđao, i tako je godina po godina prolazila. Neću se nikad ni udati.

— Kako da nećeš?! Ti si dobro situirana devojka, naći će se neki kandidat.

— To je ono što me i odbija. Mi smo žene uvek pomalo romantične. Neću ja da se udam iz računa, hoću da me neko voli, a toga danas nema. Uverila sam se i kao ginekolog. Svaka mi se žena jadala na svog muža, pa je i to uticalo na mene.

— A možda bi ti se i svaki muž izjadao na svoju ženu.

— To me ne možeš ubediti. Žene su bolje i više pate.

— Vi ste dobri, gospođice. Uvek uzimate u zaštitu žene — polaska joj Đurđica, setivši se onih dveju malih, koje su je onako gadno ogovarale i zaključi u sebi: *Ona nije imala života, žrtvovala se za porodicu i možda hoće malo da proživi.*

Došao je dan njihova odlaska. Oprostili su se sa svima. Šime im je obećao da će ih posetiti sa Ikom, kumom Brankovim. Pozdravili su se i s Mimom i Lilom. Mimi je bila tužna što odlazi doktor, ali je to krila pred njegovom suprugom.

Vratili su se uveče u hotel i Đurđica je dugo ostala na balkonu zadivljeno gledajući more. Branko je legao, a ona je sanjarila na balkonu.

Tužna je bila, jer je žalila što se rastaje s morem. Prošli su joj ovi dani kao najlepši san. Bilo je malo i ljubomore, jeda, uvreda od Branka, ali i nežnosti, maženja, više nego ikad, i činilo joj se da to više neće doživljavati u selu. Tamo je on stalno zauzet, umoran, pacijenti dolaze, odlazi i on bolesnicima, a ona ostaje sama kod kuće.

Rastanak s morem bio joj je težak kao da se rastaje s nekim živim i tajanstvenim bićem. More je opčinjavalo svojom lepotom: raznim bojama, mesečinom, izlaskom sunca, zagrljajima talasa pri kupanju, čarobnim noćima, svojim stalnim šumom, kao da ima puno bića u moru i neki podzemni tajanstveni svet, koji mami. To se sve ne može zaboraviti.

Na molo su izašli svi da ih isprate. Doktorka je donela veliki buket cveća. Mimi i Lila su takođe donele cveća. Bilo je još nekoliko njihovih poznanika sa plaže. Opraštali su se i Đurđica se ljubila sa svima. Taman su hteli da se popnu na brod, kad dojuri i Šime. Nosio je i on cveće i punu korpicu smokava koje je doktor voleo.

— Gospođi cveće, a vama, gospodine doktore, smokve.

Poljubio je ruku Đurđici i pozvao ih da dođu i druge godine, i to u njihov hotel.

— Pa i vi k nama da dođete s Ikom — pozva ga Branko.

— Ne bojte se, doći ćemo — uveravao ga je lepi mladić. Nekoliko puta je pogledao Đurđicu i ona zadrhta. *Zašto me ovako gleda, a sinoć se ljubio s doktorkom? Kako mogu mladići takvi da budu? To je nestalnost. Niko ne može da im veruje.*

Prijatno joj je ipak bilo što je došao, ali neprijatno je bilo maloj Lili, i ona se odmače s Mimi, jer je mrzela doktorku. Mimi je bila tužna što odlazi lekar, jer je uverena da ju je gledao krišom od žene, da mu se ona dopala, i da on neće biti veran muž.

Ustrčaše na brod, sirena pisnu, a talasi počeše da se klobučaju i penuše. Brod lagano zaplovi, udaljavajući se od keja sve dalje i dalje, siluete su se gubile, postajala su im nevidljiva lica, šarenela su se kao cvetovi na molu, pa se pretvoriše u tačkice i nestadoše. Đurđica je mahala maramicom dok je raspoznavala lica, a posle spusti maramicu i jedna suza joj se skotrlja niz obraz.

— De, nemoj da plačeš — tešio je muž — doći ćemo opet na more.

— Ah, Branko, kako je bilo divno! Nikad neću zaboraviti ovo leto!

Njene plave očice bile su pune suza i rastužene kao u deteta, a posmatrala je muža i bilo joj je milo što on nije tužan.

— Pa je li bilo lepo na moru? — upita je muž ponovo.

— Izvanredno... Kao da se budim iz najlepšeg sna.

— Do naše kuće ti ćeš se sasvim probuditi — nasmeši se muž i uhvati je ispod ruke. — Odmorićemo se u selu dva-tri dana, pa idemo mojima.

23.

Bio je mesec septembar, sunčan, topao, plodan; sve je odisalo mirisom jabuka, bresaka, pekmeza i suve trave. Đurđica je već malo pobelela od sunčanja na moru i bila je lepša i svežija. Leđa su joj još bila opaljena suncem i ocrtavao se izraz kupaćeg kostima, a obrazi su joj bili rumeni kao breskva.

Bilo je pre podne. Svršila je posao i pisala pismo svojim bratanicama, kćerima Brankovog brata. Zahvaljivala im se na lepom dočeku, koji nikad neće zaboraviti, i zvala ih da ih posete, da ona njima uzvrati pažnju. Pisala je iskreno, a volela ih je isto tako osećanjima žene koja nema veliku rodbinu, ni braće ni sestara, a uvek je čeznula za njima. Stavila je pismo u omot, ali ga nije zalepila, jer je htela da im i Branko napiše nekoliko redaka. Posle je pisala doktorki, prvo je sastavila koncept i udešavala lepim rukopisom da bi doktorka videla da ona nije nekulturna. Opisivala joj je selo, radove u polju, domaći život i napomenula na kraju: *Rat je otpočeo i vodi se bitka oko Varšave. Poljska će podleći, mada se Poljaci hrabro bore. Šta mogu da urade pred navalom jedne velike sile, koja se toliko godina spremala za rat?!* Pročitala je te poslednje redove i bila zadovoljna. *Baš sam lepo napisala. Neka vidi da i ja razumem politiku i da me interesuju događaji u svetu.* Ostavila je i to pismo nezalepljeno da i tu Branko nešto dopiše. Iz jedne fioke uze dopisnu kartu sa slikom mora. Poslao je Šime. Čitala je njegove redove: *Nadam se da ćete i dogodine doći. Nikad neću zaboraviti prijatne časove koje sam proveo u društvu vašem i vaše gospođe.* Na ovu kartu Branko će odgovoriti, a ona će se potpisati. Setila se lepog mladića, ali prvi lepi utisak se izgubio, jer nije zaboravljala njegove vožnje u barki i šetnje po pomrčini s doktorkom. Ipak nije mogla da zaboravi leto na moru. Bilo je lepo u selu, Branko je bio dobar, ali nije bio nežan kao na moru. Izgledalo joj je čak da mu je postala dosadna svojim neprekidnim umiljavanjem, maženjem i tepanjem. Uvređena i sujetna što ga uvek ona prva grli, ljubi, mazi, postajala je uzdržljivija, nije izlivala svu svoju nežnost i očekivala je da on to primeti, ali on ništa nije opažao, kao da mu do toga nije mnogo stalo. To ju je bolelo pa se trudila da vodi duge razgovore, i pre njega je čitala novine, izveštaje s bojišta, pričala mu šta je čitala, opominjala ga šta treba da pročita, jer sad je čitala novine od prve do poslednje stranice.

Mnogo se jedila zbog kafane. Uobičajio je pa svako veče ode sâm u kafanu. To je ranije nije ljutilo, ali jesenas su došle dve nove učiteljice, mlade i lepe, osobito jedna garavuša, pa sva seoska inteligencija, mlađi ljudi, da izgube oči za njima. A njih su se dve hranile u kafani. Zato ih je omrzla Đurđica i u razgovoru s popadijom prekorevala:

— Kako to mlade devojke da idu u kafanu da se hrane? Zar nisu mogle naći hranu u nekoj kući, ili da su kupile mali štednjak, pa same da kuvaju, nego njih dve same uveče u kafani! Večeru bar mogu da spremaju kod kuće.

— Neće, dušo moja, da kvare ruke i kuvaju. A jedna od njih mi reče da im je ovako jeftinije. Danas ti svet više voli da jede iz kafane, nego da se muči i kuva kod kuće.

— Jelte, gospođo popadijo, a odakle su ove dve učiteljice? — obaveštavala se dalje Đurđica, jer ju je to kopkalo, a bila je ljubomorna što Branko navraća u kafanu svake večeri.

— Jedna je iz Beograda, a druga iz unutrašnjosti, ne znam iz kog je mesta.

— Lepa je ona crnka.

— Vrlo lepa. Vidim, svi se momci motaju oko njihovih prozora. Stanuju tu, preko puta mene.

Đurđicu je i to uznemirilo: svi vide da su one lepe, video je sigurno i Branko. Čak se i popa jednom našalio:

— Kad ova nova učiteljica pogleda svojim očima, svaki se muškarac ošamuti.

Bila je ljubomorna, a krila je to, izbegavala je svađe, jer je uvidela da to nije dobro u braku, ali nije mogla uvek da otrpi.

Jednom, uveče, prošla je pored kafane, zastala u mraku da je ne vide, i videla kako su svi za stolom gledali učiteljice, pa čak i njen muž. To nije mogla da otrpi i dočeka ga ljutito:

— Divno se ponašaš, videla sam. Očijukaš s učiteljicama kao da si momak. Ako ti počneš tako, mogu i ja naći s kim ću se gledati. Ponižavaš me, a ja to neću da trpim.

Na to je on prasnuo i nastala je scena...

Tako je to išlo iz dana u dan, ali svi su unaokolo govorili da oni imaju srećan brak. U suštini i imali su srećan brak, ali, kako nikad nema apsolutne harmonije, nije je moglo biti ni kod njih. Popuštali su oboje, nekad ona, drugi put on, bračni život je proticao, srođavale su se navike, ona je upoznavala narav muževljevu, a on njenu.

Đurđicu je jedno čudilo: nije bio više ljubomoran. Nije ni imao prilike da pokaže svoju ljubomoru, jer tu nije bio ni Mirko, ni Šime, niti je ona koga gledala. A volela je da ga napravi malo ljubomornim.

U grad nije išao bez nje i bila je i s te strane mirna, jer se bojala da ne ode do Nade, kad bi išao sâm.

Jednom je ostala u selu kod mame nedelju dana. To je bilo o berbi. Došao je s njom i Branko, bio jedan dan, ali je morao da se vrati, a ona je ostala da mami pomogne, jer je bilo dosta posla, trebalo je kuvati ručak za berače, a vinograd im je bio veliki i dobro je rodio. To je bilo sve njeno i morala je da pomogne mami.

Opraštajući se s mužem, zapretila mu je s osmehom:

— Nadam se da ćeš se lepo ponašati bez mene.

— Ne brini, biću pravo nevinašce — šalio se muž. Odlazio je opet svake večeri u kafanu i dopuštao sebi slobodu da gleda onu lepu učiteljicu, jer to ne zabranjuje zakon, smatrao je da nije greh, a nekako je i slatko pogledati ono što nije tvoje. Svaki je muž pomalo lopov kad ga ne gledaju oči ženine, pa je i on krao lepe poglede mlade učiteljice, a ona je uzdisala dok je sedela u sobici sa svojom koleginicom:

— Baš je simpatičan ovaj doktor. Kažu da mu je žena seljanka, zato i gleda školovane devojke.

To nije bilo veliko neverstvo, jer je doktor bio oprezan i dobro je pazio da se ne kompromituje u selu.

Jednog dana spazio je da nema nekih lekova koji su mu hitno bili potrebni i reši se da ode u grad. Đurđici neće ni pričati da je išao, a ona i tako dolazi tek prekosutra.

Bio je lep dan kad je stigao u grad, oko tri sata po podne, išao je veselo ulicama i sve je pogledao neće li videti Nadu. Dvoumio se da li da je poseti, lomio se, nije hteo, bojao se da ga ko ne vidi, dočuće Đurđica i biće scene u kući. Rešio je da ne ode i svratio u jednu poslastičarnicu, uzeo novine, popio belu kafu i pojeo kolač, sedeo čitav sat, platio, i kad je hteo da izađe, spazi Nadu kako prođe pored poslastičarnice. Bila je u lepoj zagasitoplavoj haljini, vitka, graciozna, s malim turbanom od somota na glavi, i on zadrhta, seti se svega, njene velike ljubavi i bola koji joj je zadao. *Ona me nikad nije uvredila ni naljutila, a Đurđica mi svaki čas pravi scene.* To poređenje na štetu žene dade mu hrabrosti da pođe za njom i vidi kuda će.

Ona je išla ne okrećući se i svratila je u jednu trgovinu, on zasta kraj drugog izloga, čekao je, ali se zaklonio da ga ne vidi. Izašla je i pošla kući, a on za njom. Nije hteo da joj priđe, nego je bio na odstojanju i pazio da se ne okrene i ne spazi ga. Bilo mu je prijatno ovo praćenje, kao da je momak, i setio se kako je jednom, kao student, pratio jednu lepu damu, koja mu je posle pred nosom zalupila kapiju; ali ovoga puta pred njim je bila njegova Nada, koja je stalno bila u njegovoj podsvesti, a sad ga je zainteresovalo da li ga je zaboravila, pa je zaboravljajući Đurđicu rešio da zakuca na njena vrata čim ona uđe u kuću.

Obuzelo ga je mladićko raspoloženje, koje nije davno osetio, i s uživanjem je posmatrao njen lepi stas i graciozni hod.

Da mi i ona ne zalupi vrata pred nosem?, pitao se, ali mu je nešto govorilo da ona ne može biti gruba prema njemu.

Uhvatio je za kvaku, a vrata se otvoriše.

— Ko je? — viknu ona iz sobe.

On ne odgovori ništa, već kroči nekoliko koraka i nađe se sred vrata. Ona uzviknu od iznenađenja držeći turban u ruci koji tek što je skinula:

— Branko! Ti? Kako si smeo da dođeš?

— Zar ne smem više da uđem u tvoju kuću? — pitao je približavajući se. Uze joj ruku i poljubi je, a ona ne odgovori ništa, toliko je bila iznenađena, krv joj jurnu u obraze i ostavi svoju ruku u njegovoj. Povrati se malo i odgovori mu veselo:

— Moja ti je kuća uvek otvorena, ali mislila sam da kao oženjen čovek ne smeš više da dolaziš.

— Nisam ja papučar. Još sam slobodan i verujem da ništa rđavo ne činim ako dođem tebi, sem ako ti misliš da nemam više prava da te posećujem.

— Kad bih slušala svoj razum, ja bih ti tako morala reći. Ali ima uspomena pred kojima žena uvek popušta.

— A čovek se razneži kad se seti onoga što je bilo lepo i prošlo, nema te sile koja bi ga mogla savladati da ne oživi uspomene. Eto, kad pogledam po tvojoj sobi, vidim sve iste stvari, a svaka mi je ova stvarčica mila, jer na svakoj vidim tvoj ukus, tvoj život.

— Jesi li došao naročito zbog toga da oživiš te uspomene?

— Nisam, priznajem ti. Došao sam po neke lekove u apoteku, ali kad god sam u varoši, ne mogu da odolim iskušenju da te posetim. Instinkt me vodi tebi. To je navika koju ne mogu da zaboravim. Čekaj da sednem na ovaj divan. Voleo sam uvek da se uvalim u ove tvoje jastučiće.

Stajala je pred njim u svojoj zagasitoplavoj haljini, uzbuđena, ali i tužna i prekori ga:

— Dakle, slučajno si došao. Da nisu bili u pitanju lekovi, ne bi me se ni setio.

— Da smo u velikom gradu, ja ne bih tražio slučaj, već bih te često posećivao.

— Zar smeš to da mi priznaš kao oženjen čovek koji ima mladu i lepu ženicu?

— Svaka je žena tip svoje vrste i svaka ima drugi uticaj na čoveka. Nije čovek uvek u vlasti svoje rođene žene pa makar ona bila lepa kao boginja. Ima raznih psihičkih procesa koji se vrše pod uticajem jedne žene, i to ostaje zadugo u čoveku. Takva žena bila si ti. Ne laskam ti, nisam ni lažljivac, već ti pošteno govorim, kao što se pošteno trudim da budem korektan muž, ali to nisam uvek u stanju.

— Zar te je tvoja ženica nešto razočarala? — pitala je radoznalo, sedajući na stolicu kraj divana.

— Nije me razočarala, to ne mogu da kažem, ali sâm bračni život u kome supružnici jedno drugom sputavaju slobodu i smatraju da na to imaju pravo, nekad to čini žena, drugi put muž, umanjuje privlačnost bračnog života i stvara sitna nezadovoljstva.

— A kakvo ti nezadovoljstvo stvara tvoja žena?

— Ništa naročito, ali je ljubomorna, podozreva čak i kad sam u ordinaciji i čini mi se da je osećam za vratima. Ali, mlada je, praštam joj, kasnije će se pomiriti s mojom profesijom. Inače mi ugađa, umiljata je, vredna.

— Šta hoćeš više? Možda bi našao i kod mene dosta mana da smo se venčali.

— Ti si, ipak, nešto drugo. Umeš da se savlađuješ, imaš bogat duševni život, umela si da budeš veći psiholog od mene.

— I kraj sve svoje psihologije ja sam te izgubila. Ja odobravam tim malim suprugama koje zavitlavaju svoje muževe. Da sam i ja bila takva, možda se ne bismo rastali. A ti si mislio o meni: ona je fina žena, psiholog, razumeće me. Duševnost žene je često njena životna tragika. Ali da sad ne razgovaramo o tome. Ti izgledaš vrlo lepo. Zašto si došao sâm? Gde ti je Đurđica?

— Otišla je u selo svojoj majci, na berbu.

— A ti kao beli udovac da vrdneš malo bez žene.

— Svakom muškarcu je pomalo potrebno da ugrabi koji časak i da slobodno porazgovara sa ženom kao što si ti. Kako ti živiš? Vidim da si, kao i uvek, elegantna i lepa.

— Samujem.

— Eh, samuješ!

— Ako me poznaješ, moraš mi verovati. Radim u kući, vezem, pletem, čitam. Ima nekoliko porodica koje posećujem i oni meni dolaze. Odem s njima u bioskop ili na koncert. Porazgovaramo o ratu. Zbilja, vide li kako Poljska propade?! Jadan narod! A hrabro su se držali Poljaci. Kažu da je Varšava mnogo nastradala od bombardovanja. A Englezi vazdan obećavali garancije pa ništa. Ja mislim da mi nećemo ratovati.

— Ko to zna? Ja više verujem da ćemo ratovati, nego da nećemo.

— Neka ratuju velike sile. Mi ne tražimo ni od koga ništa. Ovde, preko puta mene, stanuje jedna Nemica. Da znaš kako je digla glavu otkako je okupirana Poljska. Opasna hitlerovka! Ne mogu da je vidim očima.

— To je peta kolona kod nas. Njihov Kulturbund je jedna špijunska organizacija koju mi trpimo.

— A znaš li da se rat već oseća i kod nas? Počelo je sve da poskupljuje.

— Kad mi to osećamo u Banatu, kako li je u drugim krajevima?... Ustala je naglo.

— Idem da skuvam kafu.

— Nemoj. Bio sam maločas u poslastičarnici, popio sam belu kafu i ne mogu ništa. Hodi, sedi kraj mene!

Dohvatio je za ruke i privukao na divan. Ona se blago opirala, ali sede i nasloni se na meko jastuče. On spusti glavu na njeno rame.

— Da li me se kadgod sećaš, Nadice?

— Nemoj da me pitaš — govorila je tiho, zatvarajući oči. — Ima rana koje nikad ne zarašćuju.

— Da sam mogao, nikad te ne bih ni ranjavao. — Približavao je usne njenom vratu i pritisnuo joj dugi poljubac od koga mlada žena sva zadrhta. Prebacila mu je jednu ruku oko vrata, a drugom ga gladila po kosi, obrazima, lepim i dugim obrvama, a on se uspravi, snažno je pritisnu na grudi i poljubi joj usta.

— Voliš li me još pomalo? — pitala je isto kao Đurđica, kao što pitaju sve žene, a mladi čovek je buncao, jer želje su se budile u njemu, stare navike, ona je bila žena koja ga je upoznala s lepotom ljubavi, i u tom času je potpuno zaboravio na svoju malu suprugu, činilo mu se da je momak, da je došao u posetu Nadi, svojoj prijateljici, i da je sve po starom kao što je bilo...

Otišao je od nje u ponoć, seo u kola i uživao u lepoj jesenjoj noći, u mirisu sena i zrelog voća. Nije osećao nikakvu grižu savesti i to mu je bilo prijatno. Uživljavao se u svoje neverstvo, smatrajući da je do toga moralo doći kad je jedna žena, kao što je Nada, još živela u njemu sa svojom osobenošću, nežnošću i privlačnošću.

U zoru je stigao u selo i tek tada mu pade na pamet:

Ako je, slučajno, Đurđica došla kući, napraviće čudo.

Ali ona nije bila došla i on je bio vrlo zadovoljan, čak je smatrao da je mužu potrebno jedno malo osveženje kao satisfakcija za bračne razmirice.

Tako je postao neveran muž, s uverenjem da žena to neće doznati, i da zbog toga neće biti nikakvih posledica u njegovom bračnom životu.

Nada je drukčije mislila. Posumnjala je da nije srećan u braku i da traži utehe kod nje. Ženskim instinktom je osetila da mu je prazan život pokraj te žene i rešila je da ga ne odbija. Neka dolazi, makar se i kompromitovala, to je osveta onoj maloj seljančici, koja je uobrazila da može biti gospođa doktorka. Jest, lako je dobiti muža, ali je teško sačuvati ga. Ona je izgubila Branka silom okolnosti, ali, osvojiće ga ponovo i biće njen. To će se neminovno dogoditi. Dece nemaju, a ona su jedina veza zbog koje se podnosi brak. Šta Branku smeta da se razvede? Verovatno da i on na to pomišlja...

Razveseli se Nada, nešto joj je došaptavalo da će biti srećna i da će uskoro doći do poraza male seljančice.

Đurđica je u to vreme bila zaposlena oko berbe, ali je stalno mislila na Branka i njihovu kuću. Vratila se kući s punim korpama grožđa, kobasica, sira, dala joj je mama i džak brašna, luka, oraha, svu zimnicu. Ushićeno je sve to pokazivala Branku, a on je bio raspoložen, ne što je sve to donela, nego što nije doznala za njegovo neverstvo.

— Šta si ti radio? — pitala ga je ženica. — Jesi li kuda išao?

— Nikuda. Od kuće do zadruge, a bio sam jednom i kod pope na ručku.

— A jesi li svraćao u kafanu? — raspitivala se mala supruga.

— Bio sam jednom...

Poljubio je da sve zabašuri, da vidi kako je nežan, ali je osetio da u njegovom srcu Đurđica nije isto što i Nada. Ovo njeno ispitivanje izgledalo mu je kao saslušanje i štrecnu ga malo kad ga zapita:

— Jesi li išao u varoš?

— Nisam. — *Da me nije ko video, pa joj kazao?* — Bio sam jednom malo duže kod jednog bolesnika.

— A ko je taj bolesnik?

— Onaj moj astmatičar. Umro je onomad.

Umro je, zaista, i to mu je dobro došlo da se opravda, pa je tako opravdao i kod Miloja svoj kasni povratak one večeri. *Kako se muž zapetljava i laže kad vara ženu*, prebacivao je sebi, ali grižu savesti nije osećao, zato je bio raspoložen i kao đačić odgovarao na njena pitanja.

I tako se sve lepo svršilo i nastavio se miran bračni život, koji je pokatkad narušavala jedna pomisao: *Kad li ću opet videti Nadu?*

24.

Jednog dana objaviše velikim plakatima na kafani da u selo dolazi jedna grupa putujućih glumaca.

Doktor predloži Đurđici da pođu na predstavu, ići će i celo njihovo društvo, čak i popa i popadija, jer treba pomoći glumce.

Velika kafanska sala bila je puna sveta. Čitave porodice sedele su za stolom ispred bine, koju su glumci sami napravili, pa se spustila i islikana zavesa koju su deca radoznalo razgledala. Bile su u kafani i obe učiteljice s još nekim kolegama, jedan novi učitelj je došao na mesto prošlogodišnjeg, koji je premešten u jednu varošicu u Srbiji. Za stolom, gde su bili Đurđica i Branko, bilo je veliko društvo, među njima beležnik, jedan posednik sa ženom i predsednik opštine.

Kafedžija je raznosio gostima vruće krofne koje su se još pušile, pa donese i za njihov sto. Đurđica je bila raspoložena, najviše zbog toga što je muž sedeo okrenut leđima učiteljicama. *E, baš da ih ne gleda*, likovala je u sebi i s uživanjem jela vruću krofnu, očekujući da predstava počne. Publika je još pristizala, a već nije bilo mesta, pa je kafedžija jurio i iz okolnih kuća tražio još stolica.

Žagor, smeh, vicevi, čuli su se na sve strane. Najviše su se pravili vicevi na račun muževa i žena i beležnik iznenada dobaci lekaru:

— I vi ste bili beli udovac... Video sam vas u varoši. Sedeli ste u poslastičarnici, taman htedoh da uđem i ja, kad me zadrža na ulici jedan poznanik i kad najzad uđoh, vas nigde, a ja se nasmejah: *Gledaj ti moga doktora, žene mu nema, a on došao da se pročaršija sâm u varoši...* Šalim se, gospođo, dobar je vaš muž — okrete se Đurđici da bi ublažio dejstvo svojih reči, ali je bilo kasno.

Ona oseti kako joj zape u grlu zalogaj krofne, ščepa je nešto za stomak, sva se ohladi i pretrnu, ali se savlada i odgovori sa osmehom:

— Znala sam da je on bio u varoši. Ispričao mi je. — Muž oseti prekor njenih reči, ne odgovori ništa, ali ga iznenadi kako se brzo pribrala. Je li to, zaista, njegova Đurđica? I tada oseti grižu savesti što je išao, što je lagao, pa se naže ženici, prebaci ruku preko naslona njene stolice osećajući da je kriv i da će ona strahovito patiti, pa odgovori beležniku, a time je hteo nju da uteši:

— Zna moja ženica da sam ja svuda i na svakom mestu korektan muž.

— Znam — nasmeši se i ona i pogleda ga svojim plavim očima, ali, iako se smešila, osetila je da je neki bezdan između njih. *On je išao Nadi*, jauknu u sebi i sve joj se zamagli pred očima, suze joj zamutiše pogled, ali, srećom, ugasi se svetlost u sali, pozornica se osvetli i zavesa podiže.

Igrana je groteskna komedija, u kojoj je muž varao ženu, baš kao Branko nju, ona je gledala, a ništa nije shvatala, bila je kao u nekom ponoru. Osećala je kako joj suza klizi niz obraz i sakri oči dlanom, ali muž spazi tu suzu, uplaši se da i drugi ne vide, otera u sebi beležnika do sto đavola, obgrli ženu da je umiri, uteši, dokaže da je voli, jer je u ovom trenutku osetio kajanje i sažaljenje prema njoj.

Đurđica obrisa krišom oči, a svet se unaokolo smejao do suza, pa se smejala i ona, usnama samo, a lice joj je bilo ukočeno i celo telo se sledilo od velikog bola i saznanja: *On me je prevario dok sam bila u selu, i zato je sakrio da je išao u varoš.*

Sala se osvetlila, a svet se još smejao i pravio šale na račun muža, kome je ljubomorna žena bacala sve na glavu: jastučiće, kašike, i na kraju, natakla mu šerpu na glavu.

Taj trenutak propratila je bura od smeha i aplauza.

— Ako, tako mu i treba kad hoće da vara ženu! — likovale su supruge.

Đurđica se smešila krajevima usana, ali srce joj se nešto steglo i davilo je nešto u grlu, kao da nije imala vazduha.

— Uh, ovde je velika zapara — uzdahnu i obrisa čelo, a muž se nagnu da joj pogleda u oči, jer je znao šta nju muči.

— Da ti nije muka? — pitao je nežno.

— Nije mi muka — odgovorila je ne gledajući ga, ali se sva stresla, kao da je žmari groznica, iako je osećala zaparu u sali.

— Uzmite jedan špricer, pa vam neće biti muka — ponudi je predsednik opštine.

Sala se opet zamrači. Bilo je još većeg smeha i aplauza i na kraju sve se lepo završilo: neverni muž se pokajao i vratio svojoj ženi, što je razveselilo ženski svet, a muškarci su ih peckali:

— Budi i ti lepa kao ona udovica, pa neću nijednu pogledati.

— Lepa je što se namešta za tuđe ljude. To joj je jedini posao, nema ni muža ni dece. Takve bih ja sve u zatvor, pa opalila dvadeset pet batina — oštro je govorila jedna mlada, žustra ženica.

Takva je i Nada. Udešava se za muškarce, a on misli da ga ona voli i trči k njoj. Zamrzla je u tom trenutku muža, razgovarala je s njim ne gledajući ga, a kad su pošli kući on je nežno uhvati ispod ruke. *Kako je lažan! Ulaguje se jer zna da je kriv, ali sad sam ga dobro upoznala.* Išla je neko vreme pored njega, dopuštajući da je drži ispod ruke, jer je za njima išao svet, ali blizu kuće istrže naglo ruku, ote se, pođe ispred njega, otvori vrata na kući, utrča u njegovu sobu i okrete ključ u bravi. *Neću više da živim, ne treba mi ovakav život kad je on pun laži,* pala je na divan i zajecala, a muž udari pesnicom u vrata.

— Đurđice, šta to znači? Zašto si se zaključala?

Ona mu ne odgovori ništa, ali se iz sobe čulo njeno jecanje.

On je nastavljao ispred vrata molećivim glasom:

— Otvori vrata! Nemoj biti dete. Sve ću ti ispričati, nisam ništa kriv, veruj mi — lagao je, jer je osetio da u ovom trenutku mora da upotrebi laž i da joj se zakune ne bi li je umirio. — Hajde, otvori!

Ona je i dalje jecala, ne govoreći ništa, a on se naljuti:

— Ja sam mislio da si ti pametnija žena, a ti za svaku sitnicu praviš scene u kući. Ima li to smisla, što si se zatvorila?

Njen plač je postao još jači, a on sleže ramenima, odmače se od vrata, kroči u trpezariju, ali čuvši njene korake, uplaši se da nešto ne učini od sebe, jer je u ordinaciji bilo i otrovnih medikamenata, on joj je to ranije objasnio da bi je upozorio, a sad se pokajao, trebalo je da to zaključa da ih ona ne vidi. Viknu jače:

— Đurđice, otvaraj vrata!

Ona ne otvori, a začu kako se otvoriše vrata na ordinaciji, obuze ga užasan strah i grunu iz sve snage u vrata:

— Otvaraj ili ću izvaliti vrata!

I na ovu njegovu pretnju ona ne odgovori. On se izbezumi, nasloni se svom težinom na vrata, ali tvrda hrastovina ne popusti. Priseti se tada lukavstva i poče brzo ali tiše:

— Otvaraj, Đurđice! Evo Miloja... Čuo je lupnjavu. Zar da se svet kupi oko vrata?

Ljubomora ustuknu pred častoljubljem, ona priđe vratima i otključa ih.

— Za ime boga, šta ovo radiš? Zašto mi kidaš živce? Zar sam to zaslužio?

Đurđica mu ne odgovori ništa, baci se na sofu, živci joj popustiše i briznu u grčeviti plač. On sede na sofu pored nje, htede da joj digne glavu, ali ona ga odgurnu i kroz jecaj i ridanje jedva izgovori:

— Ti ćeš me ubiti svojim lažima.

— Dobro, priznajem, slagao sam te da ne bih pravio ovakvo čudo, jer kako čuješ da odem u varoš sâm, ti dobijaš nervni napad. Zar je to neki greh? Mislio sam da uštedim potres i tebi i sebi, a ispalo je još gore.

— Ne bih se ja ljutila da si mi kazao kad sam te pitala da li si bio u varoši. Zašto mi nisi priznao? Iz kakvih razloga kriješ kad god odeš u varoš?

— Ama, slušaj, ne krijem. Šta si uvrtela sebi u glavu?

— Kriješ, znaš zašto? Ideš onoj... To je jedna...

Pogrdna reč prelete preko njenih usnica, a njega kao da nešto ubode, dođe mu odvratna ova mala ženica, takoreći dete, koja hoće da vlada njime, da ga tiraniše, njoj da se ispoveda, i još pogrdnim izrazima napada ženu koja mu je pružila najlepše časove u životu. Htede da joj podvikne, ali je znao da će to izazvati još veću buru, jer je bila razdražena i trebalo je stišati, pa poče blaže:

— Iznenađuješ me svojim izrazima. Jedna vaspitana žena ne bi smela nikad da upotrebljava takve reči.

— Šta? Uvredila sam ti milostivu gospođu! Ona zaslužuje i gore izraze kad je imala obraza da se uvuče u našu kuću i da spava u mojoj spavaćoj sobi, pa joj još pripala muka, a ja, budala, trčim, zovem te da joj pomogneš, misleći zlo joj je, a njoj je bilo žao što si je ostavio... Neću to zaboraviti ni tebi ni njoj. Osvetiću joj se. Znaj dobro da ću joj se osvetiti.

— Dosta! — uzviknu on. — Meni je već prekipelo. Hoćeš da mi čitaš lekcije i da me grdiš. Treba da tražim od tebe dozvolu kud god se maknem. Vidi ti nju! Pravila se anđeo, a sad pušta jezik! Govori i dalje, bar da te upoznam, jer te dosad nisam dobro poznavao. Nije meni mogao niko da sudi, pa nećeš ni ti!

— Ja ne mislim da ti sudim, ti si potpuno slobodan, ali neću dopustiti da me ponižavaš. Bilo mi je kao da me je neko vrelom vodom polio, kad beležnik poče da te zadirkuje... A on zna, sigurno, mnogo više o tebi nego ja. I u mom selu znaju za onu nevaljalicu... Jest, nevaljalica je! Mrzim je i osvetiću joj se!

— Kako misliš da joj se osvetiš?

— Ja znam kako.

— Hajde, pravi skandale! Ubij i moj i svoj ugled. Dakle, to imam da očekujem od tebe! A ja sam, kad sam se ženio, mislio da ću imati slogu i sreću u kući.

— Naš bi život i bio takav da se ona nije umešala. Ti si za sve kriv. Prve nedelje posle venčanja išao si u varoš, išao si k njoj, pa si sakrio od mene. Sve se nakupilo u meni i mora da prasne jednog dana. Neka bude skandal, šta me se tiče. Nije ni ovo život. A kako sam ga ja zamišljala!...

— Dobro, rekla si sve što si imala na srcu. Priznajem, pogrešio sam što ti nisam kazao da sam bio u varoši. Išao sam po lekove. Više neću ići sam. Sad lezi mirno, pa ćeš sutra biti dobre volje. Nisi ti rđava ženica, ja to znam, ali treba da me razumeš. Imam ja još svojih momačkih navika.

— Pa hoćeš da ti dopustim te navike, da trčiš za ženama.

— Ne mislim ja na žene, već tako, volim i sam da izađem, da posedim u kafani, da porazgovaram s ljudima. Ne može čovek da zadene ženu za pojas i svuda da je vodi. Eto, i toga dana sam bio slobodan, pomislio sam: hajde da odem malo do varoši.

Čuo je kako čangrlja po ormanu, sipa vodu u čašu, i zovnu ga:

— Hodi ovamo da jedeš...

Njemu laknu, ali bilo mu je gorko u grlu od savlađivanja, a mogao je da prasne, pa se pobojao da ne dođe do veće svađe, a on je bio dosta naprasit kad se naljuti, mogao je čak i da udari, što je jednom i uradio: ošamario je jednu devojku koju je simpatisao kad je bio student. Posle se pokajao, ali žena je tako kapriciozna i jezičava da muškarcu dođe slatko da je izudara. Takve ispade Nada nikad nije izazivala kod njega. Nju je voleo, cenio, to je bila prava, iskrena, velika ljubav u njegovom životu, i žena koju nije mogao da zaboravi.

Đurđica se stišala i legla, a on je ostao da popuši cigaretu u trpezariji. Razmišljao je, analizirao sebe i osetio kako se ne kaje za ono što je bilo poslednji put kad je išao Nadi. Sukob sa ženom i ova njena kontrola nad njim, još više su uzdizali Nadu u njegovim očima, baš zbog onih Đurđičinih pogrdnih reči, jer taj rečnik njegove supruge, rečnik kakav nikada nije čuo od Nade, pokazivao mu je dve različite prirode i inteligencije. U tom sebičnom razmišljanju, zaboravio je da žena, bila neobrazovana ili intelektualka, ima isti rečnik kad je u pitanju ljubavnica koja polaže prava na njenog muža.

25.

Bila je već zima, sneg navejao, praporci na saonicama zveče, drveće se okitilo finim pahuljicama, a banatska polja bela, ravna, široka. U njihovoj kućici bilo je toplo, mala ženica je povazdan trčkarala, rumena, mlada, raspoložena.

I toga je jutra bila neobično vesela. Dobili su pozivnicu za bal zimske pomoći, koji se priređuje u gradu, pa je jedva čekala da joj dođe muž da čuje hoće li pristati da idu na zabavu. To bi joj bila prva zabava s mužem, i to u gradu, jer dosad je posećivala samo zabave u svom selu.

Kad je došao, ona mu pruži pozivnicu:

— Evo, dobili smo pozivnicu za bal zimske pomoći. — Ne reče ništa više, jer je očekivala da on kaže hoće li ići ili neće, da ne izgleda kako ona jedva čeka da ide na bal, kao da je još devojka. On pročita, nasmeši se i pogleda je:

— Hoćeš li da idemo?

— Ako ti želiš, ja pristajem — lukavo odgovori mala supruga, a sva zatrepta od radosti.

— Da idemo... To je svečani bal... Ko li se to mene setio?

— Tebe poznaju mnogi u varoši.

— Jeste, imam dosta prijatelja.

— Ali za takav bal treba da imam elegantnu toaletu.

— Imaš ti dosta haljina. Ona što si je letos nosila na moru kad smo slušali pevače, vrlo lepo ti stoji.

— O, pa to nije haljina za svečani bal. Nego imam ja svadbeni prevez, onu lepu ružičastu svilu, mogla bih da od nje sašijem haljinu. Zašto da mi uzalud stoji? Dopuštaš li mi da sašijem pravu balsku haljinu?

— To je tvoja stvar. Ako voliš, sašij. Ko će da ti šije?

— Ima ovde jedna vanredna krojačica. Radila je u jednom velikom beogradskom salonu. Pričala mi je popadija o njoj. Ima ona i sve modne žurnale. Idem sutra k njoj da mi odmah sašije. A šta ćeš ti da obučeš?

— Imam smoking, još je kao nov.

— Pogledaću ga sutra. Bal je u drugu nedelju. Još devet dana. Stići će mi haljina. Volim da idemo — izbi iz nje radost. — Ne znam kako izgleda jedan svečani bal.

— Kao svi balovi, samo što su dame elegantnije.

— Sve je gotovo. Izvol'te! — iznenada ih pozva Miloje na ručak.

Bili su raspoloženi za stolom, jer je opet nastalo bračno zatišje i sloga. Mala supruga nije imala razloga da bude ljubomorna, a to što će na bal, pričinilo joj je ogromnu radost.

Po podne je odmah otišla krojačici i izabrala model, nešto vrlo elegantno. Krojačica joj je laskala kako je lepa, kako ima lepo telo i da će je dugačka haljina praviti još višom. Sva ozarena i maštajući o prvom svečanom balu, svratila je do popadije koju je jako volela.

Kod nje zateče obe mlade učiteljice, i tu se upoznaše. One su bile vesele mlade devojke, prirodne, ljubazne, polaskaše Đurđici kako im se dopada i da su videli njenu lepu kućicu, što Đurđicu raskravi i pozva ih da joj dođu u posetu s popadijom.

Crnka je pitala kako se upoznala sa svojim mužem, jer ju je uvek čudilo: kako da jedan doktor uzme devojku sa sela. Đurđica im je ispričala, opisala im iskreno susret i onaj momenat kad je držala vruć hleb u ruci, koji je tek izvadila iz peći, našto popadija dodade:

— Dopala si mu se, video je da si dobra domaćica, to najviše privlači muškarce, a naš Branko je uvek bio ozbiljan čovek.

— Gospodin doktor je izuzetak među muškarcima kad je tražio ženu domaćicu — osmehnu se skeptično crnka. — Ja mislim da svi muškarci traže lepe i bogate, ne pitajući je li domaćica.

— Nije tako, gospođice — poče opet popadija. — Traže oni lepe da se provode s njima, a kad se žene, hoće da ih žene dvore i uslužuju.

— I ja volim kuću — prihvati ona manje lepa učiteljica. — Znate da se ne hranimo više u kafani. Dosadilo nam. Našle smo sobu i kuhinju, pa same kuvamo kad dođemo iz škole. Gazdarica nam je dala svoj štednjak, ona ima u kuhinji zidani, pa nam sve dobro što god skuvamo. Bilo nam je dosadilo: odemo u kafanu, a muškarci se sakupe i saleću nas.

— Takvi su svi muškarci. Čim vide same žene u kafani, misle da su došle da se provode.

— To ste pametno uradile — pohvali ih Đurđica i laknu joj što nisu više u kafani, ali sad joj bi jasno i zašto poslednjih dana Branko nije odlazio u kafanu, znao je da one više nisu tamo. I opet je pritisnu tuga pri saznanju da se svakodnevno doživljavaju mala razočaranja u braku. Ipak ih je pozvala da vide njenu kuću, pa se raspričala s njima o selu, đacima, učiteljima, o ratu.

Tu nedelju dana pred bal bila je kao u zanosu. Pevušila je od radosti i veselo dočekivala muža. Nijednog oblaka nije bilo u njihovom braku, jer su želeli da odu vedri na bal. Trčala je do krojačice da proba haljinu i uveče pričala mužu:

— Da vidiš kako mi stoji haljina! Nećeš me prepoznati u njoj.

— Ti se nešto mnogo udešavaš — zadirkivao je muž.

— Udešavam se za tebe. Hoću da svi kažu da imaš elegantnu ženu. Svet je pakostan, čim čuju da sam iz sela, odmah omalovažavaju: uzeo je seljanku! E, hoću da svi vide da i seljanka ima ukusa.

— Pa da nisi imala ukusa, ne bih te ni uzeo.

— Ti to nisi mogao odmah da vidiš. Zatekao si me u kuhinji onog prvog dana.

— Tu se tek može videti je li žena uredna i ima li ukusa. Bila si lepo obučena s jednom šarenom keceljicom i mašnom u kosi.

— Kako se ti svega sećaš.

— Ja to volim kod tebe.

— Ali sad želim da me vidiš kao pravu damu.

— Nemoj ti mnogo da želiš da budeš dama, jer dame vole provod, društvo, kavaljere, pa se svašta događa.

— Uh, prvi put me vodiš na bal, pa mi toliku lekciju čitaš.

— Šalim se, hoću da te diram; znam ja da si ti moja dobra ženica.

— Treba da spremim i frizuru za bal. Da li da idem u varoš ili ovom našem frizeru? On pravi električne ondulacije, pa me uverava da će mi napraviti takvu frizuru kakvu neće imati nijedna dama. Kaže da je radio u Beogradu, učestvovao na konkursu za najlepšu frizuru i dobio nagradu.

— Što da ideš u varoš kad je konkurisao u prestonici! Što vi žene imate brige za bal!

— Nemam nikakve druge brige osim haljine i frizure. I ti moraš da se malo podšišaš. Volim tvoju frizuru. Lepa moja kosica! — tepala mu je gladeći mu kosu. — Ti ne znaš koliko te volim! Veruj mi, svako podne iščekujem te kao prvog dana.

On je privuče sebi i poljubi nežno. Bila je naivna kao dete i umiljata, ali mogla je da se uzjoguni i ćuti kad se naljuti, a on je bio plah, ali povratljiv. *Da li će Nada biti na balu?*, pomisli najednom. *I ko li je poslao pozivnicu? Da nije ona? Treba da pogledam rukopis na pozivnici.* — Daj mi pozivnicu.

Ona mu je donese, a on se zagleda u rukopis. *Ovo je Nada pisala. Zašto mi je pisala? Da li želi da me vidi? Nije prijatan susret u prisustvu žene. Đurđica je ljubomorna. Trebalo je da ispričam Nadi o njenim sumnjičenjima.*

— Hoćemo li da idemo u nedelju posle podne ili pre podne?

— Ići ćemo pre podne.

— A u kojoj ćemo kafani odsesti?

— Odsešćemo u kafani u kojoj sam ja uvek odsedao. Čista je i kafedžija me poznaje. Odmorićemo se posle podne, pa se ti natenane spremi za tvoj prvi bal. Čini mi se da si uzbuđena kao šiparica...

Ona se branila da to nije istina, ali kad bi muž otišao, samo bi o tome mislila, a jednom je zaključala vrata, obukla balsku haljinu, stavila na kosu ukras od ružica, nešto kao mala dijadema koju je napravila krojačica od iste svile kao što je haljina, pa se ogledala, šetala po sobi, sva zadovoljna svojom pojavom u ogledalu.

Ona je volela svoga muža, ali se njeno žensko srce radovalo da je vide i drugi kavaljeri, taj nepoznati svet, da joj se malo dive, jer ona nije imala ništa od života, a osećala je da život kipi u gradu, da se tu provodi, pa je bilo pravo da se i ona malo provede, da Branko vidi kako i ona nešto vredi i da muškarci bacaju poglede na nju. *Da li će biti ljubomoran?*, mislila je u sebi i čisto bi se radovala da bude, jer ga je volela, jer je on bio jedini muškarac u njenom životu, i sve ovo njeno udešavanje, ova fantastična balska toaleta, frizura, odlazak na bal, imaju jedini cilj: da on vidi šta ona vredi u društvu.

26.

S uzbuđenjem mlade devojke, koja prvi put ide na bal, ušla je Đurđica s mužem u salu. U velikom ogledalu videla je sebe i nije mogla verovati da je to ona, mala devojka iz sela, koja je do juče muzla krave, mesila hleb, vraćala se s polja na kolima sa senom zabrađena šarenom maramom. *Prava dama*, polaska sebi. *Što ne može mama da me vidi?*, zažali, a želela bi da je vidi i mama, i celo selo, sve njene drugarice, i one pakosne, koje su govorile: „Baš joj liči da bude doktorka!"

U sali je bilo mnoštvo sveta, gospođa i mladih devojaka, u veluru, svili, taftu, prava raskoš, mnogo dijamanata, ogrlica, minđuša, ukrasa u kosi, brilijantnog prstenja. Gledala je zadivljeno, kao dete, srećna, što je njena haljina lepša od mnogih. Spazila je kako je dva muškarca gledaju i nešto govore. Videla je kako jedna starija gospođa upravi lornjon na nju, pa na njenog muža, a posle je nešto govorila dami do sebe, sigurno o njima. Vide i dve mlade devojke kako zagledaju najpre njenog muža, pa nju. *Ove ga poznaju... On je dolazio u varoš, mora biti da je imao poznanstava*, mislila je Đurđica, ali nije bila ljubomorna, jer je osetila ženskim instinktom da je i ona lepa, da je gledaju, da se može dopasti, i to je ispuni ponosom.

U ogledalu, u dnu sale, Đurđica opazi iza sebe jednu vitku damu u crnoj večernjoj haljini. Bila joj je okrenuta leđima i videla joj je visoku figuru s mnogo lokni na vrhu glave, zaglađeni potiljak i beli vrat kao slonova kost. Dama u veluru se okrete i Đurđica sva zadrhta.

Nada!

Obrazi joj buknuše i ona skrete pogled da se ne susretne s Nadinim očima, jer oseti mržnju prema njoj. Što da je sretne baš ovde na balu i da joj pokvari raspoloženje! Mrzela ju je što je ovako lepa, vitka, s nekim blistavim ukrasom na haljini koji se vijugao kao zmija, pa joj se i ona učini kao zmija, spremna da ujede.

Da li će imati drskosti da nam priđe?, mučilo ju je neprestano. Dođe joj nešto teško, sva je malaksala, jer je ljubomora na Nadu bila jača od svega, a ona je bila tu, na balu, lepa, elegantna, kao da je došla da prkosi Đurđici i da vidi Branka.

— Ah, eno jednog mog poznanika! — reče Branko i udalji se od nje.

On priđe jednom postarijem gospodinu, a Đurđica ostade na istom mestu i spazi kako joj se približava Nada, pa se sva strese i jeza joj prođe telom, a u duši joj se uzburka i gnev je svu obuze.

One stadoše jedna prema drugoj, Nada visoka, vitka, u crnoj haljini, s nečim gospodstvenim u liku, Đurđica mala i slatka kao lutka.

— Baš se radujem što vas vidim. Mislila sam da li ćete doći. Treba da se pojavite u društvu. Vi ste mladi. Kako ste elegantni! Davno vas nisam videla. Čula sam da ste letos bili na moru. Vidi se uticaj mora na vama. Ja sam u odboru gospođa i gospođica za zimsku pomoć, pa sam se setila i vas i poslala vam pozivnicu.

Njene reči su padale na Đurđičinu dušu kao vrele žiške, svaka ju je prljila, peklo ju je i bolelo, a naročito kad je čula ovo poslednje: *Poslala sam vam pozivnicu.* Ona, ljubavnica njenog muža, smela je da pošalje pozivnicu da bi ga videla, a ona je tu samo kao prišipetlja uz muža. I on je to znao, došao je da vidi ljubavnicu, a svoju ženu da izloži podsmehu cele sale, jer je videla kako ih neki gledaju, kao da su znali da je Nada bila ljubavnica njenog muža. Pred očima joj zaigraše svetlaci, dođe joj da je gurne u grudi i da cikne, ali se savlada i odgovori joj tiho, šapatom:

— Gospođo, da sam znala da ste nam vi poslali pozivnicu, nikada ne bih došla na bal. Ja vas prezirem. Odlazite i nemojte se nikad više usuditi da mi priđete.

— Zašto? — promuca Nada sva bleda, ali prikupi snage da ne oda svoje uzbuđenje. Osmeh prezira razvuče joj usne i ona odgovori: — Ne čudim se, gospođo, vašim rečima. Bolje nisam mogla ni očekivati od vas.

Zatim se udalji lako klimnuvši glavom, a sva je drhtala, lice joj je bilo bledo, oči široko otvorene i Branko, koji ih je posmatrao dok su razgovarale, naslućivao je da se neka scena odigrala među njima, jer Nada prođe pored njega, ne javi mu se i ne pogleda ga, i izgubi se u gomili.

On priđe Đurđici, htede da je zapita šta su razgovarale, ali ne smede, a ona ga zamoli:

— Hajde da sednemo, teško mi je.

— Zašto ti je teško? — pitao je nežno, bojeći se da išta grubo kaže, jer je znao ženske nerve, može briznuti u plač, video je da joj se kupe suze u očima, pa požuri:

— Eno dve prazne stolice, hajde da sednemo! Toplo je ovde. Hoćeš li čašu limunade? Možemo ući u bife...

— Neću ništa. — Htede da mu kaže: „Žalim što sam došla", ali oćuta, misleći da nema smisla da se tu objašnjava, izvadi malu lepezicu i poče da se hladi. Branka je kopkalo šta je razgovarala s Nadom, ali nije smeo da je upita, mada je sigurno znao da je Đurđica morala nešto reći Nadi i čekao je priliku da se sretne s njom i da je zapita.

Muzika zasvira tango, a on pozva ženu:

— Obećao sam ti da ću na zabavi igrati s tobom.

Dizala se, bez volje, neraspoložena, i osećala se kao neka stvar u njegovim rukama. *On je znao da nam je Nada poslala pozivnicu, mora da je prepoznao njen rukopis onda kad je zagledao adresu.*

Zato je i došao. Bio joj je mrzak u tom trenutku i dođe joj želja da mu se sveti.

Kad ju je on pustio, priđe joj jedan mladić i zamoli za igru. Ne misleći ništa, ona prihvati poziv i mladić je povede kroz salu.

— Ne poznajem vas, gospođice, danas vas prvi put vidim. Jeste li odavde?

— Nisam. I nisam gospođica. Ja sam gospođa, a ono je moj muž, doktor Branko Božić.

— A! Vi ste njegova gospođa? Doktora znam po čuvenju. On je lekar u obližnjem selu.

— Jeste, mi živimo u selu.

— Zato vas nikad i ne viđam — tužno je govorio mladić i pogleda joj oči, usne, kao da je hteo očima da izrazi svoje laskanje, što Đurđicu opi, zaboravi svoju patnju i tu odvratnu ženu koja joj je zagorčavala život.

Posle joj priđe jedan poručnik, čim je mladić doveo do mesta, i on joj polaska, a imao je divne tamnoplave oči da ju je sve opijalo, nije mislila šta Branko oseća u tom trenutku, ima li smisla što ide iz ruke u ruku mladića. Tištao ju je bol i htela je da zaboravi. Pošto je izmenjala tri igrača, ona se vrati, sede na stolicu, ali Branka nije bilo.

On je izašao gnevan videći je kako se zabavlja i susrete Nadu u maloj sali. Prišao joj je i brzo reče:

— Šta si razgovarala s Đurđicom? Ti si bila sva bleda. Da li ti je štogod kazala?

— Nemoj da se uznemiravaš. Naravno da mi je kazala, ali ja joj to odbijam na glupost. Kako si ti? Volim što te vidim. Ja sam u odboru gospođa. Je li da je bal uspeo? Palo je dosta priloga. Što me tako gledaš? Ti si srećan muž, Đurđica je večeras vrlo lepa. Vidim da se kavaljeri otimaju oko nje. Nepoznata je, pa to draži muškarce. Izvini me, moram da se pozdravim s onom gospođom. Dođi kad budeš imao vremena — pozva ga u inat maloj seljanki, a Branko osta zbunjen, rasejan, a u ušima su mu bubnjale Nadine reči: *Kavaljeri se otimaju oko nje.*

Potraži očima ženu i vide kako je dovede do stolice jedan kavaljer, pokloni se pred njom i ode, i spazivši da joj se uputio drugi, požuri i sede do nje na stolicu.

— Ti se lepo zabavljaš? — pitao je mirno, a bio je sav jedak zbog onoga što je kazala Nadi, zbog ovih kavaljera koji se guraju oko nje. Misle valjda da je devojka, a ona zaboravlja da je udata žena. Znajući da bi bilo nekorektno da se ovde objašnjava, ne reče ništa više, a ona mu odgovori s osmehom u kome je bilo malo i prkosa:

— Kad sam došla na bal, zašto da sedim?

— Imaš pravo... Treba da igraš cele večeri.

— Pa to mi je, možda, prvi i poslednji bal — prošaputa ona i okrete glavu da se ne bi srela s njegovim očima, koje su htele da vide šta ona misli dok ovo govori.

— Mladi smo mi, imaćemo još dosta balova u životu — odgovori joj on veselo, osećajući da u njoj ima neke žučnosti, pa je onda pozva:

— Hajdemo u bife! Ja sam žedan. Da li bi htela jednu malinu?

— Mogu.

Išli su jedno pored drugog, a dva mladića su pogledala mladu ženu i jedan reče:

— To je njegova supruga. Lepa ženica. On je lekar. Koliko mi je poznato, on je živeo s onom udovicom Nadom. Ona ti je prava lafica! Vidi kakvo ima telo. Kao nimfa. Ali je nepopustljiva. Ja sam sve moguće pokušavao kod nje, ali ni da čuje. Ili se pretvara ili žali za ovim doktorom. Ne bi mu falilo i nju da je uzeo.

— Falile bi mu, možda, pare. Ovo je sigurno neka miraždžika.

Branko i Đurđica uđoše u bife. Nada je prolazila, elegantna, lepa sa svojim zagasitim tenom koji se još više isticao uz crnu večernju toaletu.

Đurđica je gledala u svoju čašu s malinom, oči su joj bile ukočene i bledilo joj preli lice.

Kad se Đurđica vraćala s mužem kući bilo je već pola četiri izjutra. Muž joj je predlagao da prenoće u kafani, ali ona nije htela.

— Šta ćemo u kafani? Soba je hladna, da se smrznemo, bolje da se vratimo. Utoplićemo se, pa ćemo začas stići u selo.

Tako su i uradili. Ona je ćutala sve vreme. On bi rekao ponešto, našta bi ona promrmljala: „da", „jest" — i ništa više. Uzjogunila se i samo ćutala. Ali je u sebi likovala što je ono izgovorila Nadi.

— Ti si nešto neraspoložena? — pitao je muž.

— Nisam... Umorna sam malo.

— Kad si umorna, nismo morali ići u selo, nego ostati u kafani da prenoćimo.

— Kod kuće ću se lepše ispavati u svom krevetu.

On je zaćutao i pomislio na Nadu: *Šta li joj je kazala Đurđica?*

Kad su stigli kući, nije mogla da otrpi, nego mu dobaci jetko:

— Mislila sam da nešto vrediš, a sad sam se uverila da ne vrediš ništa.

— Zašto ne vredim? — uzruja se on.

— Da vrediš, našao bi se neki pošten čovek koji bi nas pozvao na bal, a ne jedna nevaljalica, tvoja ljubavnica... I još je došla da mi se pohvali kako nam je ona poslala pozivnicu; mislila je, valjda, da ću joj reći hvala. Ali ja sam joj dobro odgovorila, i neće više smeti ni na oči da mi izađe. Dosta ste me vas dvoje ismejavali i izigravali, više nećete. Prvi put si me izveo u društvo i da mi presedne zbog nje. Ti si znao da je to ona poslala, zato si i zagledao u rukopis na adresi. Sramota je što si me tako izložio podsmehu celog sveta. Verujem da svi znaju za vaše odnose, a ona mi je još i prišla... Ali moje strpljenje ima granica...

— I moje isto tako. Ti si videla da sam ja dobar i popustljiv, pa si počela da praviš ispade u društvu. Ali ja to neću da dozvolim. Kad si mislila da se tako ponašaš, trebalo je da se udaš za nekog seljaka, pa se s njim svađaj javno, pred celim svetom. Narogušena si celo veče, a ja moram da ti se ulagujem, jer me je stid od sveta.

— Ulagivao si mi se što si znao da si krivac. Pitala bih te ja šta bi radio da sam ja imala ljubavnika kao ti, pa da nas on pozove na bal.

— Pa dobro, ako je i poslala pozivnicu, zar je to neka uvreda? Pozvala te je da se i ti pojaviš u društvu. Lepo si se provela, igrala si, imala kavaljere, pogledali su te, ko zna što su ti pričali dok si im bila u naručju i ja na to ništa ne kažem, a ti da napadaš jednu otmenu ženu, koja nam je u najboljoj nameri poslala pozivnicu!

Ono „otmena žena" uvredi do srca Đurđicu i ona kriknu:

— To tebe i boli, što sam uvredila tu otmenu gospođu. Video si je i zažalio za njom, zato te i vređa. Održavaš ti i dalje s njom veze, u to sam uverena, a potrudiću se i da sve doznam; ali znaj, posle toga, među nama je sve svršeno. Otmena žena! Ona je za mene pokvarena žena! A nisi ni ti bolji od nje, kad si mogao da joj dozvoliš da uđe u našu kuću i još da noći kod nas!

— Govori, govori još, da te potpuno upoznam. Tek sad uviđam da si gadura.

— Da, ja sam gadura i glupa sam. Trebalo je da se za seljaka udam, jer nisam za doktora. Jest, i nisam bila za doktora, takvog kao ti, koji hoće brak utroje. Da mu ja vodim kuću, a u varoši da ima prijateljicu i da me vara. Seljak bi me poštovao, bila bih srećnija, sa seljakom ne bih doživela već prvog dana razočaranje. Znaj da te prezirem kao i nju što prezirem. To sam joj sasula u lice nasred sale.

— Divno si se ponašala, video sam. Trebalo je javni skandal da napraviš, to tebi i liči, sve sam mogao očekivati od tebe. Glupačo jedna!

— Ako sam ja glupača, ona je... — i pogrdna reč opet izlete iz njenih usta.

— Tako je samo ti nazivaš, a svi je smatraju damom i inteligentnom ženom. Treba da se stidiš svojih reči!

— Je li, treba da ćutim kao jagnje i sve da podnosim? Ali ja neću, neću, jesi li razumeo? Ja mrzim tu ženu. Odvratan si mi i ti pored nje. I ti si gad kao i ona...

— Umukni! Jesi li čula? Ti čoveku ideš na nerve. Nisam znao da si takvo čudovište. Ti me još ne poznaješ! Ja trpim, trpim, ali kad mi prekipi...

— Ded! Htela bih da vidim šta ćeš učiniti kad ti prekipi. I meni je večeras prekipelo...

— Ti me izazivaš, ali ja sam pametniji i ućutaću.

Pošao je u svoju sobu.

— Nisi ti pametniji, nego te boli što je ja napadam. Ne daš mi da je vređam. Ali hoću, javno ću da je vređam, svima ću da pričam kako ti je tvoja metresa došla u kuću i predstavila se kao rođaka. Pričaću neka se zna kakav si i ti.

On polete sav bled, unese joj se u lice stegnutih vilica i prosikta:

— Umukni ili...

— Neću da umuknem, reći ću svima!... Baš hoću!

On zamahnu rukom i udarac pade na njenu glavu...

Ona se povede, uhvati se rukom za glavu, poblede jedan trenutak, posle joj krv jurnu u lice i progovori muklo:

— Tako... umeš i da udaraš... Tučeš me zbog nje... Dobro... Hajde, udari me još jednom... Možeš i da me ubiješ... Sad te poznajem...

A on kao da se osvesti, ode u svoju sobu, sede na divan, zagnjuri lice u ruke i osta nepomičan, osluškujući šta ona radi, sve dok ona ne ode u svoju sobu. A onda ustade s divana, skide večernje crno odelo, obuče dnevno i iziđe u dvorište.

— Gospodine, skuvao sam kafu — zovnu ga Miloje iz kuhinje. — Hoćete li da pijete?

— Mogu.

Izašao je iz kuhinje i pošao prema kapiji. Zastao je dvoumeći se: da li da ode do nje i vidi šta radi? *Nije trebalo da je udarim*, ali se pobuni: *Neću da idem. Neka je... Treba ona da oseti mušku snagu. Ja sam popustljiv, a ona to zna, čeka uvek da se ja pokorim. Kakve mi je samo reči bacila u lice! Ja ne vredim... A ti vrediš, seljanko jedna! Tako mi i treba kad sam se ženio zbog miraza. Napade onu finu ženu,* sažali se na Nadu. *E, baš ću opet ići k njoj. Hoću, u inat! Ženski jezik natera muževe da ih varaju.* Pošao je, pa zastao oklevajući. *Bolje da se vratim... Može svašta da učini od sebe. Luda je... Ne! Treba održati svoje. Ako popustim sada, drugi put će biti još gora.*

Pošao je žurno, rešen da ne dođe kući do jedan sat. *Tako joj i treba*, likovao je što je savladao sebe i ostavio je da razmišlja o jačini njegove pesnice.

27.

Još u balskoj toaleti, ne dolazeći sebi od zaprepašćenja, stajala je Đurđica nasred sobe, gnevna, razočarana, nesrećna. Udario je? I to zbog koga! Zbog ljubavnice! Umesto da joj je dao za pravo, on je na nju izlio svoj gnev pesnicom, jer mu je bilo krivo što je uvredila onu... onu... — tražila je reč da je nagrdi, i zaboli je još jače, jer muž nije osetio njenu lepotu kad je mogao da je udari u ovoj lepoj haljini. Udario ju je, jer je ona njegova lepša, zavodljivija, osetila je to i ona, možda je zato i patila, zbog toga joj je i bacila u lice one reči, htela je da je odgurne da se više ne meša u njihov život, jer ona je volela svoga muža.

Kako sam ga volela!, jauknu joj srce, i kao da se sruši nešto u njoj, svi oni snovi koje je podgrejavala, iako se jedan po jedan rušio i u braku ih ostajalo sve manje, ali je mislila: tako mora biti, tako je svuda, ona će ipak ostati dobra žena, trudiće se da on uvidi šta ona vredi. To ju je hrabrilo, ulivalo joj nade, čuvalo njenu ljubav, a sada? — ovaj je udarac uništio sve.

Ostaviću ga!, kriknu nešto u njoj. *Idem svojoj mami. Ovaj udarac mu neću oprostiti. Neka zna da imam ponosa iako sam seljanka. Seljak me ne bi udario, on bi me voleo, a on, gospodin, intelektualac, fini čovek, ponaša se prostački i ništa drugo nije znao nego da udari ženu, slabo stvorenje!*

Skupila je delove večernje toalete, ostavila ih u orman, obukla jednu toplu vunenu haljinu, uzela koferče, stavila u njega nekoliko haljina i žurno izašla iz kuće i otišla ulicom nekud. Tražila je kočijaša. Uzela je jednog koji ih je češće vozio i naredila mu da odmah dođe pred njihovu kuću. Kad se vratila spazila je Miloja i požurila u dvorište.

— Gde ste vi bili, gospođo? Nisam vas video kada ste izašli.

— Išla sam, pozvala sam Đorđa da me vozi u selo. Mama je bolesna, moram odmah da idem.

— Pa... gospodin ništa ne reče.

— Nije znao. Sad sam čula... Prošla je ovuda jedna seljanka... pa me kroz prozor viknula i kazala mi — lagala je.

— Pa što ste vi išli po kočijaša? Mogao sam ja.

Na ulici se začuše praporci i zaustaviše se kočije.

— Evo Đorđa...

— Zar nećete da doručkujete?

— Daj mi da popijem mleko s nogu. Ne jede mi se ništa.

— Bože, kako da se gospa Mara razboli baš sad? A ja vas očekujem da mi pričate kako je bilo na balu. Vi ste bili sinoć kao vila... Sumnjam da je ijedna bila lepša od vas!

— Bilo je mnogo lepih žena. Kaži gospodinu da sam otišla u selo jer mi je mama bolesna. — Istrčala je iz kuhinje, uzela koferče i sela u kola.

— Samo požuri! — zamolila je kočijaša. Htela je da bude što dalje, dalje od kuće, od muža, da mu se osveti za onaj udarac, da oseti da ona nije žena koja će dopustiti da je muž tuče, ima i ona dostojanstva i traži da je muž poštuje.

Neka ide sada onoj!, mislila je ravnodušno, jer je u ovom trenutku osetila da se nešto hladi u njoj. A kad kola pođoše, zaigra joj nešto u srcu, zaboli je kao da je udari nešto teško: *Moja kućica... moja sreća...* Suze počeše da joj se kotrljaju i ona navuče kapuljaču na oči da je ko ne bi sreo, video njene suze i pogodio da ona napušta svoju kuću i muža.

Sneg je vejao sve više. Konji su kasali, pahuljice joj zasipale lice, osetila je kako joj zebu noge, iako je imala sneške, ali nije marila da se razboli, ne bi žalila ni da umre. Oh, kako bi to bilo kada bi umrla, kako bi volela! Pa da je sahrane, da i on dođe, da se seti kako ju je udario baš kad je bila najlepša, udario je pesnicom u glavu kao pseto; a i pseto se voli; a šta je ona, žena? Životinja koja se može tući. *Bože, daj da umrem, pa da me sahrane i da on oseti da sam umrla od poniženja, njegove uvrede, da mi je prepuklo srce u grudima.*

Kad se pojavila, majka je dočeka s uzvikom:

— Otkuda ti sada? Zašto po ovoj mećavi? Sva si snežna! Zašto nisi uzela pokrivena kola?

Da li da kažem mami sve? Da joj se izjadam? Da se isplačem na njenim grudima? Ne, ne! Neću joj reći! Dođe je stid, sramota, bolno...

— Došla sam da te vidim, da ti ispričam kako sam se provela na balu. A pravo da ti kažem, sanjala sam ružan san, pa sam se uplašila da nisi bolesna — lagala je mamu, grlila je i ljubila, a niz lice joj se slivao rastopljeni sneg, a možda i suze. Bilo joj je teško što ne može da joj se ispovedi, jer je znala da će mama reći: *Sama si ga, ćerko, izabrala. Htela si doktora, a ja sam htela da dovedem zeta u kuću, da mi radi na imanju i da smo zajedno.*

Dotrča i Maca:

— Jaoj! Kako je naša lepojka mokra! Skidaj obuću i kaput. Ti si nazebla...

— Došla je mene da vidi. Sanjala je ružan san.

— A ja, snaša Maro, sve mislim jutros: „Ama, da nam ne dođe neko.” Nešto mi se sve predskazivalo.

— Mama, ruke su mi se smrzle.

— Hajde da ih malo opereš hladnom vodom. Kuhinja je topla. Vidi, kakva ti je to frizura?

— Ah, pokvarila se. Sinoć mi je bila vrlo lepa kad sam bila na balu.

— A kad ste se vratili s bala?

— Jutros.

— Gospode bože! Jutros se vratila pa odmah krenula na put? Zlato moje, kako ona voli svoju mamu. Zna ona koliko ja tugujem za njom! — briznu mama u plač, a kći je zagrli, pa se i njoj otkači u grudima, i proliše se suze, čitav mlaz, suze tuge, bola, razočaranja. A mati je mislila da plače za njom pa se smešila kroz suze, bilo joj je milo što je to videla Maca, jer će ona pričati komšikama, koje su volele da je pecnu po koji put: „Da je volela ćerka, ne bi je ostavila.”

— Mama, mnogo mi je hladno.

— Zlato moje, hajde u sobu pa da legneš u krevet. Trči, Maco, naloži u sobi! Ti, kćeri, nisi spavala.

— Nisam cele noći.

— I došla mene da vidiš! Znam ja koliko ti mene voliš. Hajde, Maco, požuri, uzmi suva drva, ona gore kao luč, razmesti i krevet. Ja ću tebe dunjom da pokrijem i kad se ispavaš, biće sve u redu. Jesi li gladna?

— Neka, posle ću, hoću sad da legnem, sva drhtim od studeni.

— Dobro, kako ti hoćeš. A kako je zet? Što nije i on došao s tobom?

— Nije mogao, ima posla u zadruzi.

— A kažeš, išla si na bal. Pa jesi li bila lepa?

— Pričaću ti posle. Sašila sam pravu balsku haljinu.

— I bila si prava gospođa! To tebi priliči... E, pa neka pocrkaju svi od muke! Čuješ, Maco, bila je na balu, imala balsku toaletu, i prava gospođa bila!

— Bože, što nisam mogla da te vidim! Nego doći ću jednom sa snaša Marom pa da se obučeš da te vidimo kakva si izgledala. Majka mi se obradovala kad me rodila... vatra mi već bukti... Još malo, pa možeš da legneš.

Đurđica je cvokotala zubima od zime, nazeba, bola, svega onoga što je doživela prošle noći. A mati se uplaši i blago je prekori:

— Zašto si dolazila da propadneš?

— Ništa mi neće biti, mama. Ne mari i ako se razbolim, imam muža doktora.

— Imaš, ali on nije ovde; ako ti bude rđavo, poručiću da dođe.

— To ne smeš, mama, da radiš! On bi se uplašio. — *Ah, možda bi on i voleo da umrem, pa da uzme onu...* Suze joj zamutiše oči, ali se okrete da mama ne vidi.

— Može moja lepojka da legne — zvala je Maca. — Začas nam se ova sobica zagreje. Ispavaj se ti dobro, a Maca će ti nešto spremiti za jelo.

Legla je, pod uticajem tople sobe, perjane dunje i mekih jastuka poče san da je savlađuje i oči joj se sklopiše. Mati baci veliki panj u peć, zatvori vrata i ostavi je da se ispava. Dugo je spavala i kad se probudila nije znala u prvi mah gde se nalazi.

Gde sam ja ovo? Prozor je bio na drugoj strani i videla je kako veje sneg, i tek posle se priseti gde je i šta je sve bilo. Srce, malo utišano, prekori je: *Zašto si ovo uradila? Ostavila si muža. Možda će on to jedva dočekati. Da li sutra da se vratim? Neću! On me je udario. To bi bilo poniženje. Da mu se pokoravam? Ne, ostaću ovde. Ako me voli, doći će po mene. Ako dođe, oprostiću mu...* Drhtavica joj je prožela celo telo i oseti kako je u grlu grebe. Htela je da ustane, ali nije mogla.

Nazebla sam... Ako! Neka se i razbolim... To bih volela najviše.

Mati odškrinu vrata.

— Jesi li budna?

— Jesam, mama.

— Znaš li koliko je sati? Tri sata posle podne. Prespavala si ručak. Htela Maca da te budi, a ja nisam dala. Bolje da se ispavaš. Sad ustani, pa da ručaš.

Ona se diže, sva lomna, i opet oseti drhtavicu, jela je malo i požali se majci:

— Kao da me lomi groznica i strašno me grebe u grlu.

— Pa legni opet.

— Hoću. Tako mi je hladno! Sva drhtim. Naložite dobro peć.

— Pogrešila si što si dolazila — vajkala se mati. — Sutra ću da poručim Branku da dođe.

— Nemoj, mama, molim te! Treba još i on da nazebe! Kazala sam mu da ću ostati nekoliko dana, a za to vreme ću se oporaviti. I on se ne oseća najbolje.

— Dobro, neću ga zvati, ali ti lezi. Dobro bi bilo da te istrljam sirćetom, to je najbolji lek.

— Nije potrebno, do sutra će biti dobro.

Ali i sutradan temperatura nikako da popusti. Jak grip je svali u postelju, pa dođe i mali bronhitis. Mati se uplaši, a ona je hrabrila majku samo da ne bi zvala muža. A njega nije bilo. Pet dana nikako ne dolazi, drži i on svoje. To joj je pogoršalo bolest. Plakala je noću, a čuvala se da mama ne čuje. A danju je hvalila Branka, njihov život, nije htela da iko dozna šta je doživela. Bila je ponosita.

Po ceo dan je osluškivala praporce. Prolazila su kola, uvek je mislila da je Branko, a njega nikako nije bilo.

Mati je sedela kraj njene postelje i pričala joj novosti iz sela.

— Mama, gde je Radoje?

— Negde je ekonom. Ne znam gde ono beše, reče mi njegova majka.

Hvala bogu kad nije tu. Branko bi bio ljubomoran, raspirivale su se u njoj žiške ljubavi i nade. Smirila se i čekala ga, čekala ga nestrpljivo, nervozno, čekala ga, a njega nema, te nema.

Nedelju dana je prošlo, on nije dolazio, a ona je još ležala u postelji. Majci dođe sumnjivo kako da on ne dolazi, bojala se i ovoga što je bolesna, nije imala ni lekova, ni lekara. Zašto da ne javi mužu i zašto ona to brani? Ne govoreći joj ništa, naredi Macinom mužu da ode Branku i javi mu da je Đurđica bolesna i da ga zovne da odmah pođe s njim u selo.

Šta ja nju slušam? Bolje neka joj muž dođe. Komšiluk će se čuditi što leži kod majke bolesna. Kako imaju pogan jezik, mogu svašta pričati, gunđala je u sebi snaša Mara, a prema ćerki je bila nežna, dobra majka, mazila je, ugađala joj.

Udarac koji je primila od muža razbio je sve Đurđičine iluzije koje je imala o braku i zavaravala se njima. *Ne, nije to ono što sam ja tražila u braku. Kako li će se nastaviti naš život? Svađaćemo se, možda i tući, a ona ga može opet osvojiti. Nije on dobar muž.*

Pahuljice su se lepile za prozor, ona ih je gledala kao što ih je gledala u detinjstvu, uživala je u njihovoj igri, i kroz vihor pahuljica sećala se celog života, u ovoj kući, sobi, kraj mame, gde je bilo toplo, nežno, lepo, bezbrižno.

Ipak je on dobar, poče da ga brani. *Povratljiv je, plane, ali se i stiša. Doćiće on. Zašto već ne dolazi? Šta bih radila kad bi naišao? Da li da se pravim ljuta? Udarac se ne zaboravlja. Biću ravnodušna. To mu neću oprostiti lako. Da me udari zbog nje!* To joj je bilo najteže što ju je zbog nje udario. Zaklopi oči da odagna te neprijatne misli, ali one su stalno bile oko nje, kao roj dosadnih komaraca, peckale je, mučile, stvarale groznicu.

Najednom se pred kućom snaša Mare zaustaviše kola i iz njih izađe Branko.

Mati ga dočeka ljubazno, kao i uvek, i poljubi ga u obraz.

— Ja sam ti, zete, javila da dođeš. Ona nije dala, a bolesna je, pa sam se uplašila.

— Zbilja? Zar je bolesna? — upita muž, a laknu mu što ga je tašta dočekala ovako ljubazno, jer je mislio da joj je ćerka sve ispričala pa će ga dočekati s prekorima, i bilo bi mu vrlo neprijatno, a ona, kako mu se činilo, nije znala ništa, i to ga odobrovolji, oseti kajanje što je udario svoju malu suprugu, pokajao se odmah, samo nije hteo da dođe, da kao i uvek on prvi popusti, pa će se ona na to navići. Čekao je da ona dođe, i već je bio nervozan, pomalo i ljutit i sad uđe vedar u sobu i priđe njenoj postelji kao da ništa nije bilo.

— Zar si ti bolesna? Što mi nisi odmah javila? — upita je naginjući se i poljubi je u obraz.

— A što da ti javim? Zar bi se ti jedio da ja umrem? Možda bi bilo bolje i za mene i za tebe.

— Eh, da umreš! Zar tako mlada i lepa? Nećeš ti umreti. Daj mi ruku — izbrojao joj je puls i nasmešio se: — Puls ti je normalan. Jesi li merila temperaturu?

— Jesam. Jutros nisam imala vatre.

— Tako je to kad žena napusti muža. Da nisi pobegla od mene, ne bi se razbolela — šalio se on.

— To se ne zna — odgovori mu ozbiljno i ne htede da se nasmeši, ali je bila srećna, mada joj je bilo krivo što se obradovala, ali likovala je u sebi: *Morao je da dođe, nije mogao da izdrži bez mene. Da li me makar malo voli? Ah, neću mu nikad više postaviti to pitanje!* On privuče stolicu, sede pokraj nje i uze joj ruku.

— Zašto da odeš od kuće? Ja se kajem za ono što sam uradio. Bogami, kajem se, ali si me izazvala. Ali, o tome neću više da govorimo... Šta si radila ovde za ovih nedelju dana?

— Ležala sam u postelji. Mama me je lepo negovala. Niko ne voli kao majka.

— A zar te ja ne volim?

— Ako sam u to i verovala, sad više ne verujem.

— Predomislićeš se ti. Ja mislim da sam bio dobar muž.

— A ja mislim da nijedna žena ne poznaje dovoljno svoga muža da bi mogla reći da li je dobar ili nije. Svi vi imate svoje tajne koje se obelodane u braku i zbog toga nastaju sukobi.

— Nepotrebni sukobi... Zar ti nisi imala u svom devojačkom životu nikakvu tajnu? Mora i ti da nešto kriješ od mene.

Ona se seti Lujovog poljupca i htede mu reći: *Imam... Jedan marinac me je poljubio... Onaj Lujo. On me je najviše voleo...* Bilo joj je već na vrhu jezika da mu to dobaci, ali uđe mama i još s vrata poče, misleći da će to goditi Đurđici:

— Zar nije bolje što je Branko došao? Nisam htela da te slušam, nego sam poslala Iliju s kolima i poručila Branku da odmah danas dođe, jer si obolela. Da se bolest okrenula na zlo, pa da se celog veka kajem, a ovamo muž ti lekar!

Kći preblede, izdiže se rukama na postelji, sede i pogleda majku prekorno:

— Ti si ga zvala? Dakle, ti nisi došao sâm? To si, mama, najveću pogrešku učinila. Nije trebalo da ga zoveš. Misliš da je njemu mnogo stalo do mene! On bi voleo da sam ja umrla!

Mati osta kao ukopana, sva pretrnu od nekog naslućivanja, a muž ustade sa stolice, ljut što je ovo rekla, pa se okrete tašti:

— Ne slušajte je, mama! Ona je pravo dete. Ne misli šta govori. Kako da ne bih došao? Došao bih danas ili sutra, mislio sam i sâm...

Plava glavica se zari u jastuk i začu se očajan jecaj, ramena su joj se tresla, a iz duše se izli sve što ju je mučilo. Mati je bila sva okamenjena, nije umela reč da izgovori i pribra se tek posle nekoliko trenutaka:

— Šta je ovo, zete? Šta je to bilo među vama? A sumnjala sam ja nešto...

— Ništa nije bilo. Detinjarije. Ona je osetljiva i na kraj srca.

Majku ne utešiše te reči, jer joj je materinsko srce drugo govorilo, naže se ćerki i pogladi je po kosi:

— Sine moj, nemoj da plačeš. Pa, ako ste se nešto i sporečkali, nije to strašno.

A kćer zaboli što ga mati brani i dođe joj u trenutku da joj kaže sve, sede na postelju, razbarušene kose i opuštenih loknica, i poče tešku optužbu protiv muža:

— Strašno je to, mama! On me je tukao... Tukao me je zbog svoje ljubavnice. Nisam ti to htela reći, krila sam, ali sada moram da ti to kažem... — opet je zajecala i pala na jastuk, a mati, nema, utučena, kao da joj je kći otkrila najstrašniju tajnu, okrete se opet zetu:

— Je li to istina, zete, što ona reče?

— Istina je... Udario sam je... To je bilo u ljutini... Neka kaže zašto sam je udario... Verujte, ja nju volim. Išli smo na zabavu, želeo sam da se provede, mlada je, znam da nije imala provoda, a provod se završio svađom.

— A zašto se završio svađom? Kaži istinu — opet će ona, uplakana lica i jecajući. — „Ona” je bila na zabavi... „Ona” nas je zvala... Tvoja ljubavnica. A znaš ko je to, mama? Ona Nada što je dolazila k nama i mi je dočekale onako iskreno, kao njegovu rođaku, a ona mu je bila ljubavnica, pa se još usudila da dođe u našu kuću! Zbog nje me udario. On nju voli. A mene je uzeo zbog novca. Eto kako sam ja, mama, srećna u braku! Krila sam od tebe, ali više ne mogu. Nemam nikog, samo tebe. Ti me jedino voliš... On me ne voli...

Muž je ćutao skrštenih ruku i mirno slušao da žena završi, a kad ona spusti glavu na jastuk, priđe joj i pogladi je po glavi:

— Ti si sada nervozna i slaba, neću da se prepirem s tobom, a mami ću sve objasniti. Ja mislim da ćete me vi bolje razumeti od Đurđice i nećete misliti da sam ja neki pokvarenjak.

Za večerom ispričao je tašti neke pojedinosti, mada nije kazao pravu istinu, već je predstavio Nadu kao daljnu rođaku, kod koje se uvek prijatno osećao, a ona nije imala rodbine i u njemu je gledala brata, što Đurđica ne može da razume. Osećao je da je potrebna nova laž. Gde bi tašti priznao da mu je ona bila ljubavnica, jer bi ga tašta još manje razumela i držala stranu ćerki, ali iznenadiše ga reči njene majke u kojima se osećalo da sumnja, ali ga i opravdava:

— Da si je i voleo, zete, kao momak, šta ima Đurđica da se jedi? Ona ti je zakonita žena, a s onom drugom si proterao ćef kao momak. Nemoj samo da je tučeš. Današnja mladež je drukčija. Kad sam ja bila mlada pretrpela sam, bome, i batine od muža, ali ona neće. Eto, pobegla je od tebe! Umirićú ja nju, ne brini ti, zete, ali nemoj da se ovo još koji put ponovi.

Đurđica se nije dizala iz postelje, i malo jogunasta, pravila se bolna-prebolna, pa se dogovoriše da ostane kod majke još dva-tri dana i da se s majkom vrati mužu.

Kad on ode, jer je morao da se vrati, ona se ražalosti što joj nije rekao da će doći da je vrati kući, nego ona treba s majkom da dođe, briznu zbog toga u plač, a mati ju je tešila, sećajući se svojih sukoba s mužem.

— I ja sam, ćerko, trpela i, hvala bogu, lepo smo posle živeli, a toliko sam puta i ja proplakala. Tako je to u svakom braku. Nemoj ti neprestano da mu zvocaš za nju. Hoćeš li da ga oteraš od kuće? A ona će to jedva da dočeka!

Tešila je majka da se ne raspiri svađa, a srce ju je bolelo, jer je ona radila, stekla, dala zetu novac, a on da joj tuče dete. Nije htela da prizna Đurđici šta je boli, jer bi bilo još gore, moglo bi doći do razvoda braka pa da se vrati u selo i svi da je ismejavaju: „Marinu ćerku doktor oterao.” Pričala je kćeri kako žive ovi i oni u braku, šta se sve priča i za kog muža, ne bi li je umirila, i to je delovalo na ćerku, te pametne reči njene majke, pa je ustala, obukla se, otišla u posetu drugaricama, bila vesela, iako je tištalo što joj muž ne dolazi; iščekivala ga je svakog dana i jednom reče majci:

— Neću da idem dok ne dođe da me vodi.

A mati joj ne dade, nego je natera da odu zajedno, jer je čula da u komšiluku već zuckaju: „Što li Đurđica sedi toliko kod majke?”

Vraćala se Đurđica, ponižena u duši, i nije joj kuća bila privlačna kao ranije. Bol i ravnodušnost pritisli su joj dušu i muž joj je bio dalek, kao da nisu bili supruzi, kao da se ne razumeju, znala je da on nešto krije, da nije iskren, niti joj je prijatelj, jer „ona” je bila u blizini i možda na nju misli i žali za njom.

Mati je posedela nekoliko dana pa se vratila. Nastade svakidašnji život. Đurđica je preuzela poslove u kući, on je odlazio u zadrugu, vraćao se, dočekivao pacijente, a ona je sve više bila sama, ostavljena sebi i svojim mislima. Pitala se svakog dana da li je srećna u braku. Osećala je da muž živi svojim životom van kuće, da ga to više zanima nego ona, njeni poslovi i njeno staranje o njemu.

Plakala je poneki put, ali je krila od muža, plakala je što nema dece i čudila se zašto ih nema. A povremeno bi nastajali nežni časovi, što je sve zavisilo od muža i njegove vedrine, i bila bi tada radosna, umiljata ženica, zaboravljala bi tada na ono što je tišti, dok se opet ne bi pojavilo nezadovoljstvo u duši, ako bi on zaseo dugo u kafani ili otišao bolesnicima i zadržao se duboko u noć, jer bi posumnjala da je otišao „onoj”, i sva bi se uzrujala i bila gotova na svađu.

28.

Prošao je Božić, a zima je bila lepa u selu, bilo je svadbi, slava, zabava, ručkova i večera, i Đurđica se malo smirila. Shvatila je da je u braku najbolje ćutati i trpeti. Ćutala je kad bi se on zadržao poslom u varoši, iako je sumnjala da je, možda, posetio Nadu. U njenom trpljenju bilo je ravnodušnosti. Ispitujući sebe, došla je do zaključka da se kod nje nije radilo o onoj velikoj ljubavi o kojoj snevaju mlade devojke. Ni kod njenog muža se nije radilo o ljubavi, već o interesu... Ali živeće jedno pored drugog. Ona je našla utehe u kući, dočekivanju gostiju, haljinama, ručnom radu i ugađanju mužu.

To ipak ne može da ispuni život jedne mlade žene. Muž je bio zauzet poslovima, a zajednički su im bili obed i postelja.

Tako su prolazili zimski dani.

Jednom u podne dođe Branko kući i saopšti joj:

— Imaćemo u nedelju goste. Piše mi moj kum Ika, student agronomije, da će doći sa svojim drugom, onim Dalmatincem, Šimom, sećaš li ga se s mora?

Ona oseti kako joj srce strahovito zalupa, ali se savlada i odgovori ravnodušno:

— Šta? Oni će doći. Ti si pozvao Šimu da dođe s Ikom?

— Jest, ja sam ih pozvao. Moraće da prenoće kod nas. Sofa u mojoj sobi je široka, mogu obojica da legnu. Neka dođu. To su studenti, bar ćemo ih dva-tri dana dobro počastiti — govorio je raspoloženo, a mala supruga se ustumara, otvori peć da baci drva, kako muž ne bi spazio njeno uzbuđenje.

Otrčala je u kuhinju da vidi je li gotov ručak i neprestano se pitala: *Zašto sam ovako uzbuđena?* Grdila je sebe: *Ti si luda!... Uzbuđuje te dolazak jednog mladića, koga si videla kako se šetao noću s doktorkom, starijom od sebe.* On je tražio samo provod i lakomislene žene. *Vi ste lepi kao zora,* ponavljala je njegove reči i osećala da joj je prijatan taj kompliment, ali podsmevala se sebi što na to misli, jer to su svakidašnje laskave reči mladića kojima obasipaju žene, ne pridajući im nikakav dublji značaj.

Ja ću uvek biti čestita i verna žena, ubeđivao ju je unutrašnji glas njene čedne prirode i s tim uverenjem je dočekala muža, koji je sišao na ručak, zagrlila ga i priljubila se uz njega, hvaleći mu pripremljeni ručak.

Muž je otišao, a ona ode gore u kuću, u trpezariju, nabacala je drva u peć, razbuktala vatru, sela na divan i uzela ručni rad. Nije joj se radilo, htela je da sanjari, da doživljava dan po dan svaki trenutak na moru, i ono na klupi, ispod čempresa, na groblju, kad je razgovarala s njim. „Šime!", kliznu joj preko usana njegovo ime, zaklopi oči i utonu u san, a jedna slika se izdvoji: visok, crnomanjast mladić, tamnih očiju, na pozadini plavog mora...

Ah, ja sam glupa!, grdila je sebe, digla se, uzela ručni rad, pa ga opet ostavila, otišla je u spavaću sobu i stala ispred ogledala. Gledala je sebe, kao da to nije ona, nego neka druga žena. *Radoje me je voleo i kazao mi da sam lepa... I Lujo mi se divio... Da li sam ja, zaista, lepa?* Htela bi da je lepotica, da svi to vide, da Branko vidi, ali on to nije video, nije se toliko oduševljavao njome, govorio je „lepa si"... „slatka si", ali to nije bilo dovoljno njenom srcu.

Najviše joj je laskalo što je Šime ocenio da ona vredi, a videće i kakva je domaćica, dočekaće ih iskreno, oni su večno gladni studenti, počastiće ih divno. Razmišljala je šta će sve da kuva, da umesi. Mislila je kako da namesti sobu.

Bila je uzbuđena i nije joj se sedelo kod kuće. Obukla se, otišla u posetu popadiji, jer je nju volela, a i ona je volela mladu ženu, i kad je ugleda iskreno joj reče:

— Bilo mi je neobično bez tebe dok si bila u selu i dirala sam tvog Branka: „A vi beli udovac? Kako da mladu ženu pustite samu?" Šalila sam se, znam ja da si ti pametna, ali htela sam da ga dirnem...

Vraćajući se kući, dođe joj na pamet kako Branko više nije ljubomoran. Nije je prekorevao ni za Radoja, kad je bila u selu, niti je opazila da mu je krivo što ona dvojica dolaze u goste. To je rastuži.

Te večeri Branko se zadržao malo duže, svratio je u kafanu, što mu je prešlo u naviku, ali ona nije ništa kazala, htela je da bude mir u kući, da bi Branko bio veseliji kad im dođu gosti.

Pripreme za doček gostiju počele su još u subotu. Mesila je kolače da bi pokazala svoju veštinu. Miloje je zaklao i očistio jednu ćurku, a kupili su i prase, pa će i to urediti.

Čekali su ih u nedelju posle podne. I Branko je bio kod kuće.

— Naći će oni kola na stanici, ali ja ću platiti kočijaša.

Sneg je napadao, pa su saonice samo letele. Čuli su se praporci. Stegao je mraz pa su se prozori išarali cvetićima, grane u bašti otežale od snega, bele se i sjakte, a sunčani zraci titraju na snegu kao zlatne školjkice.

Zveka praporaca najednom prestade pred njihovom kućom.

— Evo ih! — uzviknu Branko i strča na ulicu. Đurđica je ostala u sobi.

Osetila je kako joj je srce snažno zalupalo i uplaši se da joj se uzbuđenje ne opazi na licu, pa izgrdi sebe:

I on je kao i svi muškarci. Šeta noću s devojkama... Treba da budeš gorda.

Čuvši žagor, pošla je vratima, otvorila ih i zastala na pragu. Bila je u dugoj kućnoj haljini od somota, boje mora, s kragnicom od uzanih čipaka oko vrata, dugih rukava, tesnoj oko struka. Izgledala je viša i tanja u toj haljini, koja ju je svu pokrivala, samo su kroz mali razrez pri dnu, koji nije bio zakopčan, provirivale male nožice u lakovanim crnim cipelama.

Mladići je pogledaše zadivljeno, a Ika, kum Brankov, htede da uzvikne: *To je moja kuma!*, ali oćuta čekajući da ga Branko predstavi, a Đurđica, povlačeći se u sobu, izgovori:

— Izvolite!

— Iko, eto, to je moja supruga — predstavi je muž, a mladić joj poljubi ruku.

— Milo mi je da upoznam svoju kumu. Šime mi je mnogo pričao o Branku i vama. Čuo sam, kumice, da ste vi gotovo naš kolega, jer znate sve ono što mi učimo.

Mladoj ženi buknuše obrazi od laskavih reči i pruži ruku Šimi, koji je bio prilično uzbuđen, ali izgovori i on jednu pohvalu:

— Vi, gospođo, i gospodin Branko bili ste najsimpatičniji bračni par na moru.

— Zar sam i ja toliko simpatičan čovek? — našali se Branko. — Ja sam mislio da sam sasvim prosečan tip...

Ika ga pljesnu po ramenu:

— Nemoj biti preskroman. Ti vrediš više nego što misliš. Da si mogao samo čuti kako te je naš kočijaš hvalio. Kaže da te svi seljaci vole.

— To mi je milo da čujem. Nego, ostavimo mene. Jeste li vi prozebli? Napolju je dosta hladno.

— Bogami, mraz nam je malo ištipao uši. I u kolima nam je bilo hladno, mada nas je kočijaš pokrio debelom kabanicom... Što je kod vas lepo! — govorio je Ika, gledajući po sobi. — Gospodski ste se namestili!

— Te pohvale možeš uputiti mojoj Đurđici. Ona je gospodarica u kući. To je sve njen rad i njen ukus.

Još je lepša, mislio je Šime gledajući mladu ženu. *Kako je bela, a oči joj imaju sanjalačku draž. Divno je imati ovakvu ženicu!*

Oči mlade žene susretoše se sa Šiminim, i da bi sakrila svoje uzbuđenje, ona odgovori na Ikine pohvale:

— I Branko voli kuću. On uživa u domaćinstvu. I često koriguje moj ukus... Vama je hladno? — upita studente, videći da stoje i greju se kraj peći.

— Sad nam nije hladno, jer je ovde toplo, otkravili smo se malo. Umalo što nismo odložili put. Šimi nije nešto dobro. Juče je imao neku groznicu. Kako ti je sada?

— Odlično. Mraz me je išibao pa se sjajno osećam — lagao je, jer je osetio kako ga je najednom prošla jeza celim telom, ali nije hteo pred ovom mladom lepom ženom da se pokaže kao slabić.

— Hoćete li po jednu rakiju?

— Branko, bolje bi bilo čaj. Možda ste vi gladni? Da donesem neko meze, a posle ćemo večerati.

— Čaj bismo mogli popiti — obradova se Šime, koji je zaželeo nešto toplo. *Moraću zatražiti večeras jedan aspirin da bih se preznojio.*

— Sad će čaj da stigne. Doneće Miloje. To je naš kuvar. Bio je na jednom velikom prekookeanskom brodu.

Miloje je nosio veliki poslužavnik s čajnikom od belog emajla, šoljama, pršutom i kolačima.

— Hvala, Miloje! Spustite samo na sto.

— Eto, to je naš Miloje. On voli more kao riba.

— Gospodin je Dalmatinac? — zapita Miloje, a Šime mu pruži ruku i steže njegovu srdačno.

— Čuli smo već da ste plovili okeanima.

— Eh, to su bila lepa vremena — odgovori Miloje tužno, pošto se rukova i s Ikom. — Mislio sam da se nikad neću rastaviti s morem. Stalno sam bio opaljen suncem. Vidi se da ste Dalmatinac. Nema lepših ljudi od Dalmatinaca.

Đurđica je razlivala čaj:

— Hoćete li malo ruma?

— Možemo...

— Idem ja, gospođo... da postavim sto za večeru. Nemojte mnogo jesti da ne pokvarite večeru — opominjao ih je Miloje, zadovoljan što se mladići tako srdačno rukovaše s njim.

Šime ispi čaj, oseti kako mu prija, ali ga opet prožme grozničava jeza: „Boga mu, da se ne razbolim?... Samo bi mi još to trebalo, da se obrukam pred ovom mladom ženom.”

Raspričaše se posle čaja, najviše o ratu, dok Branko ne upita:

— Kako napreduju vaše studije?

— Šime je dobro, a ja sam imao maler: pao sam na ispitu u oktobru.

— Događa li ti se to često?

— Retko se koji student može pohvaliti da nije pao. A ko se toga boji odustane od polaganja.

— Da sam išla dalje u školu ja bih studirala agronomiju. Imamo mi seljaka koji uče poljoprivrednu školu — izgovori Đurđica, pa se pokaja što to reče, da ne bi Branko pomislio da se to odnosi na Radoja i brzo pređe na drugu temu:

— Idete li u pozorište i bioskop?

— Češće idemo u bioskop, jer nam je blizu, a u pozorište neki put.

Interesovao ju je studentski život, oni su joj pričali, ona se smejala, jer je bilo i veselih momenata, a teško joj je bilo kad su pričali kako se mrznu po hladnim sobama i bacala je drva u peć, želeći da se bar sada dobro ogreju.

Posle večere Šime zamoli Branka:

— Da li imate jedan aspirin?

— Kako da nemam? Vama nije dobro? Hoćete li da vas pregledam?

— Nije potrebno. Da popijem samo aspirin i sutra će mi biti bolje.

— Soba je topla... To je moja soba za rad. Improvizovala je Đurđica jednu sofu — govorio je uvodeći mladiće u sobu. — Vi, gospodine Šime, spavajte na sofi, a kum Ika na ovom minderluku.

— Mislim da će vam biti lepo.

— O, gospođo, kako ste nam lepo udesili — divio se Šime, gledajući belo posteljno rublje, navlake na jastucima s čipkama, fine jorgane, i pomislio na njihove studentske sobe, tanke jorgane kojima su se pokrivali mnogi pre njih, i zamišljao kako će se uvaliti u ove meke perine.

Žmarci su ga opet podilazili, da li zbog groznice ili zbog blizine ove lepe ženice s bezazlenim plavim očima, koja je trčkarala od sobe do sobe, nutkala ih za stolom, mila, gostoljubiva?! Obojica su morali da osete kako je divno biti oženjen i imati ovako dobru domaćicu i lepu ženu.

Šaputali su u sobi kad su ostali sami, a Ika je seo na ivicu sofe na kojoj je Šime već ležao:

— Baš mi je lepa kuma!... Pravo srce... Lepo se Branko oženio. Čuo sam, pričali su: „Oženio se seljankom.” A ona prava dama! Nego, ti si mi se nešto cifrao, nisi mnogo jeo. Da nisi zaljubljen u moju kumicu?

— Šta govoriš gluposti! Nije mi dobro. Pipni kako mi ruke gore. Imam temperaturu. I taj maler da mi se baš sada desi!

— Ne boj se kad si u kući lekara. Negovaće te on... Imaćeš i lepu bolničarku.

— Tebi je do šale, a ja se jedim...

— Ništa ti neće biti. Uvio si se kao da si u povoju. Koliko ćemo da ostanemo? Red je sutra da se vratimo. Ja ću ujutru da kažem da idemo, a ako nas zadrže, nećemo se protiviti. Divan je moj kum. Pošten je to lekar. Radujem se što se ovako lepo oženio. Đurđica! Lepo ime — govorio je on protežući se. — Ala ću da se ispavam. Laku noć! Sutra da mi kažeš, Šime, šta budeš sanjao. Nemoj samo moju kumu da sanjaš... Ja se bojim da se ti nisi razboleo od ljubavi, jer si nešto mnogo želeo da pođemo ovamo... Ali, ne vredi ti ništa. Koliko vidim, oni su srećan bračni par... Laku noć!...

— Iko, jesi li budan? — zvao ga je ujutru drug.

— A!... Ti si me probudio — odazva se mladić. — Što sam slatko spavao! A ti?

— Meni nije dobro... Čini mi se da imam još veću vatru.

Ika podiže glavu s jastuka.

— Šta kažeš? Ja sam mislio da si se sinoć šalio, a ti si baš ozbiljno bolestan. Ne boj se, pregledaće te moj kum.

— Ovo me toliko jedi.

— Pa šta osećaš?

— Vatru i glavobolju.

— Boga mu, što da te sad snađe! Čekaj, sad ću da ustanem. Jaoj, baš mi je žao da napustim ovakvu postelju.

U trpezariji začuše razgovor. Đurđica je naređivala Miloju:

— Nosite žar i drva, pa podložite u njihovoj sobi da se ne umivaju u hladnom. Jutros je hladno, ali čim počne da pada sneg, popustiće... Eno, već promiču pahuljice.

Mladići se pogledaše i ne rekoše ništa, da ih ne bi čula, ali obojica pomisliše: *Jeste, nama gazdarice svako jutro lože sobu!*

Miloje kucnu na vrata.

— Uđite! Budni smo.

— Izvinite ako sam vas probudio. Hoću da naložim peć.

— To je velika počast s vaše strane. Ali niste morali. Naučili smo mi da se dižemo u hladnoj sobi.

— Gostima se ukazuje svaka pažnja, da nas se posle sećate i zaželite opet da nam dođete, jer mi volimo goste.

— Vi nam isuviše pažnje ukazujete. Nismo mi studenti na to navikli.

— Bićete i vi jednog dana gospoda, imaćete svoju kuću kao moj gospodin, pa ćete zaboraviti kad ste spavali u hladnim sobama. Gospodin Branko mi je pričao o svom studentskom životu. Nije to bio lak život; ali i ja sam mnogo preturio preko glave... Rano sam izgubio majku, i otada počinju sve moje nesreće u životu. Maćeha nije nikada kao majka. Ona me je i oterala u svet i lutao sam od rane mladosti po svetu. Idem da vam donesem još jedan bokal vode. Doručak je već spreman.

Ika se dvoumio da li da kaže, pa se odluči:

— Mom drugu nešto nije dobro. Ima temperaturu.

— Zar bolestan ovako kršan mladić!? Ne damo mi da se vi razbolite. Idem ja odmah da zovnem gospodina. On vas čeka dole u sobi, pa će posle u zadrugu.

— Nemojte ga zvati. Nije mi ništa... Ustaću ja.

— Kako da ustaješ kad ti nije dobro? Lezi ti! Kum će reći šta ti je. Zovnite ga, Miloje.

Miloje požuri da zovne doktora, a Šime se naljuti:

— Ti praviš čitavu uzbunu. Bolestan! Da dođem ljudima prvi put u kuću pa da ležim u postelji!

— Bože, što si smešan: stidiš se da kažeš da ti nije dobro. Možda smo na putu nazebli, vagon je bio prilično hladan.

— Nisam ja na putu nazebao, nego još pre tri dana, kad sam se vraćao kući promrzlih nogu.

Branko uđe.

— Ko je to bolestan? Vi, Šime? Čekajte, videćemo.

— Ništa mi nije, to Ika preuveličava.

— Molim te, kume, pogledaj ga.

— To mi je tako neprijatno. A verujte, nikad nisam bolestan!

— Nije čovek od čelika. Znam ja kakvi ste vi izgledali na moru. I ja sam uvek zdrav, ali pre dve godine, baš u ovo isto doba, razboleo sam se... Čekajte, sad ću vas pregledati. Pridignite se!

Osluškivao mu je pluća, pipao puls, izmerio temperaturu.

— Ništa opasno — umirivao ga je lekar. — Grip... Nećete se dizati, nego lezite u postelji.

— Ništa neprijatnije nije mi se moglo desiti.

— Bilo bi neprijatnije da dođe do komplikacija. Ako tri dana poležite, biće dobro.

— Šta kažete? Tri dana da nas zadržite? A mi smo mislili da se danas vratimo.

— Ako se ne popravite za tri dana, morate ostati još duže. Ne mogu ja kao lekar da pustim bolesnika s temperaturom da putuje... Lepo ćemo vas negovati.

Đurđica je osluškivala u trpezariji, čula je da je Šime bolestan i da mora da leži u postelji, pa je obuze neko neprijatno osećanje, kao što bi osećala mati kad bi joj se dete razbolelo.

Šta da spremim danas za njega? Pitaću Branka... Dabome, malo je oslabio, nije kao na moru. Muče se oni u Beogradu i gladuju. Sinoć nije mnogo jeo. Mora da mu nije bilo dobro... Zlatan je...

Otrčala je u donju kućicu da Branko ne sazna da je prisluškivala, a muž dođe s Ikom. Mladić poljubi ruku kumi i opravda druga:

— Kum mu ne dozvoljava da ustane iz postelje.

— Neka samo leži... Ništa to nama ne smeta, samo mi je žao što ne može da prošeta po selu. Ja i Branko smo mislili da saonicama napravimo izlet do moje mame, da vidite kako je lepo u mom selu.

— On ne sme da izlazi. Grip je gadna bolest, ako se ne predupredi.

— Šta ćemo mu dati?

— Jedan čaj...

— Žao mi je, toliko smo naspremali, pa da on ne okusi ništa. A kako je on nas lepo dočekao na moru. Bili smo jednom na večeri u njihovom hotelu. Otac mu je simpatičan čovek. Bio je dugo u Americi.

— Jeste. I Šime se rodio u Americi...

Ika pogleda na stolu kobasice, sir, šunku i uzviknu:

— Kumice, šta je ovo? Zar sve to da pojedem? Pa ovo nije doručak, nego ručak. Otkako sam student ja sam već zaboravio da postoji i treći obrok — doručak.

— Ni ja nisam doručkovao kao student. Posle, kao lekar, ujutru popijem čaj ili belu kafu, a otkako sam se oženio, moja Đurđica me prosto kljuka.

— Zato ti tako sjajno i izgledaš. I ja zamišljam da ću kao agronom imati lep život. Voleo bih da budem na nekom velikom poljskom dobru. Ne bih voleo da kao agronom budem činovnik u nadleštvu, kao što mnogi rade, već da radim na imanju.

— Vi se oženite nekom Banaćankom, pa ćete imati svoje imanje.

— To ne bi bilo rđavo!

— Poznajem ja jednu lepu devojčicu, ima veliko imanje, a jedinica je... I moje je imanje lepo, sad ga mama nadgleda, a kad ona umre, moraću da ga prodam.

— To bi bilo šteta. Zar ne možete dati da vam se radi u napolicu?

— Od toga ne bih imala velike koristi kad nisam u selu... Miloje, stavi vodu za čaj. Da spremimo čaj za gospodina Šimu.

— Voda već vri.

— Ja ću napraviti čaj — ustala je brzo, a Ika je gledao i uživao u njenoj svežini, belini, lepim pokretima, i pritajeno uzdisao. *Mora biti da se ona i Šimi dopala. Čudo da se nije udala za nekog agronoma? Da ovakvu ženicu nađem, odmah bih se oženio.*

Đurđica nasu čaj u šolju, stavi nekoliko domaćih biskvita na tanjirić i Miloje odnese gore na poslužavniku.

Doktor i Ika odoše da vide Šimu, a Đurđica ostade u kuhinji... Videla je kad izađoše obojica u kaputima.

— Đurđice, mi idemo. Vodim Iku sobom do zadruge, a ti obiđi Šimu.

— Hoću — odgovori mlada žena i oseti slatko uzbuđenje. Jedno ogledalce visilo je na zidu, ona se instinktivno pogleda i oseti zadovoljstvo. *Vi ste lepi kao zora*, ponovi Šimine reči koje joj je izgovorio na moru. Kako je ženi prijatno da se seti komplimenata, makar oni bili svakidašnji, izgovoreni bezbroj puta, njoj kao i drugima, ali žena na to ne misli, već oseća radost, čak i zahvalnost onome, koji je umeo da nađe lepu reč da joj polaska, a muž se toga nije setio.

Miloje unese naramak drva i spusti ih u sanduk ispod štednjaka.

— Što veje sneg! Bolje sneg nego mraz. Moram uzeti lopatu da raščistim stazu do kapije.

— Nemojte sada, Miloje, nego idite gore, vidite ima li drva u peći i pitajte gospodina Šimu treba li mu šta. — *Neka ide prvo Miloje, pa ću posle otići ja... Da li da obučem onaj dugački penjoar? Neću, lepo mi stoji i ovaj kratki. Keceljica mi je čista. Jutro je, ja sam domaćica, neka vidi kako radim. Branko voli što sam ja domaćica. On je, ipak, zlatan. Sinoć je hvalio moj ukus. Samo kad ne bi postojala ona Nada.* Začudila se kako joj pomisao na Nadu ne stvara bol kao ranije. Bila je spokojna, raspoložena i nije smela da prizna sebi da to dolazi otuda što je u kući jedan lep mladić, koji je malo ustalasao njena osećanja, a ona je to suzbijala, krijući od same sebe. *Kako mogu žene da varaju svoje muževe?*, zapita se najednom, kao da je ta misao proizišla iz druge: da li bi mogla da prevari svoga muža? *Ne bih mogla da varam Branka. Patila bih, možda bih ga ostavila, ali ne bih ispala nepoštena i žena preljubnica. To je odvratno. Kako se žene snalaze između dva muškarca? One lažu obojicu.*

Miloje uđe u kuhinju.

— Dremucka gospodin Šime. Bilo je dosta žara u peći pa sam nagurao još drva. Molio vas je da mu date neku knjigu da čita.

Ustrčala je uz stepenice, otišla pravo u svoju spavaću sobu, namestila postelje, pa kucnu Šimi na vrata.

— Slobodno.

Ona uđe.

— O, vi ste, gospođo — uzviknu mladić i izdiže svoju lepu glavu, uokvirenu grguravom kosom. Uz belinu jastuka, lice mu je bilo još tamnije. — Vidite kako sam ja dosadan gost! Ležim u tuđoj kući. Tako se jedim.

— Što vas to jedi? Vi ste nam prijatan gost bili zdravi ili bolesni. Ja sam vam donela jedan roman da čitate. Ili biste želeli kakvu naučnu knjigu? Ima među Brankovim knjigama. Hoćete li nešto iz medicine?

— Ne, ne. Hoću roman. Davno nisam čitao romane.

— Zbilja?

— Nemam vremena. Mnogo trčim, a smatram da su romani lektira za žene. Nemojte misliti da time hoću da kažem da žene nisu sposobne za teže stvari. Ne, nego žene su sentimentalne, nežnije, one vole romane.

— Da, mi volimo romane u knjigama, a vi, muškarci, u životu. Ja mislim da ste i vi imali dosta romana u svom životu.

On se osmehnu, a bio je tako lep kada se smeši, jer su mu se ukazivala dva reda snežnobelih zuba; ona oseti tugu zbog te njegove veselosti kad mu spomenu romane, jer bi volela da ih on nema u svom životu, kao što ih i ona nije imala. Ali, on je umiri:

— Nisam ja avanturista. Prema ženama sam dosta nepoverljiv.

Mlada žena se okrete i oči im se susretoše, dva nežna plava oka i dva mrka, strasna, velika, i oči rekoše ono što usta nisu smela, žena to oseti i sva se zbuni: *Ja mu se dopadam*, govorilo je celo njeno biće, a usne progovoriše:

— Da li biste želeli nešto da pojedete? Hoćete li jedno rovito jaje?

— Hvala, nisam gladan. Mogao bih još jednu šolju čaja.

— Doneću vam odmah.

— Nemojte da se trudite. Vi stalno prelazite iz tople sobe preko dvorišta, a niste se ogrnuli šalom.

— Ja sam zdrava, ne bojim se nazeba.

— I ja sam bio zdrav, nisam se bojao, pa sam nazebao.

— Ozdravićete vi kod nas.

Nameštala je stvarčice na pisaćem stolu, uzela je pepeljaru s pikavcima i prosula ih u peć. Izbrisala je umivaonik.

— Zadali smo vam dosta posla — govorio je mladić, gledajući je svojim lepim, toplim očima, a želeo je da ona još posluje da bi je mogao posmatrati i uživati u njoj.

— Nije meni ništa teško, ja volim sve da radim i ne stidim se nikakvog posla... Otkako sam se udala, čini mi se da sam se malo prolenjila; ali u selu, kao devojka, ja sam muzla krave, kosila, žnjela, znala sam sve poljske radove.

— Ko bi rekao da ste sve to radili tako lepim rukama. Vi ste bili gospođica-seljanka. Kad bih ja imao svoje imanje i ja bih radio sve poljske poslove. Najlepše je živeti u prirodi. Grad degeneriše čoveka. Zato ste vi tako zdravi, sveži, bujni, jer ste živeli u prirodi. I ja sam naučio na pučinu pa sam stešnjen u gradu, ali se navikavam.

— A ja sam se zaželela da živim u gradu. Dosadi i selo. Zaželim se bioskopa, opere... Hoćete li da vam uključim radio da slušate muziku?

— Možete. Voleo bih da slušam vesti.

— Jaoj, ja se sve plašim rata. Neki kažu da ćemo i mi ratovati.

— I ja u to verujem. Ako se ovo pretvori u svetski rat, sve će države da zarate, osobito mali narodi, koji će biti žrtve Nemačke, jer ona želi da podjarmi celu Evropu.

— Da li biste i vi išli u rat?

— Nisam još služio vojsku, ali bih išao i ja.

— Strašno. Toliko sveta gine.

Sagla se, džarnula peć, stavila još jedno drvo, a on je gledao, želeći da je neprestano u sobi, da ne ode, i ne mogavši da se uzdrži, zamoli je:

— Nemojte me dugo ostavljati samog. Dođite da razgovaramo. S vama je prijatno razgovarati. Pričaćemo o seoskom životu.

Ova lepa mala Đurđica izgledala mu je kao sveži poljski cvet, bezazlena, iskrena, isto toliko i ozbiljna i prosto se nije usuđivao da joj napravi kompliment. Tuga i čežnja podsećale su ga uvek na Đurđicu, zato je i navaljivao na Iku da dođu. Dve žene je upoznao letos: doktorku i ovu malu suprugu. S doktorkom se proveo, ljubakao, odlazio k njoj u sobu, ona nije bila devojka, a izigravala je naivku, šiparicu, i zaboravio je brzo, jer je bila svakidašnja žena, kao mnoge. Đurđice se uvek sećao, i njenih suza ispod čempresa, detinjastih očiju, koje nisu umele da lažu: *Da li voli što sam došao?*, mučilo je Šimu. Nije mogao ništa da sazna na njenom licu, mada se prisećao svake njene reči, ali nije ništa zapazio što bi ga uverilo da je ostavio na nju naročit utisak.

Budalo, ona je udata i srećna, šta ti uobražavaš?, ismejavao je sebe. Uobražavao je, jer se dopadao ženama, ali to ga nije oduševljavalo; nametljivost ženska bila mu je odvratna, tražio je nešto što se teško dobija, što bi morao da osvaja, i, evo, dopada mu se ova mala Đurđica, ali ona je udata, ne sme ni da pomisli da joj izrazi svoja osećanja. *Bio bih nitkov. Doktor je častan čovek. Kako ga hvale seljaci! Zašto čovek mora da sretne ženu, baš onu o kojoj sneva, a ona da bude žena drugoga...*

Čuo je kako neko napolju otresa noge od snega, otvorila su se vrata i čuli su se koraci kroz trpezariju. Ika upade u sobu rumen, veseo.

— Uh, kako je ovde toplo! Ala si se ti uvalio u jastuke! Pazi kako te neguju! Bome i ja bih ovako poležao kojih desetak dana, dok ne prođe zima. Žao mi je što ne možeš da ustaneš. Divno je napolju. Šetao sam po selu. Što sam video jednu lepu učiteljicu! Crnka! Znaš kakve ima oči?! Ima ovde mnogo lepih devojčica. Ali tebe to ne interesuje. Ja ne znam, zapravo, ko tebe interesuje. Ti si potuljen, nećeš da kažeš...

— Šta brbljaš koješta!

— A gde je moja kumica?

— Dole je u kuhinji.

— Je li te obišla?

— Jeste. Donela mi je čaj.

— Blago tebi. Jaoj, što se kod njih jede! — prošaputa Ika. — Ovo ti je pravo gazdinstvo. Volim što se moj kum ovako lepo oženio. On se mučio kao student. Brat ga je izdržavao, ali u poslednje vreme ne stoji mu brat dobro. On je trgovac, pa je bio pao pod stečaj, i Branko ga je spasao, dao mu novaca. Ja mislim zato se i oženio bogatom Banaćankom da bi brata spasao.

Šime se pridiže na jastuku, ali sakri iznenađenje. *Dakle, to je: oženio se njome zbog miraza da bi brata pomogao!* Osetio je u podsvesti potajnu radost, ne umejući sebi da objasni zašto i izgovori glasno:

— Mogao ju je uzeti i bez miraza, jer ona je jako slatka ženica...

— Ali kad je tu i miraz, onda je još bolje! I ja se neću ženiti bez miraza.

— A tvoja Danka se nada da ćeš je uzeti.

— Ostavi tu balavicu! Peti razred gimnazije i ona mi predlaže da se venčamo. Idi ti, dete, bestraga! Ja nemam ništa, ona sirota, pa da budemo dva slepca!

Ika je šetao po sobi i zastade kraj prozora.

— Evo je, ide moja kumica. Pravo je srce!... Čuješ, ti da se ozbiljno ponašaš! Nemoj da mi zavodiš kumu. Znam ja da si ti lep, ali i moj kum je lep.

— Baš si smešan! Ja se pojedoh živ što ležim u postelji, a tebi je do šale.

Na vratima se začu kucanje.

U sobu uđe Đurđica. Ika ustade.

— Zašto ste se tako brzo vratili? Videla sam vas iz kuhinje.

— Da obiđem ovog teškog bolesnika. Ne bih se smeo posle vratiti u Beograd, znam da bi me stalno prekorevao kako sam ga napustio u bolesti.

— Vidite, gospođo, kako me ismejava. On ne veruje da sam bolestan. Voleo bih da si ti na mom mestu!

— Kad bih imao ovakvu negu kao ti, ne bih se plašio bolesti. Ali, ja odbolovah u Beogradu prošle zime, u hladnoj sobi, a ti ovde u toploj i u mekim dušecima.

Đurđica je pogledala peć, bacila jedno drvo i zapitala Iku:

— Jeste li, kume, gladni? Hoćete li štogod da pojedete?

— Zar sam, kumice, onoliko jutros doručkovao i još da jedem? Hvala, ne mogu više. Nemojte mnogo da nas kljukate, jer mi to nemamo u Beogradu.

— Ja ću vam spremiti naših banatskih specijaliteta da ponesete u Beograd, pa da imate bar za dva-tri dana.

— Vi ste isuviše dobri i gostoljubivi. Gostiti se ne sme više od tri dana. Ja prekosutra idem, a nadam se da ćeš i ti ozdraviti.

— Možete vi ostati koliko god hoćete, nama će biti prijatno. Ko zna, možemo i mi zaratiti, pa se nećemo više videti.

Ona izađe iz sobe, jer nije htela da je muž zatekne s njima i da kaže: *Jedva je čekala da ima s kim da se zabavlja*, ali joj je bilo prijatno i ovo je bio kao neki mali revanš za Nadu i njegove laži.

Branko je bio u zadruzi, pregledao bolesnike, a po glavi mu se neprekidno vrzlo: *Ima li smisla što sam pozvao dva mladića u goste, a mlada žena je u kući? Ona je sad sama sa Šimom. Otkuda da se on razboli? Ne smem ga pustiti da ide, a on je vraški lep mladić kakvog vole žene, a Đurđica je mlada, traži neprekidno od mene da joj tepam, da je mazim, šapućem joj o ljubavi. Da ne zaželi to isto od ovog Šime? Mladići umeju da laskaju, to im je posao, osobito kad su u pitanju mlade žene. Za Nadu se ne bih plašio, ona je ozbiljna, Đurđica je detinjasta, neiskusna, nju može da zavede svaka reč.*

Jutro mu se oteglo u zadruzi i hteo je da što pre stigne kući.

Kad pođu, ispratiću ih do varoši... pa ću svratiti do Nade. Đurđica neće posumnjati i neće se ljutiti što idem s njima. Ne, ne treba da svraćam Nadi. Može čuti. A kako ona sada razgovara u kući s mladićima i ja to dozvoljavam? Čisto mu se činilo da postaje šonja koji se boji žene, pa se u njemu nešto bunilo, bio je malo nervozan, pogledao je u sat i žurio da svrši pregled.

Ustrčao je uz stepenice i naglo ušao u sobu da vidi da li je ona sa Šimom. Bilo mu je prijatno kad je video samo njih dvojicu i prebacio je sebi što sumnjiči svoju dobru ženicu.

— Kako naš bolesnik? — pitao je veselo prilazeći Šimi i hvatajući ga za ruku da bi mu opipao puls. — Jeste li merili temperaturu?

— Maločas sam stavio toplomer. — Izvadio ga je ispod pazuha. — Vidite.

— E, još imate temperaturu. Čak vam se malo i povećala.

— Je li on zaista bolesnik? A ja sam mislio, šali se — dirao ga je opet Ika.

— Jest, ležao bih ja u postelji u tuđoj kući da sam zdrav! Valjda će mi sutra biti bolje, pa da prekosutra krenemo.

— Vi nećete ići dok ne ozdravite. S temperaturom ne smete na put. Nije to samo da sednete na voz, nego imate i kolima da idete više od sata. Taman biste pogoršali bolest. A napolju je dosta hladno.

Đurđica uđe u sobu.

— Branko, kako je našem bolesniku? Je li mu bolje?

— Pa i nije... Ima veću temperaturu. Jesi li ga lepo negovala?

— Nisam mogla, jer gospodin Šime ne sme ništa da jede. Ti si mu propisao dijetu.

— Jedno dva dana nećemo mu dati da jede, a posle može.

— A vi mislite da ću ja kod vas ostati i posle dva dana?

— Razume se. Imate svoju sobicu i ne smetate nam ništa.

— A što kumica mora da kuva i trudi se oko nas?!

— Ništa se ja naročito ne trudim. Ovako se mi svakog dana hranimo. A pomaže mi i Miloje. On zna vrlo lepo da kuva. Bilo mi je smešno kad mi je Branko kazao: *Imaćeš kuvara.*

— E, znamo mi da si ti dobra domaćica... Ali Miloja držim i zbog ordinacije. U njoj mi on istinski pomaže.

— On me je jutros vrlo lepo zabavljao.

— Ja sam ga poslala da pravi društvo gospodinu Šimi, da ne bude sâm — napomenu Đurđica da bi muž video kako nije ona sedela sa Šimom, nego Miloje.

— I ja sam mu pravio društvo. Eto, umesto da šetam i napravim neko poznanstvo, morao sam njega da čuvam!

— Šta vi to čitate?

— Roman, dala mi ga gospođa. A uzeo sam s vaše police i ovu medicinsku knjigu. Vrlo je zanimljiva. — Otvorio je i najednom iz knjige ispade fotografija i pade na svileni jorgan.

— Gle, neka slika! — uzvikne Šime, uze fotografiju i pruži je Đurđici. *Nada*, kriknu u Đurđici i sva preblede, ali se savlada i prošaputa:

— Ovo je Brankova rođaka...

Okrete joj se sve u sobi i zaigraše joj svetlaci pred očima i ono što je kidalo sve vreme i trovalo njen život izbi svom silom, sakupi se u jednu rečenicu: *On nju voli, čuva njenu fotografiju i krije to od mene...*

Ika i Šime ne opaziše ništa, a Branko izgovori ravnodušno:

— Otkuda tu njena fotografija?

Obgrli ženu oko ramena, osećajući šta se u njoj zbiva, i upita je nežno:

— Šta si nam lepo skuvala?

— Videćete. Jesi li gladan?

— Bome, jesam.

Mlada supruga se smešila, a osećala je kako joj je stegnuto grlo, suze su joj se kupile, gotova je bila da brizne u plač, ali snažnom voljom ubedi sebe da ne sme da pokaže svoj bol, baš sada, pred ovim mladićima, i oseti potajnu radost što je mogla da mu se sveti kad je ovde ovaj lepi mladić, a svetiće se sad, odmah, pa se okrete Šimi, stojeći okrenuta mužu leđima, da ne bi video njeno lice, i upita ga, gledajući ga nežno svojim lepim, naivnim očima:

— A šta da vama donesemo? Znam da ste i vi gladni.

— Nisam gladan. Samo sam žedan.

— Daćemo vam čaj s limunom, pa će vam to ugasiti žeđ — govorila mu je nežno i gledala ga toplo, kao da bi htela reći: *Ti mi ne bi zadao bol kao moj muž, ne bi me prve nedelje ostavio i otišao ljubavnici...*

Izišla je iz sobe, a za njom Ika i Branko, pretrčala je preko dvorišta opet bez šala, a muž je prekori:

— Nikad me ne slušaš, uvek si lako obučena, možeš da nazebeš.

— Neka nazebem — odgovorila mu je veselo, a on je znao šta to znači i ljutio se: *Otkuda ta slika da se nađe u knjizi? Sad će opet da se ljuti i plače. Ali lepo se savladala. Ona je, ipak, dobra supruga...*

Đurđica nije spominjala sliku ni kad su ostali sami u sobi, ćutala je i trpela, jer u kući su bili gosti, htela je da pokaže kako je dobra žena.

Posle ručka, dok je Branko primao bolesnike, ona obuče onaj lepi penjoar od zagasitoplavog somota, u kome ih je juče dočekala, uze ručni rad, jedan goblen, i uđe u sobu da im pravi društvo.

Kad je završio s pacijentima i on im se pridruži u veselom razgovoru.

Miloje uđe s jednim telegramom.

— Gospodine, imate telegram.

— Od koga li je?

Otvori ga, pročita i okrete se Đurđici:

— Moj brat Milan došao u Beograd i zove nas da hitno dođemo.

— Šta je to tako hitno? — začudi se Đurđica.

— Ne znam ni ja. Da nije bolestan? Nije mi nikad ovakve depeše slao.

— Ići ćemo zajedno — prihvati Ika.

— Gospodin Šime ne može da putuje. On mora da ostane u postelji bar dva-tri dana.

Đurđica nije znala šta da kaže. Ako idu oboje, ko će negovati Šimu? Kako da ga ostave samog u kući. Ona bi najradije ostala, ali nije smela to da kaže i čekala je da Branko donese odluku. Uveče, kad su ušli u spavaću sobu, Branko joj saopšti:

— Idem ja sâm, a ti ostani, jer Šime još ima temperaturu. Reći ću Iki da ostane, neka mu pravi društvo.

— Baš je to neprijatno — govorila je Đurđica, želeći da pokaže mužu da joj nije stalo do tih mladića, mada je osećala potajnu radost, ali najednom je obuze sumnja: *Da li ga, zaista, zove brat? Da nije on to udesio s Nadom?* Inače, u drugim prilikama bi napravila scenu, ali sada oćuta, znajući da su mladići u drugoj sobi, a osećanje satisfakcije umiri njenu sumnju, pa nastavi žalosnim glasom:

— A kako bih volela da i ja s tobom idem u Beograd!

— Kad je ovako ispalo, ne možeš ići. A da nateram bolesnog mladića da ide, mogu nastati komplikacije i svi bi mi prebacivali: „Lekar, pa oterao bolesnika iz kuće." Moram da mislim na ugled svoga poziva. Kod njega je i bronhitis, a studenti začas obole. Ne čuvaju se i od malog bronhitisa pređe im u tuberkulozu... Idem da im kažem da će oni ostati.

Otišao je k njima u sobu. Đurđica pođe za njim.

— Niste još zaspali?

— Nismo. Razgovaramo.

— Šime ne može da putuje. On će ostati ovde, a ti ćeš mu, Iko, praviti društvo, pa ćete ga lepo negovati. Ja se vraćam za tri dana, a dotle će Šimi biti bolje.

— Moramo se pokoriti tvojoj naredbi, mada mi je vrlo žao ako kumica zbog nas mora da ostane. Ako vi imate poverenja u nas i smete da nam ostavite kuću, neka ide i kumica, a mi ćemo lepo ostati s Milojem.

— I za Đurđicu je hladno.

— Ne bi imalo ni smisla da ostavim goste. Ima vremena, ići ću u Beograd drugi put.

— Dakle, tako, vas dvojica ostajete! Vidim da Iki nije neprijatno.

— On već zamišlja kako će doživeti ovde jedan mali roman.

— Nisam ja balavac i neiskusan kao što ti misliš. Znam ja kako se treba ophoditi s devojkama. A kada ti krećeš na put?

— Sutra ujutru oko sedam sati. Javiću se ja vama i još jednom pregledati Šimu.

— Laku noć! — prošaputa Đurđica i iziđe s mužem.

— Vidiš kako sam ja dobar muž i imam poverenja u tebe: ostavljam te u kući s dvojicom mladića. A ti mene za svašta sumnjičiš i ljubomorna si na svaku ženu i devojku.

— Možda si mi dao povoda; da nije bilo onog prvog slučaja s Nadom, ja nikad ne bih posumnjala u tebe, a ti moraš imati poverenja u mene, jer ja vodim računa o svom dostojanstvu. Možeš mirno da ideš, umem ja da budem u pravom smislu čestita žena.

Privila mu se na grudi i obavila mu ruke oko vrata.

— Kako ja tebe volim — šaputala je, ali nije bila iskrena u tom času, jer je zamišljala da su to grudi lepog Šime, da su to njegove ruke koje je stežu oko pojasa, da joj njegove usne ljube vrat i zatvarala je oči da bi što dublje osetila biće drugog čoveka. Posle se pokajala i dugo ležala budna u postelji, mislila o svemu, a Šime je bio stalno pred njom i ona ga je proganjala od sebe, uveravala sebe da su svi mladići lažljivi, da je Branko dobar, da mu mora ostati verna.

Ležala je nepomično u postelji, ne krećući se ni desno ni levo, da muž ne bi osetio da ona ne spava i upitao se šta je to muči? A mučilo je mnogo misli, ali jedna je bila jača od svih i kao zapovest joj se nametala: *Ja ću ostati njegova verna i čestita žena.*

29.

Branko je uskočio u voz u poslednjem trenutku, umalo što nije zakasnio. Potražio je kupe druge klase, otvorio vrata i zastao iznenađen: u dnu kupea, kraj prozora, sedela je — Nada.

Da mi nije ona poslala telegram?, sinu mu kroz glavu, bi mu neprijatno i pomisli nimalo laskavo o njoj, ali mirnoća njenog glasa, u kome je bilo ravnodušnosti, razuveri ga.

— Kuda putuješ? — upita ga posle pozdrava.

— U Beograd.

— I ja ću u Beograd.

— Imaš neka posla?

— Nemam nikakva posla, nego me je pozvala u goste na jedno petnaest dana jedna moja rođaka. Volim da obiđem malo operu i pozorište.

Otkuda istog dana da putujemo? Da li je ona moja sudbina koju svuda susrećem?, pitao se, želeći da to objasni, ali odgovor se gubio, jer ga je nešto peklo, iako je odbijao to od sebe, a peklo ga je što je ostavio ženu s dva mladića. *Šta će selo reći? Prva će se začuditi popadija.* Ljutio se pomalo na Nadu, ako je ona udesila da mu dođe depeša da bi se sreli. *Šta ona time hoće? Da li se nada da ću se razvesti? Ili se sveti Đurđici za njenu nekorektnost na balu?*

— Zašto ti sâm putuješ? — zapita ga ona.

— Hladno je, a Đurđica se ne oseća dobro.

Da li je on znao da ću ja u Beograd?, pomisli Nada i neka toplina se razli po njoj. *On me još voli.*

— Brat me je pozvao da hitno dođem u Beograd pa sam požurio, ne znam šta je.

Neću tražiti da se vidim s njom u Beogradu, zareče se, jer je hteo odmah da se vrati, bockalo ga je neprestano što je onaj lepi Šime ostao u kući s njegovom ženom, pa mu zbog toga i ovaj susret nije bio toliko prijatan. Ali gledajući je onako lepu, nežnu, osećao je uzbuđenje, i upita se treba li da propusti ovaj slučaj, koji mu se sâm nametnuo?

Voz stiže na peron beogradske stanice. Pred stanicom on prihvati Nadu za ruku i upita je:

— Hoćemo li se videti?

— Ne znam...

— Ne mariš više za mene?

— Zar ti zaslužuješ da te volim?

— Ja sam ostao isti.

— Možda sam se ja promenila.

— Ne bih rekao. Po spoljašnosti nisi. Nalazim da si još lepša.

— Zar oženjen čovek sme da gleda druge žene?

— Možda je oženjenom potrebna uteha druge žene. Je li, hoćeš li sutra da se nađemo?

— Gde da se nađemo? — popusti Nada likujući.

— Hoćeš li kod *Ruskog cara*? Čekaću te u pet sati. Možemo posle otići u bioskop.

— Dobro, doći ću — složi se Nada, jer su joj sećanja bila slatka i moć ljubavi je vladala njome i sputavala joj volju. Bila je zlurada i htela je da se osveti onoj koja ga je otela, a po njenom mišljenju nije ga bila dostojna. U njoj je rasla radost što je došao dan da on oseti kakvu je glupost učinio svojim brakom. Ali varala se u tome, kao i svaka zaljubljena žena, ostavljena i napaćena, u kojoj je živelo sećanje na najlepše dane života. Branko nije bio nesrećan u braku, mada to nije bio brak kakav bi bio s Nadom, ali blagostanje koje mu je pružala žena ipak ga je umirivalo. Ali on je ipak hteo da se zadovolji onim što je godilo njegovoj duši i telu, a to je bila Nada, jedina žena koju je on iskreno i duboko voleo.

Žurio je u hotel gde ga je brat očekivao i mislio što li ga zove. Da mu opet nije potreban novac? Ne bi imalo smisla da ponovo traži od njega, jer mu je dosta dao, i još više, žrtvovao je zbog njega Nadu. Kako je ušao u kafanu ugledao je brata, koji mu pođe u susret nasmejana lica, te on vide da ga ne more brige pa se srdačno zagrliše i izljubiše.

— A gde je snajka? — bilo je prvo bratovo pitanje.

— Vidiš, ova hladnoća, a ona je malo nazebla, pa nisam smeo da je vodim — lagao je brata.

— E, baš mi je žao. I Daci će biti krivo što nije došla.

— A gde je Daca?

— Ovde je, otišla je da nešto kupi u trgovini. Zbog Dace sam te i zvao. Ona se verila.

— Šta kažeš? Za koga?

— Za jednog trgovca u Beogradu, krasan mladić. Nisam hteo da ti to kažem u telegramu, hteo sam da vas iznenadimo kad dođete.

— To mi je milo. Pa kako se upoznala s njim? — raspitivao se pošto sedoše.

Konobar priđe.

— Donesite čaj. Hoćeš li i ti, Milane, čaj?

— Radije rakiju.

— Dobro. Onda jedan čaj i rakiju. Ded, pričaj mi!

— Taj je trgovac bio u gostima kod svoje tetke, a ona stanuje u našem komšiluku. Ti ih ne znaš, njen muž je poreznik, pre dve godine su došli. Video ti moju Dacu, a njegova je tetka dolazila k nama i mogla je da oceni kakva je Daca, i ona mu se mnogo dopala.

— A traži li miraz?

— Nije tražio miraz, samo spremu. Ima dobro uvedenu trgovinu, išao sam mu u dućan, pun puncat je robe, i na zgodnom mestu, mušterije mu samo ulaze i izlaze. Evo Dace, pa će ti i ona pričati.

Mlada, lepa devojka, visoka, crnomanjasta, spazi strica, pritrča i poljubi se s njim.

— A gde je strina, čiko?

On objasni i njoj kao i bratu.

— Bože, kako da nazebe sada, a želela sam da je vidim. Je li ti tata kazao novost?

— Jeste. Baš mi je hvalio tvog verenika. A kako se tebi dopada?

— Divan je, čiko, u svakom pogledu. I lep je...

— Batali ti njegovu lepotu — nasmeja se otac. — Eto, što ti je žensko, traži lepotu. Nema, ćerko, vajde od lepote ako on nije dobar i umešan. Koliko sam ga ja ocenio, vidim da razume trgovački posao i vrlo je sposoban. Stekao je on već i kapital, kupio kućicu, a ona je odlična domaćica, umeće i da mu zgotovi i udesi kuću, dušu je dala za to. Video je on to, a tetka mu je, ne može biti bolje, nahvalila Dacu. Ona ti je dobila muža kakvog je želela.

— Jeste, čika Branko. Baš sam takvog želela...

— Je li crnomanjast ili plav?

— Crnomanjast je i vesele prirode. Tata, jesi li javio Dragom da je došao čika? Imam broj njegovog telefona.

— Idem da mu javim. Hteo sam i tebe da vidim, a hteo sam da ga i ti oceniš. Ono, ti si lekar, ne razumeš se toliko u trgovinu, ali ti kažem, dobar mladić. Samo kad sam skinuo brigu njene udaje. Lep nameštaj ću da joj kupim, spavaću sobu, trpezariju i kuhinju...

— Hajde, pomoći ću ti i ja da joj lepo namestiš kuću.

— Nemoj, dosta si ti meni dao, ja ti to ne zaboravljam nikad. Daće bog da ti ja sve vratim.

— A ti mene nisi zadužio? Da li bih ja bio lekar da tebe nije bilo?

— Tata, požuri na telefon... Neka Dragi dođe da s nama ruča.

— Razume se da ću ga pozvati.

Stric je pomilova po ruci.

— E, Daco moja, udaješ se! Bićeš nam blizu, možeš češće da nam dođeš u selo.

— I vi ćete nama dolaziti. Što Dragi ima lepu kućicu! Mala je, ima baštu, a ja to volim. Videćeš kako ću da je udesim. Kako ti i strina

Đurđica? Ona je zlatna. Svi je volimo. Bogami, lepo si se oženio. Sve sam se plašila da ne uzmeš neku ženu koja bi te otuđila od nas, a mi te svi volimo i ponosimo se tobom.

— Doći će Dragi čim zatvori radnju. Kazao sam mu da je došao Branko.

— Ima li on porodicu?

— Ovde nema, ali ima u Lici. On je Ličanin.

— Kazao mi je da ćemo ići na letovanje u Liku.

— Videćemo da li ćeš ići. Rat je, ćerko, ne ide se sada nikuda.

— Ne ratujemo mi, tata.

— Ko zna, ćerko, šta će biti. Šta ti misliš, Branko? Nešto su se ućutkali frontovi.

— Čekaju proleće. Tada će biti krupnih događaja.

— Misliš li ti da Nemci mogu savladati Francusku? Pričao mi je pre nekoliko dana jedan inženjer kakvo je utvrđenje ta Mažinovljeva linija. To ne može nikakvo oružje da probije. To će biti drugi Verden za Nemce. Ja mislim da ceo svet strepi od rata. Pravo je da i mi jednom ne ratujemo, kao Grčka u prošlom ratu. Izgurah ti i ja na Solunskom frontu tri godine.

— Jesi li ti rezervni kapetan?

— Jesam... Eh, oduševljeno se tada ratovalo, a sada niko ne želi rat.

— Strašan je ovaj rat zbog moderne i razorne avijacije.

— Kažu, Poljska je sva razrušena. Ne dao nam bog da doživimo bombardovanje!

— Evo ide Dragi — uzviknu Daca i sva pocrvene.

Lep mladić, sjajnih crnih očiju, srednjeg rasta, u zagasitoplavom odelu, priđe njihovom stolu, poljubi Daci ruku, pozdravi se s ocem, a ovaj mu predstavi brata:

— Ovo je moj brat. Snajka nije mogla da dođe. Ali, bože zdravlja, doći će i ona na svadbu.

Mladi trgovac ostavi vrlo prijatan utisak na Branka. Bio je to inteligentan trgovac, umešan u svakom pogledu, jedan od onih trgovaca koji nisu nasledili radnju od oca, već je počeo kao šegrt i kalfa, pa posle bio poslovođa, stekao poverenje svojih gazda, mušterije ga uvek tražile, štedeo svaku paru da bi otvorio samostalnu trgovinu, i dočekao da vidi svoje ime na firmi.

— Mi nismo daleko, Banat je blizu, možete nam češće doći.

— Hvala lepo, doći ćemo. Meni je tata pričao o vama. On vas neobično voli.

— Kako da ne volim ovakvog brata. Ponosio sam se uvek njime, i decu sam stalno savetovao: na vašeg čiku da se ugledate.

— Vaša su deca sva dobra — pohvali ih mladi trgovac.

— Moraju da budu dobri. Svako moje dete mora da radi. To zna Daca, o njoj neću da govorim, ali i ona mlađa su poslušna.

— Kako Dragiša? Pomaže li ti u trgovini? — zapita Branko.

— More, to ti je trgovac i po! Da ga čuješ kako hvali robu kad petkom dođu seljanke.

— Video sam i ja kako on ume s mušterijama. Bolje je, tata, što ste jednog sina uveli u trgovinu.

— Dosta je što će Voja i Dušan biti činovnici.

— Jesu li oni u Beogradu?

— Ne, oni su kod kuće, na semestralnom raspustu su.

— Kad Voja završava tehniku?

— Ako bog da, treba u oktobru. A Dušan je tek prva godina na pravima. Radi i on. Daje časove. Zaradu mu ne tražim, neka ima sebi za džeparac. Ali, vidim, majka mu iskamči po koju banku.

— A mala Dragica?

— Gimnazijalka, u prvom razredu.

— Koliko ostajete u Beogradu? — zapita brata.

— Vraćamo se sutra ujutru.

— Idemo posle podne da vidimo nameštaj.

— Idem i ja s vama. Hoću i ja da ti nešto poklonim. Da li bi volela da ti kupim trpezariju?

— Jaoj, čika Branko, to bi bilo mnogo — kao odbijala je, a sva zablista od radosti i pogleda verenika, želeći da mu očima kaže: „Vidiš, kako imam dobrog strica!"

— A sećaš li se kako si ti mene uvek udešavala i peglala mi odelo kad sam dolazio kao student? Moram zato da ti se odužim.

— Ti si najbolji stric — uzviknu Daca i steže mu ruku. — A Đurđica je najbolja strina.

Branka taknu u srce sutrašnji sastanak s Nadom.

Kako bi bilo da ne odem? Treba jednom zauvek raskinuti tu vezu. Naljutiće se na mene, ali ostaću častan u sopstvenim očima.

Ljubav brata i njegove dece i njihove hvale o Đurđici pokolebaše ga i Nada poče da se gubi. Uviđao je da bi susret s njom bio avantura i zato reši da ne ode sutra na sastanak pa se razveseli, kao da mu se skide teret s duše.

Sutradan već nije bio tako odlučan. *Nema smisla da je ostavim da me čeka. To bi bilo izigravanje. Pomislila bi da se bojim žene i da ne smem da odem na sastanak. A ja sam ostavio ženu u kući samu s dvojicom mladića. Budala sam! Treba li da joj verujem?*

Ohrabrio je sebe time, ubedio se i rešio da ode, jer mu muška sujeta nije dopuštala da u očima žene koju je voleo ispadne papučar.

Ona je sedela u jednom uglu kod *Ruskog cara* i čitala neki časopis. Pred njom je bio čaj, bila je elegantna kao i uvek, nije gledala ni desno, ni levo, zadubljena u čitanje spazila ga je tek kad joj je prišao.

— Zakasnio sam, izvini! Zadržao sam se kod frizera. Bilo ih je mnoštvo na brijanju.

— Ne mari... Ja sam došla pre četvrt sata. Kako je tvoj brat? Je li još ovde?

— Ne, jutros su otputovali. Došla je s njim i Daca. Zbog nje me je i zvao. Verila se s jednim trgovcem; on ima lepu bakalsku radnju u Beogradu.

— To je dobra partija, trgovac u Beogradu. Tvoj brat ima dosta dece. Znala sam im svima imena. Čekaj da vidim jesam li zaboravila. Ima Voju, pa Dacu, Dušana...

Izređala je sva imena.

— Ti imaš kolosalno pamćenje.

— Da, ja sve pamtim i ne zaboravljam ništa. Možda to nije dobro, jer ima uspomena koje treba zaboraviti i izbaciti iz duše kao da nisu postojale, a ja to ne mogu.

— Da li bi život bio interesantan kad ne bi bilo uspomena?

— Još kako bi bio interesantan! Zavidim ženama koje su kao leptiri, čas na jednom cvetu, čas na drugom. Treba se privići današnjem životu u kome nema sentimentalnosti. Htela bih da budem takva, ali ne mogu. I danas sam se ceo dan rešavala da li da dođem kod *Ruskog cara* ili ne.

— I šta je pobedilo u tebi?

— Nisam htela da budem lažljiva kao šiparica, da obećam, pa da slažem.

— Dakle, samo to. Nije ti bilo prijatno da me vidiš?

— Bože moj, ja bih lagala kad bih ti kazala da mi nije prijatno da s tobom razgovaram. Ali, posle svakog susreta s tobom osećam se ponižena. Šta mi treba da se s tobom viđam? Ti pripadaš drugoj ženi koja me strahovito mrzi i koja bi bila u stanju da me javno ponizi. Ja nju razumem, to je njeno pravo i ceo svet bi bio uz nju, a svi protiv mene, pa me to ponižava i čini mi se da i ovaj sastanak danas nije dostojan mene. Bolje je sačuvati one lepe, čiste uspomene...

— Naprotiv, treba ih oživeti poneki put. Zar ti nisam uvek govorio da si ti jedina žena koju sam voleo.

Voleo... — Dobro si rekao, ali danas pripadaš drugoj.

— Ti se varaš ako misliš da je brak tako čvrsta veza, i da je dovoljno da se triput okreneš u crkvi, pa da se sav predaš supruzi, a ono što je bilo u životu ranije amputiraš i baciš. Ima osećanja koja uvek tinjaju u muškarcu. Vidiš, ja se danas osećam isto onako, kao kad sam bio student, i radovao sam se da te vidim, kao da prvi put dolazim na sastanak s tobom.

— Lepo je živeti u Beogradu. Volim ovo što te niko ne poznaje. Zar bismo u palanci smeli da sedimo ovako udvoje? Palanka mi je dosadila. Moja rođaka mi predlaže da se preselim u Beograd. Ona ima svoju kuću i ima jednu garsonjeru u njoj, pa bi mi je dala besplatno. I ja se čisto rešavam...

— A kakve imaš namere kad dođeš u Beograd?

— Ti misliš da ću se provoditi! Za mene je provod: opera, drama, bioskop. Volim i slikarske izložbe.

— Sve je to prazno ako nemaš s kim da izađeš.

— Da nisi ljubomoran? — dirnu ga ona.

— Možda jesam. Znam da bih te sasvim izgubio kad bi došla u Beograd.

— Kako si sebičan. Ti si se oženio, a ja to ne smem da uradim, da bih te dočekala poneki put kad ti uspe da umakneš od žene. Čudim se samoj sebi: nikad nisam trpela kad mi se oženjeni udvaraju, a danas, eto, sedim s jednim oženjenim čovekom.

Konobar priđe.

— Šta ćeš da piješ?

Poručio je kolače i čaj.

— Dopusti mi da ja danas platim.

— To ne mogu. Žene nikad nisu plaćale za mene. Dopusti da jedan oženjeni plati za tebe. A treba da znaš: oženjeni su verniji.

— Žene vas čuvaju pa ne smete da vrdnete od njih.

— Nije žena u stanju da sačuva muža ako on hoće da je vara.

— A voliš li ti da varaš svoju ženu, recimo, kao danas?

— Ja smatram da je ne varam. Koliko god ona ima na mene prava, toliko imaš i ti... Ljubav je jača od zakona.

— Ali zakon izigrava ljubav.

Konobar donese kolače.

— Uzmi šta voliš — ponudi je. — Znaš šta bih ti predložio: hoćeš li da idemo u bioskop?

— Hoću — prihvatila je brzo i osetila žmarce po telu: bioskop, pomrčina, loža, muzika, njih dvoje sami! — Gde ima lep program?

— Ne znam. Svejedno mi je. Hoću da sam s tobom — pogledao je svojim tamnim očima, nežno i tužno, kao da joj je hteo reći kako tuguje za njom, i u ovom času je bio iskren, jer je sve ono lepo oživelo, slatki časovi u njenoj kući, njena pažnja, ljubav, drugarstvo... Zaboravio je na Đurđicu, i na one mladiće, kao da mu Đurđica i nije bila tako bliska, jer ovog časa teže bi mu palo da je Nada kazala: „Doći ću u Beograd da bih se provodila i udala.”

Izašli su iz kafane, sneg je promicao krupnim pahuljicama, svetlucalo je snežno pramenje na svetlosti sijalica i bilo je veselo, razdragano veče.

— Hajdemo u bioskop *Uranija*, to nam je blizu.

Uzeo je dve ulaznice za ložu i nađoše se sami u zamračenom kutu. Film je bio uzbudljiv, ali oni su bili više uzbuđeni svojim osećanjima, nego junaci na platnu. *Ima li smisla što sam došla s njim u bioskop?*, pitala se ona, a osećala je prijatnost stiska njegove ruke i nežno mu se naslonila na rame. *On nju ne voli*, umirivala je sebe. *Ko zna kako pati, a neće da prizna. Ona ga ne razume*, tešila je sebe i njeno žensko bolećivo srce bilo je gotovo da mu oprosti neverstvo i sažali ga.

— Voliš li me? — prošaputa joj na uvo, a ona zadrhta, osloni mu se jače na rame, ne reče ništa, jer joj dođe bolno, steže joj se srce, probudi se ono lepo, nezaboravno, izgubljeno zauvek, uzdahnu samo i zaklopi oči. Htede da odgovori: „Ti imaš ženu”, ali joj bi prozaično da i nju pominje, jer je ovaj trenutak bio lep, ko zna šta

sve može doći, ima preokreta u životu, ima trenutaka koji su sud-
bonosni. Ćutala je, a on je gledao, osećala ga je svim bićem, videla
je njegove oči u mraku, te lepe oči koje bi tako rado poljubila i
zaplakala od tuge...

Sala se osvetlila.

Publika se okretala, posmatrali su parove po ložama, opaziše i nju,
jer je bila lepa žena, okrete se iz partera i jedna mlada devojka, zagleda
se u doktora, pa u nju i šapnu svojoj rođaci, mladoj devojci:

— Gledaj, ono je lekar za koga se udala moja drugarica iz mog
sela. Pazi s kim je ono. Ako! Tako joj i treba. Polakomila se na
njegovo zvanje doktora. Ima imanje i on ju je zbog toga uzeo, pa
sad drži ljubavnice i izdržava ih njenim novcem. Eh, što volim što
sam ovo videla! Svima ću da pričam. Znaš kako se njena majka hvali:
„Udala mi se ćerka za doktora, pa sve devojke hoće da pocrkaju od
muke.” Na čast joj njen doktor! Ja bih ostavila svog muža kad bi me
ovako varao...

— Nemoj tako da govoriš — možda mu je rođaka.

— Jest, rođaka! Zašto su seli u ložu? — nastavljala je zlurado,
jer je mrzela Đurđicu što se lepo udala, a još više što je ona volela
Radoja, a Radoje je nije gledao, nego je patio zbog Đurđice, i sad joj
je došla zgoda da se osveti za svoje patnje. Zato ih je posmatrala i kad
se zamračila sala te vide kako se doktor naže lepoj ženi, bila je sva
uzbuđena od svoje zluradosti i želje za osvetom...

Kad su izašle iz bioskopa, zamoli rođaku:

— Hajdemo za njima!...

— Šta te se oni tiču!? — odvraćala je ova.

— Tiču me se, ti ne znaš kako je pakosna ta njegova žena. Hoću
da se uverim.

Rođaka pristade, išle su na pristojnom odstojanju, nisu čule raz-
govor, nešto su bili zastali, doktor je ubeđivao ženu, ona je mahnula
glavom, pošla napred, a on ju je uhvatio ispod ruke kad se nađoše u

senci kuća, i produžiše kao zaljubljeni par, a Đurđičinoj drugarici to bi dosta, ispuniše joj se grudi radošću, videla je što je želela, više joj nije trebalo.

— Hajdemo kući! — zovnu rođaku. — Ovo je zaslužila. Znaš kako je jedan dobar mladić voleo, a ona ga vukla za nos i udala se za doktora.

Branko nije ni slutio kakva mu se intriga sprema, išao je pored Nade, kao u one srećne dane i prekorevao je blago:

— Zašto nisi htela da svratimo do mene?

— Nemoj, Branko, da mi kvariš ovo veče. Ja mislim da me ti ceniš i žao mi je kad mi takav predlog činiš koga bi se stidela svaka žena i smatrala se uvređenom. Ja neću da pokvarim ono što je bilo lepo u našem životu.

— Smem li da te posetim u tvojoj kući?

— Ti najbolje znaš smeš li, ili ne smeš.

— Niko meni ne može da zabrani — govorio je mladi čovek uzbuđeno stežući joj mišicu, dok su pahuljice provejavale padajući joj na kosu, po krznu, ličila mu je na devojčicu okićenu zvezdicama, pa je privuče sebi, poljubi joj usne, a one su bile hladne i meke kao listići ruža na mrazu.

30.

To isto popodne Šime je sedeo sâm u sobi. Ika je otišao da prošeta i da svrati do učiteljica, koje su ga pozvale u posetu, a posle će s njima doći Đurđici. Izmerio je temperaturu i obradovao se kada je video da je manja. *Dići ću se iz postelje i obući.* Mrzelo ga je da neprestano leži u postelji. Oblačio se i ogledao, začešljao je svoju lepu kosu, vezao mašnu, izvukao belo maramče u džepu i počeo da šeta po sobi. *Iznenadiće se Đurđica kad me vidi.*

Zastao je kraj prozora i posmatrao kako sneg pada i kiti drveće, čije su grane postajale sve teže. Očekivao je Đurđicu i vrebao njen izlazak iz kuhinje jer je video kada je potrčala preko bašte, dižući krajeve svoje duge plave somotske haljine, ali pokrivena šalom preko glave i ramena.

Slatka ženica, laskao joj je i tužno mu je bilo pri pomisli što će se rastati za dan-dva i ko zna kada će se opet videti?! Osećao je kako ga ova žena neodoljivo privlači. Šta je to u njoj? Da li onaj plavi bezazleni pogled, belina kože, ili nešto duševno, čisto, nežno, što je izbijalo iz njenih očiju, usana; ili ova lepota kuće, urednost, što je sve delo ženino, ono što mladiću nedostaje u životu, za čim čezne i što želi da nađe u braku, a ne zna da li će naći, i, evo, ova ženica je ostvarivala sve njegove snove, video je ono što je želeo da ima u životu. Ali, avaj! Ta žena pripada drugom, voli svoga muža i oni su srećni u braku.

On je bio pošten, ali nije bio nikakvo savršenstvo i kao svaki mladić voleo je da zagrli i poljubi ženu, ali prema ovoj mladoj ženi bio je korektan, čak je smatrao za nečasno da joj pipne ruku, napravi kompliment, da je pogleda vatrenije, jer je osećao da bi to bio ružan postupak i prema njenom mužu koji ih je prijateljski pozvao i ostavio ih u kući same s mladom suprugom, dokazujući time da ima poverenja u njih, a on nije hteo da izigra to poverenje. Uzbuđivalo ga je baš to što nije smeo ništa da oda od svojih osećanja, što uvek udaljuje sebe od nje, a ona je bila tu, osećao je kad prođe kroz trpezariju, poznavao je njen laki i sitni korak, osluškivao je kada će da uđe u sobu, čekao je s uzbuđenjem, zaljubljeno. Tišina u kući u kojoj se čulo samo izbijanje zidnog časovnika delovala je melanholično na njega, da li što je bio sâm u kući, ili sâm s lepom, mladom ženom kojoj nije smeo ništa da kaže da je ne bi uvredio...

Zalupila su se vrata na donjoj kući, on priđe prozoru, vide je kako trči utabanom stazicom, drži somotski skut haljine, videle su joj se cipelice, male noge i lepa ruka, koja pridržava šal, i slatko rumeno lice uokvireno plavim šalom, da mu je sva ličila na malu vilu iz bajke sred snežne seoske prirode. Setio se da je u detinjstvu imao mnogo slika s lepim devojčicama u dugim haljinama i jednu sliku je naročito voleo, bila je slična Đurđici, čuvao ju je dugo i kad mu je jedan dečak pocepao tu sliku, plakao je, a mati ga je tešila:

„Kupiću ja tebi drugu sliku s još lepšom devojčicom. A kad porasteš, ti ćeš da se oženiš, i naći ćeš istu takvu devojčicu.”

A on je detinje odgovorio majci:

„Hoću sada da mi nađeš takvu devojčicu, pa da se oženim.”

I, evo, to je ta devojčica sa slike, devojčica njegovih snova iz detinjstva, koja je živela u njegovoj podsvesti, upoznao je njen lik na slici, a sad se ovaplotila, oživela, čuo je kako ulazi u trpezariju, očekivao je da uđe kod njega u sobu, ali ona ode u drugu, zaškripaše vrata, a on je čekao kad će zaškripati ponovo, čekao je stojeći nasred sobe, uprtih očiju u vrata, rešen da joj ispriča tužnu istoriju njegove slike. Čuo je ponovo njene sitne korake i kucanje na vratima i zalupa mu srce, kao da su ga ti kucaji udarali posred srca, vrata se otvoriše, ona uđe plava i bela, kao devojčica sa slike i uzviknu:

— Gle! Vi ste ustali i obukli se! Zašto ste ustali? Može vam se stanje pogoršati. Branko vam to ne bi dozvolio.

Zastala je i gledala ga, gledala ga je kao onda na moru, a on je stajao visok, bled, tamne kose, smešio joj se, hteo je da je uhvati za ruku i izljubi joj svaki prstić, ali bujica osećanja ustuknu u njemu, on se savlada i osmehnu se:

— Ne bojte se, nisam ja mekušac, niti sam se ikad izležavao u postelji. Temperatura mi je spala, imam je još malo, ali mogu da ustanem. Zar bih ja ovako ležao u Beogradu? Bolje je kad se čovek ne raznežava. Vi ste me razmazili, i vi i gospodin Branko. Postao sam i sebičan: sve mislim gde ste, ostavili ste me samog čitava dva sata!

— Imala sam nešto posla dole u kući, a sad sam donela ručni rad i rešila da vam pravim društvo. Miloje će doneti crnu kafu, pa ćemo je popiti. Ika je otišao do učiteljica.

— On je odmah pohvatao veze s mladim devojkama.

— Vama je žao što i vi niste otišli? — zapita ona i pogleda ga da bi ispitala njegove oči, a on odgovori umiljato:

— Meni je prijatnije da s vama razgovaram. U Beogradu ima devojaka koliko god hoćete, ali nema ovako lepe i ugodne kuće kao što je vaša, i tako ljubazne domaćice.

Ona je plela plavu bluzicu, prstići su joj se brzo provlačili kroz petlje. Klube joj pade s krila, a on ga uze, sede na stolicu i poče lagano da ga odmotava, dok je ona plela oborenih očiju, ali je osećala njegov pogled na sebi i krv joj udari u lice, pa da bi to zabašurila, zapitkivala ga je čas ovo, čas ono, da ne bi ćutala. I više je pričala ona, jer je on osetio tugu, raznežila ga je ova mlada žena, htede da joj ispriča priču o devojčici sa slike, ali se uzdrža, i dođe mu najednom, ne znajući zašto, i zapita je:

— Zašto ste plakali letos na groblju, ispod čempresa?

Ona se zbuni od tog neočekivanog pitanja, poćuta, misleći da li da bude iskrena, ali je bi stid, nije htela da prizna svoje sumnje, svoju patnju, jer time bi se odala da njihov brak nije savršen, a ona bi htela da on to veruje i da ga time razoruža; želela je da bude časna žena, da mu ne dâ prilike da joj išta kaže što bi je uzbudilo, navelo na iskušenje, jer on je sav iskušenje za mladu ženu: Dalmatinac, mio i privlačan, tamne kože, čovek s mora gde je sunce tako toplo, gde talasi miluju i uzbuđuju, gde su noći sladostrasne, čempresi vitki kao njihova tela... Pogledala ga je:

— Kazala sam vam: setila sam se oca i zaplakala. Mene uvek rastuži groblje. A šta ste vi mislili?

— Pa... ništa...

— Zašto me onda pitate? Ne verujete mi. Budite iskreni i recite!

— Dobro; reći ću vam, ako mi dopustite.

— Dopuštam vam.

— Pomislio sam da nije bilo kakve nesuglasice između vas i gospodina Branka, jer jedan brak može biti savršen, pa da ipak dođe do sukoba, ljubomore.

— Mislili ste da sam ljubomorna?

— Vaš muž bi imao više razloga da bude ljubomoran na vas, nego vi na njega.

— Zar ja nisam od onih žena u koje muž može biti siguran?

— O, to ne mislim, nego vi ste lepi i mladi, ima u vama nečeg toplog, nežnog, detinjeg i ženstvenog, što deluje na svakog muškarca i osvaja ga, a to mora znati i vaš muž, pa mora biti ljubomoran, ako vas voli i strepi za vas.

— On me voli, ali ne strepi za mene, jer zna da sam ozbiljna. Vidite, on je dopustio da vi ostanete u kući. To ne bi učinio svaki muž.

— Ja prvi ne bih dopustio, kad bih imao ženu kao što ste vi, da ostane sama u kući s muškarcima.

— A šta je to ružno? Sedimo i razgovaramo. Vi ste učtiv mladić, učtiviji nego što sam zamišljala da mogu biti Dalmatinci, jer sam mislila da su oni ženskaroši, druže se mnogo sa ženama, na moru je puno avantura, strankinje i hoće svašta da dožive, da ponesu uspomene...

— Sve je to tačno, ali ne znači da muškarac zato mora biti ženskaroš. Naprotiv, njemu avanture toliko dosade i ogade da zaželi neki poljski cvetić, čedan i bezazlen, i tužan je kad taj cvetić drugi uzbere...

Ućutao je, jer je video kako je planulo njeno lice, nije odgovarala ništa.

Videći da je on gleda ćutke i osetivši onaj isti pogled kao na moru, ona ustade, ostavi rad, prirodna i ravnodušna, kao da se u njoj ništa ne zbiva, jer je jedna misao kao zapovest šibala njeno srce i nerve: *Ti ne smeš biti neverna.*

— Idem da viknem Miloja da donese kafu. Vi volite kafu.

— Da, volim mnogo — šaputao je mladi čovek, a to se nije odnosilo na kafu, nego na nju, nežnu i belu, i ona iščeze iz sobe, kao slika iz njegovog detinjstva, otvori vrata, udahnu hladni vazduh, povrati se, razvedri joj se u glavi i viknu:

— Miloje, šta je s tom kafom?

— Dolazim odmah! Skuvao sam i sipam u šoljice.

Ona zatvori vrata, požuri u spavaću sobu, nasloni se na orman, pritisnu srce rukama i prošaputa:

Volim ga!

Stajala je nepomična, oslonjena na orman, pritiskivala je srce, kao da hoće da ga ućutka, umiri, užasnuta od toga saznanja, pa prevuče rukom preko čela, zagladi kosu, pogleda se u ogledalo, sva u bunilu, sreći, ustreptala, ali mahnu rukom kao da bi htela sve to da odagna, spazi sliku Brankovu na stoliću, vide kako je gledaju njegove oči, ražalosti se, zastide, uze sliku, pogleda je i prošaputa:

Ne! Ne! Ti si moje milo! Neću te nikad izneveriti...

— Gospođo, doneo sam kafu — zovnu je Miloje iz sobe.

Kad ona uđe Miloje reče:

— Vidite, gospođo, naš bolesnik je ozdravio! — pa se obrati Šimi.

— Koliko volim, toliko mi je i žao: ozdravićete, pa ćete nam otići, a s vama sam se slatko narazgovarao. Vi studenti razumete svakog. Ništa nije lepše nego biti student. Ali, sigurno je i teško, mučite se, studirate, a gladujete i bolujete. Eh, da ste nam malo bliže, pešice bih vam ja donosio kobasica i drugih ponuda.

— Dosta ste vi nas počastili. Nikad nećemo zaboraviti ove dane — odgovori Šime poglédavajući lepu ženu i srce mu se steže. *Pobegla je, a bila je uzbuđena. Bolje što je pobegla, jer bih napravio glupost, a ne smem biti nečastan...* Pribrao se i on, ali je osetio duboku tugu,

sve više mu se urezivao lik mlade žene u dušu i osetio je prvi put da
će ova mala nežna supruga biti njegova žalost u životu.

31.

Nedelju dana je prošlo otkako su otišli Šime i Ika. Mladu ženu je
pritisla potajna tuga, ali se borila da to razveje u duši, dokazivala je
sebi da je ona srećna žena, da je greh misliti na drugog čoveka, kad
je ona lepo udata. Osećajući da nema onu sreću u braku o kojoj je
snevala kao devojka, žalostilo je to i još više joj nametalo lik mladog
Dalmatinca, oživljavalo njegove reči i poglede. Sve joj se činilo da je
hteo nešto reći, a nije smeo, uzdržavao se, i to naročito, tajanstveno,
što je bilo u njemu i u njoj, kao da ih je spajalo nevidljivim nitima.
Mislila je po ceo dan dok je radila po kući, za onih nekoliko dana
njihovog boravka; i nije patila što se muž uveče zadržava u kafani, što
uvek ima posla i zaboravi da je poljubi, što se ne seti da joj polaska,
već je stalno zaposlen u zadruzi, sa seljacima, pacijentima, svojim
društvom. Patila bi, ali se nešto u njoj stišalo, zavladala je u njoj
ravnodušnost, pa je to lečilo njeno srce, čak stišavalo i zanos za lepim
Dalmatincem, jer dolazila je do gorkog iskustva: *Svi su muškarci isti.
I Šime bi bio muž kao i Branko.* Ali bi odmah uzela Šimu u zaštitu,
kao da je on bolji: *Branko te nije voleo, nije se oduševljavao tobom,
smatrao te je seljankom, rekao ti je više puta da si glupača, a ona
druga još vlada njime, vlada moćno, tajanstveno, voli ga, a možda i
on nju voli.* Sve joj se činilo da bi Šime umeo da je voli, da je to čovek
o kome je snevala, čekala ga, ali ga nikad neće dočekati.

Nedelju dana joj je prošlo u sećanju, tuzi, uznemirenosti, pa
nastade uobičajen život, poslovanje u kući, slušanje radija, ručni rad,
posete, razgovori o ratu.

Jednom, kao u šali, zapita Branka:

— Šta bi ti radio kad bih te ja izneverila?

On joj odgovori bez razmišljanja:

— Rastavio bih se s tobom. A zašto me to pitaš? — iznenadi se i kao da nešto posumnja, a ona ga umiri:

— Čitala sam jedan roman gde muž ubija ženu koja ga vara, a on je isto tako varao nju, i sebe nije osudio, a nju je ubio kad je ona htela da mu se sveti.

— Zašto mu se svetila? Časnije bi bilo da ga je ostavila.

— Ali kad ga je volela...

— Kako može da ga voli i da ga vara?

— Patila je i htela da sebi dâ satisfakciju.

— Da ne misliš i ti da pribaviš sebi kakvu satisfakciju?

— Mislim da ti to nisi zaslužio — odgovorila je s dvosmislenim osmehom, a on je posle razmišljao o njenim rečima, i posumnjao da nije, možda, doznala za njegov sastanak s Nadom, ali znajući da ona ne može da sakrije ono što je tišti, verovao je da ipak ne zna. *Beograd je velik, niko nas nije mogao videti.*

Tako je mislio muž, ali nije mislila zlurada devojka, koja ga je videla s Nadom u bioskopu. Đurđica dobi jednog dana anonimno pismo, od neke „iskrene prijateljice”, koja je žalila, znajući kako je ona dobra i voli muža, što je on vara, svojim rođenim očima ga je videla u bioskopu *Uranija* u Beogradu, može joj čak opisati kako izgleda dama s kojom je bio. Po opisu Đurđica je odmah pogodila da je to Nada.

Bio je to veliki potres za nju. Zaboravila je Šimu, svoju tugu, jer je obuze mnogo veći bol na očigledan dokaz da je muž vara... Ničim više ne bi je mogao ubediti da nije išao u Beograd na sastanak s Nadom; mogao se zaklinjati koliko god hoće da ne voli Nadu, kao što je uvek činio, sad je bila uverena da se ta veza stalno nastavlja, da je on neveran muž i da će takav ostati uvek i ona će biti jedna od onih žena koju će svet sažaljevati i govoriti o njoj: „Jadnica, voli muža, a on je vara.” U njoj se probudi ponos, ne zaplaka čitajući pismo, ali kao da se nešto prekide između njih, nastade provalija, neprelazna, i ona ostade sama sa svojom tugom, ponosita što se nije nimalo ogrešila o svoj brak, i rešena da ne dopusti da bude ismejana, sažaljevana. Suvih očiju, suva grla, s gorčinom, sva bleda zareče se: *Moram ga uhvatiti u neverstvu. Hoću sama da se uverim... Možda je ovo poslao Radoje da mi se osveti... Možda neka prijateljica koja me mrzi?*

Zavaravala je sebe, ali kad god bi u pismu došla do opisa Nadinog, klonula bi, jer bi videla da je to istina.

Uhvatiću ga, zaricala se. *A sad mu neću reći ništa, jer bi bio na oprezu.*

Ćutala je i trpela, ljubazna kao uvek, ali bi se stresla od odvratnosti kad bi je zagrlio kao mužjak, tražio njene milošte, jer žena živi srcem, a ko smrvi njeno srce, smrvio je i njeno telo, i može ga imati samo kao stvar.

Rešila se da ode na nekoliko dana do svoje mame, jer je se zaželela, kazala je to mužu i začudila se kad je on odmah pristao da ona ide, a ona je to jedva dočekala, jer je smislila kako da izvede svoj plan: reći će mu da će ostati četiri-pet dana, a vratiće se posle dva dana da vidi da nije otišao onoj, a ako ga zatekne, reći će mu kako nije mogla bez njega i svoje kuće. Zabolelo je i to što je primio sasvim mirno da ostane nekoliko dana kod majke, pristao bi, činilo joj se i da je kazala da će ostati i deset dana, čak joj ne spomenu ni Radoja, niti je bio ljubomoran, i srce joj pritisnu tuga, osetivši kako sve ravnodušno prima što je u vezi s njom.

Mamu je zatekla radosnu, ali je posle videla da je nešto brižna, pobojala se da nije bolesna, i zapitkivala je:

— Šta ti je, mama? Da te ne boli štogod, pa kriješ od mene? Treba da mi kažeš, imaš zeta lekara, on će doći, daće ti lek.

— Ništa mi nije, sine, samo me malo noge bole, naročito ovaj desni kuk, što sam ga povredila kad sam ono pala.

Boleo je majku i kuk, ali više ju je bolelo ono što se zuckalo po selu među Đurđičinim drugaricama kako je muž vara, kako ima jednu u varoši i ide k njoj.

Krila je majka sve od Đurđice, a izdaleka je pitala, da bi videla njeno raspoloženje:

— Kako ti i Branko, slažete li se lepo?

— Slažemo se. On je dobar i vidi kako ja volim kuću, udešavam mu, ne tražim nigde da me izvodi. Bio je sada u Beogradu, zvao je i mene, ali mi smo imali goste, pa sam ja ostala s njima. Bratanica mu se udaje.

— A kako njegov brat stoji materijalno?

— Izgleda da je popravio svoje materijalno stanje. On je dobar čovek, ima dosta dece, i sva su mu deca zlatna. A šta ima novo u selu?

— To pitaj Macu, ona sve zna.

Maca je pričala o svemu što je znala, i o njenim drugaricama i o Radojevoj majci, koja je uvek žalila što se Đurđica udala za doktora.

Dotrčale su i drugarice čim su čule da je došla, znajući šta se u selu priča za njenog muža, pa su je radoznalo pitale:

— Koliko ostaješ?

— Dva dana.

A one su se pogledale i nastavile:

— Zar te muž pušta da dolaziš?

— Zašto da me ne pusti da dođem svojoj majci? On je fini čovek.

— Jeste, finog i lepog muža imaš.

Čudile su se samo što kod nje nema ničeg novog pa su je zapitkivale:

— Zar nećeš da rađaš decu? Muževi u varoši vole da im žene imaju liniju.

— Imaću ja dece, nisam ja to sprečavala, nego tako, nemam još.

U toku ova dva dana rešavala se: da li da se vrati, ili da ostane? *Neka ide k njoj, ništa me se ne tiče. Neću o tome ništa da znam.*

Možda se ja varam u svemu... I ostala bi u selu da ne dođe jedna drugarica, kao ljuta na one što pričaju, a kao ona u to ne veruje, ali ipak zlurado ispriča joj:

— Juče sam se svađala zbog tebe. Kaže jedna da ti nisi srećna s mužem, da je on ženskaroš, a ja kažem da je to laž, da je tvoj muž divan čovek, da te voli i da je pažljiv prema tebi. Svet je pakostan, naročito devojke, i zavide ti. Nemoj ti zato da se sekiraš, ja ti samo to kažem što te volim, i hoću da znaš kakve imaš prijateljice.

— Neka pričaju što god im je volja, ne tiče me se ništa. Ja znam kakav je moj muž i ne moram to svetu da dokazujem — odgovorila je hladno, a prijateljica ućuta, ne htede da kaže dalje ono što je čula: da jedna priča kako ga je videla u bioskopu s nekom ženom, ali ispitujući Đurđicu očima, učini joj se da je ona oslabila i izvede zaključak: *Nije ona srećna, pa samo krije.*

Iako se pravila ravnodušna, Đurđica reši da se odmah sutra vrati u svoje selo, da vidi da li je muž kod kuće, ili je otišao u varoš.

Vreme je ojužilo, nije bilo hladno kao juče, ali mama je ututka ćilimima, stavi zagrejane cigle u slamu ispod nogu, da joj bude toplo celog puta i isprati je žalosna i jadikujući.

— Dođeš, pa odmah ideš. Da mi je da posediš desetak dana da te se sita nagledam i narazgovaram s tobom.

Đurđica je plakala u sankama, zakukuljene glave kapuljačom, da su joj samo virile oči i nos, plakala je za svojim devojačkim životom i snovima. Osećala je kako je sve to bilo lepo, a sada je izgubljeno.

Nisam srećna, ubeđivala je sebe i shvatala da već od prvog dana nije bila srećna, da se sve nešto stidela muža, da ne ispadne glupa, pazila šta govori, jer je osećala da je on iznad nje, da je mnogo školovaniji i bojala se te njegove škole. Nije razgovarala s njim slobodno kao sa seoskim momcima, s kojima je smela da se našali i da im kaže sve što misli, znala je da je oni cene, čak da je smatraju pametnom i vrednom devojkom koja ume da vodi imanje i razume svaki posao u polju, ume da proda i kupi, što su cenili i njihovi roditelji i svaki bi smatrao za sreću da mu Đurđica bude snaha. Ali ona je sve to odbacila, zavolela je gospodina, da je ne zovu kao njenu majku samo Maro, ili snaša-Maro, nego „gospođa doktorka", „gospođa Đurđica". *Gospođa doktorka*, prošaputa u sebi, i dođe joj gorko u ustima od tih reči kao da je žuč ispila, navreše joj suze na oči i skliznu jedna niz gladak obraz... Obistinilo se ono što je slutila. Kuća je bila zaključana, ordinacija prazna, ni Miloja nije bilo kod kuće. Ona zamoli kočijaša da je priček.

— Da li bi mogao da me odvezeš do varoši ako budem morala da idem, platiću ti dobro.

— Kako da ne bih mogao?! Imam i ja posla u varoši.

— Vrlo dobro. Čekaj da vidim gde je Miloje, pa da uđeš i da se malo ogreješ.

Miloje je dotrčao iz komšiluka.

— Zar ste već došli, gospođo? A ja vas očekujem tek u nedelju. Nije ni gospodin kod kuće. Otišao je u varoš pre dva sata. Kaže, ima neka posla i da će se možda vratiti sutra ujutru.

Mlada žena oseti kako se sve zaljulja oko nje. *Dakle, istina je, otišao je njoj*, jauknu Đurđica, ali začudi se kako je bila pribrana, imala je snage da govori i zamoli Miloja:

— Donesi Peri nešto da pojede, pa i ja idem s njim u varoš.

Kako je Miloje pogleda začuđeno, ona ga razuveri u ono što je mogao da pomisli:

— Javio mi je Branko da dođem u varoš ako hoću.

— Ako, idite, gospođo. Treba malo da se provedete. Eh, što bih ja voleo da jednom odem u bioskop. Voleo bih šale da gledam, da se nasmejem. Sedi, Pero, da te dobro počastim. U ovoj kući se dobro jede. Hajde, i vi, gospođo, prihvatite se malo. Gospodinu sam spremio da ponese večeru u grad. Ispekao sam mu jedno pile i uzeo je kobasica i šunke. Znate, ljudi zasednu u kafanu, pa vole da se prihvate i politiziraju.

Odneo je njoj, jauknu opet u Đurđici, ali ne oseti više potres kao ranije, nego nešto tupo, ravnodušno, kao da je sve to očekivala, da je tako moralo biti, pa došao trenutak da se sve obelodani, i lakše će joj tada biti, pokazaće mu koliko ona ima ponosa i dostojanstva. Ali pomisao na „nju" razbesni je, steže zube, osećala je da bi je mogla tući, čak i ubiti.

— Jedi, Pero... Dobro se najedi. Ja ne mogu ništa, nisam gladna. Ješću u varoši. Idem gore... — Ustrča uz stepenice i zapahnu je hladna kuća, jer od jutros nije bila ložena, hladna trpezarija, spavaća soba, ordinacija, sve ledeno, samo se osećao miris duvana, miris lekova, i to je zaboli, rastuži, kuća joj dođe tuđa, i ona strana u toj kući, bliže joj je bilo ono što je seljačko, milo, vedro, iskreno.

Popustiše joj nervi, mlado srce se rastuži, nasloni se na vrata i zajeca, sva joj se snaga zatrese od bola, sve se sruši oko nje i učini joj se da stoji na zgarištu, gde je sagorela njena ljubav, njeni snovi, njena bračna sreća...

Otišao je njoj! Bednica! Ona ga je otela! Osvetiću joj se.

— Gospođo, hoćemo li da pođemo? — pozva je kočijaš.

— Idemo odmah! — doviknu kočijašu i okrete se po sobi, kao da nešto traži ili je htela da se pribere, jer se odigravao sukob u njenoj duši, naleteše razna osećanja, protivurečna, osvetoljubiva i tužna, dođe joj teško u grudima, nestade joj daha, kroči jedan korak, drugi, strese se sva, kao da nešto odbacuje sa sebe, da li misao da ide u varoš, da li da ostavi sve, jer je malaksala, izgubila volju da se bori. Ali nešto joj doviknu:

Svi će te ismejavati...

I uvređena sujeta žene podiže se u njoj kao vihor, dade joj snage, pođe brzo vratima i iziđe u dvorište.

— Mi idemo, Miloje, a ti čuvaj kuću.

Sela je u saonice i one odjuriše, a s prozora su je gledale dve devojke i govorile:

— Što je ona srećna! Udala se za doktora. Muž je voli. Nikad ne pogleda u moj prozor, a ja ga više puta čekam kad ide u zadrugu. Baš je lep. Blago njoj!

32.

Sanke su klizile po drumu, večernji mraz je stezao, a Đurđica je bila sva smrznuta od zime i duševne borbe, koja joj je stvarala groznicu. Stegle su joj se vilice, ruke ukočile, stopala kao da nisu bila njena, a uz kičmu joj je bilo hladno i sva se stresla od jeze. Sneg se po poljima belasao, stvarao se beličasti sumrak, a tišina je bila svuda, samo su odjekivali praporci, zapucao bi bič, ili u daljini zabrujalo zvono. Šibao je i hladan vetar, ledio joj obraze i stezao srce.

U njoj se vodila teška borba:

Da li je pametno ovo što radim?, opomenu je jedan glas, ali ga uguši bol srca, uvređena sujeta, i ona odobri sebi što je pošla, a bilo joj je teško i strah je hvatao od onoga što će doživeti. Jedna slika joj je stalno bila pred očima: on u njenom zagrljaju, u njenoj kući. Osećala je kroz rukavice kako su joj hladne ruke, stezala ih je kao da je htela da prikupi snagu, da se pripremi za viđenje s mužem i njegovom ljubavnicom.

Da li su i druge žene ovako nesrećne?, pitala se i prisećala se svih žena, svojih drugarica, mlađih i starijih i njihovih brakova, sreće i nesreće bračne, pa joj se činilo da je njena nesreća najteža. *Žene su nesrećne*, šaputala je u sebi. *Muževi ih uvek varaju.*

Htela je da ublaži svoje zlo i sećala se onih žena koje su bile srećne, u koje su muževi bili zaljubljeni i mislila: čime su one osvojile muževe, da li lepotom, dobrotom, umešnošću?

Zašto je ona jača od mene? Zato što je pokvarena, jer pokvarene žene su jake, one sve mogu, svakog osvajaju, pred njihove noge padaju muškarci, one vladaju. Ah, osvetiću joj se!, jeknula je i stezala ukočene prste, ali je osetila nemoć, slabost i bila svesna da nije u stanju da se osveti.

Ušli su u grad. Sijalice su osvetljavale drvorede sa snežnim granama, devojke su šetale, vesele, nasmejane, izlozi su bili osvetljeni, sanke i automobili su stalno jurili.

— Kuda da vas vozim? — upita kočijaš.

Ona pomisli:

Neću u kafanu gde on odseda. Reče mu drugi hotel, manji, gde je odsedala s mamom. Samo da se ogreje, raskravi ruke i telo.

— A gde ćeš ti odsesti? Treba da znam, da me vratiš sutra.

Kočijaš joj reče jednu kafanu na periferiji grada.

— Znam, išla sam s mamom u tu kafanu. Ti me ujutru čekaj, nemoj da odeš bez mene.

— Hoće li i vaš muž s vama?

— Ne znam, možda će se on zadržati ovde još koji dan, ima posla, ali ja se ujutru sigurno vraćam.

U hotelu je zamolila da joj se zagreje soba.

Bilo je oko devet časova kad je izašla iz hotelske sobe i uputila se Nadinoj kući.

Ako on ne bude kod nje? Šta ću joj onda reći?

To je zbuni, nije znala kako da se snađe u toj situaciji, kako da objasni svoj dolazak i kako će je ona primiti posle uvrede na balu. Izgledaće kao da je došla da se izvini, pomiri, zamoli za oproštaj. Sve se uzbuni u njoj, mržnja bukne kao plamen, jer je mrzela tu ženu, mrzela svom dušom, i jedino je nju okrivljavala za svoj nesrećni život, za neverstvo muževljevo, jer ga je ona volela, mamila, osvajala...

Nije dala sebi odgovor šta bi kazala ako Branka ne bi zatekla kod nje, već je išla nesigurno, s tremom, kao da se priprema za neku strašnu scenu, kojoj se ne vidi kraja, ali nešto će se dogoditi, osećala je to, po strahu, mržnji, žaljenju same sebe i želji za osvetom.

Došla je do njene kuće, pritisla kvaku na kapiji i lagano ušla u dvorište. Dva prozora su bila osvetljena, ali se ništa nije čulo. Prikradala se kao lopov, popela se lagano uz stepenice, htela da pokuca na vrata, ali se predomislila, pritisnula je kvaku i vrata se nečujno otvoriše. Napregla je sluh da čuje razgovor, ali ništa se nije čulo, u kući je vladala tišina, samo se čulo curenje vode iz česme i otkucaji njenog srca. Obuzeo je strah od pomrčine, tišine, tuđe kuće, kao da je lopov, koji čeka u mraku da izvrši pljačku. Obuze je stid pri pomisli da se „ona" pojavi, otvori vrata i uhvati je u mračnom predsoblju. Sva snaga joj je bila utrnula, noge kao da nisu bile njene, nasloni se na zid, i najednom začu ženski glas, koji je mazno govorio drugoj osobi:

— Milo moje, jesi li gladan? Ti si uvek voleo da večeraš kod mene. Ali danas nemam ništa naročito, nisam ti se nadala, ipak, naći će se nešto, znaš da sam ja umešna da stvorim, a i ti si doneo večeru.

Đurđica je čekala da progovori drugi glas, kao kad osuđenik čeka da mu sudija pročita presudu, osloni se svom težinom tela na zid i prepoznade Brankov glas:

— Lezi još malo kraj mene... Znaš kako sam te željan... Radovao sam se da ti dođem kao prvih dana našeg poznanstva.

— A koliko će ona ostati u selu?

— Ne znam... Jedno nedelju dana.

— Kad se ona vrati više nećeš moći da dolaziš.

— Naći ću ja opet neki izgovor.

— Zar ona ne sumnja više u tebe?

— Možda sumnja, ali mi ništa ne govori.

— Ona je, znači, dobra žena, čim ti ne pravi scene — pecnu ga s ljubomorom.

— Ti si najbolja i najlepša žena koju sam poznavao u svom životu.

— Pa opet si me izneverio.

— Tako je moralo biti. Imao sam da biram između tebe i cele porodice moga brata.

— I naravno, brata si više voleo...

— Tebe sam više voleo, ali bratu sam bio obavezan. Da nije bilo njega, ne bih nikada bio ovo što sam. Ali ostavimo taj razgovor. Hoću večeras da budem srećan kao nekad. Ti si moja najslađa ženica... Ljubi me...

Utonuli u slast poljubaca, nisu ni čuli kako su se vrata otvorila, ali osetiše hladan mlaz vazduha, koji jurnu iz predsoblja, i prvo ona, okrenuta vratima, spazi Đurđicu, nepomičnu, bledu, široko otvorenih očiju, otrže se iz naručja muškarca, pogleda je s užasom kao da pred njom stoji fantom ne mogavši ni reč da izgovori. Branko ugleda njeno užasnuto lice, okrete se i kao ošinut bičem skoči sa sofe, ispravi se, zakloni svojim telom Nadu, kao da se pribojavao osvete, i promuca:

— Otkud ti, Đurđice? Šta to znači?

Đurđica je disala teško, kao da nije imala vazduha, jer strašno je bilo ono što je videla: njen muž u zagrljaju ljubavnice! Uhvatila ga je u preljubi, videla je ono u šta je sumnjala, ovog časa se obelodanila njegova laž i neverstvo. Nekoliko časaka bila je kao paralizovana, pa se strese, oživе, jurnu joj krv u lice, dobi snagu videći „onu" razdrljene haljine na grudima koju je zakopčavala drhtavim rukama, nikako ne podešavajući rupice i dugmad. Videla je svu bestidnost života, ono što njeno mlado srce nije moglo da veruje, bar nije mislila da će to doživeti, i zgadi se na muža, nju, njen bračni život, pa izgovori prezrivo:

— Znala sam da je ona tvoja ljubavnica, znala sam da si se u Beogradu s njom sastao, znala sam u kom ste bioskopu bili, o svemu sam obaveštena, jer ima poštenog sveta koji me sažaljeva i koji je hteo da mi otvori oči, ali sam čekala ovaj momenat da te uhvatim na delu. Ti si bednik, a ona je...

Dobaci joj pogrdnu reč, a Nada zaplamte očima, diže se sa sofe, uspravi se, podviknu joj:

— Kako ste se usudili da se uvučete u moju kuću kao lopov i da me vređate? Vi ste kupili svog muža za novac, jer vama, jednoj seljanki, nije ni odgovarao doktor, pa ste se, valjda, nadali da ćete steći i njegovu ljubav. I ti, Branko, trpiš ovakvu ženu, koja je u stanju na svakom mestu da te ponizi i osramoti. Seljančuro jedna! Ti mene da vređaš!

— Ja sam seljančura, ali sam poštena žena, a ti si milostiva gospođa, ali te niko neće uzeti za ženu, nego će ti se krišom uvlačiti muškarci u kuću kao javnoj ženi. Nevaljalice jedna! Iako sam seljanka, imam više ponosa od tebe. Nemoj misliti da mi je stalo do jednog doktora. Eto ti ga! Zadrži ga za sebe! Ovakav muž meni nije više potreban, jer nije ništa bolji od tebe. Prezirem ga kao i tebe.

— Đurđice, umiri se. Kakve su to reči? Nemoj praviti skandal! Stišaj se i ti, Nado.

Ljubavnicu uvrediše njegove reči i ovo stišavanje žene, jer oseti zbunjenost i preplašenost muža uhvaćenog u neverstvu, kome je teže što ga je žena uhvatila, nego što nju vređa, pa se razbesni i ona, zaboravi na takt i ciknu Đurđici:

— Napolje iz moje kuće!

— Nemoj tako, Nado! Ići će ona sama. Hajde, idemo zajedno. Ja ću ti, Đurđice, sve priznati i ispričati.

Prišao joj je kao da je hteo da je uhvati za ramena a ona ustuknu:

— Da me nisi dotakao! Idem ja sama! Ti mi više nisi ništa. Bednik si kao i ova...

Opet pade pogrdna reč, a Nada se zaboravi, polete da joj opali šamar, ali Đurđica je bila brža, dočepa mesinganu vazu sa stola, zamahnu njome prema Nadi, ova vrisnu, saže se, vaza polete preko njene glave, udari u sliku na zidu, staklo se razbi i parčad se rasu po podu.

— Ti si poludela! — viknu muž i dočepa je za ruku, ali mu se ona otrže, zamahnu desnom šakom i udari ga po obrazu.

— Šta? Hoćeš i mene da udaraš? — riknu muž i ustremi se na nju, ali ona zgrabi jedan teški stakleni pritiskivač:

— Približi mi se samo, razbiću ti glavu!

Bila je već na izmaku snage, ruka joj klonu, pritiskivač pade tupo na pod, a ona se teško dišući, okrete, pođe vratima, zasta i pogleda Branka:

— Ti više nisi moj muž. Među nama je sve svršeno. Možeš da uzmeš ovu...

Ona ponovi pređašnju reč, a Branko uhvati za ruku Nadu da ne bi napravila skandal, jer je bila razjarena, gotova da se tuče. To više nije bila ona fina, otmena žena, već žena koja se bori s drugom ženom oko mužjaka; a on oseti svu nečasnost i poniženje ove situacije u kojoj nije mogao da bude zaštitnik ni ljubavnice, ni žene, jer jedna je imala pravo na njega, a druga ga je volela.

Gledao je tupo kako se Đurđica udaljuje i oseti da mora da ode za njom, jer može neko čudo od sebe da napravi, pa da bude još veći skandal, i kad se zatvoriše vrata na predsoblju i začu njene užurbane korake, on se okrete Nadi.

— Nado, ti si pametna, razumećeš me, ja moram da idem za njom, vidiš da je luda, može napraviti još veću glupost, pa da posle odgovaramo i ti i ja.

Mislio je da će ona to shvatiti, ali uvređena ljubavnica je osetila samo to: da on trči za ženom, da nju treba spasti, a da ga se ne tiče šta će biti s njom ako ostane sama i da li ona ima snage da ovo izdrži i prezrivo mu dobaci:

— Idi! Izvini joj se! Uplašio si se da te ne ostavi, jer je u pitanju njeno imanje. Ona je seljanka, ali bogata. Ali znaj da ja ovo neću preživeti — nervi joj popustiše, pade na sofu, zajeca i zatrese se u histeričnom nastupu, a ljubavnik zasta nasred sobe, neodlučan, pometen, ne znajući kojoj ženi da se privoli u ovom času, ipak jača je bila ljubav, on priđe sofi i sede na ivicu, podiže je kao dete, uze u naručje i poče je ljubiti šapućući joj:

— Evo... ostaću kod tebe... Neću da idem ma šta bilo, ma šta se desilo... Umiri se! Možda se ovo moralo jednom dogoditi, i bolje je što je sve doznala, sad ću biti samo tvoj...

Đurđica je istrčala iz dvorišta skoro bez svesti, sva u groznici, žurila je ulicom, spoticala se, okliznula i pala, jauknula, digla se i žurno pošla dalje, samo da pobegne od ove kuće. Učini joj se da je neko goni, pomisli da je muž, ali nikog nije bilo.

Ušla je u hotelsku sobu, koja je bila još mlaka, sela na postelju, nemajući snage da skine kaput i snežne cipele, toliko je bila malaksala, ukočena, polumrtva, satrvena duševnim potresom. Pogled joj pade na ogledalo i spazi svoje bledo lice, ukočene crte, raširene oči.

Diže se tromo s postelje, skide mantil i cipele, htede da se svuče, legne u postelju, ali nije imala snage, dovuče se do postelje, sruši se na nju i kao i Nada zajeca... Plakala je nad svojim izgubljenim devojačkim snovima i promašenim bračnim životom. Plakala je dugo i suze su lile, jastuk je bio sav mokar, a suze kao da je osvestiše, povratiše joj prisebnost duha, ali i jednu strašnu misao: *Ubiću se!* Tako je snažno zahvati samoubilačka misao, da je htela odmah da učini kraj sebi i da prekrati bolove, jer su bili tako silni, kao da se osvestila posle teške operacije i osetila duboku rasekotinu na svom telu.

Ne mogu da živim, jauknu i iziđe joj pred oči njeno selo, zlurade drugarice. Svi će se okomiti na nju, svi će joj se svetiti, ismejavati je. Ona dohvati ubrus, obavi ga oko vrata, priteže krajeve rukama, stezala je sve jače, krv joj je udarila u oči, obraze, dah se zaustavljao, oči se iskolačiše i samo još nekoliko trenutaka i bio bi kraj njenog života. Ali najednom ruke joj klonuše, laknu joj, odahnu, uplaši se ovog što je htela da učini sa sobom, nagon za samoodržanjem pobedi u njoj, ili uvređena ženska sujeta. *Ona bi likovala da se ja ubijem. Neću se ubiti. Živeću i ostaviću ga. Jadna moja mama, šta bi ona radila bez mene?* Misao na majku bila je jača od svega, misao na dobru, samohranu majku, koja ju je volela najnežnijom ljubavlju, tugovala za njom i trpela. *Majčice mila, tebi ću se vratiti*, zaplaka i zažele da prisloni glavu na materine grudi, da se tu isplače i izjada, jer ona će je najbolje razumeti, najbolje utešiti.

Zaspala je tek pred zoru, spavala jedva dva sata, probudila se malo umirena, jer je njena zdrava seljačka priroda savladala sve potrese nerava, umila se, obukla i požurila da u kafanici na periferiji nađe svog kočijaša.

Čudila se svojoj mirnoći, jer uminulo je ono strašno sinoćnje duševno stanje, a poludela bi da je to još potrajalo. Izgledalo joj je kao da to nije bilo sinoć, nego ranije, i kao da se davno udaljila od muža, prolomio se između njih ponor, koji ih je zauvek rastavio, i teške sumnje, koje su je mučile otkako se udala za njega, iščezle su i rasprsle se kao gnojavi plik. S tom duševnom mirnoćom mogla je da donese odluku: *Idem kući da pokupim neke stvari, pa ću odmah mami u selo. Da li je on stigao kući pre mene?* To ju je mučilo celog puta, jer nije htela da ga vidi, bojala se novih scena, htela je da ode zauvek. Kako se skinula s kola, Miloje je umiri svojim pitanjem:

— A gde je gospodin? Zar on nije došao s vama?

— On je ostao u varoši, ima neka posla, a ja ću odmah u selo mojoj majci da joj odnesem neke lekove.

Utrčala je u kuću, a Miloje je ostao zbunjen i sve mu je bilo sumnjivo i čudno, čak ga je žalostilo, jer je voleo i gospodina i svoju mladu gospođu. Njegova sumnja je bila još veća kad je mlada gospođa iznela veliki kofer i pozvala kočijaša da ga metne u sanke, i dok je gospođa sedala on je upita:

— Koliko ćete ostati kod svoje majke?

— Nekoliko dana.

Nije htela ništa da govori sluzi, neka mu saopšti muž da ga je žena ostavila, ako sme, jer je po čestitosti Milojevoj osetila da bi on osudio svoga gospodara. Želela je da pobegne iz ove kuće pre nego što on naiđe, da se ne sretne s njim nikad više.

Branko se vraćao saonicama nervozan, ozlojeđen na sebe. Što da mu se ovako nešto desi, da ga žena uhvati na delu? *Badava, nisam sposoban da budem neveran muž. Drugi varaju žene u istoj varoši, u istoj ulici, pa ih one ne uhvate. Kako je samo lukava ta mala seljančica! A Nada da ne zaključa vrata! Sve se zaverilo protiv mene.* Bio je ljut na sebe, Nadu, Đurđicu. Pred stvarnošću da će doći do razvoda braka nije bio oduševljen, jer nije pomišljao na razvod. Smatrao je da ima pravo da bude malo neveran, kao svaki muž, ali o sebi je imao lepo mišljenje, ne upisujući susrete s Nadom u veliki greh, nego kao prijatne doživljaje, koji dođu i prođu, a žena i kuća uvek ostaju. Ali ova mala seljančica je bila energična. Mogla je veće čudo da napravi. Sreća te ona vaza nije udarila Nadu po glavi. Sada će pući stvar... *Uh, razvod braka! Petljavine po sudu, pa konzistorija! Šta da kažem? Da uzmem krivicu na sebe?* To mu je bilo odvratno, kao mnogim muževima, koji se ne razvode samo zbog tih brako-razvodnih petljavina. I posle — selo. Šta će reći seljaci? Pokvarenjak, varao ženu. Đurđica se svima dopala u selu. Niko neće reći da mu nije odgovarala. On — lekar, ona — seljanka...

Hladan vetar ga je šibao po licu, sav je bio naježen, namrgođen, nervozan, misleći šta će se odigrati kod kuće. *Ja neću tražiti razvod braka, neka traži ona, a ja ću priznati svoju krivicu. U tom slučaju ne bih se mogao oženiti Nadom.* Ali u ovom času nije mu bilo ni stalo do toga, sve bi odbacio od sebe, samo da ne doživi druge sukobe. Da može, najradije bi tražio premeštaj, da se udalji iz sela, od ogovaranja, spletaka, ispitivanja. Da, to će i uraditi, tražiće premeštaj, pa ako hoće Đurđica neka pođe s njim, ako neće, eto joj majke, pa neka ide k njoj.

Približavao se svome selu i bilo mu je muka, osećao je bljutav ukus u ustima zbog onoga što će sada doći. *Kako je samo pogodila da ću ići u varoš?*, razmišljao je. *Da tu nije posredi nešto drugo?*, trže se i pred oči mu izađe lik Šime, njegove lepe oči, sva zavodljiva pojava mladića s mora, koja očarava ženski svet. *Da nije bilo nešto među njima, pa ona traži povod za razvod? Kako da na to ne pomislim? Dabome, to je posredi. Potrčala je da me uhvati, a ona je, možda, imala nešto s njim i on je zaludeo. Jest, to je. On je budući agronom, ona ima imanje, divna prilika za jednog agronoma.*

Bes ga uhvati i steže pesnice, kao da bi se s nekim tukao. *Ona, seljanka, da mi podvali*, besneo je na nju, i laknu mu što je našao pravi uzrok. Svalio je sve na Đurđicu, počeo da opravdava sebe i sažaljeva Nadu: *Ona je divno stvorenje i zaslužuje sreću, a ja sam joj zadao mnogo bola. Ja ću tražiti razvod braka, neću da mi seljanka podvali. Taj lepotan s mora je nju zaveo, a ja, glupak, da se to ne setim! Treba ženu varati. Nijedna ne zaslužuje ljubav svog muža, svaka je u stanju da ga prevari čim joj se ukaže prilika. I ona je mene prevarila, a ja joj doveo u kuću mladića! Tako mi i treba!*

Sanke uđoše u selo. Jedan seljak mahnu rukom kočijašu i viknu: „Stani!", da bi prišao doktoru.

— Gospodine doktore, molim vas ko boga, dođite, dete mi zanemoglo od noćas, ima veliku vatru. Vi znate gde je moja kuća, dolazili ste jednom.

— Dobro, doći ću — rasejano reče lekar. Sanke odjuriše i zaustaviše se pred njegovom kućom.

Miloje istrča, kako spazi svoga gospodina.

— U kuhinji je toplo, gospodine. Hodite ovamo. Nisam ni podložio sobe, baš sam hteo sada.

Ušao je i ne ugledavši Đurđicu, okrete se Miloju:

— A gde je Đurđica?

— Ona se vratila u selo svojoj majci. Pravo da vam kažem, gospodine, nisam mogao da razumem gospođu. Sve mi je ovo čudno. Juče je došla, pa odmah otišla u varoš, kaže, vi ste je pozvali. Jutros dođe sama, ja se začudih, pitam gde ste vi, a ona kaže da ste ostali u varoši, imate posla.

— Pa, jest, imao sam posla. Morao sam se zadržati. Mislio sam da ću ostati ceo dan, a ona je žurila svojoj majci.

— Hoće li gospođa duže ostati tamo? Odnela je onaj veliki kofer pun njenih haljina.

— Neka ostane koliko hoće — ravnodušno odgovori muž. — Ima li kafe?

— Sad ću da skuvam.

— Samo malo jaču i gorču... Jesu li me tražili pacijenti?

— Dolazili su juče čak iz drugog sela. Žao mi je bilo, pa sam ih uveo ovde u sobu da se ogreju. Tu su kod neke rodbine, pa će danas doći. Odmah ću založiti peć u vašoj sobi i ordinaciji. Jeste li gladni?

— Nisam. Ne mogu ništa.

— Evo, kafa će biti odmah gotova. Baš mi je gluva kuća bez vas i gospođe. Okrećem se po kući, nemam šta da radim pa odem u komšiluk.

Popio je dve kafe i izašao iz kuće, a Miloje je gledao za njim, vrteo glavom i osećao da nije sve u redu između gospodina i gospođe, ali da kriju oboje.

Branko je išao glave pune raznovrsnih misli i krivo mu je bilo na obe žene, jer će obe bacati krivicu na njega, obe su polagale pravo na njega. Svaka žena ima svoju računicu. Đurđica neće da shvati da on voli kuću, i ako ju je prevario da će joj se opet vratiti, a Nada misli da on kao častan čovek treba da se razvede i oženi njome. Najbolje je biti momak. Ah, da je sada momak, nikad se ne bi ženio, nego bi živeo po svom ukusu.

Tražiću premeštaj i otići daleko odavde, donese zaključak i to ga umiri.

33.

Đurđica je sve ispričala majci kad se vratila kući, promrzla, sva u groznici, iskidanih nerava, na izmaku snage. I za majku je to bio potres, ali njena ljubav prema detetu nadvlada sve i ona poče nežno, hrabreći je:

— Nemoj ti da se kidaš. Pa neka budeš i raspuštenica, ništa to nije. Ne dam ja da on tebe sekira! Šta, mislila si na samoubistvo? Sine moj, pa zar majku svoju da unesrećiš? Zbog muža da se ubiješ? I zašto? Što te je varao! Neka ga, neka on lomi vrat s njom, ali ja ti ne dam da mu se više vraćaš. Nije on ni bio za tebe. Ta gospoda su uvek lole. Našao tebe mladu, pa mislio da tera kera kao momak... Nemoj da plačeš, sine. Zar ti je žao takvog muža?

— Nije mi žao, ali mi je, mama, teško, zašto takav da bude, i što da me vara?! Da sam bila rđava, ne bi mi ni bilo krivo. Nego sam mu ugađala, volela ga... Osetila sam ja, mama, da on prema meni nema prave ljubavi. Meni je postalo jasno, a i ti, mama, treba da znaš: zbog moga miraza, neka mu je na čast! Ništa mu neću tražiti.

— Što nećeš da tražiš? Ima on da ti vrati miraz.

— Ako me voliš, mama, nikad to nećeš tražiti. Ja hoću da budem velikodušnija od njega. On je pomogao tim novcem svoga brata, a on je dobar čovek, svi njegovi su me voleli. Znam da bi se njegov brat zaprepastio da mu ispričam o njegovoj ljubavnici i neću da tražim novac. Neću da tražim ni razvod braka, neka ga on traži. Samo više neću biti njegova žena, posle onoga što sam videla. Uh, što nisam ubila onu nevaljalicu!

— Pobogu, šta govoriš, sine! Da ubiješ jednu nevaljalicu i da zbog nje kao poštena žena stradaš. Osvetiće se njoj već bog za to.

— Neće! Takvima se niko ne sveti. Ona će da živi i videćeš, mama, uloviće ona Branka. Ona je njega već ščepala. Nije on bio rđav, ali nije imao snage da odgurne tu ženu. Trebalo je da tražimo premeštaj i da budemo daleko od nje, ali ja nisam verovala da ću sve ovo doživeti. Ah, mama, kad se svega setim, dođe mi da poludim.

— Zašto da poludiš? Treba da si srećna što si se oslobodila takvog čoveka — umirivala je mati, jer u duši joj je bilo čisto milo što se vratila njoj, imanju, selu, pa se bojala da će se pokajati i vratiti mu se, jer ga je još volela, a patila bi opet, a s njom bi patila i majka... Htela je da zna šta kći misli, pa ju je kušala:

— Znam ja tebe, ti ćeš sve to zaboraviti, pa ćeš se izmiriti s njim i vratiti mu se.

— Mama, dabogda tebe da sahranim, ako mu se vratim! Nikad ga više neću ni pogledati. Među nama je sve svršeno. Ja bih sebe smatrala bednom ženom, kad bih mogla da pređem preko onoga što sam videla. Da nisam videla još bih sumnjala, pa bih mogla i da zaboravim i da mu se vratim. A da se sada vratim kakav bi mi život bio? Laž, sama laž. Niti ja njega mogu da volim, niti on mene voli. Puklo je nešto u meni i ne marim više za njega. Osećam kao da mi je tuđin i dušmanin. Kad nema, mama, prijateljstva i iskrenosti u braku, nema ni života. Ostaću ja, mama, kod tebe. Ali, šta će selo reći? Svi će biti srećni što sam izgubila muža — doktora.

— Šta te se tiče što će selo da te olajava? Imaš da digneš glavu i da prolaziš kroz selo. Zar su sve žene u selu srećne?

— Možda bih ja bila srećna da on nije imao onu ženturaču.

— Da nije imao nju, imao bi drugu. Ako je on naučio da neuredno živi i s nevaljalicama da se vitla, nikad ti ne bi bila srećna. Lola ostaje lola celog veka — osu majka ljutito na njega, bojeći se da kći ne popusti, jer kad je već sve puklo među njima, onda treba kidati. Bojeći se da kći ne uradi nešto od sebe, jer ne znaju majke šta je u duši njihove dece, ona joj je tepala, mazila je, nije ju ostavljala samu, terala je da jede. Zbog svega prišapta Maci:

— Nemoj nikad da je ostaviš samu. Ne znam ja da li je ona njega zaboravila. To je veliki potres za nju. Vidiš kako je ubledela. Noćas sam je čula kako plače pa je zovnem: „Sine, šta ti je?", a ona ćuti, ne odaziva se, pravi se da spava, a ja sam baš čula da je jecala.

I plakala je Đurđica. Nije lako raskinuti brak, jer se kidaju svi snovi koje je izgrađivala kroz ceo svoj devojački život. Devojka ne sneva samo o mužu nego i o kući; ona je volela kuću, mila joj je bila svaka stvar, osećala je da je to njena kuća, na svakoj stvari i stvarčici video se njen ukus, sve je ona nameštala da se mužu dopadne... Tek u braku je osetila muškarca u kući, domaćina, jer mama je bila udovica, od detinjstva bile su samo njih dve, ni brata, ni sestre nije imala i prvi put je osetila radost prisustva domaćina i muža u kući. I sve se to raskidom braka gubi, ona opet ostaje sama i samohrana s mamom. Teško joj je bilo, duša joj je grcala od bola, ali osećala je da se muž gubi, udaljuje, kao gost koji odlazi i tuga ostaje za njim, ali svakim danom bol se stišava. Tako se njoj činilo i pravila se vesela pred mamom, ali noći su joj bile tužne, kad mrak obavije svaku stvar, kad utone u tamu njena bašta pod snegom, kad vetar zafijuče i snežne iglice bockaju prozor, tada se sledi i njena duša i strašno joj bude u toj hladnoći, kao da nema više topline života i kao da nikad neće osetiti one prve radosti koje je doživela.

Da sam imala dete, sve bi bilo drukčije, žalila je što nema dete, a volela je, obožavala decu, njihove male glavice s plavom kosicom, punačke bele nožice i ručice. Zavidela je svim majkama, ali je došla do zaključka: *Izgleda da on ne može da ima dece. Ko zna kako je živeo kao mladić.* Nije mu više verovala i nije mu upisivala u greh samo Nadu, već je verovala da su pre Nade bile mnoge, ko zna kakve, one što otruju život muškarcima pa nisu sposobni da budu verni i pošteni muževi.

I dalje je očekivala neku vest od njega i jednog dana jedan seljak donese joj pismo. Pismo je bilo kratko i hladno:

Dođi da se objasnimo. Ja sam tražio premeštaj.

Ovo je pismo uvredi do srca. Da je bar štogod priznao, izvinio se, ili kazao da će doći, nego zove nju, ona da ide da se s njim objašnjava, kao da je ona učinila preljubu, pa da je on saslušava, a ona da mu se izvinjava.

Pročitala je mami pismo, a ona je zapita, sluteći šta se u kćeri događa:

— Pa hoćeš li da ideš?

— Bože sačuvaj! Ako hoće da se objašnjava, neka dođe ovamo. Neću ni da mu odgovorim.

Razmišljala je šta da radi. Osećala je želju da mu odgovori istim tonom i, ne kazujući mami, krišom napisa pismo i spusti ga u sanduče.

Pisala mu je:

Ja nemam s tobom šta da se objašnjavam. Možeš tražiti razvod braka. Posle onoga, ja više nikad neću biti tvoja žena. Najbolje je da tražiš premeštaj i da budeš što dalje od mene, jer ja sam žena koju ti nikad nisi voleo.

Na to pismo nije dobila odgovora. Jednog dana stadoše pred kućom puna kola natovarena stvarima. To su bile njene stvari, i videći ih ona oseti kako joj se nož zabode u srce, pade na rame majci i gorko zajeca.

Dakle, vraća joj stvari, raskida s njom, rastura njihovu lepu kućicu, svršeno je sve. Nije znala da će je stvari toliko rastužiti, jer svaka stvar je za nju bila kao neko živo biće, svakoj stvari se radovala kad ju je kupovala i nameštala, za svaku stvar i sitnicu vezane su bile uspomene prvih srećnih dana, makar to bili i časovi samoobmane.

Kočijaš joj pruži i jedno pismo i ona ga otvori drhtavih prstiju.

Vraćam ti tvoje stvari, pisao je muž. *Ja sam krivac, priznajem, i drukčije nije moglo biti. Žao mi je što sam te ucvelio, jer to nisi zaslužila. Bila si dobra prema meni i ja ti to neću zaboraviti. Možda i ti imaš razloga što želiš razvod braka, ja te to ne pitam. Radi kako hoćeš! Kad budem imao mogućnosti, vratiću ti tvoj miraz. Dobio sam premeštaj u jednu varoš u unutrašnjosti Srbije, zato ti šaljem stvari. Poneću samo svoju sobu. Želim ti da budeš srećnija.*

Sela je na postelju hladnih ruku, ohlađena tela, kao onda kad se vratila od Nadine kuće, iako je tada u podsvesti imala još malo nade, a sada je sve bilo svršeno.

Zagnjurila je lice u ruke, a mati uđe, vide je zgrčenu na postelji, oseti njen bol, sede pored nje i zagrli je:

— Nemoj, zlato moje, da se sekiraš. Ne znaš kako mi se srce kida kad te vidim tako snuždenu. Možda je to tvoja sreća što si se rastala s njim. Nije on bio za tebe — govorila je mati i njeno materinsko srce tražilo je reči utehe, ali ko će utešiti jadnu malu suprugu, koja je volela čistom dušom, nevinim telom?! Suze su joj klizile niz obraze i bol se proli suzama, ona ustade, pogleda kroz prozor kako se skidaju njene stvari, spazi oko kola načičkanu decu, ugleda i na prozoru preko puta neke devojke, oseti po njihovom došaptavanju da se raduju, svete joj se, shvataju da je svršeno s njenim životom gospođe doktorke. Htela je da im dovikne: „Nemojte misliti da on mene ostavlja, ja sam njega napustila, ja, čestita seljanka, nisam htela da podnosim laž u braku, jer gde nema časti, nema ni sreće."

Prošla su tri-četiri dana i njen mladi organizam savlada i taj potres. Mama je ispraznila dve sobe, odnela svoje stvari na tavan, u podrum, u šupu, a njoj prepustila sobe da u njih namesti svoje lepe stvari, nadajući se da će se razveseliti kad ih ponovo bude gledala. Ali za nju je to bila još veća tuga, osobito kad dođoše drugarice i videvši joj stvari, kao naljutiše se:

— Pa šta je on, gospodin, hteo više? — grdile su doktora. — Koja bi mu žena lepše stvari donela? Vidi kako je sve gospodski! Ćuti, pa uživaj! Kad se po drugi put budeš udavala, nemaš šta da kupuješ.

Njihove reči padale su kao žeravica po njenom telu. Izgubila je apetit, ništa joj se nije jelo, bolela je glava i bilo joj je muka.

Jednog dana požali se mami:

— Mama, nisam dobila menstruaciju, a meni se ona nikad ne zadržava, da nisam u drugom stanju?

— Dete moje, pa to bi bila sreća da dobiješ dete. Pozvaću babicu da te pregleda.

— Nemoj još. Možda ću je ipak dobiti.

Čekala je i ona, iščekivala je i mati, ali sumnje kao da se obistiniše. Jednog dana dođe babica, pregleda je i veselo saopšti:

— Bome, dete moje, ti si u drugom stanju.

Đurđica se obisnu majci o vrat.

— Mama, ja ću imati dete! Zamisli, mama, ako bude sin! Da li će me bog obradovati i dati mi sina? To će biti samo moj sin, moje dete, ja ću ga vaspitavati. Njemu neću reći da imam sina. Ah, mama, kako sam srećna!

Trčala je po kući, ljubila mamu, Macu, uzimala mače u ruku, pritiskivala ga na grudi kao da je dete. Bila je srećna što je nešto dobila u braku, dobila je najveću sreću — imaće dete, pa ne mari što nema muža, neće ga ni tražiti, niti se udavati! Živeće samo za svoje dete.

U kući zavlada radost. Svi su bili srećni. Đurđica je samo zamolila mamu i Macu:

— Nemojte nikom da pričate da sam u drugom stanju. Svet je pakostan, svašta će misliti.

— A zar nećeš Branku da javiš?

— Njemu da javim? Zar ti misliš da je njemu mnogo stalo do deteta? Kao što ne mari za mene, ne bi mario ni za dete. On se zaludeo za onom i niko više na svetu za njega ne postoji. Sad je slobodan, može da se venča s njom. Ja sam ga iščupala iz srca za večna vremena.

Tako je govorila majci, a kad bi ostala sama, plakala bi nad svojom sudbinom. Žalila je sebe što nije srećna kao druge žene, koje u braku i sreći doživljavaju svoje materinstvo, raduju se zajedno s mužem, grade snove o detetu, zamišljaju kakvo će biti, čije će očice imati, čija usta. A ona razmišlja o svemu sama, tuga joj se meša s radošću materinstva, i tepajući malom embrionu koji je nosila u sebi, sažaljevala je i njega i govorila mu: *Ti ćeš biti siroče, nećeš imati oca.*

Materinstvo ju je raznežavalo, popuštala je i srdžba u njoj prema mužu, i na mahove joj se činilo da bi bila u stanju da mu oprosti kad bi došao i molio, radi deteta, zbog radosti koju bi delila s njim u iščekivanju deteta, zbog ponosa što bi mu mogla reći: „Vidiš, i ja ću biti majka." Ali ona gnusna slika u Nadinoj kući ponovo bi joj izlazila pred oči i odvratnost prema mužu bi je ponovo obuzimala, kao da ga je tek sada upoznala, pa je bila srećna što će dete biti samo njeno i što ga neće vaspitavati takav otac.

I opet se pokoleba u tome, sećajući se raznih primera u selu, nevernih muževa koji su varali svoje žene, a bili dobri očevi, voleli decu. Setila se i takvih, koji su nastavili da lepo žive sa svojim ženama, kad je došlo na svet dete, napustili ljubavnice i supruge im bile srećne. *Dete je velika veza. On bi morao voleti dete,* razmišljala je i obuzimala je potajna radost, često je htela da ga iznenadi vešću da je u drugom stanju, ali se stidela svoje majke.

Od Branka nije bilo nikakvih vesti. Nije znala ni šta je preduzeo, traži li razvod braka, ide li s onom. Znala je samo toliko da je lekar u jednom mestu u unutrašnjosti, pa ju je obuzimao gnev i ljubomora: *On će se lepo provoditi svuda. Mlad, lep, lekar, raspuštenik. A devojke se sve otimaju za položaj lekara.* Ali se posle naljuti na sebe, šta da joj bude krivo, neka živi kako hoće, on ne predstavlja ništa više za nju.

Mama je stalno bila oko nje, njena nežna mama, i Maca, razgovarale su je, tešile, radovale se zajedno s njom. Stišalo se i selo, ne priča više o Đurđici, ne podsmevaju joj se više, dve-tri dobre drugarice opet je posećuju, zovu je da ide s njima na sedeljke i igranke, ali ona je sve odbijala, ne pričajući im da je u drugom stanju. Ali to se nije moglo dugo kriti. Iz dana u dan ona je postajala sve šira, obasjala je i neka unutrašnja lepota, lepota materinstva, lice joj je dobilo sjaj, oči se raznežile, majka ju je gledala sva srećna i govorila joj:

— Ti ćeš roditi muško.

U selu se sve više govorilo o ratu. Seljaci su grabili novine, kupovala ih je i Đurđica, čitala mami i Maci, i jednog dana pročita im:

— Nemačka napala Francusku!

Grozničavo je očekivala jutrom novine, čitala o ratu koji je svom žestinom besneo u Francuskoj, i za osamnaest dana Francuska je bila pobeđena.

Po selu se uveliko govorilo:

— Zaratićemo i mi...

A ona je mislila:

I Branko će otići u rat... Ali ja ću imati sina, tešila je sebe i gledala se u ogledalu, povlačila rukom preko trbuha i smešila se kad bi osetila kako se ono malo stvorenje u njenoj utrobi već javlja mamici da je živo.

Bio je mesec jul. Izračunala je s mamom da će roditi u septembru. Branku nije javila da će imati dete. Zapretila je i mami da ne javlja. Spremala je uveliko pelenice, benke, gaćice, povoje, s nežnošću matere, sva obasjana lepotom materinstva.

Bio je julski dan, selo je mirisalo na pšenicu, vršalice su huktale, mama je bila na vršalici, a ona sedela kod kuće, spremala večeru, pa uzela ručni rad i sela u baštu ispod velikog oraha. Zujale su pčelice oko nje, uvlačile se u čašice cveća, a ona uze parče šećera, pokvasi ga, stavi na ruku, i pčele poleteše da sišu šećerni sok. Tepala im je i volela sve oko sebe: piliće, guščiće, ćuriće, volela ih je kao mati, jer se razlivala u njenom organizmu materinska ljubav i sve je bilo lepo i milo oko nje...

Jedan auto se zaustavi pred kućom.

Da nije Branko?, zadrhta sva i spusti ruku na koju su prionule pčelice, ustade sva pometena, jer se ču kako škripnu kapija i odjeknuše koraci po stazi popločanoj ciglama.

Nasmejana išla joj je u susret Daca sa svojim mužem, ali, videći je u drugom stanju, zastade, smeh joj iščeze s lica i zameni ga čuđenje, htede da uzvikne nešto, pa ne reče ništa, samo je zagrli, izljubiše se. Daca zaplaka, a briznu u plač i Đurđica.

Posle zagrljaja i poljubaca Daca je ponovo pogleda i s tugom i iznenađenjem u glasu zapita:

— Zar si ti u drugom stanju? Ja to nisam znala. Zna li Branko?

— Ne zna on o tome ništa. Nisam htela da mu kažem.

— Pa to je njegovo dete? — pitala je Daca i gledala je pravo u oči, kao da nešto sumnja, a Đurđica odgovori:

— A čije bi moglo biti? Branko je njegov otac. A nisam mu htela reći, jer kad ne voli više mene, neće voleti ni dete.

Daca je zagrli s očima punim suza:

— Veruj mi, Đurđice, tako sam nesrećna što se to dogodilo među vama. Nisam mogla da dođem sebi od čuđenja: zar Branko tebe da ostavi?

— Nije on mene ostavio, nego ja njega — popravi je Đurđica, uvređena. — On bi pristao, možda, da ga dvorim i služim. Ah, ti ne znaš šta sam ja sve preživela!

— Ne znam, bogami, Branko nam izgleda nije iskreno ispričao, kaže da je neki nesporazum među vama, i mene je baš to čudilo, osetila sam da je nešto drugo posredi, jer znam kako te je hvalio. Mi smo svi bili nesrećni kad smo čuli za to. Otkada sam htela da dođem, ali se moj Dragi razboleo, imao je operaciju slepog creva, pa sam morala biti u trgovini... Ah, dobra moja Đurđice, kako mi je žao ako ti je Branko zadao bol. Kako je mogao takav da bude prema tebi, tako miloj!? Mi ne možemo zaboraviti dobro koje si nam učinila. Ti si spasla od propasti celu našu porodicu, a znala si, pričao mi je tata, da je Branko od tvoga miraza dao nama. Tata će tebi to vratiti, njemu sada trgovina ide dobro, nećemo mi to da uzmemo od tebe.

— Neću ja to da primim. Meni je milo ako sam vam mogla pomoći, samo mi je žao što je kod Branka glavni bio novac, a za mene nije mario.

— Kako da nije mario? Znam ja kad je meni nasamo pričao: „Ona je zlatna i mila ženica, nisam mislio da ću je tako zavoleti.”

— Lagao je on i tebe. Voleo je samo onu, s kojom je i ranije održavao odnose, a morao je sa mnom da se oženi da bi vas spasao i posle je nastavio s njom.

— Pa koja je to, gospod je ubio?! Ah, da je poznajem, otišla bih ja njoj i kazala joj sve što znam, i ne bi se više setila našeg Branka. Jaoj, Branko takav da bude?! Treba da ga razumeš. On je bio idealan mladić kao student, nije lagao, ni varao devojke, posle ga je kao lekara ta uhvatila. Šta je ona? Udovica ili raspuštenica?

— Udovica. Imala je starog muža, pa se posle dočepala mladića...

— Molim te, ispričaj mi sve, hoću da znam. To ne može tako da ostane. Ti i Branko se morate izmiriti. Zar da raskinete brak sad kad je na putu dete? On je toliko voleo decu! I ti to ne želiš. Ti si dobra žena, bićeš dobra majka, tvoje dete mora imati oca... Ako si pre i patila, zaboravićeš sve kad rodiš, kad postaneš majka. Kako će te tek tada voleti Branko! Veruj, muškarci nisu sveci. Nije ni moj Dragi svetac. Čula sam i ja za njega kako se zabavljao. Pa i sada, neprekidno mu dolaze u trgovinu mlade devojke i mlade žene, a on se u mom prisustvu pravi ozbiljan kad ih vidi, a ko zna da li je ozbiljan kad ja nisam u trgovini.

— Nemoj da me ogovaraš. Verujte, ja sam besprekoran muž. I ja vam savetujem da se izmirite. Kad bi svaka žena istraživala po muževljevoj prošlosti i to uzimala kao povod za razvod braka, sve bi se žene porastavljale.

— Ali ja se nisam raspitivala kako je on živeo kao mladić, ja bih mu sve oprostila da me nije varao sada. Mene je otpratio majci u selo, a on otišao k njoj.

— Ispričaj nam sve, hoću da znam...

Đurđica je ispričala sve, od prvog susreta s Nadom, kad je došla u selo i predstavila se kao Brankova rođaka, pa sve do poslednjeg susreta.

— Bednica jedna! — uzrujavala se Daca. — Da si ti to meni kazala kad ste dolazili k nama, očitala bih ja dobru lekciju Branku... Zar mu je preča ljubavnica od dobre i poštene supruge? Zašto takve ženturine nasrću na brakove? Trebalo je da joj bude dosta što ju je ostavio i uzeo tebe. Ja verujem da to nije bila velika ljubav ni s njegove strane.

Plakale su obe i Daci se učinilo da ona žali za Brankom i da bi se izmirila i saopšti Đurđici:

— Slušaj, Đurđice, ti moraš da se izmiriš s Brankom. Možda ga više ne voliš, ali moraš to učiniti zbog deteta. Bićeš ti opet srećna s njim, Branko je u suštini dobar, a još kad vam dođe detence na svet, biće on savršen muž. Nemoj da plačeš, ti si dobra i mila, ti ne smeš da patiš, osobito sada, kad si u tom stanju.

Đurđica je brisala suze i Dacina ljubav je umiri, osetila je da iskreno govori, pa se i pokolebala, bila je gotova da se izmiri, pomislila je: kad njegovi ovako lepo govore i misle o njoj, mora misliti i Branko. On nema nju ni za šta da prekori, uvek je bila prema njemu pažljiva, sve mu je ugađala. Ako je bila ljubomorna poneki put na pacijentkinje, ljubomorne su, možda, sve žene lekara. Ona se počela privikavati i njegovom pozivu.

Užurbala se da počasti Dacu i njenog muža. Postavila je sto u bašti, iznela banatske specijalitete, a Daca joj je predala svoj poklon — veliku kutiju čokolade i dve kutije ratluka.

Vajkala se Daca neprestano dok su sedeli za stolom:

— Rat je u Evropi, ko zna da i mi ne zaratimo, a njemu je sad do neverstva i raskida braka. Ti, Đurđice, budi pametna. Nije sada vreme da se rastavljate. Ja ću ovu stvar da izvidim i da vas izmirim, pa ćete ponovo biti srećni... Kako si lepa, iako si u drugom stanju! Zamisli ako rodiš ćerkicu... Što ja volim žensko dete!

— Kakvu ćerkicu! Bolje sina da rodi.

Proveli su dva dana u selu, pa se i snaša Mara pomirila s tim da Daca izmiri Đurđicu s mužem, jer je osetila da ona pati i tuguje, iako joj nije pričala ništa, a ponekad je tištalo zašto muž da je zanemari kad je u drugom stanju i zašto ona da mu ne javi da će roditi? Čula je Maca kako se po selu priča: muž je ostavio i ovo dete nije njegovo. Pa zar ona tu bruku da doživi, da pričaju po selu kako je njeno unuče kopile?!

— Izmiri ti njih, pa neka on dođe i odvede je — govorila je Daci, a Daca je obećala da će sa svoje strane sve učiniti.

Posle dva dana, kad su pošli u Beograd, naredi Daca kočijašu da svrati u varoš gde je živela Nada, da ona sama ode k njoj, a po Đurđičinom opisivanju, lako će pronaći njenu kuću.

PETI DEO

34.

Stojeći u okviru vrata, visoka, u dugoj kućnoj haljini od tamne svile, ispod koje se ocrtavao svaki njen mišić, Nada je posmatrala svoju sobu, diveći se svom ukusu, jer je svaka stvar bila na svom mestu, i još lepše se isticao nameštaj u ovoj elegantnoj garsonjeri na četvrtom spratu.

Očekivala je Branka, jer je rekao da će doći; prvo bi svraćao njoj, a posle bi odlazio svojoj bratanici. On ju je nagovorio da uzme garsonjeru, a za kiriju da ne brine, jer će je on plaćati. Bio je kavaljer prema njoj, davao joj novaca kad god je dolazio, i ona je primala, jer je u Beogradu život bio skuplji.

Baš je lepo kod mene, pohvali svoju sobu, prošeta, izađe iz kuhinje gde se osećao miris kolača, zaviri u kupatilo. Sve je blistalo od čistoće. Ušla je u sobu i pogledala kroz prozor. Dole, na ulici, bili su drvoredi i lisnate krune stvarale su svežinu, a preko puta je bila divna vila, duboko u bašti i veliki osmanluk protezao se do kapije, a sa strane su bile voćke. Prijatno je bilo da gleda u tu baštu i kuću pokrivenu bršljanom, koji je uokviravao prozore i spuštao se na okna dugim, nežnim grančicama, koje su se njihale na povetarcu.

— Eto, takvu bi kućicu mogla imati i ti... On bi ti je kupio — savetovala je jedna lakomislena prijateljica, preporučujući joj jednog industrijalca iz unutrašnjosti.

— Ostavi se, molim te, ti znaš da ja volim Branka. Šta će mi starkelja! Jednog starkelju sam imala u braku i znam šta to znači...

— Baš si glupa. On ne bi bio stalno u Beogradu, ne bi ti dosađivao, dolazio bi jednom ili dvaput mesečno, ali on želi da ima stalnu prijateljicu u Beogradu da ne traži ulične i nepoznate žene, već porodičnu ženu i gospođu. A kako bi te taj finansirao! Kuću bi ti imala od njega i to za rentu, pa kad dobiješ kuću i tapije na svoje ime, možeš i nogu da mu daš. To je kavaljer. Milioner! Tako nešto vredi imati. Osigurana si za ceo život. Je li, šta da kažem industrijalcu? On dolazi za nedelju dana. Hoćeš li da ga primiš u posetu?

— Neću, mogu odmah da ti kažem. Ja čekam da Branko raskine brak, pa da se venčamo.

— Pa što ne raskida? Koliko je već meseci kako je ostavio ženu? Žao mu je te seljanke. Miraždžika je ona... Boga ti, zar ti veruješ u ljubav?

— Branko nije kao drugi mladi ljudi. On je bio pošten i pre braka.

— Blago tebi kad si tako naivna — ljutila se prijateljica. — Pravo da ti kažem, ja ne verujem da ćeš se ti udati za tog Branka, a izgubićeš industrijalca, a to znači da ćeš izgubiti i kuću za rentu. Danas ti više vredi kuća s rentom, nego muž. Nego, neću ja njega da odbijem. Reći ću mu da si otputovala u Zagreb, tetki, a ti ćeš već razmisliti.

I Nada je razmišljala. Bilo je i njoj sumnjivo što Branko odugovlači s razvodom. Šta ima da čeka, ako je ne voli? Oženio se pod uticajem cele svoje ćiftinske porodice, kojoj je bio potreban novac i trpeo jednu seljanku. Zvala je seljankom, ali je nešto neprekidno tištalo: ta seljanka je bila blistave mladosti, sveža, bela, s lepim očima. Videla ju je na zabavi i opazila kako je muškarci gledaju. Mora da se ona i Branku sviđa. Ona je njega ostavila, a ne on nju. I ljuta je bila što je dočekala tu bruku: njega, lekara, da ostavi jedna seljanka! I on se još premišlja da li da raskine brak. Jest, ima pravo ova Ankica:

treba naći bogataša, pa se posle provoditi s mladima, ali ne zavisiti materijalno od njih.

Nju je već opijao beogradski život: opera, bioskopi, drama, saloni, slikarske izložbe, *Moskva, Ruski car*. Volela je poglédanja u foajeu pozorišta, po kafanama, dok primaši izvijaju sladostrasne melodije, a posmatrači miluju očima žene pevušeći ljubavne melodije, kao da šalju te reči i melodije njoj, lepoj dami vitka stasa i lepih crnih očiju, uzdišu za njom, a dižu se da je prate čim ona uzme mantil i tašnu. Napravila je dva-tri poznanstva, ali samo do praga svoje kuće. Ali jedan od tih kafanskih poznanika se drznuo, jurnuo u hodnik, dočepao je u zagrljaj i izljubio, jedva se otela od njega, kao bajagi ljuta, a godili su joj ti drski nasrtaji, palili joj krv.

Nije to bila ona ista Nada iz palanke, koja je tugovala i čeznula, bila sposobna da mu oprosti ženidbu, da ga primi u svoju kuću, da doživi čak i onu scenu s njegovom ženom. To ne bi više podnela. Beogradski život i roj muškaraca koji obleće oko svake lepe žene dali su joj samopouzdanje da ona vredi, da nije Branko jedini čovek, da bi i ona mogla „napraviti karijeru" — kako reče Ankica. Bojala se samo svoje neumešnosti, jer treba biti umešna, jaka, lukava žena, pa napraviti karijeru; a ona je bila dosta sentimentalna, i kad nije umela da sačuva Branka da se ne oženi, zar bi mogla da sačuva nekog beogradskog vetropira!? Volela bi da bude bogata, pa da ona ovlada muškarcima. I, evo, nudilo joj se bogatstvo, ali se bunila njena sentimentalna priroda.

Šetala je po sobi. Iz kuća je brujala muzika s radija, a iz jedne višespratnice čuo se ženski glas koji je pevao sve jednu te istu skalu, kao da je pevao neki sopran koji se sprema za opersku karijeru.

Pred kućom se zaustavi auto, iz njega izađe Branko, šofer mu uze dva kofera i ponese.

Ranije bi uvek sva uzdrhtala kad bi ga videla, a sada je bila hladna kao da su Ankičine reči imale dejstva.

Zvonce zazvoni, ona požuri da otvori vrata, Branko se pojavi, poljubi joj ruku, šofer unese kofere, i čim ostadoše sami on je dočepa snažno u zagrljaj.

Držeći je obgrljenu oko struka, uđoše u sobu, a on, kao da je prvi put vidi, obuhvati joj glavu rukama i zagleda joj se u oči kao da ispituje u njima njena osećanja.

— Jesi li me se mnogo zaželela? Ti si u Beogradu za kojim si uvek čeznula pa ti nije dosadno i ko zna da li misliš na mene kao ranije.

Nju uzbudiše te reči, jer je u njima osetila strah za njom, i onu negdašnju ljubav, pa mu nasloni glavu na grudi:

— Veruj mi, tek ovde u Beogradu sam osetila kako mi je prazno i dosadno bez tebe. — *Bože, ako naiđe Ankica, pa se štogod izrekne za industrijalca, operu, bioskope...* i reši se da mu prizna da je ne bi uhvatio u laži: — Išla sam dva-tri puta u bioskop, i dvaput u operu... To mi je sav provod.

— Ako, i treba da izađeš. Ja ti to ne zabranjujem. Uostalom, nemam još ni prava, ali uskoro ćemo biti svoji.

Shvatila je da misli na njihov brak, ali se čuvala da ga ne zapita prva, da mu ne bi izgledalo da ga hvata i da jedva čeka da se venča s njim. U sebi je morala priznati da kod nje više nije bilo one negdašnje grozničave želje za brakom, jer je počela da oseća slasti beogradskog života i kao lepa žena, tek došla u prestonicu, nije baš žurila da odmah ide u unutrašnjost, koja joj je već bila dosadila.

On prošeta po sobi, zastade kraj prozora, zagleda se u baštu s cvećem.

— Lepa ulica i ima dosta zelenila. Ko stanuje preko puta?

— Ne znam. Vidim uvek jednu staru gospođu i gospodina. Ne znam čak ni ko stanuje u ovoj kući. Sretnemo se na stepenicama i ne pozdravljamo se, kao da smo na ulici. To je, ipak, bolje nego u unutrašnjosti. Eto, ti smeš da mi dođeš u kuću i niko me neće pitati ni ko si, ni šta si mi.

— A šta sam ja tebi? — pitao je privlačeći je na grudi.

— Ti si sve što imam u životu, najmilije, najdraže... Ti mene ispituješ šta si mi i mislim li na tebe, a kako se ti provodiš u unutrašnjosti kao mlad lekar, uz to raspuštenik?

— To je varošica i nema nikakvog provoda. Imamo jedan bioskop i tu se skupljamo. Hranim se u kafani, ima nas za stolom četvorica: sudija sreskog suda, sreski načelnik, jedan inženjer i ja. Lepa je okolina i pravim izlete s tim inženjerom. On ima svoj auto, pa učim da vozim jer sam rešio da kupim auto. Čim položim šoferski ispit, kupiću ga.

— To ti je pametno — oduševi se ona.

— Kad budeš moja žena, stalno ćemo praviti izlete.

— To je još pitanje da li ću biti tvoja žena. Možda ti žena neće dati razvod braka. Jesi li šta preduzeo?

— Nisam još ništa, ali ovog meseca ću preduzeti sve da se okonča naš razvod.

— Sporo to ide. I ko će uzeti krivicu na sebe? Ona će te optužiti.

— Pa neka me optuži.

— Ali, posle ne možeš da se ženiš.

— To se samo tako kaže, a svi se žene, makar bili i najveći preljubnici u braku.

— A meni se sve čini da ti oklevaš nešto, kao da ti je žao nje... Ona je mlada, sveža, bogata, nije ni glupa, ume čak da izigrava damu u društvu, videla sam...

— Ti misliš da sam ja zaljubljen u nju i da ne mogu da je prežalim. Da mi drugi to kaže, ko me ne poznaje, ja bih ga ostavio neka misli što god hoće. Ali ti, koja znaš koliko sam te voleo, i kako je ovaj brak zaključen silom okolnosti — ne bi smela to da mi govoriš i išta da sumnjaš. Za nju me ništa ne vezuje... Nemamo dece da bih se kolebao zbog njih. Naprotiv, ja jedva čekam da se razvedem i da te vidim kao svoju ženicu.

Privukao je sebi, kao muškarac gladan žene, ljubio joj je vrat, usne, oči, udišući njen parfem. Zvonce zazvoni. Ona mu se otrže iz naručja.

— Ko li je sada?

Istrčala je u predsoblje, a on je gledao u vrata, radoznao da vidi ko će ući. *Ona ima poznanstava*, bocnu ga ljubomora, ali se stiša kad začu ženski glas. *Neka prijateljica.*

— Žurila sam da te nađem — govorio je ženski glas, pa se utišaše obe, kao da nešto šapuću, i Nada progovori:

— Hajde, da te upoznam s Brankom.

Vrata se otvoriše i on spazi jednu elegantnu damu, utegnutu, u kratkoj haljini plave boje, oksidisane kose, jako narumenjenu, podvučenih očiju, masnih jagodica od krema i zadebljanih trepavica od šminke. Usne su joj se rumenele i sjajile kao da su bile namazane crvenim emajlom, a jak parfem ispuni sobu.

Ovo je neka firma, pomisli Branko i bi iznenađen što Nada ima takvu prijateljicu, jer se sećao kako je u palanci živela skromno i prijateljice su joj bile ozbiljne, većinom porodične žene.

— I Ankica je vrlo nesrećna. Razvela se od muža, a nije imala nikakav život kraj njega — poče Nada o njoj, pošto je predstavi.

— Tako je to u mnogim brakovima — uzdahnu pritvorno Ankica, ali uzdah nije pristajao njenim namašćenim jagodicama, nalepljenim trepavicama i lakovanim usnama. — Znate, gospodine doktore, ja sam bila velika idealistkinja kad sam se udavala, pa sam mislila, moj muž će umeti da to ceni, ali tako sam se razočarala i ne verujem više nijednom muškarcu.

— Nisu svi muškarci isti, kao što i sve žene nisu idealistkinje.

— Znam, ali meni se čini da sam najgoreg muža našla... Ali ostavimo razgovor o njemu. Bolje da razgovaramo o nečem lepšem. Eto, kad je došao gospodin doktor možete zajedno u pozorište. Gostuje jedna pevačica u operi i ne treba da propustite tu priliku. Ja sam mislila da si sama, pa sam nabavila za tebe ulaznicu, ali mogu ti dati svoju, za gospodina doktora, a ja ću već nabaviti sebi. Ah, opera je moja pasija! Ne bih mogla živeti u unutrašnjosti samo zbog opere i koncerata.

— Hoćeš li, Branko, da idemo kad nam Ankica nudi karte?

— Možemo... Koliko to staje?

— Što da plaćate? Neću novac. Ja sam uzela kartu za Nadu.

— Ali niste uzeli za mene. Obe karte plaćam ja.

— Pa... dvesta dinara. Sto dinara je ulaznica. Gostovanja su skupa, a to je pevačica koja je pevala u Metropoliten operi u Njujorku. Grdim Nadu što se povukla u samoću, a ja imam tako lepo društvo, sve otmene beogradske porodice, pa je pozivam da dođe k meni. Ona je dama u pravom smislu. Napravila je tako lep utisak na sve kad je jednom došla.

Šta ova priča?, ljutila se Nada i htela da promeni temu razgovora, ali Ankica se neprestano vrzla oko njenog otmenog sveta, prešla je na spletke iz tog sveta i zaboravila kako ga je u početku pohvalila, pa poče da priča njihove avanture, jer to je za nju bila razonoda, smisao života. Znala je za svaku ženu s kim se zabavlja, ko je izdržava, ko joj kupuje krzna i nakit; znala je za svakog muža ko mu je ljubavnica, koliko ga staje novaca, gde mu je garsonjera, je li stalan ili nestalan, koliko ih je izmenio i tako dalje.

Branko je slušao, ozbiljan i neraspoložen što se Nada, ona njegova Nada o kojoj je imao tako lepo mišljenje, druži s ovakvom ženom, koju je odmah ocenio i znao da takve žene imaju veliki uticaj na došljakinje iz palanke, da ih zasenjuju svojim mondenstvom i uvlače ih lagano u blazirano beogradsko društvo.

Laknulo mu je kad je izašla iz sobe, a Nada, osećajući instinktom žene da Branku nije bilo prijatno njeno društvo, priđe mu, zagrli ga i poče da je opravdava:

— Upoznala sam se s njom kod moje rođake. Ona je iz vrlo dobre porodice, a moja rođaka žali što se tako nesrećno udala. Bila sam jednom kod nje — a bila je više puta, ali je to prećutala. — Ona je inteligentna žena i vrlo muzikalna, a ti znaš da i ja volim muziku i slikarstvo.

— Vidi se da je inteligentna žena — progovori Branko, ali takvim tonom da nije znala misli li ozbiljno ili je ismeva, pa pređe preko toga i odmah poče umiljato oko njega, kao nekad:

— Hoćeš li nešto da jedeš? Imam šunke, sira, kolača.

— Ništa neću, samo jednu crnu kafu — odgovori rasejano, jer su mu pred očima neprestano bile one namazane usne i lice kao maska, pa se čudio da u tolikom Beogradu Nada ne nađe bolju prijateljicu, i nekako se ohladi, oseti drugu atmosferu u Nadinoj kući, i drukčija mu se učini i ona.

Pošto popi kafu ustade.

— Odoh do moje Dace.

— Hoćeš li doći na večeru?

— Razume se. Hoću samo da se vidim s njima pa ću se vratiti.

Ona ga je ispratila nežno, ali bila je u sebi kivna na Ankicu što je brbljala koješta, jer je videla da Branku nije pravo što se s njom druži. A ona je htela da ostane za njega uvek ona ista, jer on je, ipak, sigurna partija, veran, pošten, nudi joj poštenu vezu — brak, a sve ostalo je varljivi luksuz.

Kad je izašao na ulicu, Branko pogleda na svoj ručni časovnik. *Stići ću do Dace... Uhvatiću tramvaj. Ljutiće se što nisam kod nje odseo. Sutra ću im otići na ručak.*

Stigao je pred njena vrata baš kad je htela da izađe iz kuće.

— Čika Branko, ti? Kakvo prijatno iznenađenje! Umalo što nisam otišla... Tako se radujem! — govorila je iskreno, uvodeći ga u stan, koji je on već jednom video, ali bilo je još dosta sitnica koje mu je trebalo pokazati, a došao je kao poručen da mu kaže za Đurđicu i da ih izmiri.

— Kuda si pošla? Ako imaš posla, možemo izaći zajedno.

— Pošla sam u našu radnju. Svake večeri sačekam Dragog pa prošetamo. Nekad svratimo na pivo ili odemo u bioskop... Ali, sad neću da idem. On će doći pravo kući kad vidi da mene nema.

— A, ti si ga disciplinovala i mora da dođe pravo kući!

— Nisam, veruj mi — lagala je, a svake večeri je dolazila da ga sačeka.

— Pa kako živite vas dvoje?

— Vrlo lepo. On je dobar, malo je prek, ali ja popuštam i slažemo se lepo... Ti ćeš kod nas da ostaneš. Imaš li kofer?

— Neću kod vas. Zašto da vas stešnjavam. Odseo sam u hotelu.

— Bože, u hotelu da odsedaš! — *Laže, otišao je onoj nevaljalici*, posumnja ona odmah i dođe joj krivo na strica, iako ga je mnogo volela, jer nikad nije mogla da poveruje da će on tako lakomisleno da upropasti svoj brak, pa htede da mu kresne: „Ti ne govoriš istinu! Odseo si kod Nade", ali da ne bi bilo s neba pa u rebra, ona poče izdaljega:

— Znaš kuda sam išla s Dragim?

— Ne znam.

— U selo kod Đurđice.

On htede da upali cigaretu, taman da kresne upaljač, pa zasta.

— Zašto si išla k njoj?

— Ona je još tvoja žena, vi se niste razveli, htela sam da vidim šta radi i kako se oseća.

— A ona je sigurno drvlje i kamenje bacala na mene. Kako vas je primila?

— Vrlo lepo... Isplakala se i sve mi je ispričala. Ona nije ništa kriva.

— Ja primam krivicu na sebe.

— Čiko, ti znaš kako ja tebe volim i cenim, ali moram da ti kažem: ja te osuđujem što nisi prekinuo vezu s tom ženom... s tom Nadom.

— A da li je to bilo moguće?

— Nisi ti balavac da patiš zbog ljubavi.

— Baš zato što nisam balavac sve sam ozbiljnije shvatio i nisam nikad ni mislio da raskinem s tom ženom, već da se oženim njome.

Bujica prekora koju je htela da saspe na strica uzmače osetivši u njegovim rečima prekor upućen njoj i njenom ocu, jer se morao oženiti zbog njih, i ona se sažali na njega, ali osta rešena da brani Đurđicu.

— Znam, čiko, ti si se oženio da bi nas spasao, ali Đurđica je mila i slatka ženica, i ja sam srećna što si našao u njoj dobru ženu. I ti si je hvalio. Nisu najsrećniji brakovi iz ljubavi. A ona je bila u tebe zaljubljena, to se videlo. Bila je i lepa. Najzad, zaslužila je tvoje poštovanje i pažnju kad je imala tako dobru dušu, dopustila ti je da nas spaseš, nikad te nije prekorela za svoj novac što si nam ga dao.

— Dosta, molim te! Jesam li ja došao da mi držiš pridike i pričaš mi kakva je Đurđica? Dobra je bila, neću da poričem, ali možda je i ona imala svojih mana. Meni je potrebna inteligentnija žena.

— A je li ta Nada inteligentnija? Nije, sigurno. Svaka nevaljala žena je lukava i zna mnogo veština i majstorija da zaludi muškarca i ne stidi se ničega — poče žustro Daca. — Nju nije bilo stid da ide Đurđičinoj kući i da se predstavlja kao tvoja rođaka.

— Vidim da te je Đurđica potpuno obrlatila u svoju korist. Ona ti je sve ispričala. Šta je, htela bi da se izmirimo?

— Ona mi to nije kazala, jer je razočarana u tebe. Bila bih i ja razočarana da zateknem muža u naručju ljubavnice. Nema žene koja bi to oprostila mužu. Ne bih ja nju gađala vazom, kao Đurđica, nego bih joj sasula sodu u oči.

— E, ja se kajem što sam došao.

Daca se utiša, ali se ražalosti i zaplaka, setivši se svoje ljubomore i patnji svih žena, pa zagrli strica, poljubi ga i poče kroz plač:

— Žao mi je i tebe, a žao mi je i Đurđice, zato ti i govorim... Vi se morate izmiriti. Ti ne smeš da tražiš razvod braka.

— Zašto da ne smem? Primiću krivicu na sebe i gotovo.

— Da tražiš razvod braka?! — uzviknu Daca. — A je li ti nešto poznato?

— Šta to?

— Ne znaš, zbilja?

— Ne znam... Reci u čemu je stvar?

— Đurđica je u drugom stanju. I zar ti, koji si toliko voleo decu, da se rastaviš s njom kad je ona na putu da rodi, i da odgurneš od sebe rođeno dete? Ja ne verujem da bi ti mogao da budeš tako svirep.

Branko spusti cigaretu u pepeljaru i osta nem nekoliko trenutaka, gledajući Dacu pravo u oči kao da ispituje govori li istinu ili laže, jer se nešto uzburka u njemu, sumnja izbi svom silinom, čak i ljubomora pomešana s gnevom. Ustade naglo i zastade ispred Dace, koja ga je netremice posmatrala.

— Je li to istina što si kazala?

— Pa videla sam svojim očima. Ona je u drugom stanju. Htela sam o tome da ti pišem.

— Bolje što mi nisi pisala.

— Zar te to ne raduje?

— Ni najmanje.

— Šta kažeš? Zar je ta ženturina mogla toliko da utiče na tebe?

— Ostavi te svoje grdnje protiv jedne fine žene koju ne poznaješ. Primila si Đurđičin rečnik. E, sad ću ja tebi da kažem šta mislim: to dete nije moje.

Daca ga je gledala otvorenih usnica, kao da joj je nestalo daha, zaprepašćena i jedva promuca:

— Je li to moguće? Zar ti nisi otac tome detetu? Pa s kim je ona mogla da ga zanese? Zar je Đurđica takva? A ja bih se mogla kleti njome. Ne, to nije istina.

— Istina je, jer sam ja bio budala... Sad je meni jasno zašto je ona priredila onu scenu u Nadinoj kući. Uvređena žena, htela je da uhvati muža u neverstvu da bi opravdala sebe i sakrila svoje neverstvo... Ah, ludi Branko, tako ti i treba! To može samo seljanka da uradi. Sad ću da raskinem brak, u inat ću da raskinem! Htela bi da mi podmetne tuđe dete...

— Dobro, ti si lekar, možeš saznati da li je to tvoje dete. Bolje znaš nego ja da se može izvršiti analiza krvi...

— Jest, analizom krvi ću da tražim svoje dete! Nije to moje dete.

— Pa čije je kad nije tvoje?

— Ispričaću ti...

Ispričao joj je o Šimi, na koga je odmah posumnjao, ne spominjući njegovo ime.

— To je bio jedan Dalmatinac s kojim smo se upoznali na moru, a on je bio Ikin drug, znaš kuma Iku?

— Znam.

Ispričao joj je dalje sve, Daca je bila sva uzbuđena, lonče joj iskipe i kuhinja se ispuni mirisom izgorele kafe.

— Idi ti u sobu, ja ću doneti kafu. — Nalivajući šoljice nije mogla da se povrati od čuda, ali nije verovala. *Da nije on suviše zaljubljen u onu nesreću, pa se odriče i svog rođenog deteta i hoće po svaku cenu razvod braka. Muškarci su gori kad se zalude nego žene.*

Opet je uzela u zaštitu Đurđicu:

— Ja bih ti ovo kazala: nemoj da se razvodiš dok god ona ne rodi. Treba da vidiš dete. Ako liči na tebe, ono je tvoje. Ti nju samo sumnjičiš, a ona je tebe uhvatila na delu. Ja verujem da Đurđica nije mogla da te prevari.

— Vrana vrani oči ne vadi, pa i vi, žene, uvek zastupate jedna drugu.

— Ja to činim radi tebe, jer sam videla da ti je bio lep život s njom.

— Lep život?! A uvek je jednim uhom prisluškivala kad pregledam bolesnice. Bila je na svaku ženu ljubomorna.

— Morala je biti, kad je „ona” mogla da dođe i predstavi se kao tvoja rođaka. Ne bih ni ja bila bolja. Nego, slušaj ti mene: izmirite se vas dvoje, a okani se ti te Nade. Ona je sada u Beogradu.

— Otkud to znaš?

— Išla sam njenoj kući kad sam se vraćala od Đurđice i kazali su mi njeni susedi da se preselila u Beograd. Ti si došao nju da vidiš, a ne nas, i kod nje si odseo. Vidiš, tvoji postupci su za veću osudu. Đurđica sedi sama u selu, čeka porođaj tvoga deteta, a ti je tako teško optužuješ. Ali, znaj, čiko, pronaći ću ja tu Nadu u Beogradu, pa ću joj dobro očitati. Svaki brak ima po neku nevaljalicu, koja kidiše da ga raskine. Ti bi bio savršen muž da nije bilo nje. Ja bih ti sve oprostila što je bilo ranije, ali ti nikad neću oprostiti ako zbog kojekakve ženturače napuštaš ženu i dete. Ne možeš ni mene ubediti da to nije tvoje dete. Nego ti hoćeš da se otarasiš Đurđice, pa joj podmećeš nekog Dalmatinca.

— Lepo, bogami! Ti me predstavljaš kao nevaljalca koji podmeće ženi ljubavnika da bi se rastavio s njom. Onda bolje da idem i da ti više ne dolazim.

Daca briznu u plač i obisnu mu se oko vrata.

— Čiko, ja te volim. Govorim ti što ti želim dobro. Zamisli da imaš dete! Pa to je najveća sreća... Razmisli dobro, nemoj da prenagliš. Možda ti ne poznaješ dobro ni tu svoju prijateljicu. Ko zna kakva je ona u suštini, a kako se predstavlja pred tobom? Izmiri se s Đurđicom! Ja bih bila tako srećna...

Njene reči kao da ga potresoše, naročito one: *Možda ti ne poznaješ dobro tu svoju prijateljicu...* ali ovo što je Đurđica prećutala o svojoj trudnoći, bacilo ga je u sumnju i verovao je da ona voli Šimu i da je bilo nešto između njih kad je on bio u Beogradu, a njih dvoje ostavio same.

Dacine reči imale su dejstva. Otišao je Nadi, a ona je odmah opazila da je nešto neraspoložen. Pomislila je da nije zbog Ankice. Ona nije ostavljala utisak poštene žene: suviše je bila našminkana i izveštačena. Posumnjala je da nije nešto na njega uticala bratanica. Možda joj je žao što je ostavio onu seljanku s imanjem koja ih je spasla propasti.

Počela je okolišno:

— Šta ti radi bratanica?

— Dobro je. Srećna je kao i svaka mlada supruga. Dobar joj je muž, umešan i okretan trgovac.

— Gde je njegova trgovina?

On joj objasni.

— Otići ću da kupim nešto kod njega. Je li to bakalska radnja?

— Da.

— Ti mi nešto jedva odgovaraš. Najednom si se oneraspoložio. Sigurno ti je Daca pričala o Đurđici.

— Nije ništa. Šta bi mi pričala? To je svršena stvar.

I rekavši to, oseti, zaista, u sebi odluku da sve raskine. *Slabić sam ja, pokolebam se odmah čim me okupe o Đurđici. To nije moje dete.* I kad volja savlada sentimentalnost, koja ga je malo raznežila, on se razveseli što Dacine reči nije primio srcu, ustade, zagrli Nadu, privuče je na grudi, živahan i veseo. Milovao je po kosi i najednom spazi dosta sedih vlasi, koje su prošarale njene lepe kestenjaste kose. *Gle, ona je već seda, a mlada je. Nema još ni trideset.*

Ona mu uzvrati poljupce, a on se nehotice seti male Đurđice, njene lepe meke kose kao zrelo klasje, gde je svako vlakno bilo kao svila.

— Je li dobra kafa?

— Odlična.

— Hoćeš li još jednu?

— Mogu.

Kako bi bilo lepo da odemo u neki bioskop u bašti! Pogledala je na sat. On spazi da ona gleda na časovnik.

— Osam sati, rano je.

— A još je toplo. Večeras je zaparno veče. Kad bih imala balkon bilo bi bolje.

— Hoćeš li da odemo u bioskop?

— To od tebe zavisi.

— E, onda hajdemo. Da se i ja malo provedem. Idemo, pa gde vidimo najbolji film, tu ćemo svratiti.

Ona nije dopustila da joj se dva puta kaže. Ustala je odmah, pokupila šoljice, tanjiriće, istresla stolnjak, stavila drugi, čipkani i požurila da presvuče haljinu. Bila je gotova za četvrt časa i pojavila se pred njim u lepoj crnoj haljini s belim cvetovima, s malim crnim šeširićem, i u kratkoj suknji, ličila je na mladu devojku.

On je pogleda od glave do pete.

— Nalazim da si se podmladila u Beogradu. Izgledaš kao šiparica.

Njoj polaska taj kompliment, zagrli ga i poljubi. Spuštajući se niz stepenice, on je mislio: *Kako je odmah prihvatila da izađemo. Više voli bioskop, nego da ostane sa mnom cele večeri. Promenila se malo.* To je za njega bilo jedno malo razočaranje... A došlo ih je još dosta: pogledi muškaraca na ulici, njoj upravljeni, dva mladića joj se javiše, koje on nije poznavao. U bioskopu su je s jednog stola neprekidno pogledali, to ga je tako razgnevilo da htede jednom bezobrazniku da zalepi šamar.

Ona se okrete po sali i nekom se javi. Okrete se i on da vidi kome se javlja i spazi Ankicu, koja je sedela s jednim lepim mladim čovekom.

— To je, čini mi se, njen rođak — izmisli Nada, što uznemiri Branka, jer je maločas govorila da nema nikoga.

Ovaj je mlađi od nje. To su te bogate dame koje plaćaju mlade ljubavnike. I to je njena prijateljica!

Uozbiljio se i posmatrao film, a ona mu spazi boru između obrva, i instinktom žene, koja je osetila da nije sve u redu, uhvati ga za ruku. *Ovo je baš maler da na nju naiđemo u bioskopu. To je njen Bob,* kako ga je ona zvala, jedan mladi monden, za koga je pričala da je ludo zaljubljen u nju, u šta, naravno, Nada nije verovala.

Nije bio raspoložen, ali je to skrio. Posle bioskopa pošli su kući pešice, držeći se ispod ruke. On joj je stezao prste, a ona se pripijala uz njega.

Njen stisak ruke i pripijanje uz njega, obećavali su mu strasnu noć, koju je željno iščekivao.

Ekstaze ne traju dugo. One su trenutne i posle se iz podsvesti pojavljuje sve što je pritiskivalo, mučilo.

Bili su i u operi. Ona je bila vanredno lepa u svojoj dugoj večernjoj haljini od crnog velura s biserom oko vrata. Izgledali su kao mladi bračni par.

Ujutru su se oprostili i on joj je rekao da putuje odmah, ali je ostao da taj dan provede s Dacom i njenim mužem, a kofer je odneo u hotel i rezervisao sobu, ako bi morao da prenoći.

Daca ga je dočekala srdačno, ne govoreći mu više o Đurđici, da ga ne bi naljutila, ali kad je pošao nije se uzdržala, nego ga zamoli nežno, prijateljski:

— Poslušaj me, čiko, izmiri se s Đurđicom…

— To su moje stvari — odgovori joj, ali blaže, i Daca je, sva srećna, razgovarala kasnije s mužem:

— Ja mislim da će se on pomiriti s njom.

Branko je izašao na ulicu i pošao ka stanici, kad naiđe jedan auto i najednom stade ispred njega.

— Branko! Otkuda ti ovde? Hajde sa mnom u kola.

To je bio jedan njegov kolega, asistent na medicinskom fakultetu, ambiciozan i spreman mlad lekar, koji je želeo da zauzme katedru na univerzitetu. Branko uđe u auto.

— Hajde da svratimo negde u kafanu.

— Ja sam pošao na stanicu.

— Možeš i sutra otputovati. Hajde da porazgovaramo malo, otkad se nismo videli!

Ušli su u baštu gde je svirala ciganska muzika i pevale lepe, crnooke pevačice... Bilo je mnogo sveta, dim duvana vio se kao magla iznad stolova.

Sedeli su i pričali o lekarima, njihovom pozivu, materijalizmu starijih, koji su ucenjivali svoje pacijente, jednom hirurgu koji je strahovito skupo naplaćivao operacije, i još o mnogim stvarima i događajima u lekarskom pozivu...

— Čuo sam da si se ti, Branko, oženio nekom Banaćankom. Gde ti je žena?

— Ona je u gostima kod svoje majke — odgovorio je Branko, pa ispi gutljaj vina i učini mu se kao da je ona, zaista, u gostima. Beše mu nelagodno da išta spomene o svom razvodu sa ženom, osetivši da je sâm kriv.

Opet je otpio vino iz čaše i uzeo upaljač da zapali cigaretu, ali mu pogled osta prikovan na jednoj grupi koja se pojavila na vratima. Uđoše: Ankica, za njom Nada, i jedan prosedi, stasiti, stariji gospodin. Zastali su da očima potraže sto i Nada ne opazi Branka, jer mu je bila okrenuta leđima, niti ga vide Ankica. Konobar im pokaza jedan sto iza koga su se dizali gosti, oni požuriše i zauzeše mesta. Nada je opet okrenuta leđima Branku, a Ankica i onaj gospodin, profilom.

Ovo je njena nova laž! Nikuda ne izlazim... Ne sastajem se sa Ankicom a one su prijateljice i ova je izvodi na put.

Obuze ga gnev i ljutito kresnu upaljačem, zapali cigaretu i pusti kolegu da priča, a on je posmatrao ono troje. Njihov kavaljer pozva konobara i poče da poručuje. Konobar pruži damama jelovnik i one poručiše. Zaklonjen iza gostiju mogao je sve da vidi, a da ostane nezapažen. Ankica se okrete desno i levo, ali ga ne vide. Kavaljer se više obraćao Nadi i samo je u nju gledao... Branko je stezao vilice, nervozno pušio i pio kafu, slušajući rasejano svog kolegu.

Dobro je što sam ovo video. Da je upoznam i da ne dopustim da me vuče za nos. Ona se mnogo izmenila... Prvi put je doživljavao ovakvu scenu s njom. *Ko zna kako je ona živela otkako sam se oženio. Možda njoj ovo nije prvi put. Hvata stariju, situiranu gospodu koja dobro plaćaju. Ovde nije u pitanju ljubav.*

Stari kavaljer se zagledavao Nadi u lice, nešto joj je pričao i smešio se... Druga dama nije ga mnogo zanimala i ona je slobodno razgledala publiku.

Branko spazi kako je s jednog stola posmatraju dva muškarca, i ona njih pogleda svaki čas. *Beogradska kurtizana i to iz otmenog sveta,* zaključi Branko. *I to je njena prijateljica!*

Stari kavaljer zovnu konobara da plati; i Branko odmah zovnu svoga konobara.

Izaći ću za njima da vidim kuda će.

— Nećeš ti da platiš, nego ja — odbi kolega i pozva sebi konobara. Ono troje izađoše... Digoše se i njih dvojica. Dok su se provlačili između stolica, izgubiše neki minut. Neki poznanik zadrža njegovog kolegu. On ga nije čekao, već požuri izlazu i taman je imao vremena da vidi kako se penju u auto koji odmah zatim odjuri.

One dve ga nisu spazile.

Ah, bedni stvore! To tebi i treba, kipelo je nešto u njemu i sav se nadimao od gneva kao da će prsnuti. Obuze ga ljubomorni bes i želja da se s njom obračuna i reši odmah:

Idem njenoj kući.

Kolega izađe.

— Kuda hoćeš da te odvezem? Hoćeš li u hotel?

— Ne, idem nekim rođacima. — Reče mu ulicu i broj Nadine kuće i kolega potera auto u tom pravcu. Pred kućom se oprostiše i on požuri kapiji. Bila je zaključana. Potraži rukom električno zvonce i pritisnu. Čekao je nekoliko trenutaka. Ulica je bila mirna. Ključ se okrete u bravi. Nastojnica kuće ga poznade i propusti. Išao je lagano uz stepenice da ne bi lupao cipelama. U jednoj kuhinji spazi devojku kako se sagla i pere pod. Mermerne pločice su sijale. Zaplaka i beba. Nešto ga taknu u srce... *Đurđica će imati dete. Ako bude sin?*

Zastade na stepenicama kao da se dvoumi: *Šta ja ovde tražim? Treba da se vratim i da sutra idem u Banat, svojoj ženi. Vratiću je odmah kući.*

Začu korake na prvom spratu i požuri gore da ga ne bi neko video. *Ne, prvo ću s njom da se obračunam*, kiptela je ljubomora u njemu. *Da jednom prečistim s njom... A sutra idem u Banat...*

Odjeknu zvonce i otvoriše se vrata na drugom spratu... On ubrza korake i stiže do Nadine garsonjere. Zazvoni. Niko se ne odazva. Zazvoni opet. Ponovo tišina.

Čekaću je!, uzjoguni se. *Nije još došla. Otpočela je lepu karijeru. Obilazi noćne lokale.*

Pogleda na sat. Pola dvanaest... Prošlo je pet, deset minuta. On je čekao u mraku. Zaklonjen u jednom udubljenju zida bio je nevidljiv. Ako neko dođe u onu drugu garsonjeru, neće ga videti.

Prođe još četvrt sata. On zapali cigaretu. Začuo se auto kako se zaustavlja pred kućom. Čuli su se laki ženski koraci uz stepenice. Nada se penjala. On zadrhta od besa.

U ovo doba se vraća. Kako li će mi to objasniti? Izmisliće neku novu laž.

— Branko! Šta ti tu čekaš? Pa zar nisi otputovao?

— Kao što vidiš, nisam. Čekam da vidim u koje se doba noću vraćaš.

Nije mogla da mu odgovori, kao da je izgubila moć govora, ali se pribra i nemajući pojma da ju je video u kafani, smisli da ga slaže i prvo ga pozva u kuću:

— Hajdemo unutra. Nećemo se, valjda, ovde objašnjavati. Ispričaću ti gde sam bila...

Otključala je vrata, ušla prva i upalila svetlo. Kako ga je pogledala, osetila je po bori između obrva da je ljut. Ušla je brzo u sobu i zatvorila prozor, bojeći se da ne napravi neku scenu, a on se nasmeja ironično:

— Zašto zatvaraš prozor? U sobi je toplo.

— Da ne bude promaje — promuca zbunjeno, skidajući šešir s glave, a on opazi novu frizuru, neke lokne na glavi i drukčiju boju kose, tamniju, bez sedih, kao na lutkama u izlogu. Ona vide da joj gleda frizuru, pa mu objasni:

— Kad si otišao, išla sam frizeru. Mlade devojke, pa farbaju kosu, a ja, zrela žena, da puštam sedu. Kako ti se dopada moja nova frizura?

Priđe mu i pogleda ga umiljatim očima, znajući dejstvo svojih pogleda, ali on osta ravnodušan, gledao ju je mračnim pogledom i ona oseti da joj neće pomoći nikakvo umiljavanje, a obuze je i strepnja da je nije video, pa se uozbilji i ona i kao ljuta poče prekorno:

— Tako, dakle, bio si u Beogradu ceo dan, a nisi došao k meni... Zašto si ostao? Možda imaš neka poznanstva za koja ja ne znam?!

— Ostao sam, jer me je zadržala Daca, i bio sam ceo dan kod nje, a večeras, kad sam pošao na stanicu, zadržao me je jedan kolega...

— Da li je sve to istina? — poče ona, malo ohrabrena pa se okrete po sobi, uze vazu da naspe vode i spusti karanfile, crvene i bele. On se seti da joj je to morao kupiti onaj stari kavaljer i dođe mu da joj otme cveće iz ruku i izgazi ga, ali je hteo najpre da čuje od nje gde je bila i šta je radila, da vidi kako će da laže, pa, stišavajući svoj glas, mirno je zapita:

— A gde si to bila do ovo doba noći?

Ona je očekivala to pitanje i imala je vremena da smisli laž, ali požuri u kuhinju da naspe vode na česmi. On je pošao za njom i stajao na vratima kuhinje, dok je ona odgovarala brižnim glasom:

— Moja rođaka, znaš, ona o kojoj sam ti pričala, boluje od astme, pa me je hitno pozvala i bila sam dosad kod nje. Gadna je bolest ta astma.

— Astma nije tako gadna bolest, kako je gadna i odvratna tvoja laž. Dakle, trebalo je da ostanem da bih te upoznao! I zašto si se frizirala i bojila kosu, da ideš i neguješ bolesnu rođaku? A otkuda ti to cveće?

Iako je lagala i bila kriva, uvrediše je njegove reči, jer nije bila navikla na takav njegov rečnik, i hladno mu odgovori, noseći vazu:

— Dobila sam ga od rođake.

Prolazila je ispred njega, a on naglo pruži ruku, dočepa karanfile iz vaze, baci ih na pod i izgazi nogama.

— Lažljivice! Ne smeš da kažeš ko ti je dao cveće. Bila si kod tetke! A nisi bila u kafani sa onom kokotom, tvojom prijateljicom, Anki-com?! I nije vas pratio jedan keša matori, koji je samo u tebe piljio, a ti si bila presrećna što imaš kavaljera, sigurno nekog bogataša, koji dobro plaća, jer tebi i nije potrebna ljubav i poštovanje muškarca, nego pare... Dotle si doterala! Bednice jedna!

Ona polete, zatvori mu rukom usta:

— Ne viči toliko, preklinjem te! Zidovi su od betona, sve se čuje!

— Neka se čuje! Dobro je što sam te upoznao. Ja sam bio velika naivčina kad sam ti sve verovao. Zato si ti i došla u Beograd da se provodiš, da stekneš firmu kao tvoja gospođa Ankica. Lepo si društvo našla i lepo te upućuje!

Ona sede na divan, zatvarajući uši da ne sluša, sva užasnuta zbog njegove vike, i prošaputa:

— Nemoj, nemoj da vičeš, sve ću ti objasniti.

— Nemaš ti šta da mi objašnjavaš, dosta mi je ovo što sam video. Nisi ni slutila da ti sedim iza leđa i pratim svaki tvoj pokret...

Ona ustade, ispravi se, odmeri ga hladnim očima, i nekim stranim glasom uzvrati mu:

— To je vrlo lepo što si me špijunirao!

— Varaš se, ako misliš da sam te špijunirao. Ušao sam slučajno.

— Pa kad si ušao slučajno, zašto mi nisi prišao? Zar si mogao da budeš u jednom lokalu u kom sam i ja, a da mi ne priđeš? A što se ja čudim? Ti si mogao da se venčaš, uživaš sa svojom ženom, mene da ostaviš da provodim dane u očajanju i suzama, spremna čak i na samoubistvo, i prešao si nemilosrdno preko svega toga, a sad mi praviš scene što sam ja, vraćajući se od tetke, srela Ankicu s njenim rođakom i oni me pozvali u kafanu. — I tu je upotrebila laž, jer se nije vraćala od tetke, već su došli autom po nju, ali videći da on sada vadi tabakeru, pripaljuje cigaretu, i da je već malo stišan, produži svoju žalopojku:

— Da, ti i ne znaš kako sam ja patila zbog tebe. Došla sam u Beograd da zaboravim tebe, jer su u onoj varoši bile sve moje uspomene na tebe. Tu sam provela divne dane sreće i dane očajanja, svi su znali da sam te volela, i ja sam morala da slušam ogovaranja i ismejavanja. Htela sam da promenim palanačku sredinu i došla sam u Beograd... A zar ja nemam prava da izađem, da se provedem? Znam li ja kako ti živiš? Nikada ti nisam spomenula brak, nisam htela, čekala sam da vidim šta ćeš preduzeti. Priznajem ti, bila sam srećna da budem tvoja žena, ali i tu sam doživela gorko razočaranje. Ti se ne razdvajaš sa ženom, ja mislim da se nećeš ni razdvojiti, i šta ja u stvari predstavljam za tebe? Prijateljicu, kojoj ti povremeno dolaziš i zato ja treba da ti budem uvek verna, da te čekam, nikud da ne izlazim, i da te ne pitam kako živiš kao raspuštenik? To si ti hteo od mene! E, vidiš, ja sam pobedila svoju tugu i očajanje, neću više da patim, hoću da izlazim, da se provodim, naravno, u pametnim granicama, na šta imam prava, a tebe nisam pitala niti ću te pitati kakve slobode sebi dopuštaš.

On zažmuri na jedno oko kao da je fiksira i odgovori joj:

— Iz tebe govori neka druga žena, koju ja ne poznajem.

— Varaš se, ja sam ostala uvek ista. U mojim godinama žena se ne menja, i to je moja nesreća što sam sanjalica i idealistkinja.

— Ne bih rekao da bi onaj starac idealisao s tobom.

Ona se nasmeja, osetivši ironiju u njegovom glasu, ali i stišanost, pa mu se približi malo, polaskana što je ljubomoran, jer joj je to davalo dokaza da je voli, pa mu priđe, poče da mu gladi kosu, prisloni svoje lice uz njegov obraz:

— Ti si bio i ostaješ uvek moja jedina ljubav... — To je kazala istinu, jer, zaista, nikog nije volela kao njega. Iskreno priznanje je rastuži, seti se svih lepih uspomena s njim, jedna suza joj skliznu iz oka i pokvasi njegov obraz, a onda ih poteče bujica, i ona se baci na sofu, zajeca, kao da se rastaju, zaplaka nad svojim životom, i dođe joj da uzvikne Branku:

Vodi me sa sobom, biću večno samo tvoja, ali ne htede, iz ponosa i častoljubivosti.

On je sedeo na stolici i diže se, priđe joj, sede na sofu pored nje, nagnu se, ona mu obavi ruke oko vrata, usne im se stopiše u jedan beskonačan poljubac, njena senzualnost opet slomi njegovu volju, opet zavlada njime, i on oseti da je bezrezervno u vlasti te žene.

Ispratila ga je sutradan na stanicu i kada je voz pošao, sačeka dok se nije izgubio u daljini i požuri prvoj telefonskoj govornici:

— Halo! Halo! Jesi li ti, Ankice?

— Ja sam — odgovarala je ona. — Hoćemo li danas kod tebe?

— Dođite! Biće mi drago.

— On nas poziva na večeru. Očaran je tobom. Zaljubljen je kao gimnazijalac. Jesi li videla šta znači biti kavaljer? Taj je u stanju milione da baci na tebe. Ako izgubiš ovu priliku, najveću ćeš glupost učiniti.

Spustila je slušalicu, pošla u parfimeriju da kupi fini puder i parfem, vesela, srećna, a pred očima su joj igrale milionske cifre. I da bi umirila svoju savest, osećajući krivicu prema Branku, tešila se:

On je prvi mene izneverio, napustio me je i zaslužio je da mu se osvetim... Kad budem bogata, onda će svi muškarci klečati preda mnom...

A Branko se sećao u vozu njenog zagrljaja i poljubaca zaboravljajući ženu i svoju odluku da ode u Banat... Izvadio je novine, čitao, dok se voz klackao i tutnjao, a povremeno, od jednog do drugog članka, pogledao bi predeo misleći zadovoljno:

Nada me voli iskreno. Čim se razvedem, venčaću se s njom.

35.

Ali kad je došao u palanku, nije ništa preduzeo za razvod braka. Bolnica, ordinacija posle podne, kafansko društvo, jedna mlada, lepuškasta udovica, okupirali su ga svega, pa se uživljavao u bećarski i kafanski život.

Počeo je i da se kocka. Ispočetka radi razonode, posle večere, u jednoj zasebnoj sobici kafane, prvo u male sume, pa posle u sve veće. Ostajao je ponekad u kafani do zore, vraćao se mamuran kući, jednom se čak i opio.

Kad se otreznio posle pijane noći, Branko se kajao i razmišljao:

Ovako ne ide. Treba da se izmirim s Đurđicom ili rastavim i oženim Nadom. Ali Đurđica ga više nije privlačila. Ta jogunasta seljančica, koja nije htela da se pokori i napiše mu bar jedno pismo, vređala ga je, i on nije više očekivao s njom nikakav život i da se izmiri. A da on njoj ide na podvorenje nije hteo. I sada to dete, koje je bacalo strašnu sumnju na Đurđicu u vezi sa Šimom, još više ga je odbijalo od nje.

Nije mu bila privlačna ni ženidba Nadom pri pomisli na njene godine. To bi značilo imati samo prijateljicu, koja će za desetak godina prestati da bude ženka, a s njom ne bi ni decu imao. A on je čeznuo za decom, ali decom za koju bi bio siguran da su njegova, a ovo što će roditi Đurđica nije njegovo dete.

Pisao je povremeno Nadi i dobijao od nje odgovor. To su bila inteligentna, topla pisma, ali nisu bila kao nekad. Daljina je činila svoje i oni su se i neosetno udaljavali jedno od drugog, on u palanačkom kafanskom društvu, ona u otmenom svetu, snevajući o elegantnim toaletama, srebrnim lisicama, plažama i slično.

Meseci su odmicali, govorilo se sve više o ratu, niko nije bio siguran da rat neće zahvatiti i Jugoslaviju. Došao je i mesec septembar.

Jednog dana dobi Branko pismo od Dace. Javljala mu je da je dobio ćerku. On oseti kao da mu je neko opalio šamar. Ćerka! Da je bar sin, što želi svaki otac, nego žensko dete. Javljala mu je dalje da je porođaj bio lak i da je Đurđica vrlo dobro, a dete napredno. Savetovala mu je da odmah ide k njoj i da se izmire. On savi pismo, namrgodi se i izađe iz bolničke kancelarije da pregleda bolesnike. Idući od jedne do druge postelje, zaboravio je da mu je žena rodila ćerku. Primio je tu vest hladno kao da je pročitao oglas u novinama. A čija je to ćerka, ona neće reći. Najodvratnije je kad žena podmeće mužu tuđe dete. Iako ga je lekarska savest opominjala da ima načina da analizom krvi dozna da li je dete njegovo, sumnja se toliko bila uvukla u njegovu svest da je ništa nije moglo stišati, tim pre, što mu je i njeno ćutanje bilo sumnjivo, kao da je krivac, ili voli drugog, pa svojim ponašanjem hoće da ga natera da traži razvod braka.

I tražiću, a njoj eto ćerke i onog lepotana s mora.

Jednog dana dođe mu brat Milan da bi ga posavetovao da se pomiri sa ženom.

— Ja sam se rešio — govorio je brat — da odem i vratim joj novac što si mi dao od njenog miraza. Zaradio sam, hvala bogu, njen novac mi je doneo uspeh u trgovini, neću da zažali na mene, kao na tebe. A ja ti kao brat savetujem da ideš i dovedeš ženu kući. Koliko sam ja ocenio, ona je divna žena. Pametna je, čista, uredna, šta ti treba više? Ima i detence, pa da uživate oboje u njemu.

Branko prasnu:

— Neću niko da me uči. Ako hoćeš, ti joj vrati novac. Evo, daću ti i ostatak od miraza, ali da ja idem na podvorenje jednoj seljanki i molim je da se vrati, to nikad neću učiniti. Ona se nije setila ni jedno pismo da mi napiše, kao da je ona nešto više od mene. Nije našla za nužno ni da mi javi da je rodila ćerku, nego mi Daca javlja. I sad ste me vas dvoje spopali da se izmirim s njom! Ako sam morao zbog vas da se oženim njome, ne moram da se mirim. Među nama je sve svršeno. Bio sam vaša žrtva i još me gonite.

Ućutao je pokajavši se što je to rekao, jer je video kako se brat sneveselio, uzdahnuo i tiho odgovorio:

— Ja to znam i da sam bio samo ja u pitanju, pustio bih da propadnem. Ali bila je puna kuća dece, bio sam očajan, nisam imao kome drugom da se obratim do tebi. Ja ti tvoje dobro neću zaboraviti, ali mi je žao ako si nesrećan zbog nas... Ti si bio zadovoljan njome, sâm si to priznavao, otkuda sada ta promena kod tebe? Meni je Daca pričala za neku ženu, tvoju ljubavnicu, koja te je sčepala u svoje kandže.

— Dosta, molim te! Kakve kandže? Kao da sam ja balavac pa može da me žena opčini i uhvati!...

— Ja te onda ne razumem. Pametan si, spreman lekar, vreme ti je da imaš svoju porodicu, da se ne bećariš po kafanama, a ti se odričeš svega i nećeš ženu. Najzad, radi kako znaš. Moja je dužnost da odem do nje i da joj vratim što mi je dala, tvoj novac neću da nosim, jer bi ispalo kao da sam došao da prekinem sve između nje i tebe. A ko zna, možete se vi još i izmiriti...

Pogledao je po kući i uzdahnuo:

— Kako ti je bila lepa kućica u selu, puna svega i svačega, gospodska, gazdinska kuća... A sad se povlačiš po kafanama... Vi, mlađi svet, imate čudne pojmove o braku i porodici. A ja se borim za moju decu, radim dan i noć, spreman sam sve da podnesem zbog njih.

Branko je morao priznati da je brat u pravu, ali nije hteo da mu kaže da ima i jedan drugi razlog, da je posredi sumnja na Đurđicu i da on ne veruje da je to njegovo dete.

Pređoše i na rat i brat mu saopšti da je pozvan u komandu i čim se vrati mora da ide na vežbu, a Dragiša i žena ostaće u trgovini.

— Hoćemo li ići na večeru? Gde večeravaš?

— U kafani *Grand*.

Pođoše i Milan uzdahnu, ne mogavši da shvati brata: *Onakva divna ženica u kući, a on se potuca po kafanama.*

36.

Bio je mesec novembar, susnežica je padala, bio je vlažan dan, da je čoveka mrzelo da izađe iz kuće. Vratio se uveče kući i zatekao veliko preporučeno pismo. Pismo je bilo tvrdo kao da je unutra neka fotografija. Kad je iscepao omot i izvadio pismo, ukazala se slika Đurđice s detetom... On se zagleda u lice deteta. To je bila slatka bebica punačkih ručica, koja je gledala začuđenim očicama, ali prvo što ga pogodi bilo je to: dete je ličilo na Đurđicu.

Dakle, njeno dete, a ne moje... Nikakve sličnosti sa mnom. Uzeo je lupu da bi uveličao dečji lik i uverio se da je dete prava Đurđičina slika iako u minijaturi, ali osećao se njen izraz lica. Ispitivao je nema li sličnosti sa Šimom, ali nije našao ništa.

Kako je priroda sakrila neverstvo, prošaputa i bi mu krivo, bila mu je uvređena sujeta što nije video sebe u liku deteta, nego nju, seljančicu, pravo majčino dete.

Đurđica mu je pisala, ne izlivajući nežnost prema njemu, već prema detetu: kako je slatka, kako ume već da se smeje, da je vrlo pametna i da ne plače mnogo. Javljala je da su je krstili, dali su joj ime Dušanka, a zovu je Duša. Pismo je završila rečenicom: *Duša čeka svog taticu.*

Ovo je nju Milan podgovorio da pošalje sliku i da mi piše. Dakle, htela bi da se izmiri. Potreban je detetu otac, ili njoj muž. Ono se već smatra mojim detetom i nosiće moje ime. Ovo ga naljuti: ni reči nežnosti prema njemu, mužu, kao da joj je svejedno, došao ili ne došao, već je u pitanju samo dete. *E, neću ići,* zareče se i ostavi sliku i pismo. *Ona je jedna uobražena seoska miraždžika. Sigurno je se seća onaj lepotan s mora, pa bi opet htela mene.*

Dugo je sedeo u sobi, peć se gasila i ponovo je ložio, pepeljara se punila pikavcima, oko peći bio je prosut pepeo, nije bilo reda kao u kući s Đurđicom. Tražio je papuče i jedva ih pronašao ispod sofe.

Ova Darinka ne drži kuću u redu, sutra ću je prekoreti... Potražio je da skuva kafu na primusu, ali kad je otvorio kutiju, video je da je kafe jedva na dnu, a kupio je pre tri dana četvrt kila. *Ovo je Darinka uzela...* Opazio je da nema ni džepnih maramica, sve manje je peškira, nedostajali su i neki čaršavi, nije ni znao koliko ih ima, jer ih nije brojao, niti se razumevao u domaćinstvo, ali u ovoj hladnoj, mokroj novembarskoj noći osetio je kako je kuća hladna i prazna bez žene. I iziđe mu opet pred oči lik deteta začuđenih očica, s malim, punačkim ručicama s jamicama. Dugo nije zaspao te noći i posle dva dana doneo je odluku:

Idem u Banat...

Zadržao ga je jedan teški bolesnik u bolnici, ostao je dok mu nije prošla kriza, i najzad mu je laknulo kao svakom lekaru kad spase bolesnika od smrti.

Iz bolnice je otišao u kafanu na večeru rešen da prekosutra otputuje.

Dok je sedeo s društvom, u kafanu uđe žurno Darinka i posla konobara da zovne doktora. On se odvoji od društva.

— Šta je Darinka?

— Gospodine, došla vam je jedna rođaka iz Beograda i poslala me da vas zovnem da dođete kući...

— Dobro, Darinka, evo me odmah...

Oprostio se sa svojim društvom i pošao kući po lapavici i hladnoći, razmišljajući neprestano: *Ko li to može biti? Daca, sigurno. E, sad ću je obradovati kad joj kažem da sam se rešio da odem Đurđici.*

Iako je bio rešen, to ga nije mnogo radovalo. Predosećao je nelagodnost susreta, posle toliko meseci rastanka, što ih je otuđilo jedno od drugog, a on treba da se pojavi u ulozi supruga i oca, iako je bio ravnodušan kao suprug i nepoverljiv kao otac... Zagazi u jednu baricu, ona prsnu, poprska ga po pantalonama, i hladan vetar ga ošinu, on zavuče glavu u okovratnik kaputa i gurnu dublje ruke u džepove...

Stiže do svoje kuće i spazi osvetljene prozore na sobi za rad i spuštene zavese. Kapija zacijuka i on se priseti kako cijuče svake večeri i komšiluk zna u koje doba dolazi, pa reši da sutra naredi Darinki da podmaže šarke. Nešto malo, crno, uplete mu se oko nogu.

— A, to si ti, Cico — poznade mačku, saže se, pomilova je i oseti da je sva vlažna.

Vrata na kući bila su otključana, on uđe, skide kaput i šešir u predsoblju, okači ga o čiviluk, a uđe s njim i mačka i šmugnu u sobu kad on otvori vrata.

Dve sijalice s lustera jarko su osvetljavale sobu i sred svetlosti, na divanu, sedela je Nada.

On zastade iznenađen, jer je nije očekivao, ona nikad nije dolazila k njemu, i nije znao u prvi mah da li mu je prijatno ili neprijatno, već se začudio, ona je to morala opaziti na njegovom licu, pa se diže, požuri mu u susret, spusti mu svoje ruke na ramena i zagleda mu se u oči:

— Iznenađen si što me vidiš? A ja nisam mogla više da izdržim, bila sam tako tužna, usamljena, morala sam da dođem da te vidim.

— Gle, šta si to nadonosila! Zašto si to donela?

— Ti znaš da sam ja navikla da te častim i ugađam ti kao detetu. Pomislila sam da, možda, nećeš imati večere. Znam da si bećar i da živiš u kafani. Jesi li večerao?

— Nisam, požurio sam da vidim ko je došao.

— Da nisi mislio da je tvoja žena?

— Na nju nisam mislio, već na Dacu, moju bratanicu.

— A ti si još sâm? Znam da se nisi izmirio sa ženom. To me je ohrabrilo da dođem. Ali, odmah ću ti reći: ostaću samo dva dana. Htela sam da idem u hotel, ali nisam znala ima li ovde dobrih hotela, pa sam došla k tebi. Primićeš me na dva dana.

— Kako te ne bih primio?! Ostani koliko hoćeš. *U Banat mogu otići i kasnije*, pokoleba se, i kao da se obradova što se odlaže taj put, pa je pritisnu na grudi, raspoložen što je došla, a ona je vrebala svaki njegov gest, pogled, milroštu i zaključi u sebi: *Njega bih opet mogla da osvojim*. I znajući šta ga raznežava, ustade, spremi čaj, on donese šolje, ona ih nasu, izvadi iz kofera flašicu ruma, sve je spremila, znala je šta on voli, isekla je kriške hleba, namazala ih puterom, napravila sendviče, nudila ga, gladeći ga po kosi, obrazima, kao mala zaljubljena supruga.

— Ti si malo oslabio?

— Ostario sam. Pogledaj, imam već sede na slepoočnicama.

— To mi se sviđa, da ne budem samo ja seda. Ali, vidiš, više nisam seda. Dopada li ti se boja moje kose?

— Vrlo lepo ti stoji. Konstatujem da si se podmladila.

— Ne dam se...

— A šta je to uticalo na tebe? Da nije neka nova ljubav? Šta je s onim starim kavaljerom?

— Zar se ti toga još sećaš? Umro je.

— Da nije od ljubavi?

— Od izliva krvi u mozak. Tako mi reče Ankica.

— Zar se još družiš s njom?

— Viđam je poneki put kod moje tetke. — Ne želeći da priča o njoj, poče tužnim glasom, znajući da će to imati više dejstva:

— Ti ne znaš kako sam ja živela u samoći. Dosadio mi je Beograd. Nema tamo iskrenog prijateljstva kao u unutrašnjosti. U palanci se poznaješ s celom ulicom, celom varoši. U Beogradu ne znam ni ko stanuje ispod mene. Bila sam jednom bolesna, probadalo me, i niko mi nije otvorio vrata na kući. Onako, s probadima, ustajala sam, raspremala po kući, jedino što mi je nadstojnica kuće uzimala mleko, hleb, puter. Plakala sam tada: „Zašto sam ja osuđena na samoću?" — Podlaktila se na sto, pokrila lice šakom i zaplakala. To su bile iskrene suze, jer je, zaista, posle nekoliko razočaranja osetila da će samovati i nikad više neće naći čoveka kao što je Branko. Razočarao je prvo onaj starac, o čijim je milionima pod Ankičinom sugestijom i ona sanjala i očekivala da joj kupi kuću, a sve njegovo kavaljerstvo sastojalo se od nekoliko večera, dve-tri bočice parfema, dva-tri para čarapa, što ju je još više vređalo, kao da je ona jeftina roba, koja se daje za čarape i bočice mirisa. I kad je naprasno umro, nije ga ni zažalila, jer su joj ostale neprijatne uspomene na zadah nikotina iz njegovih usana, zlatne zube i sve drugo, staračko, impotentno.

Posle se upustila u dve-tri avanture s mladićima, i tu se razočarala zbog sebičnosti muškaraca. Oni su precenjivali svoju mladost, lepotu, smatrajući da žena treba da bude srećna što ima za ljubavnika i obožavaoca mladog, lepog čoveka. I kako su osećali da je ona starija, smatrali su da treba više da im pruža: lepu zakusku, kolače, čajeve, što je ona po svojoj gostoljubivosti rado davala, ali uvidela je da su svi oni isti, svaki voli da se zavuče u kuću ženi, najede se i provede s njom, a na ulici i u društvu da je slobodan, bez ikakvih obaveza prema prijateljici, ni u pozorište da je ne izvede, ni u bioskop. Sve ju je to uvredilo, i gledajući mlade parove kako idu zajedno, došla je do saznanja: *Za mene je brak.* Ali brak nije nudio nijedan muškarac kojeg je upoznala u Beogradu. Sve su to bile prolazne avanture, kojih se posle stidela, uvidela da neće napraviti karijeru u Beogradu i rešila se da dođe Branku. Prethodno se obavestila preko jedne svoje prijateljice u Banatu, da li se Branko pomirio sa ženom, i ova joj je javila: *Njegova je žena u selu kod majke. Rodila je ćerku, ali izgleda da se neće s njim izmiriti, niti joj on dolazi.*

To je odlučilo da što pre dođe k njemu, da ostane malo duže, ne dva dana kako mu je kazala, već više, i htela je da je on zadrži, da oseti kako mu je potrebna i kako je velika njena ljubav prema njemu.

Sutradan odmah mu je to i pokazala. Čim je on otišao u bolnicu dala se na posao. Darinka je pomogla da se sva kuća istrese. Videći da nije red kao u njenoj kući, premeštala je sofe, ormane po svom ukusu. U kuhinji se peklo pile i širio se miris po celoj kući. U loncu je vrila supa, jer je htela da ga iznenadi ručkom. Do jedan sat sve je bilo gotovo. Nalomila je grančica jele i poređala ih u vaze. Kuća je zablistala. Posmatrala je zadovoljno sve kuteve, misleći: *Kako umešna žena preobrazi kuću.* Umila se, obukla, našminkala, htela je i ona da bude lepa i s novinama u ruci čekala ga na sofi, a pored nje je ležala crna mačkica, zadovoljna i ona i prela, kao da joj odaje priznanje.

Vraćajući se kući Branko je mislio:

Zaista, ja sam počeo da gubim svoj ugled lekara kockajući se s tim kafanskim društvom. Neću više da idem u kafanu. Zadržaću je, ne dam joj da ide odmah. Šta me se tiče palanka. Neka misle šta hoće. Baš neću ići na podvorenje onoj seljanki!

Kad je došao kući i video kako je sve uredila, kako je sve bilo lepo, ukusno, pa mu se kuća preobrazila, ulepšala, a ona bila lepa, čista, elegantna — on je privuče sebi, poljubi i prošaputa:

— Ti si prava čarobnica! Ne dam ti da ideš odmah.

Ona je to jedva čekala da čuje, ali ne htede da oda svoju radost, već mu ustežući se odgovori:

— Ne, treba da idem... Šta će reći palanka?

— Šta se mene tiče palanka? Ja sam svoj gospodar. Reći ću da si mi rođaka.

— Kako ti hoćeš — prošaputa, naslanjajući lice na njegove grudi. — Ja znam samo jedno: silno te volim. Meni je zbog tebe, da te ne ogovaraju, a što se mene tiče, sasvim mi je svejedno. Nikom nemam da polažem računa o sebi...

I ona ostade kod njega. On je predstavi kao svoju rođaku, a u palanci je nazvaše: „Lepa dama iz Beograda.”

Lukavstvom žene nije htela da mu spominje razvod i brak, ali svaki dan ga je udaljavao sve više od Đurđice, i ono malo rešenosti što je ostalo u njemu da ide u selo, iščeze. Zaboravljao je da ima negde ženu i dete, jer taj brak, sklopljen na brzinu, iz materijalnih razloga, nije imao one duboke psihičke veze što se nikad ne kidaju već ostaju u čoveku, kao što je bila veza s Nadom, koja je ovog puta potpuno zavladala njime.

Ali, ipak, ne znajući zašto, sakrio je Đurđičinu sliku s detetom, nije hteo da je ona vidi, da je ne ožalosti i posumnja da on misli na svoju ženu. Nije spominjao ni razvod, ostavljajući da sve ide svojim tokom. Njemu je bilo lepo uz Nadu, povratio se, zaboravio kafansko društvo, postao onaj stari Branko, pa su promenu na njemu zapazili i drugovi iz kafane i govorili među sobom:

— Kraj onako vraški lepe žene, ne bih ni ja maknuo od kuće...

Svi su bili uvereni da je to njegova prijateljica i kako lepota žene pobeđuje muškarce, pobedila je i njegove drugove i nisu mu zamerali već mu zavideli. Branko je osetio njihovo divljenje prema Nadi, i to mu je laskalo, počeo je da je izvodi u društvo, dolazile su i žene njegovih prijatelja, stvarao se prijateljski odnos. Nada je osvajala muškarce svojom lepotom i inteligencijom, a žene svojom elegancijom, gostoljubivošću, finim kolačima, kad su dolazile k njoj u posetu, i malo-pomalo zauzela je mesto zakonite supruge i samo je još bio potreban blagoslov sveštenika.

U toj palanci bila je jedna Banaćanka, koja je imala rodbine u istom selu gde je živela Đurđica. Ona je sve znala o Đurđici i kako se spremala da poseti svoju majku u Banatu, rešila se da potraži Đurđicu i da joj sve ispriča, jer je ona jedina mrzela Nadu, verujući da je ona upropastila Đurđičin brak.

ŠESTI DEO

37.

Mart 1941. godine bio je blag, topao, voćke su već počele da se rascvetavaju, neke su napupele, a u gradini je bio zasađen luk i ostalo povrće.

Tog lepog martovskog dana Đurđica nije gledala lepotu svoje bašte, već je sedela na sofi, zagnjurene glave u jastuče i plakala, dok je u kolicima spavala njena ćerkica Duša.

Zašto mi je sve to morala reći, bolje da nisam znala, mislila je uz jecaj koji joj je potresao grudi, a suze su se lile, kroz njih se izlivala tuga, razočaranje, ono malo nade što je bilo ostalo; plakalo je uvređeno srce supruge i ožalošćeno srce majke.

Maca, njihova služavka, odškrinu vrata na sobi, vide kako se ona trese od plača, pa brzo pritvori vrata i izgubi se, a malo posle pojavi se Đurđičina majka. Priđe joj, pogladi je po kosi i reče bolećivo:

— Sine, pa zar se ti toliko kidaš za to što si čula? Ja sam mogla i pomisliti da je on sa onom nesrećom, a ti si još verovala da će on doći i da misli na tebe i dete. Ne mari on za tebe, nije te nikad ni voleo, nego si se ti bila zaludela za njim, a ja pošašavila, pa te pustila da radiš kako ti je volja. Zato sada patimo obe.

Đurđica skoči sa sofe i grubo se izbrecnu na majku:

— Ne patiš ti, nego patim samo ja. Ti si srećna što me je on napustio, ti si to i želela, zbog tebe se nisam ni pomirila s njim, bojala sam se tebe, jer tebi je više stalo do imanja nego do moje sreće. Treba da sedim uz tebe, da muzem krave, čuvam piliće, da budem seljanka, jer tebi i nije bilo po volji što sam se udala za doktora. Ti ga nisi nikad ni volela, a ja, luda, došla tebi da se požalim, misleći dobru ćeš me naučiti, a ti si me zlu učila, nisi dala da se vratim njemu, niti da mu pišem, a ja sam toliko puta to htela da učinim, znala sam da bi me on tražio, nastavili bismo naš lepi život, ne bi ona nesreća otišla k njemu. A ja teram inat, čekam da on dođe da me moli, a on nije hteo, i evo šta si uradila s mojim životom i životom moga deteta. Ti si za sve kriva, ti jedina, ti si me odvojila od muža, a ja sam ga volela, bila sam srećna s njim. Eto, Lepša kaže za njega da je dobar, ozbiljan, nije imao nikakvih avantura, možda me je stalno čekao, i trebalo je sebe da slušam, a ne ti da me učiš, ti, seljanka, koja ne možeš ni da razumeš jednog zeta lekara.

Bujica reči izli se s njenih usana i ošinu majku do dna srca i ona osta nepomična, bleda, stisnutih usana i jedva progovori:

— Dabogda, ćerko, da me sahraniš, pa posle živi kako hoćeš. Zar ja, majka, tebi zlo da želim? Ja bih pre svoje oči dala za tebe. Za koga sam živela nego za tebe? Sama si ga izabrala, nisam htela da ti kvarim izbor; i sama si došla k meni da mi se žališ na njega. Jesam li te ja prisiljavala da ga ostaviš? Ako sam ti kazala da mu se ne vraćaš, želela sam ti dobro, bojala sam se da ne budeš nesrećna, jer čak su i u selu znali da je imao jednu u varoši i išao njenoj kući i kao oženjen. To si se ti uverila, pa zašto nisi trpela, nego odmah poletela meni u selo da se žališ na njega, a ja sam se, kao majka, sažalila na tebe, a ti to sve da izokreneš na zlo. Ja kriva? Ja, koja imam samo tebe na svetu? Hvala ti, ćerko, za to, ali i ti imaš žensko dete, može i tebi sve to da se vrati, pa ćeš videti kako boli uvreda od deteta.

Zajecala je i ona i izašla iz sobe, a Đurđica se stišala, izbrisala suze, klonula smrvljena, jer je bila načisto da je s njenim brakom svršeno, i sad joj je bilo jasno zašto nije došao već kratko odgovorio:

Moram na vežbu i ne mogu sada da dođem, već posle vežbe.

A ona ga je čekala, nadala se i sada je čula bolnu istinu od svoje poznanice iz istog mesta u kome je on lekar:

Ona je došla k njemu još u novembru i ostala u njegovoj kući kad je otišao na vežbu, posle je otputovala i čula sam da je otišla za njim, pričala joj je prijateljica.

Mala Duša se promeškolji u kolicima, poče da guče, da se smeje i Đurđica vide njene bele ručice, koje se izdigoše u kolicima, pa joj priđe uplakanih očiju, a plave očice detinje anđeoski su gledale majku, ona se naže, uze je iz kolica, pritisnu na grudi, šapućući kao da oplakuje svoju ljubav i ljubav oca, koga dete nikad neće upoznati:

— Dušo mala, tebe tatica ne voli. Tatica nikad neće doći da te vidi. On ne zna kako si ti slatka mamina devojčica. Imaš mamine oči, a tatina usta i nosić. Ti bi taticu volela, ali ga nikad nećeš upoznati. Druga žena je otela njegovu ljubav. Siroče moje malo i ti nećeš znati šta je očeva ljubav, kao što je i ja nisam upoznala... Zlato moje malo, ti samo mamicu imaš. Mamica tvoja plače, mamica je nesrećna, ostavljene smo obe, i mamica i ti, malo moje nevinašce.

Suze su joj lile niz obraze, a plave, anđeoske očice se uozbiljiše, nosić se nabra, jer to nije bilo mamino lice koje je mala Dušica naučila da gleda, to nisu bile mamine nasmejane oči, već vlažne, i iz njih su suze lile, pa se uplaši mala Duša, vrisnu, zajeca, stopiše se njene suze s maminim, kao da i ona oseti maminu tugu, pa se razleže plač po kući. Dotrča Maca, a za njom i snaša Mara. Maca dočepa dete iz Đurđičina naručja, a mati prigrli kćer, ona joj pade na grudi i zajeca:

— Majčice moja, oprosti ako sam te uvredila, boli me, teško mi je, nesrećna sam...

Posle krize suza, kao posle kiše, stiša joj se bura u duši, uze svoju malu Dušu u naručje, izvadi dojku da je podoji, i nežnim očima pomilova njeno meko lice, plave kosice, male ručice koje su stezale njenu dojku. Materinska ljubav, viša od strasti, nežna i profinjena, najčistija ljubav koja oplemenjuje srce žene, umiri je. Gledajući svoju devojčicu šaputala je:

— Ja ću živeti samo za tebe, slatka moja mala Dušo...

Kad ju je podojila izašla je u baštu s ćerkicom u naručju, a ona je cikala, gledala vrapce, kokoške, ćurke. Otkinula joj je jedan plavi zumbul, prislonila ga njenom nosiću, a ona je mirisala, hvatala cvetić ručicama, kidala ga, posle čupala mamu za kosu...

Ulicom su prolazili seljaci, mnogi u vojničkom i oficirskom odelu, i Maca, koja je sve znala šta se događa, pričala je za ručkom:

— Sve živo ode na vežbu. Kažu svi da će biti rata. Došao je i Radoje Lenkin. On je kadrovac, pa došao da obiđe majku na tri dana, jer je s Lenkinim zdravljem loše. Svratila sam jutros do njih, a on me pita i za tebe kako si. Zamuškarčio se, čisto je porastao, nije to onaj mali Radoje. Da ga vidiš, Đurđice, kako je lep kao vojnik! I on mi kaže da ćemo ratovati i da će Nemačka da nas napadne.

Đurđica je rasejano slušala, ravnodušna, kao da se nje rat ništa ne tiče ali najednom se štrecnu:

I Branko će u rat. Može poginuti. Ginu i lekari od bombardovanja. Neprijatelj ne štedi bolnice.

Pogleda svoju malu Dušu, koja je stajala u dupku, sisala koru hleba i tapšala ručicama na dva mačeta koja su se igrala ispred nje, i srce joj se steže od bola.

Mala Duša nikad neće videti svoga taticu.

— Jedi sine — nudila je majka. — Ti dojiš dete i treba da imaš hrane. Uzmi ovaj karabatak, zbog tebe smo ispekli pile i Maca umesila savijaču od sira.

Đurđica pogleda majku, spazi njene brižne oči i rastuži se, jer kao mati oseti ljubav svoje majke, naže se i poljubi je:

— Mamice moja dobra... ti se ne ljutiš na mene.

— Ne ljutim se, sine, samo mi je žao što me okrivljuješ da sam ti ja zlo učinila.

— Kazala sam to, mama, u ljutini i bolu, a kad razmislim, vidim i sama da si ti u pravu. Posle ovoga, mama, ja sam rešila da se rastanem s njim. Hoću da znam jesam li žena ili raspuštenica. I volim što nisam trčala za njim. Neka zna da seljanka ima ponosa.

— Neću više da se mešam u tvoje stvari. Radi kako znaš. Ja želim samo jedno, da ti budeš zadovoljna.

— I biću zadovoljna. Ovo je za mene bio veliki potres, zato sam i tebe napala, ali uviđam da je bolje da sve znam, da ne živim više u zabludi... On mene ne voli, već nju...

— A zar tebe ne bi mnogi voleli? — uzviknu Maca. — Da ti znaš kako mene momci pitaju za tebe, ali neću da ti kažem. I Radoje te još voli. Zbog tebe se nije ni oženio. To mi je kazala njegova majka...

— Neka me voli ko god hoće, meni je sasvim svejedno — ali u tom času izađe joj u svesti lik jednog čoveka, daleko, na moru, ispod čempresa, na groblju, i ona uzdahnu, diže se, uze ćerkicu iz dupka, odnese je u sobu i spusti je u kolica, a ona uze ručni rad, jednu benkicu, i sede da radi. Čula je posle da majka s nekim razgovara i poziva ga u kuću:

— Pa svrati malo. Zar prolaziš pored naše kuće, a ne smeš da svratiš.

Koga li to zove?, pomisli Đurđica. Čula je muške korake i majka uđe prva, a za njom Radoje u vojničkom odelu.

Mati se smešila da bi odobrovoljila Đurđicu, videći da ozbiljno, čak iznenađeno posmatra Radoja, pa se poboja da ne bude hladna prema njemu, i ubrza prva:

— Ja sam ga pozvala. Prolazi pored naše kuće kao da se ne poznajemo. Pogledaj, Đurđice, kako je porastao i raskrupnjao se. Do vojske je bio dečko, a sad pravi momak.

— Jeste, popravio si se — dodade i Đurđica, i pođe mu u susret, pruži mu ruku, a on, na njeno veliko iznenađenje, saže se, poljubi joj ruku kao gospođi, što njoj polaska, ali pomisli: *Gde li je naučio da ljubi ruke?... Jest, on je meni jednom poljubio ruku, ali to je bila nežnost kad me je voleo, stezao mi prste, govorio nežne reči, zar još nešto oseća prema meni?* Daleka sećanja joj preplaviše dušu i razli joj se tuga u srcu, jer prošlost je bila lepa, bezbrižna. Kao devojka koja je mnogo očekivala od života mnogima je prkosila, precenjivala sebe, potcenjivala mladiće, kao i ovog Radoja, verovala je da će pobedonosno ići kroz život, a ona se vratila ovamo odakle je pošla, poražena, smrvljena... Ne htede da to oseti Radoje, jer bi likovao, ona je ta koja mu je zadala bol, on bi uživao u njenoj patnji, verovatno je sve doznao, pa pređe na drugarski ton, kao što su nekad razgovarali, pitajući ga o njegovom životu u vojsci, a on živahnu, oči mu blesnuše, njegove lepe crne oči, a ona ga je gledala kao da ga prvi put vidi i priznade:

On je lep mladić... a reče: — Koliko ostaješ ovde?

— Sutra se vraćam. Došao sam samo da vidim mamu. Dosta je oslabila. Hteo sam da vas zamolim, tetka Maro, da je obiđete koji put. Ona vas mnogo voli.

— I ja nju, dete, volim. Mi smo ostale najbolje drugarice kao što smo bile u devojaštvu, iskrene jedna prema drugoj. Ona mi je uvek izjadala sve što je imala na srcu, i ja njoj... A gledam današnje devojke: ljube se, šetaju, mislio bi čovek bogzna kakve su prijateljice, a kako okrenu jedna drugoj leđa, odmah se ogovaraju. I moju Đurđicu su dosta olajavale baš one koje je ona najviše volela.

— Ostavi, mama, taj razgovor — prekide je Đurđica. — Ja se nisam osvrtala na to što one pričaju. Nego, reci mi, Radoje, hoće li biti rata?

— Svi su izgledi da će biti. Ne znam, ako vlada potpiše pakt o prijateljstvu s Nemačkom, protiv čega je većina naroda, možda ćemo i izbeći rat.

— A ako ne potpišemo pakt s kim bismo ratovali? — upita mati.

— S Nemačkom.

— Vidiš, i mama bistri politiku — nasmeja se Đurđica, i osećajući da mnogo bolje razume politiku sada, nego ranije, htede da to pokaže Radoju, da on vidi kako ona više nije seljanka, i razveza o politici, a Radoje ju je gledao više zanesen njenim likom, usnama, plavim očima i divio joj se: *Sad je još lepša. Zašto je muž varao? Zar on nije uviđao njenu vrednost? Ona se izdvajala od ostalih devojaka u selu.* I rastuži se pritom, jer se i on izdvajao, učio školu, snevao o zajedničkom životu s njom, o podizanju imanja, a ona, kao ptica, izletela iz svoga gnezda, upala u tuđe i slomljenih krila vratila se roditeljskoj kući. Osetio je bol, ali i gnev što se rastužuje, ona to nije zaslužila, i začudi se kad ga ona zapita:

— Zašto se nisi oženio? Ja sam čula da si se verio.

— Verio sam se, pa sam se razočarao. Kad sam kazao da ću se vratiti u selo i živeti na svom imanju, ona mi je izjavila da ne voli selo i da ne misli nikad da živi u selu... Pokvario sam tada veridbu. Šta će mi devojka koja ne voli selo?

— Pravo si imao — progovori Đurđica i učini joj se da je prekor i njoj upućen, što bi je nekad uvredilo, a sada, skrhana životom, priznade: — I ja sam htela da pobegnem iz sela, sve sam idealisala o životu u gradu, a varoški život je za nas pun razočaranja.

On htede da je zapita:

Jesi li se rastala s mužem?, ali se uzdrža, jer ne htede da ona pomisli da se on interesuje za njen razvod braka, kao da je njemu stalo do toga, jer njegova je taština uvek patila: ostavila ga je zbog doktora, prezrela je njegovu ljubav i dosta mu je bilo što je čuo da je teškim razočaranjem platila svoje neverstvo.

Iako se pravio kao da je ravnodušan nešto se uskovitlalo u njemu, ona negdašnja osećanja i nikako da ode iz njihove kuće; dva-tri puta htede da ustane, i kad se diže, snaša Mara ga zadrža:

— E, nećeš ići. Čekaj da te poslužim.

— Mama, donesi one kolače što sam mesila. Znam da ti voliš kolače.

— Zar se sećaš toga? — zapita je i pogleda kad izađe majka, a ona prošaputa:

— Da... sećam se...

Hteo je da kaže:

Sećam se i ja svega, ali opet se uzdrža, jer je znao kako je patio zbog nje, patio je i sada što je vidi još lepšu, finiju, pravu gospođu, i kao da mu ta gospođa u njoj stalno prkosi, opominje da je ona bila udata za doktora, da nije seljanka i da to neće biti nikada, pa pređe na druge stvari. Pitao je šta su zasejali, kako im je vinograd rodio, koliko su meda sakupili, sve obične, svakidašnje stvari, ali stalno je gledao njeno belo i rumeno lice, finu kožu, slatke usnice, i grizla ga je ljubomora: *To je drugi ljubio*. Dođe mu da bude grub, da joj nešto uvredljivo dobaci, i opet se savlada.

Ti si budala, ona je ostala ista, ali video je da ona nije ista, već skrušena, bolećiva, kao da je patnja savladala njenu prirodu, više se interesovala za njegov život u vojsci, i najednom reče:

— Ako bude rata, ti ćeš biti u prvim borbenim redovima.

— Razume se. Za otadžbinu se mora ginuti.

— Eh, nećeš, valjda, poginuti.

— Zar je iko siguran u ratu da neće poginuti? Pojedinac u ratu ne znači ništa.

Ona spusti ručni rad u krilo i zagleda se u njega, a oči joj se rastužiše, kao da ga vidi poslednji put, a on, naslućujući šta misli, dodade tiho:

— Možda je ovo naše poslednje viđenje. Nemoj me se po zlu sećati... Možda sam te kadgod uvredio, ali veruj, ja sam ti bio najbolji drug i prijatelj.

— Znam — prošaputa ona i uzdahnu: — Zašto devojka ne može da prozre u svoju budućnost? Mi smo nekad kao zasenjene nekom svetlošću, a posle se ta svetlost pretvori u tamu.

— Nemoj tako da očajavaš. Devojka je suviše optimista, a kad se udaje postaje pesimista. Život treba posmatrati realno. Ti si mlada žena, imaš pred sobom život, tek ćeš ti živeti i provoditi se.

— Varaš se, ja nisam takva. Mene ništa više ne interesuje sem moga deteta.

Njega štrecnu kad pomenu dete, a mala Duša se u tom času promeškolji, poče da guče, izdiže ručice, a Đurđičino lice se ozari materinskom ljubavlju, pritrča kolicima, uze je u naručje i pokaza je Radoju:

— Da vidiš moju malu Dušu.

On je gledao i osećao kako mu nešto bije u slepoočnicama, nije mogao reč nežnosti da izusti detetu, jer on je snevao o svojoj deci s njom, a ona mu pokazuje dete drugoga. Ali kad mala Duša ciknu, nasmeja se, pruži mu ručice, on je uze, a ona ga svojim ručicama dohvati za lepu grguravu kosu i protepa:

— Ta-ta! Ta-a!...

Đurđici se napuniše oči suzama, uze je iz Radojeva naručja i prošaputa:

— Jadna moja mala Duša, nikad neće imati taticu.

A Radoju se zgrči srce od bola, jer mu se učini da ona žali za mužem, pa se ispravi, hladan, ravnodušan, ali nađe reči da joj polaska kao majci:

— Imaš lepu ćerkicu... Ja idem. Neka tetka Mara ništa ne sprema. Setio sam se da treba da se nađem s jednim drugom. Čekaće me u kafani.

I brzo, da ga ne bi zadržavala, izađe iz sobe, nađe snaša Maru, oprosti se od nje, iako je navaljivala da ostane, ali nije mogao više, nešto ga je gušilo, požuri na ulicu, odahnu, zapahnu ga prolećni miris današnjeg dana i svih drugih prolećnih dana iz prošlosti, kad je kidao cveće iz svoje bašte i bacao joj kroz prozor, kad je snevao samo o njoj dok je bio u školi i jedva čekao raspust da dođe da je vidi i s njom da se sastane. Sve uzavre u njemu, rastuži se i zapita se: *Šta je meni? Da li ja nju još volim?* Nije smeo da sebi odgovori, već požuri da se nađe s drugom.

Snaša Mara uđe u sobu začuđena:

— Šta bi Radoju da dunu kao vetar? Da ga nisi nešto uvredila?

— Nisam, nego ima s jednim drugom da se sastane — govorila je majci, stojeći s detetom kod prozora i gledajući kako se Radoje udaljuje.

Možda ga nikad više neću videti, prošaputa u sebi, a mala Duša je cikala razdragana, zavlačila ruku majci u nedra, tražeći njenu dojku. Ona sede, izvadi dojku, i s uživanjem je gledala kako dete sisa, a posle se zamisli, odoše joj misli daleko:

On je sada s drugom. Ona je preotela Duši taticu. Kako muškarac ne zna šta su radosti roditeljske! Odriče se ovakvog divnog deteta radi jedne žene, a takvih može naći stotinama, a mala Duša je jedna jedina...

Suza joj se skotrlja niz obraz i pade na kosicu male Duše.

I najednom se odluči:

Idem k njemu s detetom, idem iako je ona tamo, hoću da vidim koja je jača od nas dve, ona, ljubavnica, ili ja, majka njegovog deteta... Idem i ništa me ne može zadržati...

Sva uzbuđena zbog te iznenadne odluke, svetlih očiju, raspoložena, otvori vrata i viknu:

— Mama, hodi da ti nešto kažem.

Mati se pojavi i videći je raspoloženu, sinu joj u glavi:

Mora biti da joj je Rade nešto pričao i predložio joj brak. Daj bože da to bude!

Ali kći je preseče:

— Mama, ja sam se rešila da idem Branku — i predosećajući da to majka neće odobriti, jer vide odmah kako joj se lice promeni, a ruke sklopi i stisnu na stomak i osta zabezeknuta, kći nastavi odlučno:

— Nemoj ništa da mi govoriš i da me odvraćaš, hoću da idem svome mužu. I treba da idem. Rat samo što nije počeo, i Branko će otići u rat, a ja sedim u selu, i to još s detetom, a on nikad da ne vidi svoje dete. Bilo tebi pravo ili krivo, meni je sasvim svejedno, ali ja sam rešila da idem.

Mati povrati dah, pa videći je tako odlučnu, znala je da tu ne pomažu grdnje, ali htede da iskali svoj gnev na drugog, i pade joj na pamet da je za sve to kriv, možda, Radoje, pa se okomi na njega:

— Otkud najednom da se rešiš da ideš mužu? Da te nije na to Radoje natutkao? Gospod me ubio da me ubio i kad ga pozvah u kuću! Ja mislim, prijatelj nam je, posavetovaće te kao brat, a on te uči da se vratiš mužu.

— Šta govoriš gluposti, mama? Nije Radoje ni spomenuo mog muža, samo što je rekao da ćemo ratovati, u to je on uveren, a ja da još čekam u selu s detetom i da Branka ne vidim, neću, mama, i smatraću da mi nisi prijatelj i da mi ne želiš dobro ako mi išta kažeš protiv Branka!...

— Dobro, ćerko, neću ti ništa reći, kao što ti i nisam rekla nikada. Sama si grdila muža, sama si ga napustila, pa sad je majka kriva. Idi, kad si rešila. Ali mi se nemoj više vraćati u selo da meni crveni obraz pred svetom i da me svi pitaju: „Je li ona napustila muža ili on nju?" Ti sve radiš po svojoj glavi, ne pitajući mene, zato si i lupila glavom.

— Dobro, neka sam lupila! Znaj, neću ti više dosađivati. Što sam se ja vezala za ovo imanje, za guske, ćurke, prasad? Trebalo je odmah da se vratim, kao što mi je i Daca savetovala u pismu; ali ja nisam htela tebe da uvredim.

— Možeš ti mene da vređaš koliko god hoćeš, jer materinsko srce sve podnosi, ali i ti si majka, može se i tebi to vratiti. Ja sebe osuđujem što sam bila suviše popustljiva prema tebi, sve ti činila, kupovala ti što god si htela, moderne haljine, cipele, napravila sam te gospođicom, a trebalo je da i ti ostaneš seljanka, kao što sam i ja.

— Hvala ti što si me napravila gospođicom, zato sam ja sada gospođa, i kao gospođa hoću da se vratim mužu. Branko nije rđav, on voli decu, i kad vidi ovakvu ćerkicu, biće srećan... Zlato mamino, idemo mi tatici da on vidi kakvu lepu ćerku ima... Mama, ja prekosutra putujem.

Majka, još sva u neverici, kao da je neko lupio po glavi, pa tek dolazi sebi, zapita je sva potištena:

— Kako da ideš sama s detetom po vozovima, kad su vagoni puni vojnika? Kako bi bilo da pođem i ja s tobom?

— Ne bi bilo rđavo ako hoćeš, ali samo pod jednim uslovom: kad se sastanemo s Brankom, da ga ništa ne prekorevaš, kao što ti imaš običaj.

— Ne boj se, ćerko! Ni reč mu neću reći. Da te samo dopratim do njega, pa se ja vraćam kući. Neću da ostavljam samu kuću, a neprijatelj da bane u zemlju.

Kći se odobrovolji, videći da je majka popustila, i zagrli je:

— Majčice, nemoj da se ljutiš. Ti treba da me razumeš.

— Razumem ja tebe, ali ti sama sebe ne razumeš. Govoriš čas jedno, čas drugo. Nekad drvlje i kamenje bacaš na muža, a posle on je najbolji čovek. Toga se ja plašim, ćerko, da opet ne nagraišeš s njim i onom nesrećom, pa da ne napraviš neko čudo. Onda je nisi pogodila vazom, a da si je pogodila, sada bi bila na robiji. Kakav mi je to brak, kad žena mora da se brani od muževe ljubavnice kao od napasti... Ali, neću više da govorim. Idi, ali slušaj muža i trpi kao što sam i ja otrpela mnogo puta tvoga oca...

Kći se zamisli kao da su je pokolebale reči materine, ali samo za trenutak, a majka je pogleda kao da je očekivala da će reći: *Neću ići*, a ona žustro odgovori:

— Kad sada odem Branku, više ti se neću vraćati, samo ću ti dolaziti u goste.

I ostade pri svojoj odluci. Dva dana se spremala za put, spakovala je svoje i detinje haljine, spremila i pun kofer namirnica, ali ne reče nikom da odlazi mužu, zapreti i Maci da ne govori o tome već neka kaže: „Idu u Beograd jednoj svojoj rođaci.”

Kad stigoše u Beograd, ona se uputi pravo Dacinoj kući.

— Znam, mama, da me ona iskreno voli i primiće nas srdačno. I ona će mi kazati gde je Branko.

Daca ih, zaista, primi vrlo srdačno. Plakala je kad je videla malu Dušu i našla je da liči na Branka. Dete je rasteralo i njene sumnje, koje joj je sugerisao Branko, da to dete, možda, nije njegovo; osetila je veliku žalost videći ovako divno detence, koga se otac odrekao zbog jedne ženturine — kako je zvala Nadu.

— Ja ću da ispitam gde je on. Nije mi pisao više od dva meseca. Neću mu reći da se ti spremaš k njemu, hoću da ga iznenadiš. Ako zatekneš „onu”, izbaci je iz kuće! Volela bih da sam i ja s tobom pa da je zajedno izudaramo.

— Pa zašto ne pođeš? Ja bih se jako radovala.

— Razgovaraću s mužem. Kad smo nas dve, bićemo jače. Ti si pogrešila što nisi odmah otišla. On mi je to kazao. Očekivao je da mu se vratiš. Ne sme žena da napušta muža. Ja se nadam, kad Branko bude video tebe i slatku malu Dušu, biće najsrećniji, i posle gorkog razočaranja ti ćeš opet biti srećna. Nastaju sve teža vremena, moramo da budemo pametne. Jaoj, svi kažu da ćemo ratovati. Zato si pametno uradila što si pošla Branku. Ja ću danas da ga pozovem na telefon. Hoću da se obavestim da li je još u bolnici. I moj Dragi je već obukao uniformu, a ja ću ostati u radnji. Uveo me je u posao i mogu sama da radim... Teško nama ako bude rata! Svi kažu: ako nas Nemačka napadne, naši će da se povlače u Grčku, pa da stvore drugi Solunski front.

— Teško nama! — vajkala se i snaša Mara, odmahujući glavom. — A gde će ona sama s detetom ako nas napadnu?

— Ja bih došla k tebi, mama... A kad ideš da razgovaraš na telefon?

— Odmah posle ručka. Čekam da Dragi dođe.

Posle ručka je otišla i vratila se i sva ožalošćena saopštila Đurđici:

— Branko nije u bolnici, pozvan je kao lekar na vojnu dužnost, kuća je zaključana i nikoga nema u kući...

Đurđica zagnjuri lice u Dušinu glavicu da joj ne bi videla suze, a mati se razveseli, ali sakri to od kćeri i poče da je teši:

— Nemoj, sine, da se žalostiš. Eto, Daca je videla da si htela da se izmiriš s njim i da si pošla k njemu, pa će mu to reći. A pošto je na vojnoj dužnosti, nije s „onom". To neka te umiri, pa mu piši. Volim što smo te, prijo, videli, pa da nam i ti dođeš u goste.

— I ja se radujem što ste došli. Da znate, prijo, kako ja volim Đurđicu, i kako je svi moji vole!

Ona zagrli Đurđicu, a njeno prepuno srce puče, pa zajeca, pade Daci na rame, suzama joj izli razočaranje i tugu napuštene žene, što je Daca razumela i ljubila je, tešila i uveravala da će ona nastaviti srećan život s Brankom.

Nije im dala odmah da se vrate, nego ih zadrža tri dana. Tako su one u Beogradu doživele 27. mart: puč vojske, prekid pakta s Nemačkom, manifestacije naroda po ulicama. Od jutra do mraka narod je defilovao ulicama, vičući iz hiljade grla: „Bolje rat, nego pakt!", „Moskva — Beograd", „Savez s Rusijom — jedini spas!"

Kroz Beograd prolete: — Nemačka će nas napasti...

— Crna ćerko, da se mi vratimo u Banat. Kako ćemo se posle vratiti ako nas Nemci napadnu?

— Idite odmah — savetovao ih je Dacin muž — mogu baciti mostove u vazduh, pa nećete moći preko Dunava. A čim se objavi mobilizacija, prestaje putnički saobraćaj.

On se oprosti s Dacom i Đurđicom i ode da potraži svoju jedinicu.

One požuriše u Banat, Đurđica sva slomljena, a mati raspoložena, što će kći ostati kod nje dok rat ne prohuji, a posle neka radi kako hoće.

Vratiše se u Banat, gde su svi bili uzbuđeni i sav muški svet požuri da traži svoje vojne jedinice.

Đurđica je plakala dugo u noći kad se vratila u selo i prekorevala sebe:

Ja sam kriva. Zašto se nisam vratila ranije? Moja gordost je bila glupost. Trebala sam mu se pokoriti i oprostiti mu. Šta imam sada od svoje gordosti? On je otišao u rat, a ja ga nisam videla, niti je on video svoje dete. Sama sam raskinula sve obaveze koje je imao prema meni i detetu. Nisam umela s detetom da povratim njegovu ljubav.

Sva duša joj je bila rastužena i raznežena, jer je osetila opasnost rata koji se približavao kad nijedan muškarac nije bio siguran za svoj život.

38.

I rat buknu kao orkan. Kroz selo projuri strašna vest: fašistički avioni bombardovali Beograd. Stizali su ljudi i pričali da su gledali s obale kako padaju bombe kao grad, tutnjala je zemlja, urlikali bombarderi, kuće se rušile, a dim i plamen daleko su se videli, nebo je bilo zažareno noću, a svet je u strahu šaputao, krsteći se:

— Beograd gori!

Stizali su najstrašniji glasovi:

— Sve je porušeno u Beogradu! Svi su izginuli!

Đurđica jauknu: — Da li je Daca u životu?

— Sreća što ne ostadosmo u Beogradu — uzdisala je mati. — A ona nas je zadržavala. Šta bismo radile da smo ostale? Teško nama!

Svet se još nije ni osvestio od bombardovanja Beograda, a neprijatelj jurnu kao orkan sa svih strana. Sve se odigralo munjevitom brzinom i cela je zemlja pokorena za desetak dana.

Jednog dana zakuka Đurđičina majka:

— Sine, evo Nemaca!

A oni su ulazili u selo na teškim oklopnim kolima i prolazila je vojska, neviđena, nepoznata, drugi ljudi, drugi narod, sa šlemovima na glavi, s puškama i mitraljezima; kolone su išle kroz sela, teški topovi, oklopna kola, zemlja se tresla, putevi se izrovaše; a „štuke" su letele, urlikale, drhtali su ljudi i žene, gledali u nebo, strepeli da ne padnu bombe. Noću pucnjava, prasak pušaka i štektanje mitraljeza. Sve je bilo mračno u selu, svetlost je pogašena, ne spava se, sluša se tutnjava kamiona i oklopnih kola. Ide sve to kao orkan, ide danima i nedeljama.

Sa Beogradom i Srbijom Banat nije imao veze. Mostovi su bili bačeni u vazduh, pošta nije stizala i niko nije mogao da pređe u Beograd. Đurđica se brinula za Dacu. Zavolela ju je kao sestru zbog njene iskrenosti; osećala je da joj je Daca prijatelj i nadala se da će je ona izmiriti s Brankom. Ona joj je bila veza s mužem i izgubi li nju, izgubiće sve. Preko nje će se obaveštavati o Branku, jer on Daci mora pisati. Ali ko zna gde je sada Branko?

Đurđičino srce bi zadrhtalo od tuge, ali neka potajna nada je krepila: sastaće se ona opet s Brankom...

Avaj, kako su nade nekad varljive!

Jednog dana objaviše da se uspostavlja i poštanski saobraćaj. I Đurđica posle nekoliko dana dobi pismo iz Beograda.

— Mama, ovo je pismo od Dace. Poznajem joj rukopis. Ona je živa — uzviknula je radosno i uzbuđeno pocepa omot, poče da preleće redove, poblede najednom, ruke joj zadrhtaše, ispusti pismo i s vriskom pade na postelju, zakuka, zatrese se sva, i njena vriska ispuni kuću, da se majka prestravi i pritrča pitajući je prestrašeno:

— Šta se dogodilo? Zašto kukaš? — i jedva razabra kroz njenu vrisku:

— Branko je poginuo... U Sarajevu... od bombe... Jaoj meni! Moj Branko je mrtav... Nikad ga više neću videti. Jaoj, zašto sam ga ostavila? Zašto nisam išla s njim? On je poginuo, a ja ga nikad više neću videti... Srećo moja, zašto sam te izgubila? Dušo mamina, zar nikad tatu da ne vidiš? Jaoj meni! Ja sam kriva! Ja sam ga ostavila... a volela sam ga, volela više nego sebe... Prokleti moj ponos... Što me ti, majko, ne nauči i ne otera mužu! Šta će mi život bez njega? Šta će mi kuća i imanje. Nikoga više nemam... Sve sam izgubila. Kuku meni! Bomba da ga ubije! Zašto baš njega da pogodi? Zašto on mlad da pogine? Bolje da sam ja umrla! Ja ne mogu ovo da prebolim... Celog života grišće me savest što sam ga ostavila!

Mati je bila potresena, ali ne toliko ožalošćena, već iznenađena, čak malo i uvređena, što ćerka ponovo baca krivicu na nju i što ovoliko nariče za njim, a on ju je zanemario, našao drugu. Tešila ju je, ali više žaleći nju, da se ne kida, ne pati, jer je ona bila njeno dete i što sebe da muči i strada, kad to njen muž nije zaslužio, gladila je po kosi, sela na postelju, i molila je:

— Nemoj, zlato moje, da plačeš... Jest, teško ti je, nisi ga videla, ali i on nije želeo da tebe vidi. Sve je to božja sudbina... Poginuo bi on i da si ti s njim bila... Šta bi sad radila sama s detetom, vidiš, bolje je što si kod mene. Nije on jedini poginuo, nego mnogi: čula si šta pričaju ljudi koliko je poginulo u Beogradu od bombi. Izginule su čitave porodice. Poginula deca, a roditelji ostali, pa izginuli roditelji, a deca kukaju za njima. Ja bih najviše volela da umrem, jer vidim da ti za sve okrivljuješ mene... A šta sam ti ja, sine, kriva? Ja bih život svoj za tebe dala... — Tu se majka ražalosti, briznu u plač, a kći, osetivši da je uvredila majku, i da sada ima jedino nju, pade joj na grudi, zagrli je i isplaka se na majčinim nedrima. Plakale su obe, svaka je izlivala svoj bol, kći za mužem, majka za svojim detetom, što da bude takve sudbine. Obe su plakale rastužene velikom narodnom nesrećom, jer su u tom času osetile kako je strašan rat i kako on nikog ne pošteđuje...

A mala Duša se probudila i tepala:

— Ta-ta! Ta-ta!... — Na to Đurđica vrisnu i zabi majci glavu u nedra, a ova je tešila:

— Ćuti, dete! I ja sam ostala mlada udovica, mislila sam izludeću, pa sam opet ostala živa, jer sam tebe imala, s tobom sam imala radosti, ti si me tešila, pa će i tebe tešiti tvoja mala Duša.

Ona ustade, uze Dušu iz kolevke, donese je majci, a Đurđica je uze, steže je na grudi i jecajući poče da nariče za Brankom:

— Dušo moja, taticu nećeš nikad videti. Drugu decu će maziti tate, a ti nećeš znati za nežnost oca, kao što nisam znala ni ja. Dušo mala, tatica ti je poginuo. Sahranili su ga daleko, a ti i tvoja mama nećete mu ni grob videti... Zlato malo, mi smo same, ostavljene, tatice nemamo i on je poginuo, a nije ni video malu Dušu, nije znao kako ima slatku devojčicu... Jaoj meni! Zašto je moja sudbina crna?

A mala Duša je cičala, gnjurala ručicu u nedra, tražila majčinu dojku, našla je, dohvatila ustancima i alapljivo sisala, dok su majčine suze kapale na njenu glavicu i bol rastrzao njeno srce.

Sutradan je obukla crnu haljinu, a mati je začuđeno upita:

— Zar ćeš da se prerušiš u crninu?

— Hoću, mama. On je moj muž, ja sam ga volela, nije on mene ostavio, nego ja njega, a on je poginuo u ratu, i njegova smrt je još tragičnija. Nosiću crno za njim i svima ću reći da žalim svoga muža.

A mati ništa ne reče, ostavila je neka ga žali, neka plače, jer će joj biti lakše, a vreme će je izlečiti i uminuće bol...

Đurđici su dani prolazili u tihoj tuzi, koju je povećala opšta narodna žalost, jer počeše da stižu vesti da je poginuo ovaj i onaj, i mnogo je kuća bilo ožalošćenih. Dođoše i razne nemačke odmazde, ginulo se po varošima i selima i pričalo se samo o smrti. Smrt je lebdela nad svakom kućom, jer je neprijatelj bio u zemlji i nastali su teški dani okupacije...

Počeše da se javljaju i vojnici iz zarobljeništva. Dođe jednog dana majka Radojeva noseći kartu da joj je pročita Đurđica. To je bila Radojeva karta kojom je javljao da je zarobljen i da se nalazi u Nemačkoj. Snaša Lenka, majka Radojeva, bila je mnogo oslabila i žalila se na srce:

— Ja neću dočekati mog Radoja — plakala je. — Neću, Maro, dugo živeti. Osećam kako me nestaje iz dana u dan. Jedva se vučem po kući. Žao mi je što će moj Radoje ostati bez ikoga svoga...

Pisali su i drugi i molili da im se pošalje paket, okupator još nije dozvoljavao, a oni iz zarobljeništva neprekidno su tražili hranu.

Svako je imao svoju brigu, tugu, svoje očajanje. Nije bilo više veselosti po kućama, jer se osećala okupacija. Postajalo je sve teže.

Đurđica je želela da ode do Dace, da joj ova ispriča sve pojedinosti o Brankovoj smrti, ali morala je da čeka da dopuste prelaz preko pontonskog mosta, koji je postavljen na Dunavu.

Onaj strašni prvi bol se stišao, ali tuga joj se videla na licu, u očima, na usnama. Oslabila je, te je mati savetovala da odbije malu Dušu, jer joj je ona isisavala hranu, a mogla bi već sve da jede. I jednog septembarskog dana majka je odbi od sise; čekala je da prođe leto, to opasno doba za dojenčad, jer s jeseni je bolje za decu da prestanu s uzimanjem majčinog mleka. Duša joj je bila jedina uteha uz radove na imanju, oko živine, gusaka, pilića, ćuraka.

Jednog jesenjeg dana stiže Đurđici pismo od Dace. Zvala ju je da dođe u goste. Obradovala se Đurđica, reče majci da bi išla i ova joj odobri, jer je čula da se može ići, mnogi su išli i vratili se, samo se ništa nije smelo nositi. Đurđica se dovijala kako da Daci ponese masti i kobasica, raspitala se kod seljaka kako prenose namirnice, doznala sve njihove veštine, pa je tako i ona upakovala, i kad je sve svršila, dobila je objavu za putovanje i krenula u Beograd.

Bilo je to polovinom septembra 1942. godine.

Prispela je lepo u Beograd bez ikakvih smetnji, prenela je sve namirnice, mada je imala dosta straha kad su joj pregledali stvari. Zavirivali su i njoj u kofere, ona je nosila dva, samo s odelom. Nasmeši joj se jedan Nemac videći njene lepe plave oči, a njoj se zgrčilo srce od straha, stegla je usnice i nestalo joj je daha. Udahnula je duboko kad je prošla kontrolu. Čula je posle plač, preklinjanja, nekome su oduzeli mast, bila je to neka žena, plakala je, kršila ruke, molila, ali nije pomoglo ništa. Neko je imao sreću sve da prenese, a drugima su oduzimali sve što su s mukom sakupili.

Đurđica potraži nosača, oni se približiše s kolicima. Udruživalo se po nekoliko putnika i trpali kofere na kolica.

— Evo moje kuće! — zaustavi ona nosača.

On joj skide kofere i unese u dvorište. To je prizemna kuća s baštom i malim stanovima u dvorištu. Dacin stan je bio s ulice. Đurđica isplati nosača i zakuca na vratima. Daca ih otvori i vrisnu kad je vide. Padoše jedna drugoj u naručje i zajecaše uglas. Oplakivale su Branka.

Prva se pribra Daca:

— Valjda je takva bila njegova sudbina da pogine od bombe. Jaoj, onakav čovek! I spreman lekar. Znam da je tebi učinio nažao, ali oprosti mu.

— Oprostila sam mu sve — govorila je kroz suze Đurđica. — Ja okrivljujem i sebe, nisam smela ostavljati muža. Žena treba da trpi i pati. Zar su mi lakše ove patnje! Teže mi je sada. Kajem se. Da ne vidim toliko vremena mog Branka i on da ne vidi našu malu Dušu! Ja sam ga volela, Daco, volela mnogo, zaklinjem se!

— Znam, Đurđice, i zato mi je i bilo teško što se on bio uzjogunio... Ona ga je nesreća bila ščepala. O, gospod neka joj plati! Znaš da je imala smelosti da dođe i da mi kaže da je poginuo.

— Zar ti je ona javila?

— Nije ona, ranije smo mi već čuli, ali došla je i ona, mislila je da ću je sažaliti, a ja sam joj grubo kazala: „Vi ste krivi za njegovu smrt.”

— A gde je ona bila kad je on poginuo?

— Ne znam — slaga Daca. — Valjda u Beogradu. — A znala je da je i ona bila u Sarajevu. Znao je i jedan Brankov zemljak, koji je bio u Sarajevu, i on je pričao: „Ne bi poginuo, da nije izašao iz hotela, gde smo se sklonili kad je bilo bombardovanje. Između dva bombardovanja ustade da iziđe: 'Idem, moja žena me čeka'”, tako je pričao, a Daca je znala da je to bila ona nesrećnica. „I taman je izišao, na sredini ulice pade bomba i ubi ga na mestu.”

Ali Daca to nije smela da ispriča Đurđici, htela je da ona sačuva lepu uspomenu na njega i neprestano je pričala o njemu plačući: pričale su sve što je bilo lepo, dobro, sećala se Daca, sećala se Đurđica...

— Zašto mi nisi dovela Dušu? Kako bih volela da je vidim. To je moja mala sestrica.

— Nisam smela i nije mi mama dala. Bojala se da me ne uhvate zbog namirnica, ne bih marila da sa mnom rade što god hoće, ali šta bih radila s detetom? Doći ćeš ti nama u Banat, pa ćeš je videti. Zlatna je. Čini mi se da sve više liči na Branka... Jaoj, siroče moje malo, neće nikad videti svoga taticu — zaplakaše opet.

— Donela sam ti namirnica — ustade Đurđica. — Da raspakujem kofere. Sve što sam mogla potrpala sam u kofere. Natrpala sam i oko pojasa.

— Hvala ti! Ti si uvek dobra i pažljiva prema meni i svima nama. Bože, šta si sve donela! Obradovaće se i Dragi.

— A kako je tvoj Dragi?

— Hvala bogu, dobro je. Radi u dućanu. Vratio se kao i svi. Srećna sam što ga nisu odveli u zarobljeništvo, te bar nešto radi. Ali nije to posao kao što je bio. Nema čime da se trguje, nema robe. Ti se sećaš kako nam je dućan bio pun robe, a sada prazni rafovi.

I opljačkali su nas. Kafu, šećer, čokoladu, sve je to svet razneo. Dok sam ja stigla da zatvorim izlog bilo je sve odneseno. Grdnu štetu imamo. Ali, bogu hvala, samo kad smo ostali u životu! Oko nas su padale bombe, a naša kuća ostala cela. Prozori su samo poprskali. Ima ih kojima su sve iz kuće odneli. Eh, Đurđice moja lepa, kako se radujem što si došla. Kao da vidim Branka — zaplaka Daca opet i zagrli strinu.

— A kako su tvoji?

— Tata je u zarobljeništvu u Nemačkoj. On je rezervni kapetan. Šaljem mu pakete.

— Nisam to znala. Daćeš mi njegovu adresu pa da mu i ja šaljem pakete. A kako su ti braća i sestre?

— Voja i Dušan su pobegli u šumu, partizanima. Ne znam ništa o njima. Hapsili su i mamu i Desu, ispitivali ih gde su, naravno one nisu znale. Desu su strašno tukli u zatvoru da prizna gde su joj braća. Jaoj, jadna ona! Strašna mi je i ta neizvesnost o braći... Ne javljaju se. To me najviše ubija. Desu su otpustili iz poreske uprave zbog braće, ali ona se sprema, čim dozna gde su Voja i Dušan, da pobegne k njima. To mi je priznala...

— Pa od čega žive? — pitala je Đurđica brižno.

— Dragiša, onaj najmlađi, izdržava celu kuću. On je tako pametan i vredan. Promenio je branšu. Imao je manufakturnu trgovinu, pa videći da nema robe, on pretvorio trgovinu u piljarnicu. Trči, nabavlja namirnice, umešan je, ume i da kupi i da proda. A ono što im je ostalo od manufakturne robe, doneo je kući, pa nosi po selima i kupuje namirnice za robu. Seljanke traže cic, porhet i on lako dobije za to hranu, pa posle prodaje u varoši. I Dragica mu pomaže. Kad on nije u radnji, ona ga zamenjuje. Rat je uozbiljio svu decu, postala su starija; ratna deca nemaju detinjstva, ni bezbrižnosti. I ja ih pomognem. Pošaljem im poneki put malo šećera, a oni meni brašna i masti. Nije lako nikome. Sve se izmenilo u životu. Čini mi se kao da ovo nije Beograd koji sam toliko volela, već neka druga, tuđinska varoš. Samo vidiš Nemce i šlemove... Prokleti da su!... Svi smo se promenili, oslabili. Vidiš kako sam i ja oslabila.

— Jest, i to dosta. Ali i ja sam se promenila.

— I ti si slabija. Ubledela si mi. A Duša je dobro?

— O, hvala bogu, ona je vrlo napredna. Mala, debeljušna, rumena, slatka. Sve jede i uvek ima apetita.

— A ja, vidiš, nemam dece. Ranije sam žalila, a sad ne žalim. Gledam majke kako se muče s decom, nemaju čime da ih hrane, nema mleka, putera, nema hleba, a čime da dete prehraniš? Teško je za nas odrasle, a kamoli za decu... Izvini, zapričale smo se, a ne pitam te, jesi li gladna...

— Nisam nimalo, jela sam na putu.

— Ručaćemo u dvanaest, ja Dragog ne čekam uvek, on dolazi tek oko četiri, a po šegrtu mu pošaljem ručak. Sad ti je radno vreme do tri sata i ne može da dolazi na ručak. Ručaćemo same. Možeš li jednu kafu? Imam ja prave kafe. Čuvam malo za moje mile goste.

Pričale su uz kafu o svemu i svačemu kao rođene sestre. Osećalo se da se vole, a Daca je uvek žalila za Đurđicom, i mislila da je ona bila pored Branka da on ne bi poginuo.

Bila je kod njih već četiri dana. Jedno prepodne krenula je sama do Terazija da vidi ima li gdegod igračaka da kupi za malu Dušu. Sišla je do Slavije i išla lagano Ulicom kralja Milutina zavirujući u svaku radnju. Izlozi su bili prazni, manufakturne robe je bilo sve manje, rafovi prazni. Po izlozima bakalnica ni čokolade, ni bombona, nikakvih slatkiša već samo oblande, surogati kafe, čaj od lipe, vim.

Išla je pored parka na Cvetnom trgu. Bila je baš kod *Manježa* kad stade tramvaj. Ona baci pogled prema tramvaju i najednom sva zadrhta.

U tramvaju je stajao Šime, lepi Dalmatinac.

Stajala je nepomično i gledala visoku figuru i njegovo mrko lice s velikim crnim očima. On je spazi, nasmeši joj se, pokloni, a ona nije umela da se makne s mesta, kao da joj otežaše noge, celo telo i prikova je nešto za pločnik; stajala je tako, ali zvono zazvoni i tramvaj ga odnese. Stajala je još, pa kroči teško, spazi klupu, sede na nju, jer nije mogla dalje, tako se bujica osećanja obruši na ceo njen organizam da joj klonuše ruke, noge, sva snaga. Sedela je, a jesenji dan je bio oko nje, iz parka je dopirao miris sasušene trave, cveće se šarenilo na Cvetnom trgu, vetar je njihao zavese prebačene preko ograde na pijaci, svet se tiskao, kupovao nešto, ili tražio i vraćao se praznih zembilja... A ona je još sedela i osećala kako joj se razbistrava u mozgu pa poče da se prekoreva:

Šta je tebi? Šta si se toliko uzbudila? Taj Šime nije tebi ništa. Možda te se nije ni setio, htela je da razumom umiri sebe, ali bilo je nešto jače, moć uspomena, lepih, slatkih, toplih.

Ti si udovica, treba da žališ muža, prekorevala je sebe i htela da tugom ućutka potajnu radost, ali radost je bila jača od tuge i razlivala joj se po telu kao opojni napitak.

Prvi put otkako je rat, osetila je radost, kao da je našla nešto što je izgubila i dugo tražila, pritajila je tugu, i radost ju je obuzela što ga je našla i što sada može nastati drugi život za nju, lepši, jer u tom životu, kraj nje, mogao bi ići i on — Šime...

Da li on zna da sam udovica? Oh, zašto nije sišao s tramvaja? To je taknu u srce: zašto nije sišao? Ona bi mu poletela, pružila mu ruku, a on bi stajao, samo je gledao, smešio se. O, da li bi bila bura i u njegovoj duši kao u njenoj? Da li će izaći sutra da je traži po gradu?

Došla je kući rumena, svetlih očiju, a Daca je gledala i laskala joj:

— Ti si se čisto popravila otkako si kod nas! Pa nemoj da ideš odmah, ostani još koji dan. U selu čamiš... Ono, nema ni ovde nekog provoda, ali se bar narazgovaramo! Ako hoćeš, možemo u bioskop da odemo...

Ona je na sve pristala samo da bi izlazila, išla ulicama, tražila njega — Šimu. Nije smela sebi da prizna da ga voli, kao da se stidela, a tužno joj je bilo zbog Branka, da ga već zaboravi. A bunilo se nešto u njoj, osećanje poniženosti koje je doživljavala, sve što je propatila zbog njega u selu, od prijateljica, seljanki, svih koji su je žalili, ismejavali, svetili joj se i ubeđivala je sebe: *Nije on zaslužio da ga žalim. On me je varao, drugu je voleo. A ja bih da sam mu verna i posle smrti. Luda sam, treba da živim, imam i ja prava na život. Zašto da ne volim? Voleću Šimu. Oh, kad bi on mene voleo?! Da li me se seća? Gde li je sada? Bože, učini da se sretnem s njim, da ga opet vidim, da osetim stisak njegove ruke, da vidim njegove lepe oči.*

Prošla su dva-tri dana, a ona ga nije srela. Tuga joj se opet uvukla u dušu. Išla je ulicama svako jutro, tražila Šimu. Išla je po suncu, vetru, kiši. Tražila ga je, a njega nije bilo. *Možda i on mene traži? Bože, učini da nam se putevi sretnu, da ga vidim.*

Bio je oblačan, vetrovit jesenji dan. Izašla je opet pod izgovorom da nešto kupi. Trebalo je da ode u selo, još dva dana pa će otići, krajnje je vreme, mama će se brinuti. A bilo joj je teško otići a ne videti Šimu.

Koračala je po asfaltu, zastajkivala. Kraj nje su prolazili ljudi: stari, mladi, pohabanih odela, devojke razbarušene kose, majke sa zembiljima, sve se žurilo, sve je bilo uposleno, svako s nekim ciljem, a ceo život je besciljan, jer je okupacija zatvorila vidike života, svaki cilj...

Okrenula se za jednom devojčicom koja je ličila na njenu Dušu i sva se stresla.

U susret joj je išao Šime, a ispod ruke ga je držala jedna lepa mlada devojka. Nju kroz grudi probode oštri bol videći mladu devojku, a on zastade, nasmeši se, kao dobar poznanik, i progovori:

— Otkuda vi, gospođo, u Beogradu?

— Došla sam do moje rođake — izgovori pa pogleda mladu devojku očekujući da je predstavi.

— Ovo je moja supruga.

Te reči je pogodiše kao da je neko iznenada udari u potiljak, nije umela da se nasmeši, niti išta da izgovori, nekoliko trenutaka nije znala gde je i uplaši se da oni to ne opaze, pa se ukočeno nasmeši, pogleda lepu ženu i izgovori tiho:

— Milo mi je...

Zatim, okrenuvši se prema Šimi, upita ga:

— A kad ste se oženili?

— Pre tri meseca.

— Jeste li vi u Beogradu?

— Jesam. Radim u centrali za ogrev, a moja žena je činovnica u banci.

— To je lepo da ste se oženili — trudila se da im polaska i popravi svoju zabunu, a nešto joj je steglo srce, nestalo joj daha, a u glavi nastao kovitlac. — A jeste li čuli šta je bilo s mojim Brankom? — rastužila se da bi tugom sakrila ovaj drugi bol.

— Da, čuo sam... Ika mi je kazao.

— Poginuo je u aprilu četrdeset prve — prošaputa a oči joj se zamutiše suzama, bi joj lakše i kao da nešto puče u njoj, jedna suza skliznu joj niz obraz, a ona otvori tašnu, izvadi maramicu i obrisa oči. — U Sarajevu je poginuo... Bilo bi mi lakše da je umro, a ovako ni groba mu ne znam... Imam ćerkicu, ona me teši.

— A gde vi živite, gospođo?

— Kod majke na selu.

— Sad je bolje na selu, nego u varoši. Naročito u Banatu. Imate namirnica i sve je jeftinije. Šteta što ne može da se prenosi iz Banata.

— To je vrlo teško. Ja sam jedva prenela malo namirnica Brankovoj bratanici.

Šimina supruga je ćutala i posmatrala ovu lepu, mladu udovicu, malo ljubomorna, pa se okrete mužu:

— A gde si se ti upoznao s gospođom?

— Bio sam gost u njihovoj kući, zajedno s Ikom, jer pokojni muž gospođin, lekar, bio je kum moga druga Ike. Pričao sam ti kako sam se razboleo u selu. To je gospođa, koja me je negovala. Ne zaboravljam nikada one dane u vašoj kući i vaše čašćenje.

— Sada se sve promenilo. Ali, vi se niste promenili, gospodine Šime. Nalazim da ste se čak i popravili. E, sad ste se oženili, pa ste srećni... Imate lepu gospođu...

— Mi smo se još pre rata poznavali i voleli, kad sam išla u trgovačku akademiju.

— Brak iz ljubavi — prošaputa Đurđica. *Možda je nju voleo i onda kad je bio kod nas u gostima, a ja se zanosila.*

— Koliko ostajete u Beogradu, gospođo?

— Još dan-dva.

— Izvolite, dođite do nas.

— Ne mogu da vam obećam. Žurim da nešto kupim. Milo mi je što sam vas videla...

Oprostila se s njima. Šime joj poljubi ruku i udalji se sa svojom lepom, mladom ženom.

A ona je išla posrćući, kao izgubljena, nešto se iščupalo iz njene duše, ona potajna nada koju nije smela ni sebi da prizna, i sve utonu u prazninu, duboku kao ponor i izgubi se nad njom nebo, svetlost, ljudi. Išla je kao da je sama na ovom svetu, rastužena do suza, a suze su joj navirale na oči kao da oplakuje nekog...

Glupost! Šta se rastužujem? Šta je meni taj Šime! Ovo sam mogla očekivati. Kako bih sada bila ponižena da sam onda popustila, podlegla iskušenju. Nije on osećao ništa prema meni. Zar bi se on oženio da je osećao, a znao je da je Branko poginuo? Imao je on svoju ljubav. Svaki muškarac ima po nekoliko ljubavi. Žene su igračke u njihovim rukama. Titraju se njihovim srcem kao loptom. Ah, zašto ja sve ovo doživljavam? Zašto sam morala videti ovog Šimu? Nikoga više nemam u životu.

Žena je u njoj govorila, rastužena, nesrećna žena lišena ljubavi, i žena je ućutkala majku. Ali jedna majka joj je išla u susret vodeći devojčicu i u njoj se probudi majka.

Ja imam svoju Dušu. Srce moje malo, ona je mamina uteha. Htela je time da se uteši, ali bol žene je bio jači: *On voli svoju ženu, ona je lepa, kako mu se samo pripila uz ruku.* Uzdahnula je duboko i jecaj joj pođe iz grudi, jer i ona je bila željna ljubavi, velike, iskrene, a nije je osetila, od prvog dana je bila varana i napuštena.

Tromo je išla kao da je prošlost još čvrsto držala svojim vezama, ali se trže, mahnu rukom kao da je htela sve da prekine, da odbaci sve od sebe, neka ode sve u nepovrat, nikad više da se ne vrati, neće ona više tražiti lekare, studente, vratiće se selu, svojoj maloj Duši, svojim njivama.

Daca uzviknu kad je ugleda:

— Šta je tebi? Ti si plakala. Tako si se promenila.

— Plakala sam. Setila sam se svega...

I briznu u plač, izli bujicu suza, oplakivala je svoj život, a plakala je i Daca, plakala je za stricem, zagrlila je Đurđicu i tešila je, ali niko je nije mogao utešiti, jer je jedino ona sama mogla sebe da uteši, a ona za to još nije imala moći, sve je još bilo sveže, trebaće dosta vremena da prođe i da zaleči njene rane, koje je stvaralo maštanje devojačkog života...

Ostala je još dva dana u Beogradu da se smiri i vrati se pribranija svojoj ćerkici. Išla je opet ulicama. Ušla je u jednu bakalnicu.

— Šta želi gospođa? — upita je trgovac. Prisećala se šta da kupi, a ničega nije bilo u trgovini. Potraži čokolade.

— O, toga nema, gospođo.

— Imate li kakve bombone?

— Nemamo ni to...

— Jaoj, pa ničega nema!

Okretala se po trgovini, gledajući rafove i uze neke surogate kafe.

Izišla je iz trgovine i spazila grupu devojaka. Smejale su se i gledale u neke muškarce.

Ovo su gradske devojke. One umeju da vladaju muškarcima. Žive i one na asfaltu kao i oni. Lakše se zaljubljuju, lakše prebolevaju razočaranja. Danas s jednim, sutra s drugim... Sutra se vraćam u selo... Selo je moj svet. U selu ću naći utehe.

Zamrze ovaj veliki grad, njegove višespratnice, hladne zidine i vetar koji je vitlao prašinu ulicama, našminkane devojke sjajnih očiju i razbarušene kose, i seti se svoje mirne kućice, lepe bašte, svojih širokih polja na kojima je rasla, trčala, bila nekad srećna.

Ima li uopšte sreće u braku?, pitala se, dok su kraj nje tutnjali kamioni s Nemcima. *Nema sreće*, govorio je neki glas... Ali, setivši se male Duše, osmehnu se i zažele da je uzme u naručje, pritisne na grudi i prošapuće:

— Ti si mamina sreća...

Supruga nije bila srećna, ali majka je našla sreću u svojoj maloj Duši.

39.

Kad se vratila u selo, mati je dočeka sa suzama u očima.

— Sine, znaš da je na samrti tetka Lenka, majka Radojeva. Ništa nema od nje. Želela je da te vidi. Idi, sine, obiđi je. Možemo zajedno. Ja sam po ceo dan pored nje. Eh, jadnica, da umre, a Radoja da ne vidi.

— Idemo, mama, odmah. Jadna tetka Lenka. Baš mi je žao. Ona je dobra žena. I toliko je volela Radoja. Čekaj samo da dam Duši igračke. A šta je radilo mamino zlato bez mame?

— Prvog dana je plakala za tobom. „Mama! Mama!" Tražila te neprestano, a posle se umirila. Maca ume nju da zabavi. Peva joj, a ona peva s njom. Uplašili smo se jednog dana, pokvarila je stomačić, jela grožđa, pa joj nismo više dali. Kako ti izgleda?

— Sjajno! Srce mamino! Doći će Daca da je vidi. Vidi kakvu joj je haljinicu poslala. Biće prava lutkica.

— A kako je u Beogradu, sine?

— Ne pitaj, mama. Tamo su svi gladni. Omršaveo je i poružneo svet u Beogradu. Muškarce da si samo videla, pa žene! Svima se nabrala koža na vratu i opustili obrazi. Svakodnevni jelovnik za sve: pasulj i krompir. A da ih vidiš na pijaci, kad se na nekoj tezgi pojavi krompir! Do tuče dolazi. Svađaju se, grde, drežde po nekoliko sati na vetru, kiši, niko se ne miče, čekaju da dobiju koji kilogram... Pa da si videla, mama, one redove pred izbegličkim kuhinjama. Na stotine ih je koji čekaju sa šerpama i loncima. I šta dobiju? Čorbuljake! Ali mora svet da jede. Mora dušu da održi. A kako je jela Duša mamina?

— A, voli ona da jede. Baka njoj ispeče pile, voli ona batačić.

— Zlato moje, na nju je mama uvek mislila. Žao mi je što je Branko nije ni video.

— A žali li Daca Branka?

— Kako da ga ne žali. A znaš, mama, Milan, njen otac je u zarobljeništvu. Dala mi je jednu uputnicu za paket, da mu pošaljemo malo hrane i kartu da mu napišem. Ti nemaš ništa protiv da mu pošaljemo neki paket?

— Ako, pošalji mu. On je bio prema tebi vrlo dobar.

— I svi me, mama, vole. Ja sam za sve njih ostala najbolja strina. Ja ih smatram kao najrođeniji rod. Nikoga nemam sem tebe i ovog deteta. Kako je tužno biti sâm.

— Nećeš ti večito samovati. Udaćeš se ti jednog dana.

— I ne mislim na udaju. Ja sam pretrpela tako teško razočaranje da nemam više volje da se udajem. Imam moju Dušu, nju ću da vaspitavam, ona će biti radost moga života. I ja sam bila tvoja radost... Ali ožalostila sam te svojom udajom.

— Šta si me ožalostila? Nisam ja patila zbog sebe, nego zbog tebe. Moje je više prošlo, a manje ostalo. A kako ti da ostaneš sama u svetu?

— Mama, teško je samovati kad žena nema od čega da živi. Koliko je sada ostalo udovica i siročića bez igde ičega! A ti si mene i moju malu Dušu osigurala. Mama moja, kako te volim! Bila si uvek pametna žena, pametnija od mene. Mogla si se ti udati, pa izroditi još dece i ovo imanje razdeliti, a ti si sve čuvala za mene. Znaj, i ja ću ga čuvati. Raščistila sam s mojom ljubavlju za gradom. Kakav grad! U selu je moj život.

Maca se pojavi.

— Tetka Maro, hoćete li do tetka Lenke?

— Hoćeš li, Đurđice? Još koji sat pa će izdahnuti. Volela bi da te vidi, učini joj po volji.

— Hajdemo! Maco, čuvaj mi Dušu!

— Ne brini, čuva nju Maca lepo. Niko ne ume da je zabavlja kao ona. Sedne ona s njom na patos, a ova je jaše i preskače. Zlato babino!

Požuriše obe do kuće Radojeve majke.

Uđoše u bolesničku sobu. Bila je tišina. Dve žene su sedele na stolicama. Na drvenom krevetu i na visokom perjanom uzglavlju, ležala je snaša Lenka. Đurđica se trže, ugledavši samrtničko bledilo na njenom licu. Oči su joj bile upale u duplje, staklaste, beživotne. Lice joj požutelo kao u mrtvaca. Ali kapci joj se digoše, usne pokrenuše:

— Došla si, Đurđice? Hvala...

Ona se naže da joj poljubi bledu, uvelu ruku. Suze ovlažiše oči bolesnice.

— Vidiš, Đurđice, ja ću da umrem... Žao mi je mog Rade... Ostaće sirotan. Ko će da mu pošalje paket, ko da mu piše? Drugi će dobijati pisma od roditelja, a moj Rade neće imati ko da mu piše. Niko ga neće čekati u kući... Pusta će nam ostati kuća... Da umrem, a da ga ne vidim... Sine moj, da li me čuješ sada? Da li znaš da te neće tvoja mama dočekati?

— Živećete vi, tetka Lenka. Nije to tako strašno kod vas — tešila je Đurđica.

— Nema od moga života ništa više. Osećam ja to u grudima. Srce mi je oslabilo. Čini mi se kao da ne kuca više.

Zavali glavu u jastuk i zaklopi oči.

Đurđica uplašeno pogleda majku, kao da je pita: da li umire?

Ona odmahnu glavom kao da odgovara: neće još...

Snaša Lenka otvori opet oči. Teško je govorila kao da joj je jezik odebljao:

— Đurđice, hoćeš li da javiš mom Radoju kad ja umrem? Ti ćeš mu najlepše napisati.

— Hoću, tetka Lenka. Ali, nećete vi umreti. Vi ste još snažna žena.

— Nemam više snage. Molila sam se bogu tebe da vidim, da te zamolim da pišeš Radi. Ima u onom ormanu nešto gotovine, to uzmi ti, Maro, pa nabavite hrane za paket mom Radoju. Uzmite i slanine i šunke što sam za njega čuvala, pa mu pošaljite da ne bude sirotan, da ne gleda kako drugi dobijaju pakete, a on da gladuje... Jadni moj Rade! Sine moj, zar majka da te ne vidi više?... — zaplaka ona, a plakali su i svi oko nje. Zaplakala se pa se stišala, umirila kao da spava.

Jedna žena šapnu:

— Dajte sveću.

— Jaoj, mamo! — prigušeno jauknu Đurđica.

— Izađi ti iz sobe — izvede je majka. — Ona umire.

Đurđici su cvokotali zubi, ali se naže nad samrtnicom i prošaputa:

— Tetka Lenka, ja ću slati pakete vašem Radi. Ja ću mu i pisati...

Samrtnica na pola otvori oči, ali ih opet sklopi.

— Još neće — šapnu snaša Mara. — Idi ti, Đurđice, u dvorište. Nemoj ovo da gledaš.

Đurđici se ohladiše ruke i sva se tresla kao u groznici. Zubi su joj cvokotali. Smrt! Kako je jezovita smrt! Tako je umro i njen Branko, tako će jednoga dana umreti i njena mama... Umiru mnogi, prirodnom smrću i nasilnom. Zar će i ona jednoga dana izgubiti svoju majku kao Radoje? Sirotan! Niko ga više neće dočekati. A on je voleo majku. Kako joj je uvek donosio poklone kad je dolazio iz poljoprivredne škole o raspustu. Kako joj je pisao lepa pisma. Čitala ih je i ona. Zvao je katkad „majčice moja". A majčica mu umire. Kako mora biti strašno izgubiti majku, najmilije biće, jedinog prijatelja u životu, i nikad više ne izgovoriti reč: „mama!"

Suze su joj se kotrljale niz obraze, plakala je kao da oplakuje i svoju majku, i sve majke koje su umrle i ostavile decu, plakala je i za Radojem što ostaje sirotan...

Iz kuće se začu kuknjava. Zakukaše žene, zapevka se razleže, zakuka i njena majka, briznu u plač i Đurđica, razleže se kuknjava u komšiluku, dotrčaše žene, plakalo je sve, ne za njom, snaša Lenkom, nego za majkom koja je zaklopila oči, a nije videla svoga sina, koji čami u zarobljeništvu.

Đurđica uđe u sobu. Tetka Lenka je ležala zaklopljenih očiju, i kao da joj se ublažio izraz lica, prestale su patnje, osmejak joj je lebdeo. Da li je to bila neka potajna radost, koja joj je ublažila smrtni čas? Đurđica je gledala, jecala i zaklinjala se nad njenim odrom.

Tetka Lenka, ja ću stalno pisati Radoju! Slaću mu pakete i ublažiti njegovo tužno robovanje u tuđini bez majke...

Sutradan su sahranili tetka Lenku. Celo selo je ispratilo. Oplakivali su samohranu majku. Tri jutra je na grob išla i Đurđica s majkom. To je svetu palo u oči. Već se govorilo:

— Udaće se Đurđica za Radoja. I šta bi falilo da se sjedine ta dva imanja?!

Devojke su bile pakosne:

— A šta će mu udovica s detetom? Kao da nema dobrih devojaka? Ostavila ga je na cedilu, udala se za lekara, nije joj valjao seljak, a sada je spala na seljaka, kad je neće nijedan varošanin.

— Ide para na paru. Zinulo je i njima srce za imanjem. Gramze se kao da ih je desetoro u kući.

Pričalo se svašta, pa dopreše spletke i do Đurđice, ali ona na to nije obraćala pažnju. Nekako se uzvisila iznad sela, nije vodila računa o seljačkom rekla-kazala, mnogo je prepatila i naučila da trpi, snosila je sve sama i nije slušala šta svet govori. Ljubav prema varošanima i prema varoškom životu iščezla je, pa se osetila kao oslobođena i nekih teških veza, koje su je uvek vukle nepoznatom životu i cilju. Sad je videla svoj cilj, osetila ga je dok je bila u Beogradu, shvatila je vrednost sela i imanja i prekorevala sebe, srećna u isto vreme što se to nije dogodilo.

Kakvu sam glupost mogla da učinim. Bila sam spremna da imanje prodam za titulu gospođe doktorke. A šta sam dobila od te titule? Bol i razočaranje.

Posle sahrane napisala je Radoju toplo drugarsko pismo. Spremila mu je odmah i paket, umesila kolače i poslala svega i svačega od svojih i onih namirnica što je ostavila njegova majka. Molila ga je da ne očajava, da podnese ovaj bol, da ne brine za pakete, ona je preuzela da mu ih šalje, neka joj on samo šalje paketske uputnice, a dalje je već njena briga.

Osetila je i sestrinsku i humanu dužnost da ga pomogne u teškim danima njegove tuge u zarobljeništvu.

Dok je ona pakovala namirnice njena majka je tiho razgovarala s Macom:

— Daj bože da bude sve onako kako želim ja i kako je želela njegova majka. Bolju priliku neće naći. Opažaš li ti, Maco, da je ona drukčija otkako je došla iz Beograda?

— Jeste, tetka. Veselija je, mili joj se svaki posao, hrani živinu, vodi o svemu računa.

— O, daće bog da se ona sasvim vrati selu. Videla je ona kako svet gladuje u Beogradu. Tako bi gladovala i ona da je Branko živ, ili da je udovica, a bez svoga sela. Zapamti šta ti kažem: ovo malo, Dušu moju, vaspitaću ja. Ne dam da je pogospode i da mi ono misli na lekare i oficire, nego na svoje selo i seljake. Đurđica treba da se uda, da rodi još koje dete, da ne ostane na jednom kao ja. Inokosna je kuća kad je u njoj samo žensko. Uda se žensko, roditelji ostanu sami. Doduše, ja nisam mislila da ona ode iz kuće, nego zeta da dovedem u kuću, a ona polude za lekarom. Dobro je što se smirila. Čini mi se sad bih mogla lakše da umrem.

Posle mesec dana dobi Đurđica pismo od Radoja. Čitala ga je uzbuđeno:

Mila moja drugarice, u mojoj teškoj tuzi i žalosti za milom majkom, osetio sam i tračak radosti, što si se baš ti našla da mi javiš za njenu smrt, što si se postarala o meni, kao o svom drugu i bratu, utehu da mi doneseš, veru u život da mi povratiš, da ne osetim kako je teško u tuđini biti bez ikoga, a još teže je saznanje da te niko više ne čeka kod kuće, da je ognjište ugašeno i pusto, jer nema više mile majke, koja se svake večeri molila za svoga sina. Strašno mi je saznanje da je zauvek iščezla moja mila majčica, koja me je volela kako me niko nije voleo, sve razumela, sve praštala. U mojoj tuzi radost moja je neopisana, što si mi se ti javila, ti na koju sam uvek mislio, tugovao za tobom, voleo te. Da, volim te i sada, možda još više nego ikad. O, obraduj me svojim pismima, pruži mi radosti u tužnom sužanjstvu. Ti si za mene sve: moja jedina ljubav, moj dom, moje selo, moja otadžbina. Reci mi, smem li da se nadam sreći o kojoj sam uvek snevao? Smem li da verujem da ćeš osetiti kako je velika moja ljubav prema tebi i uzvratiti mi, da bi u sužanjstvu snevao o danu kada ćemo biti zajedno, srećni, nerazdvojni. Ništa ti drugo ne tražim, samo ove reči: „Nadaj se, čekaću te." O, da znaš šta bi to značilo za mene u tuđini! To bi bilo sunce koje bi me grejalo, hrana koja bi mi davala snage, radost koja bi me podizala u časovima tuge i nostalgije. Reci mi, smem li se nadati i verovati?

Đurđica je zaplakala nad njegovim pismom, zaplakala je nad tom velikom njegovom ljubavlju. Tek sada je osetila šta je prava ljubav. Sve ostalo je varka, laž. Niko je nije voleo kao Radoje. Niko je nije razumeo kao on. Zajedno su rasli, udisali isti vazduh, igrali se na istim poljima, gledali iste banatske ravni; osetila je nešto snažno, moćno, sudbonosno, što je vraćalo njenim poljima i njemu.

Majka je vide kako čita pismo i plače.

— Od koga si ga dobila? Zašto plačeš?

— Od Radoja. Da ti pročitam. Da vidiš kako tužno piše.

Čitala je kroz suze koje joj zamagliše oči, pa zasta, uze krajičak kecelje i obrisa oči. Plakala je ona, a plakala je i snaša Mara, i od žalosti i od radosti, što će se, najzad, ostvariti ono o čemu je snevala. Nije smela da iskaže svoju radost da ne izgleda kako utiče na ćerku, pa da opet bude nešto kriva, i zapita tiho, kad kći završi:

— Šta ćeš mu odgovoriti?

— Lepo ću mu pismo napisati — odgovori neodređeno kći, a već je smislila šta da piše, samo nije htela odmah da kaže majci, htela je da sama doživljava u sebi nova osećanja, nije htela da se istrčava, ali neće poreći ono što sada bude kazala. Osetila je pravu ljubav čoveka, koji ume da voli i prašta, da je poštuje i ne vređa, jer mu je bila ravna, znala je da će se on ponositi njome. Neće u njoj tražiti intelektualku da vode naučne razgovore, već drugaricu s kojom će razgovarati o sejanju, žetvi, voćkama, obrađivanju polja, što ona zna i što joj sve leži na srcu, što joj je blisko i drago, sad još više otkako je bila u gradu i videla siromaštvo, bedu i oskudicu Beograđana.

Razli joj se opet nešto toplo u grudima pa zagrli majku, poljubi je i prošaputa:

— Mama, ti si mi uvek bila najveći prijatelj.

— Jesam, sine. Ne žalim da umrem kad mi to priznaješ. Zar ima dete većeg prijatelja od majke? Sve sam te učila što je dobro za tebe. Majčino oko vidi mnogo bolje nego dečje. Sve sam ja prozrela i ocenila.

— Bogami, mama, jesi — priznade kći, jer joj se nešto blago razlilo po duši, pa joj je bila mila majka, kućica, njene sobe, bašta s požutelim jesenjim lišćem; prijatan joj je bio jesenji dan, polja, širina, čistota vazduha bez gradske prašine, mirisa asfalta, benzina, tesnih i visokih kuća, zimi hladnih, leti zaparnih, nego je sve bilo prostrano, puno vazduha, sunca, svežine, topline kao što je topla duša njene majke i srce Radojevo.

Majka izađe iz sobe da saopšti Maci radosnu vest: da je Radoje zaprosio Đurđicu, znajući da će to Maca rastrubiti po selu, a ona je to i htela, neka pocrkaju od muke one što su joj pakostile i neka znaju da će se njena Đurđica opet lepo udati! Znala je ona da su za Radom mnoge uzdisale, a on je opet izabrao njenu Đurđicu, jer je znao da ume i da skuva i umesi, i da razume svaki posao u polju, na njoj je bilo celo imanje, ona je vodila brigu o prodaji, kupovini, sejanju, žetvi... Umela je da pomuze i usiri i opet je bila gospođa, a volela je snaša Mara to gospodsko u njoj, ponosila se time, pa je gledala kako ide od kuće ili kad je u društvu drugarica. Nekako joj je drukčija bila od ostalih žena i devojaka, pa su je svi pogledali, okretali se za njom, zato je ona i verovala da će se opet lepo udati njena Đurđica, da neće ostati udovica. I, evo, Rade je prosi. A šta će joj bolja prilika od njega?

Sutradan je bila nedelja. Snaša Mara je ustala ranije, obukla se i pošla u crkvu, a Đurđica je sela da napiše pismo Radoju. U uglu je gorelo kandilo. Ona je smireno posmatrala kako čas dogoreva, čas se rasplamsava žižak i u blagoj svetlosti plamena gledala je jarku svetlost Radojeve ljubavi. Smeškala se i zamišljala njihov život i lepe dane budućnosti kada se više neće čuti teško huktanje neprijateljskih kamiona i tenkova, bat cokula okupatorskih vojnika, štektanje mitraljeza, fijuk i eksplozije bombi, jauk nesrećnih žrtava i lelek ojađenih majki i dece.

Njena je ustreptala duša svom vrelinom probuđene mladosti i nove vere u ljubav i budućnost odlučno povela njenu desnicu da ispiše na sivom i ograničenom formularu zarobljeničkog pisma najlepšu poruku Radoju, pesmu njihovog budućeg srećnog života:

Nadaj se, čekaću te — tvoja Đurđica.

Milica Jakovljević, jedna od najpopularnijih i najčitanijih srpskih književnica međuratnog perioda u Kraljevini Jugoslaviji i svakako najznačajniji ženski autor istog perioda, rođena je 1887. godine u Jagodini u mnogočlanoj porodici. Otac Jakov, kao udovac sa osmoro dece iz prethodnih brakova, u treći je ušao sa Simkom Jakovljević sa kojom je imao još troje dece, ćerke Milicu i Zoru, i sina Stevana. Stevan Jakovljević, mlađi brat Milice Jakovljević, takođe je bio poznati srpski pisac, autor čuvene „Srpske trilogije".

Zbog očeve činovničke službe, porodica se često selila po Srbiji. Detinjstvo i mladost, Milica je provela u Kragujevcu. Tu je završila osnovnu i pet razreda Više ženske škole.

Pošto je želela da postane seoska učiteljica, i bila odličan đak, roditelji su je poslali na dalje školovanje u Beograd gde je pohađala Žensku učiteljsku školu. Diplomirala je na isturenom odeljenju ove škole u Kragujevcu u koji se vratila zbog neizvesne finansijske situacije njene porodice.

Ubrzo po diplomiranju, dobija mesto seoske učiteljice u istočnoj Srbiji, u mestu Krivi Vir u podnožju planine Rtanj. Posle pet godina, premeštena je u selo Obrež kod Varvarina.

Po završetku Prvog svetskog rata u kojem je izgubila oba roditelja, odlučuje da okonča rad u državnoj službi i preseli se u Beograd. Tu počinje da radi kao novinar, najpre pet godina u listu „Novosti", a zatim neprekidno sledećih petnaest u „Nedeljnim ilustracijama".

Po savetu kolega novinara, autorske tekstove sve vreme piše pod pseudonimom Mir-Jam, a ovo umetničko ime odabrala je u znak poštovanja prema autorki romana na čijem prevodu je u tom trenutku radila — Mirjam Hari. Pseudonim je zadržala i kad je počela da piše romane.

Pošto su novine za koje je radila prestale da izlaze 6. aprila 1941. godine, i pošto je odmah zatim, iako egzistencijalno ugrožena, odbila da radi tokom nemačke okupacije zemlje, posle Drugog svetskog rata gubi status člana Udruženja novinara Jugoslavije, uprkos činjenici da je prethodno bila njegov član gotovo 20 godina. Zbog nemogućnosti zaposlenja, sve do kraja života živela je u velikoj bedi, potpuno ponižena i zaboravljena. Nije pomoglo ni to što je bila rođena sestra Stevana Jakovljevića, u tom trenutku prvog rektora Beogradskog univerziteta i narodnog poslanika.

Preminula je 1952. godine od posledica upale pluća. Sahranjena je na Novom groblju u Beogradu, a vest o njenoj smrti nisu prenele nijedne novine.

Roman „Mala supruga" jedan je od poznatijih i čitanijih u bogatom književnom opusu Milice Jakovljević. Pored osnovne teme ljubavnog trougla, ovaj roman donosi i realističan prikaz društvenih prilika u Srbiji početkom Drugog svetskog rata, kako u gradovima, tako i u seoskim sredinama. Da bi pomogao svom bratu koji je zapao u finansijske neprilike, doktor Branko, ne prekinuvši dugogodišnju vezu sa ljubavnicom Nadom, ulazi u brak iz interesa sa Đurđicom, mladom i lepom devojkom sa sela koja će mu doneti veliki miraz. Prepuna snova i ideala o ljubavi i bračnom životu, neiskvarena i zaljubljena Đurđica brzo će se suočiti sa Brankovom prevrtljivošću, njegovim lažima i izgovorima kojima će pred malom suprugom uzaludno pokušavati da prikrije svoju ljubav prema Nadi.

Naslovna fotografija: Irina_kukuts
(https://pixabay.com/photos/hyacinths-flowers-vase-pink-
flowers-6229755)